新潮日本古典集成

日本霊異記

小泉 道 校注

新潮社版

目次

凡例……二
上巻……一九
中巻……一〇一
下巻……二〇五
解説……三一五
付録
古代説話の流れ……三六一
説話分布表……四三三
説話分布図……四三六

日本国現報善悪霊異記　目録

日本国現報善悪霊異記　上巻

（序）……二
電を捉ふる縁　第一……二六
狐を妻として子を生ましむる縁　第二……二八
電の憙を得て生ましめし子の強き力ある縁　第三……三一
聖徳の皇太子、異しき表を示したまふ縁　第四……三五
三宝を信敬しまつりて現報を得る縁　第五……三九
観音菩薩を憑み念じまつりて現報を得る縁　第六……四六
亀の命を贖ひて放生し、現報を得て亀に助けらるる縁　第七……四七
聾ひたるひと、方広経典に帰敬しまつり、現報を得て両つの耳聞ゆる縁　第八……五〇
嬰児の鷲に擒はれて、他国にして父に逢ふこと得る縁　第九……五一
子の物を偸み用ゐ、牛となりて役はれて異しき表を示す縁　第十……五三
幼き時より網を用ゐて魚を捕りて、現に悪報を得る縁　第十一……五六
人・畜に履まるる髑髏の救ひ収められ、霊しき表を示して現に報ずる縁　第十二……五七
女人、風声なる行を好みて仙草を食ひて、現身に天に飛ぶ縁　第十三……五九
僧、心経を憶持し、現報を得て奇しき事を示す縁　第十四……六一

悪人、乞食の僧を逼して、現に悪報を得る縁　第十五……六二
慈しびの心なく、生ける兎の皮を剝りて、現に悪報を得る縁　第十六……六三
兵の災ひに遭ひて観音菩薩の像を信敬しまつり、現報を得る縁　第十七……六四
法花経を憶持し、現報を得て奇しき表を示す縁　第十八……六六
法花経品を読む人を呰りて、現に口喎斜みて悪報を得る縁　第十九……六九
僧、湯を涌かす分の薪をもちて他に与へ、牛となりて役はれ、奇しき表を示す縁
第二十……七〇
慈しびの心なくして、馬に重き駄を負せて、現に悪報を得る縁　第二十一……七二
勤ろに仏教を求学し、法を弘め物を利し、命終の時に臨みて異しき表を示す縁
第二十二……七三
凶しき人、嬭房の母を敬養せずして、現に悪死の報を得る縁　第二十三……七四
凶しき女、生める母に孝養せずして、現に悪死の報を得る縁　第二十四……七七
忠臣、欲小なくして足るを知り、諸天に感ぜられて報を得て、奇しき事を示す縁
第二十五……七八
持戒の比丘、浄行を修めて、現に奇しき験力を得る縁　第二十六……八〇
邪見なる仮名の沙弥、塔の木を斫きて、悪報を得る縁　第二十七……八一
孔雀王の呪法を修持し、異しき験力を得て、現に仙となりて天に飛ぶ縁　第二十八……八二
邪見にして乞食の沙弥の鉢を打ち破りて、現に悪死の報を得る縁　第二十九……八五
非理に他の物を奪ひ、悪行をなし、報を受けて奇しき事を示す縁　第三十……八六

慇ろに懃めて観音に帰信し、福分を願ひて、現に大福徳を得る縁　第三十一……九二
三宝に帰信し、衆僧を欽仰し、誦経せしめて、現報を得る縁　第三十二……九四
妻、死にし夫のために願を建て、像を図絵し、験ありて火に焼けず、異しき表を示す縁　第三十三……九五
絹の衣を盗ましめて、妙現菩薩に帰願しまつり、終にその絹の衣を得る縁　第三十四……九七
知識を締び、四恩のために絵の仏像を作り、験ありて、奇しき表を示す縁　第三十五……九八

日本国現報善悪霊異記　中巻

（序）……一〇三
おのが高き徳を恃み、賤しき形の沙弥を刑ちて、現に悪死を得る縁　第一……一〇七
烏の邪淫を見て世を厭ひ、善を修する縁　第二……一〇九
悪逆の子、妻を愛して母を殺さむと謀り、現報に悪死を被る縁　第三……一一三
力ある女、捔力し試みる縁　第四……一一五
漢神の祟りにより牛を殺して祭り、また放生の善を修して、現に善悪の報を得る縁　第五……一一七
誠の心を至して法華経を写したてまつり、験ありて異しき事を示す縁　第六……一二一
智者、変化の聖人を誹り妬みて、現に閻羅の闕に至り、地獄の苦を受くる縁　第七……一二三
蟹と蝦との命を贖ひて放生し、現報を得る縁　第八……一二九

おのれ寺を作りて、その寺の物を用ゐ、牛となりて役はるる縁　第九……一三一
つねに鳥の卵を煮て食ひて、現に悪死の報を得る縁　第十……一三三
僧を罵ると邪婬するとにより、悪しき病ひを得て死ぬる縁　第十一……一三五
蟹と蝦との命を贖ひて放生し、現報に蟹に助けらるる縁　第十二……一三七
愛欲を生じて吉祥天女の像に恋ひ、感応して奇しき表を示す縁　第十三……一四〇
窮しき女王、吉祥天女の像に帰敬しまつり、現報を得る縁　第十四……一四一
法華経を写したてまつりて供養することによりて、母の女牛となりし因を顕す縁
　第十五……一四三
布施せぬと放生するとによりて、現に善悪の報を得る縁　第十六……一四六
観音の銅像、鷺の形に反りて、奇しき表を示す縁　第十七……一五〇
法花経を読む僧を呰りて、現に口喎斜みて、悪死の報を得る縁　第十八……一五二
心経を憶持する女、現に閻羅王の闕に至り、奇しき表を示す縁　第十九……一五四
悪しき夢により、誠の心を至して経を誦ぜしめ、奇しき表を示して、命を全くするこ
　と得る縁　第二十……一五六
摂の神王の蹲の光を放ち、奇しき表を示して現報を得る縁　第二十一……一五八
仏の銅像、盗人に捕られて、霊しき表を示して盗人を顕す縁　第二十二……一六〇
弥勒菩薩の銅像、盗人に捕られて、霊しき表を示して盗人を顕す縁　第二十三……一六三
閻羅王の使の鬼、召さるる人の賂を得て免す縁　第二十四……一六四
閻羅王の使の鬼、召さるる人の饗を受けて、恩を報ずる縁　第二十五……一六八

いまだ仏像を作りをへずして棄てたる木、異霊しき表を示す縁　第二十六　……一七〇
力ある女、強き力を示す縁　第二十七　……一七三
極めて窮しき女、尺迦の丈六の仏に福分を願ひ、奇しき表を示して、現に大きなる福を得る縁　第二十八　……一七五
行基大徳、天眼を放ち、女人の頭に猪の油を塗れるを視て、呵嘖する縁　第二十九　……一七八
行基大徳、子を携ふる女人に過去の怨を視て、淵に投げしめ、異しき表を示す縁　第三十　……一七九
塔を建てむとして願を発しし時に生める女子、舎利を捲りて産るる縁　第三十一　……一八一
寺の息利の酒を倩へ用ゐて償はずして死に、牛となりて役はれ、債を償ふ縁　第三十二　……一八三
女人、悪鬼に点められて食噉はるる縁　第三十三　……一八五
孤の嬢女、観音の銅像を憑み敬ひ、奇しき表を示して、現報を得る縁　第三十四　……一八七
法師を打ちて、現に悪しき病ひを得て死ぬる縁　第三十五　……一九一
観音の木像、神力を示す縁　第三十六　……一九三
観音の木像、火の難に焼けずして、威神の力を示す縁　第三十七　……一九四
慳貪によりて、大きなる蛇となる縁　第三十八　……一九四
薬師仏の木像、水に流れ沙に埋りて、霊しき表を示す縁　第三十九　……一九五
悪事を好むひと、以て現に利き鋭に誅られ、悪死の報を得る縁　第四十　……一九七
女人大きなる蛇に婚せられ、薬の力によりて、命を全くすること得る縁　第四十一　……一九八

極めて窮しき女、千手観音の像を憑み敬ひ、福分を願ひて、大きなる富を得る縁　第四十二……二〇二

日本国現報善悪霊異記　下巻

（序）……二〇七
法花経を憶持するひとの舌、曝りたる髑髏の中に着きて朽ちぬ縁　第一……二一一
生ける物の命を殺して怨を結び、狐と狗とになりて、たがひに相報ゆる縁　第二……二一四
沙門、十一面観世音の像を憑み願ひて、現報を得る縁　第三……二一七
沙門、方広大乗を誦持し、海に沈めども溺れぬ縁　第四……二一八
妙見菩薩、変化して異しき形を示し、盗人を顕す縁　第五……二二二
禅師の食はむとする魚、化して法花経となりて、俗の誹りを覆す縁　第六……二二三
観音の木像の助けを被りて、王の難を脱るる縁　第七……二二五
弥勒菩薩、願ふ所に応へて奇しき形を示す縁　第八……二二七
閻羅王、奇しき表を示し、人に勧めて善を修せしむる縁　第九……二二九
如法に写したてまつる法華経、火に焼けぬ縁　第十……二三三
二つの目盲ひたる女人、薬師仏の木像に帰敬して、現に眼明くこと得る縁　第十一……二三四
二つの目盲ひたる男、敬みて千手観音の日摩尼手を称へて、現に眼明くこと得る縁　第十二……二三六

法花経を写さむとして願を建てし人、断えて暗き穴に内り、願の力によりて命を全くすること得る縁　第十三……二三八
千手の呪を憶持するひとを拍ちて、現に悪死の報を得る縁　第十四……二四〇
沙弥の乞食を撃ちて、現に悪死の報を得る縁　第十五……二四三
女人、濫しく嫁ぎて、子を乳に飢ゑしむるがゆゑに、現報を得る縁　第十六……二四四
いまだ作りをはらぬ捻摂の像、呻ふ音を生じて、奇しき表を示す縁　第十七……二四七
法花経を写したてまつる経師、邪婬をなして、現に悪死の報を得る縁　第十八……二四九
産生める肉団のなれる女子、善を修し人を化する縁　第十九……二五一
法花経を写したてまつる女人の過失を誹りて、現に口喎斜む縁　第二十……二五四
沙門、一つの目眼盲ひ、金剛般若経を読ましめて、眼明くこと得る縁　第二十一……二五五
重き斤もて人の物を取り、また法花経を写して、現に善悪の報を得る縁　第二十二……二五六
寺の物を用ゐ、また大般若を写さむとして願を建てて、現に善悪の報を得る縁　第二十三……二六〇
修行の人を妨ぐるによりて、猴の身を得る縁　第二十四……二六三
大海に漂ひ流れて、敬みて尺迦仏のみ名を称へ、命を全くすること得る縁　第二十五……二六六
非理を強ひて債を徴り、あまたの倍を取りて、現に悪死の報を得る縁　第二十六……二六八
髑髏の目の穴の笋を掲き脱ちて、祈ひて霊しき表を示す縁　第二十七……二七三
弥勒の丈六の仏像、その頸を蟻に嚼まれて、奇異しき表を示す縁　第二十八……二七五
村童の戯れに木の仏像を剋み、愚かなる夫斫き破りて、現に悪死の報を得る縁

第二十九 …… 二七七
沙門、功を積みて仏像を作り、命終の時に臨みて、異しき表を示す縁　第三十 …… 二七九
女人石を産生みて神として斎く縁　第三十一 …… 二八二
網を用ゐて漁夫、海の中の難に値ひ、妙見菩薩を憑み願ひて、命を全くすること得る縁　第三十二 …… 二八三
賤しき沙弥の乞食するを刑罰ちて、現に頓かに悪死の報を得る縁　第三十三 …… 二八五
怨の病ひたちまちに身に嬰り、よりて戒を受け善を行ひて、現に病ひを愈すこと得る縁　第三十四 …… 二八八
官の勢を仮りて、非理に政をなし、悪報を得る縁　第三十五 …… 二九〇
塔の階を減し、寺の幢を仆して、悪報を得る縁　第三十六 …… 二九三
因果を顧みずして悪をなし、罪報を受くる縁　第三十七 …… 二九五
災と善との表相まづ現れて、後にその災と善との答を被る縁　第三十八 …… 二九七
智行ならびに具はれる禅師、重ねて人身を得て、国皇のみ子に生るる縁　第三十九 …… 三〇九
（跋） …… 三一四

凡　例

本書は、日本最古の仏教説話集である『日本霊異記』を、現代の読者に最も読みやすく理解しやすい形で提供することを目標にして、校注したものである。

〔本　文〕

一、『日本霊異記』の原文は、すべて漢字で記されている。本書は、これを漢字平仮名交じりの歴史的仮名遣いによる訓み下し文としたものであり、原文は省略した。

一、訓み下し文については、各巻それぞれ最善本を底本とし（上巻は興福寺本、中・下巻は真福寺本）、他の伝本（来迎院本・前田家本・国会図書館本など）、後世の享受資料ならびに先学の諸説を参照しながら校訂したうえ、できる限り『日本霊異記』の成立した平安初期頃の訓みの復原につとめた。なお、右の各古写本の原本は直接調査したから、現行複製本の欠を若干補うことができた。

一、古写本には、その多くの説話に「訓釈」（本文の文字の訓みや意味などを記した注記、「訓注」ともいう）がついている。本書ではこれの翻刻を省略し、それを本文の訓み下しに生かした。また、各巻の「序」のあとに「目録」を置く古写本もあるが、これは一括して本書の冒頭にあげた。

一、本文の漢字の字体は、原則として、原文の旧字体や異体を改めて、現代の通行字体に統一した。ただし、用字の統一までは行わず、底本のそれぞれの個所の表記を尊重した。

（例）　雷・電　　小子・少子　　大唐・太唐

一、本文を読みやすくするために、次の諸点を考慮した。

1、次に列記した類の文字は、殆ど平仮名に変えた。

a　形式名詞

（例）　為・所・故（ゆゑ）・者（ひと）

b　代名詞

（例）　我・此・是・其・彼・何・己

c　副詞

（例）　凡・忽・速・未・曾・極・猶

d　接続詞

（例）　爾・即・又・而・然・故（そゑに）

e　その他

（例）　有・無・或・言・雖・以・莫・非・如・難（がたし）

2、歌謡は、その万葉仮名表記を原（もと）にして、適宜に漢字平仮名交じり文に変えた。

3、振り仮名は、原則として歴史的仮名遣いにより、見開き頁の初出に付した。なお、音か訓かなど判断しかねる読みの語も多く、仏教用語で音よみ（主に呉音）にした例もある一方、「訓釈」を参照し、古訓点資料・古辞書類・『日本書紀』の古訓などを用いた訓よみも適宜加えた。

（例）　未（ゆくさき）の事　随身（ともひと）　根本（ことのよし）　尊像（みかた）　流離（さすらふ）　群臣（まへつきみたち）

4、本文は、意味をとって適宜に改行した。とくに、「序」においては対句（ついく）が生かせるように比較的多く改行した。また、各説話末の「結語」の部分も、それに準じた。

5、歌謡ならびに「賛（または讃）」は、それぞれ二字下げとした。また、説話の本文中に引かれている先行文献の文章や体験談・口承談で、長文にわたるものについては、その部分を一字下げとした（上五・上三〇・上三五各縁などにこれに該当する個所がある）。

6、会話文、短い引用文、必要によっては心中思惟の部分には、「　」、『　』を加えた。

7、原文で二行に小書されている歌謡と割注は、いずれも一行に改めた。歌謡は他と同じ大きさの活字としたが、割注はやや小さい活字とした。

〔注　釈〕

一、注釈は、傍注（色刷り）と頭注とからなる。原則として、傍注には現代語訳、頭注には、事柄や言語についての解説をあてるようにした。

一、傍注は、安易な意訳によらず、こなれた現代語訳の実現につとめた。しかし、本文には振り仮名を付した語が多く、傍注のスペースが比較的少ないため、中には、現代語訳を頭注欄にまわしたところもある。

一、傍注における〔　〕は、本文にない主語・目的語などを補ったものであり、（　）は、会話文の話者などを指示したものである。

一、頭注は、各説話の理解を深めるのに役立つことを主としたが、同時に、本書全体から見た位置づけ、他の説話ないし諸事項との関わりについても付記することにつとめた。また、わが国古来の諸伝承あるいは中国の古代資料とつながりのあるものについては、同様にこれを付記した。

一、頭注には次のような略記法を用いた。

1、本文の語句を引用する場合、例えば「豊浦の寺」を「豊浦寺」と記すように、人名・国名などの中にある、このような「の」を省略した。その他、誤読のおそれのないと思われる語句についても、例えば「古き京」を「古京」と記すように、適宜略記した。

2、本書の説話を引用する場合、次のように略記した。

（例）上巻第三縁　→　上三縁　　中巻第三十五縁　→　中三五縁

3、文献名およびその細目について、次の程度の略称を用いた。

（例）日本霊異記攷証　→『攷証』　　今昔物語集巻第十二第一話　→『今昔』一二ノ一

色葉字類抄　→『字類抄』　　類聚名義抄　→『名義抄』

日本書紀　→『書紀』　　日本書紀雄略天皇条　→『雄略紀』

続日本紀　→『続紀』　　上宮聖徳法王帝説　→『帝説』

聖徳太子伝暦　→『伝暦』　　唐大和上東征伝　→『東征伝』

大安寺伽藍縁起幷流記資財帳　→『大安寺資財帳』

金剛般若経集験記　→『集験記』

一、頭注欄に適宜＊印の項を置いた。巻末の付録「古代説話の流れ」に、各頭注欄では説明しきれない説話事項について解説したが、＊印は、それへの道しるべである。随時参照ねがいたい。

一、頭注欄には、各説話の主要な段落について小見出し（色刷り）を入れ、話の展開の理解への一助とした。

〔解　説〕

一、巻末の解説は、古典としての『日本霊異記』のもつ魅力の解明を試みることを主とし、あわせて頭注や付録「古代説話の流れ」で述べつくせない所を補うことも意図した。おのずから作品全篇の概説ともなるであろう。

〔付　録〕

一、付録として、「古代説話の流れ」「説話分布表」「説話分布図」を付した。

1、「古代説話の流れ」は、頭注でおおいきれなかった各縁の解説および説話事項について解説した。頭注欄＊印の文末〔　〕で示される見出しがこれと対応している。なお、この冒頭に、説話事項の目次を付し、頭注＊印の解説を参照する便宜をはかった。

2、「説話分布表（図）」は、本書に登場する各国各郡ごとの説話を表にするとともに、その地名のおよその位置を地図に記入した。説話の伝播などの理解にも役立つであろう。

なお、本文や注釈などについて、日本古典文学大系本（遠藤嘉基・春日和男校注）・大東文化大学東洋研究所叢書本（松浦貞俊校注）・日本古典文学全集本（中田祝夫校注）に多大の裨益（ひえき）を蒙ったが、個々の参照注記は略した。その他、諸氏の業績から種々恩恵を受けたが、そのうち、小林芳規・築島裕・中村宗彦・原口裕・原田行造・守屋俊彦・大坪併治各氏については、スペースの関係から頭注欄に氏名注記ができなかった。ここに記して、深甚の謝意を表する。

日本霊異記

日本霊異記　上巻

日本国現報善悪霊異記　上巻 一

諾楽二の右京三の薬師寺四の沙門五景戒録す

序 第一段
――仏教・儒教の伝来とその受容

原夫れば六、内経七・外書八の日本に伝はりて興り始めし代は（広まり始めた時代は）、おほよそに二つの時ありき。みな百済九の国より浮け来りき一〇（船に乗せて持ってきた）。

軽嶋一一の豊明の宮に宇御めたまひし一二誉田一三の天皇のみ代に、外書来れり。

磯城嶋一四の金刺の宮に宇御めたまひし欽明天皇一五のみ代に、内典来れり。

しかれどもすなはち、外一六を学ぶるひとは仏法を誹れり。

一　この書名をつけた理由については二四頁に記す。略して『日本霊異記』、さらに『霊異記』ともいう。
二　奈良。本書では主としてこの「諾楽」を用いる。
三　皇居から南面して朱雀大路の右（西）側の地。
四　南都七大寺の一つ。奈良市西の京にある。景戒はこの寺の「伝燈住位僧」であった。三〇八頁参照。
五　僧。出家した者の総称。
六　文章の冒頭に用いる語で、物事の根源や奥などを探ってみる場合にいう。訓みは、空海著『文鏡秘府論』図書寮本による。
七　仏教関係の書物。仏教を中心に見ていう。内典。
八　仏教書以外の漢籍。とくに儒教の書物。外典。
九　四～七世紀、朝鮮半島の南西部にあった国でわが国との関係は重要。本書の上四後半・七・一四・一七・二六各縁に、その渡来僧の話などを収める。
一〇　「浮べ」に同じ。国会本「将て来る」。
一一　奈良県橿原市大軽にあった皇居。
一二　天下をお治めになった。二六頁「治天下」と同じ。
一三　四世紀後半頃、第一五代の応神天皇。その十六年に『論語』『千字文』などが伝来した（『応神紀』）。
一四　奈良県桜井市金屋にあった皇居。前の文と対句。
一五　六世紀前半、第二九代の天皇。その十三年に百済から仏典・仏像などが渡来した（『欽明紀』）。
一六　「外書」（注八）に同じ。

内を読むひとは外典を軽みせり（軽んじている）。
愚癡の類は、迷執を懐きて（心に抱き）、罪福を信なりとせず（真実のこととはしない）。
深智の儔は、内外を観て、信として因果を恐る（因果の理をかたく信じて謹み恐れる）。

ただし、代々の天皇、
あるいは（ある天皇は）高き山の頂に登りて悲れびの心を起し（慈悲の心を起され）、雨の漏れる殿に住みて庶の民を撫でたまひき（慈しみなさった）。
あるいは生れながらにして高弁に、兼ねて（前以て）末の事を委り、一たびに十の訴を聞きて一言も漏らしたまはず（お聞きもらしにならなかった）。生年二十五にして天皇の請ひを受けまつりて大乗経を説きたまふ。造りたまへる経の疏はとこしへに（いつまでもながく後の世に）末の代に流はれり。
あるいは弘誓の願を発し、敬みて仏像を造りたまふ。天は願ふところに随ひ（天の神はその願いを聞き入れ）、地は（地の神は）宝蔵を敞きたり。
また、大僧たち、
徳は十地に侔しく、道は（行いは）二乗を超えたり。

一 「内経」（二一頁注七）に同じ。
二 ものの道理の分らない人たち。「愚癡」の人の話は、例えば下二九縁。この行は次行と対句。
三 迷った心で物事に執着すること。迷える執念。
四 罪悪と福徳。例えば、五逆十悪は悪果を招くから罪、五戒十善は善果を招くから福、という道理。
五 知恵の深い人たちは、内典と外典の両方を読み。
六 第一六代仁徳天皇の故事。高い山での国見は『書紀』よりも『古事記』に近い。仁徳天皇は、外書だけ伝来して仏教は未渡来の時代を代表する聖帝で、その「悲心」は仏教の「慈悲心」に通じる。
七 国民、人民のこと。
八 聖徳太子の故事。第三三代推古天皇の皇太子となり業績は多い。ここでは天皇と同列に扱う。上四縁に同様の伝記をのせて「聖人」と称え、上五縁末では聖武天皇に生れ変ったことを記す。
九 物事を判断する力に勝れていて。
一〇 「訴」は「うつたへ」の古語。
一一 『推古紀』では、十四年（太子三十四、五歳）に勝鬘経・法華経を講ず。「大乗経」は大乗仏教の経典。
一二 経典の注釈書。「勝鬘・法花等の経の疏を製り」。
三六頁九行参照。
一三 第四五代聖武天皇の故事。「弘誓」は、衆生すべてを救おうという広大な誓い。「仏像」は東大寺の大仏の造立をさす（中巻序参照）。本書にはこの天皇の時代の話がとりわけ多く、景戒の畏敬する仏徒天皇。

一八 智の燭を秉りて昏き岐を照らし、慈しびの舟を運びて溺るる類を済ひ、難行苦行して、名は遠国にも流はれり。一九 今時の深智の人、二〇 神功もまた測りがたし。

ここに、諾楽の薬師寺の沙門景戒、つらつら世の人を瞰るときに、二一 方に鄙なる行を好めり。

二二 利養を翹み、財物を貪ること、磁石の鉄の山を挙して鉄を嘘ふよりも過ぐ。

二三 他の分を欲ひ、おのが物を惜しむこと、二四 流頭の粟の粒を粉きて糠を啖むよりもはなはだし。

二五 あるいは寺の物を貪り、犢に生れて債を償ふ。

二六 あるいは法・僧を誹り、現身に災ひを被る。

二七 あるいは道を殉め行を積みて、現に験を得たり。

二八 あるいは深く信け善を修めて、生きながら祐を霑る。

善悪の報は、影の形に随ふがごとし。

一四 宝の蔵。ここは、天平感宝元年（七四九）陸奥国での黄金の発見献上をさす（『続紀』）。

一五 高僧たち。景戒の最も尊敬する行基など。行基は聖武天皇代の僧、文殊菩薩の変化といわれる。

一六 十地の菩薩。修行を積んだ徳の高い菩薩。

一七 小乗・中乗・大乗のうち前二つ、声聞乗と縁覚乗。二乗を越えるとは

大乗すなわち菩薩乗の域に入ることをいう。

一八 真実の智の光で煩悩の暗い迷路を照らし導き。

一九 景戒と同時代、下巻序文と呼応し、とくに延暦六年（七八七）前後の時点をいうか。二〇七頁参照。

二〇 霊妙ですばらしい功績。「神しき功」とも訓む。

二一 底本による。通説は、別本「才」により「才好くして鄙なる行あり」（学才があるのに……）とする。

二二 私腹をこやすなどの利得を得ようと願い。

二三 他人の分けまえ・持ち物を欲しがり。「分」を問題にする話に、中一六縁などがある。前文と対句。

二四 人名。伝未詳。中巻序にも「流頭の糠を食ひ」とあり、物惜しみで典型的な人と思われる。

二五 上二〇・中九・三二各縁などの話をさす。

二六 上一五・一九・二九各縁などの話をさす。

二七 上六・一四・一八各縁などの話をさす。

二八 上七・一七・三一各縁などの話をさす。以上の四行の対句において、前二行は悪の報い、後二行は善の報いの、それぞれ典型的な話の例をあげている。

序　第二段 ―― 世人の鄙行と因果応報

一 苦楽の響は、谷の音に応ふるがごとし。
二 見聞するひとは、すなはち驚き怪しび、一卓の内を忘る。（そこで初めて）（同席の人のことを忘れるほど動揺する）
慚愧するひとは、たちまちに三 悸きし惕み、四 起ち避る頃を忩ぐ。（罪を悔い恥じる人は）
五 善悪の状を呈すにあらずは、なにをもちてか、六 曲執を直して是非を定めむ。（はっきり知らせないで）（なにを基準にして）（行いの）（よしあしを決めることができよう）
因果の報を示すにあらずは、なにによりてか、悪心を改めて善道を修めむ。（善悪の行いに応じた報いの実例を見せないで）（どういう方法によって）（よいみち）（すなわち仏道を修めることができよう）
昔、漢地にして七 冥報記を造り、大唐の国にして八 般若験記を作りき。（中国において）
なにぞ、九 唯し他国の伝録をのみ慎みて、自土の一〇 奇事を信け恐りざらむや。（どうして）（外国の伝えばかり恐れ慎んで）（わが国の）（信じ）（恐れないでよかろうか）
ここに起きて目に矚るに、忍ぶること得ず。（そこで）（このままでは我慢できない）
寝み居て心に思ふに、黙ること能はず。（黙っていられない）
然あるがゆゑに、いささかに一一 側に聞けることを注し、号けて日本国現報善悪霊異記といふ。（そういうわけで）上・中・下の参巻となして、季の葉に流

序 第三段
——撰述の主旨と読者への願い

一 苦や楽が、善悪の行いに応じて打てば響くように現れるさまは、谷がこだまを返すようなものだ。
二 （てきめんに現れる善悪の報いを）見たり聞いたりする人。「見聞」の訓みは『字類抄』による。
三 胸がどきどきして心が痛み。訓みは訓釈による。「こころつごきてうちなげき」（『万葉集』四〇八九）と同語。「つご」はもと擬態語か。
四 じっとしていられず、急いで遁れ去ろうとする。
五 善因善果、悪因悪果の報いが現れる実状。景戒はここで、その実例集を撰述する決意を述べる。この文は次の文と対句。「状」の訓みは古辞書による。
六 邪なことにとりつかれている心。因果応報を信じない心。「迷執」（二二頁注三）と同意。
七 唐の唐臨の撰。三巻。六五〇～五年の間の成立。因果応報譚を収録し、本書の説話（上七縁・下一〇縁など）と深く関わる話が多い。
八 唐の孟献忠の撰。三巻。七一八年に成立。『金剛般若経集験記』の略称で、『金剛般若経』の霊験譚を収め、本書の説話（中二四縁）と関わる話がある。
九 平安初期では、「唯」は、強意の助詞シを付ける。
一〇 不思議な出来事。「奇」はアヤシ・メヅラシ（上四縁訓釈）。本書を「奇記」（二五頁注一三）ともいう。
一一 次行と対句をなす（小島憲之説）。「目」は底本など「自」、流布本（石塚龍麿本）による。

ふ。（後世に伝えることにした）

しかれども、景戒、

性を稟くること（生れつき）儒しくあらず（賢くもなく）、濁れる意澄ましがたし。坎井[一四]の識にして、久しく太方に迷ふ。能功[一五]の離れるところに（名工が刀で彫刻した跡に）、浅工にして刀を加ふ（下手な細工人が手を加えるようだ）。寒心[一六]の貽らむことを恐り、手を傷はむことを患ふ。〔しかし〕これもまた、崐山[一七]の一つの礫なり。

ただし、口説[一八]すること詳らかならぬをもちて（はっきりしないために）、忘れ遺すこと多くあらむ。善を貪ふ[一九]ことの至りに昇へず、濫竽[二〇]の業を示さむことを慄[二一]る。後生[二二]の賢者、幸しくも嗤り嗤ふことなかれ。

祈はくは、奇記[二三]を覧むひと、邪[二四]を却けて正に入れ。諸[二五]の悪をなすことなかれ。諸の善を奉行へ。

一三 ちょっと聞いたことを書きつける。景戒は、「口伝を注す（口伝を選ぶ）」とも記すが、本書の説話には文字資料をもとにしたものも少なくない。

一三 以下、本書の撰述者としての自己卑下の弁。中巻序にも同趣の文がある。

一四 井戸の中の狭い知識で、長い間途方に暮れている。「坎井」は浅い井、「坎井の識」は「井中の蛙」というのに同じ。「太方」は、大道、正しい道。

一五「功」は「工」と同意。底本による。

一六（不敏な迷える私だから）ぞっとする戦慄に襲われはしないかと恐れもし、（下手な細工人の私だから）われとわが手を傷つけはしないかと心配もする。

一七 名玉の産地である崑崙山の珠玉の中の一つの石ころではある（それくらいの役は果すかもしれない）。「崐山」は、古代中国の伝説上の西方楽土。

一八 言い伝えられている説話伝承。注一一参照。

一九 善行を望む真情を抑えきれず、そのあまりに。

二〇 無能の私が才能ありげに見せかけるような仕業。

二一「慄」の異体字。「恐」と同意（訓釈）。

二二 後の世の識者たちよ、どうかあざけり笑わないでいただきたい。文章末の常套的文言。

二三「自土の奇事」（二四頁注一〇）を撰述した本書。

二四 邪悪な行いをせず、正しい道（仏道）に入って下さい。同文が上一五・三〇各縁末にもある。

二五「諸悪莫作、諸善奉行」は、『増一阿含経』等にある有名な偈。聖徳太子の遺言にもある（『舒明紀』）。

電を捉ふる縁[一][二] 第一

栖軽、電神を招請する

少師部[三]の栖軽は、泊瀬[四]の朝倉の宮に、二十三年天の下治めたまひ（天下をお治めになった）し雄略[五]天皇 大泊瀬の稚武の天皇とまうす の随身にして（側近者で）、肺脯[六]の侍者なりき。

天皇、磐余[七]の宮に住みたまひし時に、天皇、后と大安殿[八]に寐て、婚合[九]したまへる時に（同衾なさっていた）、栖軽、知らずして参ゐ入りき（参内した）。天皇恥ぢて輟みぬ。

時に当りて（ちょうどその時）、空に雷鳴りき。すなはち天皇、栖軽に勅して詔はく、「汝[一〇]、鳴雷を請けたてまつらむや（お招きして参れるか）」とのたまふ。答へてまうさく、「請けたてまつらむ（お招きして参りましょう）」とまうす。天皇詔言はく、「しかあらば、汝請けたてまつれ」とのたまふ。栖軽、勅をうけたまはりて（勅命をお受けして）宮より

一 かみなり。底本は以下「電」「雷」の区別がない。

二 本書に影響を与えた中国の仏教説話集『諸経要集』などは、各話の標題を「……縁」で結ぶ。由来譚の意か。また、『書紀』などで命名起源を説明する伝承の形式「……の縁」（二八頁注四参照）とも関わるか。

三 諸本「小子部」。『雄略紀』は「少子部連蜾蠃」、同六年三月に多くの小児を養う話があるから、底本の「少師」（幼少者多数の意）は、その話による用字か。

四 奈良県桜井市初瀬町の辺にあった皇居。

五 『万葉集』もこの天皇の歌から始まる。第二一代、五世紀後半の天皇で、『古事記』や『書紀』にも多くの伝承を残す。

六 「肺」や「脯」のような、なくてはならない腹心の侍者。

七 桜井市池ノ内の東～東北部の辺。別宮か。

八 「安殿」は、天皇の住む主要な御殿で、大・小・内・外などあった。オホヤスミドノともいう。

九 天皇の共寝は、元来、神の降臨を仰ぎ農業生産を促進するための秘儀であったともいう。なお、冒頭に帝の好色譚を置くのは、『古事談』も同じ。

一〇 この勅命の本意について、単なるてれ隠しの命令か、不注意な入室に対する難題か、ともみられるが、栖軽の役職から考えて前者か。なお、本書の「請」は、僧や仏をお迎えする場合に用いるので、本説話の前段では、雷は僧仏なみに神として待遇されている。

罷り出でぬ。

緋の縵を額に着け、赤き幡桙を擎げて、馬に乗りて、阿倍・山田の前の道と豊浦の寺の前の路とより走り往きぬ。軽の諸越の衢に至り、叫囁びて請けてまうさく、「天の鳴電神、天皇請け呼びたてまつる云々」とまうす。しかして、ここより馬を還して走りてまうさく、「電神といへども、なにのゆゑにか天皇の請けまつるを聞かざらむ」とまうす。走り還る時に、豊浦の寺と飯岡との間に、鳴電落ちてあり。

栖軽見て、すなはち神司を呼び、轝籠に入れて大宮に持ち向ひ、天皇に奏してまうさく、「電神を請けたてまつれり」とまうす。時に、電、光を放ちて明り炫けり。天皇見て恐りたまひ、偉しく幣帛を進りて、落ちし処に返さしめたまひきといへり。今に電の岡と呼ぶ。古き京の少治田の宮の北にありといへり。

しかして後時に、栖軽卒せぬ。天皇、勅して七日七夜留め、その

一一「緋の縵」は赤い色の神事用かぶり物。「赤き幡桙」は赤旗をつけた桙。赤は古代の呪色、縵・幡・桙は呪具。『風土記』に縵や幡で神を招いて鎮める話があり、賀茂の別雷神を迎える祭にはさらに走馬の行事もある（『年中行事秘抄』四月）から、栖軽の行動は、わが国古来の雷神招請呪術に則したもの。

一二 桜井市内の上つ道と横大路の交叉点から阿部・山田を経て、橿原市大軽で下つ道に行き当る道を往復。

一三 蘇我稲目の建てた日本最初の寺で、いま広厳寺。

一四 この栖軽の発言は、三一三頁五行と、本書の首尾で呼応する。天皇の強大な権威の信奉表明である。

一五 未詳。「奥山」の小字「米山」説がある。

一六 神司（神官）を呼んで轝籠（竹製の輿）に乗せるのは神としての待遇。竹は雷の依代であり、ここで雷は小さ子に変じたか（三二一頁九行参照）。すると、子―籠の洒落か（『竹取物語』の冒頭部に通じる）。

一七 十分に整えて供え物をささげて。「タタハシ」は動詞タタフ（溢・称）と同語源、満ち足りたさま。

一八『万葉集』巻三冒頭歌「……雷の上に……」で有名な、明日香村雷の小丘と同じという。

一九「古京」は、本書で飛鳥・藤原京をさす。「少治田宮」は推古天皇の都。

二〇 死者を埋葬するまでの間、喪屋に安置して祭る、つまり殯を行う。

栖軽を顕彰する雷の岡の墓標、雷を捕える

忠信を詠ひたまふ。電の落ちし同じところにその墓を作り、永く碑文の柱を立てたまふ。いはく、

取電栖軽之墓

といふ。

この電、悪み怨みて鳴り落ち、碑文の柱を踊ゑ践み[一]、その柱の析けし間に、電挟りて捕へらる。天皇聞しめして、電を放ちたまふに死なず。雷慌れて、七日七夜留まりてあり[二]。天皇勅して、碑文の柱を樹てしめたまひき。いはく、

生之死之捕電栖軽之墓

といひき。

いはゆる古き京[三]の時に、名けて電の岡といふ語[四]の本、これなり。

狐を妻として子を生ましむる縁　第二

＊本書で「忠信」は七九頁と二例。「忠」は天皇に誠意を尽す人物に用いる。〔栖軽の忠信〕

＊雷に対する扱いが、本話の前段では神として待遇されていた（二六頁注一〇）。後段では、「取る」「捕ふ」（表題も「捉ふ」）と敬意を表さず、戯画化し擬人化している。〔雷を捕える〕

一「柱」は元来神の依代である。それを足蹴にし踏みつけ、裂け目にはさまれた雷は、やはり人間の小さ子の形であったか（二七頁注一六）。「天雲をほろに踏みあだし鳴る神」（『万葉集』四二三五）。

二 二七頁末の殯の期間と全く同じ点にも、戯画化がある。

三 二七頁注一九参照。

四 話の起りの意、ここでは岡の名の由来。コトノモト形式（「縁」「本」などの字を用いる）をとる伝承は『書紀』『風土記』に多く、地名などの起源説明に多用。わが国古来のコトノモト伝承を、「自土の奇事」（二四頁九行）を記す本書の冒頭話に置いた点は、因縁出来の糸をたぐって仏教的因果世界へと誘ってゆく上にも効果的である。

五 第二九代、六世紀前半の天皇。この時代に仏教が渡来した。

六 奈良県桜井市金屋にあった欽明天皇の皇居。

七 国を治められた。「宇御めたまひし」（二一頁）「天の下治めたまひし」（二六頁）の日本的表現。

八 美濃国大野郡（『和名抄』）。岐阜県揖斐郡の東部の大野町。木曾三川の流域で、農耕に適した地。

九 「荒野」に同じ。訓みは『和名抄』。人間の日常生活の場ではない。異類と交渉をもつ適地か。

一〇 美女に出会った。平安初期頃の仮名遣いは「うるわし」（訓釈）。元来の「うるはし」による。

一一 男に気があるようになれなれしく振舞い。

一二 ながし目で見るなど、目で合図をする。

一三 同棲しているうちに。「比頃」にコロホヒ・コノコロの二訓（訓釈）あるが、文中の場合は前者。

一四 一家の主婦。前文の「女（嬢）」と「壮」は、以下それぞれ「家室」と「家長」になっている。

一五 はげしく攻撃の気勢をあげ、にらみつけ、歯をむき出して威嚇し、吠えたてる。仏典に「期剋（声）」「唯齜嗥吠」の例があり、その字面によるか。「いのごふ」は、『古事記』神武にもあって、敵に対する罵倒的な憎悪にみちた声に重点をおく言葉。――子犬は吠えたてているのに、親犬はそ知らぬ顔をしているか。

一六 （家室は）そのように嘆き訴えるけれども。原文「雖然患告」。類例二九三頁七行。従来これを「然れ雖患へ告げて」と訓み、「患告」を家長の動作とする。

一七 「猶」は、平安初期頃の訓読ではナホシと訓む。「し」は強意。

美濃の男、狐を妻に

昔、欽明天皇[五]これは、磯城嶋[六]の金刺の宮に国食し[七]し、天国押開広庭の命ぞの御世に、三乃[八]の国大乃の郡の人、妻とすべき好き嬢を覓めて（探して）、路に乗りて（路上を通っていった）行きき。時に、曠野[九]の中にして姝しき[一〇]女遇へり。その女、壮[一一]に媚び馴き、壮睇ちて[一二]いはく、「いづくに行く稚嬢ぞ」といふ。嬢答ふらく（答えていうのには）、「能き縁を覓めむとして（良縁を探そうと思って）行く女なり」といふ。壮もまた語りていはく、「わが妻と成らむや（私のお嫁になりませんか）」といふ。女、「聴さむ（いいわ）」と答へていへば、すなはち（さっそく）家に将て交通ぎぬ（結婚した）。

相住める[一三]比頃に、懐任みてひとりの男子を生む。時に、その家の犬も、十二月の十五日に子を生む。その犬の子、つねに家室[一四]に向ひて、期剋ひ[一五]睚み皆み嗥吠ゆ。家室、脅え惶ぢて（恐れて）、家長に告げていはく、「この犬は打ち殺せ」といふ。然患へ[一六]告ぐるといへども、〔家長は〕猶し[一七]（やはり殺さずにいた）殺さず。

二月・三月の頃に、設けし[一]年米を舂く。時に、その家室、稲春女[二]らに間食を充てむとして碓屋[三]に入る。すなはちその犬[四]、家室を咋はむとして追ひて吠ゆ。すなはち驚き躁ぢ恐り、野干[五]と成りて籠[六]の上に登りて居り。

家長見ていはく、「汝とわれとの中に子を相生めるがゆゑに、われは汝を忘れじ。毎に来りて相寐よ」といふ。故に[七]、夫の語を誦えて来り寐き。このゆゑに名けて支都禰[八]といふぞ。

時に、その妻、紅の襴染の裳[九]今の桃花[一〇]の裳ぞを着て、窈窕びて、裳襴を引きつつ逝きぬ。夫、去にし容を視て、恋ひて歌にいふ、

恋はみな[一一]　わが上に落ちぬ
たまかぎる　はろかに見えて　去にし子ゆゑに

そゑに、その相生ましめし子の名を岐都禰と号く。また、その子の姓[一二]も、狐の直と負す。この人、強き[一三]力多ありき。走ることの[一四]疾きこと鳥の飛ぶがごとし。

一 前から用意していたその年度の供出米。美濃の舂米を京に運ぶ期限は四月末（『民部式』下）。
二 「稲春女」は、米を臼でついて精白する女。「間食」は、朝夕二食時代の中間食で、労働用臨時食事。稲春女にもこれを給する例がある（『造酒司式』）。
三 踏み臼のある小屋。「碓」は足で踏んでつく臼。
四 国会本「その犬の子」。底本により、前文「その家の犬」つまり親犬をさすとみるのがよい。
＊ 親犬がここで初めて家室に吠えついたのは？［狐と犬］

狐妻の別離——キツネの語源、姓の由来

五 狐のこと。ここはキツネ命名以前の名なので音読する。「射干」ともいい、中国に例がある（『和名抄』）。
六 大きな伏せ籠の類か。国会本に「籬」とあるのによれば垣根。
七 それ故に。平安初期頃の訓読に多い。
八 「来つ寝」（来て寝よ、または「来つ寝つ」のつ略）の民衆語源説。キツが鳴き声でネが添語などの説もある。なお、大字から小字へと文脈が続く文の形式は、漢訳仏典に例がある。
九 裾を赤い色で染めた裳（女の長いスカート状の衣裳）。これを引くとは、狐の太く長い尾からの連想。
一〇 とき色のことで、美しい淡紅色。
一一 この世の恋の思いがみんな私の上に落ちてきたようにせつない。ちょっとだけ現れて去ってしまったあの女のために——。「たまかぎる」は、玉の微妙に光

三乃の国の狐の直らが根本、[一五]これなり。（姓の由来はこれである）

第三

電の憙[一六]を得て生ましめし子の強き力ある縁

昔、敏達天皇[一七]〈こは、磐余[一八]の訳語田の宮に国食し[一九]し、渟名倉の太玉敷の命ぞ〉の御世に、尾張[二〇]の国阿育知の郡片蕝の里に、ひとりの農夫ありき。作田に水を引く時に、少細[二一]降雨るがゆゑに、木の本[二二]に隠れて、金[二三]の杖を撞きて立てり（地面に突いて）。時に電鳴りき。すなはち恐り驚きて、金の杖を擎げて（高くさし上げて）立てり。すなはち（ちょうどその時）、電、その人の前に堕ちて、小子となる。しかるにその人、金の杖を持ちて撞かむとす（突こうとした）。時に、電いはく、「われを害ふことなかれ（殺さないで下さい）。われ汝の恩を報いむ」といふ。その人問ひていはく、「汝、なにをか報いむ（なにをして恩返ししてくれるのかね）」といふ。電答へていはく、「汝に寄りて（あなたを頼りにして）、子

るさま、ここは「はろかに」に掛る枕詞。
＊この歌には類歌が多い。〔恋の類歌〕
一二 古代の家柄の称号。「直」は地方豪族の姓。
一三 力を天の神に授かる話（柳田国男）といわれる。
一四 経典にこれと同じ文がある（二〇一頁）。狐の属性。母方の資質とともに系譜をうけ継いでゆく。
一五 コトノモト（上一縁末）の類語で同様の効果を持つ。「根本」とも訓める。二八頁注四参照。
＊ 狐直の始祖譚。〔説話の重層的成立〕

雷神の報恩

一六 よろこび。好意。喜・嬉に同じ。
一七 仏教渡来時の欽明天皇の第二皇子で、第三〇代の天皇。
一八 皇居は桜井市戒重の地かというが、位置未詳。
一九 国を治められた。
二〇 名古屋市中区古渡町付近ほか諸説。現在地未詳。
二一 五頁注二〇参照。「育」はユの仮名でもあるが、「阿育王」との関わりでイと訓む説に従う。
二二 「少細」は訓釈による。「些カニ雨降ル」の意訳か。
二三 避雷呪術用の桑の木か（『捜神記』巻十二、『尾張国風土記』逸文「熱田社」などの雷神伝承による）。雷の昇天の聖樹である槻の木説もある。
二三 ここは農具のスキ（『扶桑略記』『水鏡』の道場伝、『捜神記』）やクワ（鍬）の説もあるが、元来「赤き幡桙」（二七頁注一一）と同趣のものであろう。古来「杖」には呪力があった。

を胎ましめて報いむ。そゑに、わがために楠[一]の船を作り、水を入れ、竹[二]の葉を泛べて賜へ」といふ。すなはち、電のいひしがごとくに作り備けて与へつ。時に、電いはく、「近[三]よることなかれ」といひて、遠く避らしむれば、すなはち、愛[四]り霧らひて天に登りぬ。

小子、力くらべに勝つ

しかして後に、産れし児の頭は、蛇[五]を二遍纏ひ、首と尾と後に垂りて生れたり。

長大りて、年十有余の頃に、「朝庭に力人あり」と聞きて、「試みむ」とおもひ、来りて大宮のあたりに居りき。ここに、時に臨みて王[六]ありて、力秀れたり。当時、大宮の東北の角の別院に住む。その東[七]北の角に、方八尺の石あり。力ある王、住める家より出でて、その石を取りて投ぐ。すなはち住処に入りて門を閉ぢ、他[八]人を出で入りせしめず。少[九]子視ておもはく、「名の聞えたる力人はこれなりけり」とおもふ。

夜に、人に見られずしてその石を取りて、一[一〇]尺投げ益れり。力あ

＊子を授ける恩返し。〔先行伝承の推測〕

一 楠で作った水槽。「船」は物を入れる大型の容器。楠は古来船材として最も多く利用。快速船「速鳥」(『播磨風土記』逸文)や「鳥之石楠船神」(『古事記』)などの名から、楠船は空を翔る力を秘めるもの。また楠は雷の依代でもあろう。

二 雷は竹の葉に乗って昇天する。落雷した所に竹を立てるなどの風俗が各地に現存する。

三 雷の昇天に際して発する気が人を害するのだろうか(類例一六六頁注一)。

四「愛」は「靉」(『名義抄』クモル)の略体。「霧らふ」は、一面に曇りわたってゆくさま。

五 雷神を蛇体とする伝承は古来多い。また、蛇を持つ夜叉像などからの造型でもあろうか。

六 皇族の血筋を引く人。その王に挑戦しようとする小子の在野的精神は旺盛である。

七「うしとら(丑寅)」は、いわゆる鬼門に当る。この大石は、そのための鎮めの石か。

八 他人の出入りを禁止している世間と没交渉の人。怪しげで凄味のある力人を強く印象づける。

九 底本は、以下「少子」「小子」の区別がない。

一〇 一尺(約三〇センチ)遠くに投げておいた。以下一・二・三、次の段で四と、数を漸増させている。

一一 手をたたいたり、しなやかに曲げてみたりして(一種の準備運動)。「攢」はモムとも。タヲは、タヲ

の鋤柄を持ち、杖に撞きて往き、水門の口に立てて居う（置いた）。諸の王たち、鋤柄を引き棄て、水門の口を塞ぎて、寺の田に入れず。優波塞、[一三]また百余[一四]引きの石を取り、水門を塞ぎて、寺の田に入る。王たち、優婆塞の力を恐りて、つひに犯さず（再び邪魔をしなかった）。そゑに、寺の田渇れずしてよく得たり（収穫が得られた）。このゆゑに、寺の衆の僧聴して、得度[一五]し出家せしめ、名は道場法師と号けき。後の世の人の伝へていはく（後世の人が言い伝えていうことには）、「元興寺の道場法師、強き力多あり」といふは、これなり。

まさに知れ（よく知るがよい）、まことに先の世に[一六]強くよき縁を修めて（過去の世で十分に善行を修めた報いとしてこの世に）感ぜる力なり（〔法師の力は〕に得られた力である）といふことを。これ、日本国の[一七]奇しき事なり（不思議な出来事である）。

聖徳の皇太子[一八]、異しき[一九]表を示したまふ縁　第四

となる意。

一二 この寺田は飛鳥川の流域にあり、それを灌漑する木葉堰の設置に関連して、下流の田を所有する「諸王たち」と水争いになったのであろう（和田萃説）。

一三 鋤の柄。堰で水量調節する鋤型の板という。ただし、鋤は開拓を象徴する呪具、また水神である雷神を降す依代としての鋤杖などの背景説もある。

一三 底本に従う。

一四 木葉堰の施設の一部であった弥勒石をさすという。なお、本話は話の展開につれて物の数を漸増させているが、さらに「十人」（鋤柄）、「百余引き」と増大。主人公の怪力を読者に強く印象づける。

一五 在俗の者が出家して僧となること。「優婆塞」として修行してついに本願を果したのである。

＊ 雷神の申し子の得度。〔道場法師のこと〕

一六 この一文は、本話と同じ説話群に属する中四・二七縁の各文末、「先の世に……」と呼応する。

一七 序文の「自土の奇事」（二四頁九行）を受けたもの。本書冒頭を飾る固有の世俗説話的導入部（上一～三縁）において、これをしめくくる結語でもある。

一八 聖徳太子。本書で最も尊崇される聖のひとり。標題に人名をあげるのは太子と行基（中二九縁など）のみ。序文（二二頁七行）でも称えられている。

一九 不思議な言動を示された話。「異しき表を示す」という標題は、上一〇縁など六例。類例の「霊表を示す」「奇表を示す」などとともに標題の一類型。

聖徳の皇太子は、磐余の池の辺の双欟の宮に宇御めたまひし橘の豊日の天皇のみ子なりき。小墾田の宮に宇御めたまひし天皇のみ代に、立てて皇太子としたまひき。

太子にみ名三つありき。一つのみ号は厩戸の豊聰耳とまうす。二つのみ号は聖徳とまうす。三つのみ号は上つ宮とまうす。

厩の戸に向ひて産れませり（お生れになった）。故に（それで）厩戸とまうす。天年生れながら（生れつき賢くておいでになり）知りたまひ、十人の一時に訟へまうす状を（状態を）、一言も漏らさずしてよく聞き別きたまへり。故に豊聰耳とまうす。進止威儀は僧に似て行ひたまひ（僧のように行動され）、しかのみならず（そればかりでなく）、勝鬘・法花等の経の疏を製り、法を弘め物を利し（仏法を広め人々を救済され）、考績功勲の階を定めたまへり。故に聖徳とまうす。天皇の宮より上の殿に住みたまへり。故に上つ宮の皇とまうす。

皇太子、鵤の岡本の宮に居住しし時に（お住みの時に）、縁ありて（何かのご用でご殿から出て）宮より出で、遊観に幸行しき。片岡の村の路の側らに、乞匃の人ありて（乞食がいて）、病ひを得

太子の称号

一 奈良県桜井市阿部にあったという用明天皇の皇居。「欟」は「槻」。
二 天下をお治めになった。
三 第三一代用明天皇。皇后は穴穂部間人皇女。
四 第三三代推古天皇（女帝）のこと。聖徳太子は推古元年に皇太子となる（四二頁六行）。「立つ」は、重要な地位につける意。
＊ 聖徳太子の称号は、『書紀』や『帝説』にも記述がある。〔太子の称号〕
五 「豊」は美称。「―耳」は古代に多くみられる人名。「聰」は「聆」と同じくトミミ・ミミトシ（『新撰字鏡』）なので、耳がさといの意から生じた説明説話であろう。
六 「厩の戸に当りて」（『推古紀』）・「（后）厩戸に出でし時に」（『帝説』）。「向」は「於」の意とも。この命名は皇子に関係の深い地名か氏族名によるのだろうが、イエス降誕説話に付合した説もある。
七 「一時に八人のまうす言を聞きてその理を弁む」（『帝説』）。「訟へ」は「うつたへ」の古語。
八 「進止」は進退。「威儀」は作法にかなう挙動。
九 『勝鬘経』・『法華経』等の注釈書。「法花等経の疏七巻を造りて、号をば上宮の御製疏といふ」（『帝説』）。
一〇 功績や手柄により冠位を定める、いわゆる冠位十二階（推古十一年）。
一一 池辺の宮（注一）の南にあったという（『推古紀』『帝説』）。
一二 「上宮の王」（『帝説』）に同じ。

太子と乞食――聖人は聖を知る

て臥せり。太子見して、み轝より下りたまひ、ともに語りて問訊[18]ひ、着せる[19]衣を脱ぎたまひ、病める人に覆ひて幸行しき。遊観することすでに訖りぬ。み轝を返して幸行すに、脱ぎ覆ひたまひし衣は、木の枝に挂りて、その乞匂はなし。太子、衣を取りて着たまふ。有る[20]臣白してまうさく、「賤しき人に触れて穢れたる衣なり。なにの[21]乏しきことありてかさらに着たまふ」とまうす。太子、「住し[22]。汝は知らじ」と詔りたまふ。後に、乞匂の人、他処にして死ぬ。太子聞しめして、使を遣はして殯し[23]、岡本の村の法林寺[24]の東北[25]の角にある守部の山に、墓を作りて収めたまふ。名けて人木[26]の墓といふ。

後に、使を遣はして看しめたまふに、墓の口開かずして、入れし人なし。ただし歌をのみ作り書きて墓の戸に立てたり。歌にいはく、

鵤[27]の　富の小川の　絶えばこそ
　わが大君の　御名忘られめ

一三 奈良県生駒郡斑鳩町岡本にあった太子の御殿。
一四 結果からみて、仏縁に導かれた行為であったか。
一五 視察、巡幸。「片岡に遊行す」(『推古紀』)。
一六 奈良県北葛城郡香芝町今泉。
一七 『書紀』『七代記』は「飢者」、『万葉集』は「死人」。
一八 ごきげんいかがと問い、挨拶すること。
一九 着ていられた御衣。「着す」は「着る」の敬語。
二〇 ひとりの臣下が。「有」の字は「或」に同じ。
二一 どのようなご不自由があって。
二二 それはかまわない。「よし」は、相手のことばに応じていうことば(「住」は国会本による)。底本により「住めよ」(もう言うな)とする説もある。
二三 死者を埋葬する前に、壇に安置して祭ること。
二四 聖徳太子の病気平癒のため、その子の山背大兄王らが創建したという。法輪寺とも。
二五 「東北(丑寅)」は鬼門に当る。「守部山」は未詳。
二六 木と化した人の意か(本文四行目)。「棺」の注「人木」(『新撰字鏡』)と関係あるか。「人」は国会本による。底本により「八木」「入木」とも。
二七 いかるがの富の小川の流れが絶えたならば、その時こそ太子さまのお名前を忘れることができましょう(小川の絶えることがないように、お名前を忘れることはけっしてありますまい)。「富の小川」は、法隆寺の東を流れて佐保川に注ぐ、富雄川。
＊ この歌は、『帝説』や『七代記』等に載り、それぞれ伝承を異にする。〔太子伝承と歌〕

使、還りて状をまうす（様子を報告した）。太子聞しめして、嘿然りて（黙ったままなにも言われなかった）のたまはざりき。

誠に知る、聖人[一]は聖を知り、凡人は知らず。凡夫[二]の肉眼には賤しき人と見え、聖人の通眼[三]には隠身[四]と見ゆといふことを。これ奇しく[五]異しき事なり（まことに不思議な話である）。

付、願覚の話――聖の変化

[六]また、靄[七]法師の弟子円勢[八]師は、百済の国の師なりき。日本国大倭の国葛木[九]の高宮の寺に住みき。時にひとりの法師ありて、北の房[一〇]に住めり。名を願覚（願覚法師）といふ。その師、つねに明旦に出でて里に行き（早朝に坊を出て村里にゆき）、夕をもて来りて（夕方に帰ってきて）坊に入りて居り。これをもて常の業とせり（このことを毎日の仕事にしていた）。

時に、円勢師の弟子の優婆塞[一一]、見て〔願覚の日常を〕師（円勢師）にまうす。師いはく、「言ふことなかれ。黙然れ（黙っておれ）」といふ。優婆塞、ひそかに坊の壁を穿ち[一二]て窺へば、その室の内、光を放ちて照り炫けり[一三]。優婆塞見て、また師にまうす。師答へていはく、「しかあるがゆゑに（そうなのだから）、われ、汝に『言（誰）

一「聖人」は、仏教を証得した人の意であるが、本書では「隠身の聖人」など仏の化身でもある。「聖」も同じ。これと「凡」とは、「これ聖なり、凡にあらず」（六八頁）など対比例が多い。
二「凡夫」は、仏教の道理の理解不十分な人で、その眼を「肉眼」という。五眼の一つ。
三 すべてを見通す眼。神通力。「肉眼」の対で、「明眼」「天眼」ともいう。
四 仏・菩薩が本身を隠し、この世に人間の姿となって現れること。
＊ 本書では「隠身の聖」を重視し（中二九縁の行基など）、下賤の姿の人にこれをみる（中一・下三三縁）。乞匄の登場する本話も同じ。〔隠身の聖〕
五 上三縁の結語と同じく、本書の説話を結ぶ類型句の一つ。二字合わせて「奇異し」とも訓める。
六 以下、別の説話。複数の話をもつ条は、本話の他に、下一・三八・三九各縁もある。
七 静藹（北周、五七八年没）。『三宝絵詞』に靄禅師。底本「藹」、訓釈標出字による（出雲路修説）。
八 円勢も二行あとの願覚も、伝未詳。
九 奈良県御所市、金剛山地にあった地名で、『和名抄』の大和国葛上郡に高宮郷がある。そこにあった寺で、礎石が現存する。
一〇 僧の宿舎。後文の「坊」と同じ。
一一 在俗のまま仏門に入って修行する男子。

ふことなかれ』と諫めしなり」といふ。

しかして後に、願覚たちまちに命終しぬ。時に円勢師、弟子の優婆塞に告げて、「一四葬りて焼き収めよ」といふ。すなはち、師の告へをうけたまはりて、焼き収め訖りぬ。

しかして後に、またその優婆塞、一五近江に住みき。時に、有る人、「ここに願覚師あり」といふ。すなはち、優婆塞往きて見れば、まさにまことの願覚師なり。優婆塞に逢ひて談りていひしく、「比頃、謁らずして、一六恋ひ思ふこと間なし。一七起居安からず」といひき。

まさに知れ、これ聖の一八反化なりといふことを。一九五辛を食ふは仏法の中の制なれども、二〇聖人用ゐ食へば、罪を得る所なからまくのみ。

二一三宝を信敬しまつりて二二現報を得る縁　第五

一二 こっそり願覚の僧坊の壁に穴をあけてのぞくと。
一三 高僧が光を発して室内が輝くのは、義覚（六一頁）・道照（七三頁）も同じ。
一四 火葬にして（墓に）埋葬せよ。なお、身体を焼いてしまうと、魂の依りどころがなくなって蘇生できないから（一六九頁など）、「体を焼くな……」と遺言したりするのが普通（一二四頁八行）。火葬は本書の一テーマで、景戒も焼身の夢をみる（下三八縁）。
一五 いまの滋賀県。
一六 いつも恋しく思っております。
一七 底本「起居不安」による。国会本「起居安不」によれば、お変りございませんかの意となる。
一八 仏などが仮に人間の姿になって現れること。「反化」は「変化」。前話の「隠身の聖」（注四）と同じ意。願覚が聖であることを円勢は見抜いていた。本話は前話と同じく、聖が聖を知る話である。
一九 臭味のある五種の野菜。韮・葱・蒜・薤・薑。臭気があり精力がつくなどの点で仏教では嫌う。
二〇 願覚に五辛を食した記事はない。魚肉も聖人の薬用食物なら罪にならない（下六縁）例もあり、聖人の超越性を強調しようとする句。
二一 仏・法・僧のこと。つまり、仏と、仏の教えと、仏教の教団との、三者をいう。
二二 現世における報い。「現報を得る」は、本書の標題で善い報いとして多く用いる。標題の類型句。

比蘇寺の仏像縁起

大花位[一]大部[二]の屋栖野古の連[三]の公は、紀伊[四]の国名草の郡の宇治の大伴の連らが先祖なり。天年澄情[五]にして、三宝を重みし尊びき〔仏法僧を重んじ敬っていた〕。

本記[六]を案ふるにいはく〔調べると次のように書いてある〕、敏達[七]天皇のみ代に、和泉[八]の国の海の中にして楽器の音声ありき。笛[九]・箏・琴・箜篌等の声のごとし。あるときには雷の振ひ動けるがごとし。昼は鳴り夜は耀き、東を指して流る。大部の屋栖古の連の公、〔この話を〕聞きて奏す。天皇、嘿然[一〇]りて信としたまはず。さらに皇后[一一]に奏す。〔皇后は〕聞しめして〔お聞きになって〕連の公に詔りてのたまはく、「汝往きて看よ」とのたまふ。詔をうけたまはりて往きて看るに、まことに聞きしがごとくに、霹靂[一二]に当りし楠ありき。還り上りて〔都に帰ってきて〕奏さく、「高脚[一三]の浜に泊つ。今、屋栖伏して願はくは、〔あの楠で〕仏像を造りまつらむ〔仏像をお造り申すことをお許し下さい〕」とまうす。皇后詔りたまはく、「願ふところによるべし〔お前の望むとおりにしなさい〕」とのたまふ。連の公、詔をうけたまはりて大きに喜び、嶋[一四]の大臣に告げて詔命を伝ふ。大臣もまた喜び、池[一五]の辺の直氷田を請けて〔招いて〕仏

一　位階の名。大化五年に定められた冠位十九階のうち。これに上・下があり、後文（四四頁一二行）によると「大花上位」であるから、七番目に当る。

二　「大部」は「大伴」に同じ。大部氏は大伴狭手彦の弟、阿彼布古から起るという（『三代実録』貞観三年）。「屋栖野古」は後文「屋栖古」、本話以外に伝未詳。

三　「連」は古代氏姓の一つ。『三代実録』は阿彼布古について「大部連公」と記し、本話に同じ。

四　和歌山市紀三井寺宇治。

五　生れつき心が清らかで。

六　基本となる記録。屋栖野古の正伝の類か。以下、四四頁一三行目「卒りき」までが、その内容。

七　第三〇代の天皇。『書紀』では欽明十四年、『伝暦』では推古三年の事とする。

八　大阪府南部。『書紀』は「河内国泉郡茅渟海」。

九　「笛」は横笛。「箏」は十三絃の琴。「琴」は七絃の琴。「箜篌」は百済琴で竪琴、クウコウ・クゴ。

一〇　黙りこんでお信じにならなかった。

一一　豊御食炊屋姫。後の第三三代推古天皇。

一二　落雷に撃たれた楠。楠と雷とは密接な関わりがある（三二頁注一）。なお、この落雷霊木で仏像を造ることになるが、その点、雷神寄胎の子が仏教を守護するに至ったこと（上三縁）に通じる。

一三　大阪府堺市浜寺・高石市付近。「大伴の高脚の浜」（『万葉集』）と歌われ大伴氏の所領。「泊つ」は、ここ

を離り、菩薩三軀[一六]の像を造りまつる。豊浦[一七]の堂に居きて、諸人仰ぎ敬ふ。

しかるに、物部[一八]の弓削の守屋の大連の公、皇后に奏してまうさく、「おほよそ仏の像は国の内に置くべからず。なほし遠く退けたまへ」とまうす。皇后聞しめして、屋栖古の連の公に詔りてのたまはく、「疾くこの仏の像を隠しまつれ」とのたまふ。連の公、詔をうけたまはり、氷田の直をして稲の中に蔵さしむ。

弓削の大連の公、火を放ちて道場[一九]を焼き、仏の像をもて難破[二〇]の堀江に流す。屋栖古に徴りていはく、「今、国家に災ひを起す[二一]は、隣国の客神[二二]の像をおのが国の内に置くによる。この客神の像を出すべし。すみやかに豊国[二三]に棄て流せ」といふ 客神といふは仏神の像ぞ。固く辞びて出さず。弓削の大連、狂ひたる心に逆なる[二四]謀を起し、傾けむとて便りを窺ふ。

ここに、天[二五]また嫌み、地また憾み、用明天皇[二六]のみ世に当りて、

では楠の霊木が流れついた意。
一四 蘇我馬子。仏教文化の受容に功があり、物部氏を滅ぼし蘇我氏の権力を樹立。「嶋」は庭園の意で、馬子が邸内にりっぱな庭園を築いたことに対する呼称。
一五 『敏達紀』十三年条にも馬子・司馬達等とともに登場。『欽明紀』十四年の「溝辺直」も同人か。
一六 後文（四二頁二行目）によれば、阿弥陀・観音・勢至の三尊か。『敏達紀』は仏像二軀とする。
一七 豊浦寺。二七頁注一三参照。
一八 物部弓削尾輿の子で、排仏派の中心人物として馬子と対立。『欽明紀』では尾輿の事件とする。
一九 ここでは仏教が渡来したころの寺院のことで、豊浦堂（注一七）をさす。本書の「道場」については、付録〔道場法師のこと〕参照。
二〇 大阪市付近の、入江の水を大阪湾に直接放流するために開いた水路。飛鳥から難波に仏像を捨てにきたのは、「豊国」の方に捨て流させるため。難波は対外的にも最重要港であった。
二一 疫病の流行をさしたもの（『敏達紀』十四年）。
二二 百済から渡来してきた仏。当時、仏のことを、仏神・蕃神・他国神などとも記す。
二三 韓国の方に捨てて流せ。一説に九州東北部。
二四 反逆のくわだてをおこし、国家を転覆させようとして、その機会をねらっていた。
二五 天の神も地の神も（守屋の行為を）憎んで。
二六 第三一代の天皇。聖徳太子の父。

弓削の大連を挫き[一]つ。すなはち(そこで)、〔稲の中の〕仏の像を出しまつりて、後の世に伝へたり。今に吉野の竊[二]の寺に安置して、光を放ちたまふ阿弥[三]陀の像、これなり。

屋栖古の年代記

皇后[四]、癸丑の年の春の正月に、小墾田[五]の宮に即位し、三十六年宇御めたまひき。元年の夏の四月庚午[六]の朔にして己卯に、厩戸[七]の皇子を立てて皇太子としたまふ。すなはち、屋栖古の連の公をもちて太子の肺脯[八]の侍者としたまふ。

天皇[九]のみ代十三年乙丑の夏の五月の甲寅の朔にして戊午に、屋栖古の連の公に勅してのたまはく、「汝の功は、長遠に忘れじ」(永久に忘れないでしょう)とのたまひ、大信[一〇]の位を賜ふ。十七年己巳の春の二月に、皇太子、連の公に詔して、幡磨[一一]の国揖保の郡の内二百七十三町五段あまりの水田の司に遣はす。二十九年辛巳の春の二月に、皇太子の命[一二]、斑鳩[一三]の宮に薨りたまふ(亡くなられた)。屋栖古の連の公、そのために出家せむことをねがふ。天皇聴したまはず(お許しにならなかった)。

一 圧し潰してしまった。訓みは訓釈による。トリヒサク・トリヒシクの類語。天地の神々の誅伐をいう。
二 奈良県吉野郡大淀町比曾にあった寺。国会本「比蘇寺」。『今昔』一一ノ二三は「現光寺……竊に稲の中に隠したれば現光寺をば竊寺とは云也けり」と、表記を問題にする。『欽明紀』は「吉野寺」。
三 阿弥陀仏。阿弥陀如来。アミタは無量寿・無量光の意の梵語の略。西方極楽浄土を主宰する仏。
＊ この放光仏の由来譚は、本書導入部のまとめの役割も果す。〔落雷の木で造った仏像〕
四 敏達天皇の皇后が、用明・崇峻両天皇の御代を経て、崇峻五年(五九二)十二月に即位し(『書紀』)、第三三代推古天皇となる。「癸丑」は五九三年。
五 推古天皇の皇居。飛鳥の雷の岡の南にあるというが、詳しい位置は不明。
六 干支(十干十二支)によって年月日を示す。庚午が四月一日、それから数えて己卯は四月十日。
七 聖徳太子の称号。三六頁注六参照。
八 腹心の侍者。この語は上一縁の栖軽(二六頁注六)とこの屋栖古とのみ、景戒の用語か。屋栖古は、古来の呪的信奉者の栖軽を、熱烈な仏教信奉者にしたような人物。付録〔栖軽の忠信〕参照。
九 推古天皇十三年(六〇五)五月五日。
一〇 冠位十二階(三六頁注一〇)の七番目の位。
一一 兵庫県姫路市の西。聖徳太子の領地がある(『帝

四八年甲申の夏の四月に、ひとりの大僧ありて、斧を執りて父を殴ふ。連の公見て、ただに奏してまうさく、「僧尼の撿校には、中に上座を置き、悪を犯さむときには是非を断らしむべし」とまうす。天皇、勅して、「諾なり」とのたまふ。連の公、勅をうけたまはりて撿ふるに、僧八百三十七人、尼五百七十九人なり。観勒僧をもちて大僧正とし、大信屋栖古の連の公と鞍部の徳積とをもちて僧都とす。

三十三年乙酉の冬の十二月八日に、連の公、難破に居住てたちまちに卒りぬ。屍に異しき香ありて馚馥れり。天皇、勅して七日留めしめ、その忠を詠はしむ。

遅ること三日にして、すなはち蘇め甦きたり。妻子に語りていはく、「五つの色の雲ありて、霓のごとくに北に度れり。おのづからにその雲の道より往くに、芳しきこと名香を雑ふるがごとし。道の頭を観れば黄金の山あり。すなはち到れば面炫く。ここに、

説』など)。「司」は管理者。

一二 ここは、『書紀』『万葉』の例により、皇統を継ぐ皇子という意味をこめた、死者に対する尊称。

一三 奈良県生駒郡斑鳩町岡本にあった太子の御殿。

一四 『書紀』によると推古三十二年の事件。二十一日を「三七日」とする表記(一二二頁六行)に同じ。『推古紀』は「祖父を殴つ」。「殴ふ」の訓みは訓釈。以下はわが国の仏教統制機関の創設由来譚でもある。

一五 「撿校」は、とり調べ、僧尼・寺社の監督に多用。「上座」は、上席の僧尼。一二九頁注二七参照。

一六 その正・不正を裁かせるのがよいでしょう。

一七 百済の僧、推古十年に暦の本などを持って渡来、同三十二年に僧尼の撿校を奏上し、僧正となる(『書紀』)。元興寺の学僧。

一八 僧位の最上級で、日本では行基が最初(一二四頁注一)。ここは史書と異なる。

一九 伝未詳。渡来人鞍部司馬達等(四一頁注一五)と同族。『書紀』も徳積を僧都(僧正の次位)とする。

屋栖古の冥界遊行

* 本説話と同じ内容をもつ『書紀』の記述に、屋栖古だけ登場しない。〔屋栖古伝の成立〕

二〇 不思議な芳い香があって、あたりに漂っていた。

二一 七日間遺体を祭らせ(殯を行い)、その忠誠の功を思い慕われた。栖軽も同じ。二七頁注二〇参照。

二二 よい匂いのすることとは、数々の名香(仏前に焚くよい香)を焚き薫らせているようであった。

二三 (黄金の光で)顔が照り映えるほどであった。

薨りましし聖徳の皇太子待ち立ちたまふ〔立って待っておられた〕。ともに山の頂に登る。その金の山の頂に、ひとりの比丘[一]居り。太子、敬礼してまうさく〔申し上げるには〕、『これは東の宮[二]の童なり。今よりのち、遅ること八日にして〔八日経ちますと〕、まさに〔〔この者は〕きっと〕銛[三]き鋒に逢はむ。願はくは仙薬を服せしめたまへ〔飲ませてやって下さい〕』とまうす。比丘、環[四]の手して一つの玉を解き、授けて呑み服せしめて、この言をなさく〔言い教えるには〕、『南无妙徳菩薩[五]と三遍誦礼せしめよ〔唱えて礼拝させなさい〕』といふ。それより〔その僧の所から〕罷り下る〔引き下がった〕。皇太子のたまはく、『すみやかに家に還りて、仏を作るところ〔仏像をつくる場所を〕を除へ[六]。われ悔過[七]しをはらば、宮に還りて仏を作りたてまつらむ』とのたまふ。しかして先の道より還る。すなはち見れば[八]〔ふと気がついてみると〕驚き蘇めたり』といふ。

時の人、名けて、還活れる連の公といひき。

[九]孝徳天皇のみ世の六年庚戌の秋の九月に、大花上[一〇]の位を賜ふ。春秋九十有余〔とし九十歳あまりで〕にして卒りき〔亡くなった〕。

[一一]賛にいはく、

一 出家して具足戒をうけた男子。僧。この人は後文によると妙徳（文殊）菩薩の化身、太子より上位。

二 ここにいる者は、東の宮（後文「日本国」）にいる私の腹心の侍者です。

三 鋭い刃もの。一九七頁注二二の「利き鋭」と同意。ここは、後文「宗我入鹿の乱」に当り、剣の災難の意。

四 腕輪をした手でその飾りの玉を一つ解いて。「環」は、玉などをつけて手首に巻く飾りの腕輪。

五 「南无」は帰命（仏の教えに帰依し身命を捧げる）の意。「菩薩」は、自ら悟りを求めて修行を重ね、他者をも悟らせるように努めて後、仏になるもの。

六 清掃しておきなさい。

七 仏前で過ちを懺悔する法要。

八 目が覚めて正気に戻っていた。

九 第三六代の天皇。「庚戌」は六五〇年。

一〇 この位（四〇頁注一）は、彼が冠位を受けた前年（大化五年）に制定。なお、「九十有余」の歳の死去は最長寿。本書では、冠位と長寿とは現世最高の報いであるから、屋栖古伝は最善の現報譚。

一一 「賛」は「讃」（上六縁）とも。本書に十五例あり、善行者の美徳を称え、主として四字句定型文の形式で説話末におく。

一二 法（仏の教え）に心を寄せ親しみ。

一三 心を清らかにし忠誠を尽した。「天年澄情」（四〇頁一二行）・「その忠」（四三頁一〇行）などをうけた句。

賛辞・冥界記事の解説

善きかな（すばらしい事よ）、大部の氏。
仏を貴び法に[一二]儻ひ、[一三]情を澄まし忠を効す。
[一四]命と福とともに存ち、世を逕て夭になりぬることなし（若死にすることがなかった）。
[一五]武は万機に振ひ、孝は子孫に継がる（その孝行ぶりは子孫に伝えられている）。

といふ。

[一六]まことに委る、[一七]三宝の験徳、善神の加護なりといふことを（仏道を守る善い神の助けであったということが）。

今、[一八]惟ひ推ねみれば、「逕ること八日にして銛き鋒に逢はむ」といへるは、[一九]宗我の入鹿の乱に当るなり。「[二〇]八日」とは八年なり。「妙徳菩薩」とは[二一]文殊師利菩薩なり。「一つの玉を服せしむ」といへるは、難（災難を）を免れしめむ（免れさせる）薬なり。「黄金の山」とは[二二]五台山なり。「東の宮」とは日本国なり。「宮に還りて仏を作りたてまつらむ」といへるは、[二三]勝宝応真聖武大上天皇の日本国に生れまして（お生れになって）、寺を作り仏を作りたまふなり。その時にともに住む[二四]行基大徳は、文殊師利菩薩の反化なり（化身であったのである）。

一四 寿命と福徳とをともに保ち。「大花上位」「春秋九十有余」（四四頁一一、一三行）をうけた句。
一五 政治上の万事に断を下し。勇武の家柄である大伴氏なるがゆえの、祖先を顕彰する表現か。
一六 実によく分る。「まことにしる（諒委・誠知など）……」は、本書説話末の常套文言。説話中の奇異な出来事などを解説する、撰述者景戒の信心の証言。
一七 （この屋栖古の現報は）仏・法・僧の三宝を信じ敬った報いの霊験によるものであり。
一八 推って考えてみると。冥界の記事（四三頁一二行～四四頁一〇行）の中の語句を問題にしている。
一九 蘇我入鹿。馬子（四一頁注一四）の孫。六四三年山背大兄王らを滅ぼし、中大兄皇子らに誅伐される。
二〇 冥界の一日は人間界の一年。類例、二九一頁注二五参照。「十八日」「十八年」の誤か（『攷証』）。
二一 文殊菩薩。釈迦仏の左脇侍で智慧を司る。北方常喜世界の仏であるから、四三頁一二行では北行した。
二二 中国山西省五台県にあり、文殊菩薩の住む霊山。
二三 聖武天皇。称号理由は一〇四頁参照。ここは、聖徳太子が聖武天皇に生れ変り、東大寺や大仏を造ったことをさす。景戒がもっとも崇敬する仏徒天皇。
二四 奈良時代、奈良薬師寺の僧。景戒が種々の点で先輩として尊敬。詳細は中二・七・八・一二・二九・三〇各縁参照。聖武天皇の帰依もあつい。上四縁の片岡の乞食の文殊菩薩説（付録「隠身の聖」）は、相手が聖徳太子という点でもここに関わってくる。

これ[一]奇しく異しき事なり。

[二]観音菩薩を憑み念じまつりて[三]現報を得る縁　第六

[四]老師行善は、[五]俗姓は[六]堅部の氏、[七]小治田の宮に宇御めたまひし天皇のみ代に、遣はされて[八]高麗に学びき。その国の破るるに遭ひ（高麗の国の滅びるのに出会って）、流離へて行きき（流浪して歩いていた）。たちまちにその河辺の[九]椅壊れて船なく、過ぎ渡るに由なし（渡ってゆく方法がなかった）。断えたる橋のほとりに居り、心に観音を念じまつる（お祈り申し上げた）。その時に、老翁舟に乗りて迎へ[一〇]逨り、[一一]同しく載せてともに渡る。渡りをへたる後に、舟より道に下るるに、[一二]老公は見えず。その舟もたちまちに失せぬ。すなはち疑はくは、観音の応化ならむかと。[一三]すなはち（さっそく）、誓願を発し、像を造りて（観音像を）恭敬しまつらむとす。つひに（その後結局）大唐に至り、すなはち（そこで）その像を造りて、日に夜に帰敬し（帰依し敬った）まつれり。

行善、高麗の川の辺で、老翁に救われる

観音像を造り信奉し、唐を経て帰国する

一　三八頁注五参照。
二　「観音」は「観世音」の略。阿弥陀如来の左脇侍、大きな慈悲で衆生を救う。現世利益の仏として、わが国では弘く尊崇された。
＊　本書に観音菩薩の話は多く、観音の化身に助けられる利益譚が目立つ。〔観音信仰譚〕
三　現世でよい報いを得る話。
四　長老の僧への尊称。晩年興福寺僧のころ、高齢高徳のため人々がこう称したか。
五　俗人であった時の名字。
六　カタソベとも。『新撰姓氏録』の「堅祖氏」によると、百済渡来人の子孫。
七　推古天皇の時代。
八　新羅・百済とともに古代朝鮮三国の一つ。天智七年（六六八）唐に滅ぼされた（『天智紀』）。本話の行善は推古天皇代（五九三―六二八）に留学、養老二年（七一八）帰朝。どちらかの年代に誤りがあろう。
九　ある川の所にくると、思いがけなくそこの橋が壊れていて。「椅」は「橋」に同じ。
一〇　「来」に同じ。国会本「来」。底本による。
一一　（困っている他人も）同様に舟に乗せて一緒に渡った。まさに「慈しびの舟」。
一二　三三頁一行参照。
一三　前行の「老翁」をさすが、ここは慈悲行為者として「老公」と敬称する。

号をば河辺の法師といひき。

法師の性、忍辱人より過ぎ、唐の皇にも重みせらる。日本国の使に従ひて、養老の二年に本朝に帰り向ふ。興福寺に住み、その像を供養しまつり、卒るに至るまで息まざりき。

まことに知る、観音の威力、思議しがたきことを。

讃にいはく、
老師、遠く学びて難に遭ひ、帰らむとするに由なし。済渡らむとして聖を憶ひ、椅の上にして威を憑む。化翁来り資け、別るる後にたちまちに隠れぬ。儀を図し常に礼し、その役輟まず。

といふ。

亀の命を贖ひて放生し、現報を得て亀に助けらるる縁　第七

一三 そこで、(この老公は) おそらく観音の化身であろうと思った。「応化」は、仏・菩薩が世の人を救うために時に応じて種々姿を変えて現れること。
一四 人は、行善を「河辺法師」と名づけた。河の辺で観音の化身に助けられたための号(『今昔』一六ノ一)。
一五 侮辱や迫害を堪え忍ぶこと。単に「忍」とも。
一六 唐の皇帝。時代的には高宗がこれに当る。
一七『続紀』養老二年十月と十二月条に、遣唐使多治比真人県守の帰朝記事がある。これに同行したか。
一八 奈良市登大路にある。南都七大寺の一つ。藤原鎌足の発願により山階に建てた山階寺が起源、以後飛鳥に移り、和銅三年(七一〇)から現在地。
一九 称えていう意(四四頁注一一)。なお、『続紀』養老五年(七二一)六月戊戌条の詔にいう、「沙門行善は、笈を負ひて遊学すること、既に七代を経たり。備さに難行を嘗めて、三五の術を解り、方に本郷に帰る……」と。当時行善が高徳の老師として弘く崇敬されていたことが分る。右によると、留学は推古天皇代でなく斉明天皇代頃か。注八参照。
二〇 どうかこの川を渡らせていただきたいと観音を念じ、壊れた橋のほとりでその霊威におすがりした。
二一 (すると) 化身の老翁が現れて行善を助け渡し。
二二 観音の姿を像に造っていつも帰依礼拝し。
二三 亀を買いとって命を助けて放してやり。アカフは清音、代償の銭を払う。あがなう。「放生」は生き物を逃がしてやること。本書に放生現報譚は多い。

禅師弘済[1]は、百済[2]の国の人なりき。百済の乱れし時[3]に当りて、備後[4]の三谷の郡の大領[5]の先祖、百済を救はむがために遣はされて旅[6]に運りき（出征した）。時に誓願を発してまうさく、「もし平らかに還りをはらば（無事に帰還することができたなら）、諸の神祇[7]のために伽藍を造り立て、多に[8]諸の寺を起しまつらむ（多く寺々を創建し申しましょう）」とまうす。つひに災難を免れき。すなはち（そこで）禅師を請けて（招請して）、相ともに還り来る。三谷の寺[9]は、その禅師の造り立てまつりしところの伽藍なり。道俗これを観て（僧も俗人もこの寺を見て）、ともに欽敬をなす（尊びあがめた）。

禅師、尊像[10]を造らむがために、京[11]に上りて財を売り、すでに金[12]・丹等の物を買ひ得たり。還りて難破[13]の津に到る。時に海辺の人、大きなる亀を四口[14]売る。禅師、人に勧めて[15]買ひて放たしむ（説きすすめて買い取らせ）。すなはち人の舟を借り（雇って）、童子[16]をふたり将て（連れて）、ともに乗りて海を度る。日晩れ夜深けぬ。舟人[17]欲を起し、備前の骨嶋[18]のあたりに行き到

備後の大領、百済僧弘済を招き寺を造る

弘済、亀を助け亀その恩を返す

一 修行を積んだ高僧への敬称。病いを治し福を招くような格別な僧の場合が多い。
二 伝未詳。「百済」については、二一頁注九参照。
三 斉明六年（六六〇）、百済が唐・新羅連合軍に侵略され、わが国は要請をうけて翌年と翌々年に救援軍を派遣。上一四・一七各縁も同じ戦乱の時の説話。
四 広島県双三郡と三次市にまたがる地。その三次盆地は、吉備文化圏と出雲文化圏との接点に当る。
五 郡の官職の一等官、つまり長官。多く在地の豪族が任ぜられ代々世襲。本書に郡の役人の話は多い。
六 国会本によると「軍旅に遣はさる」となる。
七 「神祇」は日本の天地の神々。「伽藍」は寺院。神仏習合思想による用語。
八 上の句と対句。この句、底本は三行後にあり、類従本によってここに入れる（植垣節也説）。
九 三次市向江田町・和知町の寺町廃寺がこれに当るか。遺跡も出土品も百済のものによく似る。
一〇 ご本尊の仏像。訓みは『書紀』の古訓による。
一一 飛鳥岡本宮（斉明）か、近江大津宮（天智）か。
一二 仏像を完成するために必要な、黄金や赤の顔料。
一三 四一頁注二〇参照。「津」は船着き場。
一四 四匹。「口」は助数詞。二二二頁一〇行にも。
一五 禅師自身が買って放生せずに他人にさせたのは、

り、童子らを取りて、海の中に擲げ入る。しかして後に、禅師に告げていはく、「すみやかに海に入るべし」といふ。師、教化すといへども、賊なほし許さず。ここに願[一九]を発して海の中に入る。水、腰に及ぶ時に、石の脚に当れるをもちて、その暁にこれを見れば、亀の負へるなりけり。その備中[二〇]の海の浦の海辺にして、その[二一]亀、三つ領て去りぬ。疑はくは、これ放ちし亀の恩を報ゆるならむかと。

弘済の後日譚

時に、賊ども六人、その寺に金・丹を売る。檀越[二二]先に過[二三]りて価を量り、禅師後より出でて見る。賊ども侬然[二四]に退進を知らず。禅師、憐愍れびて刑罰を加へず。仏を造り塔を厳りて、供養することすでに了りぬ。後には海辺[二五]に住み、往来へる人を化せり。春秋[二六]八十有余にして卒りき。

畜生すらなほし恩を忘れずして返りて恩を報ゆ。いかに況むや、義人にして恩を忘れむや。

善を勧めて教化するのが僧侶の勤めだから。
一六 三三頁注一七参照。ここは禅師のお供の少年。
一七 舟乗り。この舟乗りが変じて海賊となる。
一八 岡山県東南部。「骨嶋」は所在未詳。『宇治拾遺物語』一五ノ四に「海賊のあつまる所」とある。
一九 願を立てる。心の中で仏の加護を求め祈って、おもむろに海に入っていったのであろう。
二〇 岡山県の西部。亀は「備前」からここまで禅師を送ってきた。なお、三谷寺のある「備後」は、この備中の西隣りの国。
二一 その亀は（禅師を背から下ろし）、三匹の亀をひきつれて波間に去った。「領」は、『集験記』『書紀』の古訓にキル・ヒキヰル。合計四匹の数により、放生した亀と確認されよう。「領」をウナヅクと訓む説があるも、無理。
二二 施主。寺や僧に物を施す信者のことで、寺の後援者。在地の豪族が多く、ここは三谷郡の大領たち。
二三 （禅師より）先にちょっと出て行って値ぶみをする意。ヨキルは清音。
二四 「侬」は、「卒」（『名義抄』ニハカ。「卒」の本字）の異体字（植垣節也説）。国会本は「慌然」。
二五 海辺に住みついて往き来する人を教え導いた。そういう僧を禅師・菩薩と称した例は二一一頁。
二六 長寿の善報とみられる。四四頁注一〇参照。
＊ 本書の報恩譚（恩返しの話）の中に、異類報恩も数例ある。〔異類報恩譚〕

聾ひたるひと、方広経典に帰敬しまつり、現報を得て両つの耳聞ゆる縁　第八

少墾田の宮に宇御めたまひし天皇のみ代に、衣縫の伴造義通といふひとありき。たちまちに（にわかに）重き病ひを得てふたつの耳ともに聾ひ（両方の耳とも聞えなくなり）、悪しき瘡身に遍はり、年を歴て（長年）愈えず（治らなかった）。みづからおもはく、「宿業の招くところならむ。ただに現報のみにはあらじ（単に現世での行為の報いのためだけではあるまい）。長く生きて人に厭はれむよりは（嫌われるよりも）、如かじ、善を行ひてすみやかに死なむには（自分で思うことには）」とおもひ、すなはち地を掃ひ堂を餝り、義禅師を屈請す。まづその身を潔め、香水を澡浴みて方広経による（方広経を読み一心に祈った）。

ここに、希有の想を発して、禅師に白してまうさく、「いまわが片耳に一はしらの菩薩のみ名を聞きまつるがゆゑに、ただし願はくは（ひたすらお願いするのは）、大徳、忍びて労めたまへ」とまうす。後に、禅師重ねて拝する（さらに読誦礼拝を続）

義通、方広経に帰依信仰して善報を得る

一 耳が聞えない。シフは廃フ（機能を失う）の意。
二 一般に大乗仏教経典をさすが、『大通方広懺悔滅罪荘厳成仏経』、略して「大通方広経」。わが国では古来仏名懺悔にこれが用いられた。
三 第三三代推古天皇。
四 伝未詳。なお、「衣縫」は氏、「伴造」は姓で、「義通」が名である。
五 悪性のできもの。これに長年苦しむ人の話が下三四縁にある。
六 あまねくゆきわたる。形容詞「アマネシ」の自動詞形。他動詞アマネハス（二六九頁注二一）。
七 前世の悪業が招いた報い。（この病いは）前世に作った業（行為）の招いた結果であろう。
＊ 聾を、盲・悪性のできものなどと同じく、悪業による報いとみた説話。〔聾者と宿業〕
八 善行を積んで（後の世の菩提を祈って）早く死ぬのにこしたことはあるまい。「如かじ、……には」は、「……には如かじ」のいわゆる倒置法。
九 はらい清める意。「拭」に同じ（『新撰字鏡』）。
『字鏡集』にノゴフ。国会本は「掃」。
一〇 伝未詳。僧名の一字を記した略称か。
一一 ひざを屈し、礼をもって招き迎える。
一二 仏前に供える水を体にふりそそいで身を清めて。
一三 不思議な霊感を覚えて。
一四 『方広経』は諸仏の仏名を唱えるので、それが聞

によりて、片耳すでに開けぬ。義通歓喜(くわんぎ)してまた請ひまつる。重ねてさらに拝すれば、ふたつの耳ともに開けぬ。遐(とほ)[一六]く近く聞くひと、驚き怪しびずといふことなかりき。ここ[一七]に知る、感応[一八]の道、まことに虚(むな)しからぬといふことを。

（けると　片方の耳がすっかり聞えるようになった／〔禅師が〕非常に喜んで再びお願いした／その上さらに　聞えるようになった／だれも驚き不思議がらないということはなかった／これで分る　ほんとうに　うそではないということが）

嬰児(みどりこ)[一九]の鷲(わし)に擒(と)らはれて、他国(ひとくに)にして父に逢(あ)ふこと得る縁　第九

飛鳥(あすか)[二〇]の川原の板葺(いたふき)の宮に宇御めたまひし天皇のみ世の、癸卯(みづのとのう)[二一]の年の春の三月の頃(ころ)に、但馬(たぢま)[二二]の国七美(しづみ)の郡(こほり)の山里の人の家に、嬰児の女(むすめ)ありき。中庭[二三]に匍匐(はらば)ふときに、鷲擒(と)りて空に騰(あが)りて、東を指(さ)[二四]して翥(はふ)[二五]りいぬ。父母慇(あから)[二六]しびて慟(ねた)みて、哭(な)き悲しびて追ひ求むれども、到るところを知らず。そゑに、ために[二七]福を修す。八箇年(やとせ)を逕(へ)て、難破(なには)[二八]の長柄(ながら)の豊前(とよさき)の宮に宇御めたまひし天皇のみ

（〔幼女が〕／這っていると／飛び上り／そこで）

えたのであろう。「はしら（軀）」は仏・菩薩を数える助数詞（四一頁注一六）。

一五 お坊さま、どうか辛抱してお勤めをして下さい。「大徳」は、僧への敬称。「労」は、「勉・勤」に同じ（『新撰字鏡』）。『名義抄』にツトム・イトナム。

一六 この話を聞いた遠近の人たち。「遐」は「遠」。

一七 「まことに委(し)る」（四五頁注一六）と同じく、撰述者景戒の信心の証言。

一八 信心し願うことを仏は叶(かな)えて下さるという道理。

一九 乳幼児。あかご。「みどり」は新芽の意で、「みどりこ」は新芽のように生れたばかりの子。

二〇 第三五代皇極天皇の時代。皇居の伝承地は奈良県高市郡明日香(あすか)村岡。

二一 皇極二年（六四三）。

二二 兵庫県美方(みかた)郡の南部。中国山地に続き、山深く鷲の住む地帯。

但馬の国の幼女鷲にさらわれる

二三 穀物を干し農具を整えなどする場所。親は晩春の農作業などで忙しく、そこで子供を遊ばせていたのであろう。

二四 但馬から東方には、後出する丹後がある。

二五 羽ばたきをして飛んでいってしまった。

二六 「慇(あから)しぶ」はひどく悲しむ意の動詞。「慟(ねた)む」は口惜しく哀れむ意。訓みはどちらも訓釈による。

二七 その子のために追善の仏事を営み冥福を祈った。

二八 第三六代孝徳天皇の時代。皇居は大阪市東区法円坂町付近にあったと推定される。

世の、庚戌の年の秋の八月の下旬に、鷲に子を擒られし父、縁の事（用事）ありて（があって）丹波の後の国加作の郡の部内に至り、他の家に宿る。

その家の童女、水を汲みに井に趣く。宿れる人も、足を洗はむとして副ひ（ついていって）往きて見る。また、村の童女も、井に集まりて水を汲む。しかるに〔村の童女が〕家の童女の并を奪はむとす。〔家の童女は〕惜しみて（取られまいとして頑張る）奪はしめず。その村の童女ら、みな心を同じくして（一緒になって）淩ぎ蔑りていはく、「汝、鷲の噉ひ残し。なにのゆゑぞ（どういうわけで）、礼なき（失礼をするの）」といひて、罵り圧ひて打つ。拍たれて哭きて帰りぬ。家主待ちて、「汝、なにのゆゑにか哭く」と問へば、宿れる人、見しがごとくにつぶさに事を陳ぶ。すなはち、その拍ち罵りて「鷲の噉ひ残し」といへるゆゑを問ふ。

家主答へていはく、「其の年の其の月日の時に（これこれの年の何月何日）、われ、鳩を捕る樹に登りて居しに、鷲、嬰児を擒りて、西の方よりして来り、巣に落して鶵に養ひき。嬰児慓り啼く。その鶵望て、驚き恐りて啄まず。われ啼く音を聞きて、巣より取り下して育てし女子、これな

父、丹後で幼女を見つける——父子の奇縁

一 白雉元年（六五〇）。
二 「福を修」（五一頁注二七）したことによって、結果からみると、仏縁に導かれたか。
三 「たにはのみちのしり」は「丹後」の訓み（『和名抄』）。京都府北部。丹後国（加佐郡を含む）は和銅六年（七一三）に丹波国から分割されたので、本話の時代にはまだ丹波国。本話の伝承過程で「後」字が入ったか。底本による。
四 舞鶴湾の南から山間部一帯の地。
五 区域内。律令制での地方行政区画内をいう語。
六 村の共同井戸に水を汲みにゆくのは、女・子どもの日課。井戸につるべを下ろして水を汲み上げる。
七 諸本「井」、『攷証』説により「瓶」の省画とみて「并」に改める。訓釈標出字は「井」。
八 見くだしばかにして（声をそろえて）いうことには。「蔑る」は、あなどる。訓みは訓釈による。
九 「おまえなんか、鷲の食べ残しだ！」。
一〇 ののしり、押えつけてぶった。
一一 「家長」（上二縁）に同じ。
一二 「其」は「某」。家主は、その年月日を具体的に語ったが、伝承・筆録者がわざとぼかした言い方。
一三 但馬から東方へ飛び去った（五一頁）のと対応。
一四 （みどりこを）えさとして与えた。
一五 こわがって泣いた。「慓」は「慄」の異体字。
一六 くちばしでつついて食おうとはしなかった。

り」といふ。〔わが子が〕擒られし年の月日の時は、挍ふる（考えてみると）に今の語（今の話と一致する）に当りたれば（るので）、明らかにわが児なりと知りぬ。ここに（そこで）、父悲しび哭きて、つぶさに鷲の擒りし事を告げ知らせつ。主人、まことなりと知り、語に応へて許しき。

噫乎、その父、邂逅（たまたま）に児ある家に次り（宿泊し）、つひにこれを得たり。まことに知る、天の哀れびて資くる（助けてくれたのであり）ところ、父子は深き縁なりといふことを。これ奇異しき事なり。

子の物を偸み用ゐ、牛となりて役はれて異しき表を示す縁　第十

家長、懺悔のために僧を招く

大和の国添の上の郡の山村の中の里に、昔、土椋の家長の公といふひとありき。十二月に当りて、方広経によりて先の罪（前世で犯した罪を）を懺いむ（懺悔しよう）とねがひき。使人（召使）に告げていはく、「ひとりの禅師を請く（お迎えしてこい）べし」といい

一七「家主」（注一一）。訓みは『名義抄』による。
一八 父親の申し出に応じて、童女を親の手に返した。
一九 以下、結語。結語の初めに「ああ」という感動詞をおく例は多い（上一六・二七縁など）。
二〇 わが子を見つけ出すことができたのだ。
二一「福を修す」「縁の事」との関わりで、この「天」は、神々一般とみるよりも、仏に限定したほうがよい。なお、『今昔』二六ノ一の本話の結語は「父子の宿世は此くなむ有りける……」と、前世の因縁であるとする。
＊本話は昔話「鷲の育て子」の類話であるが、女児である点はとくに珍しい。〔鷲と女児〕
二二 不思議なことが現れる意。三五頁注一九参照。
二三 奈良市帯解町のあたり。
二四 年代を単に「昔」とする説話は、上一五・一八・一九・二一各縁など、上巻に限る。
二五 氏の名。伝未詳。底本によって判読した。国会本に「直椋」（同系統本の契沖書入「土椋か」）とみえる。「といふひと」は補読。
二六 一家の主人。「公」は尊称。中五・下三三縁の主人公も同様。
二七『大通方広経』（五〇頁注二）は、十二月の仏名懺悔に誦された（『日本紀略』『類聚国史』の例）。
二八 格別な僧。四八頁注一参照。

ふ。その使人問ひて、「いづらの師を請けむ」といへば、答へていはく、「その寺を択ばず。遇ふに随ひて請けよ」といふ。その使、願ひに随ひて、路行くひとりの僧を請け得て家に帰る。家主、信心して供養す。

その夜、礼経すでに訖りて、僧息まむとする時に、檀主設くるに被をもちて覆ふ。僧すなはち心におもはく、「明日物を得むよりは、被を取るに如かじ」とおもふ。しかして、出づる時に声ありていはく、「その被を盗ることなかれ」といふ。僧大きに驚き疑ひて、顧みて家の中を窺ひ人を覓むるに、ただし一つの牛のみあり。家の倉の下に立てり。僧、牛のあたりに進むときに、語りていはく、「われはこの家長の父なり。しかるに、われ先の世に、人に与へむとおもひしがために、子に告げずして稲を十束取りき。このゆゑに、今し牛の身を受けて、先の債を償ふ。汝はこれ出家なり。なにぞたやすく被を盗む。その事の虚実を知らむとおもはば、わがために座

牛、前世の罪を告白する——家長の父、牛に転生

一 寺院に常住する僧でなく路行僧を招くのは、路行者の中に「隠身の聖」（三八頁四行）がひそむことによる。上四縁の乞食、上二〇・中三九各縁の僧参照。路行者優遇は客人を迎える固有信仰を下地とするか。

二 主人（土椋の家長の公）は、その僧に対し信敬の心を表してもてなした。

三 仏を礼拝し、経を読むこと。法要。

四 主人は掛けぶとんを用意して僧に掛けて寝かせた。「檀主」は、僧に布施する主人で、「家主」（注二）をさす。「被」は「衾」に同じく、掛けぶとん。

五 いまこの掛けぶとんを盗む方がました。一四四頁の類例のように、路行僧の中には乞食もいたが、それでも最初に出会った僧を招くことに意味があった。

六 （掛けぶとんを盗んで家の外に）出る時に。その位置で声をかけられたから、僧の次の動作は「顧みて家の中を窺」うことになる。

七 こういう説話に登場する僧の役割は、檀主と死者の霊とを結びつける仲介者であり、僧の人格とは直接関わらないようだ。中一五縁参照。

八 束ねたものを数える単位で、稲の十把を一束という。一束から米が五升とれる（『令義解』）。

九 前世での罪の償いをしている。同じ家庭内のこんな出来事でも、盗みの悪報で畜生道に堕ちるという設定。中一五縁も同じ設定であり、母が子の物を盗んで

を設けよ。われまさに上り居らむ。その父なりと知るべし」といふ。

ここに、僧すなはち大きに愧ぢ、還りて宿れる処に止まる。

明くる朝に、事行すでに訖りていはく、「他人をして遠く却かしめよ」といふ。しかして後に、親族を召し集へて、つぶさに先の事を陳ぶ。檀越すなはち起ち、悲しびの心にして牛のあたりに就きて、藁を敷きてまうしていはく、「まことにわが父ならば、この座に就け」といふ。牛、膝を屈めて座の上に臥す。諸の親、声を出して大きに啼泣きていはく、「まことにわが父なりけり」といふ。すなはち起ちて礼拝して、牛にまうしていはく、「先の時に用ゐしところは、今しみな免したてまつらむ」といふ。牛聞きて涙を流して大きに息く。その日の申の時に命終せり。

しかして後に、覆ひし被と財物とをもちてその師に施し、さらにその父のために広く功徳を修めき。因果の理、豈信ならずあらむや。

牛の身となる。
一〇 私の身の上話がうそか本当か知りたければ。この実否を確かめる方法も中一五縁と同じ。
一一 この家の主人の父であることが分るでしょう。
一二 倉の下の牛の所から部屋に戻り、例のふとんの中で一夜を明かした。
一三 法要がすっかり終ってから。ここでは、「礼経」（注三）に同じ。
一四 親類。血縁関係のある人たち。
一五 施主（四九頁注二二）。ここでは、この法要を主催したこの家の主人をさす。
一六 「起ち、悲しびの心にして」の所を「悲しびの心を起し」とも訓めるが、類話一四六頁一行を参照。
一七 膝を曲げて藁の座席の上に坐った。
一八 親族の人たち。「親族」に同じ。
一九 いますべて帳消しにしてさし上げましょう。
二〇 大きく息をついた。安堵の息である。
二一 午後四時ごろ。
二二 この牛の死は、盗用の罪の消滅したことを示唆している。
二三 昨夜僧に掛けたふとんと金銭・品物。
二四 お布施として与え。
二五 追善の法会を営んだのである。「功徳」とは一般に祈禱・写経・喜捨などの行為をいう。

家長、父の罪を許す——牛、死す

幼き時より網を用ゐて魚を捕りて、現に悪報を得る縁　第十一

播磨の国餝磨の郡の濃於の寺にして、京の元興寺の沙門慈応大徳、檀越の請けによりて夏安居する内に、法花経を講じき。時に、寺のほとりに漁夫ありき。幼きときより長るにいたるまで、網をもちて業とせり。

後時に、家の内の桑の林の中に匍匐ひ、声を揚げ叫び号びていはく、「炎火身に迫る」といふ。親属救はむとすれば、その人唱ひていはく、「われに近づくことなかれ。われたちまちに焼けむとす」といふ。時に、その親、寺に詣でて行者を請け求む。行者呪する時に、良久にありてすなはち免れぬ。その着たる袴焼く。漁夫、悚ぢ懐く。濃於の寺に詣でて、大衆の中にして罪を懺い心を改め、衣服

一「現に悪報を得る」は、現世で悪い報いを受ける説話の標題の類型句。上一五・一六・一九各縁などにも。「現報を得る」（三九頁注二二）に対する。
二 兵庫県飾磨郡。姫路市の付近。
三 未詳。「野」の尾母音を長めに発音し、通称「ノーの寺」なので、「濃於」二字で記した寺名。紀伊国の能応村の弥勒寺を能応寺と呼ぶ例もある（下三〇縁）。『播磨風土記』飾磨郡の「美濃里」（『和名抄』「三野」）の寺か。
四 飛鳥京の本元興寺（三三頁注一六）。この寺は霊亀二年（七一六）に平城京に移すが、本話の時代は、説話配列上まだ平城遷都以前とみられる。
五「沙門」は出家した僧の総称。「慈応」は伝未詳。「大徳」は僧への敬称。
六 檀家。四九頁注二一参照。
七 僧が、夏の三カ月間（陰暦四月十五日から）遊行をせずに一定の所にこもって修行すること。雨安居とも言い、インドの僧の雨期の籠居修行に由来する。
八「内」は底本破損、国会本による。
九『妙法蓮華経』の略称。本書の説話の経典の中で、とりわけ数多く登場する。
＊ 都の官寺僧が地方へ出講した。〔僧の出講〕
一〇 親類。血縁関係のある人たち。
一一「寺」は濃於寺。「行者」は、夏安居で修行している慈応をさす。

漁夫、長年の殺生により地獄の業火に責められる

等を施し、経を誦ぜしめ竟りぬ。これより以後、また悪を行はざりき（二度と殺生などしなかった）。

顔氏家訓[一六]にいへるがごとし。「昔、江陵[一七]の劉氏、鱓[一八]の羹を売るをもて業とす。後にひとりの児を生むに、頭つぶさにこれ鱓なり（どの点から見ても）。頸より以下はまさに人の身となる（首から下はまさしく人間の体となっていた）」といへるは、それこれをいふなり[一九]。

人・畜に履まるる髑髏[二〇]の救ひ収められ、霊しき[二一]表を示して現に報ずる縁　第十二

髑髏の亡霊、安置されて恩を返す

高麗[二二]の学生道登[二三]は、元興寺の沙門なりき。山背[二四]の恵満が家より出でき（恵満の家の出身であった）。往にし大化の二年の丙午に、宇治[二五]の椅を営らむとして往来ふ時に、髑髏奈良山[二六]の渓にありて（谷間にあって）、人・畜に履まる（人や獣に踏みつけられた）。法師悲しびて（道登はこれを哀れんで）、従者万侶[二七]をして木の上に置かしめき。

同じ年の十二月の晦の夕にいたりて、人、寺の門に来りてまう

一二 呪文（経文中の梵語の陀羅尼）を唱える。
一三 炎火の難からのがれられた。マヌカルは清音。
一四 多くの僧侶。夏安居で修行中の僧たちの中で殺生の罪を懺悔して改心する。
一五 衣服などの品物を読経料として寺に納め、お経を読んでもらって法会を終えた。
一六 中国の北斉・隋の顔之推の著。子孫への訓戒として立身治家の道を説く。その帰心篇からの引用。同書はいわゆる外書（二一頁注八）である。
一七 中国湖北省江陵県。「劉氏」は伝未詳。
一八 うなぎの熱い吸い物を売るのを職業としていた。「鱓」は、うなぎ（古辞書）。ナカテ（底本訓釈）は他に例未見。
一九 「其斯謂之矣」（原文）は、本書の説話末において、他書の辞句を引用して照合する場合の常套句。
二〇 風雨にさらされ白くなった頭の骨。どくろ。
二一 不思議な霊力を示す。三五頁注一九参照。
二二 高句麗。四六頁注八参照。「学生」は学問僧。
二三 大化元年（六四五）に十師の一人（『孝徳紀』）。元興寺（三三頁注一六）の僧。
二四 京都府南部。表記は延暦十三年（七九四）から山城。「恵満」は伝未詳、高句麗からの渡来人か。
二五 京都府宇治市の宇治川の橋。古来交通の要衝。
二六 平城京北方に連なる丘陵地帯。
二七 伝未詳。以下の原文「侶」「呂」を混用する。

さく、「道登大徳の従者万侶といふひとに遇はむとねがふ」とまうす。万呂出でて遇ふ。その人語りていはく、「大徳の慈しびを蒙り、このころ平安らかなる慶びを得たり。しかして、今夜にあらずは、恩を報いむに由なし」といふ。すなはち万呂を将てその家に至り、閉ぢたる屋よりして屋の裏に入る。多に飲食を設けたり。その中、おのが分の饌をもて万呂に与へ、ともに食ふ。

その後夜にして男の声あり。万呂に告げていはく、「われを殺し兄来らむとするがゆゑに、早く去らむ」といふ。万侶怪しびて問ふに、答ふらく、「昔、われ兄とともに行きて交易ひき。われ銀を四十斤ばかり得たり。時に、兄妬み忌みて、われを殺して銀を取りき。それより以還、あまた年歳を経たり。往来へる人・畜、みなわが頭を踏む。大徳、慈しびを垂れたまひ、見に苦を離れしめたまふがゆゑに、汝の恩を忘れず、今宵に報ゆらくのみ」といふ。

時に、その母と長子と、諸の霊を拝せむがためにその屋の内に入

一 道登大徳さまのお慈悲をいただき。「大徳」は僧への敬称。カガフルはカウムルの古語。

＊ この人（髑髏の霊）は、道登の慈悲に感謝しながらも、万侶にだけ報恩する。〔道登の役割〕

二 気分が安らかになってうれしく存じます。

三 十二月の大晦日の夜をさす。この夜は各家で祖霊を迎えて魂祭りを行った。類話の下二七縁（二七三頁注二一）もこの夜を指示。固有の神道的な大祓を行う日に仏教的な悔過が結びついた民俗信仰の反映。

四 霊力により万侶も一緒に戸締りした家に入る。

五 （その人は）多くのご馳走のうち、自分に供えられた分を万侶に分け与えて。髑髏の霊は、この魂祭りの供え物を恩返しに用いた。

亡霊、昔語りをし、その兄、魂祭りに来る

六 午前四時を中心とする前後二時間。「男の声」は、文脈からは姿を現さない弟が万侶に告げる言葉をさすとみられるが、それでは前文とに断層が生じる。むしろ、一緒に魂祭りに来た兄の声が外から聞えてきて、それに気づいた弟が万侶に兄の話をする場面とみる（『今昔』一九ノ三一）。

七 商売をして歩きました。「交易」は「商」に同じ。

八 重さの単位。大宝令では一斤は十六両。「斤」ともいう。八九頁注一四参照。

九 現に私の苦痛を免れさせて下さいましたので。「見に」は「現に」に同じ。

一〇 大晦日の魂祭りで先祖の霊を拝むために。

る。万侶を見て驚き畏り、その到り来れるゆゑを問ふ。万侶、ここにつぶさに前の事を説く。母、長子を罵りていはく、「ああ、わが愛子は汝に殺されぬ。他の賊にはあらずありけり」といふ。すなはち万侶を礼み、さらに飲食を設く。万侶還り来りて、状を師にまうしき。

それ、死霊・白骨すらなほしかくのごとし。いかに況むや、生ける人、豈恩を忘れむや。

女人、風声なる行を好みて仙草を食ひて、現身に天に飛ぶ縁　第十三

大倭の国宇太の郡漆部の里に、風流なる女ありき。これすなはちその部内の漆部の造麿が妾なりき。

天年風声なることを行とす。自性塩醤なることを心に存す。七

11 すでに弟の亡霊は退去している（下二七縁も同じ）。亡霊が中途で去る点は枯骨報恩譚の類話に共通する。
12 弟の亡霊につれて来られてご馳走になったいきさつや、聞いた殺人事件の真相などの事。亡霊が恩人の口を借りて死の真相を伝え、復讐と鎮魂の目的を果す点も、この型の話に共通するという。
13 やはりこの通り恩を忘れないものである。
14 世俗を超越して、清らかで高い行いをする。誠実高潔なさま。訓みは訓釈による。後出する「風流」「気調」も同じ。
15 仙人になる能力を得る草。仙薬の一つ。
16 現在のからだで。生きながら。
17 奈良県宇陀郡。『和名抄』同郡に漆部とあるが、現在地未詳。曾爾村・御杖村説（『大日本地名辞書』）によれば、清流のある高原山間部で、吉野に似る桃源境的地帯。曾爾村に本話が伝わっているという。
18 漆部の里の管内。「部内」は五二頁注五参照。
19 「漆部」が氏、「造」が姓、「麿」が名。漆部氏は漆器づくりを職とし、宇陀郡にも一族が居た。
20 正妻でない妻。側妻。
21 生れつき清らかで高雅なことをもって行動した。

風流を好む女人、天に飛ぶ

22 本性。「天年」と同意で、それと対句をなす。
23 貞実誠実なこと。ここでは、家事調理など日常のことを妻として貞実によくつとめること。

の子を産生む。きはめて窮しくして食なく、子を養さむに便なし。衣なくして藤を綴る。日々に沐浴みて、身を潔め綴を着る。毎に野に臨みては草を採むを事とす。常に家に住りては家を浄むるを心とす。菜を採みて調へ盛り、子を唱ひて端坐し、咲みを含みて馴れ言ひ、敬を到して食ふ。常にこの行をもちて身心の業とす。その気調、恰も天上の客のごとし。

ここに、難破の長柄の豊前の宮の時、甲寅の年に、その風流なる事、神仙に感応せり。春の野に菜を採み、仙草を食ひて天に飛びき。

誠に知る、仏法を修せずとも、風流なるを好めば、仙薬の感応することを。

精進女問経にのたまへるがごとし。「俗家に居住すとも、心を端しくして庭を掃へば、五功徳を得む」とのたまへるは、それこれをいふなり。

一 中四二縁にも九人の子を育てる貧女の例がある。
二 藤のつるの繊維で着物を織った。藤葛の衣は貧しいが丈夫である。もと呪的な霊力をもっていたか（春山之霞壮夫に母の着せた衣服。『古事記』中）。
三 水を浴びて身体を洗い清める。
四 つぎ合せた衣服。藤葛を織り綴った衣をさす。
五 貧しい食料を象徴するが、自然の霊が宿り、その中に仙草も交じることになる。
六 家の中をきれいに掃除すること。
七 にこやかに笑みを浮べ、むつまじく語り合い。
八 その超俗高雅な暮しぶりは、まるで天降った仙人のようであった。「天上の客」は、後出「仙草」「仏法を修せずとも」「仙薬」により、仏教的な天人でなく道教的な仙人をさす。粗衣粗食の清貧清廉な生活態度が仙人修行に通じた。「恰も」は、訓みは訓釈などの例による。アタカモに同じ。
九 孝徳天皇の時代。五一頁注二八参照。「甲寅の年」は白雉五年（六五四）。
一〇 中国古代の書『抱朴子』は、人身で飛天する神仙術について、生活態度・食事・深呼吸・服薬の四条件を満たし、精神修養の必要も説く。
一一 「風流」に徹したから、貧女でさえ神仙の感応によって昇天した。―もし仏法を修めていたらなお多くの応報の験を受けたであろう。「感応の道」（五一頁注一八）は絶大だから―。これを言外にふくめている。景戒の主眼は仏法の広大さを説くにある。

僧、心経[一四]を憶持し[一五]、現報を得て奇しき事を示す縁

第十四

釈[一六]義覚はもと百済[一七]の人なりき。その国破れし時に、後の岡本[一八]の宮に宇御めたまひし天皇のみ代に当りて、わが聖朝に入り、難破[一九]の百済の寺に住みき。法師は身の長[二〇]七尺、広く仏教を学び、心般若経を念誦せり（常に唱えていた）。

時に（その頃）、同じ寺の僧慧義[二一]といふひとありき。〔慧義は〕ひとり夜半をもて（夜中に）出で行く。因りて[二二]室の中を見るに、光明照り耀く。僧すなはち怪しびて、ひそかに牖の紙を穿ちて窺ひ看れば、法師端坐して（きちんと坐って）経を誦ず[二三]。光、口より出づ。僧驚き怵ぢ（恐れ）、明くる日に悔過[二四]して、あまねく大衆[二五]に告ぐ。

時に、覚法師、弟子に語りていひしく[二六]（語っていったことには）、「われ、一夕に（昨夜ひと晩に）心経を一百遍ばかり（百度ほど唱えた）誦じき。しかして後に（そのあとで）目を開きて、その室の裏を観れば、

一三『無垢精進女問経』。無垢優婆夷問経ともいう。
一三 浄土に往生して後に得る五つの福徳。
一四『般若心経』、心般若経とも。詳しくは『摩訶般若波羅蜜多心経』。大般若経の真髄を簡潔に説いた経典。
一五 常に心に念じる。本書ではこの語を標題にだけ用いる。上一八・中一九・下一・一四各縁。
一六 伝未詳。「釈」は、釈迦の略で、釈迦の弟子、僧の意。出家した者は釈迦の一族に入ることから、釈氏・釈子ともいう。

義覚、心経を唱え、口から光明を放つ

一七 二一頁注九参照。滅亡は斉明六年（六六〇）。
一八 第三七代斉明天皇の時代。皇居は、夫君舒明天皇の飛鳥岡本宮に対して、後の飛鳥岡本宮という。
一九 大阪市生野区鶴橋付近に百済野があり、そこに百済王氏の氏寺があったという。
二〇 善行を修めると長身を得るという。三〇三頁一一行以下参照。
二一 伝未詳。以下、上四縁の、光明を発する願覚とそれをのぞき見る僧の描写に類似する。
二二 そんなわけで、（慧義が義覚法師の）部屋の中を見ると。「室」は僧房、僧のこもる宿舎。
二三 声を出して定まったよみ方で唱える。
二四 のぞき見した罪を仏前で懺悔して。
二五 多くの僧侶。ここではその寺の僧たち。
二六 会話文の引用形式で、〈いひしく「……」といひき〉は、〈いはく「……」といふ〉の過去形。

[一]四の壁穿げ通り、庭の中顕に見えたり。われ、ここに[二]希有の想を生じ、室より出でて院の内を廻り[三]瞻て、還り来りて室を見れば、壁と戸とみな閉ぢたり。すなはち外にしてまた心経を誦ずれば、前のごとくに[四]開け通れり」といひき。すなはちこれ[五]心波若経の不思議なり。

[六]賛にいはく、
大きなるかな、[七]釈子。[八]多聞にして教を弘む。
[九]閉居して経を誦じ、[一〇]心廓かに融ひ達る。
[一一]現ずるところ玄寂にして、焉にぞ動揺をなさむ。
[一二]室の壁開け通り、光明顕れ耀く。
といふ。

第十五
悪人、[一三]乞食の僧を[一四]逼して、現に悪報を得る縁

一 部屋の四方の壁が抜け通って、外の庭の中まではっきり見通すことができた。「四」の訓みは『名義抄』による。「穿げ通る」は後出の「開け通る」に同じ。
二 不思議なこともあるものだと思って。
三 見る。訓みは『名義抄』『字類抄』による。
四 (壁も戸も消え失せて)外から部屋の内部をはっきり見通すことができた。
五 『般若心経』の不思議な力によるところである。「波若」は上出「般若」に同じ(古写本に例がある)。
六 称えていうことには。「賛」は、善行者の美徳を称える定型文。
七 釈義覚法師は。「釈子」は六一頁注一六参照。
八 広く仏法を聞き多くを知っていて、外に対しては仏教を弘め人々を教化した。
九 また、自室にこもってはひたすら心経を唱え。
一〇 心眼がはっきり開いていて、物の中でも自由自在に往来した。「廓かに」は大きく開けたさま。
一一 表面に現れるところは奥深く静かであって。表面的に見た義覚師の日常の状態をいう。
一二 (しかし、ひとたび般若心経を唱えると)部屋の壁は抜け通り。
一三 いわゆる托鉢僧。仏道修行上、僧団の生活手段として人家に食を乞うこと。本書に乞食の登場は多いが、道心がなく形だけまねた浮浪者も交じる。
一四 迫害して。訓みは訓釈による。オビヤカスに同じ。

乞食僧を迫害した男、呪縛される

昔、故き[一五]京の時に、ひとりの男人[一六]ありき。因果[一七]を信なりとせず。僧の食を乞ふを見て、忿りて繋[一八]がむとおもふ。時に僧、田の水に走り入る。追ひて執ふ。僧、忍ぶること得ずして呪縛[一九]す。愚人顛沛[二〇]れ、東西[二一]に狂ひ走る。僧すなはち遠く去り、眄[二二]み瞻ること得ず。その人にふたりの子あり。父の縛ひを解かむことをねがふ。すなはち僧房に詣りて、禅師[二三]を勧請す。師、その状を問ひ知りて、行き[二四]肯にす。ふたりの子、懃ろに重ねて拝み敬ひ、父の厄を救はむことを請ふ。その師、すなはち徐[二五]く行き、観音品[二六]の初めの段を誦じ竟れば、すなはち解脱すること得つ。

しかして後に、すなはち信心を発し、邪[二七]を廻らして正に入りき。

慈[二八]しびの心なく、生ける兎の皮を剝[二九]りて、現に悪報を得る縁　第十六

一五 平城京よりも前の飛鳥・藤原京をさす。「古京」とも書く。

一六 国会本は「愚人」。

一七 仏法の因果応報の道理。

一八『今昔』二〇ノ二五の「打たむとす」により「撃たむ」に改める説もある。後出「呪縛」をうける因果関係からみても、底本・国会本の「繫」のままがよい。

一九 呪文を唱えて、その法力で相手の自由を奪う。

二〇 ひっくり返る。訓みは訓釈による。

二一 あちこちに。『書紀』の傍訓による（七六頁六行にも同句）。コチゴチニとも訓める。

＊ 迫害をうけた僧の自衛法としての呪術の行使は仏法守護神の加護でもある。〔僧の迫害〕

二二（愚人の様子を）ふり返ってよく見ることができなかった。俗人では呪縛された者の面倒がみられず、結局、別の僧に救いを求めることになる。

二三 禅師（四八頁注一）においでを願った。

二四 行くのを承知しなかった。「不肯」は断る意。

二五 ようやく、しぶしぶの気持。僧を迫害した者を救うには、もっと懲りさせるために時間をかける。

二六『法華経』の観世音菩薩普門品の略。観音経とも。

二七 序文末の同句（二五頁注二四）と呼応する。他の説話末に必ず付記する結語が本話にはない。

二八 慈愛の心。慈悲心に同じ。

二九 皮をはぐこと。訓みは訓釈による。

兎の皮をはぐ殺生の男、全身毒瘡で死ぬ

大和の国にひとりの壮夫ありき。郷里と姓名と詳らかならず。天骨仁しびせず、生けるものの命を殺すことを喜ぶ。その人、兎を捕へ皮を剝りて野に放つ。しかして後に久しからぬ頃に、毒しき瘡身に遍はり、肥えたる膚爛れ敗はる。苦しび病むこと比なく、つひに愈ゆること得ず。叫び号びて死にき。

ああ、現報はなはだ近し。おのれを恕りて仁あるべし。慈悲なくはあらざれ。

捕虜となった越智氏、観音像を造り信奉する

兵の災ひに遭ひて観音菩薩の像を信敬しまつり、現報を得る縁　第十七

伊予の国越知の郡の大領の先祖越智の直、まさに百済を救はむがために、遣はされて到り運りし時に、唐の兵に擒はれ、その唐の

一　奈良県。
二　一人前の男子。「壮」は三十歳をいう。
三　生れつき。「天年」「自性」に同じ。ただし、本書の「天骨」表記例は、すべて「――邪見」など邪悪の場合に限る。
四　思いやりがない。「仁」は自分と同じ仲間として人に接する心。「慈」は弱い者をいたわる心。ともに古訓ウツクシビ、同意とみられる。
五　悪質のできものが体じゅうにひろがり。同じ語句が五〇頁五行にあり、悪業の報いとされた。
六　ふくれた皮膚はただれて傷ついた。「肥」はふくれた状態。二四五頁八・九行、三〇〇頁九行参照。
七　「癒ゆる」に同じ。訓みは訓釈による。
八　悪行に対するこの世での報いは、たちどころに現れる。結語の常套句。七二頁、八六頁等参照。
九　わが身のことを考えて、(他人に対しても)思いやりがあるべきだ。「恕る」は、自分を思うのと同じように相手を思いやる意。
一〇　兵士・武器の災難、つまり戦乱。
一一　愛媛県越智郡。今治市のある高縄半島から島嶼部に及ぶ。瀬戸内海交通の要衝、伊予の国府もあった。
一二　郡の長官(四八頁注五)。
一三　「越智」は氏、「直」は姓(三一頁注一二)、名は未詳。越智氏は、小市国造(『旧事本紀』)以来の在地豪族

国に至りき。わが八人、同じく一つの洲に住む。儻として観音菩薩の像を得て、信敬し尊重しまつる。八人心を同じくして、ひそかに松の木を截りて舟を一つつくる。その像を請けたてまつりて、舟の上に安置し、おのおの誓願を立てて、その観音を念じまつる。

ここに、西の風に随ひて、直に筑紫に来る。朝庭これを聞きて、召して事の状を問ひたまふ。天皇たちまちに矜れびて、楽ふところを申さしめたまふ。ここに越智の直まうさく、「郡を立てて仕へまつらむとおもふ」とまうす。天皇許可したまふ。しかして後に、郡を建て寺を造りて、すなはちその像を置きまつりき。その時より今の世にいたるまで、子孫相続ぎて帰敬しまつる。

けだしこれ観音の力にして、信心これを至せるならむ。丁蘭の木母すら、なほし生ける相を現しき。僧の感ずる画女すら、なほし哀しき形に応へき。いかに況むや、この菩薩にして応へたまはざらむや。

で、越智郡の長官を世襲、後世の『予章記』（越智河野系図）によると、守興など大陸遠征者がいる。

一四 斉明六年（六六〇）または天智二年（六六三）の百済救援軍の派遣をさす。四八頁注三参照。

＊ 船団を組織し遠征したか。〔越智氏の外征〕

一五 日本人八名が同じ島に流され隔離されて暮した。

一六 訓みは訓釈。「儻」（『名義抄』）の方がよいか。

一七 仏に決意を誓って願をかけること（無事帰国を祈願）。

帰国して郡を賜り寺を建て、観音像を本尊とする

一八 まっすぐ九州に着いた。

一九 （話を聞くなり）すぐ哀れに思われて。

二〇 新しく（越智）郡を設け、そこを治めてお仕え申したく存じます。百済遠征に失敗した天智朝期の、国造・県主の国県制から律令的な国郡制へと転換する時勢に合う。なお、後文に建郡と造寺を並記するから、ここにも造寺を願うことばがあったかもしれない。

二一 通称は越智寺か。郡司の造る寺には郡名をつける例が多い。本話は越智氏の氏寺としての縁起伝承。

二二 本話は観音信仰譚として収録されている。

二三 孝行者の丁蘭が亡母の木像を造って仕えたところ、真心が通じたのか生けるがごとく応じた。劉向の『孝子伝』や『蒙求』にのるが、本話は『諸経要集』によるという。一九七頁三行にも再出。

二四 せつない様子で応じてくれた。出典不明。類句は一四一頁注二〇参照。

法花経を憶持し、現報を得て奇しき表を示す縁

第十八

昔、大和の国葛木の上の郡に、ひとりの持経の人ありき。丹治比の氏なり。それ生れながらに知れり。年の八歳よりも以前に法花経を誦持し竟るに、ただし一字のみは存むること得ざりき。二十有余の歳に至りても、なほし持すること得がたく、観音によりて悔過せり。

時に、夢に見らく、「有る人いはく、『汝、昔、先の身は、伊予の国別の郡日下部の猴の子に生れてありき。時に汝、法花経を誦ずることを成せども、燈に一文焼かれ、誦ずること得ざりき。今往きてこれを見よ』といふ」とみつ。夢より醒め驚きて思ひ怪しび、その親にまうしていはく、「たちまちに縁の事あり。伊予に往かむとお

一 心に念じて唱える。『法華経』憶持の標題は下一縁にもある。経典を憶持する霊異譚で、本話と同じ様式の標題をとるのは上一四縁。

二 奈良県御所市。金剛山系に接し、仏道修行の地であり、上四縁の願覚、上二八縁の役行者たちも、同地を中心に修行している。

三 特定の経典を常に唱えて修行する人。

四 金剛山系の西側に当る河内国丹治比郡を本拠とする氏。各地に同族がおり、伊予にも一族がいた。

大和の行者、前世に経の一字焼失を夢で知る

五 「それ」は、指示内容をもたない感動詞的用法。

六 ここでは、経文を見ながら唱える意。読誦。

七 底本「意」。国会本による。同じ語句は、五七頁一行目・六三頁八行目。

八 経の文字が覚えられないのは自分の過ちの報いだから、観音菩薩の前でその罪を懺悔した。

＊ この夢に現れた人は、観音菩薩の化身であり、前世の罪を示した。〔夢の告げ〕

九 この世に生れてくる前の世の身の上は。

10 和気郡。今の愛媛県松山市西北部で、瀬戸内海に臨む。日本武尊の子が伊予別君の始祖（『景行紀』五十一年）であり、早く大和朝廷の支配下にあった。「伊予熟田津石湯行宮」（『斉明紀』七年）の船津に当る熟田津もこの郡内とみられ、中央との交流が多い。

一一 伝未詳。「日下部」は氏、畿内・瀬戸内一帯に同

前世の親を伊予に訪れ経文を補修し読誦する

もふ」といふ。二（ふたり）の親聴許（ゆる）せり。

しかありて（そうして）、諮（とぶら）ひ往きて（〔伊予に〕尋ねて行き）、まさに猴の家に到る。門（かど）を叩きて人を喚（よ）ぶに、すなはち（すぐに）女人（をみな）[一二]出づ。咲（ゑ）みを含（ふふ）みて還り入り（室内に戻り）、家母（いへのとじ）[一三]にまうしていはく、「門に客人（まらひと）[一四]あり。恰（あたかた）も死にし郎（をのこ）に似たり」といふ。聞き（〔家母は〕）て出でて見るに、なほし[一五]死にし子に疑（に）たり。家長（いへぎみ）[一六]見て、また怪しびて、「仁（きみ）（あなたは）は、いづれの人ぞ（どなたですか）」と問ふに、（〔客は〕）国と郡との名を答へ陳（の）ぶ。客人もまた問ふに、（〔家長は〕）答へてつぶさにその姓（かばね）と名とを告げ知らす。明（〔客は〕）[一七]らかに、「これわが先の父母なりけり（この方々は私の前世での両親であったのだ）」と知れり。すなはち長跪（ひざまづ）き[一八]て拝す。

猴、愛（め）[一九]でて喚び入れ（〔客を〕）、床（とこ）[二〇]に居（す）ゑて瞻（まぼ）りていはく（見つめていうには）、「もし（もしかしたら）、死にし昔のわが子の霊（たま）[二一]か」といふ。客人、つぶさに夢の状（かたち）（様子を）を述べて、「翁（おほぢ）[二二]と媼（おほば）とはわが先の父母なり」といふ。猴もまた因（ゆゑ）[二三]を語りて、示（み）せていはく、「わが先の子（私のなくした子の）の号（な）[二四]は某（それ）、その子の住みし堂と読みし経と、また持ちし水瓶（みづがめ）[二五]はこれなり」といふ。（客）先の子、聞きて堂の内に入り、

族がいた。「猴」は名、古代は人名に動物の名をつける例が目立つ。十二支によるとも、動物の強さ・早さにならう（三〇頁一三行）ともいわれている。

一二　女の召使であろう。

一三　一家の主婦。「家室（いへのとじ）」に同じ。

一四　門にお客さまがお見えです。まるで亡くなられた坊っちゃんにそっくりです。「恰も（あたかた）」の訓みは上一三縁訓釈。

一五　やっぱり（召使の言う通り）。「なほ」に同じ。当時の訓読はナホシが多い。

一六　一家の主人（「猴」のこと）。客と対面する一家の順序が、女人―家母―家長と段階を踏んでいる。

一七　主人の答えた姓と名とが、かつて夢の告げで聞いた通りの人であったから。

一八　両ひざを地につけ、両方の足の指で地をささえて、丁寧にお辞儀した。

一九　いとしく思って。

二〇　客の座に坐らせて。

二一　霊魂が家に帰ってくる例は五八頁注三参照。

二二　老翁と老婆。ここは猴夫妻（家長と家母）をさす。

二三　昔の因縁を話して、それにまつわる事物を見せたり案内しながら。「示（み）せ」は『書紀』の古訓による。

二四　名前はだれそれで。伝承者がぼかした言い方。

二五　修行僧が常用する金属性の水入れ。

その法花経を取りて開きて見るに、一まさに誦ぜられぬ文は、燈に焼け失せたり。時に、二懺いて直したてまつりし後は、三熟然に持すること得たり。ここに四祖と子と相見て、ひとたびは怪しび、ひとたびは喜ぶ。五父と子との義にして、孝養を失はざりき。

（その時に）（懺悔して経を補修し申したが）（そののちは）（完全に覚えることができた）（そこで）

六賛にいはく、

善きかな、日下部の氏。経を読み道を求む。（すばらしい事よ）

七過現の二生、重ねて本経を誦ず。（この法華経を唱えた）

八現に二父に孝ありて、美き名後に伝はる。

九これ聖なり、凡にあらず。

といふ。

誠に知る、一〇法花の威神にして、観音の験力なることを。

一一善悪因果経に一二のたまへらく、「過去の因を知らむとおもはば、その現在の果を見よ。未来の報を知らむとおもはば、その現在の業を見よ」とのたまへるは、それこれをいふなり。

（過去の原因を知ろうと思うのなら）（その現在の結果を見るがよい）（未来の報いを知ろうと思うのなら）（その現在の行状を見るがよい）（まさにこの話のような例をいうのである）

前世と現世の親に孝養する——法華と観音の霊感

一 ちょうど覚えることのできなかった経の一文字の所が、燈火で焼けてなくなっていた。
二 経の文字を焼いた罪を仏に懺悔し、焼けた所を修理して字を補った。
三 原本調査により判読（複製本は「就」）。ツバヒラカニは、『名義抄』『字類抄』の「熟」の訓みによる。
四 前世の親と子とは、互いに顔を見合せて、不思議がったり喜んだりした。
五 父子の道（親子の契り）を改めて結び、孝養を尽した。
六 称えていうことには。
七 前生（過去）と現生（現在）の二つの世。
八 現世ではふたりの父に孝養を尽し。
九 これこそ聖人であって、凡人のよくする所ではない。日下部氏を仏教を真に証得した人と称える。本話の冒頭に「生れながらに知る」人とあったが、生知の人について聖人と称える説話に、上四縁の聖徳太子、上二八縁の役行者、下一九縁の猴聖がある。
一〇『法華経』の威光であり、観音菩薩の威力のたまものであることを。本書にもっとも多く登場する経は『法華経』、仏は観音。下一三縁の結語も両者を称える。
一一『仏説善悪因果経』。現存の経は偽経という。下記引用文はこれになく、『諸経要集』によるという。
一二 経典は釈迦のことばとして扱ったものであるから、〈ノタマハク「……」トノタマフ〉と引用する。

法花経品を読む人を呰りて、現に口喎斜みて悪報を得る縁　第十九[一三]

昔、山背[一四]の国にひとりの自度[一五]ありき。姓名詳らかならず。常に碁[一六]をなすを宗とせり。沙弥[一七]、白衣[一八]とともに碁をなしき。時に、乞者[一九]来りて、法花経品を読みて物を乞ふ。沙弥、聞きて軽[二〇]み咲ひ呰り、故におのが口を佊して、音[二一]を訛して効び読む。白衣聞きて、碁の条[二二]に恐りて（恐ろしがって）、「畏し、恐ろし」（おそれ多い　こわいことだ）といふ。白衣は、碁をなすに、遍ごとにして勝ち（打つたびに勝ち）、沙弥は、遍ごとになほし負[二三]す（なんど打ってもやはり　負けた）。ここに（すると）、即坐に沙弥の口喎斜みて（すぐに僧の口がゆがんでしまい）、薬もて（薬で）治療せしむるに（治させたけれども）、つひに直らざりき。

乞食僧の読経をあざけりまねて、口がゆがむ

法花経[二四]にのたまはく、「もし軽み咲ふ[二五]こと有らむひとは、まさに世々[二六]に牙歯疎かに欠けむ。唇醜く、鼻平まむ（低くなろう）。手脚繚戻[二七]りて、眼目

一三『妙法蓮華経』の経文。「品」は、仏典の中の編や章に当る。『法華経』は、八巻二十八品から成る。
一四 京都府南部。のち山城国と表記。
一五 国の許可を受けないで、自分で勝手に剃髪して僧尼の姿をしている者。「私度（僧）」とも。出家得度をするのに官の認可を必要としたが、自度僧は横行する。本書にこれの登場が目立ち、「自度」を専用。
一六 碁を打つのを第一の仕事にしていた。碁を打ってばかりいること。碁は、琴とともに僧尼にわずかに許された娯楽であった。
一七 出家した者。ここでは「自度（僧）」をさす。
一八 俗人。僧が黒い衣を着るのに対していう。
一九 乞食に同じ。乞食僧は六二頁注一三参照。
二〇 軽蔑し笑い嘲り、わざと自分の口をゆがめて。モドロカスは、モドル（注二七）→モドラカスの転。
二一 声をなまらせ、（乞食僧が経を読むのを）口まねして唱えた。
二二 碁の一目を打つたびに。「条」は個条を一つ一つ分けていう語で、ここでは碁の筋目ごとをさす。
二三「負す」の転。自分に負けをかぶらせるとも、相手に栄冠を与えるとも。いずれにしろ、負ける意。
二四 以下の引用文は、『法華経』の普賢菩薩勧発品。
二五（この経を信ずる人を）軽蔑し嘲笑すること。
二六 来る世々に歯が欠けてまばらになるであろう。
二七 ねじれ曲って。

角睞にならむ」とのたまへるは、それこれをいふなり。寧ろ悪鬼に託ひて、あまた濫りがはしく言ふといふとも、持経のひとをば誹謗るべからず。よく口業を護れ。

僧、湯を涌かす分の薪をもちて他に与へ、牛となりて役はれ、奇しき表を示す縁　第二十

釈恵勝は延興寺の沙門なりき。法師、平生りし時に、湯を涌かす分の薪を一束詘りて、他に与へて死にき。その寺にひとつの牸ありて犢子を生みき。長く大きになりし後に、車を駕け薪を載せ、憩ふことなく駈はれて、車を控きて寺に入れり。

時に、知らぬ僧、寺の門にありていはく、「恵勝法師は、涅槃経はよく読むといへども、車を引くこと能はじ」といふ。牛聞きて、涙を流して長息き、たちまちにして死ぬ。牛を将たる人、その僧を

一「角」はナナメ、「睞」はスガメ。訓釈は二字合わせて「角睞」とも解せる。
二 邪鬼にとりつかれて。「鬼に託ふ」「悪鬼に占めらる」など本書に例もあり、当時これが民間に信じられていた。
三 言語によってひきおこされる善悪さまざまのことで、主として罪悪。三業（身・口・意）の一つ。
四 寺の浴室の湯をわかすための薪。
五 伝未詳。「釈」は、釈迦の弟子・僧の意。出家した者は釈迦の一族に入ることから、釈氏・釈子という。
六 未詳。
七 僧。出家して仏道修行する人。
八 僧の通称。ここでは恵勝をさす。
九 束ねて持てる重さ。薪は生活に必需の燃料であった。薪は山に取りに行くのが日常であり、これ無しには暮せなかった。

僧、牛が恵勝の生れかわりと見抜き、牛死す

一〇 牝牛、母牛。メウジと濁音。
一一 子牛。訓みは序文の訓釈による。
一二「長大」は、成長、成人の意。人間の場合これの訓みはヒトトナルでよいが、牛には不適当。また音読もさけて、一字ずつ訓んでおく。
一三 荷物を乗せる車の轅を牛にかけて。
一四 労役をさせられる意。「追ひ使はれ」に同じ。
一五『大般涅槃経』の略。釈迦の入滅時の説法を記した経典。恵勝は生前これをよく読んでいたのだろう。

晴みていはく[一六]、「汝、牛を呪ひて殺せり」といひて、これ（僧を）を捉へて宮に申す[一七]（朝廷に訴え出た）。

宮、状を問はむとして僧を請けて見たまへば（事情を尋ねようとして僧を呼び出してご覧になると）、面姿[一八]奇しく貴く、身体[一九]姝しく妙なり。[二〇]忝なく宴嘿かにして、浄き屋[二一]に居ゑたり。絵師を召し請けてのたまはく、「その法師の容のごとくに、誤らず（寸分違わずに）絵きて持ち来れ」とのたまふ。絵師ら詔[二二]をうけたまはり、持ちて宮に進る。宮見たまふに、みな観音菩薩の像[二三]なり。その師（僧）、たちまちに観えざりき（姿を消していた）。

諒に委る。観音の示したまふところなることを。さらに疑ふべからず（けっしてそれを疑ってはならない）。むしろ飢ゑに迫められて沙土を食ふといふとも[二四]、謹みて常住の僧の物を食ふことを用ゐざれ（よく気をつけて日常寺にいる僧のものをとって食べてはならない）。このゆゑに、大方等経[二五]にのたまはく、「四重五逆[二六]はわれ（私は）もまたよく救はむ（四重罪・五逆罪を犯した人でも私はよく救おうと思う）。僧の物を盗む者は、わが救はぬところなり（救うわけにはいかない）」とのたまへるは、それこれをいふなり。

絵師の画いた僧の肖像は観音像

一六 責めたてて。字体は底本、訓みは『名義抄』による。国会本は「嘖（せむ）」。
一七 役所の王と解する説もある。『今昔』二〇ノ二〇は「公」。底本による。国会本「官」。
一八 顔は不思議なほど貴く。
一九 姿かたちは立派ですばらしい。
二〇 （その僧の様子は）畏れ多いと感じるほど静かであって。僧の落着いて黙っている状態が、ただ人とは思えないことをいう。「忝なし」は『字類抄』による。「忝」に同じ。
二一 （朝廷では、そのため僧を事情聴取の所から移して）格別に清浄な部屋に控えさせた。
二二 勅命をお受けして（ありのままに画き）。
二三 どの絵師の画いた絵も。絵師たちの眼には、僧ではなくて観音菩薩と見えたのである。観音は随時随所に化身変化する。付録〔観音信仰譚〕参照。
二四 たとえ飢えに苦しめられて砂や土を食べることがあるとしても。
二五 『大方等大集経』の略。ただし、これは『梵網経古迹記』からの孫引きらしい。なお、同趣の引用文を『大集経』と略称して一二三頁にも載せる。
二六 「四重」は、殺生・偸盗・邪婬・妄語の四つの重罪。「五逆」も、五つの逆罪・重罪で、父殺し・母殺し・聖者（阿羅漢）殺し・仏身を傷つけ出血・教団の和合の分裂、をいう。

慈しびの心なくして、馬に重き駄を負せて、現に悪報を得る縁　第二十一

昔、河内の国に瓜販ぐ人ありき。名は石別といひき。馬の力より過ぎて、重き荷を負す。馬往くこと得ぬ時には、瞋恚りて捶ち駈ふ。重き荷を負ひて労れ、両つの目より涙を出す。瓜を売り竟れば、すなはちその馬を殺す。かくのごとく殺すこと多遍となりぬ。後に、石別、おのづから、纔涌ける釜に臨むに、両つの目抜けて、釜に入りて煮らえき。

現報甚だ近し。因果を信くべし。畜生に見ゆといへども、わが過去の父母なり。六道四生はわが生れむ家なり。それに、慈悲なくはあるべからず。

（傍訳：瓜を売る人がいた／能力より以上に／馬が重荷に耐えられず歩けなくなると／［馬は］／［石別は］／たび重なった／煮られてしまった／人間とは無縁の畜生と見えても［それは］前世の自分の父母である／来世に自分が生れる所である／だから／慈悲の心がなくてはならない）

馬を酷使して殺した男、熱湯に両眼が抜け落ちる

一 慈悲の心。弱いものをいたわる心。
二 荷物を負わせて。「駄」は、もと荷を負う馬の意。オホスはオハスの転。
三 大阪府南東部。
四 「苽」は「瓜」の俗字（『攷証』『名義抄』）。
五 伝未詳。イソワケとも訓める。
六 （石別は）怒ってむちで打ってこき使った。
七 わざわざ殺したと解されるが、虐待の結果の倒れ死にであろう。馬の貴重な古代でもあり、瓜売りの身で馬を次々殺すとしたのは、彼の無慈悲さを強調した表現とみられる。
八 以下の両目が煮られるに至るまでの経過が、全く自分の意志行為を超えて、自然にそうなった意。
九 熱湯の煮えたぎっている釜のそばに近づくやいなや。「纔」は、かりそめに、ちょっとの意が通説。しかし、忽ち、とっさにの意で、「即」に同じとする説がよい。
一〇 酷使した馬の両目に涙させた報いが、彼の両目に及んだのである。同じ畜生虐待譚の上一六縁でも、兎の皮はぎの報いが皮膚に毒瘡を生じさせている。なお、両目が抜けて死ぬ例は、二七八頁にもある。
一一 現世での報いはすぐやってくる。
一二 「六道」は、その人の業によって死後必ず住むとされる六種の世界で、地獄・餓鬼・畜生・阿修羅・人間・天上。「四生」は、生物の生れ方の四分類で、卵

勤[一三]ろに仏教を求学し、法を弘め物を利し、命終の時に臨みて異しき表を示す縁　第二十二

故[一四]の道照[一五]法師は、船[一六]の氏、河内の国の人なりき。勅[一七]をうけたまはりて仏法を大唐に求め、玄奘三蔵[一八]に遇ひて弟子となりき。三蔵、弟子に語りていはく、「この人、還りてはさらにあまたの人を化せむ。汝等、軽みすることなく、よく供給すべし」といふ。業成りて後に、この土に到り、禅院寺[一九]を造りて止まり住みき。時に、戒珠[二〇]玷くることなく、知鑒[二一]恒に耀く。遍く諸方に遊び、法を弘め物を化す。つひに禅院に住み、諸の弟子のために、請くるところの衆の経の要義を演暢ぶ。

命終の時に臨みて、洗浴[二二]し衣を易へ、西[二三]に向ひて端坐す。光明[二四]室に遍し。時に、目を開き、弟子知調[二五]を召して、「汝、光を見るや不や」といふ。答へていはく、「すでに見つ」といふ。法師誡め[二六]てい

道照、玄奘に学んで帰り、仏法を広める

体から光を放ち極楽往生する

生・胎生・湿生・化生。ここでは、生死輪廻する世界だから、業縁に引かれて六道四生のいずれへでも転生することをいう。
一三 一心に仏教を学び、その教えを広めて社会に利益を与え、臨終の時に不思議なことがあった。
一四 今は亡き。故（一何某）。
一五 道昭（『書紀』など）とも。元興寺の僧。入唐して六六〇年帰国し、法相宗を伝える。七〇〇年没、年七十二。付録上二二縁参照。
一六 俗姓船の連で、河内国丹比郡の人（『続紀』）。
一七 孝徳天皇代（六五三年）遣唐使に随行（『書紀』）。
一八 唐の高僧。インドから六四五年に経巻を持帰り、漢訳してこれを普及させた。六六四年没。『西遊記』で著名。「三蔵」は、経・律・論の三種の経典に精通した僧の敬称。「奘」（呉音）はジャウ（慣用音）とも。
一九 天智元年（六六二）に飛鳥の元興寺の東南の隅に建てた寺（『三代実録』）。
二〇 戒律を守ることは完璧で欠けたところがなく。
二一 すぐれた智恵は鏡のように常に輝いていた。
二二 身体を洗い清めて着物を着かえ。
二三 西方極楽浄土への志向。
二四 光が部屋いっぱいに満ち満ちた。
二五 伝未詳。「好調」とも記されている（『扶桑略記』）。
二六 口固めをして。戒めて。

はく、「妄りに宣べ伝ふることなかれ」といふ。すなはち後夜に、光、房より出でて、寺の庭を施き耀かす。松の樹に良久にあり。すなはち光、西を指して飛び行く。弟子ら、驚き怪しびずといふことなかりき。大徳、西に面ひて端坐し、応ち卒りき。定めて知る、かならず極楽浄土に生れしならむといふことを。

賛にいはく、

船の氏、明徳なり。遠く法蔵を求む。是れ聖なり、凡にあらず。終没るときに光を放つ。

といふ。

凶しき人、嬭房の母を敬養せずして、現に悪死の報を得る縁　第二十三

大和の国添の上の郡に、ひとりの凶しき人ありき。その名詳らか

一　むやみに人に言い広めてはならない。上四縁の願覚の話にもこの戒めがある。
二　午前四時前後の二時間。三四頁注一参照。
三　僧の宿舎。「坊」に同じ。上文の「室」をさす。
四　一面に明るく輝かした。シクはワタルとも訓む。
五　かなりの時間とどまっていた。
六　道照大徳。「大徳」は僧への敬称。
七　光が西をさして飛び去った、ちょうどその時に息が絶えた。原文「応」は「即」の意（中村宗彦）。
八　確かに分る。「まことに委る……」（四五頁六行）と同様、景戒の信念を強調する文言。
＊　西方往生を強調する本話は、『続紀』の道照伝などと異なる。〔道照の往生〕
九　船の氏道照大徳は、すぐれた徳性の持主である。「戒珠玷くることなし」（七三頁八行）などをさす。
一〇　仏法の蔵、仏の教えを収納している経典。
一一　これこそ聖人で、凡人にできることではない。上一八縁の賛と同句。「聖」と「凡」は、三八頁注一参照。
一二　臨終に際して。標題の「命終の時」に同じ。
一三　乳房の母。乳房で育ててくれた母の意。本話の内容からみて実母らしいが、次の上二四縁標題「生める母」に対して養母ともとれる。
一四　敬い養う。国会本「孝養」。
一五　現世で悪い死に方をする報いを受ける話。悪報譚の類型的標題

学生、母に孝養せず稲の返済を迫る

ならず。字は膽保といひき[17]。これは難破の宮[18]に宇御めたまひし天皇のみ代に、学生[19]に類ある人なり。往に書伝を学ぶれども[20]、その母を養はず。

母、子の稲を債へて[21]物の償ふべきなし。膽保、たちまちに怒りて逼め徴る[22]。時に、母は地に居り、子は朝床[23]に坐り。賓朋[24]、視て寧く居ること得ず。賓朋、語りていはく、「善き人[25]、なにすれぞ孝に違ふ。ある人は、父母の奉為に寺を建て塔を立て、仏を造り経を写し、衆の僧を屈請[26]して、安居[27]を行はしむ。汝が家は財に饒かなり。債しの稲多くして吉し。なにぞ学びに違ひて覆き[28]、親母に孝せぬ」といふ。膽保、伏はずしていはく、「无用なり」といふ。時に、衆人、その母に代りて債を償ひ、みなともに起ちて疾く避る[29]。

母、その嬭房[30]を出して、悲しび泣きていはく、「われ、汝を育てしに、日に夜に憩ふことなかりき。他の子の恩を報ゆるを観て、わが児のかくのごときを恃みき。反す[31]迫め辱しめらる。願はくは[32]心の

の一つ。
一六 奈良市の東部。
一七 「字」は通称。「膽保」は伝未詳。
一八 第三六代孝徳天皇の時代。
一九 大学寮の学生といったような人。学生ふうの人。「類」を国会本には「預」（学生に預かれる人）とある。
二〇 「書」は書物、「伝」は経書の注釈。膽保は聖賢の著書のうわべだけ学んで、学問を身につけず実践に移さなかった。「往」を国会本は「徒に」。
二一 イラフは、利息をつけて物を借りる。利息をつけて貸すのがイラス。稲の貸借は、下二二縁などにも。
二二 督促して返済を迫った。
二三 朝寝の床。母の土下座と対比し、非道さを象徴。
二四 友人仲間。「朋」は諸本「明」、契沖説による。
二五 膽保を説得するために配慮した呼びかけ。
二六 お迎えして。膝を屈して礼をもって招き迎える。
二七 夏安居（五六頁注七）をさせる人もいるのだぞ。
二八 本書の「覆」字は動詞。訓みは『名義抄』による。
二九 （忠告をあきらめて）さっさと立ち去った。
三〇 乳房を出してわが子に激情をぶつける点に、裸の古代の母の姿がある。中二・三縁の母を参照。

子、乳の代金を請求され、発狂して死ぬ

三一 しかし何度もお前から辱しめを受けている。「反す」の訓みは『名義抄』。
三二 お前なんか気が触れてしまえばいい。後文で乳の代を求めるのと同様、母の複雑な気持を表す。

違ひ謬らむことを。汝、負へる稲を徴りたり。われもまた乳の直を徴らむ。母と子との道、今日に絶えぬ。天知る、地知る。悲しきかな、痛きかな」といふ。瞻保、ここに言はずして起ち、屋の裏に入り、出挙の券を拾り、その庭の中にしてみなすでに焼き滅しつ。

しかして後に、山に入り迷惑ひて、なすところを知らず。髪を乱り身を傷ひ、東西に狂ひ走り、また還りて路を行き、おのが家に住まらず。三日の後に、たちまちに火起りて、内外の屋・倉、一時にみな焚けぬ。つひにその妻子どもをして生活くること能はざらしむ。瞻保、憑むところなく、餓ゑ寒いて死にき。

現報遠くはあらず。豈信ならずあらむや。

このゆゑに、経にのたまはく、「不孝の衆生は、かならず地獄に堕ちむ。父母に孝養すれば、浄土に往生せむ」とのたまへり。これ、如来の説きたまふ所にして、大乗の誠のみ言なり。

一　それなら私もお前に飲ませた乳の代価を取り立てよう。経説では子供一人の母乳の量を一八〇石（三二・四キロリットル）という。母の授乳は元来無償のはず。愛ゆえに憎み、母子の縁の断絶に至る。

二　今日までの瞻保の不孝養がもとで、やむなく母子の縁切りに至った顛末すべてを天地の神々はご存知であり、もはやどうすることもできない、の意。

三　以下、瞻保の心身錯乱が始まる。母の悲痛なことばと、それを照覧された天罰の発動によるか。

四「出挙」は、稲や金を貸しつけて利息をとる、古代の勧農・救貧のための貸付け。シユツコとも（『字類抄』）。「券」は証文（『今昔』二〇ノ三一「契文共」）。

五「取る」に同じ。訓みは『名義抄』による。

六　あちこちに。六三頁四行に同句。

七　屋敷の内外にあった家や倉。前出友人のことば「汝が家は財に饒かなり……」に当る建造物。

八「凍える」に同じ。

九　現世での報いはすぐ現れる。常套句「現報甚だ近し」と同じ。

一〇　経典名は不明。ただし、『観無量寿経』に類似の文言があり、それの要約かという。

一一　仏の尊称。ここでは、仏教の開祖である仏陀、釈迦如来。

一二　大乗経典に説いているまことのおことば。小乗仏教の所説のように、規模の小さな教えではないとの意を強調したものとみられている。

凶しき女、生める母に孝養せずして、現に悪死の報を得る縁　第二十四

斎食しに来た母を断った娘、胸に釘が立って死ぬ

故き京にひとりの凶しき婦ありき。姓名詳らかならず。かつて孝心なく、その母を愛しまず。母、斎日に当りて飯を炊かず、斎食を思念しき。すなはち女のあたりに就きて飯を乞ふ。その女いはく、「いまし家長とわれとまた斎食せむとす。これを除きて以外に飯の母に供ふべきものなし」といふ。時にその母に稚き子あり。携へて家に還るに、俛して道の頭を視れば、遺れたる裹の飯あり。拾ひて餓ゑを慰め、なほし労めて室に寝たり。

夜半の後くに、ある人、来りて戸を扣きていはく、「汝の女、高く叫びて、『わが胸に釘あり。まさに死なむとす』といふ。そゑに、往きて看るべし」といふ。母、疲れ寝ねたるをもて、往きて活かす

一三 この標題は、前話の標題（七四頁）と対をなす。
一四 平城京より以前の飛鳥・藤原京。「古京」とも。
一五 在俗の人が、一定の日に身心を清浄にし自己を反省し、八種の戒を守って善を行う日。六斎日・十斎日などがある。この日はとくに身と口をつつしみ、正午以後は絶食であった。
一六 ご飯をたかず。カシクは清音。
一七 斎日にとる食事で、正午までに一回限り。「斎」は、正午をすぎて食事しない制約をいう。
一八 「いまし」は今、「し」は強意。「家長」は主人で、ここは娘の夫をさす。
一九 私たちふたり分の斎食のほかには。
二〇 幼い子供。娘の弟妹であろう。
二一 うつ向いて道ばたを見ると。「俛」は「俯」。
二二 だれかが置き忘れていたご飯の包みがあった。
二三 落着かせる意。ここは飢えをしのぐこと。
二四 やはりお勤めをして、そのままお勤めの部屋で寝た（母は信心深く、疲れていたため）。「労」は「勤・勉」に同じ（五〇頁一二行同例）。「室」は、勤行をする部屋。
二五 あなたの娘さんが、大声で叫んで。
二六 地獄では鉄の釘を何本も身に打ち立てられる（八七～八頁）。現世で地獄の苦を受けるさま。現報の来るのは実に早い。

こと得ず。その女つひに死に、また相見ざりき。孝養せずして死ぬ。これよりは、如かじ、分を譲りて母に供へて死なむには。

忠臣、欲小なくして足るを知り、諸天に感ぜられて報を得て、奇しき事を示す縁　第二十五

故の中納言従三位大神の高市万侶の卿は、大后の天皇の時の忠臣なりき。記ありていはく、朱鳥の七年の壬辰の二月に、諸の司に詔して、「三月の三に当りて、伊勢に幸行さむとす。このみ意を知りて設け備ふべし」とのたまふ。時に、中納言、農務を妨げむことを恐り、表を上りて諫めを立てまつる。天皇従ひたまはず、なほし幸行さむとす。

一 自分の分けまえをさいて、母に与えて孝養を尽して死ぬのに越したことはない。「分を譲りて……死なむには如かじ」の倒置法。

二 私欲が少なくて、分に応じて満足し。

三 天上世界に住んで仏法を守護する諸神の感じる所となり、善の報いを受けて。

四 「故の」は、今は亡き。「中納言」は、太政官の次官で大納言につぎ、位階は従三位に相当する。

五 「大神」は大三輪とも。「高市万侶」は、利金の子。壬申の乱に勇戦し天武十三年に朝臣。中納言の時に本話にもいう伊勢行幸諫止により辞職するが、のち長門守、左京大夫。慶雲三年（七〇六）没。

中納言、行幸が農務を妨げると諫止する

六 「まへつきみ（卿・大夫）」は、天皇の御前に伺候する高官。「卿」は、律令制での八省の長官か三位以上の者で、ここは後者。

七 第四一代の持統天皇。天武天皇の皇后であったが、その崩後、六八六～九七年在位。

八 次行以下六行の話は『持統紀』にもあり、それと同じ先行記録をさす。類例は四〇頁三行以下。

九 持統天皇六年（六九二）に当る。

一〇 役所のそれぞれの部署に勅命を下して。

一一 農事。三月上旬ごろは種まきなど農繁期に当る。

一二 文書をもって奏上して。『持統紀』によると、詔は二月十一日、上表は同十九日。

ここに、その蟬の冠を脱ぎ[一三]、朝庭に擎上げ、また重ねて諫めまつる[一四]。「まさにいまし農の節なり。行すべからず」とまうしき。

あるは[一五]、旱の災ひの時に遭へば、おのが田の口を塞がしめて[一六]、水を百姓の田に施す[一七]。田に施す水すでに窮まれば、諸天に感応して[一八]、龍神雨を降したまふ[一九]。ただし卿の田にのみ澍きて、余の地に落ちず。堯雲さらに靄り[二〇]、舜雨また霈きき。諒にこれ忠信の至りにして[二一]、徳儀の大きにあればなり。

賛にいはく、

修々たり、神の氏。幼き年より学を好む。忠にして仁あり[二二]、潔くして濁ることなし[二三]。民に臨みて恵みを流へ[二四]、水を施して田を塞ぐ。甘雨時に降り[二五]、美き誉長に伝はる。

といふ。

中納言、日照りに田の水を民の田に施す

一三 位階を表す蟬の形をした冠を脱いで朝廷に返上し(辞任を覚悟した行為)。『孝徳紀』大化三年条の七色十三階の冠を制定した記事の別記に、鐙冠が蟬の形に似るとある。「蟬の冠」とはこれか。
一四 『持統紀』には、再度の諫止の効なく、伊勢に行幸されたと付記する。
一五 また、こういう話もあるとの意。以下、『書紀』にない。別資料によったものだろう。
一六 (中納言は)自分の田の水取り口をふさがせて。
一七 人民。国民。もろもろの姓氏をもつ者の意。
一八 諸天(注三)の心に中納言の心が通じて。
一九 仏法を守護する八種の神々(八部衆)の一つで、龍王とも。龍蛇の神格化、水の管理者でもある。
＊ 龍神が中納言大神卿の田にだけ雨を降らせたことには背景となる伝承がある。〔大神氏と降雨〕
二〇 堯のような慈しみの雲が垂れこめ、舜のような情けの雨が降り注いだ。堯・舜は中国古代の聖帝。二帝の仁徳を慈悲の雨に譬える。ソソクは清音。
二一 真心の致す所であり。「忠信」は、二八頁一行および付録「栖軽の忠信」参照。
二二 思いやり。自分と同じ仲間として人に接する心。
二三 心や行為が潔白で。標題「欲小なく」に同じ。
二四 人々に対して恵みを施し。「水」に縁のある文字「流」を用いる(上文の「潔」「濁」も)。
二五 草木を潤す雨(甘露の雨)が時を得て降り。

持戒の比丘、浄行を修めて、現に奇しき験力を得る縁　第二十六

大皇后の天皇のみ代に、百済の禅師ありき。名をば多羅常といひき。高市の郡の部内の法器の山寺に住みき。浄行を勤修し、看病を第一とす（病気治療を第一の仕事とした）。死すべき人も、験を蒙りて（彼の霊験をうけて）さらに蘇る。病める者に呪するごとに奇異しきことあり。楊枝を取らむとして枝に上る時に、錫杖を錫杖に立つ。たがひに二つの物を用ゐ、（二つの錫杖をつないで立てても）物仆れず。鑿にて樹つるがごとし。天皇、［禅師を］尊重して常に供養したまひ（物をお与えになり）、諸人、帰仰して恒に恭敬しまつりき。これすなはち、（これはとりもなおさず）修行の功にして（彼の修行の功徳であり）、遠く芳き名流はる。慈悲の徳にして、長に美き誉存れるなり。

看病第一の禅師、修行に徹し奇異の術を得る

一　戒律を堅く守った僧。「比丘」は四四頁注一参照。
二　当時の記録によると、読経・誦経・誦呪を重ねた修行をいう。これを修めて看病の効を得る例が多く、山林修行の例（三一一頁）もある。
三　不思議な霊験を体得する話。
四　持統天皇。七八頁注七参照。
五　百済僧の話は本書に多い。二二頁注九参照。「禅師」は四八頁注一参照。
六　伝未詳。「多羅」は古代朝鮮の地名か（『欽明紀』）。
七　奈良県高市郡。飛鳥とその周辺。
八　未詳。同郡高取町の子島寺（観覚寺）、南法華寺（壺坂寺）などの説がある。その山寺を拠点にして山林修行に励んでいたのであろう。
九　病人に呪をかけると、いつも不思議なことが起った。
一〇　楊の枝。呪物として病気をなおすのに用いたか。僧の歯をみがく具として用いるためとも。未詳。
一一　錫杖をもう一本の錫杖の上に重ねて立てた。「錫杖」は、僧や修行者の持ち歩く杖で、上端に数個の金属の輪があり、揺すると音が出る。
一二　まるでのみで穴をあけ固く継ぎ合せて立てているようであった。
一三　彼の徳を仰いで、いつもつつしみ敬った。
一四　遠くの地までその名声が伝わっている。
一五　またこれは、彼の慈悲の徳によるものであり。

邪見[一六]なる仮名[一七]の沙弥、塔の木を斫きて、悪報を得る縁　第二十七

塔の材を焼いた沙弥、地獄の業火で悶死する

石川の沙弥は、自度[一八]にして名なく、その俗姓もまた詳らかならず。石川の沙弥と号ぶゆゑは、その婦[一九]の河内[二〇]の国石川の郡の人なるをもちてなり。そは容を沙弥に仮るといへども、心を賊盗に繫けき。（この人は姿こそ僧にまねてはいるが心は物を盗むことだけに向けられていた）

あるときには、詐[二一]りて「塔を造らむ」と称ひて、人の財物を乞ひ（人に財宝の寄進を頼み）斂[二二]め、退りてはその婦と雑の物を買ひて噉ふ（家に帰ればその妻と種々の物を買い食べていた）。あるときには、摂津[二三]の国嶋の下の郡の舂米[二四]寺に住みて、塔の柱を析[二五]き焼きて法を汙す。誰人も、このはなはだしきに過ぎたるはなし（この無法ぶり以上のひどい人はいないありさまだった）。

つひに嶋の下の郡味木[二六]の里に到り、たちまちに病ひを得、声を挙げて叫びていはく、「熱や、熱や」といふ。蹲[二七]りて地を離ること一二尺ばかりなり（地面から離れる高さは一・二尺ほどであった）。衆人集まり見る。あるひと問ひていはく、「なに

一六 因果の道理を無視する、よこしまな考え方。
一七 通称だけあって、正式な名のない沙弥。「沙弥」は、仏門に入ったばかりで修行の浅い僧。
一八 国の許可をうけないで僧となったいわゆる「自度僧」（六九頁注一五）で、正式な僧名がなく。
一九 妻。本人の出身地でなく、妻の地を通称とするのは、彼が妻の家に同居していたからであろう。
二〇 大阪府南河内郡と富田林市の一部に当る。
二一 「塔を建てますからご寄進を！」とうそをついて。「塔」は、もと仏舎利を奉安した塚の意、のち供養のため、あるいは霊地を示すために建てた。
二二 懐に収め。自分のものにすること。
二三 大阪府の茨木市・吹田市・摂津市の付近。
二四 未詳。もと舂米部の氏寺か。
二五 切り割って燃料にし、仏法をけがす行為をした。後文で石川沙弥が地獄の業火に焼かれるのは、この塔の材を燃やしたことの直接の報いとみられる。
二六 未詳。「味生」・「味米」などの誤写説、「味木」説もある。
二七 とびあがる意。「蹲」は、国会本「踊」、「踊」の俗字「踴」の異体字（『字類抄』等）。「踊」はヲドル・アガル（『名義抄』等）。「蹲」の訓釈に「止奈加留」とあり、これは「(ヲ) ドル・(ア) ガル」二訓の語頭省略併記とみる。一九二頁四行に類例。

のゆゑにか、かくのごとくにする」といふ。叫び答へていはく、「地獄の火、来りてわが身を焼く。苦を受くることかくのごとし。故に問ふべからず」（わざわざ聞くまでもあるまい）といふ。その日に命終しき（死んでしまった）。

ああ、哀しきかな。罪報空しくあらず。なにぞ慎まざらむや。涅槃経にのたまはく、「もし、見、人ありて、善を修行せむときには、名、天人に見れむ（その名は天人に知られるだろう）。悪を修行せむときには（悪い行いを重ねるならば）、名、地獄に見れむ（その名は地獄に知られるだろう）。なにをもちてのゆゑにとならば（どうしてそうなのかというと）、定めて報を受くるがゆゑになり（〔人の善悪の行いは〕必ず報いを受けるものだからである）」とのたまへるは、それこれをいふなり。

孔雀王の呪法を修持し、異しき験力を得て、現に仙となりて天に飛ぶ縁　第二十八

役の優婆塞、呪法を修めて霊術を体得する

役の優婆塞は、賀武の役の公、今の高賀武の朝臣といふひとなりき。大和の国葛木の上の郡茅原の村の人なりき。自性生れながらに

一 熱いとわめいてとび上がっているのか。
二 罪の報いはけっして絵空ごとではなく、てきめんに現れるものなのだ。
三 どうして慎まないでいられようか。罪を犯すことのないように気をつけなければならない。
四 『大般涅槃経』（七〇頁注一五）の略。以下の引用文は、それの師子吼菩薩品にある。なお、中一九縁の結語もこの文（下略）を引く。
五 「見」は「現」に同じ。訓みは『名義抄』による。「見に」とも訓める。
六 その人の名は天上界に住む人々に知られよう。「天上界」とは、人間界の上にあって、勝れた果報を受けた者が住む、清浄な安楽な善美な高尚な世界。
七 孔雀明王（毒蛇の天敵である孔雀の神格化）を本尊とし、その呪文を唱えて行う密教の修法。すべての毒害・災難を除き、天変地異を鎮めるという。
八 不思議な霊術の力を身につけて。
九 「役」は氏。通称「エンノ行者」のエンノはエノの連声。名は「小角」（オズヌとも）。呪術的山林修行者で修験道の祖とされる。「優婆塞」は三四頁注一〇。
一〇 賀武の役という氏の人。カムはカモ（賀茂）の音の交替形。国会本「賀茂」。『続紀』養老三年に賀茂役君、同神護景雲三年に高賀茂朝臣の、各賜姓の記事がある。
一一 奈良県御所市茅原。葛木上郡のあたりは、古来山林修行地であった。六六頁注

知り、博学なること一を得たり。仰ぎて三宝を信け、これをもちて業とせり。

毎に庶はくは、五色の雲に挂りて、沖虚の外に飛び、仙宮の賓と携はりて、億載の庭に遊び、蘂蓋の苑に臥伏して、養性の気を吸ひ噉はむとねがふ。このゆゑに晩れにし年四十余歳をもて、さらに巌窟に居り、葛を被て松を餌み、清水の泉を沐み、欲界の垢を濯き、孔雀の呪法を修習して、奇異しき験術を証得せり。鬼神を駈ひ使ひ、得ること自在なり。諸の鬼神を唱ひ、催していはく、「大倭の国の金の峯と葛木の峯とに椅を度せ。しかして通はむ」といふ。ここに、神たちみな愁ふ。藤原の宮に宇御めたまひし天皇のみ世に、葛木の峯の一語主の大神、託ひ讒ぢてまうさく、「役の優婆塞、謀して天皇を傾けむとす」とまうす。天皇勅して、使を遣はして捉へしめたまふに、なほし験力によりて輙く捕へられず。そゑにその母を捉ふ。優婆塞、母を免れしめむがゆゑに、出で

流刑先の伊豆・富士で修行し、終に天に飛ぶ

二参照。

一二 いつも心に願っていることは。

一三 五色の雲に乗って、深く広い大空の果てに飛んでゆき。「五色」の彩雲は瑞雲でもあり、冥界にもたなびいている。「沖虚」は一〇六頁一一行にも。

一四 仙人の宮殿に集まる客の仙人たちと一緒になり、一億年たっても変らない園（仙人界）に遊び。

一五 花でおおわれた庭園に休息して、心身を養う霊気を吸ったり食べたりすることを願った。「蘂」の訓みは、訓釈・『名義抄』による。

一六 「葛」は、仙女となった女人の着た藤葛（六〇頁注二）と同類で、呪的な衣料。「松」は、その葉・実・脂が仙薬になる。

一七 欲望に満ちた世界に染まった心を洗い清め。「欲界」は、三界の一つで、色欲・貪欲・財欲など欲望の強い有情のすむ世界。

一八 修行によってさとりの境に入り体得すること。

一九 誘い、せきたてて。

二〇 奈良県吉野郡吉野町にあり、吉野山から大峰山に至る群山。葛城山との間隔からみて金峯山か。

二一 奈良県と大阪府の境にある金剛山地の主峰。

二二 持統・文武・元明三代のうち、ここは文武天皇。

二三 『延喜式』に葛木坐一言主神社、御所市森脇に一言主神社がある。雄略天皇の葛城登山の時に同神が顕れる（『古事記』）。同山在来の地主神。

来て捕へらる。〔天皇は〕すなはち伊図[一]の嶋に流す。時に、身は海の上に浮びて、走ること陸を履むがごとし。体[二]は万丈に踞りて、飛ぶこと翥る鳳のごとし。昼[三]は皇の命に随ひて、嶋に居て行ふ。夜は駿河に往きて、富岻[四]の嶺にして修す。しかして、斧[五]鉞の誅を宥れて、天朝の辺に近づかむと庶ふ。そゑに、殺剣[六]の刃を伏せて、富岻の表を上る。この嶼（伊豆）に放たれて（流されて）、憂へ吟ふ間に（苦しみうめく間に）、三年に至る（年になった）。ここに垂慈[七]の音に乗り（慈悲のお言葉によって）、太宝[八]の元年の歳の辛丑に次る正月をもて、天朝の辺に近づく（朝廷の近く　都に帰った）。つひに仙となりて天[九]に飛びき。

道照、仙になった役優婆塞に新羅で会う

わが聖朝の人、道照法師[一〇]、勅をうけたまはりて、法を求めむと（仏法を求めようと）して太唐に往きき。法師、五百[一一]の虎の請ひを受けて、新羅[一二]に至り、その山の中にありて法花経を講ず。時に、虎どもの中に人あり。倭語をもちて問ひを挙げたり（日本の言葉で質問をした）。法師、「誰そ（どなたですか）」と問ふに、答ふらく、「役の優婆塞」といふ。法師、「わが国の聖人[一三]なりけり」と思ひ、高[一四]座より下りて求むるになかりき（〔その人を〕探したが見当らなかった）。

一　伊豆の島。『続紀』によると文武三年に流す。
二　身体は万丈の高山にかがんでいて、飛び立つさまは大空を羽ばたいてゆく鳳凰のようであった。上文の「身は海の上に……」と対句。「万丈」はきわめて高い所。「翥る」は羽ばたきをして飛ぶこと。
三　昼は勅命（流罪）に従って、伊豆島で修行した。
四　富士山。「岻」の音は元来ヂ、訓釈に「氏也」と注するのは「岻」の旁による。「士」の音はジ。
五　極刑を許されて朝廷のある都の近くに帰りたいと願った。「斧鉞」は刑具、「……の誅」は斬罪。
六　再度の讒奏によって勅使が誅殺に来たのを折伏して、富士明神の表文を上奏したこと（『扶桑略記』）をいう。「表」は国会本で補う。
七　朝廷の慈悲で特赦のあったことをいう。「垂慈」は類従本による。五八頁一二行に「慈しびを垂れ……」。
八　文武五年（七〇一）。
九　人身で天に飛んだ話は上一三縁にもある。
一〇　上二二縁の主人公で、渡唐して法相宗を伝えた高僧（七三頁注一五）。道照の在唐は六五三〜六六〇年で、七〇〇年に没するから、本話と話が合わない。
一一　「五百」は『法華経』の五百弟子受記品による。「虎」は山の神の化身でもある。『扶桑略記』は「賢聖」、『今昔』一一ノ四は「道士」。動物にも法を説く点に意味がある。
一二　百済（二一一頁注九）・高麗（四六頁注八）と並ぶ

一五 その一語主の大神は、役の行者に呪縛一六せられて、今の世に至るまで解脱一七せず。〔役が〕その奇しき表一八を示ししこと多数にして繁し。そゑに略（だから省略）すらくのみ。

是一九に知る、（これでよく分る）仏法の験術は広大なりといふことを。（仏法の呪術の威力は広く大きいということが）帰依するひとは（仏法を信じ頼る人は）かならず証得せむ。（人は必ずこの術を体得するであろう）

二〇邪見にして乞食二一の沙弥の鉢を打ち破りて、現に悪死の報を得る縁　第二十九

白髪部二二の猪丸二三は、備中二四の国少田の郡の人なりき。天年邪見にして（生れつき心がよこしまで）、三宝を信なりとせず（仏教を信じなかった）。

時にひとりの僧あり。来りて食を乞ふ。猪丸、乞ふところを施さず。反りて二五加逼め悩まし、またその鉢を破りて、つひに去らしむ。しかして後に、すなはち（すぐに）他の郷に往く。往く道中にして（途中で）風雨に遭ふ。

古代朝鮮三国の一つ。本書ではここ一例のみ。

一三 道照は、上二二縁では「聖」と称えられるが、本話では脇役にまわっている。

一四 一段と高く設けた講師の説法する席。

一五 例の一言主神。

＊ 役と一言主の抗争の背景にも問題はあるが、本話は仏法の広大を説く。〔役と一言主〕

一六 呪文によって動きを封じること。

一七 束縛から解放されること。

一八 不思議な言動を示したこと。これは本書の標題の常套的文言でもある。

一九 「是」は底本一字分破損。国会本なし。底本の原本の残画による推定。「定」とも推定される。

二〇 心が邪で。

二一 托鉢の僧。六二頁注一三参照。

二二 上代以来の氏として各地に分布、延暦四年（七八五）に真髪部と改称された。

托鉢僧迫害の猪丸、雨宿りの蔵が倒れ圧死す

二三 伝未詳。人名に動物の名をつける例は六七頁注一一にもある。「丸」は「麿」（国会本）に通じる。

二四 岡山県小田郡。岡山県の南西部。

二五 かえって反対に僧をいよいよ責め苦しめ。「逼悩を加へ」とも訓めるが、「加」は古訓点に用例があり、本書にも類例として、「増加」（一二二頁・一九〇頁）がある。

暫くの間、他の倉の下に寄りしときに、〔倉が〕覆りて圧ひき。

誠に知る、現報のはなはだ近きことを。寧ぞ慎まざらむや。（現世での報いは忽ち現れるということを）

涅槃経にのたまへるがごとし。「一切の悪行は、邪見を因となす」（邪悪の心が原因となっている）とのたまへるは、それこれをいふなり。大丈夫論にいへらく、「悲心をもちて一人に施さば、（慈悲心を持ちただ一人の人にでも物を施せば）功徳の大きなること地のごとくあらむ。（その恵みの効果は大地のように大きいであろう）おのがために一切に施さば、（自分の利益のためすべての人に物を施せば）報を得ること（得られる報いは）芥子のごとくあらむ。（芥子粒のように小さいだろう）ひとりの厄難の人を救ふことは、余の一切の施しに勝る云々」といへり。

非理に他の物を奪ひ、悪行をなし、報を受けて奇しき事を示す縁　第三十

広国、亡妻の訴えで冥土に連行される

膳の臣広国は、豊前の国宮子の郡の少領なりき。藤原の宮に宇御めたまひし天皇のみ代に、慶雲の二年の乙巳の秋の九月十

一 よその家の倉の軒下で雨宿りをしていた。
二 倒れて、猪丸を押しつぶしてしまった。「圧ふ」の訓みは訓釈による。押えつける意。
三 結語の常套句（六四頁注八）。
四 悪行をしないように気をつけなければならない。
五 『大般涅槃経』（七〇頁注一五）の略。以下の引用文は、それの迦葉菩薩品にある。本話を邪見の人への戒めとするため、その典拠として引いたもの。
六 引用文は『大丈夫論』の施勝品に見えるが、下一五・三三各縁に引く同論の文は『諸経要集』によるらしい。布施の功徳の典拠として引く。
七 災難に遭った人を、それがただの一人でも、慈悲の心で救うことが最大の施しであることを強調する。
八 道理にそむいて他人の物を奪い取り。文中の「人の物を強ひて奪ひ取りき」（八九頁三行）をさし、標題の下文「悪行……報を受け」も、右の前後の部分（八九頁一～七行）をさす。これらは亡父の所行であるから、標題は亡父を主人公として扱っている。
九 伝未詳。「膳」は氏、「臣」は姓、「広国」が名。
一〇 福岡県京都郡。
一一 郡の役人、大領（四八頁注五）の下で次官。
一二 第四二代文武天皇。
一三 文武天皇九年（七〇五）。
一四 『続紀』によると、当日の干支は「壬辰」。なお、「戌の日」は、「庚申」から三日目ではなく二日目。干支な

五日の庚申[一四]に、広国たちまちに死にき。逕ること三日、戌の日の中[一五]の時に、さらに甦きて語りていはく、[一六]「使ふたりありき。ひとりは頂髪[一七]に挙げて束ねたり。ひとりは少子[一八]なりき。伴はれて[一九]副ひ往く程に、二つの駅度る[二〇]ばかりに、路中[二一]に大河ありき。椅を度し、金をもて塗り厳れり。その椅より行きて彼方に至れば、はなはだ懿き国[二二]あり。使人に向ひて、『こはいづれの国ぞ』といへば、『度南の国[二三]なり』と答ふ。その京に至る時に、八の官人[二四]ありて、兵を佩びて追ひ往く。前に金の宮あり。宮の門に入りて見れば王有して、黄金の坐に坐せり。王、広国に詔してのたまはく、『いま汝を召すは、妻の憂へ申す事による』とのたまふ。すなはちひとりの女を召す。見れば昔の死にし妻なり。鉄の釘をもて頂[二五]より打ちて尻に通り、額より打ちて項に通る。鉄の縄をもて四つの枝を縛り、八人して懸け挙げて将ち来る。王問ひてのたまはく、『汝この女を知れりや』との

どに誤りがあろう。

一五 午後四時ごろ。

一六 広国の語った冥土の話は九一頁六行まで。

一七 髪を頭の上にあげて束ねていた。「頂髪」は、上にあげて束ねた髪で、大人の髪型。訓みは『書紀』の古訓などによる。タブサ（頭髻）とも。

一八 子供であった。この「少子」の助力で生還できる。なお、子供の髪は束ねずに垂らす。

一九 （その二人に）連れられてついてゆくうちに。

二〇 街道で約二〇キロごとに馬・人夫・宿舎などを供給した施設。二駅は約四〇キロ行く距離。

二一 途中に大きな川があった。いわゆる三途川で、彼岸に渡る。下九・二二縁にもある。

二二 楽しげな国。「懿」は心楽しいの意（『新撰字鏡』）。後文によるといわゆる閻魔王国。これに苦楽の二界があったから（倶舎論）、その快楽界をさすともいう。本書の冥界の記述には、地獄・極楽未分化の面も、固有の「よみ（黄泉）」との習合もあり、「懿き国」とは、それらの事情と無関係ではない。

二三 『今昔』二〇ノ一六に「渡れる南の国」。『荘子』の「図南」説もあるが、『霊宝度人経』などにある「南宮に度る」（そこで死者の魂が錬られ仙となる）という伝承を背景にもつ国とみる（出雲路修説）。

＊ 後文は「黄泉」という。〔冥界伝承の習合〕

二四 八人の役人が武装して私を追い立てて行った。

二五 頭の上から打ち込んで尻まで通り。

たまふ。広国まうしていはく、『まことにわが妻なり』とまうす。また、『汝、鞫[一]はるる罪を知れりや』と問ひたまふに、〔妻は〕『知らず』と答へたてまつる。女[二]を問ひたまふに、答へて、『われまことに知る。〔夫は〕われを儐[三]ひて家より出し遣る。そゑに（それで）、悕[四]しみ惆み厭ひ娟む』とまうす[五]。

無罪となり、悪報に苦しむ亡父と面談する

王、広国に詔してのたまはく、『汝は罪なし。家に還るべし。しかれども、慎[六]、黄泉[七]の事を妄りに宣べ伝ふることなかれ（むやみに言いふらしてはならんぞ）。もし父を見むとおもはば（父に会いたいと思うなら）、南の方に往け』とのたまふ。

往きて見るに、まことにわが父あり。はなはだ熱き（非常に熱い）銅の柱を抱[八]かして立つ。鉄の釘[九]を三十七その身に打ち立て、鉄の杖[一〇]をもて打たる。夙に三百段、昼に三百段、夕に三百段、合はせて九百段、日ごとに打ち迫む。広国見て悲しびていはく、『ああ、いかにか[一一]図らむ。〔父上が〕この苦を受けたまはむとは（こんな苦しみを受けておられようとは）』といふ。

父いはく、『われこの苦を受くること、吾子[一二]、汝知れりやいな（お前は知っていたかどう

一　どんな罪をとがめられてここに連れて来られたのか、分るか。「鞫」は罪を問いつめて取り調べる意。
二　王が広国の妻に同じ質問をする。この場合、平安初期の訓読では、「（誰）ヲ問フ」となる。
三　追い払って。訓みは訓釈と『名義抄』による。
四　ひどい仕打ちを恨みに思い、くやしく、いやで、憎みきらっています。「悕惆」の訓みは訓釈。「娟」は、本文・訓釈「娟」、『名義抄』によるが、不審。
五　以上が「妻の憂へ申す事」の内容になる。王は、その訴えにより、さらに事実関係などを調査した結果、次の審判を下したのであろう。
六　けっして。下句の「なかれ」に掛る。
七　わが国固有の死者が行くと信じられていた世界。あの世。ヨミ（ノクニ）に同じ。「黄泉」については、ここのほかにいくつかのタブー（禁忌）がある（九〇頁一二行・一二七頁六行）。本書に登場する黄泉は、渡来した仏教などの冥界に習合されている。付録「冥界伝承の習合」参照。
八　抱かされて。訓みは訓釈による。冥界で灼熱の銅柱を抱かされる例は、一二六頁・二五八頁にもある。
九　冥界で身に釘を打ち立てられる例は、八七頁・二九四頁にもある。
一〇　鉄の杖で身を打たれる例は、一六六頁にも。「鉄の鞭」（注一六）に同じ。
一一　どうして考えましょうか（まったく思いもよりま

や。われ妻子を養はむがためのゆゑに、あるは生ける物を殺しき。［ある時は生き物を殺した］一三あるは八両の綿を倆して、強ひて十両に倍して徴りき。あるは小一四き斤の稲を倆して、強ひて太きなる斤に取りき。あるは人の物を強ひて奪ひ取りき。あるは他の妻を奸み犯し［人妻と姦通し］、父母に孝養しまつらず、師長を恭敬せず［目上の人を敬わず］、奴婢一五にあらぬひとを罵り慢りき。かくのごとき罪のゆゑに、わが身少しといへども、三十七の鉄の釘立ち、つねに九百段、鉄の鞭一六もて打ち迫めらる。痛きかな、苦しきかな。いつの日にかわが罪を免れむ。いつの時にか安き身を得む［いつになったら安らかな身になれるだろうか］。汝、一七急やかにわがために仏を造り経を写し、罪一八の苦を贖へ。慎々、忘るることなかれ［してそれを忘れないでくれ］。

われ飢ゑて、七月七日一九に大きなる蛇になりて汝が家に到り、屋房に入らむとせし時に、杖をもて懸けて棄てき［［お前は］杖でひっかけて捨てた］。また、五月五日二〇に赤き狗になりて［小犬になって］汝が家に到りし時に、犬二一を喚びて相はせ、ただに追ひ打ちしかば［ら追い払って］、飢ゑて熱り二二て還りき［立腹して帰ってきた］。われ正月一日に狸二三にな

せんでした)。

一二 息子よ！。呼びかけのことば。

一三 ある時は八両の綿を貸して、むりに十両にふやして取りたてた。「両」は重さの単位。一両は二十四銖、一銖は黍百粒の重さ（『令義解』）。当時の綿は真綿。「倆す」は貸して利息をとる。七五頁注二一参照。

一四 稲を貸しつけるのに小さなはかりを用い、大きなはかりでむりやり取り立てた。なお、令の規定によると、一斤は前注「一両」の十六倍、大斤は小斤の三倍。重さの単位の違うそんなはかりを使い分けたとも考えられる。下二二・二六縁に類例がある。

一五 奴隷の身分でない人に対して、まるで自分の奴隷のようにののしりあざけった。「奴婢」は、当時の令制による賤民身分の者で、「奴」は男、「婢」は女。

一六 鉄のむちで打ち責められる。訓みは、古辞書などスハヱ（元来「木の若枝」の意）。訓釈による。

一七 底本「忽」、国会本による（鈴木恵説）。

一八 私の罪の苦しみを償ってくれ。広国は、蘇生してこれを実行している。九一頁一二行参照。

一九 五節句の一つで、いわゆる七夕の日。その供え物を盗み食いに来たのであろう。

二〇 端午の節句の日。前注と同じく、飢えた父は当日の供え物を目当てに来たのであろう。

二一 大きな犬を呼んで対抗させ、けしかけた。

二二 口から炎の出るさま（一四九頁一四行）とも。

二三 いわゆる「猫」。訓みは訓釈による。

りて汝が家に入りし時に、供養せし宍と種の物に飽きき。ここをもて三年の粮を継げり。われ兄弟・上下の次第なくして理を失ひ、犬になりて噉ひ、白く汗を出す。われかならず赤き狗になるべし。おほよそに米一升を布施する報は、三十日の粮を得む。衣服一具を布施する報は、一年の分の衣服を得む。経を読ましむるひとは、東方の金の宮に住み、後に願ひに随ひて天に生れむ。仏菩薩を造るひとは、西方の無量寿浄土に生れむ。放生するひとは、北方の無量浄土に生れむ。一日斎食するひとは、十年の粮を得む』といふ。

すなはち、善悪を造り、受くるところの報等の事を見るに至りて、怖りて還り来る。その大椅に迄れば、門を守る人あり。前を遮りていはく、『内に入りぬるひとは、さらに還し出さず』といふ。

広国、暫く徘徊るに、少子出で来る。時に門を守る人、その少

善悪の報を見て冥土から帰り、記録し広める

一 供物として供えてあった肉やいろいろのご馳走。大晦日には先祖の魂祭りをした（五八頁注三）から、翌日猫に化してそのお供えをねらったのである。
二 三年分の食べ物を貯え補った。冥土に堕ちてからの三年来の空腹をいやしたことをいう。
三 死後犬に生れ変って不浄の物を食い、白い汗を流して苦労している。「白汗」は、苦しみ悲しみで出る汗。底本による。国会本では「自ら汗を出す」。
四 以下五行は、父が、冥土で見たさまざまの修善の報いを広国に示し、追善の営みを願うところ。ここにあげられた布施・誦経・造像・放生・斎食が、善報をもたらす善業と見なされていたのである。
五 僧に施しをする報いとしては。「布施」は、僧に施し与える金銭または品物。
六 一揃い。「具」は、身につける物の助数詞。
七 前出の（八七頁八行）とは違い、善行を修めた人の住む黄金の宮殿（一二五頁注一三・一四九頁五～七行）。
八 天上界。八二頁注六参照。
九 西方にある無量寿仏（阿弥陀仏）の浄土、つまり極楽浄土。
一〇 捕えてある生き物を山野池沼などに逃してやる。
一一 普賢菩薩の浄土（『梵網経』）か。
一二 仏戒を守って食事を昼前の一回だけに限る行事。七七頁注一七参照。
一三 もとの大橋（八七頁五行）の所まで来ると。本書

子を見て長跪きて[一六]礼む。少子、広国を喚びて、片つ方の脇の門に将て至り、その門を押して開けり。将て出すときに告げていはく、『すみやかに往け』といふ。広国、少子を問ひていはく[一七]、『汝は誰が子ぞ』といふ。答へて、『われを知らむとおもはば、汝が幼稚かりし時に写したてまつれる観世音経[一八]これなり』といふ。還りぬ。すなはち見れば、甦還れるなりけり」
といふ。

広国、黄泉[一九]に至りて善悪の報を見き。顕し[二〇]録して流布せり。罪を作り報を得る因縁は、大乗経[二一]に広く説きたまへるがごとし。誰か信とせざらむや。このゆゑに経[二二]にのたまはく、「現在の甘露は未来の鉄丸なり」とのたまへるは、それこれをいふなり。

広国、その父の奉為に、仏を造り経を写し、三宝を供養して、父の恩を報いまつり、受くるところの罪を贖ひき。これよりのちは[二三]、邪を迴らして正に趣きき。

の蘇生説話の中で、本話は現世に生還する手続きがもっとも詳しい。橋・宮門（門番・脇門も）とも揃っているのは本話のみ。

一四 しばらくその辺をうろついていると。

一五 前出の「少子」（八七頁三行）であろう。

一六 両ひざを地につけて丁寧に拝んだ。

一七 その子にたずねるには。

一八 観世音経こそ、この私なのです。『観世音経』は、『法華経』の観世音菩薩普門品だけを独立させたもの。経巻が人間に化身する例は一五五～六頁にも。

一九 前行までの広国の話のまとめ、とくに九〇頁一〇行目の確認である。「黄泉」は、八八頁注七参照。

二〇 はっきりと記録して世間に広めた。王は黄泉の実情の公表を禁じた（八八頁七行）。この禁を破るところに説話の興趣がある。世人はこの記録を読み、改心して善行を積んだであろうか。また、それは後文の広国が造った仏像の縁起ともなったか。

二一 大乗仏教の経典。

二二 『涅槃経』巻十二聖行品に類似句があるようだが、一二三頁五行では「古人の諺」として引く。「甘露」は、天から降る甘い汁。「鉄丸」を飲むことは地獄堕ちを意味する。

二三 主語は文脈上広国で、彼の邪悪は本話に見えないから、「正に趣く」（仏道に専念）に重点がある。これは上巻序と上一五縁の各文末にもあり、景戒が本書の読者への希求をもこめて書いた常套句。

一 心をこめて観世音菩薩に帰依信仰し。
二 ご利益を願って、現世で幸運を得る話。中二八縁の標題とほぼ同じ。
三 伝未詳。「御手代」は氏、「東人」は名。
四 奈良の都で天下をお治めになった。「諾楽」は、本書に最も多く用いる奈良の表記。
五 聖武天皇（四五頁注二三）。同天皇の時代の話が本話から始まる。
六 奈良県吉野郡。古来有数の修行地（一七一頁注一三・二一四頁注二）。山林修行をして霊験の呪力を身につけるのである。
七 観世音菩薩の御名を唱えながら礼拝して。「観音」は、四六頁注二参照。
八 「南無（観世音菩薩）！　一万貫の銅銭と、一万石の白米と、幸運をたくさんもたらす美女とを、授けて下さい」。「南无」は、帰依随順、おすがり申し上げる意。一般に仏の名・経典の名が続く。
＊ この祈願内容から、修行の目的が現世的利益を旨としていたと知られる。〔現世的利益〕
九 「粟田」は氏、「朝臣」は姓。粟田朝臣は、古く『天武紀』から見え、三位の人に粟田朝臣真人があるが、本話と時代が合わない。未詳。
一〇 大和国広瀬郡。今の奈良県北葛城郡の東部。
一一 七八頁注六参照。
一二 「禅師」は、看病もできる

観音信仰行者の東人、呪力で豪族の娘の病いを治す
娘と結婚し、家財・位階・後妻まで恵まれる
懇ろに懃めて観音に帰信し、福分を願ひて、現に大福徳を得る縁　第三十一

御手代の東人は、諾楽の宮に宇御めたまひし勝宝応真聖武太上天皇のみ代に、吉野の山に入り、法を修して福を求めき。三年ばかり逕て、観音の名号を称礼しまつりてまうさく、「南无、銅銭万貫、白米万石、好女多徳。施したまへ」とまうす。

時に、三位粟田の朝臣の女あり。いまだ通はず嫁がず。その娘女、広瀬の家にしてたちまちに病ひを得て、しばしば痛み苦しび、差ゆるに由なし。粟田の卿、使を八方に遣はし、禅師・優婆塞を問ひ求めしむるに、東人に遇ひて拝み請け、呪護せしむ。卿の女、呪力を被りて病ひ愈ゆ。すなはち東人に愛心を発し、つひに交通ぐ。親属、東人を繋ぎ、

閉ぢ居ゑ構欌ふ。女、愛心に忍ぶること得ず。なほし哭き恋ひてそのほとりを離れず。眷属、量り定めて東人を放し、さらに夫妻とし、合ら家の財物みなすでに施与しつ。五位をまうし賜はりぬ。

後に、数の年を逕て、その女死なむとす。時に、その妹に語りていはく、「今しわれ死なむとす。一つの冀意あり。もし聴許さむやいなや」といふ。妹、答へていはく、「意ひ楽ふに随はむ」といふ。妹語りていはく、「妾、東人の恩を被り、なほし長に忘れじ。妹の女をもて東人の妻とし、家の裏を守らしめむとおもふ」といふ。妹、遺言を受けて、おのが女を東人に放し与へ、家の財を主らしむ。東人、現世に大福徳を被りき。

これすなはち、修行の験力にして、観音の威徳なり。さらに応へたまはざらむや。

格別な僧（四八頁注一）。「優婆塞」は、二四頁注一〇。
一三 礼を尽してお迎えし、呪文（陀羅尼）を唱え、その威力によって娘の身を病いから守らせた。
一四 呪文の力を受けて病気が治った。
一五 関係を結ぶ。男が女の所に通って来ること。
一六 親族。同族。後出の「眷属」に同じ。
一七 捕まえ、閉じ込めて監禁した。「構欌」は、『字類抄』・訓釈・国会本などを参照して校訂。
一八 一族の者たちは相談し決定して。
一九 家の財産などそのままそっくり。「合ら」は、すっかり、ことごとくの意。「すでに」も同意。
二〇 朝廷に奏上して五位の位も賜った。粟田朝臣家の後継者としてこの位を得たのであろう。
二一 東人が妻の臨終に呪護し延命してやる記述がない点、夫として不自然。本話は、上文（注八）の「好女多徳」の筋書き通りに進行させているようだ。
二二 「妹」（『字鏡集』）・「妹妹」（『名義抄』）ほか、上代文献の例により、イモ（妹）に対するセ（夫・兄）の国字。ここでは兄。兄に向って、妹である東人の妻が、身代りに兄の娘つまり姪をと頼むのである。
二三 いつまでも忘れられません。（私が死んだら）、兄さんの娘を東人さんの妻にして。
二四 修行で得られた霊術の力のたまものであり。
二五 どうして観音菩薩が信仰に応じて下さらないことがあろうか。上一七縁末も同句。

三宝に帰信し、衆僧を欽仰し、誦経せしめて、現報を得る縁　第三十二

神亀の四年の歳の丁卯に次る九月中に、聖武天皇、群臣と添の上の郡の山村の山にみ猟したまひき。鹿ありて、細見の里の百姓の家の中に走り入りき。家人覚らずして、殺して噉ひつ。後に、天皇聞しめして、使を遣はしてその人どもを捕へしめたまふ。時に、男女十余人、皆その難に遭ふ。身単ひ心慄り、憑恃むところなし。ただしおもはく、「三宝の神しき力にあらずあるよりは、孰か肯てその重き憂へを掾けむ。流へ聞く、『大安寺の丈六は、よく人の願に随ひたまふ』」とおもふ。よりてすなはち、人をして寺に詣でて誦経せしむ。また、請ひてまうさく、「われら官に参ゐ向はむときに、寺の南の門を開きて、親に拝みたてまつること得し

丈六の信心と誦経の力で、殺生の罪を免れる

一 仏法僧の三宝（三九頁注二一）に帰依し信仰し。
二 僧侶たちを仰ぎ尊び。
三 聖武天皇治世の四年目（七二七）。「歳の次り」は、木星の所在によりその年を示す慣用的表記。
四 「九月に」「九月において」の意。古代金石文に例がある。
五 天皇に仕える高官たち。
六 奈良市帯解町のあたり。
七 未詳。訓みは訓釈「網六は「網見」。天理市朝和説、奈良市東九条説がある。(異体字)」。『今昔』一二ノ一
八 人民。もろもろの姓氏をもつ者の意。
九 身体が震え胸がどきどきし。「単」は「戦」の省画、訓みは訓釈による。「慄」は「慄」の異体字。
一〇 頼りにし、すがるものもなかった。
一一 霊妙不思議の意。「神」の訓みは『名義抄』。「神力」とも訓む。
一二 いったい誰が進んでこの深い心配事を救ってくれるだろうか（反語）。「掾」は「助」の意の字。
一三 「……。伝え聞くところによると、『大安寺の丈六さまは、……下さる』という。（その丈六仏におすがりしよう）」と思った。「大安寺」は、奈良市大安寺町（もと左京六条四坊）に現存、南都七大寺の一つ。「丈六」は、一丈六尺（約四・八五メートル）の仏像。「大安寺の丈六」は底本「大丈六」、『今昔』・中二八縁による。当地の人は単に「大丈六」といったたか。

めよ」とまうす。さらに請はく、「われら闕に詣でむ間に及びて、鐘の声あらしめよとねがふ。従したまはずや」とまうす。衆の僧、願に随ふ。鐘を鳴らし経を転じ、門を開きて拝みたてまつること得しむ。すでにして、使に従ひて参ゐ向ひぬ。授刀寮に禁む。すなはち、皇子の誕生れませるによりて、時に朝庭に大きに賀き、天の下に大赦す。刑罰を加へずして、反りて官禄を衆人に賜ふ。歓喜比なかりき。

誠に知る、丈六の威光にして、誦経の功徳なりといふことを。

妻、死にし夫のために願を建て、像を図絵し、験ありて火に焼けず、異しき表を示す縁　第三十三

河内の国石川の郡八多寺に、阿弥陀の画像有す。その里人のいはく、

＊本話は、民衆の間に伝えられた大安寺の丈六仏の縁起譚であろう。〔民衆的縁起譚〕

一四（私たちが仏さまを）身近かに拝むことができるようにして下さい。

一五 私たちが役所に参上する頃になったら。「闕」は上文「官」に同じ。「鍾」は「鐘」に同じ。

一六「従」は、言うことをきき入れて、その通りに行う意、訓みは『名義抄』による。

一七 経文の要所要所をとびとびに読むこと。転読という。大部の経典の読誦に行う。

一八（彼らは）授刀寮に監禁された。「授刀寮」は、刀を帯び天皇の身辺を守る舎人を掌る役所。本話と同年に同寮に監禁の例が、『万葉集』九四八～九にある。

一九 朝廷では大いに祝賀し。「ことほき」は清音。

二〇 天下に大赦が行われた。「大赦」は、皇室の慶事の際に罪人の刑の執行をとりやめること。『続紀』同年閏九月二十九日条に皇子誕生、同十月五日条に天下大赦の記事があり、本話の記述と合致する。

二一 朝廷からの祝儀物。

二二 大阪府南河内郡と富田林市の一部。寺名未詳。

二三 阿弥陀仏の画像が安置してある。「阿弥陀」は、西方極楽浄土を主宰する仏。

二四 以下、村人の伝承の筆録。「側に聞けることを注し」（二四頁一三行）の実践であり、口承譚形式をとる。

村人が、阿弥陀像の霊験を語る

「昔、この寺のほとりに賢し婦[一]ありき。其[二]の名伝はらず。その夫[三]の死なむとする日に、斯の仏の像を造りたてまつらむと願へども、貧しきによりて遂げず（果せなかった）。

多く歳月の数を経て、つひに[四]秋に迄りて穂を拾ふ。すなはち（そこで）画[五]師を請け、親しく供養を載け、み霊[六]を情れびて泣き悼ぶ。画師矜みてともに（同情し婦人とともに）同じく発心[七]し、絵[八]に絢に図し畢りぬ。よりて斎会[九]を設く。すなはち金堂[一〇]に置きまつり、つねに敬礼をなす。

後に、盗人火を放ち、その堂みな焼けぬ。ただし斯[一一]の仏のみ独り存[一二]せり。かつて損ふことなかりき（少しも損傷していなかった）」

といふ。

こはすなはち、婦人を、それ咸祐けたまひしところか（諸仏たちが助けて下さったのであろうか）。

賛[一三]にいはく、

善きかな（立派な事よ）、貞[一四]婦。追[一五]遠して恩を報ゆ（亡夫の恩に報いた）。

秋[一六]に迄りて会を設く。誠に知る、その[一七]敦きことを。

一　賢くしっかりした婦人。
二　底本「名」の上破損、「其」と推定する。
三　夫が臨終に際し、阿弥陀仏を信心しながら逝去したのであろう。妻はその仏を作って追善供養する願を立てたのである。
四　多年月の間、貧窮の中で仏像作りに苦慮していたが、とうとう晩秋の落穂拾いをして資金を多少貯めたことをいう。「迄」は底本破損、残画と後文（一四行目）により推定。
五　仏像を画いてもらおうと絵師を招いてそのお願いをし、その際に供物をしてお祭りをした。「載」は、「設」の意の字、訓みは『字類抄』による。
六　亡夫の霊に対しせつない情をもって涙ながらにお祭りしたこと。資金面で念願の仏像が作れず、仏画で願を果すことになったおわびの心情で――。
七　阿弥陀の画像を完成させようと決心し。
八　彩色美しく画き終った。「図」は底本破損、標題「図絵」による。
九　僧や参集者に食事を供えて仏事を営むこと。
一〇　寺の中心にあって本尊仏を安置するお堂。本堂。
一一　底本破損、上文（二行目）により推定。
一二　焼けずに残っていらっしゃった。
一三　説話末に置き、善行者の美徳を称える定形文。
一四　貞節をかたく守る婦人。
一五　亡き人のために追善の法事をすること。
一六　秋になって画像を完成させて法会を営んだ。

炎火[18]烈しといへども、尊像焚けず。上天[19]の祐くる所なり。知をもてまた何をか論ぜむ(いまさら議論する必要はない)。といふ。

絹[20]の衣を盗ましめて[21]、妙現菩薩[22]に帰願[23]しまつり、終[24]にその絹の衣を得る縁　第三十四

紀伊[25]の国安諦の郡の私部寺[26]の前に、昔[27]、一つの家ありき。絹の衣十むら[28]を盗人に取られ、妙見菩薩に憑り[29]て祈り願ひき。

盗みし絹は木[30]の市の人に売る。七日に満たず、たちまちに猛風[31]来る。その絹を纏へる鹿[32]、衣を褰げて(翻して)南を指して往き、主(持ち主)の家の庭に堕して(そのまま)衣を得しめ、すなはち天に去りたまふ。買へる人(市人)転へ(人づてに)聞きて、すなはち(すぐに)[盗人が]盗みし衣なることを知り、当頭き[33]て求めず、宴嘿かにして動かざりき。

妙見信仰の霊力で、盗まれた絹を鹿が届ける

一七 彼女が夫に尽す志の手厚いということを。
一八 炎の火は激しかったが、阿弥陀仏の尊像は焼けなかった。「尊像」の訓みは、『書紀』の古訓による。
一九 これは諸仏のお助けであり。「上天」は、天上の神仏、ここでは仏とみる。五三頁六行に類句がある。
二〇 細い絹糸で緻密に固めに織り、羽二重に似た生地。
二一 盗まれて。受身の使役的表現。
二二 妙見菩薩。北斗七星信仰でこれを菩薩とし、北辰菩薩とも。国土を守り、災いを除き福を増すという。
二三 帰依し祈願する。「帰」は、よりすがる意。
二四 底本「修」、底本は「終」を「修」と誤写する傾向があり、ここもその例。
二五 和歌山県有田郡。
二六 未詳。私部氏の氏寺か。
二七 本話は時代も人名も伝えず、もと村人の口承か。私部寺の本尊妙見菩薩をめぐる民間縁起譚とみる。
二八 巻いた布帛を数える単位。「十疋」。
二九 すがって(衣がもどるように)お祈りした。
三〇 付近の市場の名であろう。「木」は「紀伊」か。
三一 強い旋風。たつまきの類。
三二 鹿が衣を角に絡みつけ、妙見=北辰菩薩の化身が使者として南方の持主に返し、北方の天に去った意。
三三 ささやき合う程度で返せとは言わず、黙ったままで騒ぎ立てなかった。「当頭く」の訓みは訓釈。「頭をつき合せる」「即座に」の意の語とする説もある。

これもまた奇異しき事なり。

知識を締び、四恩のために絵の仏像を作り、験ありて、奇しき表を示す縁　第三十五

河内の国若江の郡遊宜の村の中に、練行の沙弥尼ありき。その姓名詳らかならず。平群の山寺に住みき。知識を率引きて（信者たちを誘い集めて）、四恩の奉為に、敬みて像を画き（謹んで仏の画像を画き）、その中に六道を図す。供養の後に、その寺に安置し、因縁の事を暫く東西に示せり。

時に、その尊像、人に盗まる。〔沙弥尼は〕悲しび泣きて求むれども、つひに得ず（〔尊像を〕探したがとうとう出てこなかった）。さらに知識を停め、放生せむことをおもひねがひ（放生会を行おうと思い立ち）、その難破に行く。市を徘徊りて帰らむとす。時に、担ふ篋の樹の上にあるを見る。すなはち種々の生ける物の声（いろいろの生き物の鳴き声が）、篋の中より出づるを聞く。「これ畜生の類ならむか」（これには生き物が入っているのだろう）と疑ひて、かならず贖ひて放たむとして、

放生を志す尼の信心で盗難の仏画が声を出す

一 信心深い人々を誘って浄財を集め、勧進活動をする意。「知識」は善知識で、ここでは仏教信者の講。「締」は、原本破損、訓釈による推定。
二 すべての人が受けている四種の恩で、普通は、父母・衆生・国王・三宝（仏法僧）の恩をあげる。
三 霊験があって、不思議なことが現れる話。標題の類型的文言（上三三・中六縁など）。
四 今の大阪府八尾市八尾木。
五 修練の苦行を積むこと。二三四頁注一に類例。
六 まだ具足戒を受けていない出家の女性。
七 今の奈良県生駒郡平群町。山寺の所在は未詳。
八 すべての生物が生前の行為の報いにより、死後生れ変って住むという六種の世界。七二頁注一二参照。
九 その仏の画像の由来について、しばらくの間あちこちの人々に知らせ公開した。
一〇（仏の画像は行方不明になったが）信者の講はそのまま存続させて。
一一 人に捕えられている動物を放してやる仏事で、大きな功徳がある。人や物資が多く集散する難波（大阪）でこれを行った話は、上七縁にもある。
一二 市場の中を、（放生する生き物を求めて）あちこち行き来して一めぐりして帰ろうとした。
一三 背負い用の、竹で編んだ四角な籠。
一四 ぜひ（それを）買い取って放してやろうと思い。

留まりて物の主を待てり。

良久[一五]にありて主来る。すなはちその尼等いはく、「この篋の中に生ける物の声[一六]ありなり。われ買はむとおもふがゆゑに、汝を待てらくのみ」といふ。篋の主対へていはく、「生ける物にあらず」といふ。尼等乞ひて[一七]、なほし止まず。時に、市の人[一八]評りていはく、「その篋を開くべし」といふ。篋の主怕然りて[一九]、篋を捨てて奔走る。

後に開きて見るに、其の[二〇]像存せり。尼等、歓喜し涙を流し、泣き衿れびていはく、「われ[二一]、先にこの像を失ひて、日に夜に恋ひたてまつりしに、いま邂逅[二二]に遇ひたてまつる。嗟呼、慶ぼしき[二三]かな」といふ。市の人聞きて、来り集ひて、「難[二四]なりけり」と称ふ。尼等歓びて放生し福を修し[二五]、つひに本の寺に安き、道俗帰敬しまつりき。

これすなはち奇異しき事なり。

日本国現報善悪霊異記　上巻

「贖ふ」は、代償の銭をはらう。あがなう。

一五 かなりの時間がたってから、籠の持主がやってきた。

一六 声が聞えてきます。「なり」は伝聞推定の意。

一七 尼たちはなおも欲しいと言ってきかなかった意。底本「等」破損、上下文による。底本「止」脱字、意による。「尼等乞へども、なほし許さず」ともとれる。

一八 市に来ている人々。「市人」(市肆で働き交易の特権をもつ役人で一般人でない)とみる説もある。

一九 底本「因」、同訓釈「烟然」に「恐也」とある。「怕」(『名義抄』)も参照して改める。

二〇 底本破損、その原本の残画により判読する。

二一 中一七縁で、尼たちが盗難の仏像を見つけた時のことばもやはり同文。

二二 たまたま。思いがけなく。

二三 ヨロコバシの古形。

二四 盗難にあったのですねえ(見つかってほんとによかったこと!)。「難」は、賊難をさす。

二五 功徳・福徳となることを修める。

日本霊異記　中巻

日本国現報善悪霊異記　中巻

諾楽の右京の薬師寺の沙門景戒録す

[一]竊に以れば、[二]二つのみ代あり。
[三]宣化天皇より以往は、[四]外道に随ひて[五]卜者に憑みたまへり。
[六]欽明天皇より後は、三宝を敬ひて[七]正教を信けたまへり。
しかれども、
[八]あるは皇臣にして寺を焼き仏像を流しき。
[九]あるは皇臣にして寺を建て仏法を弘めき。
これが中に、[一〇]勝宝応真聖武大上天皇は、
尤れて大仏を造り、[一一]長に法種を紹ぎ、

一　ひそかに思いめぐらしてみると。中巻冒頭部を伝える唯一の来迎院本は、「以」の字を破損。「竊以」は、作者が自分を卑下謙遜して文首に置く語で、空海著『文鏡秘府論』にも、文首の語として「原夫」（本書の冒頭語、二一頁注六）とともにあげる。

二　信仰の面で、仏教の渡来を境として二つの時期に分けられる意。来迎院本は「二」の字破損。景戒は各巻の序文を時代区分の記述から始めている。「あり」は補読する。

三　六世紀前半、第二八代の天皇。「外書」は伝来しているが「内典」は未渡来の時代。二一頁参照。

四　仏教以外の教え。ここでは古来の神道。

序　第一段
――仏教の受容と聖武天皇代の隆盛

五　占いや祈禱をし、神託を伝えたりして神と交通する古代社会の司祭者。

六　仏教が伝来した当時の第二九代の天皇。

七　仏の教え。仏教。

八　ある場合には、臣下でありながら寺を焼いたり仏像を川に流す者がいた。物部尾輿・守屋父子の排仏運動をさす。四一頁参照。

九　大部屋栖古や蘇我馬子（上五縁）たちをさす。

一〇　第四五代聖武天皇。上巻序で称え（二二頁注一三）、聖徳太子の再誕とする。四五頁一二行参照。

一一　末長く仏法の伝統を受け継ぎ。「法種」は、仏法の種子。法統の意。

序　第二段　――因果応報の理とその説話

頭髪[一]を剃り、袈裟を着、
戒を受け善を修し、正をもちて民を治めたまひき。（戒律を受け善行を積み　正道によって）
慈しび[二]は動植にも及び、徳は千古にも秀れたまへり。（古今の中で　とりわけ勝れていられた）
一[三]を得るに運を撫ち、三霊[四]に居上りたまへり。
この福徳[五]によりて、
空を飛ぶ螫[六]も、芝草[七]を咋ひて寺を葺けり。（くわえてきて　寺の屋根を葺いた）
地を走る蟻も、金沙[八]を搆へて塔を建てたり。（積み上げて）
法幢[九]は高く竪ちて、幡足[一〇]は八方に颺け[一一]り。（立って　翻った）
恵船[一二]は軽く汎びて、帆影は九天[一三]に扇げり。（浮んで）
瑞応[一四]の華は競ひて国邑に開けり。（国中に咲いた）
善悪の報は現れて吉凶を示せり。
そゑに（そういうわけで）、み号を勝宝応真聖武大上天皇[一五]と称めたてまつる。
唯り以れば[一六]、この天皇のみ代に録す[一七]ところの善悪の表は、多数なりといへり。聖皇の徳によりて、顕れし事最も多し。漏らせる事（［私が集録に当り］）

一　あごひげや頭髪。「頚」は、「鬚」または「鬢」（「鬢髪を剃除る」一九三頁二行など）の略体。
二　そのお慈悲は動植物の上にまで行きわたり。
三　天皇の位に即かれるに当りその天運を持たれ。「一」は上御一人、唯一最高の位。「撫」は有の意。
四　天地人の上に立って万物に君臨していられた。
五　他に恵みを与え、みずからの徳を積む善行。
六　未詳。古辞書にオホヅメ（蟹大脚）とあるから、蟹のような鋏を持って、ものを運ぶ虫か。
七　瑞草の一つ。『書紀』（皇極三年、天武八年）に見え、王者の慈仁により生ずという。
八　黄金の砂。「黄金の山」（四三頁）・「金の宮」（九〇頁注七）などに通じる、極楽の現前美化の表現。
九　仏法の旗じるし。「幢」は幡桙。
一〇　幡（色のついた布を垂らした旗）の末端。
一一　来迎院本による。ヒラメク（『名義抄』）に同じ。
一二　仏法の恵みを運び広める船。上巻序の「慈しびの舟」（二三頁）に同じ。
一三　大空を風をはらませて扇いだ。「九天」は、高い天。天上。中国で天を九種の方位に分けていた。「扇」を、「扇なり」（「煽」の略体）とみる説もある。
一四　めでたい前兆に応じて咲く花は競争するように。
一五　「勝宝感神聖武皇帝」（『続紀』天平宝字二年）。「応真」は、光明皇后の尊号「中台天平応真仁正皇太后」との混同と

多しといへども、今聞くところに随ひて、且く載すらくのみ（ちょっと載せることにする）。

覆し捜り心に惟付るに、〔　〕

（悪を好む）ひとは、鉄の杖もて身に加ふ。

善を好むひとは、金珠もて鉢を装る。

譬如ば、押せば向ひ依り（押しやると向って近づき）、牽けば避り斥き（逃げ）、加ふれば損ひ減じ（増やすと）、

除けば満ち益るがごとし。流頭の糠を食ひ、米明の宝を捨て、許由の耳を繞み、巣父の牛を引くこと、豈この意に異ならむや（まさにこれと同じである）。

三界を還るは、車の輪のごとし。

生きながら六道を廻るは、萍の移るに似たり（浮き草が水に漂い動くのに似ている）。

此に死に彼に生れて、具に万苦を受く（もれなく多くの苦しみを受ける）。

悪因は轡を連ねて苦しき処に趍る（くつわを並べて苦界に向いひた走ってゆく）。

善業は縁に攀ぢて安き堺に引く。

頤き慈しびに頼りて膝の前に虎を懐け、生愛に由りて頂の上に羽を棲ましむ。孟嘗の七善と、魯恭の三異とは、けだしこの意ならむ（おそらくこのことなのであろう）。

いう。「大上（太上）天皇」は、天皇の譲位後の敬称。
一六 ひそかに思いめぐらしてみると。
一七 記録されている善悪の因果応報の表れた話。
一八 上巻序「いささかに側に聞けることを注し」などと同じく、景戒が序や跋に用いる文言。
一九 繰り返し（奇事を）捜しながらよくよく考えてみると。下文の空欄は、来迎院本の破損箇所（三十数字分）。次行の（悪を好む）の四字は、私に推定補入。
二〇 地獄に堕ち鉄の鞭で打たれる。
二一 黄金や珠玉で飾った鉢は名利の象徴。善を好む人はこれを求めないが、却って極楽往生して授かる意。
二二「流頭」は一三三頁八行にも。「米明」も人名か。
二三「許由」と「巣父」は中国古代の隠士。許由は堯が天下を自分に譲ると聞き、耳の汚れを潁水で洗った。巣父はそれを聞き、水が汚れたと牛を上流に引いて行って飲ませたという故事（『高士伝』）。
二四 衆生が生死流転する世界。欲界・色界・無色界。
二五 七二頁注一二参照。
二六 この世で死んだかと思うと、あの世で生れして。
二七 善行は縁に引かれて安楽世界に人を導く。
二八 深い慈悲心により膝の上に猛虎をなつけ、生き物への愛情により頭の上に鳥を棲ませることもできる。
二九 中国後漢時代の善政家。「七善」は未詳。釈曇光と螺髻仙人の故事。
三〇 中国後漢時代に善政を行い、害虫も侵入せず、徳化が鳥獣に及び、子供にも仁の心があった。

序　第三段
——本書の撰述と読者への願い

しかれども、景戒、
[一]性を稟くること聡くもあらず（生れつき賢くもない）。口に談らふこと利くもあらず[二]。
[三]神の遅鈍なること[四]鐫の刀に同じく、字を連ね居ゑては（文字を並べて書いても）華しくもあらず（美文にあらず）。情の悆戇かなること（愚かなことは）[五]船を刻みしに同じく、文を編み造りては（文章を作ってみても）句を乱る（辞句が乱れて体をなさない）。
[六]善を貪ふことの至りに勝へず。拙くして浄き紙を黷し（下手に書いて汚し）、[七]謬ちて口伝を注せり。[八]媿づるに勝へ、慮に忝く、顔醜りし（赤面し）、耳熱し（耳たぶもほてる）。
庶はくは[九]拾文を覩むひと、
天に愧ぢ人に慙ぢ、忍びて事を忘れ（よく忍耐して俗事を遠ざけ）、[一〇]心の師となして、心を師とすることなかれ。
この功徳に藉りて、[一一]右の腋に福徳の翮を着けて、[一二]沖虚の表に翔り、[一三]左の脇に智恵の炬を燭して、仏性の頂に登り（仏の境地に達し）、[一四]普く群生に施して、共に仏道を成ぜむ。

一 以下、撰述者として自己卑下の弁。
二 弁舌も巧みではない。利口（口先上手）でない。
三 精神のはたらきがのろくて鈍いことは。
四 鉛の刀。斬れ味のわるいなまくら刀。上巻序でも自己を「浅工の刀」（二五頁）にたとえている。
五 船から川に剣を落したので、その位置の印を舷につけ、船がとまってからその下を探したという故事（『呂氏春秋』）。融通のきかないことのたとえ。
六 ひたすら善を願う真心を抑えきれない。上巻序にも同文がある。
七 間違って言い伝えを記録した。
八 恥ずかしい限りで、心中恐縮するばかりであり。
九 このつたない書物。捨てられていて拾得した本の意で、自作の著に対する謙辞。
一〇 自分の心を導く師となるように心がけ、自分の欲心のままに行動することはしてはならない。出典は、『涅槃経』。
一一 右の脇に……。下文「左の脇に……」と対句で、一方には……の意。「翮」は翼。
一二 大空のはてに飛んでゆき。
一三 真実の智の光で煩悩の暗路を照らしさとる意（二三頁一行にも類句）。
一四 広く一切の生命あるものに恵みを与えて。跋文の「群迷に施し……」（三一四頁二行）に同じ。

[15]おのが高き徳を恃み、賤しき形の沙弥[16]を刑ちて、現に悪死を得る縁　第一

諾楽[17]の宮に宇の大八嶋国御めたまひし勝宝応真聖武太上天皇、大誓願[18]を発したまひ、天平[19]の元年の己巳の春の二月八日をもて、左京の元興寺[20]にして大法会を備け、三宝を供養したまひき（仏法僧に物を供えておまつりになった）。太政大臣正二位長屋[21]の親王に勅して、衆の僧に供する司[22]に任じたまひき。時にひとりの沙弥あり。濫[23]しく供養を盛るところに就きて（供養の食事を盛っている所に行って）、鉢を捧げて飯[24]を受く。親王見て、牙冊[25]をもて沙弥の頭を罰つ（打った）。頭破れて血を流す。沙弥頭を摩で、血を捫[26]ひて悕しみ哭きて、たちまちに観えず（急に姿が見えなくなった）。去くところを知らず。時に、法会の衆の道俗（大法会に集まった多くの僧や俗人は）、ひそかに嗟[27]きていはく、「凶し（不吉なことだ）」「善くはあらず（よいことではない）」といふ。巡る[28]こと二日、嫉み妬む人ありて、天皇に讒[29]ぢて奏さく、「長屋、

長屋親王、乞食僧を笏で打つ

親王、勅勘をうけて自害する

一五 自分の高位を力にして（笠に着て）。「徳」は身にそなわったもので、ここでは高位高官の身分をさす。
一六 僧。出家して修行の浅い僧をいうが、本書では、自度僧を沙弥と称する例が目立つ（上一九・二七・下三三縁等）から、ここも自度僧か。六九頁注一五参照。
一七 奈良の都で天の下の日本国をお治めになった聖武天皇。とりわけ長く荘重な聖代表記。中三八縁まで同天皇代の話が並ぶ。「大八嶋国」は『記紀』の神話にいう日本国土。
一八 仏前で大きな誓いを立てて願をかけること。上巻序「弘誓の願を発し」をさす。
一九 七二九年。当日の法会の記録は正史に見えない。
二〇 もと飛鳥にあり（三三頁注一六）、奈良遷都に際して奈良の左京六条四坊に移した大寺。
二一 天武天皇の孫で、高市皇子の子。妃は帝の姉妹。左大臣（太政大臣は誤伝）となったが、藤原氏の画策で謀反の罪を負わせられて自殺。詩歌も詠む文人。
二二 食事をささげ、物を施す役。「供」は供養。
二三 不謹慎にも。無分別なあつかましい態度。
二四 「飯」と「盛」の合字か。訓みは訓釈による。
二五 象牙製の笏（礼服の時に威儀を正して持つもの）。
二六 血を拭って恨めしそうにして泣いて。
二七 底本「嘧」、『名義抄』による。
二八 二日後の二月十日。『続紀』同日条にも密告の記事をのせる。
二九 讒言して。中傷して。

社稷を傾けむことを謀り、国位を奪はむとす」とまうす。ここに、天心に瞋怒りたまひ、軍兵を遣はして陳ふ。親王みづからおもはく、「罪なくして囚執はる。これ決定めて死ぬるならむ。他に刑ち殺されむよりは、みづから死なむには如かじ」とおもふ。すなはちその子孫に毒の薬を服せしめて、絞り死し畢りて後に、親王、薬を服して自害せり。

天皇、勅して、その屍骸を城の外に捨てて、焼き末き、河に散らし海に擲つ。ただし親王の骨のみ土左の国に流る。時に、その国の百姓多く死ぬ。ここに、百姓患へて官に解してまうさく、「親王の気によりて、国の内の百姓みな死に亡すべし」とまうす。天皇聞しめして、皇都に近づけむがために、紀伊の国の海部の郡の椒抄の奥の嶋に置きたまひき。

ああ、惆れなるかな。福貴熾りなる時には、高き名華裔に振へりといへども、妖災窘むる日には、帰むところなく、ただし一旦に滅

一 天皇治政の国家。『新撰字鏡』・来迎院本の傍訓を原にする。クニとも訓む。
二 天皇はご立腹になり。
三 「陣（タタカフ、ツラヌ）」の本字（『名義抄』）。『続紀』には、二月十日夜に藤原宇合らが六衛府の兵を率いて長屋王宅を包囲し、翌十一日に舎人親王・藤原武智麻呂らが罪の窮問にいったと記す。
四 『続紀』二月十二日条に、長屋王を自尽させ、正室吉備内親王や子息膳夫王らが絞死したと記す。
五 親王一族の死骸を平城京の外に捨て、焼き砕いた骨粉を放流遺棄した。これは霊魂の復活報復を恐れたためか。『続紀』は、王一族の遺骸の処置について、二月十三日条に、王と内親王は生馬山に葬るとし、王の葬いは醜くしないようにとの勅を付記する。ただし、同十八日条に臨時の大祓とあり、王の死体の穢れを恐れての措置と知られる。

親王の遺骨、土佐で祟り紀伊に移す

六 今の高知県。流刑の場合、遠流の国に当る。
七 人民。訓みは天皇の財産の意。
八 役所に上申書を提出して（下三五・三七縁）。
九 他に影響を及ぼす霊気。ここでは悪気、怨念。
一〇 和歌山県有田市の沖にある沖の島をさすという。王の骨を遠流の地（土佐）から近流の地（紀伊）に近づけ、怨霊の鎮撫をはかった。ただし、人々に祟らないように孤島に隔離したのであろう。当地では沖の島に近寄ると祟ると信じられていた、その由来譚か。

びぬ。

誠[一四]に知る。みづからの高き徳を怙み（力にして）、その沙弥を刑つ（打った）。護法[一五]も嚬み、善神も憎み嫌ひたまふといふことを。袈裟を着たる類は、賤しき形なりといへども恐りずはあるべからず（恐れ慎まなければならない）、隠身[一六]の聖人もその中に交はりたまへり。

このゆゑに憍慢経[一七]にのたまはく、「先生に位の上の人（前世において位が上の人で）にして、尺迦[一八]牟尼仏のみ頂を履を佩きて踰む人どもの罪云々」とのたまへり。いかに況むや（まして）、袈裟を着たる人を打ち侮るひとは、その罪はなはだ深からむ。

母烏、子を捨てて雄烏と去り、父烏だけ子を抱く

烏の邪淫[一九]を見て世を厭ひ、善を修する縁　第二

禅師[二〇]信厳は、和泉[二一]の国泉の郡の大領[二二]、血沼[二三]の県主倭麻呂なり。聖

一一「華」は都、「裔」は地方。
一二 不吉な災難が身にせまってきた時には。
一三 ほんの一時で滅び去ってしまった。
一四 この話でよく分る。四五頁注一六参照。
＊ この「誠に知る……」の内容は標題と同じで、本話の採録意図を如実に示す。ただ、この説話の成立には問題がある。〔長屋王謀反説話の成立〕
一五 仏法とこれを信奉する人々を守護する神々が、顔をしかめ憎み嫌いなされたということが。護法善神（護法神とも、一二四頁注四）を二句に分けたもの。
一六 本当の姿を隠し身をやつした聖人。三八頁注四、付録〔隠身の聖〕参照。
一七 未詳。『攷証』は、「仏為憍慢婆羅門説偈経」と「樹生婆羅門憍慢経」をあげるが、今は伝わらない。
一八 お釈迦さまの頭を草履をはいて踏みつけた者の罪は……（憍慢〈おごり〉による罪で重い）。
一九 自分の配偶者でない者と性関係を結ぶこと。五戒の一つ。「淫」は後出「婬」に同じ。
二〇 伝未詳。「禅師」は、四八頁注一参照。
二一 大阪府泉大津市・岸和田市・和泉市付近。
二二 郡の長官。多く在地の豪族が任ぜられ代々世襲。
二三「血沼」は氏、「県主」は姓。ちぬ（茅渟）は和泉国沿岸の古称で、この氏は在地の豪族。この人の名は、「和泉監正税帳」天平九年（七三七）に載り、実在の人物。

武天皇の御世の人なりき。

この大領の家の門に大きなる樹ありき。烏、巣を作り児を産み、抱きて臥す。雄の烏は遐く[一]邇く飛び行きて食を求り、児を抱ける妻を養ふ。食を求りて行ける頃に、他烏[二]、たがひに来りて婚ぶ[三]。今[四]の夫に奸み[五]婚びて心に就き、ともに高く空に翥り、北を指して飛び、児を棄てて睠みず。

時に、先の夫の烏、食物を哺み[六]持ち来りて、見れば妻の烏なし。

時に、児を慈しび抱きて臥し、食物を求らずして数[七]の日を経たり。

大領見て、人をして樹に登らせてその巣を見しむるときに、児を抱きて死にをり。大領見て、大きに悲しび、心に愍れぶ[八]。烏の邪婬を視て、世を厭ひ[九]家を出で、妻子を離れ、官位[一〇]を捨て、行基大徳[一一]に随ひて、善を修し道を求む。名をば信厳といへり。ただし要り語りていはく、「大徳とともに死なむ。かならずまさに同じく西方[一二]に往生せむ」といへり。

一 「遐・邇」は、それぞれ「遠・近」の意（訓釈）。
二 つがいの相手でない、ほかの雄烏。
三 交尾した。訓みは訓釈による。
四 新しく関係をもった雄烏たちのうちの一羽。
五 姦通して心を引かれて。
六 フクム（含）に同じ。
七 しばらくの意。訓みは訓釈による。シマタは珍しい語であるが、当時の訓読資料にみえる。シマはシマシ・シマラ（暫）に同じく、タはアマタに同じか。
八 あわれに思った。細かい思いやりを示す意。
九 本書で家族を捨てて出家する類話（下八・二五縁）では、山（寺）に入って仏法を修めている。
一〇 本書に載る大領の信仰説話には造寺譚が多く（上七・一七・中九縁）、出家譚は珍しい。
一一 聖武天皇時代の名僧。文殊菩薩の化身とも伝えられる。諸国を遍歴し布教活動をし、人々を動員して各地で土木工事も興した。天皇の信任もあつく、日本最初の大僧正（上五・中七・三〇縁等）。「大徳」は僧に対する敬称。

倭麻呂、烏の邪婬を見て出家し、行基に従って信厳と号す

＊ 行基は和泉国との関係がとりわけ深く、大領の出家は実話か。［倭麻呂の出家］
一二 西方極楽往生への志向。上二二縁（道照）、下三〇縁（観規）に同じ。景戒も同様に志向していたことは下巻序・跋文参照。
一三 他を愛する心。不貞の心。

大領の妻もまた血沼の県主なり。大領捨つれば、つひに他心なく[一三]、心に慎みありて貞潔なり[一四]。ここに男子病ひを得て、命終の時に臨みて、母にまうしていはく、「母の乳を飲まば、わが命を延ぶべし」といふ。母、子の言に随ひ、乳を病める子に飲ましむ[一五]。子飲みて歎きていはく、「ああ、母の甜き乳[一六]を捨てて、われ死なむか」といひて、すなはち命終しぬ。しかして大領の妻、死にし子に恋ひ、同じくともに家を出で、善法を修め習ひき[一七]。

信厳禅師、幸なく縁少なくして、行基大徳より先だちて命終しぬ。大徳哭き詠ひ、歌を作りていはく、

烏[一八]といふ　大をそ鳥の　ことをのみ
ともにといひて　先だち去ぬる

夫れ[一九]、火炬を将ゐむ時には、まづ蘭松を備く。雨降らむとする時には、かねて石坂潤ふ[二〇]。烏の鄙なる事を示して、領[二一]、道心を発しぬ。「まづ善方便[二二]に、苦を見せて、道を悟らしむ」といへるは、それこ

信厳死に、行基追悼の歌をよむ

信厳の妻、病死の子を慕い出家する

一四　貞操が堅く、行いが潔白。貞婦の例は、上三三縁にもある。

一五　母が、神仏に祈らないで、自分の乳を瀕死の子に飲ませる行為は、まさに感動的である。乳に生命復活の呪力もあった。下一一縁、『古事記』上「大国主神の受難」条参照。

一六　母の甘い乳を子の口に含めるのは、慈母の姿の象徴。

一七　本書に登場する女性は、仏を信仰しながら懸命に生活するのが通例（中二八・四二縁等）。本話のような女性の出家譚は特例。

一八　烏という大あわて鳥のように、ことばだけは一緒にといいながら、信厳は私より先に死んでいったことよ。「をそ」は軽率の意。「のみ」は底本「のめ」、来迎院本による。

＊　この歌は、本話の伝承の過程で末尾に付されたものか。〔行基の歌〕

一九　以下、「石坂潤ふ」まで典拠不明。ものには前後があり、また前兆が現れるということをのべた文。「火炬」は来迎院本・国会本による。松明・篝火の意。「蘭松」は、香りの高く樹脂の多い付け木用の松か。

二〇　石の階段が湿気を帯びてくる。雨の降る前兆。

二一　大領は、出家の心をおこした。

二二　出典不明。「善方便」は「善巧方便」。仏・菩薩が人々を救い導くに際し、その人の素質や性格に応じた方法を巧みに用いること。

れをいふなり。欲界[一]の雑類の、鄙なる行かくのごとし。厭ふひと[二]は背き、愚かなるひとは貪る（むさぼる）。

　贊[三]にいはく、

可しくあるかな（結構な事よ）、血沼の県主の氏。
烏の邪婬を瞰て俗塵を厭ひ、浮花[四]の仮を背きて（背をむけて）常浄[五]に趣く。
身は修善を勤めて（善行にはげんで）恵命[六]を祈ひ、心は安養[七]を尅みて解脱を期す。
これ世間に異に[八]秀れにたる厭士なり。

といへり。

悪逆[九]の子、妻を愛して母を殺さむと謀り、現報[一〇]に悪死を被る縁　第三

吉志[一一]の火麻呂は、武蔵[一二]の国多麻の郡鴨の里の人なりき。火麻呂の母は、日下部[一三]の真刀自なりき。聖武天皇の御世に、火麻呂、大伴[一四]名

一 娑婆世界におけるもろもろの衆生をいう。「欲界」は、三界の一つで、色欲・貪欲・財欲など欲望の強い有情のすむ世界。「雑類」は、いろいろの生物。
二 そういう行為をきらう人はそれに背を向け。
三 称えて言う。四四頁注一一参照。
四 うわべは花やかでも実体のない仮のこの世。
五 つねに清浄な仏の世界へと志向した。
六 悟りに達する知恵を授かるようにと願い。
七 極楽浄土に往生することを望み、迷いの苦から脱せられるように期待した。
八 とりわけ秀でている、俗世間を厭う求道の士。
九 人の道にそむいたひどい悪事。父母の殺害などは、古代の律で八虐の一つ、仏教でも五逆（七一頁注二六）の一つ。
一〇 この世での報いとして悪い死に方を身に受けた。「現に」とする一本もあるが、中一二縁標題同じ。
一一 伝未詳。「火」は底本「大」とも読めるが、他の諸本も後世の享受資料も「火」。
＊ 人名の類似字体。〔火麻呂か大麻呂か〕
一二 東京都の中・西部に当るが、「鴨の里」は未詳。
一三 「日下部」は氏（六七頁注一二）、「真刀自」は名。「とじ」は一家の主婦の称であった。

防人の火麻呂、妻に逢うため母の殺害をはかる

も姓も分明ならずに、筑紫[15]の前守に点されて(指名されて)、三年を経べし。母は子[16]に随ひて往きて、相節ひ[17]養ひき。その婦は国(武蔵国)に留まりて家を守る。

時に火麻呂、おのが妻を離れて去き、妻の愛しみ[18]に昇へず(耐えられず)して、逆なる[19]謀を発して(企んで)思はく、「わが母を殺し、その喪[20]に遭ひて服ひ、役を免れて還り、妻とともに居む」とおもふ。母の自性、善を行ふ(善根を積むこと)を心とす(とを心がけていた)。子、母に語りていはく、「東の方の山の中[21]に、七日(七日間)法花経を説きたてまつる大会(法華経を講義する大法会)あり。率(さあ)、母よ、聞きたまへ(行ってお聞きなさい)」といふ。母欺かれ、経を聞かむとおもひ、心を発し、湯もて洗ひ身を浄め、ともに山の中に至る。

子、牛のごとき目をもて(牛のような目つきでぎょろりと)母を眦みていはく、「汝、地に長跪け」といふ。母、子の面を瞻りて(見つめて)答へていはく、「なにのゆゑにかしかいふ(どうしてそんなことをいうのです)。もし(もしや)、汝、鬼に託へる[22]か」といふ。子、横刀を抜きて母を殺らむとす。母、すなはち(そのまま)子の前に長跪きていはく、「木を殖ゑむ志[23]は、その菓を得、並びにその影に隠れむがためなり(そのように)。子を養はむ志

一四 大伴某という役人。中九縁にも同国同郡に同じ大伴氏の大領が登場する。

一五 北九州の海岸で外敵を防備するため、東国から徴用された壮丁。防人・崎守とも書く。任期は三年。なお、『万葉集』の防人歌には武蔵国の人々のも載せる。

一六 防人に家人が付いてゆくことは許されていた(『軍防令』)。

一七 ほどよく子の面倒をみた。「節」は、「適」の字の意で、ここでは節約・節用の家庭生活を適切に行ったことをいう。成人妻帯後もなお乳離れできない母子の関係が、思わぬ悲劇を生むことになったのである。

一八 妻をいとしく思う情。

一九 道ならぬくわだて。

二〇 父母の喪は一年。任期中普通の防人は服喪できないが、火頭(火長、十人の長)は例外(『軍防令』)。火麻呂の階級は火長であったか(益田勝実説)。そうでないと、彼の行為は規則無視か無知か無謀そのものということになる。

二一 山中の法会は、山林修行の持経者たちの催す呪術的な面もあろう(八四頁にも山中で『法華経』を講ずる会の例がある)。

母を殺そうとした火麻呂、大地が裂けて墜落死する

二二 悪魔にでもとりつかれているのではないですか。

二三 果樹などの木を植えるのは、その木の実を取り、またその木陰で休もうと思うためです。出典は『涅槃経』巻二十一「光明遍照高貴徳王菩薩品」。

は、子の力を得て、幷せて子の養ひを被らむがためなり。（〔やがて〕子の力を借り 子に養って もらうためなのです）恃[一]めし樹の雨を漏らすがごとくに、なにぞわが子、思ひしに違ひて（期待に反して）、いま異[二]しき心ある」（おかしな気を起こしたのか）といふ。子つひに聴さず。（火麻呂は聞き入れなかった）

時に、母侘傺[三]びて（困って）、身を著[四]し衣を脱ぎて三処に置き、子の前に長跪き、遺言していはく、「[五]わがために詠ひ裹め。以て（そこで）、ひとつの衣は、わが兄の男[六]、汝、得よ。ひとつの衣は、わが中の男（次男に）に贈り賜[七]ふ。ひとつの衣は、わが弟の男（末の息子に）に贈り賜ふ」といふ。逆[八]なる子、歩み前みて、母の項[九]を殺らむとするに、地裂けて陥る（転落した）。

母すなはち起ちて（とっさに）前み、陥る子の髪を抱き（つかみ）、天を仰ぎて哭きて願はくは、「わが子は、物に託[一〇]ひて事をなせり。実の現し心にはあらず（正気でしたのではありません）。願はくは罪を免したまへ」といふ。なほし髪を取りて子を留むれども（〔母は〕なおも髪を握りしめて引きとめていたが）、子つひに陥る。慈母、髪を持ちて家に帰り、子のために法事を備け、その髪を筥（箱に）に入れ、仏像のみ前に置きて、謹みて諷誦[一一]を請けまつりき。

一 たのみにして雨宿りをした木が雨を漏らしてぬれるように。「樹」の訓みは古辞書による。
二 普通でない心。悪い心。
三 がっかりして立ちつくすさま。訓みは訓釈。
四 裸になり、着物を脱いで三カ所に置き。古代の母は、成人した息子に対しても、白日のもとで裸身となり、また乳房を堂々と突きつけたりする（七五〜七六頁）。愛の表現が、激しく厳しく端的である。
五 私のことを思って、（この着物を）包んでおくれ。この着物は、おそらく母自身が糸を紡ぎ織り縫ったもので、その上、母の肌身に触れてその魂が宿っている。母の慈愛のこめられたそういう遺品を、せめてもと思って最後に手渡すのである。
六 長男であるおまえが取りなさい。
七 「賜」は「給ふ」に同じ。「贈りたまふ」を母が自分の動作として用いている。日本語として不自然であるが、法的な行為としての遺言の表現で「贈与する」の意か（奥村悦三説）。
八 悪逆の子。
九 首を斬ろうとすると。
一〇 魔物にとりつかれてこんな事をしたのです。
一一 僧を招き亡き子の冥福を祈って読経してもらった。「諷誦」は、経文や偈頌を声をあげてよむこと。

母の慈しびは深し。深きがゆゑに、悪逆[一二]の子にすら哀愍びの心を垂れて、そのために善を修しき。まことに知る（この話でよく分る）、不孝の罪報（不孝の報いはてきめんに現れる）ははなはだ近し。悪逆[一三]の罪は、その報なきにはあらずといふことを。

力ある女、捔力[一四]し試みる縁　第四

聖武天皇の御世に、三野[一五]の国片県の郡少川[一六]の市に、ひとりの力ある女ありき。ひととなり大きなり（生れつきからだが大きかった）。名をば三野[一七]の狐といふ こは、昔、三野の国の狐を母として生れし人の四継[一八]の孫ぞ。力強くして百人の力に当る。少川の市の内に住み、おのが力を恃み、往還の商人を凌弊[一九]けて、その物を取るを業とす（仕事としていた）。時に、尾張[二〇]の国愛智の郡片輪の里にも、ひとりの力ある女ありき。ひととなり少し こは、昔、元興寺[二一]にありし道場法師の孫ぞ。それ、「三野の

美濃狐氏の子孫の大女と道場法師の孫の小女

一二 非道不孝の子にまでも慈悲の心をかけて。「哀愍」はアハレビとも訓める。
一三 悪逆の罪を犯すと、その報いが必ずあるものだということが。
一四 力くらべをしてその力を試してみた話。
一五 岐阜市から本巣郡のあたり。
一六 岐阜市の黒野古市場といわれる。「市」は市場。長良川の北西岸地域に当り、尾張の海浜部の海産物などを交易する市が開かれていたのであろう。
一七 上二縁に美濃国の狐の直の起源譚がある。母方の資質とともに系譜も受け継いでいる。
一八 四代目の子孫。
一九 迫害して。シヒタゲルの古語で清音。
二〇 「愛智郡」は今の名古屋市付近。「片輪里」は、名古屋市中区古渡町付近、東区片端などの説があり、「愛智潟の潟廻」の意ともいう。そこに草津川（庄内川か）の船着場もある（中二七縁）。上三縁にも同じ地名が登場し、そこに雷の申し子（道場法師）の話があり、本話ときわめて密接な関わりを持つ。
二一 上三縁に、力持ちの雷神の申し子（小子）が、元興寺の童子となって仏法擁護に尽力し、得度して道場法師と名乗った伝記がある。後世の人は「元興寺の道場法師、強き力多あり」と言い伝えたという（三五頁）。これをうける。

狐、人の物を凌弊けて取る（ゆすり取っている）」と聞き、「試みむ」（力をためしてみよう）とおもひて、蛤の桶五十斛を船に載せ、その市に泊つ（停めた）。また（別に）、儲け備へて（用意して）、熊葛の練韃を二十段副へ納む。

時に（すると）、狐来りて、その蛤を皆取りて売らしむ。しかして（そして）問ひて〔蛤の主に〕いはく、「いづくより来れる女ぞ」といふ。蛤の主答へず。また問ふ。答へず。重ねて四遍問ふ。すなはち（そこで）答へていはく、「来し方を知らず」（来た所なんか知らないよ）といふ。狐、「礼なし」（無礼なやつ）とおもひ、打たむとして起ちよれば（殴りつけようとして近づいたところ）、すなはち二つの手を持ち捉へて、熊葛の韃もてひとたび打つ。韃に肉着く。また一つの韃を取りてひとたび打つときに、韃に肉着く。十段の韃打つに随ひて、みな肉着く。

狐まうしていはく、「服なり（参った）。犯せり（悪かった）。惶し」（恐れ入りました）といふ。ここに（これによって）、狐の力より益れることを知れり。蛤の主の女いはく、「今よりのちは、この市に在ること得じ（少川の市に住んではならない）。もし強ひて住まば、つひに打ち殺さむ」（きっと打ち殺してやるぞ）といふ。狐、打ち戢めらえき。その市に住まず、人の物を奪は

小女の力、悪事をはたらく大女を改心させる

一 量の単位。「斛」は「石」に同じ。コク（石）の上代語。一石は十斗（約一八〇リットル）。
二 大きなかたい蔓性植物の皮をむいて作った鞭。
三 二十本。「段」は、切れたもの、分けたものなどを数える助数詞。ここでは鞭を数える。
四 （蛤に）添えて船に入れておいた。
五 以下、狐と蛤の主とに交わされる問答をはじめ、力対力で応対して狐の降伏に至るまでの表現は、具体的で活き活きとしており、繰り返しも多く、この話を語り伝えた口調をとどめる。大女を屈伏させた小女の勝ちっぷりに、聴衆は喝采したであろう（三三頁注一五に類例あり）。
六 みな取り上げて（他の者に）売らせてしまった。手下か仲間を使ったのであろう。『今昔』二三ノ一七は、「皆抑へ取りて売らしめず」とする。
七 （蛤の主は）即座に（狐の）両手をつかまえて。「持」は、底本「待」、来迎院本による。
八 蛤の主の力が強いので、一度だけ打った鞭に狐の肉がちぎれて付着する。その鞭は肉の着いたまま置いて、用意していた新しい鞭に次々取り替えて打つ。
九 平身低頭して、謝罪・降伏する態度でいう。
一〇 すっかり意気消沈してしまった。「らえ」は上代の受身の助動詞「らゆ」の連用形。訓みは訓釈。
一一 力持ちの家筋では、代々力の強い者が現れて絶えない。「文」は諸本「叉」。「叉」は「友」の古字であ

ず。その市の人、すべてみな安く穏かなることを悦びき。平安無事になったと
それ、[一一]力人の丈は、世を継ぎて絶えず。誠に知る、[一二]先の世に大力の因を殖ゑて、今にこの力を得たることを。そもそもこの話でよく分る

[一三]漢神の[一四]祟りにより牛を殺して祭り、また[一五]放生の善を修して、[一六]現に善悪の報を得る縁　第五

[一七]摂津の国東生の郡撫凹の村に、ひとりの富める[一八]家長の公ありき。姓名詳らかならず。聖武太上天皇のみ世に、その家長、漢神の[一九]祟りによりて禱りし、祀るに七年を限りて、年ごとに殺し祀るに牛一つをもてし、合せて七頭殺し、七年にして祭りをはる。祭るのに七年の期限をつけ毎年一頭ずつ牛を殺して神に供えて祭り　たちまちに重き病ひを得たり。

また七年を逕る間に、[二〇]医薬方にて療せどもなほし愈まず。[二一]卜者を喚び集へて、[二二]祓へ祈み禱れども、また[二三]弥増に病む。ここに思はく、

り、「文」の誤写とみる。スヂは来迎院本傍訓による。

一二 前世において、大力に生れる因縁を作り、現世でこの大力を得たのだということが。この一文は、本話と同じ道場法師説話系群に属する上三・中二七縁の各末文「先の世に……」と呼応する。

一三 仏教以外の外来の神を指す。後文に「鬼神」とも。渡来人のもたらした神であろう。

一四 神仏・怨霊などからこうむる災い。

一五 生き物を放してやる善行を修めて。「放生」の話は、上七・三五各縁にある。

一六 善因善果と悪因悪果とが同一人物に関わる応報譚であり、中一六・下二二各縁などにもある。

一七 大阪市東成区。「撫凹村」は未詳。

一八 一家の主人。「公」は尊称。「家長公」は、上一〇・下二三縁にも。

牛を殺して漢神を祭る摂津の富豪、急病になり放生をする

一九 祟られたのでそれから免れようと祈り祭った意。

＊ 牛を殺して祭る信仰。〔殺牛信仰〕

二〇 医者にかかったり（医方）、薬を調合してもらったり（薬方）して治療したが、やはり治らなかった。

二一 占いや祈禱をする巫。これを招くのはわが国固有の信仰。神に祈って災いや罪・けがれを除き清めるお祓いをする。一〇三頁注五参照。

二二 お祓いをし祈禱をしてもらったが。「祈む」は、頭を下げて願い祈る意。訓みは訓釈による。

二三 それでもまたますます病気が重くなった。

「わが重き病ひを得たるは、殺生の業によるならむ」とおもふ。そゑに、病ひに臥せる年より已来、月ごとに闕かず、六節に斎戒を受け、放生の業を修す。他の含生の類を殺すを見れば、論はずして贖ひ、また八方に遣はし、生ける物を訪ひ買ひて放つ。

七年の頭にいたり、命終の時に臨みて、妻子に語りていはく、「わが死なむ後に、十九日置け。焼くことなかれ」といふ。妻子置きて、なほし期りし日を待つ。ただし九日歴て、還蘇りて語る。

「七の非人ありき。牛頭にして人身なり。わが髪に縄を繋け、捉へて衛み往く。見れば前の路に楼閣の宮あり。『こはなにの宮ぞ』と問ふときに、非人、悪しき眼に睚眦みて、逼めていはく、『すみやかに往け』といふ。宮の門に入りて、『召しつ』とまうす。われおのづからに知る、閻羅王なることを。王、問ひてのたまはく、『こはこれ、汝を殺しし讎か』とのたまふ。答へて、『まさにこれなり』とまうす。すなはち膾机と少き刀とを持ち出でてまう

一 身・口・意による善悪の所行。これが未来における善悪の果報の原因となる。ここは悪業。
二 斎日（七七頁注一五）の一つで、六斎日のこと。毎月の八・十四・十五・二十三・二十九・三十日の六日。この日は精進をし戒律を守った。
三 飲食・動作を慎み、戒律を守ること。高徳の僧から戒を受けて、その通り厳守するのである。
四 生き物を放してやる善行を修める。

富豪、閻羅王庁に行き判決を受けて生還する

五 生命をもつもの。
六 議論をせずに買い取って。ここでは値段をかまわずに買う。「贖ふ」は代償の銭を払う。あがなう。
七 まる七年たって。本話における事態の推移の周期は七年。「頭」は「末」の意（訓釈）。
八 底本・来迎院本による。国会本は「九日」。
九 冥界に行って蘇生する本書の話の常套的表現。
一〇 人間でない者。龍・夜叉・悪魔などの類をさす。
一一 頭は牛で身体は人間である。魚頭人身の例もある五七頁四〜五行参照。
一二 高い楼閣の宮殿。
一三 閻魔王のこと。死後の世界の支配者で、生前の行いを審判して賞罰を定める地獄の王。閻魔大王、閻魔法王とも。本書では、「琰魔」（二九〇頁）一例を除いて「閻羅」。閻魔羅社の略。
一四 仇なのか。アタは清音。
一五 肉を薄く切る時に使うまな板。「膾」は、魚貝や

さく、『すみやかに判許り[一七]たまへ。われを殺し賊ちしがごとくに、膾にして（刺身にして）噉はむ』（食いますから）とまうす。時に（その時）、千万余人（千万余人の者が）、勃然に（にわかに現れて）出で来て、縛縄[一八]を解きていはく、『この人の咎にあらず。祟れる[一九]鬼神を祀らむがために殺害せるなり』といふ。

ここに（そこで）、われ中に居て（私を中に置いて）、七の非人と千万余人と、日ごとに訴へ[二〇]諍ふこと、水と火とのごとくなり[二一]。閻羅王判断[二二]して、是非を定めたまはず。非人、なほし強ひてまうしていはく（なおも強引に申し立てていうことには）、『明らかに知る（はっきり分っています）、この人、主となり（中心になって）、わが四つの足を截りて、廟[二三]に祀り利を乞ひ、膾に賊りて肴[二四]に食ひしことを。いま倪[二五]に切りしがごとくに、なほし屠ちて[二六]啗はむとねがふ』とまうす。千万余人も、また王にまうしていはく、『われら委曲く[二七]知る、この人の咎にはあらぬことを。誠に鬼神の咎なり』とまうす。王[二八]、みづから『理は[二九]証多きに就かむ』と思惟ひたまふ。

八日を経をはりて（すぎ去って）、その夕に告げてのたまはく、『明日参ゐ[三〇]向

獣などの生肉を細かく切ったもの。刺身。
一六「少」は「小」に同じ。
一七 判決をくだして下さい。「判許」は、裁可の意の公文書用語。「判」も「許」もコトワル（『名義抄』）、二字合わせて訓む。
一八 縛るための縄。ここでは家長を縛っていた縄。
一九 祟りをした鬼神すなわち漢神を祭るために殺したのです（だから漢神の罪なのです）。
二〇 訴え争う。「訴へ」は「うったへ」の古語。
二一 言い分が相互に対立したまま全然かみ合わない状態のたとえ。まったくの水かけ論のさま。
二二 両者の主張のよしあしを判定されなかった。
二三 漢神の廟に供えて利益を願い祈り。「廟」の訓みは『名義抄』による。霊を安置する堂。
二四 祭りの酒のさかなにして食べたことは。
二五「倪に」の訓みは訓釈による。「なまな」は「生魚」（生の副食物）の意で、膾と同意か。古辞書で「倪」は「小児」「弱小」の意だから、弱小の自分たちを膾として切ったことをいうか。なお疑問が残る。
二六 動物の肉を切り割く意。『集験記』古訓「屠宰」にホフリサカテリ。「宰」はサク・ワカツ（『名義抄』）。
二七 詳しく。ツマビラカニの古語。
二八 閻羅王は、双方の主張が平行線をとって結着がつかないので、内心に考えをめぐらすのである。
二九 ものの道理は証言の多い方にあるだろう。
三〇 出かけてまいれ。

へ』とのたまふ。詔をうけたまはりて罷り、九日に集ひ会ふ。（退出し　九日目にみな集まった）

閻羅王、すなはち（そこで）告げてのたまはく、『大分の理判は、多数の証による。そゑに多数に就かむ（だから証人の多いほうに決めよう）』とのたまふ。判許すでにをはる。

七つの牛聞きて、舌を嘗り唾を飲み、膾を切る效をし、宍を噉ふ效をし、慷慨みて（くやしがって）刀を捧げ、建びておのおのいはく、『怨を報いざらむや（討たずにおくものか）。われまさに忘れじ（決して忘れはしないぞ）。なほし後に報いむ（やっぱりいつか復讐してやる）』といふ。

千万余人、われを衛み繞り、左右前後して王の宮より出づ。み轝に乗せて荷ひ、幡を擎げて導き、讃嘆して送り、長跪きて礼拝す。その衆人みな一色の容をなす（同様な姿をしていた）。ここに、われ問ひていはく、『仁者は誰人ぞ（どなたですか）』といふ。答ふらく、『われらはこれ、汝が買ひて放生せしものなり。その恩を忘れず。そゑに今し報ずらくのみ（それでいまご恩返しをしたのです）』といひつ」といふ。

閻羅の闕より還甦りて、増誓願を発しぬ。これよりのちは、效に神を祀らず。三宝に帰信しまつり（仏法僧に深く帰依し）、おのが家に幢を立て、寺と成

一 普通一般の道理の判定というものは、証拠が多数あることにより下すものである、の意。閻羅王の裁判に多数決の原理が採用された点は興味深い。
二 判決がとうとう下された。「判許」は、裁判の意の公文書用語。ここは地の文なので音読する。
三 牛頭人身の七非人をさす。
四 舌なめずりをし、唾を飲み込んで、膾（刺身）に切る格好をしたり、肉を食うまねをしたりして。眼前の獲物が食べられない無念のしぐさ。「唾」は清音。
五 憤怒怒号する。いきり立つ。形容詞タケシ（猛）の動詞化した語。
六 閻羅王宮から出ると、もう非人は追って来ず、以下、千万余人から仏に準じるほどの待遇をうける。
七 幡（色の布を垂らした旗）を捧げて先導し。
八 美徳をほめ称えて現世へと還るのを送ってゆき。
九 両ひざを地につけて丁寧におじぎをした。サンダンの訓みは『字類抄』による。
一〇 大勢の人たち。千万余人をさす。
一一 あなたがた。「仁者」は漢訳仏典用語。
一二 閻羅王の楼閣の宮殿。閻羅王庁。
一三 仏に決意を誓って願をかけること。
一四 みだりに漢神を祭らず。
一五 寺のしるしの旗を立て。漢神を祭っていた廟を廃して、仏教の寺としたこと。
一六 「那天」は地名（「撫凹村」の「撫」）による。

蘇生後、三宝を信心して長寿を全うする

して仏を安きまつり、法を修して放生せり。これよりのち、号けて那天[16]の堂といふ。つひに[17]病ひなくして春秋九十余歳にして死にき。鼻奈耶経[18]に説きたまへるがごとし。「迦留陀夷[19]、昔、天祀主[20]となり、一つの羊を殺ししにより、今羅漢[21]となるといへども、後には、怨[22]の報を婆羅門の妻に得て殺されぬ云々」とのたまへり。最勝王経[23]に説きたまへるがごとし。「流水長者[24]は、十千の魚を放つ。魚、天上に生れ、四十千の珠をもて、現に流水に報ぜり」とのたまへるは、それこれをいふなり。

- 仏像を安置し
- 仏法を修めて
- 以後病気にかかることなく九十余歳で亡くなった
- 一万匹の
- 放生した
- 四万個の
- 珠玉を
- 現世で流水長者に授けて恩返しした
- まったくこの話と同じことを述べているのである

誠[25]の心を至して法華経を写したてまつり、験[26]ありて異しき事を示す縁　第六

聖武天皇の御代に、山背[27]の国相楽の郡に、願[28]を発せる人ありき。姓名詳らかならず。四恩[29]を報いむがために、法花経を写したてまつ

法華経、至誠の信心により短い箱に納まる

一七 本書の登場人物の寿命のうちで、九十歳台は最長寿である。善報によると判断される。
一八 戒律を説く経典で、『戒因縁経』とも。同巻九の末尾の要約であるが、『諸経要集』の孫引ともいう。
一九 仏弟子の一人で、婆羅門族に属し、悪行をした。以下の話は、『今昔』一ノ二九に載せる。
二〇 神を祭る者。ここでは婆羅門教の司祭として、羊を生けにえとして神に供えたことをいう。
二一 阿羅漢の略。最高の悟りを得た者の意で、仏道修行者の理想とされた。
二二 恨みの悪報を婆羅門族の妻から受けて殺された。羅漢になっても犯した罪報から免れないことをいう。
二三 『金光明最勝王経』。同巻九の長者子流水品の要約。
二四 長者子流水品の主人公。以下の話は『三宝絵詞』上七に「最勝王経に見えたり」と注して載せる。
二五 真心をこめて。誠の心を尽して。至誠心とも。
二六 霊験があって、不思議なことが現れる話。標題の類型的文言（上三五縁など）。
二七 京都府相楽郡。
二八 願を立てる。ここでは四恩に報いるため法華経書写を誓うのである。
二九 人間がいつも受けている四種の恩。普通は、父母・衆生・国王・三宝（仏法僧）の恩をあげるが、諸説がある。

一 大乗仏教の経典。ここでは書写した『法華経』。
二 いずれも南インド・東南アジアなど原産。白檀は香木で、香料のほか仏像・仏具の用材。紫檀は家具や装飾調度品の用材など。『字類抄』に、栴檀の木で、樹身の白いのを白檀、黒いのを紫檀とある。
三 するとそれが奈良の都にあったので。
四 銭を数える単位で、千文が一貫。古訓「貫」。
五 指物師。細工師。『和名抄』に、「工、匠、巧人也」とあるので、本文三字をタクミと訓む。
六 中に入れるお経の寸法を計って箱を作らせ。
七 施主。寺の後援者。ここでは、発願人に協力して、写経や箱作りの資金の調達などした信者。
八 お迎えして。膝をかがめ礼をもって招き迎える。
九 二十一日を満願にして仏前に罪を懺悔し、悲しみながらお祈りする。この二度目の用材入手の悲願の叙述により当時の白檀・紫檀の珍重さが知られる。
一〇 もう少しのところで入れることができない。「ほとほと」は「ほとんど」の古語。
一一 いよいよ努力して仏道を修め。「増」「加」とも古訓点マスマス。二字合わせて訓む。
一二 先日の写経の手本にした『法華経』を借りうけ、それを写した新経と並べて計ってみると。
一三 仏菩薩が人間の姿で現れたもの。ここは行基をさす。行基は文殊菩薩の化身。四五頁注二四参照。
一四 閻魔王（一一八頁注一三）の宮殿。
一五 三論宗元興寺派の学僧で、智蔵に師事した。著作

りき。

大乗を納れむがために、使を四方に遣はし、白檀・紫檀を求む。すなはち諸楽の京に得、銭百貫をもて買ふ。工巧人を喚び、規りて函を造らしめて、経を納れたてまつるに、経は長く函は短くして、経を納るること得ず。檀越大きに悔い、また訪ふによしなし。そゑに、誓願を発し、経によりて法をなし、衆の僧を屈請し、三七日を限りて悔過し、哭びてまうさく、「また、木を得しめよ」とまうす。二七日を歴て、経を請けて試みに納るるに、函おのづから少しく延びたれども、垂納るること得ず。檀越、増加精進し悔過し、三七日を歴て納るれば、すなはち納るること得たり。

ここに、奇異しび疑ひて思はく、「もし経の短くなりたまへるか。もし函の延びたるか」とおもふ。すなはち本の経を請け、新しき経と均しく量るに、なほし侔しくして失たざりき。

誠に知る、大乗の不思議の力を示して、願主が至深の信心を試み

たまへりといふことを（みられた）。さらに疑ふべからず（けっして疑ってはならない）。

智者、変化の聖人を誹り妬みて、現に閻羅の闕に至り、地獄の苦を受くる縁　第七

釈智光は、河内の国の人にして、その安宿の郡鋤田寺の沙門なりき。俗姓は鋤田の連、後に姓を上の村主と改む 母の氏は飛鳥部の造なり。天年聡明にして、智恵第一なり（智恵は第一人者といわれた）。盂蘭盆・大般若・心般若等の経の疏を製り、諸の学生のために（学問僧のために）、仏教を読み伝ふ（仏の教えを読み教えた）。

時に（そのころ）、沙弥行基といふひとありき。俗姓は越の史なり。越後の国頸城の郡の人なりき。母は和泉の国大鳥の郡の人、蜂田の薬師なりき。俗を捨て欲を離れ（欲望を遠ざけ）、法を弘め（仏法を広め）迷を化す。器宇聡敏くして、自然生れながらに知る（生れながらに才智があった）。内には菩薩の儀を密し、外には声聞の形を現す。聖武天皇、威徳に感ずるがゆゑに（その威厳と人徳に感化されたので）、重みし（重んじて）信けたまふ（尊敬なさった）。時の人欽み

多数。生没年未詳。「釈」は、六一頁注一六参照。
一六 大阪府羽曳野市や藤井寺市の東部にあった郡。
一七 羽曳野市駒ケ谷にあったという寺。鋤田連の私寺か。「鋤田連」は、「次田」（『書紀』）に同じか。
一八 上が氏、村主が姓。帰化系氏族。郷名「賀美」。
一九 当地はいわゆる「近つ飛鳥」に当り、地名と同じ氏。百済王族の帰化系氏族（『姓氏録』）。
二〇 生れつき物事の理解が早く、道理に通じていて。
二一 盂蘭盆経・大般若波羅蜜多経・摩訶般若波羅蜜多心経などの注釈書。『盂蘭盆経述義』一巻・『大般若経疏』二〇巻・『般若心経述義』一巻をさす。

聡明な学匠智光に対し、教化僧行基は大僧正となる

二二 天智七～天平二十一年（六六八～七四九）。伝記・説話関係資料は、巻末付録中七縁解説参照。
二三 越が氏、史が姓。高志・古志とも。王仁の子孫。
二四 新潟県西部で、頸城郡は東・中・西に分れている。『続紀』は行基の出身を和泉国と記す。越後の出身説は、「越史」の表記による誤伝かという。
二五 大阪府堺市・高石市付近。蜂田は氏、薬師は姓。
二六 迷っている人たちを教え導いた。
二七 人がらは賢くて。「器宇」は人間のうつわ。
二八 修行の上では菩薩の位を得ていたが、それは内に秘め、外形はそれよりも低い修行者の姿をしていた。「菩薩」は仏に次ぐ位で、悟りを求め衆生を利益するが、「声聞」は教えを聴聞する者で、菩薩より下位。

貴び、美めて菩薩と称ふ。天平の十六年の甲申の冬の十一月をもて、大僧正に任ぜらる。

ここに、智光法師、嫉妬の心を発して、非りていはく、「われはこれ智人なり。行基はこれ沙弥なり。なにのゆゑにか、天皇、わが智を歯へたまはずして、ただし沙弥をのみ誉めて用ゐたまふ」といふ。時を恨みて、鋤田寺に罷りて住む。たちまちに痢病を得、一月ばかりを経たり。

命終の時に臨みて、弟子に誡めていはく、「われ死なば焼くことなかれ。九日十日置きて待て。学生われを問はば、答へて、『縁ありて東西す』といふべし。しかして留めて供養せよ。慎、他に知らすることなかれ」といふ。弟子教へを受け、師の室の戸を閉ぢて、他に知らしめず。ひそかに涕泣き、昼も夜も護り闚ひて、ただ期りし日を待つ。学生問ひ求むれば、遺言のごとくに答へて、留めて供養せり。

行基を嫉妬した智光 急病の床で遺言する

一 七四四年。『続紀』は天平十七年正月二十一日と記す。「大僧正」は僧位の最上級。日本では行基が最初とされるが、本書では観勒僧。四三頁注一八参照。

二 智光が以下に述べる対行基の非難のことばは、行基に懺悔する所（一二八頁三行）にも重出する。この誹謗の罪で智光は地獄に堕ち、本話は、結語で口禍を戒めている。

＊ 行基の大僧正特任でショックを受けたのは智光だけではあるまい。〔行基への誹謗〕

三 出家してまだ具足戒を受けていない未熟僧。行基の沙弥に対し、本話冒頭に智光は沙門（正式の官僧）と記す。沙弥は、本書では自度僧・乞食僧のほか、聖の化身にも用いられる。

四 数の中に入れる。訓みは来迎院本訓釈。

五 下痢の病い。訓みは来迎院本訓釈と『字類抄』。

六 死体を火葬にすると生き返れない。「焼くな！」は、蘇生を期待する常套句。

七 底本「一日」、現行はこの二字を削除あるいは「間」に改訂している。来迎院本による。

八 （もしその間に）学僧が私のことを尋ねたら。

九 そして私の死体をこのままにしておいて、仏事を営んでいてくれ。

一〇 けっして。下句「なかれ」と呼応する。

一一 警戒し様子をうかがいながら。「闚」は、底本「闕」で、現行は「闕を護り」（寺の門を守る）、あるいは誤写説。来迎院本による。「闕」はミルとも訓む。
一二 智光法師の略称。
一三 黄金の高層宮殿。後文の、行基の往生して住むという「金の宮」。本書の冥界譚に登場する楼閣・金の宮には、閻羅王の闕が多い。ここは「西に向ひて往く」、いわゆる西方極楽浄土。それが地獄に行く中途に位置しており、獄卒に案内されて知る。冥界のイメージが未分化・未完成である一例。
一四 日本国の別称。後文「豊葦原水穂国」も同じ。「葦原千五百秋水穂国」「葦原の中つ国」ともいう。
一五 ふしぎな人。武装する点では、桙を持って仏法を守護する「神人」（二五二頁一〇行）に似るが、「緋の蘰」（赤色のかぶり物）を額に飾るのは固有の呪術（二七頁注一一）の暗示。本話には閻羅王も登場せず、王庁もない。行基の金の宮の門を守る二神人が、代りに王の使いにも智光にも指示をくだす役割をもつ。
一六 はい、その通りでございますの意。古訓点では、ウケタマハルシカナリと訓む。
一七 身体に当ってきて、顔に熱く照りつける。
一八 意志通りに主体的に行動できない状態。後文に「悪に引かれ、なほし就きて抱かむ」とするのと同じく、自然と悪業に引かれてゆくのであろう。
一九 智光はこれ以後三つの地獄をめぐり、極熱の鉄や銅の柱に抱きついて焼かれ、阿鼻地獄に投げこまれる。それらの所から来るすさまじい熱気。

智光、冥土に連行され地獄で焼き煎られる

時に、閻羅王の使ふたり、来りて光師を召し、西に向ひて往く。見れば前の路に金の楼閣あり。「こはなにの宮ぞ」と問へば、答へていはく、「葦原の国にして名に聞えたる智者、なにのゆゑにか知らざる。まさに知れ、行基菩薩まさに来り生れたまはむ宮なり」といふ。

その門の左と右とに、ふたりの神しき人立ち、身に鉀鎧を着、額に緋の蘰を着けたり。使、長跪きてまうして、「召しつ」といへば、問ひていはく、「こは、豊葦原の水穂の国にある、いはゆる智光法師か」といふ。智光答へてまうさく、「唯然り」とまうす。すなはち北の方を指して、「この道より将て往け」といふ。

使に副ひて歩む前に、火を見ず、日の光にあらずして、はなはだ熱き気、身に当り面を炙る。きはめて熱く悩むといへども、心に近づかむとおもひ、「なにぞかく熱き」と問ふ。答ふ、「汝を煎らむがための地獄の熱き気なり」といふ。往く前にきはめて熱き鉄の柱立

てり。使のいはく、「柱を抱け」といふ。光、就きて柱を抱けば、肉みな銷え爛れ、ただし骨瑣のみあり。歴ること三日、使、弊えたる箒をもて、その柱を撫でて、「活きよ、活きよ」といへば、故のごとくに身生きたり。また北を指して将て往くに、先に倍勝りて熱き銅の柱立てり。きはめて熱き柱にして、悪に引かれ、なほし就きて抱かむとねがふ。使、「抱け」といふに、すなはち就きて抱けば、身みな爛れ銷ゆ。逕ること三日、先のごとくに柱を撫でて、「活きよ、活きよ」といへば、故のごとくに更に生く。また北を指して往く。はなはだ熱き火の気、雲のごとくして覆ひ、空より飛ぶ鳥、熱き気に当りて落ち煎らる。「こはなにのところぞ」と問へば、「師を煎熬らむがための阿鼻地獄なり」と答ふ。すなはち至れば師を執へ、投げ入れて焼き煎る。ただし鍾を打つ音を聞く時のみ、冷めてすなはち憩ふ。逕ること三日、地獄のほとりを叩きて、「活きよ、活きよ」とい

一 融けただれて。訓みは来迎院本訓釈による（『名義抄』同じ）。「銷け爛る」とも訓める。
二 骨格だけが関節で鎖状につながり合った状態。
三 使いふるしてちびてしまった箒。箒は、再生のための呪具（いまも安産の呪具として用いる風習が各地に残る）、民間信仰の投影。
四 地獄に堕ちて熱い銅柱を抱かされる例は、八八頁九行にも。
五 智光自身が生前に犯した悪業に導かれて。
六 雲のように立ちこめて。底本「如雲霞而」（「雲霞の如くして」、雲や霞のようでの意）を、来迎院本「如雲而覆」により改める。『行基年譜』も「熱き煙来り覆ふ」（『三宝絵詞』ほぼ同じ）。
七 空を飛び過ぎてゆく鳥。「より」は、動作の行われている場所を表す。
八 八大地獄の一つで、その最下にある。アビは梵語による。漢訳仏典では「無間」（苦悩が間断なく襲いかかる意）と訳す。五逆罪のほかに、大乗（ここは行基の仏法）を誹謗した者が堕ちる、最も苦しい地獄という。『往生要集』に詳しい。
九 「鍾」は「鐘」に同じ。智光の遺言通りに弟子が追善供養をしていた。その供養の鐘の音がはるか地獄に聞えてきたのであろう。
一〇 阿鼻地獄の釜の端を、使がちびた箒でたたくのであろう。

智光、行基の往生後に住む金の宮を見て蘇生する

へば、本のごとくにまた生く。さらに将て還り来り、金の宮の門に至りて、先のごとくにまうしていはく、「将て還り来つ」といふ。宮の門にあるふたり告げていはく、「師を召す因縁は、葦原の国にありて行基菩薩を誹謗る。その罪を滅さむがために、故に請け召すらくのみ。その菩薩は、葦原の国を化しをはりて、この宮に生れむとす。今し来らむとする時なり。そゑに待ち候ふなり。慎、黄泉竈火物を食ふことなかれ。今はたちまちに還れ」といふ。使とともに東に向ひて還り来る。すなはち見れば、頃ただ九日を逕たり。

蘇りて弟子を喚ぶ。弟子音を聞き、集ひ会ひ、哭き喜ぶ。智光大きに歎き、弟子に向ひて、つぶさに閻羅の状を述ぶ。大きに懼りておもはく、「大徳に向ひて、誹り妬む心を挙せしことをまうさむ」とおもふ。

時に、行基菩薩、難波に有す。椅を渡し、江を堀り、船津を造らしむ。光が身漸く息まりて、菩薩のところに往く。菩薩見て、すな

一一 前出の「金の楼閣」。
一二 前出の「ふたりの神しき人」。
一三 あなたをこの地獄に呼んだわけは。
一四 わざわざ呼んで召し連れてきたのだ。
一五 見守りつづける意。「守る」に継続の意の「ふ」がついた語。訓みは下巻序の訓釈による。
一六 けっして、黄泉国（冥土）の火で調理した物を食べてはならないぞ。これを食べると蘇生できなくなると信じられていた。原始社会で、他種族の食物を食うとその種族の成員になるといわれ、それを死者の世界に及ぼした信仰。底本に「泉」字がなく、来迎院本で補う。「泉」にヨモツクニの意があり、「竈」は食物を煮るかまど。黄泉におけるタブー（禁忌）は、八八頁七行にも。わが国固有の黄泉国訪問神話に「黄泉戸喫」（『古事記』）・「飡泉之竈」（『書紀』）とあり、本書の蘇生譚にそれが習合されている。
一七 一二五頁一行「西に向ひて往く」、その帰路。
一八 智光は密室の中に居たままで、その室を昼夜護衛していた弟子に声をかけた。
一九 行基大徳に会って、悪口を言い嫉妬心を起したことを懺悔しよう。以前は「沙弥」と呼んでいた（一二四頁四行）。それを敬称「大徳」と改めている。
二〇 難波での土木工事中の教化譚は中三〇縁。「難波」は大阪市付近。
二一 智光の身体がようやく回復してから。

智光、行基の許に行って冥界の報告をし懺悔する

はち神通[一]をもて光がおもふところを知り（智光の心の中を読みとり）、咲[二]みを含みて愛しみいはく、「なにぞ面挙[三]すること罕き（どうして）」といふ。光、発露[四]懺悔していはく、「智光[五]、菩薩のみ所に、誹り妬む心を致して、この言をなせり（次のように放言しました）、『光[六]は古徳の大僧、しかのみならず（それぱかりでなく）智光は智者[七]なり。行基沙弥は浅識の人にして（浅学の人であり）、具戒[八]を受けず。なにのゆゑにか、天皇、唯行基をのみ誉めて智光を捨てたまふ』といひき。口業[九]の罪によりて、閻羅王、われを召して鉄・銅の柱を抱かしむ。経ること九日にして、誹謗の罪を償ふ。余罪[一〇]の後生の世に至らむことを恐り（死後の世に及ぶことを恐れて）、ここをもて慙愧[一一]発露す。まさに願はくは罪を免れむことを[一二]」といふ。行基大徳、顔を和げて嘿然り（黙っていた）。また、さらにまうさく、「大徳の生れたまはむところを見しに、黄金をもて宮を造れり」とまうす。行基聞きていはく、「歓ぼし、貴きかな（喜ばしい　有難いことよ）」といふ。

誠に知る、口は[一三]身を傷ふ災ひの門なり。舌は善を剪る銛き鉞なりといふことを。このゆゑに、不思議光菩薩経[一四]にのたまはく、「饒財[一五]

一　神通力。超人的な能力。
二　ほほえみを浮べ慈悲の情をもって。底本「嘆」を来迎院本「咲」で改める。「咲みて云」（『三宝絵詞』）。
三　顔をあげて私を見られないのですか。底本「奉」を来迎院本「挙」で改める。「目を見合することかたくおぼゆる」（『三宝絵詞』）。
四　自分の犯した罪を隠さずさらけ出して懺悔して。
五　わたくし智光は、菩薩さまに対して誹り嫉妬する心を起して。
六　智光は久しい間徳を修めてきた高僧であり。
七　「智者」の二字、底本「生」。来迎院本による。
八　具足戒の略。僧尼の守るべき戒（基本的倫理）。これを受けて、はじめて正式な僧となる。
九　ことばによって犯した罪。「口業」は、三業（身・口・意の三者が行う行為）の一つ。
一〇　残った罪。償いきれなかった罪。
一一　自分の恥をさらけ出して告白いたします。
一二　どうかこの罪をお許し下さいますよう、心からお願いいたします。
一三　口禍を戒める対句。上句は「口は禍の門」の意、下句は、舌は善根まで切ってしまう鋭い鉞の意。『行基年譜』等にのる行基の遺戒にも、この類句がある。後世にも、行基の遺言として、「口は是禍の門也。舌は是禍の根也」（『十訓抄』）など。
一四　『不思議光菩薩所説経』。以下の引用は、『梵網経古迹記』からの孫引という。

菩薩は、賢天菩薩の過ちを説くがゆゑに、九十一劫[16]、つねに婬女[17]の腹の中に堕ちて生れ、生れをはれば棄てられて、狐狼に食はる」とのたまへるは、それこれをいふなり。

これより已来、智光法師、行基菩薩を信じまつりて、明らかに聖人なることを知りぬ。しかるに、菩薩、機に感じ縁尽きて[18]、天平の二十一年[19]己丑の春の二月二日丁酉の時をもて、法儀を生馬の山[20]に捨て、慈神はその金の宮に遷りき。智光大徳は、法を弘め教へを伝へ、迷を化し正に趣かしめ[21]、白壁の天皇[22]のみ世をもて、智嚢は日本の地を蛻け、奇神は知らざる堺に遷りき[23]。

第八

蟹と蝦との命を贖ひて放生し[24]、現報を得る縁

置染の臣鯛女[25]は、奈良の京の富の尼寺[26]の上座[27]の尼法邇[28]が女なりき。

[15]「饒財」「賢天」は、ともに過去七仏（釈迦以前にこの世に現れた七仏）のうち第一仏の毘婆尸仏の時代の菩薩という。
[16] 数えられないほどの遠大な時間。
[17] 好色な女。多情な女。
[18] 臨終の時の到来を悟り、この世との縁も尽きて。
[19] 西暦七四九年。
[20] 生駒山の東麓（奈良県生駒市有里）の竹林寺（もと生駒寺）に、行基の墓がある。
[21] 迷っている人々を教化して正道に向わせ。
[22] 第四九代の光仁天皇。
[23] 秀れた智者は日本の国土から抜け出し、その非凡な魂は未知の世界に移っていった。智光の遷化をさすが、没年未詳。行基の往生先「金の宮」（浄土）に比して、智光の行った「知らざる堺」は、待遇上明らかに格差がある。景戒の行基信奉と関わる記述。
[24] 買いとって命を助けて放す。
[25]「置染」「臣」が氏と姓、「鯛女」が名。伝未詳。
[26] 登美寺。奈良市三碓町にあった。行基が七三一年に起工し、隆福尼院ともいった（『行基年譜』）。
[27] 年長で徳も高く、寺の僧尼を監督し、庶務を総括する。三綱（上座・寺主・維那）の一つ。
[28] 未詳。「上座の尼」の地位にある。法爾（自然本来の意）による名か。

行基は金の宮に往生し、智光も遷化する

行基に帰依する鯛女、蛇の呑む蛙の身代りとなる

道心純熟[一]にして、初婬[二]を犯さず。つねに懃ろに菜を採みて、一日も闕かず、行基大徳[三]に供侍へたてまつりき。

山[四]に入りて菜を採むときに、見れば大きなる蛇大きなる蝦を飲めり。大きなる蛇に誂[五]へていはく、「この蝦をわれに免せ」といふ。免さずしてなほし飲む。また誂へていはく、「われ、汝が妻[六]とならむ。そゑに、幸しく[七]もわれに免せ」といふ。大きなる蛇聞きて、高[八]く頭を捧げて女の面を瞻り、蝦を吐きて放つ。女、蛇に期りていはく、「今日より七日を経て来」といふ。

しかして、期りし日に到り、屋を閉ぢ穴を塞ぎ、身を堅めて内に居るに、まことに期りしがごとくに来つ。尾をもて壁を拍つ。女、恐りて明くる日に大徳にまうす。大徳、生馬[九]の山寺に住みて在せり。ここに告げていはく、「汝は[一〇]免るること得じ。ただし堅く戒を受けよ」といひて、すなはちもはら三帰五戒[一一]を受持しつ。

しかして還り来る道に、知らぬ老人、大きなる蟹[一二]をもて逢ふ。問

一 仏道修行の心がいちずに深くて。「純に熟らかにして」とも訓める。
二 まだ男との交渉がない。以下、もと神に奉仕する処女（巫女）の投影があるか。
三 一一〇頁注一一参照。「大徳」は僧への敬称。
四 山で蛇に会う点、蛇は山の神（農業神）でもあることと関連あるか。類話の中一二縁も同じ。
五 頼んで思うようにさせる。アツラフとも。
六 中一二縁では、蛇にお供え物をし、神としてお祭りするからと頼み、その後でこう言っている。神と巫女との聖婚神話が下敷にある。
七 「幸しくも」は、上巻序の訓釈による。
八 かまくび（鎌首）を立てる蛇の動作。ここでは、女の顔を熟視する好色的な眼を感じさせる。
九 生駒寺（竹林寺）のこと。
一〇 そなたは（蛇から）のがれることはできまい。
一一 「三帰」は、三帰依とも。仏・法・僧の三宝に帰依（信心のまことを捧げる）すること。これが仏教徒としての根本条件。「五戒」は、仏教徒の守るべき五つの戒め（不殺生・不偸盗・不邪婬・不妄語・不飲酒）。娘は、行基の指導により、三宝に心から帰依し、五戒を受けて、山寺を退出したのである。
一二 蟹を持っているのに出会った。「（老人）逢ふ」とは、お爺さんが向うから来た、という意。

放生された蟹、蛇を切断して鯛女に報恩する

一三 どちらのお爺さんです

か。どうか私にその蟹を譲って下さい。

一四 兵庫県芦屋市から神戸市東部（東灘区・灘区）にかけてあった郡。

一五 伝未詳。「画問」は誤字か（『攷証』）。

一六 子や孫。訓みは中一六縁訓釈による。

一七 生きてゆくのに方法がない。

一八 大阪市付近。難波では市も開かれ、港もある。人も物も離合集散し、放生をめぐってドラマの展開する場でもある。

一九 上着を脱いで、それで買い取ろうとしたが。下文の「裳」は、腰から下にまとうスカート状の衣類。衣・裳は、肌身に着いていて魂がのり移っている大切な物。これを捧げる例は、中一四・二〇縁にも。

二〇 行基大徳をお願いして迎え、呪文をとなえ祈願してもらって、蟹を放してやった。

二一 家の最上部に登り、葺いてあるかやを抜いて。家の頂から入るのは、そこが神の来訪通路だからである。

二二 恐ろしさにふるえていた。

二三 跳ね上がりばたばたする音がしていた。「跳」の訓みは来迎院本訓釈、『名義抄』同訓。

二四 ずたずたに切断されていた。「つだつだ」は、細かい切れ切れ、寸断の状態。

二五 その姓名の老人を聞き捜したけれど。

二六 確実に分ったことだ（景戒の信心の証言）。「聖の化」は「隠身の聖」（二八頁注四）参照。化身した老人に救われる話は上六縁にもある。

ふ、「誰[13]が老ぞ。乞、蟹をわれに免せ」といふ。老、答ふらく、「われは摂津[14]の国兎原の郡の人、画問[15]の邇麻呂なり。年七十八にして、子息[16]なく、命を活け[17]むに便なし。難波[18]に往きて、たまさかに（偶然に）この蟹を得たり。ただし期りし人あり。そゑに汝に免さじ（それでお前に譲るわけにはいかない）」といふ。女、衣[19]を脱ぎて贖ふに、なほし（それでも）免可さず。また裳を脱ぎて贖ふに、老、すなはち免しつ。しかして（そこで）、蟹を持ちてさらに返り、大徳[20]を勧請し、呪願して放つ。大徳歎めていはく、「貴きかな、善きかな」といふ。

その八日の夜に、またその蛇来る。屋の頂[21]に登り、草を抜きて入る。女慄[22]ぢ慄く。ただし床の前に跳爆く[23]音のみあり。明くる日に見れば一つの大きなる蟹ありて、その大きなる蛇、条然[24]に段切られき。すなはち知る、贖ひ放てる蟹の、恩を報ずるなり。并せて戒を受くる力なりといふことを（それとともに戒律を受けたおかげでもあったことを）。虚実を知らむとおもひ（真偽を知ろうと）、耆老[25]の姓名を問へども、つひになし（結局捜し出せなかった）。定めて委る[26]、耆はこれ聖の化なることを（聖者の化身であることが）。

これ奇異しき事なり。

おのれ寺を作りて、その寺の物を用ゐ、牛となりて役はるる縁　第九

大伴の赤麻呂は、武蔵の国多磨の郡の大領なりき。天平勝宝の元年の己丑の冬の十二月十九日をもて死に、二年の庚寅の夏の五月七日をもて、黒斑なる犢に生れぬ。みづから碑文を負ひたり。斑なる文を探るにいはく、「赤麻呂は、おのれが造れる寺を擅り、恣なる心の随に、寺の物を借り用ゐて、報い納めずして死に亡す。この物を償はむがためのゆゑに、牛の身を受けたり」といへり。

ここに、諸の眷属と同僚と、慚愧の心を発して、懔るることかぎりなし。おもはく、「罪をなすこと恐るべし。豈報なかるべけむや。

一 自分自身で。みずから（副詞的用法）。
二 伝未詳。大伴は氏、赤麻呂は名。姓は「直」と推定。武蔵国に大伴（直）・大伴部を名乗る者が多い（中三縁・『続紀』『万葉集』『寧楽遺文』）。
三 東京都の中・西部。国府の所在地。本書の武蔵国の話はいずれも同郡（中三・下七縁）。
四 郡の長官。四八頁注五参照。
五 七四九年。次話とともに第四六代孝謙天皇初年に当るから、年代順配列ならば中巻末。
六 黒いまだらの文様のある子牛。まだら牛は中二四・三二縁にも。
七 背の斑文が文字状になって碑文のように見えることをいう。「碑の文」とも訓める。
八 さぐり調べる。ここは斑文をよく判読してみる。
九 郡司の深く関わる寺は郡名を付する例が多い（上七・中三一・下二六縁）。この寺は「多磨寺」か。
一〇 自由勝手にして。「擅」の字は「専」の意。文字を「檀」とし、荘厳にする意と解する説もある。
＊ 郡司が、自分の治めている郡に寺を建てる例は上七縁などに、また、出家する例は中二縁にある。本話のような私寺化する例も事実あったのであろう。こういう郡司らの行為が、本書の世界を生む一基盤ともなった。〔郡司と仏教〕
一一 平常の行いを反省して恥じること。
一二 後世の手本（戒め）として書きとめておこう。

赤麻呂、寺物を濫用して牛になる——斑文に罪状

この事は季[12]の葉の楷模に報るべし」とおもふ。そゑに、同じ年の六月一日をもて、諸人に伝へき。冀はくは、慚愧なきひとも（反省し恥じることのない人も）、この録[13]を覧て、心を改め善を行はむことを。寧ろ[14]飢ゑの苦に迫められて銅の湯を飲むといふとも、寺の物を食まざれ（食べるな）。古人[15]の諺にいはく、「現在の甘露は、未来の鉄丸なり」といへるは、それこれをいふか。誠に知る、因果なきにあらぬことを（因果応報の道理は確かにあると）。怖り慎まざらむや（恐れ慎まなくてよかろうか）。このゆゑに、大集経[16]にのたまはく、「僧の物を盗む者は、罪五逆より過ぐ（罪は五つの逆罪より重い）云々」とのたまへり。

つねに鳥の卵[17]を煮て食ひて、現に悪死の報を得る縁　第十

和泉[18]の国和泉の郡下の痛脚の村に、ひとりの中男[19]ありき。姓名詳らかならず。天年[20]邪見にして、因果を信けず。つねに鳥の卵を求め（捜して）

鶏卵の常食者、麦畠で業火に責められる

「楷模」は「型木」で、布や紙にすって染めつけるために模様や文字を彫った板。転じて、手本。規範。

一三 後世の戒めのための記録。上三〇縁「顕し録して流布せり」と同様、本話はこの奇異譚の記録を原に成る。年月日を詳細に記するのもそれによるか。本話は武蔵国の大領、上三〇縁は豊前国の少領。いずれも畿内からは東西に遠隔の地の郡司を主人公とし、記録を公開するという同趣の話とみたから、景戒も、結語の中に同じ句「現在の甘露……」を引く。

一四 たとえ飢えに苦しめられて、銅の煮え湯を飲むことがあっても。

一五 経典に出典するともいう。九一頁注二二参照。

一六 『大方等大集経』。『大方等経』と略称して、ほぼ同じ句を七一頁一一行以下に引く。

一七 訓みは『名義抄』による。「鳥の卵」は鶏卵。

一八 いまの大阪府泉大津市内。アナシの通常の表記は「穴師」（『天平九年和泉監正税帳』『神名式』『三代実録』等）。「安那志」（『玄蕃寮式』）とも。また、大和国、播磨国餝磨郡、同宍粟郡のアナシも、「穴師」が通例で「穴無」「安志」「安師」とも表記する。本話の表記は、大和の「痛足」（『万葉集』）の類例もあり、説話中の「足痛し」と関連させるため。

一九 十七歳から二十歳までの男子。二十一歳から一人前。

二〇 生れつき心がよこしまで、因果の道理を信じなかった。悪行者の典型的性格。

て、煮て食ふを業とせり。（仕事のようにしていた）

一天平勝宝の六年の甲午の春の三月に、二知らぬ兵士来り、中男に告げていはく、「国の司召す」（国司が お呼びだ）といふ。兵士の腰を見れば、三四尺の札を負ふ。すなはち（そこで）副ひてともに往き、（ついて一緒に行ったが）四纔郡の内の五山直の里に至りて、（兵士は）麦の畠に押し入る。（中男を 押し入れた）畠は六一町あまり、麦二尺ばかり生ひたり。眼に七熅火と見え、足を八践むに間むことなし。畠の内を走り廻りて、叫び哭きていはく、「熱きかな、熱きかな」（あついよう あついよう）といふ。

時に、（その時に）当の村の人あり。山に入りて薪を拾ふ。九走り転び哭き叫ぶひとを見て、山より下り来り、執へて（捕まえて）引くに、拒みて引かれず。（抵抗して引き出せない）なほし強ひて追ひ捉へ、（なお無理に追いかけ捕まえて）すなはち（そのまま）一〇籬の外より牽きて出すに、地に躓れ（倒れ）て臥しぬ。（伏した）一一嘿然かにしてものいはず。（口をとざして物もいわない）良久にありて（時を経て）蘇め起きたり。（正気に返った）しかして病み叫びて（痛み苦しみうめいて）いはく、「一二足痛し云々」といふ。

一三山人、問ひていはく、「なにのゆゑにかしかる」（どうしてそんなことになったのだ）といふ。答へていはく、「ひとりの兵士あり。われを召して将て来り、熅火に押し

一 七五四年。孝謙天皇の御代。一三二頁注五参照。

二 閻羅王の使を「知らぬ兵士」という例もある（二九三頁）。音読して「兵士」とも。

三 四尺ほどの木の札（木簡）を背負っていた。国司からの召喚状。平城京跡出土の木簡にこの種のものがある。「札」は、訓みは訓釈による。諸本の字体は、底本「於」、国会本「杜」、来迎院本「札」。「札」の異体字で、『篆隷万象名義』『新撰字鏡』の注にも見え、木簡をさす場合が多い（東野治之説）。下二二・二三縁等にも同字体がある。それら古辞書や諸本の例により「札」とする。

四 たちまちの意、七二頁注九参照。

五 いまの大阪府岸和田市内。

六 当地は畑作地帯。時期からみて一面に麦の穂が出ていたであろう。「一町」は、土地の面積で、十段。

あなし（痛脚）で足を焼かれて死ぬ

七 「おきび」は赤くおこった炭火。「熅火」はたいまつの火。訓みは訓釈による。ここは、麦畠が男の眼には一面の火の海と見えたことをいう。

八 足を地に置く間もなく、動かしつづけるさま。

九 走ったりころげ回ったりして。

一〇 垣根。麦畠の囲いとしての垣根か。「地獄のほとり」（一二六頁一四行）に見たてたのであろう。

一一 訓みは上二〇縁訓釈・『字鏡集』などを参考にする。訓釈には「二古耳奈リ」とあるが、疑問が残る。

入る。足を焼くこと煮るがごとし（足を焼かれて煮られるように熱い）。四方を見れば（周囲を見回すと）、みな火の山を衛[14]み、出でむ間なし。そゑに叫び走り廻る」といふ。山人聞きて、袴[15]を褰げて膊を見れば、膊の肉爛れ銷え[16]、その骨璅のみあり。ただ逕ること一日のみにして（一日たっただけで）死にき。

誠に知る、地獄の現にあるなりといふことを。因果を信くべし。烏のおのが児を慈しびて他の児を食むがごとくにあるべからず。慈悲なきひとは、人といへども烏のごとし。涅槃経[17]にのたまはく、「人と獣とは尊卑の差別を得たりといへども（生れながら尊と卑との区別をうけているけれども）、命を宝ぶると死を重みすると[18]、二つはともに異なることなし云々」とのたまへり。善悪[19]因果経にのたまはく、「今の身に（現世の身で）鶏の子を（鶏の卵を）焼き煮るひとは、死して灰河地獄[20]に堕ちむ」とのたまへるは、それこれをいふなり（まさにこの話のような例をいうのである）。

僧を罵る[21]と邪婬する[22]とにより、悪しき病ひを得て死ぬる縁　第十一

一二 原文「痛足」。アナアシ（地名アナシに通じる）とも訓める。二七二頁注八参照。「云々」は、ことばにならないうめき声であろう。
一三 ここは、山に入って薪を拾う村人。
一四 火の山に囲まれて、逃げ出そうにもすき間がない。本話と構想・内容ともに殆ど同一の『冥報記』下ノ八は、これを麦畠に出現した城郭の中での火難とする点が、いかにも中国的である。
一五 袴をまくり上げて脛を見ると。男用の「袴」は、股が分れ、膝や足首を紐でしばることがあった。
一六 融けただれて、骨だけがつながり合って残っているだけであった。
一七 『大般涅槃経』の略。以下の引用文は、『梵網経古迹記』によるらしい。
一八 命を大切にすることと、死を重大なことだとすることと、この二点では人も獣も変りがない。
一九 日本で撰述された偽経。
二〇 八大地獄ごとに付属している十六小地獄の一つ。極熱の灰湯が河のように流れており、これに煮られる罪人は、皮も肉も落ち膿血が流れ出て、ついに白骨の筋脈が連なる状態になるという（『長阿含経』）。本文三行目のようなさまになると説く。
二一 ののしること。本文中の「悪口多言」をさす。
二二 五戒の一つで、自分の配偶者でない者と性関係を結ぶのが通例。本話では、自分の妻との関係であるが、悔過の法事中のために問題になるのである。

僧を罵り、斎戒の妻を婬した男、陽物を蟻にかまれて死ぬ

聖武天皇の御世に、紀伊の国伊刀の郡桑原の狭屋の寺の尼たち、願を発してその寺に法事を備けき。奈良の右京の薬師寺の僧題恵禅師字を依網の禅師といふ。俗姓は依網の連なり。そゑに、これをもて字とすを請け、十一面観音の悔過を奉仕れり。

時に、その里にひとりの凶しき人あり。姓は文の忌寸なり字を上田の三郎といふ。天骨邪見にして、三宝を信けず。凶しき人の妻に、上毛野の公大椅の女あり。一日一夜に八斎戒を受け、悔過に参ゐ行きて、衆の中に居たり。

夫、外より家に帰りて見るに妻なし。家人を問ふに、答へていはく、「悔過に参ゐ往きぬ」といふ。聞きて瞋怒り、すなはち往きて妻を喚ぶ。導師見て、義を宣べて教化す。信受けずしていはく、「無用の語をなす。汝、わが妻に婚す。頭罰ち破らるべし。斯下しき法師」といふ。悪口多言、つぶさに述ぶること得ず。妻を喚びて

一 和歌山県伊都郡かつらぎ町笠田付近。紀ノ川の中流沿いで、大和～紀伊ルート上にある。

二 未詳。佐夜・佐野とも。笠田の佐野にあったという。

三 皇居から南面して朱雀大路の右（西）側の地。

四 伝未詳。「字」は通称。「依網」は、出身部族名か、同氏には経師が多い。なお、薬師寺僧として景戒の先輩格に当る。

五 十一面観世音菩薩。十一面の顔を持つ観音で、各面が慈悲・忿怒・暴悪・嘲笑などの相を表し、阿修羅道の者を救う菩薩。

六 仏前で罪過を懺悔し、功徳を願う法会。地方で行われる法会に、中央の官寺僧が招かれる例話の一つ。付録〔僧の出講〕参照。

七 伝未詳。「文」が氏、「忌寸」が姓。渡来系氏族で、当地にもいた（『姓氏録逸文』）。

八 生れつき心がよこしまで、三宝（仏法僧）を信じなかった。悪者を性格づけるきまり文句。

＊ 文忌寸は果して凶人か。〔悪者の性格づけ〕

九 伝未詳。「上毛野」が氏、「公」が姓、「大椅」が名。その人の娘。

一〇 在家の信者が一昼夜の間を限って守る八つの戒。五戒（一三〇頁注一一）の上に、装身・歌舞・寝具・食事の各贅沢についての三つの戒を加えたもの。

一一 法会の時に衆僧の長となって儀式を行う僧。ここ

家に帰り、すなはち（即座に）その妻を犯す。にはか（たちまち）に閛[一五]に蟻[一六]着きて嚼み、痛み死にき。

刑を加へずといへども、悪心を発し、濫[一七]しく罵りて恥づかしめ、邪婬を恐りぬがゆゑに（恐れなかったため）、現報を得たり（現世で報いを得たのだ）。口に百舌を生じ（口に百枚の舌が生えて）、万言にまうすといへども（一万のことばをしゃべることがあっても）、慎、僧を誹ることなかれ。たちまちに（たちどころに）災ひを蒙らむがゆゑなり（こうむるからである）。

蟹を放生した女人、蛇に呑まれる蛙を救う

蟹[一八]と蝦との命を贖ひて放生し、現報に蟹に助けらるる縁　第十二

山背[一九]の国紀伊の郡の部内[二〇]に、ひとりの女人ありき。姓名詳らかならず。天年慈しび[二一]の心ありて、賾く因果を信く。五戒[二二]十善[二三]を受持し（よく守って）、生ける物を殺さず。

聖武天皇のみ代に、その里[二四]の牧牛の村童、山川に蟹を八つ取りて、

一二 は、題恵禅師をさす。
一三 仏の教え（教義）を説いて、教えさとした。
一四 おまえは、おれの妻を犯したのだ。
一五「斯下」は「賤」の意（訓釈）。下劣なこと。
一六 男根。陽物。『和名抄』は本書のこの部分を引く。
一六「金沙を搆へて塔を建て」るといわれ（一〇四頁七行）、仏法擁護の虫か。ただし、仏像の頸をかみ落す蟻もある（下二八縁）。いずれも紀伊の紀ノ川沿いの話。本話の場合、蟻通神（『貫之集』『枕草子』）と関わる在地の蟻信仰を下地に推定する説もある。
一七 不謹慎にも僧をののしって辱しめ。
一八 中八縁の標題と殆ど同じ。
一九 京都市の南部のあたり。宇治川・桂川の間、巨椋湖を中心とする沢の多かった地帯。
二〇 区域内。律令制での地方行政区画内をいう語。
二一 生れつき慈悲の心をもち。「天年邪見」（中一〇縁）と対照的で、「天年澄情」（中一九縁）などに通じる。登場人物のうち善行者についての性格づけである。
二二 仏教徒の守るべき五つの戒め。一三〇頁注一一参照。
二三 十戒を破らないこと。不殺生・不偸盗・不邪婬・不妄語・不悪口・不両舌・不綺語・不貪欲・不瞋恚・不邪見をいう。
二四 村の牛飼いの少年たち。

焼き食はむとす。この女見て、牧牛に勧めていはく、「幸しくも願はくは、この蟹をわれに免せ」といふ。童男、辞びて聴さずして、「なほし焼き噉はむ」といふ。慇ろに誂へ乞ひ、衣を脱ぎて買ふ。童男らすなはち免しつ。義禅師を勧請し、呪願せしめて放生す。

しかして後に、山に入りて見れば、大きなる蛇、大きなる蝦を飲む。大きなる蛇に誂へていはく、「この蝦をわれに免せ。あまたの幣帛を略したてまつらむ」といふ。蛇、聴さずして呑む。女、幣帛を募りて、禱していはく、「汝を神として祀らむ。幸しくも乞はくはわれに免せ」といふ。聴さずしてなほし飲む。また蛇に語りていはく、「この蝦に替へて、われを妻とせよ。そゑに、乞はくはわれに免せ」といふ。蛇すなはち聴し、高く頭頸を捧げて、女の面を瞻り、蝦を吐きて放つ。

女、蛇に期りていはく、「今日より七日を経て来」といふ。しかして父母にまうして、つぶさに蛇の状を陳ぶ。父母愁へていはく、

一 私に免じて放してやってちょうだい。
二 承知せず。「否」と言う意。
三 心をこめて頼みこんで。「誂ふ」は、頼んで思うようにさせる。アツラフとも。
四 同様の例は、一三一頁五行にある。
五 伝未詳。上八縁に同名の僧が登場するが、時代が異なり別人である。法名の一字略称か。なお、本書に登場する「禅師」は、修行を積んで、除災招福の効験をもたらす格別な僧をいう場合が多い。
六 仏事を行うために僧を懇請して迎えること。
七 呪文を唱えて拝んでもらい、放してやった。
八 山の中という場は、後文で女が蛇に「幣帛」を贈り、神とすることと深く関わる。蛇は元来山の神。
九 神にたてまつる供え物。天皇が雷神にこれをたてまつる例がある。二七頁一一行参照。
一〇 何かを依頼するために品物を贈ること。
一一 底本「吝」。来迎院本による。
一二 中八縁では、主人公の性格づけの所で、「初姪を犯さず」と純潔を強調している。本話の場合も、神（山の神で農業神）とその神に奉仕する巫女との聖婚により、農業の豊饒を祈念していた固有の呪法が伝承され、これが下地にあるとみられている。
一三 かまくび（鎌首）を立てる蛇の特徴的な姿勢。通常は攻撃の時にとる姿であるが、ここでは、女をより熟視しようとする

行基に帰依した女人の蛇の難、蟹の報恩で救われる

「汝は了らかにただ一子なるに、なにに誑ひ託へるがゆゑに、能はぬ語をなせる」といふ。時に、行基大徳、紀伊の郡の深長の寺にいましき。往きて事の状をまうす。大徳聞きていはく、「烏呼、量りがたき語なり。ただ能く三宝を信けむのみ」といふ。教へをうけたまはりて家に帰る。

期りし日の夜に当り、屋を閉ぢ身を堅め、種々に願を発して三宝を信く。蛇、屋に繞りて蜿転ひ腹ひ行き、尾をもて壁を打ち、屋の頂に登り、草を咋ひ抜き開き、女の前に落つ。しかりといへども、蛇、女の身に就かず。ただし爆く音のみありて、跳ち齰み齧ふがごとし。明くる日に見れば、大きなる蟹八つ集まり、その蛇、条然に撫り段切られき。

すなはち知る、贖ひ放ちし蟹の、恩を報いしことを。悟りなき虫すら、なほし恩を受くれば返りて恩を報ゆ。豈人にして恩を忘るべけむや。これよりのちは、山背の国にして、山川の大きなる蟹を貴

邪婬にみちた動作を感じさせる。

一四 訓みは『名義抄』。「了に」とも。「子」の誤写説もある。来迎院本「了」字なし。なお疑問が残る。

一五 何にだまされとり憑かれて、できもしない約束ごとなんかしたのだ。

一六 一一〇頁注一一参照。「大徳」は僧への敬称。

一七 『和名抄』紀伊郡の郷名深草の訓み「ふかをさ」。『行基年譜』によると、行基は山城全域で活動しているが、天平三年（七三一）に紀伊郡深草郷に「法禅院」を建立と記す。ここはこの寺をさし、寺趾が京都市伏見区深草西伊達町にあるという。

一八 ちょっと考えられないような約束ごとだ。

一九 いろいろと願を立てて、ひたすら三宝（仏法僧）を信心していた。

二〇 からみついて。巻きついて。

二一 身をくねらせて這いまわり。訓みは来迎院本。

二二 中八縁と同じ。一三一頁注二一参照。

二三 何物かがとびかかり、かみついた様子だった。「跳ち」の訓みは、来迎院本の訓釈。アトチとも。

二四 ずたずたに切りそろえられていた。中八縁の同句（一三一頁一一行）に「撫」字が加わる。蟹が一匹でなく、八匹総がかりで切るさまを表す。

二五 異類報恩譚の類型的結語（上七・一二縁）。

二六 山城国の山川での大蟹放生会の起源譚を示す。

＊ 同じ素材をもつ蟹報恩譚の本話と中八縁とは、同一説話の伝播による。〔説話の伝播〕

び、善をなして放生するなり。（供養をして放してやるのである）

愛欲を生じて吉祥天女[一]の像に恋ひ、感応[二]して奇しき表を示す縁　第十三

和泉[三]の国泉の郡血渟[四]の山寺に、吉祥天女の摂像[五]ありき。聖武天皇の御世に、信濃の国の優婆塞[六]、その山寺に来り住みき。天女の像に[七]睇ちて（色目を使い）愛欲を生じ、心に繫けて恋ひ、六時[八]ごとに願ひていはく（一日六度のお勤めごとにお願いして）、「天女の容[九]のごとき、好き女をわれにたまへ」といふ。優婆塞、夢に[一〇]天女の像に婚ふ（交情したと）と見る。明くる日に瞻れば（よく見ると）、その像の裙[一一]の腰に、不浄[一二]染み汙れたり。行者視て、慚愧[一三]して（恥じ入って）まうさく、「（天女に）われは似たる女を願ひしに、なにぞ忝くも（どうして畏れ多くも）、天女専に（ご自身が）みづから交りたまふ」とまうす。媿ぢて他人に語らず。弟子ひそかに聞く。後、その弟子、師に礼なきがゆゑに（優婆塞に礼を尽さないので）、嘖めて[一四]擯ひ去る。擯はれて里に出

山寺の行者、夢の中で天女像と結ばれる

一　もとインド神話で偉大な女神と尊称され、仏教でも福徳を授ける女神。功徳天とも。鬼子母神の娘、毘沙門天の妃とされる。容姿豊麗。奈良薬師寺の天平画像や、京都浄瑠璃寺の平安彩色木像など有名。
二　信心が仏に通じて不思議なことがおこる。
三　大阪府泉大津市・岸和田市・和泉市付近。
四　未詳。和泉市槇尾山の吉祥院旧趾か（『攷証』）。中三七縁「珍努の上の山寺」と同じか。チヌは、和泉国沿岸部の古称で、中二縁に「血沼」氏もいる。
五　塑像の一種。芯の骨組みに縄や麻を巻いた上から土で肉付けする像。「摂」は、底本「攝」、来迎院本による。攝仏・捻像ともいう。
六　在俗の男性の信者。半僧半俗者で、この山寺を拠点として山林修行などしていたのであろう。
七　唐風の豊満な女神である吉祥天に、女性の官能的魅力を感じて――。「睇つ」は、一九頁注一二参照。
八　一昼夜を昼三時と夜三時との六つに分ける六時。晨朝・日中・日没、初夜・中夜・後夜とする。
九　半僧半俗的な古代の修行者が、現世本位の利益を祈願するのは唐突なことではない。上三一縁冒頭参照。
一〇　この夢は、本書の夢の記事の中では特例に属する。付録「夢の告げ」参照。
一一　裳。腰から下につける長いスカート状の衣。ここでは、天女像の裳の部分で、本物の衣ではない。

で、師を訕り[一五]て事を程す。里人聞きて、往き[一六]て虚実を問ひ、ならび（同時に）にその像を瞻れば、淫精[一七]染み穢れたり。優婆塞、事を隠すこと得ずして、つぶさ（くわしく）に陳べ語りき。

まこと（これでよく）に委る（分る）、深く信くれば、感応せず[一八]といふことなきことを（信心が仏に通じないということはないということが）。これ奇異しき事（不思議なこと）なり。涅槃経[一九]にのたまふがごとし。[二〇]「多婬の人は（婬欲の盛んな人は）、画ける女にも欲を生ず」とのたまへるは、それこれをいふなり。

窮しき女王[二一]、吉祥天女の像に帰敬[二二]しまつり、現報を得る縁　第十四

聖武天皇の御世に、王宗[二三]二十三人、同じ心に結び（心を合わせて約束し）、次第[二四]に（順々に）食を為りて宴楽を設備けき。ひとりの窮しき女王ありて、宴衆[二五]の列に入れり（仲間に入っていた）。二十二王は、次第をもて（順番にしたがって）宴楽を設くることすでにをはりぬ（行うことが全部終ってしまった）。ただしこの女王のみは、ひとりいまだ食を設けず。食[二六]を備けむに便な

一二 不浄のもの（僧の淫水）がしみつき汚れていた。
一三 自分の行いを反省して恥じ入ること。
一四 （師は弟子を）叱って（山寺から）追い出した。
一五 悪く言って例の情事をあばきたてた。
一六 山寺に行って師に事実かどうかを尋ね。
一七 注一二に同じ。
一八 来迎院本によって訓読する。
一九 『大般涅槃経』。ただし、この引用文と同句も見当らず、その内容も、感応霊験譚という本話の主旨からみて、いささか逸脱する。
二〇 上一七縁の結語の中に、類句「僧の感ずる画女すら、なほし哀しき形に応へき」がある。

貧乏な女王、吉祥天女に宴席の品々を願う

二一 注一参照。
二二 帰依し信仰すること。
二三 同族の王たち。「宗」は一族の集団の意。後出の「王衆」（一四二頁注一三）と同じ。
二四 持ちまわりで飲食をととのえ、宴席を開いて楽しむ会を設けていた。天平時代ごろにおける中央貴族たちの、いわゆる文化生活の一端が窺われる。
二五 宴会をする人々。「王宗二十三人」の中の一員に加わっていたのである。
二六 食事を用意する余裕がなかった。

し。

大きに貧報[1]を恥ぢ、諸楽[2]の左京の服部の堂に至り、吉祥天女の像に対面して、哭きてまうさく、「われ、先の世[3]に貧窮の因を殖ゑて、今窮報を受く。われ、互ひに食のために宴の会に入り、徒に人の物を噉ふのみにして、食を設けむに便なし。願はくはわれに財[4]を賜へ」とまうす。

時に（ちょうどその時）、その女王の児、忩々ぎ走り来て、母にまうしていはく、「快しく[5]故京[6]より食を備けて来れり（食物を用意して来ました）」といふ。母の王聞きて、走り到りて見れば、王を養しし[7]乳母なり。乳母談りていはく、「われ[8]、客を得たりと聞けり。そゑに（それで）食を具へて来つ（用意して来ました）」といふ。その飲食[9]蘭しく、美味く[10]芬馥りて、比なく等しきものなし（比べるものがないほどだった）。具足はぬ[11]物なし。設くる[12]器みな鋺にして、荷はしむるひと三十人なり（かつがせた人の数は三十人）。

王衆[13]みな来りて、饗を受けて（もてなしを）喜ぶ。その食、先の王衆よりも倍す。讃めて[14]「富める王なり」と称ひ、「しからずは[15]（富める王でなくて）、なにぞ貧しくして、

乳母に化身した天女、宴席を整え富財を贈る

一 前世の報いとして、現世で貧者に生れあわせること。後出の祈願のことばにある懺悔の句「われ、先の世に……今窮報を受く」がこれに当る。

二 奈良の元興寺の中にあった吉祥堂の異称という。本尊は吉祥天女。元興寺は左京の五条四条七坊にあった。「服部」の訓みは『字類抄』による。

三 前世において、貧しく生れ変る原因を作り、現世で貧の報いを受けています。因果を説く類型句（一一七頁二行）。「貧窮」の訓みは『字類抄』による。

四 ここは、宴席を設けるための財貨。

五 豪勢に。満ち足りている状態をいう。

六 故き京。飛鳥・藤原京をさす。

七 乳幼児を養育する意。

八 私は、女王さまがお客をお迎えになったとお聞きしました。

九 飲み物も食べ物もよい匂いがして。

一〇 おいしそうな匂いがあたりにまき散らされる。

一一 何も足りない物がないほど十分整っていた。

一二 用意した食器はみなすばらしい金属製の容器で。ここでは、土製や木製品に比べて金属製品が高級であることを強調している。「鋺」は、訓みは古辞書、国会本「鋺」（来迎院本同じ）に訓釈を付する。『和名抄』の「鋺」はここの部分を引く。

一三 王たち。前出「王宗」と同じ。

一四 王たちは「裕福な女王ですねえ」と称え。

あへて能く余し溢し飽き盈てむや。わが先に設けしよりも佐れたり」といふ。一六儛歌の奇異しきこと、一七鈞天の楽のごとし。あるいは衣一八を脱ぎて与へ、あるいは裳を脱ぎて与へ、あるいは銭・絹・布・綿等を送る。一九悦びの望ひに勝へずして、得たる衣と裳とを捧げて、乳母に着せたり。

しかして後に、二〇堂に参り、尊像を拝まむとするに、乳母に着せたりし衣と裳とは、その二一天女の像に被れり。疑ひて往きて問ふに、乳母、二二「知らず」と答へき。定めて知る、二三菩薩の感応して賜はりしことを。よりて大きに財に富み、貧窮の愁へを免れき。

これ奇異しき事なり。

法華経を写したてまつりて供養することによりて、母の女牛となりし因を顕す縁　第十五

一五 貧しくては、どうしてご馳走がいっぱいで、あり余らせるほど満腹させることができるでしょうか。「溢す」は、残す意。アブルの他動詞形。訓みは訓釈（国会本・来迎院本）による。
一六 舞楽と歌謡。思いがけない宴席の品々に感激した王たちが、歌舞のすばらしさをほめ称えたもの。
一七 天の中央、上帝の宮の意。「鈞天の楽」とは、天上界で奏する音楽のこと。
一八「衣」は上着、「裳」は腰から下にまとう衣類。衣や裳を与える類例は、中三四縁にもある。
一九 女王は、喜びの気持を抑えることができないで。
二〇 服部堂に参詣して、吉祥天女の尊像を拝むこと。「尊像」の訓みは、『書紀』の古訓。
二一 類話中三四縁も、衣服が像に掛っている点、また、衣服を贈られた使者が事実を知らないという点、同様な結末になっている。
二二（宴席の品々のこと、衣裳をもらったことなど）全く覚えのないことです。
二三 吉祥天女が女王の信心に感じて賜ったものだということが。

高橋の連東人は、伊賀の国山田の郡噉代の里の人なりき。大きに富み財に饒かなりき。母の奉為に法華経を写して、盟ひていはく、「わが願に有縁の師を請けて、済度せられむことをねがふ」といふ。法会を厳りをはり、明くる日に供せむとして、使に誡めていはく、「第一に値ひたるをわれに縁ある師とせむ。修法の状あらば、過さずしてかならず請けむ」といふ。

その使、願に随ひて、門を出でて試みに往く。同じ郡の御谷の里に至るときに、見れば乞者あり。鉢の嚢を肘に懸け、酒に酔ひて路に臥せり。姓名詳らかならず。伎戯する人ありて、髪を剃り縄を懸けて袈裟とす。しかすといへども、なほしかつて覚き知らず。使見て起し礼ひ、勧請して家に帰る。

願主見て、信心敬礼し、一日一夜、家の内に隠し居ゑ、にはかに法服を作りて、施したてまつる。ここに、乞者問ひて、「そのゆゑはなにぞ」といふ。答へていはく、「請けて法花経を講ぜしめむと

亡母のため写経した東人、乞食僧を招く

一 伝未詳。「高橋」が氏、「連」が姓、「東人」が名。
二 三重県上野市喰代。
三 誓願して。仏に決意を誓って願をかける意。
四 私の立てた願に縁のある法師を招いて。
五 「済」は救う、「度」は渡す意。罪業から救ってさとりの彼岸へと渡すこと。
六 法事の場を盛大に飾り終えて。
七 最初に出会う人を有縁の人とするのは、類話上一○縁と同じ。昔話の型にもこれがあり、固有の辻占の形式、あるいは客人を迎える形などを下地とするものであろう。
八 修行者らしい容姿をしていれば。
九 誰かがつかまるだろうと思いながら、行方定めずためしに歩いてゆく意。最初の人を師とするという前提だから、計画的な行動ではない。
一〇 喰代の東北三キロの大山田村三谷か（中田祝夫）。
一一 托鉢用の鉄鉢を入れる袋を、きちんと持たずにひじにぶら下げているだらしないさま。
一二 ふざけることの好きな人。おどけた者。
一三 縄を首に（左肩から右わき下に）かけて袈裟（僧の衣）にしてやっていた。
一四 目も覚めず気づかないでいた。
一五 信仰の心をもって敬い礼拝し。
一六 法衣。僧の衣裳。
一七 僧への施物として捧げること。

てなり（思ってです）」といふ。乞者、「われは学ぶるところなし。ただし般若陀羅尼をのみ誦持し、食を乞ひて命を活けらくのみ（つないでいるだけです）」といふ。願主なほし請ふ。乞者思議すらく（あれこれ考えたことには）、「ひそかに逃るるにしかじ（こっそり逃げるのがいちばんよい）」とおもふ。かねて心に逃れむことを知り（〔願主は〕前もって師が逃げるだろうとさとっていて）、人を副へて守らしむ（つけて見張らせた）。

その夜、請けし師、夢に見らく、「赤き牸来り至り、告げていはく、『われは、この家長の公の母なり。この家の牛の中に赤き牸牛あり。その児はわれなり。われ、昔（以前）、先の世に（前世において）、子の物を偸み用ゐき。このゆゑに今牛の身を受けて、その債を償ふ。明日わがために大乗を説かむとする師なるがゆゑに、貴びて慇ろに告げ知らすなり。虚実を知らむとおもはば（真偽を確かめようとお思いなら）、説法の堂の裏に、わがために座を敷け。われまさに（きっと）上り居む（上って坐りましょう）』といふ」とみる。請けし師、夢より驚き醒めて、心の内に大きに怪しぶ。

明くる朝に、講座に登りていはく、「われ覚れるところなく（私は〔仏法など〕なにも知りませんし）、願主の心に随ふ。そゑにこの座に登る（それでこの席に上りました）。ただし夢の悟しあり」といふ。

僧の夢の亡母、盗罪で牛に転生のよし告げる

東人、母の罪を許し、牛死ぬ

一八『般若心経』（六一頁注一四）の末尾にある陀羅尼。「陀羅尼」は、梵語の句を漢訳せずそのままとなえる呪文。その呪力の効験は大きい（下一四縁など）。
一九 経文を常に唱えて心にたもつこと。
二〇 本書に記す夢の内容は、本話のように、他者の前世ないし生前の悪業を知らせるものが多い（中三二・下一六縁など）。また、夢を見る人は、仏教関係者にほぼ限られる。付録〔夢の告げ〕参照。
二一 女牛（牝牛）に同じ。
二二 一家の主人。東人をさす。
二三 その、牝の子牛は、実は私なのです。「公」は敬称。「児」は、「赤き牝牛」をさす。本話は底本だけにあって、対校本にない。本話の享受資料では、「それを我としれ」（『三宝絵詞』）・「赤き牸は此れ我なり」（『今昔』）。
二四 負債のうめあわせをする。前世の罪のつぐないをする意。「犢に生れて債を償ふ」と上巻序にもある。
二五 大乗仏教の経典の一つ『法華経』をさす。
二六 真心をこめてお知らせするのです。
二七 説法（法華経の講説）をされるお堂の中に。
二八 講師が説法する一段高い席。高座とも。
二九 願主さまの、（ぜひ私にやれとの）ご要請に従ったわけです。
三〇 ただし、夢のお告げがございました。サトシの訓みは、古代の夢知らせの用例（『古事記』『書紀』等）による。

つぶさに夢の状を陳ぶ。檀主[一]聞きて起ち、座を敷きて牝を喚べば、牝、座に伏す。ここに、檀主大きに（ひどく）哭きていはく（泣いていうのには）、「まことにわが母なりけり。われかつて知らざりき（私はまったく知りませんでした）。今しわれ免したてまつらむ（ただ今即刻すべてを許して上げましょう）」といふ。牛聞きて大きに（大きく）息く[二]（息をついた）。

法事をはりて後、その牛すなはち（そのまま）死ぬ。法会の衆、ことごとく皆号び[三]（泣き叫び）哭き、堂の庭に響く。往古よりのちまで（昔から今に至るまで）、この奇しき[四]に過ぎたるはなし。〔東人は〕さらにその母のために、重ねて功徳[五]を修めき。

まことに知る、願主の母の恩を顧みて、至深に信ぜしと（仏に誓願した東人が母の恩をしのんで深く信心したことと）、乞者[六]の神呪を誦じて、功を積みし験なりといふことを。

布施[七]せぬと放生するとによりて、現[八]に善悪の報を得る縁　第十六

聖武天皇の御代に、讃岐[九]の国香川の郡坂田の里に、ひとりの富め

一 僧に布施する主人、つまり施主の意。「檀越」である「願主」に当る東人をさす。
二 ため息をつく。ここは、罪を許されたので、長年の苦悩・苦役からのがれた安堵の息。
三 声をあげて泣く意。
四 これ以上に不思議な話はない。
五 あらためて功徳になる仏事を行った。母のために追善供養をしたのである。「功徳」とは、現在または将来によい果報をもたらすような善い行為の意で、一般に祈禱・写経・喜捨などの行為をいう。
＊ 類話上一〇縁の説話末と比べると、親のため功徳を修める点でも共通するが、僧への布施は本話に記さない。〔類話の比較〕
六 乞食僧が霊妙な呪文を唱えて、功徳を積んだ現れであるということを。「神呪」は、ここでは『般若心経』の呪（陀羅尼）。
七 金銭・食料・品物などを施し与えること。
八 善報と悪報とが帳消しにならないで、それぞれを身に受けるという、二重の因果応報譚の標題中の類型句。中五縁など同じ。
九 香川県高松市坂田町。
一〇 夫婦ともに同じ姓の家から出ていて。
一一 「綾」が氏、「君」が姓。『古事記』『書紀』に載る由緒深い地方豪族。
一二 老爺と老婆。

綾君夫妻、隣の貧しい老人に食事を施す

る人ありき。夫[一〇]と妻と同じ姓にして綾[一一]の君なりき。

隣に耆嫗[一二]あり。おのおの鰥寡[一三]に居りて（生活することができなかった）、かつて子息なし。きはめて窮しく裸衣[一四]にして、命を活くることあたはず。綾の君の家を、食を乞ふところにして、日々に（毎日）闕かず（欠かさず）、餔の時[一五]にして逢ふ。主、試[一六]みむとして、夜半ごとに、ひそかに起きて爨[一七]きて、家口[一八]に食はしむるときに、なほし来り相ふ。合家怪しぶ（家中みな不思議がった）。

家室[一九]、家長に告げていはく、「このふたりの耆嫗、駈ひ使ふに便りあらざれども（召使として追い使うのに役立ちませんが）、われ慈悲のゆゑに（かわいそうですから）、家の児の数に入れむ（家の使用人の数に入れてやりましょう）」といふ。長聞きていはく、「飯を操りて養はむには（分け与えて養うのなら）、今よりのち、おのおのみづからの分を欠きて（それぞれ自分の分け前を少なくして）、その耆嫗に施せ。功徳の中に、みづからの[二〇]宍を割きて、他に施して命を救ふは、最も上れたる行なり。今わがなすところは、その功徳に称はむ（一致するだろう）」といふ。家口、語[二一]に応へ、分の飯を折[二二]きて養ふ。

その家口の中に、ひとり[二三]の使人あり。主の語に随はずして、耆嫗

一三 どちらも連れあいのないやもめ暮しで、全然子や孫がいなかった。「鰥」は、妻のいない男、ヤモヲとも。「寡」は、夫のいない女。
一四 わずかに身を隠す薄物一枚を身につけ。大衣・中衣のごときものを着用せず、小衣の程度のものを着けている状態で、裸身とも異なるとする説による。
一五 食事の時になるとやって来た。ケコトは、訓みは訓釈。食事か。食毎ならば、本文「餔時に」となる。
一六 食事さえ作れば定刻でなくても来るのかどうか、ためしてみようと。
一七 飯をたいて。「飯炊く」の意、カシクは清音。
一八 家の者すべて。「口」は、食べる人の数がもとになり、人を数える助数詞。
一九 「家室」は、一家の主婦。訓みは訓釈。「家長」は、一家の主人。後出「長」同じ。
二〇 自分の肉を切り割いて、他人に施して命を救ってやるのは、最上の行いだ。この行為は、檀波羅蜜（布施、六波羅蜜の一）の行の最勝とされる。釈迦が前生に尸毗王であった時、鳩の命を救うためにわが股の肉を割いて鷹に与えた話（『三宝絵詞』上ノ一等）は著名。『今昔』五ノ一四、一三ノ二二にも類話がある。
二一 主人のことばに応じて、各自の分け前のごはんを割いて、爺さん・婆さんを養った。
二二 底本・国会本とも「折」字。サクの訓みは『名義抄』『字類抄』による。
二三 この使用人が、以下本話の主役となる。

を厭ふ。漸く諸の使人、また厭ひて施さず。家室、ひそかに分の飯を撈りて養ふ。つねに悃める人、長の公に讒ぢていはく、「使人の分を欠きて、耆嫗を育ふがゆゑに、啖ふ飯尠少くして、飢ゑ疲れたる者、農営ることあたはず、産業を懈らしむ」といふ。讒ぢて輟まず、なほし養ひを送る。

讒づる家口、釣する人を副へ往きて、海に入り釣を経む。釣の縄に蠣十貝嗽ひ着きて上る。釣主に誂へていはく、「この蠣を贖はむとおもふ」といふ。釣主免さず。叮々に心を至し、教化していはく、「能き人は寺を作る。なにぞはなはだ脱さざる」といふ。すなはち脱していはく、「十貝の直に充つるに、米五斗をねがふ」といふ。乞ふがごとくにして贖ひ、法師を勧請し、呪願せしめて海に放つ。

放生せる人、使人とともに山に入り薪を拾ふ。枯れたる松に登り、脱りて落ち死にき。卜者に託ひていはく、「わが身を焼くことなかれ。七日置け」といふ。卜者の語に随ひ、山より荷ひ出して、外に

一 だんだんと他の使用人たちも、また爺さん・婆さんをきらって、食べ物を与えなくなった。
二 家長。「公」は敬称。
三 仕事を怠らせています。
四 (家長に対して) いつも讒言していたが。「讒」は底本「説」、国会本などによる。下文同じ。なお、この使用人は、爺さん・婆さんの悪口を家長に訴えていたのであるが、慈悲深い家室に対する不満も、おのずから口に出たであろう。彼は後で冥界に堕ちて、家室の往生して住む「金の宮」を見る。類話中七縁の「金の宮」は、智光が誹謗した行基の往生先で、智光が冥界で確かめた。これと類似する。

綾君の使人、放生ののち木から落ちて死ぬ

五 連れて行って。「往」は、底本「置」、国会本判読できず、大系本による。
六 釣り縄に牡蠣が十個吸いつくこと。「蠣」は訓釈による。現在行われている牡蠣の垂下式養殖法とは、こんな習性を利用したものであろう。
七 生き物を所持する人に頼みこみ、買いとって放生する経緯は、中八・一二縁など同じ。その場合、一度はことわられるのが常である。
八 信心深い人は寺を建てて善根を積むというのに、おまえは殺生戒さえも守れないのかという心。
九 容積の単位。一〇升、十分の一石に当る。
一〇 僧を招き、呪文を唱えて拝んでもらって放す。これが放生の方法。

使人、冥界で善悪の報いを受け蘇生する

置き、ただ期りし日を待つ。

七日にしてすなはち蘇る。妻子に語りていはく、「法師五人、前にありて行き（前方にいて先導し）、優婆塞[14]五人、後にありて行く（後方についてきた）。行く路広く平らかに、直きこと（まっすぐなことは）墨縄[15]のごとし。その路の左右に、宝幡[16]を立て列ねたり。前に金の宮あり。問ふ『なにの宮ぞ』といふ。優婆塞、睇せて[17]譚に嗟きて[18]（そっとささやいて）いはく、『こは汝が家主[19]の生れむとする宮なり。耆嫗を養ふ。この功徳によりて、この宮を為作る。汝、われを知るか』といふ。答ふ『知らず』といふ。教へていはく、『まさに知るべし（思い当ることがあるでしょう）、十人の法師と優婆塞とは、汝が贖ひ放ちし蝶[20]十貝なり』といふ。

宮の門の左右に、額に角ひとつ生ひたる人あり。大刀を捧げて、わが頸を殺らむとす。法師・優婆塞、諫めて殺らしめず（斬らせなかった）。門の左右に蘭しき[21]餚饌を備けて、諸人楽しび食ふ。われ中に居ること七日、飢[22]ゑ渇きて口より焔[23]を出す。しかるにいはく、『汝飢ゑた

一一 爺さん・婆さんをきらってきた本話の主役で、牡蠣を放してやった使用人。
一二 占いや神託を告げる巫。一〇三頁注五参照。
一三 遺体を焼くなというモチーフは、蘇生を予期した禁忌（一一八頁六行など）。
一四 在俗のまま仏道に入り五戒を受けた男子。
一五 木材に墨のついた麻糸を張って直線を引く大工道具。同様なたとえは、二四五頁六行、『万葉集』八九四などにある。
一六 金銀や宝石などで飾りをつけた錦織りの垂れ旗。冥界に「幡」のある記事は、一二〇頁八行にも。
一七 目で合図をして。訓釈による。メカリウツとも。
一八 底本「唴」、『名義抄』による。
一九 ここは女主人、つまり上述の「家室」をさす。諸本「家主」。女を「家主」と記す例は一八四頁一〇行にもある。
二〇 冥界に堕ちて、生前に放生してやった生き物に恩返しされる例は、類話の中五縁にもあり、その千万余人が命を救ってくれて蘇生を助ける。
二一 よい匂いのするご馳走を用意して。
二二 食事を爺さん・婆さんに恵まなかった因果による飢渇。本書の冥界受苦説話で、飢渇を主とする罪報は珍しいが、飢えた状態で蛇・犬などになって俗界にさまよい出る例は、上三〇縁にある。
二三 炎のこと。訓みは訓釈による。

る耆嫗に施さずして、厭ひし罪の報なり』といふ。法師・優婆塞、われを将て還りぬ。[一]纔見ればすなはち蘇れるなりけり」

ふと見るやいなや　生き返っていたのです

といふ。

[二]この人、涼[三]の状を観て、施を好み生を放ちき。[四]命を贖ふ報は、返りて救ひ翼く。施さぬ報は、返りて飢[五]渇せしむ。

善悪の報いというものは必ずあるものだ

善悪の報なきにあらず。

第十七

観音の銅像、鷺の形に反[六]りて、奇しき表を示す縁

[七]大倭の国平群の郡鵤の村岡本の尼寺[八]に、観音の銅像十二体あり。昔、少墾田[九]の宮に宇御めたまひし天皇のみ世に、上つ宮[一〇]の皇太子の住みたまひし宮ぞ。太子[一一]、誓願を発して宮を尼寺と成したまふといへり。聖武天皇のみ世に、その銅像六体、盗人に取られき。尋ね求むれども得ることなく、あ

一　「即」に同じ。七二頁注九参照。

二　爺さん・婆さんを嫌った本話の主役の使用人。

三　黄泉国（冥界のこと、上三〇・中七縁）の様子を見てから、施しを好み、生き物を放すようになった。「涼」は「泉」と同字で、ヨミの訓みは訓釈による。この場合は冥界の意（出雲路修説）。

四　生き物を買いとって命を救う報いは、わが身に返ってみずからを助けることになる。

五　飢え渇くこと。訓みは『字類抄』による。

六　変って。「反」は「変」（後文「変化」）に同じ。底本「及」、国会本・底本目録による。訓みは『名義抄』による。

七　奈良県生駒郡斑鳩町岡本。

八　いまの法起寺。池後尼寺、岡本禅院とも。法隆寺の東北に当る。

九　第三三代推古天皇。「少墾田」は「小墾田」。

一〇　聖徳太子。太子が推古天皇代に皇太子になったこと、「上つ宮の皇子」の称のあったこと、また、岡本の宮に居住していたことは、三六頁参照。

盗難の観音像、鷺に化し所在を知らせる

一一　聖徳太子の遺命により、御子山背大兄王が岡本の宮を寺としたのに始まる。

一二　平群郡の駅の地。所在不明。駅は、街道筋に置かれて人馬の継ぎ立てをし、宿や食料を供給した施設。

また日月を経たり。

平群の駅の西の方に、少き池あり。夏の六月、そのほとりに牧牛[一三]の童男らありて、見れば、池の中にいささかなる木の頭(少しばかりの棒切れの先端)あり。頭の上に鷺居たり(止っていた)。牧牛、その居たる鷺を見て、礫[一四]・塊を拾ひ集めて、これをもて擲げ打ちしに(投げつけたが)、避らずしてなほし居たり(逃げないでやはり止っていた)。擲げ拍ち疲れ[一五]懈り、池に下りて鷺を取る。垂し[一六]捕らむとして、すなはち水に入る。(鷺の)居たる木を見るに、金の指[一七]あり。取りて牽き上げ見れば、観音の銅像なり。観音の像によりて、菩薩の池[一八]と名く。

観音像、尼寺に帰る

牧牛の童男、諸人に告げ知らす。諸人転へ聞きて、寺の尼に告げ知らす。尼たち聞きて来り見れば、まことにその像なり(まさしく盗まれた像であった)。塗れる金(金箔がはげ)褫け落つ(落ちていた)。尼衆その像を衛み繞りて[一九]、悲しび哭きてまうさく、「[二〇]われ尊像を失ひ、日に夜に恋ひたてまつりしに、いま邂逅[二一]に逢ひまつる。わが諸の大師[二二]、なにの罪過ありてか、この賊の難を蒙りたまふ」とまうす。しかして、み轝[二三]を厳り像を安きて(安置して〔み輿で〕お連れ)、寺に請け

その近辺は、人の往来も多かったであろう。
一三 牛飼の少年たち。かれらの日常生活の一端は、中一二縁にも顔を出す。
一四 小石や土のかたまり。
一五 (少年たちは) 投げつけることで疲れていやになって。「懈」字は、心の緊張がゆるんでだらける意。
一六 今にも捕えそうになって、そのとたんに (鷺は) 水の中に沈んだ。『古事記』垂仁条の、鷺巣池に住む鷺が、誓約によって木から落ちて死に、再び生き返ったという神話的な伝承などが下地にあるか。
一七 金色の観音像の指。これは銅像であるが、金箔が押されてあった (本文一〇行目)。
一八 所在不明。以上、菩薩池という名の由来譚ともなっている。
一九 まわりをとり囲んで。
二〇 私たちはご本尊さまをなくして。「尊像」の訓みは『書紀』古訓による。
二一 たまたま。偶然に。
二二 私たちの尊い観音さまは、いったい何の罪があって、この盗賊の難にあわれたのでしょう。「大師」は仏菩薩や高徳の僧の尊称で、ここでは観音菩薩をさす。六体あるので「諸」をつけている。
＊ この、盗難に遭った仏像と再会した時の尼僧のことばは、他の説話の同様な場面のことばと甚だしく類似している。〔類型的会話文〕
二三 (観音さまを運ぶ) 御輿を荘厳に作り飾り。

たてまつる。道俗集ひていひしく〔僧も俗人もいったことには〕、「銭を鋳る盗人[一]、取り用ゐむに[二]〔申した〕便なく、思ひ煩ひて〔もてあまして〕棄てたるならむ〔捨てたのであろう〕」といひき。定めて知る〔これではっきり分る〕、その鵄[三]と見しは、現実の鵄にあらず〔実体の鷲ではなく〕、観音の変化[四]なることを。さらに疑ふことなかれ。涅槃経[五]に説きたまへるがごとし。「仏の滅後といへども〔釈迦の入滅後であっても〕、法身[六]常に在す」とのたまへるは、それこれをいふなり。

法花経を読む僧を呰りて、現に口喎斜みて、悪死の報を得る縁　第十八

去にし天平[七]年中に、山背[八]の国相楽の郡の部内に〔区域内に〕、ひとりの白衣[九]あり。姓名詳らかならず。同じ郡の高麗寺[一〇]の僧栄常[一一]、つねに法花経を誦持[一二]しき。その白衣、僧とその寺に居て、暫くのあひだ碁[一三]をなす。僧、碁を〔碁を一目うつ〕

一 貨幣を鋳造するための盗人。いわゆる私鋳銭を偽造する原料に銅像を盗んだ。中二二・二三両縁の銅像盗みもそのためか。諸本に「人」の字なし。大系本による。私鋳銭禁止の記事は『続紀』などに見える。
二 材料にしようとしてうまくいかず。
三 鷲に同じ。訓みは『字類抄』。
四 観音菩薩が姿を変えて現れたものであることが。
五 『大般涅槃経』の略。以下の引用文は、同経如来品に類似句があり（『攷証』）、それの取意によるか。下二八縁の末尾にもほぼ同じ句を付する。
六 （釈迦の成就された）仏法の真理は、いつまでも不滅のまま存在している。
七 聖武天皇の時代の年号（七二九～七四九）。
八 京都府相楽郡。「山背」はのち「山城」。
九 俗人。僧が黒い衣を着るのに対していう。
一〇 同郡山城町上狛にあった寺。寺院趾は現存する。
一一 伝未詳。「栄」の音は、ヱイまたはヰヤウ。
一二 常につつしんで唱えつづけていた。『法華経』の誦持僧の奇異譚は、上一八・一九・下一各縁などに見える。うち、上一九縁は本話の類話。

山城の俗人、読経僧の碁の手を口まねして死ぬ

一三 碁と琴は僧尼がわずかに許された娯楽であった。
一四 六九頁注二二参照。
一五 軽侮の気持を口に出して表現する意。

なす条にいはく、「栄常師の碁の手ぞ」といふ。遍ごとにいふ。白衣、僧を呰り、故に己が口を戻りて、放ひ言ひていはく、「栄常師の碁の手ぞ」といふ。かくのごとく重ね重ね止まずしてなほし效ぶ。ここに、たちまちに白衣の口喎斜みぬ。恐りて手をもて頤を押へ、寺を出でて去る。去くほど遠くあらずして、身を挙げて地に躃れて、にはかに命終しぬ。見聞く人のいひしく、「刑を加へずといへども、心に呰り放ひいへば、口喎斜み、たちまちにして死ぬ。いかに況むや、怨讎の心を発し、刑罰を加ふるはや」といひき。

法花経にのたまはく、「賢僧と愚僧と同じ位に居ること得じ。また長髪の比丘は、白衣の髪鬢を剃らずして賢なると、位を同じくし器を同じくして用ゐること得じ。もし強ひて位する者は、銅炭の上に鉄丸を居きて呑み、地獄に堕ちむ」とのたまへるは、それこれをいふなり。

一六 わざと自分の口をひねり曲げて。

一七「放」は「効」に同じ（『新撰字鏡』）、訓みは『名義抄』、底本のままとする。次行の「效（まねをする）」も同意。効と效は同字。

一八 相手も自分も、一目ごとに同じことばを唱えながら打つリズムにより、碁の興趣も高まるのである。

一九 身を投げ出すようにして、ばったりと地面に倒れるさま。

二〇 僧を軽んじ馬鹿にして口まねをしたから。

二一 まして、僧に対して恨みの心を抱き。「いかに況むや……はや」は、まして……はなおさらだの意。

二二『妙法蓮華経』。ただし、以下の引用文は同経に見えない（『攷証』）。

二三 髪をのばした僧、つまり鬚や髪を剃るのを怠った僧であっても、鬚や髪を剃らない俗人の賢者と、同列にあったり、同じ食器を用いてはならない（外見は同じでも僧のほうが優位であることをいう）。

二四 むりに同列にいる者。僧侶と俗人との間の秩序を乱す者をいう。

二五 極熱の銅炭の上に鉄の玉を置き、その熱い鉄の玉を呑んで。「鉄丸」を呑むとは、地獄堕ちの象徴的苦報。また、熾（盛んな炭火）のように灼熱した銅柱や編まれた銅が、鉄とともに地獄受苦譚にしばしば登場する（二五八頁など）。「銅炭」とは、熾の状態になっている銅をいう。アラスミの訓みは訓釈による。

心経を憶持する女、現に閻羅王の闕に至り、奇しき表を示す縁　第十九

利苅の優婆夷は、河内の国の人なりき。姓は利苅の村主なるがゆゑに、これをもて字となしき。天年澄情にして、三宝を信敬しまつり、つねに心経を誦持し、もちて業行となしき。心経を誦ずる音、はなはだ微妙にして、諸の道俗に愛楽せられき。

聖武天皇の御世に、この優婆夷、夜寝ね、病まずしてにはかにして死に、閻羅王のところに到る。時に、王見て起ち、床を立て褥を敷き、居ゑて語りてのたまはく、「伝へ聆く『よく心経を誦ず』。われも声を聴かむとねがへり。暫くのあひだ請はくのみ。願はくは誦ぜよ。聞かむ」とのたまふ。すなはち誦ず。王聞きて随喜し、坐より起ち、長跪きて拝してのたまはく、「貴きかな。まさに聞きしが

読経して閻羅王を感動させた女　写経の化身に会い蘇生する

一『般若心経』。般若波羅蜜多心経の略称。大般若経の真髄を略説した小経で、玄奘訳など数訳がある。
二 常に心に念じる意。心経の憶持は上一四縁にも。
三 閻魔王庁。一二〇頁注一二参照。
四 伝未詳。氏による名づけ。注六参照。
五 在俗の女性の仏教信者。転じて、女性の修行者。
六「村主」は、姓の一つ。渡来人系で、智光（一二三頁）の出身も、同じ河内国の上の村主。利苅氏は、河内国（大阪府東南部）に同名の神社や池がある（『神名式』『推古紀』）。正倉院文書の天平年間の「勘籍」に、河内国渋川郡竹淵郷の戸主として、正八位利苅村主家麻呂の名が見え、大領クラスの豪族。本話の優婆夷も、その郡寺に縁のあった信徒か、といわれる。
七 通称。実名のほかに持っている名。
八 生れつき心が清らかで、三宝（仏法僧）を信じ敬い。上五縁の冒頭部、大部屋栖野古の性格に同じ。
九 読誦受持の略。常に経典を読誦すること。
一〇 自己のなすべき勤めとして、精進実行する意。「この行をもちて身心の業とす」（六〇頁五行）。
一一 表現できないほどの奥深さ、すばらしさをいう。
一二 心経を唱える美声を愛し親しむことにより、仏道を信じこれへの帰依が深まるのである。
一三 本書の冥界譚において、死んで閻魔の庁に行く記事に、「病まずして」とある唯一例。閻魔王の異例の

ごとくにありけり（たとおりにみごとであった）」とのたまふ。

巡ること三日にして、告ぐらく、「今はすみやかに還れ（いまはもう早く帰れ）」とのたまふ。王の宮より出づれば、門に[一七]三人ありて、黄の[一八]衣を着たり。優婆夷に値ひて歓喜びていはく、「[一九]ただ瞥覩しところなり。[二〇]比頃瞬ぬがゆゑに（会いしませんので）、われ恋ひ思ふ。なにぞたまさかに今逢ふ（どうしたわけかいま偶然にお会いできました）。往け。すみやかに還れ。われ今日より三日を経て、諸楽の京の[二一]東の市の中にかならず逢はむ」といふ。別れ還りて纔見れば（ふと見ると）、更甦りたるなり（生き返っていたのである）。三日の朝（三日目の）に至り、なほし（やっぱり）京の東の市に往かむとおもふ。往きて市[二二]の中に居て終日待つに、待つ人来らず。ただ賤しき人、市の東の門よりして市の中に入り、経を売るに衒し（[二三]見せびらかし）売りて、告げていはく、「たれか経を買はむ」といふ。優婆夷の前より[二四]遮り歴て過ぎ、市の西の門よりして出で往く。優婆夷、その経を買はむとおもひ、使を遣はして還らしめ（呼びもどし）、経を開きて見れば、その優婆夷のむかし写した[二五]てまつりし梵網経二巻・[二六]心経一巻なり。いまだ[二七]供せずして（供養しないうちになくし）失ひ、巡

冥土での三人の通告に従い、昔の写経に再会する

招待によるものであり、いわば「安楽死」的な扱いなのであろう。

一四 席を高く造り、敷物をその席に敷き。王が優婆夷を丁重に客として迎えるさま。

一五 他人の善行を見て喜びの心がわき出る意。

一六 両ひざを地につけ、両足の指で地面を支えて、丁寧におじぎをして。

一七 格別な罪なしに冥界に行った類話の上三〇縁も、帰途に門の所で少年に会う。少年は昔写した『観世音経』であるという（九一頁）。三人は、これと同じく写経の化身で、後出の梵網経二巻・心経一巻に当る。

一八 写経の用紙の黄麻紙（外見が黄色）からの連想。

一九 以前にちょっとお目にかかっただけです。

二〇 このところ。近頃。

二一 平城京の東西に置かれた市のうち東市。左京八条三坊で、いまの奈良市東南郊外の東九条町～大和郡山市の東北部あたり。

二二 市は正午に開かれ、日没に鼓を合図に閉じた。

二三 人に見せつけるようにする意。テラフの派生語。

二四 前を立ちふさがるようにして通って行き。

二五 詳しくは「梵網経盧舎那仏説菩薩心地戒品」。二巻。大乗の戒律を説く根本経典とされる。

二六 『般若心経』のこと。

二七 写経のあとで仏前に供えて供養すること。

ることあまたの年を、求め諮ひて得ざりき。心の内に歓喜び、盗人と知れども、なほし忍びて問ふ、「経の直、ねがふこと幾何ぞ」といふ。答ふらく、「巻ごとに直、銭五百文をねがふ」といふ。乞ふに随ひて買ふ。ここにすなはち知る、逢はむと期りし三人は、今すなはちこの経の三巻なりしことを。会を設けて講読し、ますます因果を信け、慇ろに懃めて誦持し、昼も夜も息まざりき。

ああ奇しきかな。涅槃経にのたまへるがごとし。「もし、見、人ありて善を修行せむときには、名、天人に見れむ。悪を修行せむときには、名、地獄に見れむ」とのたまへるは、それこれをいふなり。

第二十

悪しき夢により、誠の心を至して経を誦ぜしめ、奇しき表を示して、命を全くすること得る縁

一 お経の代金は、いくらほしいですか。
二 千文が一貫だから、合計一貫五百文支払ったことになる。
三 「今」の字は、「即」の意。また、「此」の意とも注する（『助字弁略』）。だから、「まさに」「とりもなおさず」などと訳される。
四 優婆夷は写経の供養をしていなかったことでもあり、その経供養の法会を設けた。
五 法会の席に講師を招き、書写した経文を講じ、読誦したこと。
六 『大般涅槃経』の略。以下の引用文は、同経の師子吼菩薩品に見える。なお、これと同一の引用文を上二七縁の結語に引く。
七 その人の名は天上界に住む人々に知られるであろう。
八 悪い前兆の夢を見たために。本書の説話標題で、「夢」の字のある唯一例。
九 真心をこめて（僧侶に）読経してもらい。「誠の心を至して……」は、中六縁の標題にもみえる。
一〇 不思議なことが起って、命拾いができた話。
一一 奈良市帯解付近。上一〇縁の舞台に同じ。
一二 本話では、二児の母である娘と区別して年長けた

母をいう。単に老母という意なら、訓みはオホバ（六七頁一二行「姥」同じ）でよかろうが、中四二縁の「長母」（二〇三頁六行）は、九人の子を持ち信仰に生きる貧女を称える賛の語で、敬称。そこで、年長けてもいるが、一家の母として生活・行動面ですぐれている、そういう敬すべき母親（長しき母）とみる。

一三 娘の夫である役人。

一四 地方官として派遣されることになり。「県」は、地方、田舎。「主宰」は地方に出て政治をとる官吏。中央から地方に派遣されるのは国司。

一五 「瑞」の字は「印」の意（次話の訓釈による）。「瑞相」は前兆。

一六 貧しさをおしきって、僧に読経を頼むための布施の金品に事欠いたこと。読経が頼めなかった。

一七 その上衣を僧侶の読経料としてうやうやしく差し上げて奉納しようとした。

一八 女性や僧が腰から下にまとう衣服。衣（上衣）と裳とを捧げる例は、一三一頁五行にも。

一九 任地の役所（国司）の官舎に住んでいた。

二〇 二人の子の母（長母の娘）は、家の中にいた。「在」は、底本「裏」、『三宝絵詞』による。

二一 「はしら」は、仏像や僧侶を尊んでつける助数詞。

母、嫁いだ娘の悪夢を見て、読経に専念する

一一大和の国添の上の郡山村の里に、ひとりの一二長母ありき。姓名詳らかならず。その母に女ありき。嫁ぎてふたりの子を生めり。一三聟の官、一四県の主宰に遣はされ、よりて妻子を率て、任けられし国に至りて、歳余を経たり。

ただし妻の母のみ、土に留まりて家を守る。たちまちに女のために夢に悪しき一五瑞相を見る。すなはち驚き恐りておもはく、「女のために経を誦ぜむ」とおもふ。しかるに、貧しき家なるにより、一六あへてなすこと得ず。心におもふに勝へず、みづから着たる衣を脱ぎ、洗ひ浄め一七擎げて誦経に奉らむとす。しかるに凶しき夢の相、またなほし重ねて現る。母ますます心に恐り、また着たる一八裳を脱ぎ、浄め洒ひて、先のごとくに誦経をなす。

読経僧が屋上に現れ、娘、倒壊圧死を免れる

女は一九任けの県の国司の館にあり。生める子、館の庭の中に遊び、二〇母は屋の裏に在り。ふたりの子、二一七はしらの僧ありて居たる屋の上に坐て、経を読むと見る。ふたりの子、母にまうしていはく、「屋の上に七軀の法師ありて経を読めり。すみやかに出でて見たまふべし」といふ。その経を読む音、蜂の集まり鳴くがごとし。母聞きて怪しび、起ちて屋より出づれば、すなはち（とたんに）居処に当れる壁仆れぬ（倒れた）。また七はしらの法師も、たちまちに見えず。女大きに恐り怪しび、みづから内心におもはく、「天地われを助けて、壁に圧はれず」とおもふ。

後に、家を守れる母（留守宅を守っていた長母は）、使を遣はして到り問ひ、凶しき夢の状を陳べ、経を読みし事を伝ふ。女、母の伝ふる状を聞き、大きに（たいへんに）怖りて（恐れ）心を通はし（て心を仏に通わせて）、ますます三宝を信けまつりき。すなはち知る（そこで次のことが分る）、誦経の力と三宝の護念となることを。

摂の神王の蹲の光を放ち、奇しき表を示して現報を得る縁　第二十一

一　古代的比喩のことばとしてみても興味深い。『万葉集』二九九一の擬音表記「蜂音」に通じる。類例に、「蚊の音のごとし」（二三九頁一三行）もある。
二　底本「後屋」。「従屋」の誤りとみて「屋より」と訓む。
三　ちょうど子供の母親が坐っていた所の壁。
四　天地の神々。神仏をいう。
五　押しつぶされずにすんだ。「圧ふ」は、上巻（九・二九縁）の訓釈による。
六　娘の母親が、娘に危難がくる前兆を示す夢を再度見た実状。ただし、夢の内容記事なし。
＊　夢は前兆を示すものでもあるから、夢見の対処が重大な結末をもたらす。〔夢への対処〕
七　（娘が危難を救われたのは）、読経の力と、仏・法・僧の三宝の、人々を守って下さるみ心とによる所であることが。
八　粘土製の仏法守護神。本文の「執金剛神の摂像」をさす。「摂」は底本のまま。一四〇頁注五参照。「神王」は、仏教や行者の守護神で、甲冑を着けるものが多く、忿怒の相をもつ。
九　はぎ。すね。膝より下、くるぶしより上の部分。
一〇　若草山から御蓋山・春日山一帯をさす。
一一　底本は「金熟」を訂して「金鷲」。国会本のほか『扶桑略記』等「金熟」。『古事談』等は「金鐘」。また、鷲にさらわれた伝承をもつ良弁を「金鷲」とも（『三

行者が縄をかけ得度を願った神像の脚、光を放つ

諸楽の京の東の山に、ひとつの寺ありき。号をば金鷲[一一]といひき。金鷲優婆塞[一二]、この山寺に住しき。そゑに（だから）、これをもて字となしき（金鷲を寺の通称としていた）。今は東大寺[一三]となる。いまだ大寺を造らざりし時の聖武天皇の御世に（東大寺を建立していなかった時分の）、金鷲、行者をもて常に住して道を修せり（行者としていつもこの寺に住んで仏道を修行した）。

その山寺に、一はしら（一体の）の執金剛神[一四]の摂像[一五]を居きまつる。行者、神[一六]王の蹲より縄を繋けて引き（すねに縄を掛けその端を握って引き）、願ひて昼も夜も憩はず。時に、蹲より光を放ち[一七]、皇殿（皇居）に至る。天皇驚き怪しび、使を遣はして看しめたまふ。勅信[一八]、光を尋ねて寺に至りて見れば、ひとりの優婆塞あり。その神の蹲より繋けたる縄を引きて、礼仏悔過[一九]す。信、視てすみやかに還りて、状を奏す。

得度が勅許され菩薩と称される

行者を召して、詔りたまはく、「なにごとをか求めむとねがふ」（お前はなにが欲しいとお願いしているのか）とのたまふ。答へてまうさく、「出家して仏法を修学せむことをねがふ」（学びたいと願っております）とまうす。勅して得度[二〇]を許したまひ、金鷲を名とす。その

国仏法伝通縁起』)。他に、釈迦の説教した山名（霊鷲山）との関連説や、冶金・鍛冶・鉱山に関わる民間仏教者との関係説などもあり、行者名・寺名の由来は不明。

一二 在俗のまま仏門に入った男子。修行者に多い。

一三 南都七大寺の第一。聖武天皇の発願で創建。七四九年本尊の大仏、三年後に大仏殿が完成、開眼供養される。行基を勧進とし、開基は良弁。二年後に鑑真により戒壇院設立、日本国家仏教の中心寺となった。

一四 金剛神、金剛力士とも。煩悩を打ち砕き、菩提心を表す金属製の法具である金剛杵を手に持ち、仏法を守護し、仏菩薩・諸天を警衛する。

一五 芯の骨組みに縄や麻を巻いた上から、土で肉付けをする像。塑像の一種。「摂」は、底本「攝」、国会本による。

一六 仏像に縄をかけて祈願する例は、中三四・下三各縁にもあり、いずれも観音像の手に縄をかけている。

一七 仏像から光を放つ例は、上五縁の阿弥陀の木像、中三六縁の観音の木像、中三九縁の薬師の木像。

一八 天皇の使者。勅使。

一九 仏を礼拝し、仏前で自己の罪過を懺悔すること。

二〇 仏門に入ること。「度」は、渡る意で、迷いの此岸から悟りの彼岸に到達するのをいう。正規の僧尼となるためには、官許が必要であった。

行ひを誉めて供したまひ、四事に乏しきことなし。時に、世の人、その行ひを美め讃へて、金鷲菩薩といひき。その光を放ちし執金剛神の像は、いま東大寺の羂索堂の北の戸にして立てり。

賛にいはく、

善きかな、金鷲行者。

信の燧を東春に攅み、熱火を西秋に炬く。

蹲の光感火を扶け、人皇験瑞を慎みたまふ。

といふ。

まことに知る、「願ひて得ずといふことなし」といへるは、それこれをいふなり。

仏の銅像、盗人に捕られて、霊しき表を示して盗人を顕す縁　第二十二

一 修行ぶりを称えて供養をされ。
二 修行僧の日常生活に必要な四種の品。飲食・衣服・臥具・湯薬（医薬）をいう。
三 当時の世人に、生き菩薩と称えられる僧は、勧進教化の聖たちである。中七縁の行基など参照。
四 三月堂・法華堂（三月の法華会を行う所の意）とも。本尊不空羂索観音による堂名。大仏落成以前、東大寺発祥の寺院。『東大寺要録』に、良弁の本願で天平五年（七三三）建立、本尊の背後にある等身の執金剛神は良弁の本尊と記す。神像は今も秘仏（国宝）、堂内で南面する諸仏のうち、ひとり北面している。なお「羂索」は、ケンサクとも訓む。
五 信仰のともし火を春に点じ。優婆塞の時代に信仰の念を起したことをいう。「燧」は、燧臼に燧杵をあててもみ出す火。「東春」は下句「西秋」の対、「東」は、「東の山」「東大寺」の縁であろう。
六 盛んな炎を秋に燃え上がらせる。行者が、ますます信心を深めて仏道に精進した意。
七 行者の衆生教化の力を助け。「感火」は、前句をうけて、信仰による感化力をいう。
八 天皇はこの奇瑞をつつしみ敬われた（そこで東大寺を発願建立されたのである）。
九 中三一・下一一・一七・二一各縁の結語も、これと同類の句をもつ。発願の深さ、信心の力を称える景戒の好みの句。
一〇 霊妙不思議な現象を見せて。

和泉の国[一一]日根の郡の部内に、ひとりの盗人ありき。道路[一二]のほとりに住みき。姓名詳らかならず。天年[一三]心曲り、殺盗を業とし、因果[一四]を信けず。[一五]つねに寺の銅を盗み、帯になして衒[一六]し売りき。

聖武天皇の御世に、その郡の尽恵寺[一七]の仏の鐐[一八]、盗人に取らる。時に、路往く人あり。寺の北の路より、馬に乗りて往く。聞けば声ありて、叫び哭きていはく、「痛きかな、痛きかな」といふ。路ゆく[一九]人聞きて、「諌めて打たしめじ」と思ひ、馬を趍[二〇]せてすみやかに前めば、近づくに随ひ、叫ぶ音漸く失せて叫ばず。馬を留めて聞けば、ただ鍛[二一]する音のみあり。このゆゑに馬を前めて過ぎ往く。

却くに随ひ、先のごとくにまた呵[二二]び呻ふ。忍び過ぐること得ず。そゑにさらに還り来れば、叫ぶ音また止みて、鍛する音あり。「もし人を殺せるか。かならず異しき[二三]心あらむか」と疑ひて、良久[二四]に徘徊り、ひそかに従者を入れて、屋の内を窺ひ看しむれば、仏の銅像を仰けたてまつり、手足を剔[二五]り欠き、鏨[二六]をもて頸を鍗る。すなはち

盗まれて手足切断の仏像うめき叫んで見つかる

一一 大阪府泉南郡・泉佐野市・貝塚市の一部。
一二 日根郡は和泉国の南西の端。紀伊国への街道筋の地の利を得ていただろう。
一三 生れつき心がねじけていて。
一四 仏法の因果応報の道理を信じなかった。
一五 当郡は大化前代から鍛冶の一中心地（『記紀』）。盗人は、鍛冶の技能を利して銅製品の原形を変え、盗品を証拠隠滅して往来の人に売っていた。これが私鋳銭の原料にもなったか。
一六 一五五頁注二三参照。
一七 所在未詳。国会本「書恵寺」。
一八 国会本「銅像」。この二字の偏と旁とを合わせた作字か。中国の古代金石文に「像」の異体字とも。
一九 上文の「路往く人」をさす。底本「路」字なし。国会本および底本後文による。
二〇 「走」の字に同じ（訓釈）。「趨」の俗字。
二一 「鍛する」は訓釈による訓み。カヂは、カナウチ→カヌチ→カヂと変化してきた語。金属を打ち鍛え、農具など種々の道具を作ること。
二二 大声でうめく。ニヨフは清音。
二三 異常な心。悪い心。
二四 かなりの時間そこを行ったり来たりぶらついて。
二五 「剔」は訓釈の訓み。もぎとり、けずりとる意。
二六 鏨で首を切っていた。「鋌」「鍗」は訓釈の訓み。鏨は、鋼鉄製ののみで、金属の切断などに用いる。

僧・檀越、損傷した仏を迎えて葬式をする

捕へ打ち問ひて、「いづれの寺の仏像ぞ」といふ。答ふらく、「尽恵寺の仏像なり」といふ。使を遣はして問へば、まことに盗まれたり。使者語[一]を挙げてつぶさに状を述ぶ。

僧ならびに檀越[二]、聞きて集ひ来り、破れたる仏を衛みて、号き愁へてまうさく、「哀しきかな、愍しきかな[三]。わが大師[四]、聊かに[五]なにの過失ありてか、この賊の難を蒙りたまふ。尊像寺に有せば[六]、像をもて師とす。いま滅びしより後は、なにをもてか師とせむ」とまうす。衆の僧、み轝[七]を厳り、損はれたる仏を安置し、哭きて寺に殯し[八]まつり、その盗人を刑罰たず[九]して捨つ。路ゆく人[一〇]繋ぎて官に送り、囹圄[一一]に閉囚へてき。

定めて知る、聖[一二]、其の悪を輟めて、この瑞を示したまひしことを。至誠懼るべし[一三]。聖霊なきにはあらず。涅槃経[一四]十二巻の文に、仏の説きたまへるがごとし。「わが心大乗を重みす。婆羅門[一五]の方等を誹謗ると聞くときには、その命根を断たむ。この因縁をもて、これより

一「語」は盗人の自白、盗人の言った通りを話すこと。ことばを尽しての意ともとれる。

二 寺や僧に物を施す信者のことで、寺の後援者。在地の豪族が多い。施主。

三 おいたわしいことよ。アカラシは、心に痛切に感じるさま。訓みは訓釈。

四 私たちの仏さま。「大師」は、仏菩薩や高徳の僧の尊称。ここでは仏の銅像をさす。なお、盗難に遭った仏像に再会した中一七縁の同じ場面にも、殆ど同一の語句を用いている。

五 ここの「聊かに」は、過失なんかほんの少しもあったはずがないという心情の表現。ただし、「聊」字は国会本「哉」。これによると、上の句につけて「わが大師哉、なにの過失ありてか……」と訓読され、一九六頁一一行目と同一文となる。

六 ご本尊さまが寺におられましたので、私どもは尊像を師といたしました。ミカタは『書紀』の古訓。

七（像を運ぶための）御輿を荘厳に作り飾り。

八 尽恵寺で仏さまのご葬儀をし。「殯」は、埋葬前の葬儀（三七頁注二三）、ここでは損じ壊れた仏像を人間の死体に準じて扱ったもの。

九 寺では刑罰が行使されず、労役や苦行などさせる程度だから、追放して警察権にゆだねたのであろう。

一〇 盗人を発見した上文の通行人。郡の役人か。

一一（役所では）牢獄におしこめてしまった。

以来、地獄に堕ちずあらむ[一六]」とのたまへり。

また、その経の三十三巻にのたまはく[一七]、「一闡提の輩[一八]は、永く断滅せむ。そゑに、この義をもてのゆゑに、蟻子[一九]を殺害するすら、なほし殺す罪を得れども、一闡提を殺すは、殺す罪あることなし」とのたまへるは、それこれをいふなり この人は、仏法僧を誹謗り、衆生のために法を説かず。恩義なきがゆゑに、殺すとも罪なきひとなり。

弥勒[二〇]菩薩の銅像、盗人に捕られて、霊しき表を示して盗人を顕す縁　第二十三

聖武天皇の御世に、勅信[二一]、夜を巡りき。京[二二]の中を行きき。その半夜の時に、その諾楽の京の葛木[二三]の尼寺の前の南の蓼原[二四]に、哭き叫ぶ音あり。いはく、「痛きかな、痛きかな」といふ。勅信、聞きて馳せ陳ねて見れば、盗人、弥勒菩薩の銅像を捕り、石もて破

一二 仏像が「痛きかな」と叫んだことをさす。「其」字は、底本「甚」、国会本による。
一三 至誠心（仏を信じるまことの心）は恐るべき力をもつ。仏像にも霊力が必ずはたらくものだ。
一四『大般涅槃経』の略。引用文は巻十二聖行品。
一五（だから）婆羅門教徒が大乗の教えの悪口を言うと聞けば。「婆羅門」は、インドの四姓のうち最高位の司祭者階級で、思想的には仏教と対峙する。「方等」は、大乗に同じ。大乗経で説いている仏の教え。
一六（仏法を誹る者を殺しても）地獄に堕ちない。
一七『涅槃経』巻三十三迦葉菩薩品による。
一八 仏となる因子を持たない者。唯物思想の持主とか快楽主義者などに対する仏教徒の蔑称とみられる。
一九 蟻のこと。コは接尾語的用法。方言にもアリコ。
二〇 釈迦の入滅して五十六億七千万年後に、兜率天からこの世に降臨し、釈迦と同様に成道して、衆生済度のために法を説くと信ぜられる未来仏。この標題は、菩薩名を除いて前話の標題と同一。
二一 天皇の使者。ここは、朝廷の命令で巡察する役人。
二二 訓みは『書紀』の古訓。
二三 聖徳太子の創建で、平城京の左京五条六坊にあった。幹線道路が通じていた。
二四 蓼の群生している原。底本「慕」、「蓼」の異体字の誤写とみ、『今昔』一七ノ三五により改める。国会本「墓」。「蓼原里」（二三四頁一二行）は別の地名。

盗まれ壊される弥勒像、「痛い」と叫ぶ

る。打ち捉へて問ふに（つかまえて尋問すると）、答へまうしていはく、「葛木の尼寺の銅像なり」とまうす。この像を寺に置きまつる（返して安置し奉った）。しかして、その盗人を官に送り、囹圄に閉囚へてき[一]。

それ、理法身[二]の仏は、血肉の身にあらず（血や肉のある身体ではない）。なにぞ痛むところあらむ。ただし常住不変を示したまふゆゑのみなり（ただ［仏法の］永久に存在して変らないことを示そうとされただけのことだ）。これもまた奇異しき事なり。

第二十四

閻羅王[三]の使の鬼、召さるる人の賂[四]を得て免す縁

楢の磐嶋[五]は、諸楽の左京の六条五坊[六]の人なりき。大安寺[七]の西の里に居住せり。聖武天皇のみ世に、その大安寺の修多羅分[八]の銭を三十貫借りて[九]、越前の都魯鹿の津（港）[一〇]に往きて交易ひ、もちて運び超して（荷物を運んで来させて）[一一]船に載せ、家にもち来らむとする時に、たちまちに病ひを得つ（突然急病にかかった）。「船

一 役所に送って、牢獄に閉じ込めておいた。
二 悟りの真理を表すものとしての仏像の身体。仏の真の身体で、真如の理（常住不変の真実）を表す。中三六縁にも「理智の法身……」と記すなど、以下の文中の語句は、本書の仏像霊験譚の結語にしばしば用いている。
三 閻魔大王。一一八頁注一三参照。
四 施し物。ひとに何かを依頼するために贈る品。本話ではご馳走すること。
五 伝未詳。「楢」は、地名による姓であろう。奈良説もあるが、現天理市櫟本町楢付近に蟠踞していた大楢君の一族とみる説がよい。新羅系渡来氏族。
＊ 磐嶋が敦賀へと往復する商用ルートは、同族の勢力圏内。〔敦賀ルートの説話背景〕
六 平城京の内裏から南面して左側（東南）で、東西に走る六条大路と、南北に走る五坊大路とが交差する地点の付近。大安寺の西ならば三坊に当る。
七 奈良市大安寺町にある。聖徳太子の建立した熊凝寺が前身。後に、百済大寺、大官大寺と名を変えて移転、平城遷都で七一〇年に左京六条四坊に移って大安寺と称した。

磐嶋、越前で取引きの帰途、閻魔の使の鬼に逢う

八 「修多羅」は経典の意。とくに、経を読誦し論義したりする研究組織（講）を称し、大安寺では『大般若経』の講。その分の銭とは、講の費用として施入さ

を留め、ひとり家に来む」と思ひ、馬を借りて乗り来る。近江[一二]の高嶋の郡の磯鹿の辛前に至りて、眴みれば、三人追ひ来る。後るるほど一町[一三]ばかりなり。山代[一四]の宇治の椅に至る時に、近く追ひ附き、ともに副ひ往く。磐嶋問ふ、「いづくに往く人ぞ」といふ。答へていはく、「閻羅王の闕の、楢の磐嶋を召しに往く使なり」といふ。磐嶋聞きて問ふ、「召さるるはわれなり。なにのゆゑにか召[一五]す」といふ。

使の鬼答へていはく、「われら、まづ汝が家に往きて問ひしに、答へていはく、『商ひに往きていまだ来らず』といふがゆゑに、津に至りて求めき。まさに相ひて捉へむとおもへば、四王[一六]の使ありて、誂へていはく、『免すべし。寺[一七]の交易ひの銭を受けて商ひたてまつるがゆゑに』といひき。そゑに暫く免しつらくのみ。汝を召すに日を累ねて、われは飢ゑ疲れぬ。もし食物ありや」といふ。磐嶋いはく、「ただ干飯[一八]のみあり」といひ、与へて食はしむ。使の鬼いはく、

空腹の鬼に、食事と好物の牛を与える

れた基金。これを貸付けて利息をとり、寺院経済の一助としていた。この銭は、『大安寺資財帳』（七四七年）にも記されてあり、本書中二八・下三各縁にも。
九 銭を数える単位で、千文が一貫。古訓「貫」。
一〇 福井県敦賀市。大陸との海上交通の要港。
一一 陸上輸送して琵琶湖の北岸に至り、湖を船で南下する。コスはコユの他動詞で、運ぶ・来させる意。
一二「高嶋郡」は滋賀県北西部。「磯鹿の辛前」は、志賀の唐崎のことで、現大津市北部、もと滋賀郡（本話は郡名を誤るか）。崎が湖に突出し、見透しがきく。
一三 距離の単位。三六〇尺、約一〇九メートル。
一四 京都府宇治市の宇治川にかかる橋。道登が架橋した（上一二縁）。古来交通の要衝。
一五 鬼はこの質問に答えてくれない。結局閻魔王が磐嶋を召す理由は不明。
一六 四天王。帝釈天の同族で、仏法を守護する神。四方を守り、東方は持国天、南方は増長天、西方は広目天、北方は多聞（毘沙門）天。『大安寺資財帳』に、「四天王像四軀」と記すから、その大安寺の四天王が命じた使者とみられる。
一七「修多羅分の銭」（注八）をさす。これを資金に取引きし、利息をつけて返納すれば、寺院経済がうるおう。寺にとって功徳となるという言い分。
一八 飯を干した携帯用食料。水にひたして柔らかくして食べる。

身代りと読経で連行を免れ、長寿を全うする

「汝、わが気に病めり。そゑに依り近づかずあれ。しかれどもただ恐るることなかれ」といふ。

つひに家に望み、食を備けて饗す。鬼いはく、「われ牛の宍の味きを嗜む。そゑに牛の宍を饗せよ。牛を捕る鬼はわれなり」といふ。磐嶋いはく、「わが家に斑なる牛二頭あり。もちて進らむがゆゑに、ただわれを免せ」といふ。鬼いはく、「われ、いま汝が物多に得て食ひつ。その恩みの幸のゆゑに、いま汝を免さば、われ重き罪に入り、鉄の杖を持ちて百段打たるべし。もし汝と同じ年の人ありや」といふ。磐嶋答へていはく、「われかつて知らず」といふ。

三の鬼の中に、一の鬼議りていはく、「汝はなにの年ぞ」といふ。磐嶋答へていはく、「わが年は戊寅なり」といふ。鬼いはく、「われ聞く、『率川の社のもとの相八卦読にして、汝と同じ戊寅の年の人あり』。汝に替ふべきひとなり。その人を召し将む。ただし汝が饗に牛を一頭受けつ。わが打たるる罪を脱れしめむがために、わが三

一　おれの気で病気になったのだ。磐嶋は帰路で急病にかかった。それの原因説明。「気」は、鬼の放つ霊気、毒気。死者の気の例は、一〇八頁注九。類例は三二頁注三にもある。

二　到着して。ここの「望」は、臨場（そこに居る）の意。ただし、「至」字の誤写とも考えられる。草書体が類似、『三宝絵詞』『今昔』二〇ノ一九も「至」。

三　食事の用意をして、鬼にご馳走をした。

四　牛肉のうまいやつを好んで食う。「嗜」は、底本「者」、類従本による。訓みは下巻序の訓釈。むさぼり食う意。中五縁に、漢神の祟りのために牛を殺して祭る例があり、その信仰は近畿一円に及んでいた（付録「殺牛信仰」）。これが背景にあるか。鬼に牛を捧げれば、毒気の祟りから免れるのである。

五　鉄の杖で百回打たれるだろう。「鉄の杖」「鉄の鞭（笞）」で打たれる例は、八八・八九頁にもある。

六　生年を干支で言い表したもの。本話は聖武天皇代の話で、後文に磐嶋は九十余歳で死去するから、天武七年（六七八）生れ。聖武天皇即位の年（神亀元年、七二四）には四十七歳とみる。

七　率川（春日山に発し西流して佐保川に注ぐ小川）のほとりにあった神社で、率川坐大神御子神社か、その若宮の率川阿波神社をさす。

八　人相や家相などを占い、八卦（算木に現れる易の八種の形）をたてて予言などをする者。八卦見。人相

の名を呼ばひて、金剛般若経百巻を〔を百回〕読みたてまつれ。一の名は高佐麻呂ぞ、二の名は中知麻呂ぞ、三の名は槌麻呂ぞ」といひて、夜半に出で去る。

明くる日に見れば、牛一つ死にたり。磐嶋、大安寺の南の塔院に参ゐ入り、沙弥仁耀法師 いまだ受戒せざりし時なり を請けて、「金剛般若経百巻を読みたてまつらむとおもふ」と語る。仁耀、請ひを受けて、二箇日を経て、金剛般若経百巻を読みをはりぬ。三箇日を歴て、使の鬼来りていはく、「大乗の力〔大乗経典読誦の力〕によりて、百段の罪〔杖で百回打たれる罪〕を脱れ、つねの食より〔食事より〕また飯一斗を倍して賜ふ。喜ぼし、貴し。今よりのちは、節ごとに、わがために福を修し供養せよ〔我々のために冥福を祈って食膳を供えてくれ〕」といふ。すなはちたちまちに失せぬ。

磐嶋、年九十余歳にして死にき。

大唐の徳玄は、般若の力を被りて、閻羅王の使に召さるる難を脱れき。日本の磐嶋は、寺〔大安寺〕の商ひの銭を受け、閻羅王の使の鬼の追ひ

見。易者。当時の庶民に、神詣でのついでに占ってもらうという風習があったとは、興味深い。

九『金剛般若波羅蜜経』。『金剛経』とも。一巻。金剛のごとくよく煩悩を断ち、無所住（相対観念の否定）に専念し悟りに達することを説く。『大安寺資財帳』に「金剛般若経一百巻」と記載し、当寺にあった。

一〇 高佐麻呂・中知麻呂・槌麻呂の三鬼はトリオともいうべき組合せ。「槌」は「土」の借字で最低の意とみる説に従い、身長の高低による名づけとみる。『風土記』に記される各地の土蜘蛛（土着民）の名にも、大・中・小などのトリオの類例がある。それを鬼の世界にも及ぼした説話的発想による。

一一『大安寺資財帳』に見えず、詳細不明。戒明もそこで供養している。二五三頁注一七参照。

一二『元亨釈書』（『本朝高僧伝』にも）巻十二に同名の伝記を載せ、大和国葛木上郡の人、延暦十五年（七九六）没、年七十五と記す（『本朝高僧伝』はさらに東大寺僧とする）。当人とすれば、磐嶋より四十四歳若い。沙弥（まだ具足戒を受けない未熟僧）と称したのは年少のためか。

一三 毎月の六斎日ごとに。七七頁注一五参照。

一四 本書では最長寿の例。四四頁注一〇参照。

一五 唐の高宗の時代の人。この話は『集験記』（二四頁注八）上巻にある。徳玄は、本話と同様に鬼に食事を与え、『金剛般若経』を千回読んで助かる。本書と『集験記』との関係を証する一例。

召す難を脱れき。「花を売る女人は、忉利天に生る。毒を供する掬多は、返りて善心を生ず」といへるは、それこれをいふなり。

逆に仏の神通力で懺悔して善心を起した

閻羅王の使の鬼、召さるる人の饗を受けて、恩を報ずる縁　第二十五

讃岐の国山田の郡に、布敷の臣衣女といふひとありき。聖武天皇のみ代に、衣女忽かに病ひを得たり。時に、偉しく百味を備けて、門の左右に祭り、疫神に賂ひて饗しぬ。

閻羅王の使の鬼、来りて衣女を召す。その鬼、走り疲れにて、祭の食を見て腼り、就きて受く。鬼、衣女に語りていはく、「われ汝の饗を受けたり。そゑに汝の恩を報いむ。もし同じ姓・同じ名の人ありや」といふ。衣女、答へていはく、「同じ国の鵜垂の郡に、同じ姓の衣女あり」といふ。鬼、衣女を率て、鵜垂の郡の衣女の家に

だからお前の恩に報いてやろう

一　花を売る女は、花を供養した功徳によって忉利天（欲界六天の第二。須弥山の頂にあり、中央の喜見城にいる帝釈天の世界）に生れる。『大乗荘厳論』巻五の偈にほぼ同文がある。

二　飯に毒を盛って釈迦を殺害しようとした掬多は。掬多については『大乗荘厳論』巻十三に詳しいが、本話の文言に類似するものがなく、『涅槃経』巻十九の中にこれが見られる。

三　閻魔大王。一一八頁注一三参照。

四　香川県高松市の東部と木田郡の地。

冥土の鬼、山田の衣女の饗応で、同姓同名の女を召す

五　伝未詳。「布敷」は氏、「臣」は姓、「衣女」が名。「布敷」は「布師」とも（『姓氏家系大辞典』）。

六　十分に、さまざまの美味・珍味を用意して。タタハシは、満ち足りたさま。これ以下、門さきに食物を供えご馳走して疫神を祭る行事について、鬼魅の侵入を門の所で防ぐ祭りとしては、道饗祭・御門祭の説がある。こういう宗教儀礼を下地とした、難病のがれの民間習俗があったのであろう。

七　流行病の神。疫病神。災厄をくだす神。

八　贈り物をしてご馳走した。

九　媚びたかっこうになって。閻魔王の使者としてあるべき態度でなく、食物に心奪われてへつらうさま。

往きて面[11]を対す。すなはち緋[12]の嚢より一尺[13]の鑿を出して、額に打ち立て、すなはち召し将て去りぬ。その山田の郡の衣女は、慥[14]れて家に帰りぬ。

時に、閻羅王、待ち挍へてのたまはく、「こは召せる衣女にあらず。誤ちて召せるなり。しかれば暫くここに留めよ。捷[15]やかに往きて山田の郡の衣女を召せ」とのたまふ。鬼慥すこと得ず、荐[16]りに山田の郡の衣女を召して、将て来る。閻羅王、待ち見てのたまはく、「まさにこれ召せる衣女なり。その[17]鵜垂の郡の衣女を往かしめよ」とのたまふ。女[18]は家に帰るに、三日[19]の頃を経て鵜垂の郡の衣女の身を焼き失ひつ。さらに還りて、閻羅王に愁へてまうさく、「体を失ひつ。依りどころなし」とまうす。

時に、王問ひてのたまはく、「山田の郡の衣女が体ありや」とのたまふ。答へてまうさく、「あり」とまうす。王のたまはく、「そを得て汝が身とせよ」とのたまふ。よりて[20]鵜垂の郡の衣女の身となし

身代り女の魂、山田の衣女の体に宿って甦る

訓みは訓釈による。
一〇 香川県綾歌郡の西部と仲多度郡の東部の地。
一一 まじまじと顔を見つめて当人を確認するさま。
一二 赤色の袋。赤は呪色であり、冥界に関係するものの服飾などに、この色を用いる例がある（中七・下九各縁）。
一三 一尺（約三十センチ）もある大きな鑿。
一四 「慥」の俗字。訓みは訓釈による。
一五 すぐに。「捷」は、「捷」の俗字（『名義抄』）、訓みは訓釈による。
一六 山田郡の衣女については、ご馳走を受けた恩人であり、身代りの世話までした鬼の立場上、いまさら連行しにくく、何度も行って言い含めるさま。
一七 『今昔』二〇ノ一八も同じ内容の文。この部分の従来のテキストは地の文とするが、王のことばとみる。
一八 鵜垂郡の衣女をさす。底本に「女」字はなく、国会本による。鵜垂郡の家に帰ってみると。
一九 死後三日間すぎたので、身体を火葬にしてしまっていた。冥界に召されるのは魂だけであり、せっかく蘇生のチャンスに恵まれても、遺体が現世に残っていなければ、もとの身には収まらない。だから冥土に堕ちた者の蘇生譚では、「死体を焼かずに〇日間待て」と遺言するのが通例（中五・七・一六各縁など）。
二〇 山田郡の衣女の遺体を、鵜垂郡の衣女の魂の宿る身として。

て、甦りたり[一]。すなはちいはく、「こはわが家にあらず。わが家は鵜垂の郡にあり」といふ。父母のいはく、「汝はわが子なり。なにのゆゑにかしかいふ」といふ。衣女なほし聴かずして、鵜垂の郡の衣女が家に往きていはく、「まさにこはわが家なり」といふ。その父母いはく、「汝はわが子にあらず。わが子は焼き滅しつ」といふ。ここに、衣女つぶさに閻羅王の詔の状[二]を陳ぶ。

時に、その二つの郡の父母聞きて、「諾なり[三]」と信けて、二つの家の財を許可し付嘱けぬ[四]。そゑに、現在[五]の衣女は、四の父母を得、二つの家の宝を得たり。

饗を備け[六]鬼に賂ふに、こは功虚しきにあらず。おほよそに物あるひとは、なほし賂ひて饗すべし。これもまた奇異しきことなり。

いまだ仏像を作りをへずして棄てたる木、異霊しき[七]表を示す縁　第二十六

一 鵜垂郡の衣女の蘇生した所は、山田郡の衣女の遺体に宿ったのだから、山田郡の家である。

二 閻魔大王が命令「そを得て汝が身とせよ」を下したいきさつ。

三 衣女の経過説明を信用すること。

四 両方の家の財産を譲ることを認めて与えた。

蘇生した新衣女、四父母と二家の財産を得る

五 現世の意。新たに生れ変った衣女が、この現世において、ひとりで四人の父母をもち、両家の財産を得たこと。類例として、現世において二父（前生と現生との）に孝養を尽した話（上一八縁）、また、二世帯分の財産を与えられた話（上三一縁）もあって、それぞれ大功徳であり、大福徳を得たことになっている。その道理から本話の結末をみると、新衣女蘇生のいきさつはともあれ、大いなる現報を得たことになる。

六 ご馳走を用意して鬼に贈り物をすることについて。

七 不思議な現象を見せた話。

八 修行を積んだ高僧に対する敬称で、祈禱に効験があり、除災招福・病気平癒に力のある僧。

九 元興寺の法相宗の僧。『続紀』宝亀三年（七七二）三月に永興（下一・二縁）たちと十禅師に入り、終身供養を受けたと記す。
一〇 古代氏族の一つ。「朝臣」は姓。

広達、造仏の霊木が橋材となり痛がる声を聞き、仏に彫る

一一 千葉県山武郡の北部。
一二 千葉県君津市・富津市近辺か。
一三 金峰山。奈良県吉野郡吉野町にあり、吉野山から大峰山に至る群山の称。古来山林修行の聖地。
一四 樹林の下を読経しながら歩く修行をして。
一五 未詳。後文「秋の河」のほとりであるから、いまの吉野郡下市町の内か。『今昔』一一ノ一一は「枇花郷」。
一六 橋のたもとの所に、梨の木を伐って。「梨」は、ツキキ（『名義抄』）とも。
一七 秋野川。吉野山に発し、西北に流れ吉野郡下市町を通って吉野川に合流する下市川。
一八 結果からみて、仏縁に導かれた行動であったのか。金峰山から桃花の里に出てきたのである。
一九 この霊木の悲鳴は、一般の通行人の耳には聞えないのであろう。禅師の神秘的能力で聞える。
二〇 だいぶん長い間、行ったり来たりうろついて。
二一 悲しみ泣きながら恭しく礼拝し。
二二 その木を由緒のある場所にお迎えして。仏像を彫造するのに適当な、仏縁の地をさす。

[八]禅師[九]広達は、俗姓[一〇]下毛野の朝臣、[一一]上総の国武射の郡の人なりき。あるいはいはく、[一二]畔蒜の郡の人なりといへり。聖武天皇のみ代に、広達、[一三]吉野の金の峯に入り、[一四]樹下を経行して仏道を求めき。時に、吉野の郡[一五]桃花の里に椅あり。椅の[一六]本に梨を伐り、引き置き（引き出したまま）て歳余を歴たり（一年以上たっていた）。同じところに河あり、名は[一七]秋の河といふ。その引き置ける梨をこの河に度せり。人・畜ともに践みて、度りて往き還る。広達、[一八]縁ありて（用事があって山から里へ下りて）里に出で、その椅を度り往くに、[一九]椅の下に音ありていはく、「ああ、痛く踰むことなかれ（ひどく踏まないでくれ）」といふ。禅師聞きて、怪しび見るに人なし。[二〇]良久に俳徊り、忍び過ぐること得ず（通り過ぎることができなかった）。椅に就きて起ちて看れば（橋に近よって下から身を起してみると）、いまだ仏を造りをへずして棄てたる木なり。禅師、大きに恐り、浄きところに引き置き（清浄な場所に引っ張ってきておき）、[二一]哀れび哭き敬礼し、誓願を発してまうさく（誓いを立て願をかけて申すには）、「[二二]因縁あるがゆゑに（縁に導かれて）遇ひまつれり（お目にかかれました）。われかならず造りたてまつらむ（仏に）」とまうす。有縁のところに請け、人を勧（人々を勧誘）

めて物を集め、阿弥陀仏・弥勒仏・観音菩薩等の像を雕り造りまつること、すでにをはりぬ。今に吉野の郡の越部の村の岡堂に居ゑ置きまつれり。

木はこれ心なし。いかにしてか声を出さむ。ただし聖霊の示したまへらくのみ。さらに疑ふべからず。

力ある女、強き力を示す縁　第二十七

尾張の宿禰久玖利は、尾張の国中嶋の郡の大領なりき。聖武天皇国食しし時の人なり。久玖利が妻は、同じ国愛知の郡片蕝の里にありし女人なり。こは昔、元興寺にありし道場法師の孫ぞ。夫に随ひ柔かに儒かにして、練りたる糸・綿のごとし。麻の細き蕈を織りて、夫の大領に着せたり。蕈の姝しきこと比なし。

一 阿弥陀如来。西方極楽浄土を主宰する仏。
二 弥勒菩薩。一六三頁注二〇参照。
三 観世音菩薩。四六頁注二参照。
四 奈良県吉野郡大淀町越部。「岡堂」の所在地は未詳。本話は岡堂の本尊の造像縁起譚でもある。
五 以下の結語の主旨は、中二三・下二八各縁の結語と同様で、仏像霊験譚の常套的文言。
六 伝未詳。「尾張」は氏、「宿禰」は姓、「久玖利」が名。尾張氏は、もと連、天武十三年に宿禰と改姓（『書紀』）、尾張国の在地の豪族。久玖利の名づけは、隣国美濃の泳宮の故事（『景行紀』四年）によるか。
七 愛知県の西部（中島郡・稲沢市・一宮市・尾西市に相当）で、美濃に接する。
八 郡の長官。在地豪族の拝命が多い。
九 「御宇」「治天下」の日本的表現。道場法師系説話に多い。
一〇 上三・中四縁に同地名。一一五頁注一九参照。
一一 中四縁の力女の注に同じ。一一五頁注二一参照。

道場法師の孫娘、夫の郡長のため国司をこらしめる

一二 夫に従順で、その様子はもの柔らかでなよやかであり。「柔儒」の訓みは訓釈による。
一三 練糸は、生糸に対し、練って柔らかくした絹糸。綿は絹綿（真綿）で、木綿綿ではない。
一四 麻の細い糸で精巧な手織りの布を織って。尾張は良質の麻の産地でもあった（『延喜式』主計上）。

時に、その国を行ふ主は、稚桜部の任なりき[15]。国の上[16]、大領に着せたる衣の姝しきを視て、取りていはく、「汝に着すべき衣にあらず」といひて、返さず。妻問ふ、「衣をいかにしつる」といふ。答ふらく、「国の上取れり」といふ。また問ふ、「その衣を心に惜しとや思ふ」といふ。答へていはく、「はなはだ惜し」といふ。妻すなはち往きて、国の上の前に居て、乞ひていはく、「衣賜へ」といふ。爾に国の上いはく、「いかなる女ぞ、引き捨てよ[17]」といふ。引かしむるに動かず。

女、二つの指をもて、国の上の居る床の端を取り、居ゑながら国府[18]の門の外に持ち出づ。国の上の衣の襴を、条然[19]に捕り粉き、乞ひていはく、「衣賜へ」といふ。国の上惶り煩ひ[20]、その衣を返し与ふ。取りて持ちて家に帰り、洒ぎて浄め、その衣を牒み収む[21]。呉竹[22]を捕り粉くこと練糸のごとし。

大領の父母、見て大きに惶り、その子に告げていはく、「汝この

一五 伝未詳。「稚桜部」は氏。「任」は名か（『名義抄』タモツ・ヒデ・マサ・タフなど）。同氏については、履仲三年に命名由来譚を、天武十三年に朝臣への改姓を記す（『書紀』）。

一六 国守。国の守（「上」は「守」の借字）。

一七 引きずり出して捨ててしまえ。道場法師の孫娘は身体が小さい（一一五頁一一行）、それゆえのことば。その点、『今昔』二三ノ一八では「追ひ出だせよ」とし、小女であることを配慮しない会話に変っている。

一八 尾張国の庁舎の門の外。尾張国の国府は中島郡にあった（『和名抄』）。

一九 ずたずたにつかみ砕いて。通例なら「引き裂く」などと表現するところ。異常に強い力の持主（後文「五百人力」）だから、表現も異常である。

二〇 恐ろしく思い、困惑して。

二一 着物をきちんと折りたたんでかたづけた。夫に着せ、国司に奪われていた手作りの布の一件は、ここで落着する。夫に再び着せる所までは記さない。全力を尽して、いわば〈神衣〉を守ろうとする巫女的な姿が、この妻の行動の下地にひそんでいるか。

二二 （この女の力の強さは）呉竹をつかみ砕いて練糸のように柔らかくしてしまうほどであった。「呉竹」は、淡竹の一種。葉は細かく節の多い観賞竹。「練糸」は、注一三参照。この「竹」は、祖先の道場法師譚の「竹の葉」（一二二頁注二）と関わり、雷神の鋭い破壊力が大力の因となっていることを証するか。

妻によりて、国の司に怨まれむ。行ふ事大きに惶ろし。国の司をすらにも是くするを、事の咎、動もあらば、われらいかにせむ。寝み食ふことあたはず」といふ。そゑに、本の家に送りてまた睠みず。

しかして後に、この嬢、その里の草津の川の河津に至る。衣洗ふ時に、商人の大船、荷を載せて過ぎ垂とす。船長、嬢を見て、言ひ煩はし嘲し嘲ぶ。女、「黙あれ」といふ。女いはく、「人を犯す者は、頬痛く拍たれむ」といふ。船長聞きて瞋り、船を留めて女を打つ。

女拍たるるを痛しとせず、船の半引き居ゑ、舳下りて水に入る。津のほとりの人を雇ひて、船の物持ち上げ、しかしてさらに船に載す。嬢いはく、「礼なきがゆゑに船を引き居ゑつ。なにのゆゑにか諸人賤しき女を陵がしむる」といふ。船の荷載せながら、また一町ほど引き上げて居う。ここに、船人大きに惶り、長跪きてまうしていはく、「犯せり。服なり」といふ。そゑに女聴許しつ。その船は

離縁された孫娘、商人の嘲笑をこらしめる

一 底本「惶」の下に「告」字があるが、国会本により除去（前行「告」の誤入か）、前後の句と同じく会話文に入れる。このあたり底本は誤写が多い。

二 この事件のおとがめが、もしあったら。「咎」は底本「各」、国会本による。

三 とても心配で寝食することもできない。

四 実家に返された大領の妻をさす。

五 出身地である愛知県片葩の里とみる。

六『類聚三代格』承和二年六月条の「草津渡」のあった川。木曾川の一支流で、濃尾平野から伊勢湾の交易ルートでもあっただろう。萱津庄が置かれて、庄内川となったか。いま萱津は名古屋市の西、海部郡甚目寺町。「河津」は、川の船着場。

七 単なる洗濯か、手作りの布を晒すためか。いずれにしろ、この女と「衣」との格別な関わりを示す。また、いわゆる「水辺の女」の話の一例ともなろうか。

八 底本による。国会本「乗」ならば「乗り過ぐ」。

九 あれこれ言って困らせ、ひやかしからかった。彼女の短身も、侮蔑される一因となったろう。

一〇 船の全長の半分ほどを陸に引き上げ、ために船の後尾が下がって水につかってしまった。

一一 船を軽くして、水に浮べた上で。

一二 お腹立ちは当然であると、降参する意。

一三 中四縁に、横暴な美濃狐は百人力、これをこらし

めた道場法師の孫娘の力量については明記されていなかった。ここに至って初めて知られる。

一四 経典名未詳。『攷証』に『方広荘厳経』説もある。

一五 「金剛」は強固の意。「那羅延」は、帝釈天の同族で、大力の仏教守護神。密教では金剛力士・仁王のひとりを「那羅延金剛」という。

一六 大力を前世の因縁とみるこの文は、同じ道場法師説話群の上三・中四各縁の結語と同趣旨である。なおこの文は、後世の「力餅」の習俗と関連するか。

一七 釈迦如来。「尺」は「釈」の省略字。

一八 周尺で一丈六尺（約三・六メートル）の仏像（岩本裕）。

一九 ご利益を願い、不思議な現象が現れて。

二〇 平城京。本書のナラ表記は「諾楽」が通例、「奈良」が少数あり、「奈羅」はここだけ。

二一 奈良市大安寺町にある。南都七大寺の一つ。一六四頁注七参照。左京六条四坊にあったから、その「西の里」は六条三坊あたりか。中二四縁の主人公で六条五坊の人楢磐嶋も、大安寺と格別の関係にあったように、周辺の俗人の日常生活に与えた大安寺の影響は、かなり大きかったようだ。

貧窮女、大安寺の丈六に福分を願う

二二 上三二縁にも、人々が大安寺の丈六仏に窮状を訴え、ご利益を祈願する例がある。寺院の仏像がこのように民間に信仰されていた。

五百人して引けども動かざりき。そゑに知る、その力は[一三]五百人の力より過ぎたることを。

[一四]経に説きたまへるがごとし。「餅を作りて三宝（仏法僧にお供えすると）を供養すれば、[一五]金剛那羅延の力を得む云々」とのたまへり。ここをもてまさに知れ（これでほんとうに知るがよい）、[一六]先の世に大きなる枚餅を作りて、三宝衆僧を供養し、この強き力を得たりしといふことを。

第二十八

極めて窮しき女、[一七]尺迦の[一八]丈六の仏に[一九]福分を願ひ、奇しき表を示して、現に大きなる福を得る縁

聖武天皇のみ世に、[二〇]奈羅の京の[二一]大安寺の西の里に、ひとりの女人ありき。極めて窮しく、命活くるに由なくして飢ゑたり（生活していくてだてもなくて飢えていた）。[二二]流へ聞く、「大安寺の丈六の仏、衆生の願ふところを、すみやかに能く施し賜

ふ」。花香[一]と油とを買ひて、丈六の仏の前に参ゐ往き、まうし奉りてまうさく、「われ昔の世に福因を修せず[二]。現身[三]に貧窮の報を受けて取る。そゑに、われに宝を施したまへ。窮れる愁へを免れしめたまへ」とまうす。日を累ね月を経、願ひ祈りて息まざりき。

常のごとくに福を願ひ、花香と燈とを献り[四]、家に罷りて寐て[五]、明くる日に起きて見れば、門の椅のところに、銭四貫[六]あり。短籍[七]を着けて、注していはく、「大安寺の大修多羅供の銭[八]」といふ。女人恐りて、すみやかにこれをもて寺に送る。時に宗の僧[九]たち、銭を入れたる蔵を見るに、封印誤たず[一〇]、ただし銭四貫のみなし。そゑに取りて蔵に納る。

女、また丈六の前に参ゐ向き、花香と燈とを献り、家に罷りて寝て、明くる日に起きて庭の中を見れば[一一]、銭四貫あり。また短籍に注していはく、「大安寺の常修多羅供[一二]の銭」といふ。女、これをもて寺に送る。宗の僧たち、銭の器を見るに、封誤たず。開き見れば、

女人の家へ銭四貫が再三届き、寺に返す

一 仏前にお供えする香華（花と香）と、燈明を献じるための油と。

二 現世で幸福を得られる原因となるような行いをいたしませんでした。

三 そのため現世の身に貧乏の報いを受けています。「貧窮」の訓みは『字類抄』による。

四 花と香と燈明と。燈明も供養の一つであり、下五縁に献燈の話がある。

五 お寺から退出して家に帰ってその日は寝て。

六 一貫は一千文（穴明き銭なら一千枚）。

七 短冊・短尺に同じ。

八 大々的な修多羅講（修多羅研究会）の基金。中二四縁にこの金を借出した話がある。一六四頁注八参照。

九 修多羅衆（大般若経の講。「宗」は元来「衆」と表記。注一四参照）に属する僧たち。

一〇 蔵の封印はもとのままで、破られた形跡はない。

一一 女人が銭を見つけた場所は、前回は門先きの橋の所。今回は庭の中で、次回は戸口。徐々に女人の身元に近づいてゆく、漸層法的叙述に注目したい。

一二 平常の修多羅講の基金。前回の「大修多羅供」に対して、通常に催している分の講。

ただし銭四貫のみなし。怪しびて蔵に封ず。

女、先のごとくに丈六の前に参ゐ往き、福分を願ひまうし、家に罷りて寝て、明くる日に戸を開きて見れば、閾[一三]の前に銭四貫あり。短籍を着けていはく、「大安寺の成実論宗分の銭[一四]」といふ。女、これをもて寺に送る。宗の僧たち、銭を入れたる器を見るに、なほし誤たず。開きて見れば、ただし銭四貫のみなし。

寺僧たち、仏の賜う銭を女人に返す

ここに、六宗[一五]の学頭[一六]の僧たち、集会してこれを怪しび、女人を問ひていはく、「汝なにの行をかしつる」といふ。答ふらく、「自ら[一七]は為すところなし。ただし貧窮により、命を存へむに便なく、帰るところなく、怙むところなし。そゑに、われこの寺の尺迦の丈六の仏に、花香と燈とを献り、福分を願ひつらくのみ」といふ。衆の僧聞きて、商量ひていはく、「これ仏の賜へる銭なりけり[一八]。そゑにわれは蔵めじ」といひて、女人に返し賜はりぬ。女、銭四貫を得、増上縁[一九]として、大きに富み財に饒かに、身を保ち命を存めき[二〇]。

一三 家の出入口の敷居のところ。
一四 成実宗の教典を読み、論義する研究会（講）の基金。『大安寺資財帳』（七四七年）によると、「修多羅衆銭」「三論衆銭」のほかに「別三論衆銭三百十八貫五百六十四文」とあり、この分をさすともいわれる。
一五 南都六宗と通称される奈良朝仏教の古宗派で、三論・法相・華厳・律・成実・倶舎の六つ。
一六 各宗の首席の僧。六宗それぞれの教義を研鑽するにあたって長となるもの。当時は、まだ一つの寺が一宗派と定まっていず、各宗兼学の状態であった。大安寺にも六宗の僧たちがそろっていたのである。
一七 自分で特別なことをしてはおりません。「自」は底本「曰」、国会本による。
一八 この四貫の銭は、丈六仏さまが女人に与えて下さった銭であったのだ。「けり」は、今やっとそのことに気づいた気持を表す。
一九 これを増加の縁として。「増上」とは、力が加わり増大する意。「増上縁」は四縁の一つで、ある物事のはたらきを助長進展させる縁。ここでは、銭四貫が財産増加の契機となり、裕福になったことをいう。
二〇 富裕と長命とは現世における最良の現報である。

諒に知る、尺迦の丈六の不思議の力にして、女人の至信（女の真心こめた信仰が）の奇しき表なる事を（もたらした奇蹟であることを）。

[一]行基大徳、[二]天眼を放ち、女人の頭に猪の油を塗れるを視て、[三]呵嘖する縁　第二十九

[四]故き京の[五]元興寺の村に、[六]法会を厳り備けて、行基大徳を請けたてまつり（お招きして）、七日法を説きき（七日間説法してもらった）。ここに、道俗（僧も俗人も）みな集ひて法を聞く。[七]聴衆の中に、ひとりの女人あり。髪に[八]猪の油を塗り、中に居て法を聞く。大徳見て、嘖みていはく（叱っていうには）、「われ、はなはだ臭きかな。その頭に血を蒙れる女は（塗っている女は）、遠く引き棄てよ（遠くに追い出しなさい）」といふ。女大きに恥ぢて出で罷りき。

[九]凡夫の肉眼には、これ油の色なれども、[一〇]聖人の明眼には、見に宍の血なりと視る。日本国にしては（日本の国においては）、[一一]これ化身の聖なり。[一二]隠身の聖な

行基、獣油の髪油を塗る女人を見抜き、咎める

一　天智七～天平二十一年（六六八～七四九）。四五頁注二四参照。「大徳」は僧への敬称。本書各縁の標題の中に人名を記すのは、この行基（中三〇縁も）と聖徳太子（上四縁）だけ。この両人は、本書で最も尊崇される聖とみられる。
二　すぐれた洞察眼をさし向け。「天眼」は、一切の万物や過去・未来を見透すことのできる眼力。後文の「明眼」と同じ。
三　責めさいなむ。叱り責める。
四　平城京からみて、それ以前の飛鳥・藤原の京。
五　奈良県高市郡明日香村。三三頁注一六参照。
六　法会の会場を荘厳に飾り作って準備して。
七　説法を聞くために集まった人たち。訓みは『字類抄』による。
八　猪の脂肪で製した油。
九　凡夫（仏教の道理の理解が不十分な人）の肉眼には、単に油の色としか見えないけれど。
一〇　聖人（仏教を証得した人）の明眼には、まのあたりに髪油の元になった獣の血肉を見てとったのだ。上四縁でも、「凡夫の肉眼」と「聖人の通眼」とを対照させていて、聖徳太子が「聖人」に当る（三八頁三～四行）。この点でも、太子と行基とは、日本における格別な聖として称揚されている。
一一　この行基大徳こそ、仏が仮に人間の姿をとって現れた聖者である。行基が文殊菩薩の化身であること

り。

[13]行基大徳、子を携ふる女人に過去の[14]怨を視て、淵に投げしめ、異しき表を示す縁　第三十

行基大徳、[15]難波の江を掘り開かしめて船津を造り、法を説き人を化しき。道俗貴賤、集会して法を聞く。

その時に、[16]河内の国若江の郡川派の里に、ひとりの女人ありき。子を携へて法会に参ゐ往き、法を聞く。その子、哭き譴めて、法を聞かしめず。その児は、[17]年十余歳に至るまで、その脚歩まず。哭き譴めて乳を飲み、物を噉ふに間むことなし。

大徳告げていはく、「[18]咄、その嬢人。その汝が子は持ち出でて淵に捨てよ」といふ。衆人聞きて、[19]当頭きていはく、「[20]慈しびある聖人、なにの因縁をもてか、かく告ふことある」といふ。嬢は、子の

(四五頁一三～四行)をさす。本話において、そういう聖者ぶりが立証されるというのである。

一三 正体を隠して、この世に人間として現れた仏。凡人の常識を超えた「隠身の聖」の霊異を示す、これが本書の重要テーマでもある。付録〔隠身の聖〕参照。

一四 前世の恨みによる悪報を負っているのを見抜き。

一五 大阪市付近。行基の難波での土木事業中のことは一二七頁一三行にも。「難波の江」は、「難破の堀江」(四一頁注二〇)のこと。

行基、説法妨害の子を、その母に淵に投げさせる

一六 東大阪市川俣。『応神紀』十三年の歌謡の「堰杙築く(岸辺に護岸の杙を打つ)川俣江」は当地をさし、古来治水事業を欠かせぬ地。在地豪族の河俣連人麻呂が、大仏造立に大金を醵出した事例(『続紀』天平十九年九月)もあり、これは行基の勧進の成果とみられ、行基の布教活動の地でもあっただろう。

一七 子供が成長しても、泣きわめき、また普通にことばを話さないで困らせる神話が連想される(『古事記』スサノヲノ命・『出雲風土記』アヂスキタカヒコノ命など)。この異常児の性格にも、神性がひそんでいるか。

一八 呼びかけのことば。もしもし。

一九 行基のことばの真意が分らず、不審に思ってささやき合うさま。「当頭」は、九七頁注三三参照。

二〇 慈悲深い聖人さまが。

慈しびによりて（かわいいので）、棄てずして（捨てずに）なほし抱き持ち（抱いたままで）、法を説くを聞く。明くる日また来り、子を携へて法を聞く。子、なほし譆きて哭き、聴衆、囂しきに障へられて、法を聞くこと得ず。大徳、嘖みていはく（責めていうには）、「その子を淵に投げよ」といふ。

ここに（そこで）、母怪しびて（不審に思い）、思ひ忍ぶること得ず（もう堪えきれなくなって）、深き淵に擲げつ（投げ捨てた）。児さらに浮き出で（再び浮び上がってきて）、水の上にして足を踏み手を攢み、目大きに瞻り睚て、慷慨みていはく（悔しがっていうには）、「惻きかな（ああ残念）。今三年徴り食はむに（あと三年間責めて食いとるはずだったのに）」といふ。

母怪しびて、さらに会に入りて法を聞く。大徳問ひていはく、「子は擲げ捨てつや」といふ。時に母答へて、つぶさに上の事を陳ぶ（くわしく先のことを話した）。大徳告げていひしく、「汝、昔、先の世に（前世で）、そが物を負ひて（あれの物を借りて）、償ひ納めぬがゆゑに（返済しなかったために）、今子の形に成りて（現世で）、債を徴りて食ふなり（負債を取って食っているのだ）。これ昔の物の主なり」といひき。

嗚呼恥しきかな。他の債を償はずして、なにぞ死ぬべきや（どうして死んでよいであろうか）。後の世にかならずその報あらまくのみ（報いを受けるであろう）。このゆゑに出曜経にのたまはく、

母、子を淵に捨て、昔の債権者の変化と知る

一 ひいひいと声を立ててやかましく泣き。訓みは『名義抄』。カマカマシ・カマビスシとも訓める。
二 やかましい声にさえぎられて。
三 水上で足をばたばたさせ。沈まないようにもがくさまとみられるが、じだんだを踏むしぐさか。上文の「その脚歩まず」という足の、突然のはたらきは、まさに異様な光景である。
四 両方の手先をすりもみ。くやしがるしぐさ。
五 目を大きく見張ってにらみつけ。「睚」の字は、大きく出た目の意。異常な目のさまを表している。
六 催促する。責めたてて物を取る意。上文の「乳を飲み、物を噉ふ……」をさす。女人に対する、いわば寄生虫的な生活をもう三年間続けるつもりだった。
七 品物の所有者。ここでは、貸し主。債権者。
＊ 以上、本話には異様と思われることがらが少なくない。川派里は河川の合流する地形から名づけた所とみられ、本話の下敷として、水に関わる伝承があったたか。［子を淵に投げる話の下敷］
八 三十巻あり、教訓的な偈頌とその注釈的な説話を収める経典。下記の引用文は、巻三、無常品下の一節を摘記したもののようである。
九 後世、牛に生れ変り、塩を背負って追い使われ。死後牛に転生して負債を返す話は本書に多い（中一

「他の一銭の塩の債を負ふがゆゑに、牛に堕ち塩を負ひ駈はれて、主に力を償ふ」（他人から銭一文分の塩を借りたままにしたので／貸主に労力で返済する）とのたまへるは、それこれをいふなり。

塔を建てむとして願を発しし時に生める女子、舎利を捲りて産るる縁　第三十一

丹生の直弟上は、遠江の国磐田の郡の人なりき。弟上、塔を作らむとして願を発し、いまだその塔を造らずして淹しき年を歴たり（長い年月を過した）。なほし願を果さむと睠みて（それでもなお念願を果そうと心がけて）、つねに懐を軫む（心を痛めていた）。

聖武天皇の御世に、弟上年七十歳、妻年六十二歳にして、懐妊みて女を生む。〔女は〕左の方の手を捲りて産生る。父母怪しびて、捲れる手を開くに、弥増に固く捲りて（ますます強く握りしめ）、なほし舒べず（なおもあけなかった）。父母愁へていはく、「嫗、時にあらずして産み（子を産む年でもないのに出産したから）、子の根具はらず。これ大きなる恥とす（たいへん恥ずかしいことだ）。因縁をもてのゆゑに、汝、わが子に生る」といふ。すなはち（そこで）嫌み棄

五・三二各縁など）。そうした借り手の立場を旨とする話を通例とする一方に、貸し主について、過大な利息を搾取したため地獄に堕ちる悪報譚もある。いずれにしろ、貸し主が転生してまで債権を行使する本話のような例は珍しい。

一〇 仏舎利をしっかり握って。「舎利」は仏の遺骨。塔にこれを安置し、信仰の象徴として崇拝する。

一一 伝未詳。「丹生」は氏、「直」は姓（地方豪族に用いる）、「弟上」は名（底本「弟一」、底本後文と国会本などによる）。下記磐田郡に壬生（爾布）郷があるから、同名の在地豪族として郡司を拝命する一族でもあっただろう。

造塔発願の老夫婦の娘、手を開かぬまま成長する

一二 静岡県磐田市・磐田郡に当る地。

一三 本書に登場する人物のうち、夫婦そろって年齢を示す例は珍しい。異常出産の話の真実性を表す。

一四 赤ん坊が手を握っている習性が下地にあり、偉業をなす人物によくある異常誕生の形をとる。

一五 おばあちゃん。ここでは弟上の老妻をさす。

一六 生命活動の原動力やその器官。六根（眼・耳・鼻・舌・身・意）など。ここでは、手の指が開かない点で、身根の異常をいう。

一七 前世からの因縁があるからこそ。ただし、後文によると、舎利を届けるための仏の奇蹟。

一八 子をきらって捨てたりせずに。

てずして、慈しび哺育みつ。漸く長大るに随ひて、面容端正し。年七歳に至り、手を開きて母に示していはく、「この物を見よ」といふ。よりて掌を瞻れば、舎利二粒あり。歓喜び異奇しびて、諸人に告げ知らす。諸人もまた喜び、国の司に展転ふ。郡の卿もことごとくに喜び、知識を引率て、七重の塔を建て、その舎利を安きまつり、供養しをはりぬ。今に磐田の郡の部内に建立せる磐田の寺の塔これなり。塔を立てし後に、その子たちまちに死にき。

闓らかに知る、「願ひて得ずといふことなく、願ひて果さずといふことなし」といへるは、それこれをいふなり。

寺の息利の酒を償へ用ゐて償はずして死に、牛となりて役はれ、債を償ふ縁　第三十二

聖武天皇のみ世に、紀伊の国名草の郡三上の村の人、薬王寺のた

一 可愛がって育てた。

二 だんだん成長するにつれて、顔かたちも整って美しくなった。

三 娘は、老夫妻への仏舎利の届け手であった。

娘の握っていた舎利、塔を建立して安置する

四 以下、原文を四字一句として訓読を試みる。

五 国の役人に伝えた。「展転」は、ここでは次々と伝わってゆく意。「展」字は「転」と同じ意。舎利の出現は格別な慶事で、例えば、天平神護二年十月に隅寺の毘沙門像から発見された折には、行列が連なり、宣命まで発せられている（『続紀』）。

六 ここでは、塔の建立に賛同し、その資金の浄財を出す人々を誘い集めたこと。

七 磐田寺の塔の縁起譚を示すが、現在地未詳。建立に郡司が参加し、発願の丹生氏自体が郡司相当の家柄だから、寺にも郡名をつけた。なお、国司も参加した事実もあって、遠江国分寺の建立に際してこれが格上げされたという説もある。

八 仏の化身が、本来の仏の世界へと帰っていった。

九 一六〇頁注九参照。

一〇 一般に寺は稲（もみ）を貸付けて稲作をさせ、収穫から利潤を得た（稲の私出挙）。本話の寺は、その米でまた酒を作らせ、それも貸出してさらに利潤を増やした。そういう利殖用の酒。

一一 利息（利潤）つきで借りて。イラフはイラスの対。

紀伊の薬王寺に、子牛が住みついて働く

一二 負債を返済する。
一三 和歌山県海草郡。ただし、三上村はいま海南市。
一四 現存せず、未詳。後世の名草郡の薬勝寺関係文書に「薬王寺文書」とあり（『紀伊続風土記』）、薬勝寺については、三上（野）院・勢多村・岡田村など、本話に見える地名も記す。あるいは同寺かとも思われる。
一五 寺の医薬用基金が増えるように、その資金源を利息つきで貸出すことの普及に努めていた。アマネハスは、広く行きわたるようにする意。
一六 地名（注一四）を用いた寺の通称。
一七 寺の薬の基金となるもの。ここでは米。
一八 伝未詳。「岡田」は氏、ただし地名（注一四）によるものであろう。「村主」は姓、「姑女」は名。後出する檀越岡田石人の姉か妹に当るから、やはり寺の財政的後援者で、寺の運営基金の増資の一翼を担っていたであろう。
一九 成長・成人の意。七〇頁注一二参照。
二〇 仕事に追い使われていた。
二一 施主。寺や僧に物を施す信者で、寺の後援者。
二二 伝未詳。後文によれば、酒造りの姑女の兄か弟。
二三 突き倒し。「棠」の訓みは訓釈。「摚」の略字。
二四 所在未詳。
二五 伝未詳。「物部」は氏、「麿」は名。
二六 弓で射た矢が猪に当らなかったのに。

子牛は、寺に負債を残した麻呂の生れ変り

めに、知識を率引きて、薬分を息し晋はしき薬王寺、今は勢多の寺といふ。その薬の料の物を、岡田の村主の姑女が家に寄せ、酒を作り利を息しき。

時に斑なる犢あり。薬王寺に入り、つねに塔の基に伏す。寺の人擯ひ出せども、またなほし還り来りて、伏して避らず。怪しびて他を問ひていはく、「誰が家の犢ぞ」といふ。一人として「わが犢」といふひとなし。寺家これを捉へて、縄を着け繋ぎ餧ふ。年を送りて長く大きになり、寺の産業に駈ひ使はる。

歳経ること五年、時に寺の檀越岡田の村主石人、夢に見らく、その犢牛、石人を追ひ、角をもて棠き仆し、足をもて踰む。石人愕え叫ぶ。ここに犢牛問ひていはく、「汝、われを知るや」といふ。答ふらく、「覚らず」といふ。その牛放れ退き、膝を屈めて伏し、涙を流してまうしていはく、「われは桜の村にありし物部の麿なり 字を塩舂といふ。この人存けりし時に、矢を猪に中てぬに、『われまさに射たり』（しく射当てた）とおもひて、塩を舂き往きて[一]荷はむと見れば猪なし。ただ矢のみ地に立てり。里人見て咲ひ、号けて塩舂といふ。そゑにこれをもて字とす（それでこれを通り名としたのである）。われ先に、この寺の薬分の酒（医薬基金にする酒）を二斗[二]貸へ用ゐて（利息つきで借りて）、いまだ償はずして死にき。このゆゑに、今牛の身を受けて（現在牛の身に生れ変って）、酒の債[三]を償ふ。そゑに[四]役使はるらくのみ。役はるべき年は八年に限れり。五年役はれていまだ三年役はれず。寺の人、慈しびなくして（慈悲の心がなくて）、わが背を打ちて、迫め駈ひ使ふ（酷使します）。これはなはだ苦しく痛し。檀越[五]にあらずあるよりは（あなた以外には）、愍[六]れぶ人なし。そゑに愁への状を（それで窮状を）まうす（お伝えするのです）」といふ。石人問ひていはく、「何をもてのゆゑにか知らむ（なにによってそのことが分るだろうか）」といふ。牡答へていはく、「[七]桜の大娘に問ひて、虚実を知れ（嘘か誠か確かめなさい）」といふ 大娘といふは、酒を作る[八]家主、すなはち石人が妹ぞ。

（石人）ひとり大きに怪しび、妹の家に往きて、つぶさに上の事（以上の夢のことを）を陳ぶ。答ふらく、「まことに言ひしがごとし。酒を二斗貸へ用ゐ、いまだ償はずして死にき」といふ。ここに、知寺[九]の僧浄達[一〇]ならびに檀越ら、

一 塩を舂いて持って行って、猪をかつぎ出そうと。「舂」は、訓みは訓釈、臼に入れてつく意。塩のかたまりを杵でつきほぐすのであろう。射た鹿に白塩を塗る例（『仁徳紀』三十八年、『摂津風土記』）により、獣肉を貯蔵用に塩づけにしたか。なめし皮にするためとの説もある。なお、鹿を荷う例は下五縁。
二 容積の単位。一〇升、約一八リットル。
三 酒の借りを返しているのです。
四 そのために労役に服しているのです。
五 聞き手である、檀越の岡田村主石人をさす。あなた（第二人称）の意で用いている。
六 情けをかけて下さる人がありません。
七 桜村（一八三頁一三行）の大娘。「大娘」は、上代ではオホイラツメ。女性への尊称であり、とくに長女でその家の主婦の座を占める人にいう。
八 酒を醸造する家の主。つまり上文の「岡田村主姑女」をさし、敬意を表した言い方。なお、「妹」は、姉妹いずれをもさす。
九 寺の事務をつかさどる僧。
一〇 慶雲四年（七〇七）五月に新羅から帰国した学問僧数名のひとり（『続紀』）。時代的には合うが、同人か否か不明。
一一 因果応報の理を悟って、慈悲の心を起して、牛のためにお経を読んで供養をしてやった。
一二 八年の労役をつとめ終えて。
一三 負債の返済をどうして忘れてよかろうか。

因縁を悟り、哀愍びの心を垂れ、ために誦経を修す。八年を遂げをはりて、去くところを知らず（どこかへ去ってしまった）。またさらに見えざりき（そして二度と姿を現さなかった）。まさに知れ（これで知るがよい）、債を負ひて償はずは、その報なきにあらずと（必ずあるということを）。豈[一三]あへて忘れむや。このゆゑに成実論[一四]にいへらく、「もし、人、債を負ひて償はずは、牛[一五]・羊・麞鹿・驢馬等の中に堕ちて、その宿の債を償はむ（前世の負債を返すであろう）」といへるは、それこれをいふなり。

女人、悪鬼[一六]に点められて食噉はるる縁　第三十三

聖武天皇のみ世に、国挙りて[一七]歌詠ひていはく、

汝[一八]をぞ嫁に　欲しと誰　菴知[一九]のこむちの　万の子
南无南无や[二〇]　仙　さかも　さかも
もちすすり[二一]　法申し　山の知識　嗚呼[二二]　汝に　汝に

一四　一六巻（または二〇巻）。成実宗の教典。以下の引用文は、巻八の六業品にある。
一五　負債未返済のために死んで生れ変る畜生の種類について、仏典ではこのように多種を載せる。中国の志怪小説や説話集でも、牛・驢馬・馬・犬・豚・羊・鶏・家鴨など多いようだ。本書の説話に登場するのは、日本で労役に使われていた牛だけに限られている。
一六　邪鬼にねらわれて。「悪鬼」は七〇頁注二参照。この標題は、「鬼啖」（一八七頁四行）と呼応。
一七　国中の人々が歌うには……。本書で、物事の前兆となる俗謡を引用する形式。下三八縁前半部同じ。
一八　おまえを嫁にほしいというのは誰。
一九　菴知の村の万の子さん！　この第二句は、第一句の「汝（おまえ）」の名をあげた呼びかけ。「菴知」と「万の子」は、一八六頁一～二行参照。「こむち」は「あむち」の対で、ここではことば遊び。
二〇　それは「南无南无」といつも唱えている仙人だ。サカモは繰り返しの囃子詞。この第三句は、第一句の「誰」の答え。
二一　鼻水をすすり上げ、呪文を唱えている、あの山の善知識だよ。第三句の仙が「南无……」を唱える動作。
二二　ああ、（その仙が）おまえに、おまえに（目をつけているぞ）。マシニの繰り返しは、囃子詞的。

俗謡に歌われた菴知の万の子、結婚する

＊　この歌謡は、伝承される間にことばや意味の変遷もあったであろう。［歌謡の伝承］

その時に、大和の国十市の郡菴知の村の東の方に、大きに富める家ありき。姓は鏡作の造なり。ひとりの女子ありき。名は万の子といふ。いまだ嫁がず、いまだ通はず。面容端正し。高き姓の人伉儷ふに、なほし辞びて年祀を経たり。

（たいへん裕福な／よい家柄の人／男との交渉もない／求婚したが／断って何年か過ぎた）

ここに、人ありて伉儷ひ、忩々ぎ物を送る。彩の帛三つの車なり。見て心に晒りて、兼ねて近づき親しみ、語に随ひて許可し、閨の裏に交通ぐ。その夜閨の内に、音ありていはく、「痛や」といふこと三遍なり。父母聞きて、相談ひていはく、「いまだ效はずして痛むなり」といひて、忍びてなほし寐たり。

（早くも／痛い／結婚の経験がないので痛いのだろう／そのままにしてまた寝てしまった）

明くる日に晩く起き、家母戸を叩きて、驚かし喚べども答へず。怪しびて開き見れば、ただ頭と一つの指とを遺し、自余はみな噉はる。父母見て、悚ぢ慄り惆れび悽へ、娉妻に送りし彩の帛を瞻れば、返りて畜の骨と成れり。これを載せし三つの車も、また返りて呉朱臾の木と成れり。

（目を覚まさせようと／その他はみんな食われていた）

万の子、初夜に頭と指を残して食われる

一 奈良県天理市庵治町。
二 「鏡作」は氏、「造」は姓。もと鏡の製作や神祇の祭祀にあたった伴造で、鏡作坐天照御魂神社（通称鏡作神社）のある鏡作郷が本拠か（庵治の約三キロメートル南に鏡作神社）。同氏は天武十二年連と改姓。本話の同氏は枝族で、旧姓のまま在地豪族化したか。
三 鏡作氏は、鏡を象徴とする太陽神と、それを祭る巫女との神婚説話を伝承した。あるいは祖神の太陽を招く巫女の宗教儀礼を持っていた。万の子の性格の下地に、そうした巫女の面影を透視する説もある。
四 顔かたちが整って美しいこと。
五 ここ以下、巫女的性格が一転して、財宝に執着する地方豪族の娘になり下がっている。
六 美しい色に染めた絹布を車三台に載せてあった。古代信仰で車を太陽とみていたことと関わるか。
七 嬉しくなって。媚びるような気分になって。
八 まだその時期ではないのに……という意。あらかじめ。
九 男の申し入れに従って結婚を許し、寝室の内で交わった。
一〇 娘夫婦の起き方が遅いので。
一一 一家の主婦。ここでは娘の母親。
一二 恐れ悲しんで。
一三 結納。結婚のしるしとしての贈り物。
一四 変化して。「返」は「変」の借字。霊鬼等のもたらした財物が獣骨や汚物に変じるのは、昔話に多い。

八方の人（あちこちの人）聞きて、集ひ臨み見て、怪しびずといふことなし（みんながそれを不思議がった）。韓[一六]の筥に頭を入れ、初七日の朝に、三宝の前に置きて（仏前に安置して）斎食[一七]をなしき。すなはち疑はく（そこで疑われるのは）、災ひの表は（災難の前兆は）先に現る。その歌はこの表ならむか（この災難の前兆ではなかったか）といふことを（たかということである）。あるいは（ある人は）神怪[一八]なりといひ、あるいは鬼啖なりといひき（鬼が食ったといった）。覆[一九]し思ふに、なほしこれ過去の怨ならむ。これもまた奇異しき事なり。

孤[二〇]の嬢女、観音[二一]の銅像を憑み敬ひ、奇しき表を示して、現報を得る縁　第三十四

諾楽の右京の殖槻寺[二二]のほとりの里に、ひとりの孤の嬢ありき。いまだ嫁がずして夫なし。姓名詳らかならず。父母のありし時に、多[二三]く饒かにして財に富み、あまた（たくさん）屋・倉を作り（家や倉を建て）、観世音菩薩の銅像を一体鋳たてまつれり。高さ二尺五寸なり。家を隔てて（[二四]家から離れた所に）仏殿を成し（仏堂を造り）、

一五 カラハジカミ・ゴシュユとも。中国原産でみかんの一種。薬用に栽植された。木は神の依り代、車の古代信仰（注六）と関係があるか。
一六 舶来の美しい箱。鏡作氏の富裕ぶりを表す。
一七 精進の食事。七七頁注一七参照。
一八 神の不思議なしわざなのだといい。
一九 繰り返しよく考えてみると、やはりこれは前世の恨みによる報いであろう、の意。以上、世人の「神怪」説や「鬼啖」説の、民間信仰などによる怪異説に対して、景戒は、「過去の怨」説、つまり仏教の因果の理で解しようとする。ただし、本話で因は不明のままに終る。

二〇 孤児の娘。ヲウナはヲミナの転、訓釈による。
二一 観世音菩薩。四六頁注二参照。

零落した貧女、私堂の観音に財福を願う

二二 奈良県大和郡山市植槻町の植槻八幡宮の近くにあった寺。薬師寺の南約二キロメートル。
二三 暮しが裕福で財産も多く。
二四 「仏殿」は、仏菩薩の像を安置する建物。後文に「堂」とあり、屋敷内に建ててある持仏堂。

その像を安きまつりて供養せり。

聖武天皇の御世に、父母命終して、奴婢逃げ散れ、馬牛死に亡す。財を失ひ家貧しく、ひとり空しき宅を守り、昼も夜も哀しび啼く。流へ聞く、「観音菩薩は、願ふところをよく与へたまふ」。その銅像のみ手に縄を繋けて牽き、花香と燈とを供へ、福分を願ひてまうさく、「われすなはち一子にして、父母なし。孤にしてただ独をり。財亡くして家貧しく、身を存へむに便なし。願はくはわれに福を施したまへ。早く賜へ。すみやかに施したまへ」とまうして、昼も夜も哭き願ふ。

里に富めるひとあり。妻死にて鰥なり。この嬢を見て、媒を通して伉儷ふ。嬢答へていはく、「われいま貧しき身なり。裸衣にして被るものなし。なにすれぞ面を障へて、参ゐ向きて相語はむ」といふ。媒、還りて状を壮に告ぐ。壮聞きていはく、「その身貧窮にして衣服なきは、わが明らかに知るところなり。ただ聴さむやいな

一 男女の奴隷。古代、令制により、賤民身分とされた者で、「奴」は男、「婢」は女。訓みは『字類抄』による。

二 底本の原文「流涙聞」、国会本により「涙」を除く。「流聞……」の形式は、一七五頁一一行など。「流」は「伝」の意に同じ。

三 仏菩薩に縄や糸をつけ、それを手で引いて祈るのは、密接なつながりを表そうとする結縁祈願の行為。中二一・下三各縁にも。

四 香華（花と香）と燈明。

五 生きていく手だてがございません。

六 「賜」は「賜」の意。訓みはタマフ・メグム。

七 妻のいない男。ヤモヲとも訓む。

八 仲人を通じて結婚を申し込んできた。この、富豪の貧女への求婚も、結果からみると、観音の配慮ではなかろうか。

九 わずかに身を隠す薄物一つ。一四七頁注一四参照。

貧女、良縁で結ばれるが、食料に窮して祈る

一〇 顔を隠したままで。ここでは、衣服のないような家の実情を恥じもしないで、の意。

一一 嫁入りして一緒になれましょうか。

一二 女の方の事情を男（求婚者）に報告した。

一三 貧乏で困っていること。訓みは『字類抄』による。

一四 娘はやはり「いやだ」と言って断った。

や」といふ。媒往きて告げ知らす。[一四]孃なほし「否」と辞ぶ。壮強ひて入り嬲る。すなはち心に聴許し、壮と交はる。

明くる日終日に雨降りて止まず。雨に障りて避らずして、三日留まれり。壮飢ゑていはく、「われ飢ゑたり。飯をたまへ」といふ。妻いはく、「いま進らむ」といふ。起ちて[一五]竈に火を燃き、空しき[一六]甗を居き、[一七]頬を押へて蹲り、空しき屋に入る。[一八]徘徊りて大きに[一九]嗟きて、[二〇]口を嗽ぎ手を洒ひて、堂の内に参ゐ入り、像に繋けたる縄を引きて、涕泣きてまうしていはく、「恥を受けしむることなかれ。われにすみやかに財を施したまへ」とまうす。罷り出でて先のごとくに、空しき竈戸に向ひ、頬を押へて蹲る。

隣から美食が届き、使の乳母に衣を施す

ここに日の中の[二一]時に、忽ちに門を叩きて人を喚ぶ。出でて見れば、隣の富める家の[二二]乳母あり。[二三]大き櫃に[二四]百味の飲食を具へ納め、[二五]美味く芬馥り、具はらぬ物なし。[二六]器は、みな鋺・鏶子なり。すなはち与へていはく、「客人ありと聞くがゆゑに、[二七]隣の大家、つぶさに物

一五 上に釜・なべをかけて煮たきする、土で塗り固めて作った炊事用設備。
一六 土鍋。「甑」が正字。
一七 ほおづえをついて、思案にくれるさま。
一八 行ったり来たり立ち止ったりうろうろする。
一九 ため息をついて。
二〇 仏前に祈願するにあたり身体を清める儀礼。
二一 底本「急」、国会本による。
二二 うば。チオモとも訓む。母親に代って子どもに乳を飲ませて育てる婦人。
二三 ふたのある大形の箱。
二四 いろいろな美味・珍味のご馳走が納めてあり。
二五 おいしそうな匂いがあたりにただよい、足りない物がないほど十分整っていた。このあたりの叙述は、中一四縁の、一四二頁の後半部によく似ている。
二六 食器はみな金属製の椀と漆塗り木製の浅皿。両方とも上等な容器。「鋺」は、一四二頁注一二参照。
二七 ここでは、うちの奥様が、の意。「家」は「姑」に当てた漢字の用法で、女性に対する敬称。後文の「隣の家室」に同じ。ただし、「大家」と読めば、上文「隣の富める家」の意ともとれる。いずれにしろ、乳母自身の家に関する話題だから、「隣の……」は地の文の用語の会話文への混入。

を進り納る。ただし器は後にたまへ」といふ。嬢、大きに歓喜びて、幸の心に勝へず、着たる黒き衣を脱ぎて、使に与へていはく、「物の献るべきなし。ただし垢つく衣のみあり。幸しくも受け用ゐよ」といふ。使の母取りて着て、急々やかに還り去る。食を夫に饗するに、食を見て怪しび、その食を見ずして、なほし妻の面を瞻る。

明くる日夫去るときに、絹十疋・米十俵を妻に送りていはく、「絹は颯やかに衣被に縫ひ、米は急やかに酒に作れ」といふ。嬢、その富める家に往きて、幸の心を述べて慶び貴ぶ。隣の家室いはく、「癡かなる嬢子なるかな。もし、鬼に託へるか。われは知らず」といふ。その使なほしいはく、「われもまた知らず」といふ。嘖められて家に帰り、常のごとくに礼せむとして、堂に入りて見れば、使に着せたりし黒き衣、銅像に被れり。ここにすなはち知る、観音の示したまふところなりしことを。よりて因果を信じ、増加慇ろに勲めて、その像を恭敬しまつる。これ

施した衣、観音像に着せられる

一 しあわせの気持が抑えられず。
二 黒色の着物。本書に「黒衣」はここだけであり、墨染の衣が連想される。観音像にひたすら悲願する孤児の心情を表すための潤色か。着物をお礼に施す例は、一四三頁二行などにもある。
三 垢でよごれた着物。アカツクの訓みは『名義抄』による。
四 「幸しくも」の訓みは、上巻序（二五頁九行）の訓釈による。
五 ご馳走を夫に出してもてなす。
六 当時は、結婚後でも別居する通い婚であった。男は饗応されて客人の立場から正式の夫へと昇格（永田典子説）。
七 羽二重に似た生地。訓みは上三四縁（九七頁四行）の訓釈による。
八 布地一巻の助数詞。訓みは『名義抄』『字類抄』などによる。また、布地二反つづきを疋とみれば、十疋は着物二十着分。
九 米から酒を醸造するのも、女性の仕事であった。同例は一八三頁二行にもある。
一〇 隣家の主婦。
一一 ひょっとして、あなたは鬼神にでも取りつかれたのではないの。私は何のことかわかりませんよ。
一二 類話の中一四縁の結末も同じ。
一三 仏教の因果応報の道理。
一四 心をこめてお勤めして。

より以来、本の大きなる富を得、飢ゑを脱れ愁へなく、夫も妻も一五天になりぬることなく、一六命を全くし身を存へき。

これ奇異しき事なり。

法師を打ちて、現に悪しき病ひを得て死ぬる縁　第三十五

一七宇遅の王は、一八天骨邪見にして、三宝を信けざりき。聖武天皇の御世に、この王、縁ありて、一九山背を徘徊りき。八人従ひ、奈良の京に向へり。時に、二〇下毛野の寺の二一沙門諦鏡、奈良の京より、山背に往き、二二綴喜の郡を歩む。師、にはかに王に値ひて、二三避り退くところなし。笠を傾けて面を匿し、路の側らに立つ。その王見て、馬を留めて二四刑たしむ。師、弟子と水田に入りて、逃れ避り走る。なほし強ひて師を追

一五「天になりぬること」の訓みは、上五縁（四五頁三行）の訓釈による。

一六 天寿を全うして長生きをした。本書の説話では、長命と裕福とは最上の現報とされる。

一七 伝未詳。『続紀』によると、天平九年（七三七）に従五位下・内蔵頭、翌年に刑部大輔・中務大輔となった宇治王がいるが、以下記事がない。また、延暦元年（七八二）に氷上川継の乱に関係した宇治王もいる。しかし、本話と記事が合わず、いずれも別人であろう。説話に見える地名からみると、あるいは地名の宇治に縁のある人物か。

一八 生れつき心がよこしまで、三宝（仏法僧）を信じなかった。悪者を性格づけるきまり文句で、中一一縁と同じ。

宇遅王、諦鏡を打ち、仏罰を受けて病死する

一九 山城国（いまの京都府南部）をあちこち歩き回っていた。

二〇 未詳。次の中三六縁によると、平城京にあった。

二一 伝未詳。「沙門」は僧。

二二 京都府綴喜郡。平城京から北上し、山城国相楽郡（中一八縁）の次で、宇治の手前。

二三 僧尼が路上で三位以上の貴人に行き会った時は、身を隠せとある（『僧尼令』）。王は、諦鏡の態度を無礼として、罰したのであろう。

二四 訓みは『和名抄』などによる。

ひ打つ。負ひ持てる蔵を、みな撃ち破り損ひき。

時に、法師呼びていはく、「奚ぞ護法なきか」といふ。王去ること遠くあらず、その路中にして、たちまちに重き病ひを受く。高き声に叫び呻ひ、踴りて地を離ること、二三尺ばかりなり。従者状を知りて、法師を勧請すれども、師否びて受けず。三遍請くれども、なほしつひに受けず。問ひて「病むか」といへば、「はなはだ痛しとす」と答ふ。法師またいはく、「斯の下賤しき王、千遍痛み病め。万遍痛み病め」といふ。

時に、王の眷属、天皇に奏さく、「諦鏡法師、宇遅を咀ふ」とまうし、今し捉へて殺さむとす。天皇、状を知りて、なほし忍びて可したまはず。王、三日を経て、墨のごとくにして卒りぬ。眷属また奏さく、「殺さるる報は、殺して報いむ。宇遅すでに死ぬ。諦鏡を受けて、怨を報いむ」とまうす。

天皇、勅して詔はく、「朕もまた法師、諦鏡もまた僧なり。法師

一 「蔵」は、しまいこむ意。また、仏教の経典。ここでは、旅行用具の笈などに入れて背負う経典。下一四縁でも行者は経典を背負っており、その話も同様な迫害譚である。
二 どうして仏法守護の神がいないのか。「護法」は三宝を護持する善神。
三 「踴」は「踊」の俗字で、とびあがる意。アガルとも。訓みは、八一頁注二七参照。同様の描写が八一頁末〜八二頁にあって、「熱や、熱や」と叫び、「地獄の火」に焼かれると説明する。ここも、現世に地獄が現出していることを示す。
四 諦鏡を迎えて、仏法守護神の怒りを和らげてもらうように願ったことをいう。
五 この下賤な王よ、千遍も痛め、万遍も痛め。なお、「斯下」は「賤」の意（一三七頁注一四）でもあるから、「斯下賤しき」と訓読してもよい。
六 親族たち。同族一同。
七 訓みは『字類抄』『名義抄』による。
八 「今」は底本による。類従本の「令」字によって「捉へ令めて」と訓読するのが通例。
九 地獄が現出した、その結末である。類例上二七・中一〇各縁により、身が黒こげになるさま。
一〇 身柄を申し受けて、仇をとろうと思います。
一一 聖武天皇は、天平勝宝元年（七四九）に「三宝の奴……」と宣命を下し、また、「太上天皇沙弥勝満」と法名をつけられ

仏徒聖武天皇、諦鏡を庇護する

云何してか法師を殺さむ。宇遅の災ひを招くは、諦鏡の咎にあらず」とのたまふ。天皇鬢髪を剃除り、戒を受け道を行ひたまふ。そゑに、法師に儻比ひ、諦鏡を殺したまはざりき。

狂ひたる王の宇遅、邪見太はなはだしく、護法、罰を加へたまふ。護法なきにあらず。なにぞ恐りざらむや。

観音の木像、神力を示す縁　第三十六

聖武太上天皇のみ世に、奈良の京の下毛野の寺の金堂の東の脇士の観音の頸、ゆゑなくして断れ落ちぬ。檀主見て、明くる日に継ぎたてまつらむとして、一日一夜を経て、朝に見れば、その頸自然にもとのごとくに継がる。加以、光を放てり。誠に知る、理智の法身、常住なきにあらず。不信の衆生に知らし

た。

一二 聖武天皇が僧形となり、仏教の道によって統治される記事は、中巻序（一〇三〜四頁）にある。

一三 味方する。とくに一方に心を寄せる意。

一四 観世音菩薩。四六頁注二参照。

一五 霊妙不可思議な力。「神しき力」ともいう。

一六 未詳。中三五縁によると僧諦鏡がいた寺。

一七 寺院の本堂。本尊仏を安置する堂。

一八 本尊の左右に侍立する菩薩。夾侍・脇侍ともいう。阿弥陀仏の場合には左が観音、右が勢至。ここでは、金堂が南面するから、左は東側に当る。

一九 施主（寺や僧の経済的後援者）。檀越に同じ。下毛野寺が下毛野氏の氏寺ならば、同氏の関係者か。

二〇 そればかりでなく。その上さらに。

二一 放光は、仏像の霊威の象徴。像の光背などに起因するものであろう。放光仏は、上五・中三九縁にも登場する。

落ちた観音像の首、元通りに直り、光を放つ

二二 悟りの真理と智恵とを形に表した仏。一六四頁注二参照。以下、中一七・二三各縁などの、仏像霊験譚の結語も同趣である。造形としての像は変滅しても、その本体である法身は、永久に不変不滅であることを言おうとしている。

めむがために、示したまひし所なりといふことを。

観音の木像、火の難に焼けずして、威神[一]の力を示す縁　第三十七

聖武天皇のみ世に、泉の国泉の郡[二]の部内[三]珍努[四]の上の山寺に、正[五]観自在菩薩の木像を居きて（安置して）、敬ひ供へまつりき（尊んで供養していた）。時に失火して、その仏殿を焼く。その菩薩の木像、焼くる殿[六]より、二丈[七]ばかり出でて（外に）、伏して損ふことなかりき（無事であった）。

誠に知る（本当によく分る）、三宝[八]の非色非心は、目に見えずといへども、威力なき（不思議な力を持っておられることが）にあらぬことを。これ不思議の第一なり。

慳貪[九]によりて、大きなる蛇となる縁　第三十八

観音の木像、仏殿の火事で外に逃れる

一　霊妙不可思議の力。
二　大阪府泉大津市・岸和田市・和泉市付近。
三　区域内。律令制での地方行政区画内をいう語。
四　未詳。中二三縁の「血渟の山寺」（国会本は「血渟上山寺」）と同じか。一四〇頁注四参照。
五　「観自在」は「観（世）音」に同じ。「正観音」は「聖観音」とも書く。観音は、現世利益の仏として信者の千差万別の祈願に応じて、種々の姿と名をもつに至った（千手・十一面・如意輪など）。それらに対して本来の観音をいう。「聖」は神聖な、「正」は正統の、という意味。
六　仏殿、殿堂の略。
七　一丈は一〇尺。二丈は約六・〇六メートル。
八　「三宝」は、ここはとくに仏をさす。「色」は有形の物体、「心」は無形ながら知覚できる精神。以下の本話の結語は、像の本体である法身の霊異について述べる点、前話におけると同じい。つまり、仏は物質界のものでなく、また人間の精神の顕現でもない。だから目に見えないが、その威光は不変不滅であるというのである。
九　けちで欲の深いこと。
一〇　未詳。東大寺の東北方、佐保川の上流の辺にあっ

銭に執着する僧、蛇に転生して銭を守る

聖武天皇の御世に、諾楽の京の馬庭[一〇]の山寺に、ひとりの僧常住し[一一]き。その僧命終の時に臨みて〔臨終にあたって〕、弟子に告げていはく、「われ死にて後、三年に至らむまで〔三年たつまで〕、室[一二]の戸を開くことなかれ」といふ。しかして死にし後、七七日[一三]を経て、大きなる毒の蛇ありて、その室の戸に伏せり。弟子因[一四]を知りて、〔蛇を〕教化[一五]して室の戸を開きて見れば、銭三十貫[一六]隠し蔵めたり。その銭を取りて〔用いて〕誦経[一七]をし、善を修し福を贈りき〔善根を積み冥福を祈ってやった〕。

誠に知る、銭に貪り隠すによりて〔執着して隠したために〕、大きなる蛇の身を得て、返り[一八]〔姿を変えて〕てその銭を護りしことを。「須弥[一九]の頂を見るといへども〔頂上を見ることができても〕、欲の山の頂を見ること得じ」といへるは、それこれをいふなり。

薬師仏[二〇]の木像、水に流れ沙に埋りて、霊しき表を示す縁　第三十九

たのではないかという説がある。

一一 長く住みついていた。「山寺」は山林修行の拠点として、常住者は修行に専念する場合が多い。

一二 僧房。僧のこもる宿舎。室の戸を開けるなという師の遺言は、一二四頁にも。

一三 四十九日。死亡当日から数えて四十九日目。中有(死後転生までの中間の存在、「中陰」とも)の終る日で、この日に死者は三界・六道のいずれに生れ変るかが定められる。この僧は蛇に転生したのである。

一四 蛇がここにいるわけを知って。弟子は、師の遺言内容と四十九日という日とによって、蛇は師の転生で、室内に執着物があろうと判断したのである。

一五 仏道を説いて衆生を教え導くこと。ここでは、蛇が害毒を加えないように善導する。

一六 一貫は千文。本書の例でいえば、三十貫は中二四縁(一六四頁)の交易商人の借出額に等しい。

一七 お経を読んで供養するのは、ここでは畜生道からの救済に導く方法。一八五頁一行と同じ。

一八 「返」は「変」の借字。姿が変って。つまり、人間の身から蛇に身を変えて。

一九 須弥山。仏教で、世界の中央に聳える大きな高山。頂上に三十三天(忉利天)があるという。

二〇 薬師瑠璃光如来。東方浄瑠璃世界の教主で、衆生の病患を救い、無明(煩悩にとらわれている状態)をも癒す仏。左手に薬壺を持つ。

駿河[一]の国と遠江の国との堺に、河あり。名を大井河[二]といふ。その河の上に鵜田[三]の里あり。これ遠江の国の榛原[四]の郡の部内なり（区域内である）。奈良の宮に天の下治めたまひし大炊[五]の天皇の御世、天平宝字の二年[六]の戊戌の春の三月に、その鵜田の里の河辺[七]の沙の中に（砂の中で）、音ありていひしく、「われを取れ（私を取り出してくれ）。われを取れ」といひき。

時に僧[八]あり。国を経て彼を行き過ぐ。その時、「われを取れ」といふ音、なほし止まず（なおもやまずに聞えた）。僧[九]、呼び求むるを、邂逅に（偶然に）聞くこと得たり。沙の底に音あれば（声がするので）、思はく（〔僧が〕思うには）[一〇]、「埋りたる死人の蘇還れるならむ（生き返ったのであろう）」とおもひて、掘りて見れば、薬師仏の木像有す。高さ六尺五寸、左右の耳欠けたり。

敬礼して哭きてまうさく、「わが大師[一一]や。なにの過失ありてか、この水の難に遇ひたまふ。縁[一二]ありて偶に値ひまつれり（偶然にお会いしました）。願はくはわれ修理しまつらむ」とまうす。知識[一三]（信者を）を引率き、仏師[一四]を勧請して（頼み迎えて）、仏の耳を造らしむ。鵜田の里に堂を造りて、尊像[一五]を居きて供養[一六]しまつ

水難で砂中に埋もれた薬師木像、声を出す

一 「駿河」は静岡県の東半部、「遠江」は西半部。
二 大井川。静岡県の中部を貫流。同名で現存する。
三 島田市野田に鵜田寺があり、その近くに鵜田沢がある。そこか。ただし次の遠江国榛原郡に合わない。
四 静岡県榛原郡。
五 第四七代淳仁天皇。
六 西暦七五八年。淳仁天皇の即位は同年八月、同三月はまだ前代孝謙天皇の治世。
七 川のほとり。川べり。
八 諸国をめぐる修行僧をいう。いわゆる路行僧は不思議な能力をもっている例が多い。五四頁注一参照。
九 僧の霊力によって、凡人の耳に入らない声を聞きつけたのであろう。一七一頁注一九参照。
一〇 大井川は水害がよくあり、河原も広いなどの状況からの判断であろう。後文にも「水の難」。
一一 わがみ仏さま。いったい何の過ちがあって、この水難にあわれたのでしょう。災難に遭った仏像と対面する時にいう類型的文言。一五一頁一三行参照。
一二 因縁があって。仏縁に引かれたことをいう。
一三 ここでは、薬師像を修理し本堂を建てることに賛同し、浄財を出す人々を誘い集めること。
一四 仏像を作りきざむ職人。
一五 薬師像を安置し。ミカタの訓みは『書紀』古訓。

りき。今に号けて鵜田[17]の堂といふ。この仏像、験[18]ありて光を放ち、願ふところをよく与へたまふ。このゆゑに道俗帰敬しまつる。伝聞[19]ならく、「優塡[20]の檀像、起ちて礼敬を致す。丁蘭[21]の木母、動きて生ける形を示す」といへるは、それこれをいふなり。

悪事を好むひと、以て現に利き鋭[22]に誅られ、悪死の報を得る縁　第四十

橘[23]の朝臣諸楽麻呂は、葛木[24]の王の子なり。強ひて非望[25]を窺ひ、心に国を傾けむことを繋け、逆[26]なる党を招し集へ、その便りを当頭[27]き。僧[28]の形を画きなし、これをもて的に立て、僧の黒き眼を射る術を効ぶ。もろもろの悪事を好むも、このはなはだしきに過ぎたるはなからむ。

諸楽麻呂の奴[29]、諸楽山[30]に鷹鳥獦をなす。見ればその山に多く狐の

一六 仏像の修理を祝し、開眼供養をしたのであろう。
一七 注三参照。本話が鵜田堂縁起譚として伝承されたものであることを示す。
一八 放光仏は、上五・中二一・三六各縁にも。
一九 聞くところによれば……というようである、の意。
二〇 インドの優塡王が栴檀の木で造った仏像が、立ち上がって釈迦を恭しく迎えたという話。『西域記』にもみえるが、『諸経要集』によるらしい。
二一 著名な話で上一七縁にもある。
二二 鋭い刃物で斬られ。「鋭」は、きっさき・ほさきの意で、「芒」(『名義抄』サキ)に同じ。四四頁四行の「銛き鋒」と同意。
二三 橘諸兄の長男。参議となり、権勢を張っていた聖武天皇の寵臣藤原仲麻呂一派に対し、不平分子を集めて討とうとしたことが発覚して失脚。天平宝字元年(七五七)没。
二四 橘諸兄。天平八年(七三六)に臣籍に下り、橘宿禰の姓を賜る。万葉歌人としても著名。

橘奈良麻呂、諸悪事を好み、剣で誅殺される

二五 身分不相応な野望を抱き。天皇を廃する計画等。
二六 反逆の共謀者たちを招集し。
二七 密議をこらした。九七頁注三三参照。
二八 僧形の聖武天皇、あるいは行基をさすかとも。
二九 やつ。やつめ。ここでは、奈良麻呂を罵った言い方。奴婢(使用人)とする説もある。
三〇 奈良の北方に連なる低い丘陵。

子あり。奴、狐の子を捉へ、木もて串に刺し、その穴の戸に立つ。（狐の巣の穴の入口に立てておいた）（木で串刺しにして）奴に嬰児あり。母の狐、怨を結び、身を返へて化し、奴の児の祖母となる。（変えて）（ばけて）奴の子を抱き、おのが穴の戸にいたり、おのが子を串きしがごとくに、奴の子を貫きて穴の戸に立てき。（串刺しにして）賤しき畜生といへども、怨を報ゆるに術あり。（仇を討ってだてがある）現報はなはだ近し。（ただちにやってくる）慈しびの心なくはあらざれ。（慈悲の心を持たなくてはならない）慈しびなき行をなさば、慈しびなき怨を致さむ。（慈悲のない仇を討たれるであろう）

しかして後久しくもあらぬに、諾楽麻呂、天皇に嫌まれ、利き鋭に剔られき。

以て知る、先の悪行は、利き鋭に逢はしめ、殺さるる表なりといふことを。これもまた奇しき事なり。

女人大きなる蛇に婚せられ、薬の力によりて、命を全くすること得る縁　第四十一

一 奈良麻呂のやつは。
二 乳飲み子。五一頁注一九参照。
三 恨みを抱き。仇を討とうと心に誓うこと。
四 おばあさん。訓みは、上一八縁の訓釈による。オバ（『和名抄』）とも。
五 やつが狐の子を串ざしにした通りに。
六 畜生（狐・犬）に生れ変って仇を討つ話は下二縁にある。人間と畜生との関係は、「畜生に見ゆといへども、わが過去の父母なり……」（七二頁九行）という通りであり、慈悲をもってするのが肝要。
七 悪行に対する報いが現世でたちどころに現れるのは、本書の重要テーマである。これは常套的文言。
八 嫌悪され。きらい憎まれ。
九 刀剣で斬り殺された。「剔」は、底本「則」、意によって改める。キルの訓みは中二二縁（一六一頁一四行）の訓釈による。
一〇 以前に行った悪事。僧の肖像の黒眼を射たことなど。
一一 前兆。中三三縁の結語に、「災ひの表は先に現る……」（一八七頁）とある通り、物ごとの前兆を信じる〈表相信仰〉も、本書の主要テーマの一つ。下三八縁はそれをテーマとする。
一二 交接、同衾の意。訓みは上一・中一一各縁の訓釈による。ここでは犯される意。
一三 「更荒郡」は、「讃良郡」（『和名抄』佐良々）の表記が多く、いま大阪府大東市・寝屋川市・四条畷市

桑つみ女、蛇に犯され医師の治療で蘇生する

河内の国更荒の郡馬甘の里に[一三][一四]、富める家ありき。家に女子ありき。大炊の天皇のみ世の[一五]、天平宝字の三年の己亥の夏の四月に、その女子、桑に[一六]登りて葉を揃きき（摘んでいた）。時に大きなる蛇あり。登れる女の桑に纏りて登る（巻きついて上った）。路を往く人、見て嬢に示す（娘に注意した）。嬢見て驚き落つ。蛇もまた副ひ堕ち、纏りて婚し、慌れ迷ひて臥しつ[一七]（娘）。

父母見て、薬師[一八]を請け召し（頼んで来てもらい）、嬢と蛇とともに同じ床[一九]に載せて（戸板にのせて）、家に帰り庭に置く。稷[二〇]の藁を三束 三尺を束になして三束となす[二一] 焼き、湯に（〔その灰を〕湯にまぜて）合はせて汁を三斗[二二]取り、煮煎りて（煎じつめて）二斗となし、猪[二三]の毛を十把剋み末きて汁に合はす。しかして（そうして）嬢の頭[二四]を足に当てて、橛を打ちて懸け釣り（杭を打って吊り下げ）、開の口に汁を入る（女陰の口に薬汁を入れた）。汁一斗入る。すなはち蛇放れ往くを殺して棄つ（すると蛇が放れていったので）。蛇の子白く凝り（固まり）、蝦蟆の子[二五]のごとし（蛙の卵のようであった）。猪の毛、蛇の子の身に立ち（刺さり）、閪より（女陰から）五升ばかり出づ。口に二斗入るれば、蛇の子みな出づ。迷惑へる嬢（気絶していた娘）、すなはち醒めて言語ふ。ふたりの親の問ふに、答ふらく、「わが意夢のごとくにありき。今し醒めて本のごとし（今はもう覚めてもと通りになりました）」といふ。

のあたり。

一四 所在未詳。ただし『天武紀』十二年に「娑羅羅馬飼造・菟野馬飼造」の人名があるから、この郷名のあったことが知られる。この氏族は、『姓氏録』によると渡来人。養蚕技術ももたらしたのであろう。

一五 第四七代淳仁天皇の治世、西暦七五九年。四月は桑の葉を摘む時期。

一六 養蚕のための桑摘み。

＊ 桑の木と娘と蛇とをめぐって、神婚説話の残影が透視される。〔桑摘み女と蛇〕

一七 気を失って倒れてしまった。

一八 医師。

一九 寝床。ここでは、横になることのできる程度の、平たい台状の戸板をいう。

二〇 キビの古代語。黍に同じ。

二一 三尺のものを一束として、それを三束用意した。

二二 容積の単位。一斗は十升、十分の一石。

二三 猪の毛十つかみ分をきざんで粉末にする。猪は、暴れまわる動物であり、毛も多い。また雷神とも縁がある。そうした呪的性格により用いられたか。

二四 女陰に薬汁が多量に入ってもこぼれないように、頭が脚に当るほど身体を曲げて手足をしばり下げる。

二五 蛙の卵は半透明の寒天質に包まれ、数多く連なっている。蛇の子が白く凝固してそういう状態になったのをいう。他におたまじゃくし説もある。

薬服かくのごとし。なにぞ謹みて用ゐざらむや。

薬の効能はこの通りである　だから注意深く用いなければならない

女、再び蛇に犯されて死ぬ

しかして三年経て、その嬢、また蛇に婚せられて死にき。愛心深く入りて、死に別るる時に、[一]夫妻と父母子を恋ひて、この言を作ししく、「われ死にてまたの世に、かならずまた相はむ」といひき。

〔娘は蛇に〕深い愛着を抱くようになり　次のことば　来世において　〔蛇と〕結ばれましょう

それ、[二]神識は、[三]業の因縁に従ふ。あるいは蛇・馬・牛・犬・鳥等に生る。先の[四]悪しき契によりては、蛇となりて愛婚す。あるいは怪しき畜生となる。[五]愛欲は一つにあらず。

そもそも　ある者は　前世での　交接する　愛欲の現れ方は一様ではない

経典の話二つ——愛欲と転生と

[六]経に説きたまへるがごとし。「昔、[七]仏と[八]阿難と、墓のほとりよりして過ぎしに、[九]夫と妻と二人、ともに飲食を備けて、墓を祠りて慕ひ哭く。[一〇]夫は母を恋ひて啼き、[一一]妻は詠ひ姨は泣く。仏、妻の哭くを聞きて、音を出して嘆きたまふ。阿難まうしていはく、『なにの因縁をもてか、[一二]如来嘆きたまふ』とまうす。仏、阿難に告りたまはく、『この女、先の世にひとりの男子を産む。深く愛心を結び、口にその子の[一三]閛を嗽ふ。母三年を経て、儵倏ちに病ひを得たり。命終

供えて　どういう原因で　深く愛欲を抱いて　〔母の〕口で　にわかに

一 蛇と結ばれた夫婦仲と、父母となって宿した（蛇の）子を恋い慕うこと。『攷証』に誤字・脱文があろうかと疑う通り、文意不明。前後の文脈、とくに後掲する経典の説話と対応させた私案。なお疑問が残る。
二 霊魂。底本「神議」、三〇八頁注一による。
三 前世で行った善悪の行為の因縁のままに従うものである。「業」とは、身・口・意による善悪の所行。それが未来における善悪の果報の原因となる。以下にいう、動物に生れ変る例については、「六道四生はわが生れむ家」（七二頁一〇行）の、「六道」の中の「畜生道」の世界をさす。
四 悪の因縁。ここは本話のような邪悪な愛欲関係。
五 性欲や肉親に対する情。「愛欲の海に流転す」（『八十華厳経』）ともいわれる。
六 どの経典によったのか未詳。
七 ここは釈迦。
八 釈迦の十大弟子の一人。阿難陀の略。釈迦に二十余年随従し、師の説の記憶力は抜群。師にすすめて女人出家の基を開くなど、説話も多く残す。
九 以下の人間関係を図示し、説明しておく。ABという夫婦に男子C

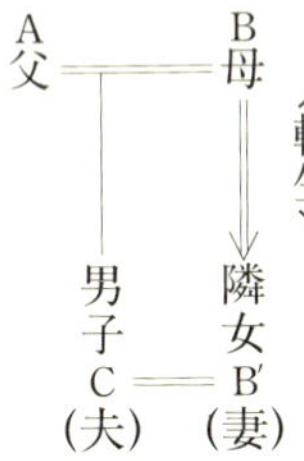

の時に臨み、子を撫で閑を唼ひて、かくいひき。われ生々の世、常に生れて相はむといひて、隣の家の女に生れぬ。つひに子の妻となり、自（前世の）と夫との骨を祠りて、今し慕ひ哭く。本末（原因から結果までの事を）の事を知るがゆゑに、われ哭くらくのみ』とのたまへり」とのたまへるは、それこれをいふなり。

また、経に説きたまへるがごとし（経典に次のように説いておられる通りである）。「昔、人の児あり。その身はなはだ軽く、疾く走ること飛ぶ鳥のごとし。父つねに重みし（大事にして）愛しみ（可愛がり）、守り育つること眼のごとし。父、子の軽きを見て、譬へていはく、『善きかな（すばらしい事よ）、わが児。疾く走ること狐のごとし』といふ。その子命終して、後に狐の身に生る」とのたまへり。

善き譬へを願ふべし。悪しき譬へをねがはざれ（考えて使ってはならない）。かならずその報を得むがゆゑになり（それが因となって報いを受けるからである）。

が生れ、母Bは子Cを溺愛して死んだ。Bは、のち転生して隣家の娘B′となり、前世の実子に当るCと結婚する。この場面で墓参しているのはCとB′の夫婦であり、ABは故人である。

一〇 夫Cは亡き母Bを慕って泣く。

一一 妻B′は、前世の時の夫であるAを偲び、同時に、隣家の娘（姨）に転生する以前の、Aの妻であったBにも供養している。転生するのは霊魂だけであり、墓にはABの遺骨が埋葬されている（注一五参照）。「姨」は、婦人の総称、ここでは転生した隣家の娘の立場としての表記。

一二 仏の尊称。釈迦如来さま。

一三 男根を吸った。

一四 今後次々と生れ変ってゆく世で、いつもそなたと夫婦になろう。本縁の説話の娘の遺言（二〇〇頁四行）に同じ。

一五 前世における自分Bと夫Aとの遺骨を供養する。「自」は、本書で自分自身をいう例〈オノレ〉が殆どであり、「己が」などとは区別があるとみられる。

一六 釈迦は、この女の宿縁を熟知して悲しんでいる。

一七 どの経典によったのか未詳。これは、畜生道に堕ちる類話として付したものであろう。

一八 上二縁では狐の属性。三一頁注一四参照。

一九 人が最も大切にする自己のものの典型。経典にしばしば使われる用語。

極めて窮しき女、千手観音の像を憑み敬ひ、福分を願ひて、大きなる富を得る縁　第四十二

妹に化した観音、貧窮の女の家に銭を届ける

海の使表女は、諸楽の左京の九条二坊の人なりき。九の子を産生み、極めて窮しきこと比なく、生活くること能はず。向穂寺の千手の像にして、福分を願ひ、一年に満たず。大炊の天皇のみ世の天平宝字の七年の癸卯の冬の十月十日に、慮はぬ外に、あへてその妹来り、皮の櫃を姉に寄せて往く。脚に馬の屎染みたり。いはく、「われ今来むがゆゑに、この物を置け」といふ。待てども来らず。そゑに往きて弟を問ふ。弟答ふらく、「知らず」といふ。

ここに、内心に思ひ怪しび、櫃を開きて見れば、銭百貫あり。常のごとくに花香と油とを買ひて、千手の前に擎げ往きて見れば、そ

一　千手千眼観世音の略。六観音の一つ。観世音菩薩が一切衆生を救うため、千の手と千の目を願い誓って得た姿で、千は満数、目と手は慈悲と救済を表す。
二　ご利益。福（功徳・福徳）の分けまえ。
三　伝未詳。「表」は「蓑」の俗字。
四　平城京の内裏から南面した左側（東南）で、東西に通る九条大路（南端）と、南北に通る二坊大路と交差する地点のあたり。
五　多くの子を育てながら貧乏な暮しに生きる母の典型。他に上二三縁など。
六　未詳。底本原文「向穂寺於千手像」。『攷証』は「穴穂寺」の誤りとし、安康天皇の穴穂宮（いま天理市）付近とする。『今昔』一六ノ一〇、『観音利益集』は「穂積寺」。これは左京九条四坊にあった寺で、廃寺後は同名の字が残ったという。九条二坊の家からも近くだから、「積」脱字とみて、「穂積寺の千手の像に向ひて」と訓読するのも一案である。
七　第四七代淳仁天皇。
八　七六三年。五穀不熟で飢饉の年（『続紀』）。
九　格別な用事もないのに自分で進んで。
一〇　ふたのある皮張りの大きな箱。
一一　街道に落ちていた馬糞による汚れ。
一三　妹に尋ねた。古代は弟妹ともに「弟」と書くことが多く、また、「誰に問ふ」の「に」を「を」とした。

の足に馬の屎着けり。ここにすなはち疑ひ思はく、「菩薩の貺ひし銭か」とおもふ。三年過ぎて聆く[一五]、「千手院[一六]に収めたる修理分[一七]の銭、百貫なし」。よりて皮の櫃は、その寺の銭なることを知りぬ。闓ら[一八]かに委る、これ咸[一九]観音の賜はりしところなりといふことを。

賛にいはく、

善きかな、海の使の氏の長母[二〇]。
朝には飢うる子を視て、血の涙を流し泣く。
夕には香燈[二一]を焼きて、観音の徳を願ふ。
応[二二]の銭家に入り、貧窮の愁へを滅す。
聖に感じて福を留め、大きなる富の泉を流す。
児[二三]を養ふに食に飽き、衣を発げて苑に遊ぶ。

といふ。

晣らかに委る、慈子[二四]来り祐け、香を買ひ価[二五]を得たることを。涅槃経[二六]に説きたまへるがごとし。「母、子を慈しび、よりておの

一三 一貫は一千文。類話の中二八縁で問題となった金額は四貫。それに比べると百貫はかなりの高額。
一四 仏前にお供えする花と香と燈油。
一五 「聆」は、底本のまま、「聴」と同意。
一六 向穂寺の中の、千手観音を安置する仏堂。
一七 寺院の修繕費としての銭。
一八 これではっきりと分る。
一九 底本「箴」、意によって改める。「咸」の訓みは、ミナ・コトゴトク（『名義抄』）。
二〇 年長の主婦に対する敬称。一五六頁注一二参照。
二一 仏前に香をたき燈明をあげて、千手観音の功徳を祈願した。
二二 すると、その報いの銭が家に届き。
二三 子供を養育するのに食物は十分となり、衣服をなびかせて園で遊ぶように幸福に暮した。この行の底本の原文は「養児飽発衣苑」。この賛の各行の原文は四字句二つから成っているので、二字脱とみて、「食」「遊」を補ってみた。「発」は「挙・揚」、「苑」は「園」に、それぞれ同じ意。なお、「衣を発げて苑に遊ぶ」と校訂し訓読したのは、あとの『涅槃経』引用文の内容と対応させてみたからである。
二四 慈悲深い観音が来て助けて下さったのであり。「慈子」は慈悲深い方。観音をさす。「子」は敬称。
二五 香を買って供養し、功徳を願った代価（報い）を得たものであることが。
二六 『大般涅槃経』。一切大衆所問品からの摘記か。

づから（自然に）に梵天（ぼんてん）[一]に生る」とのたまへるは、それこれをいふなり。

これ奇異（あや）しき事なり。

一　色界の初禅天、つまり色欲を離れた寂静清浄の天界。その主が大梵天王で、人間の住む娑婆（しゃば）世界を主宰する神という。ここでは、人間界よりすぐれた天上世界、理想的な天界をいう。

日本霊異記　下巻

日本国現報善悪霊異記　巻下[一]

諾楽の右京の薬師寺の沙門景戒録す

夫れ[二]、善悪の因果は、内経に著れたり。吉凶の得失は、外典[三]に載せたり。

今、この賢劫[四]の尺迦一代の教文を探るに、三つの時あり。一つには正法[五]の五百年なり。二つには像法[六]の千年なり。三つには末法[七]の万年なり。

仏の涅槃したまひしより以来、延暦[八]六年の歳の次り丁卯に迄るまで、一千七百二十二年を逕たり。正像の二つを過ぎて、末法に入れり。

一 底本・前田家本・国会本による。来迎院本破損。
二 そもそも善と悪との因果応報の理については、仏書に記されている。「内経」は仏教書、内典とも。
三 仏書以外の漢籍。外書とも。内経と外典の受容については上巻の序文にあり、知恵深い仏教信者たちが両方の書に親しみ、因果の理を信じ恐れると記す。
四 現世で釈迦が一代の間に説かれた教えを記した文章。「賢劫」は、現在世のことで、遠大な時間を三分した三劫の一つ。千仏など多数の賢者が世に出て衆生を救う。釈迦もその一つ。ゲンゴウとも訓む。
五 仏の教えがよく行われている時期で、教(理論)・行(実践)・証(果報)の三つが具わる。
六 証(さとり)を得る者はないが、教と行が行われ、正法に似た時期。
七 教だけあって行と証の欠ける仏教衰微の時期。末法の世を末世といい、最後には法滅の時が来るとされる。以上の正法・像法・末法を三時と称し、仏の入滅後の仏教の変遷するさまを表す。
八 七八七年。この年に下巻序文を書き、本書の原撰本ができたか。景戒にとって一大転機の年でもあった(三〇三頁注一四)。彼の計算法による仏滅年は紀元前九三五年、その年までを八〇年とする仏の生誕年は紀元前一〇一四年(丁卯)。諸書によると中国への仏教伝来は六七年(丁卯)。彼は「丁卯」の年で仏教史の時代を画そうとしたか(出雲路修説)。

序　第一段
——末法の世と悪報の到来

しかして（そして）、日本に一仏法の伝はり適めてより以還、延暦六年に迄るまで、二百三十六歳を逕たり。

二 夫れ、花は咲みて声なし（咲いても声を立てない）。鶏は鳴きて涙なし（鳴いても涙を出さない）。

三 祀頃に代を観れば、

善を修するひとは、石の峯の花の若し（岩山の頂に咲く花のようにきわめて少ない）。

悪を作すひとは、土の山の毛に似たり（土の山に生える草のように非常に多い）。

四 因果を礒はずして罪を作すは、目なき人の虎の尾を履むが比し（盲目の人が虎の尾を踏みつける）。

五 名利を甘しび嗜みて生を殺すは、六 鬼に託へる人の毒ある蛇を抱くが疑し。

七 朽つること莫き号は悪種なり。八 失ふ叵る号は善根なり。

悪報の遄やかに来ることは、水の鏡の向へば即ち現るるが如し（水の鏡に向うと忽ち物の影が映るようなものだ）。

九 夸力の颯ちに被ぶことは、谷の響の喚べば必ず応ふるが如し（谷のこだまの）。

現報かくのごとし。一〇 鳥ぞ人慎まざらむや（どうして人は慎まなくてよかろうか）。

この生空しく過ぎなば（一生が）、後悔ゆとも益なからむ（何の役にも立たないだろう）。

一 底本によると「仏法僧の適めより」。「伝」字は来迎院本による。「適」は「始」の意（訓釈）。欽明天皇十三年（五五二）に仏教伝来（上巻序文）。それ以来延暦六年まで二三六年になる。

二 以下、末法の世相とその心構えについて述べる。

三 ここ幾年かの間、世の有様について思いめぐらしてみると。「祀頃」は、本文にはなくて訓釈にある。迫野虔徳説により補入する。

四 因果の理に照らして行いを正さずに罪を犯すことは。以下七行、諸本に欠文・錯簡があり、主として来迎院本により崎村弘文・秋吉望各説を参照する。「礒」は、訓みは訓釈、行為を改め直す意。

五 名誉や利益をこの上もないものと思ってほしがり、殺生の行いをするのは。「甘しぶ」は快く思う意。「嗜む」は好んで味わう意。いずれも訓みは訓釈。

六 邪鬼にとりつかれた人が、毒蛇を恐れずに抱くようなものだ。前の句と対句をなし、ともに非常に危険な行為であることをいう。

七 一度行うと朽ちずにいつまでも残るものは、悪行のまいた種である。「号」は訓釈による。

八 失ってはならないものは、善行功徳である。

九 善行の報いとしての大きな福の力が、ただちに身の上に及ぶこと。「夸」は訓釈「福也」、来迎院本本文「幸」。「被」の訓みは下一三縁訓釈による。

10 前田家本の本文「鳴」を、底本の訓釈「鳥（詎也）」によって改める（迫野虔徳説）。

暫爾くの身、誰か常に存へむ。泛爾なる命、孰か常に恃まむ。既に末劫に入りぬ。何ぞ勿めざらむ。噫れ汎く言惻れぶ。那か劫災を免れむ。唯し衆の僧に一つの摶食を資施せば、善を修する福にして、当来の飢饉の災に逢はざらむ。苦みて一日に不殺の戒を頼持せば、道を行ふ力にして、末劫の刀兵の怨に値はざらむ。

昔、ひとりの比丘ありき。山に住みて坐禅しき。斎食の時ごとに、飯を拆ちて烏に施す。烏つねに啄み効ひて、日ごとに来り候ふ。比丘、斎食訖りて後に、楊枝を嚼みて、口を嗽ぎ手を洒ひて、礫を把りて翫ぶ。烏、籬の外に居り。時にその比丘、居る烏を瞪ずして、礫を投ぐるに烏に中る。烏の頭破れ飛びて、すなはち死にて猪に生る。猪その山に住む。その猪、比丘の室の上に至り、石を顛して食を求むるに、石傴り下ちて比丘に中りて死にき。

一一 この世に暫く生をうけている人の身だから、だれがいつまでも生き長らえられるだろうか。
一二 ほんの一時のかりそめの命は……。上句と対句。
一三 『倶舎論』巻一二などによると、人の寿命が次第に減少してゆく「中劫」の末に、「小三災」(刀兵・疾疫・飢饉の三災)のおこる時をいう(出雲路修説)。後文の「飢饉」「刀兵」はそれに当る。
一四 ああ、私は万事につけて心を傷める。
一五 どうしてこの「末劫」の災難を免れよう。
一六 手で丸めた食物。揣食に同じ。四食の一つ。「摶」は丸める意で、「搏」とは別字。
一七 将来。来世。
一八 謹んで一日生き物を殺さない戒律を身にたもつことを旨とするならば。
一九 刀剣。武器。
二〇 以下、因果の理の恐るべき挿話をのせる。それの依拠は未詳。類話が『梵網経菩薩戒本疏』にあるという。

序 第二段
――無意識のうちの因果応報

二一 出家して具足戒を受けた男子、つまり僧。
二二 午前中一度だけの食事。七七頁注一七参照。
二三 食を啄むのに慣れて、毎日来て様子を窺い待っていた。「候」の訓みは訓釈・『名義抄』による。
二四 楊枝をくわえて。八〇頁注一〇参照。
二五 石ころを手にして興じていた。
二六 ころがり落ちて。訓みは訓釈による。

猪賊[一]せむと思はねども、石おのづからに来り殺す。無記[二]にして罪を作せば、無記にして怨を報ゆ。いかに況むや、悪心を発して殺すときには、その怨の報なきことあらむや。

悪[三]の因を殖ゑて悪の果を怨むは、これわが迷へる心なり。福因[四]を作りて菩提を鑒るは、これわが寤れる懐なり。

序　第三段　——撰述の主旨と極楽往生

羊僧景戒[五]、学ぶるところはいまだ天台智者[六]の問術を得ず。悟るところはいまだ神人弁者[七]の答術を得ず。これなほし[八]螺をもちて海を酌み、管によりて天を闚るがごとし。

伝燈[九]の良匠にあらずして、しひて訂このことを瞻みる。轍[一〇]を浄刹に剋き、心を覚路に奔す。遠く前の非を愧ぢ、長に後の善を祈ふ。奇しく[一一]異しき事を注して、言提ふる流に示す。手を授けて勧めむとおもひ、足を濡ぎて導かむとねがふ。

庶[一二]はくは、地を掃ひて共に西方の極楽に生れむ。巣を傾けて同

一　害を与える。前世の仇として報いようと。
二　三性の一つで、善悪の範疇を超えて、結果を予期できないでする行為。景戒の因果思想は実に厳しく、現報善悪を超えた「無記」の世界にまで因果律を適用させる。「因」に対する当事者の責任回避を認めず、「果」を甘受すべきことを唱える。
三　自分が悪の種をまいておいて、それが因となって受けた悪報を恨みに思うのは。
四　福の生じるもとを作り、仏道に入って精進するのは。「菩提」は、さとり。ここは、さとりを目ざして迷いを離れ煩悩を断つこと。
五　愚かな僧。僧が自己を謙遜していう語。
六　天台の智者大師智顗のようには、法を問う術を体得していない。「智顗」は、中国の六朝末～隋の高僧。諸経典の注釈や実践論を著し、諸王に講説し、天台教学の大系を確立した。三〇九頁五行にも。
七　神通力を持つ人や有能な弁説者のような、問いに答える術。「答術」と前句の「問術」とは対応し、問答の術の体得は教学の通暁を意味しよう。「神人」は神道者、「弁者」は儒・道教の徒をいうとも。
八　自分の見聞が狭く、思慮の浅いことをたとえていう。出典は『漢書』の「東方朔伝」。
九　仏教の法燈（法脈）を受け伝えること。
10　進路を極楽浄土に志向させ、心を悟りの道に走ら

て一緒に天上界の立派な殿堂に住もうと思う
じく天上の宝堂に住まむといへり。

法花経を憶持[一三]するひとの舌、曝[一四]りたる髑髏の中に着きて朽ちぬ縁　第一

諾楽[一五]の宮に宇の太八州国御めたまひし帝姫阿倍[一六]の天皇の御代に、紀伊[一七]の国牟婁の郡熊野の村に、永興禅師[一八]といふひとありき。海辺[一九]の人を化しき。時の人、その行を貴ぶるがゆゑに、美めて[二〇]菩薩と称ふ。天皇の城より南にあるがゆゑに、号けて南[二一]の菩薩といふ。

その時にひとりの禅師ありて、菩薩のところに来る。持てる物は、法花経[二二]一部字は細く少く書き、巻の数を減して一巻と成して持てり、白銅[二三]の水瓶一口、縄床[二四]一足なり。僧つねに法華大乗を誦持し、これをもて宗とせり。

一年あまりを歴て、別れ去らむと思ひ、禅師を敬礼し、縄床を施

せる。「浄刹」は浄土。「覚路」は悟りの道。
一一 こんな不思議な話を記し、耳を引っぱって強引に説得しなければならない人たちに示す。本書の撰述をいう（二五頁注二三）。「言提」の訓みは訓釈による。
一二 浄土志向は三一四頁に同じ。「西方の極楽」は阿弥陀仏の浄土。「天上の宝堂」は弥勒仏の浄土。
一三 常に心に念じて読誦する。六一頁注一五参照。
一四 日や風雨にさらされた髑髏の中に付いて残っていて、腐らなかった話。

法華持経僧、永興の許を去り熊野の山中へ

一五 一〇七頁三行と対応。
一六 第四六代孝謙（重祚して第四八代称徳）天皇。
＊「帝姫」は単に女帝の意か。〔帝姫阿倍天皇〕
一七 和歌山県東牟婁郡の南方一帯の熊野川流域。熊野地方の海辺は、古代信仰では他界（常世国）への通い路。仏教が渡来して山林修行地にもなった。
一八 十禅師のひとり。二一五頁注一一参照。
一九 上七縁弘済禅師と同じ行動。
二〇「菩薩」は仏の次の位。ここは勧進教化の聖たちへの尊称で、中七縁行基、中二一縁金鷲と同じ。
二一「南」に同音「南无」（帰依の意）を掛けるか。南海の島補陀落山（観音の浄土）信仰とも関わるか。
二二 大乗経の代表的経典。下文「法華大乗」も同じ。八巻を細字で一巻に書写し携帯用としたもの。
二三 銅とニッケル合金製の水入れ。修行僧の常用具。
二四 縄製の粗末な椅子で、修行僧の常用具。

したてまつりて、語りていはく、「今は罷退らむ。山を展りて伊勢の国に踰えむとおもふ」といふ。禅師聞きて、糯の干飯の舂き篩ひたる二斗、これをもて師に施し、優婆塞をふたり副へ、共に遣はして見送らしむ。この禅師、一日の道を送られて、法花経と幷せて鉢、干飯の粉等を優婆塞に与へ、ここより還らしむ。ただ麻の紲二十尋、水瓶一口をもて別れ去く。

逕ること二年、熊野の村の人、熊野の河上の山に至り、樹を伐りて船を作る。聞けば音ありて、法花経を誦ず。日を累ね月を逕て、なほし読みて止まず。船を造る人、経を読む音を聞きて、心を発して貴び、おのが分の粮を擎げて、これを推ね求むれば、形色を瞰ず。そゑに還りて居るに、経を読む音、先のごとくに息まず。

後に半年を歴て、船を引かむがために、人、山に入る。聞けば経を読む音、なほし止まず。怪しびて禅師にまうす。禅師怪しび往きて聞くに、まことに有り。尋ね求めて見れば、ひとつの屍骨あり。

誦経僧、髑髏となって三年なお読経を続ける

一 これでおいとまします。「憶良らは今は罷らむ」（『万葉集』三三七）と同じ挨拶語。「罷」も「退」もマカル（『名義抄』）。二字合わせて訓む。

二 峰々を巡り山林修行をして。「展」は、来迎院本などによる（底本「居」）。転の意で、訓みは『名義抄』による。「伊勢国」は、今の三重県。

三 もち米の干飯（干した携帯用食糧）を臼でつき砕き、ふるいにかけて粉にしたもの。

四 在俗のまま仏門に入って修行している男子。

五 修行者の携行する托鉢用の鉢。生命を託する器である鉢と食糧などを残してゆくのは、死を覚悟の修行に出ることを示す。

六 麻の縄二十尋。一尋は両手を左右に広げた長さ。

七 古代では船を山中で作り、引き下ろして進水させた（『万葉集』三四三一、『播磨風土記』讃容郡船引山など）。熊野は楠・杉の船材に富み、その名のついた「熊野船」があちこちで見られた（『万葉集』）。

八 自分が食べる分の食糧を捧げようと。

九 影も形も見つからなかった。なお、現場に近づくと声は不明になり、そこを離れると再び聞えるパターンについては、一六一頁参照。

一〇 もとの造船作業場にひき返すこと。

一一 禅師の霊力によって初めて声の出所がつきとめられ、死体が発見できた。一七一頁注一九参照。「屍骨」の訓みは中一縁訓釈による。

麻[一二]の縄をもてふたつの足に繫ぎ、巌に懸かり身を投げて死せり（投身の状態で岩に吊り掛かって死んでいた）。骨の側らに水瓶ありき。すなはち知りぬ（それで分った）、別れ去きし禅師なることを。永興見て、悲しび哭きて還る。

しかして三年を歴て、山人[一三]告げていはく、「経を読む音、常のごとくに止まず」といふ。永興また往きて、その骨を取らむとして、髑髏を見れば、三年に至るもその舌腐ちず。苑然[一四]かに生かにしてありき（生き生きとしていた）。

[一五]まことに知りぬ、大乗不思議の力にして（法華経の不思議な力によるものであり）、経を誦じ功を積みし（功徳を積んだ）験徳なりといふことを（報いの霊験であるということを）。

賛[一六]にいはく、

貴きかな、禅師。

血肉[一七]の身を受け、常に法華を誦じ、大乗の験を得たり（法華経の霊験を得た）。

身を投げ骨を曝りて、髑髏の中、舌着きて爛れず（腐らなかった）。
[一八]これ聖なり、凡にあらず（凡人ではない）。

一二 誦経僧が縄と水瓶とだけ持って山中に入ったのは、捨身覚悟の苦行であった。岩を巡る行道は命がけの修行であり、万一墜落しても髑髏を残し読経を続ける覚悟で、麻縄をつけていたのだろう。この大岩は大峰山などにある行道石か（五来重説）。
＊熊野山中の行道は、格別な信仰をもって実践されたとみられる。〔熊野の行道信仰〕
一三 山に住む人々。ここでは山に入って仕事（造船など）をする村人をいう（一三五頁注一三にも）。
一四 生気が咽せかえるばかりにこもっていて。訓みは訓釈。「苑」は「鬱」に通じる。ムセはムス・ムセブ（咽）の語幹で、ムセカとは、湿気を帯び、生の元である気が盛んに起りこもっている状態（田中久美説）。永興と髑髏の話はここで終っているが、永興はこの骨を収めて供養をしたであろう。
一五 四五頁注一六参照。
一六 四四頁注一一参照。
一七 生き物としての肉体。仏の身（一六四頁注二）に対して穢れた人間の体をいう。
一八 賛・結語の末尾の常套句（上一八・二一・下三〇等同じ）。「聖」は仏教を証得した人、「凡」は仏教の道理の理解不十分の人。底本の原文「是明聖也、不凡矣」を、諸本ならびに他の縁の常套句によって改める。

といふ。

また、吉野の金の峯に、ひとりの禅師ありき。峯を往きて行道す。禅師聞けば（耳を澄ますと）、往く前に音あり。法花経・金剛般若経を読む。聞きて留まり立ち、草の中を排し開きて見れば、ひとつの髑髏あり。多の日を歴て曝りたるも、その舌爛れず。生かにして着きてあり（生き生きとして付いていた）。禅師、浄き処に取り収め（清浄な場所に持って来て安置し）、髑髏に語りていはく、「因縁をもてのゆゑに（前世からの因縁があって）、汝われに値へり（巡り合ったのです）」といふ。すなはち（そこで）草をもてその上を葺き覆ひ、共に住みて経を読み、六時に行道せり。禅師法花を読むに随ひ、髑髏も共に読みき。その舌を見れば、舌振ひ動けり。

これもまた奇異しき事なり。

生ける物の命を殺して怨を結び、狐と狗とになりて、たがひに相報ゆる縁　第二

一　以下、独立した類話。同一縁に別話を付するものは、他に上四、下三八・三九各縁がある。

二　金峰山。奈良県吉野郡吉野町にある、吉野山から大峰山に至る群山。山林修行の聖地。中二六縁の広達（永興と同じ十禅師のひとり）もここで修行。

三　前話で永興も捨身の僧も同じく「禅師」と称されていたように、厳しい修行を積んで霊験を得た僧への敬称。

付、金峰山の髑髏——禅師と読経する

四　歩きながら経を読誦すること。ここは峰をめぐり樹下を歩く修行（一七一頁三行目）をさすが、本尊などをめぐる法要（二九四頁二行目）もいう。

五『金剛般若波羅蜜経』の略。一六七頁注九参照。

六　多くの日数がたって。底本は「久しきを歴て日に曝りたるも」、来迎院本ほか他縁の例で改める。

七　日に六回経を読みながら勤行した。「六時」は、一昼夜を昼三時と夜三時との六つに分けた時間。三四頁注一・四参照。

八　これも不思議な話である。景戒は序文で、「奇しく異しき事を注し」（二一〇頁一二行目）と述べている。それを受け、説話のしめくくりに多用する句。「奇」と「異」と二字合わせて訓む。

九　怨恨関係を結び。恨みを作り。

一〇　狐と犬とに生れ変って。「狗」は「犬」と同じ。狐と犬と敵対する例は、上二縁にもある。

禅師[一一]永興は、諾楽の左京の興福寺[一二]の沙門[一三]なりき。俗姓は葦屋[一四]の君の氏一[一五]にいはく、市往の氏といふ、摂津の国手嶋[一六]の郡の人なり。紀伊[一七]の国牟婁の郡熊野の村に住みて修行せり

時にその村に病める者あり。ここに禅師の住める寺に将来り、禅師を勧請[一八]して看病せしむ。呪[一九]する時には愈え、すなはち退[二〇]むれば病ひを発す。かくのごとくにして、生きながら多の日を経て輟[二一]まず。しひて[二二]盟ひてなほし呪するときに、病める者託[二三]ひていはく、「われはこれ狐なり。無用なり。伏はじ。禅師、しふることなかれ」といふ。問ふ、「なにのゆゑにか」といふ。答ふらく、「これは先にわれを殺しき。われその怨を報いむ。この人纔[二四]死なば、犬に生れてわれを殺さむ」といふ。聞き怪しびて教化[二五]すれども、放れずして殺す。

一年の後に、その死人の臥せし室に、禅師の弟子病ひに臥せり。その時に有る人、犬を繋ぎて禅師の於に来る。その犬嘷吠[二六]え、抓き

一一「山階寺三綱牒」と「興福寺三綱牒」に、「上座法師永興」とある（正倉院文書、七五八年）。東大寺の良弁の弟子で華厳教学を修め、同寺別当となる（七七〇年）。下一縁にも登場。修行を積み、持戒・看病の功験が認められ、中二六縁の広達たちとともに十禅師と称せられる（『続紀』、七七二年）。

永興、看病して呪力で狐憑きをあばく

一二 四七頁注一八参照。
一三 僧。出家した者の総称。
一四「葦屋」は氏、「君」は姓。葦屋・市往とも帰化人の系統の氏（『新撰姓氏録』）。
一五 この句、底本大字。前田家本の小字分注による。
一六 大阪府豊能郡。今の豊中・池田・箕面市。
一七 二一一頁注一七参照。
一八 神仏や高僧などを丁重にお迎えすること。
一九 呪文を唱え祈禱するとよくなり。
二〇 呪文をやめて席を立つと。訓みは『名義抄』。
二一 病気は治らなかった。
二二 （永興は）何としても治してみせると誓って。
二三 悪霊などにとり憑かれること。七〇頁注二参照。
二四 忽ち、とっさにの意。七二頁注九参照。
二五 教えさとす。正しい方向にさとし導く。

犬、永興の弟子に憑く狐を食い殺す

二六 吠えて、爪を掻きたてて。「嘷吠え」「抓き」の訓みは、訓釈による。

て枷を脱ちて、鏁を断ちて奔らむとす。禅師怪しびて、犬の主に告げていはく、「放ちて由を知るべし」といふ。纔放てば、病める弟子の室に走り入り、狐を咋ひて引き出しつ。禅師、犬を禁むれども、免さずして噛み殺しき。

晣らかに委る、弊にし人還りてその怨を報ゆることを。

嗚呼、惟れば、怨の報朽ちず。なにをもてのゆゑにとならば、毗瑠璃王、過去の怨を報いて、釈衆九千九百九十万人を殺しき。怨をもて怨に報ゆれば、怨なほし滅びず。車の輪の転るがごとくなり。

もし有る人の、能く忍辱を発さむ時に、怨人を見ば、わが恩師とせむ。その怨を報いずあれ。これをもて忍とす。このゆゑに、怨はすなはち忍の師なり。このゆゑに書伝にいへらく、「もし忍の心を買はずは危し。その母をも打ち殺さむ」といへるは、それこれをいふなり。

一 犬や猫などの首にかける綱。首輪。『名義抄』の「犬枷」の訓みによる。クビカシ（──カセ）とも。
二 七二頁注九参照。
三 病気の弟子に取り憑いていた狐。
四 はっきりと分る。本書説話末に多用される語。倒置法を用いて、説話中の奇異なでき事を解説する。
五 死んだ病人が犬に生れ変って戻ってきて。
六 よく考えてみると、恨みの報復はいつまでもなくなることはない。
七 古代インドの舎衛国の波斯匿王の子。母が下賤の出自であることを公衆の前で暴かれたのを恨み、父の死後、王位につくと、釈迦族を滅ぼした。『増一阿含経』巻二六、『今昔』一ノ二八などに載る。
八 釈迦族（釈迦の生れた部族）。
九 いつまでも滅びないたとえ。
一〇 他から受ける侮辱や迫害を堪え忍び、心を動かさないこと。「慈悲」の心にも通じる。後文「忍」も同じ。下四縁も結語で「忍辱」を説く。
一一 これこそ忍辱というものである。
一二 書名未詳。「書」は書物で、聖賢の著をさす。「伝」はそれら経書の注釈。
一三 もし人が忍辱の心をつとめて持つようにしなければ、あぶないことがおこる。「危」は底本「凡」、国会本による。
一四 母を殺そうとした話は、中三縁にみえる。

沙門[一五]、十[一六]一面観世音の像を憑み願ひて、現報を得る縁　第三

沙門弁宗[一七]は、大安寺[一八]の僧なりき。天年[一九]弁ありき。白堂[二〇]を宗とし、多く檀越[二一]を知り、高く衆の気を得たり。帝姫[二二]阿倍の天皇のみ代に、弁宗、その寺の大修多羅供[二三]の銭を三十貫受け用ゐて、償ひ納むること得ず。維那[二四]の僧たち、銭を徴りて逼む。債を償はむに便なし。そゑに泊瀬[二五]の上の山寺に登り、十一面観音菩薩に参ゐ向く。

観音菩薩のみ手[二六]に縄を繫け、引きてまうしていはく、「われ大安寺の修多羅宗分の銭を用ゐて、償はむに便なし。願はくはわれに銭を施したまへ」とまうして、称名[二七]して願ひ求む。ここに、維那たち来り、徴りてなほし逼む。答へていはく、「暫く待て。われ菩薩に銭をまうして償はむとす。あへて久しく延さじ」といふ。

長谷観音に祈念した弁宗、王の施しで借金を返済する

一五 僧。出家した者の総称。
一六 十一面の顔を持つ観世音菩薩。本面の頭上に九面さらに頂上に一面の小面があり、各面が慈悲・忿怒・暴悪・嘲笑などの相を表す。六観音の一つで、病を除き、福徳を授け、修羅道の者を救う。
一七 伝未詳。
一八 南都七大寺の一つ。
一九 生れつき。「天骨」とともに本書に多用。
一六四頁注七参照。
二〇 俗人が直接参拝できない本尊に、代理として願いを取り次ぐこと。大安寺の本尊は丈六仏で、民間に広く信仰された（上三二・中二八縁）。弁宗は、民衆に丈六仏の霊験の宣伝などもしていただろう。
二一 施主。在家の信者で、寺の経済的な援助者。
二二 孝謙（称徳）天皇。二一一頁注一六と付録参照。
二三 大々的な修多羅講（——研究会）の基金。大安寺の大修多羅供銭は中二八縁、同寺の修多羅銭三十貫の借出例は中二四縁にも。一六四頁注八参照。
二四 寺務の僧。寺僧の雑事を担当・指図する。ここでは貸金の徴収を担当。訓みは『字類抄』による。
二五 奈良県桜井市初瀬の初瀬山にある長谷寺。今も十一面観音立像を本尊とする。平安時代には初瀬詣でがよく行われ、貴族の信仰が厚かった。その早い例。
二六 中二一・三四縁同例。一八八頁注三参照。
二七 仏菩薩の名号を唱えて祈願すること。「南無観世音菩薩」と唱える。二六七頁二行目に類例。

時に、船の親王、善縁ありて、その山寺に参ゐ至り、法事を備けて行ふ。弁宗法師、像に繋けて縄を引き、なほしまうしていはく、「銭をすみやかにわれに賜へ。徴る銭をすみやかに償はむ」（借金をすぐに返したいと存じます）とまうす。親王聞きて、弟子を問ひていはく、「なにの因縁をもて（どんなわけがあって）、今この禅師、かくのごとくまうす」といふ。弟子答ふること（答えるのには）、上のごと（上述の通り詳しくお話しした）くつぶさに述ぶ。親王、状（事情）を聞きて、銭を出して寺に償ひき。まさに知る（これで分る）、観音の大悲と法師の深信となることを（深い信心とによるということが）。

第四

沙門、方広大乗を誦持し、海に沈めども溺れぬ縁

諸楽の京にひとりの大僧ありき（高僧がいた）。名詳らかならず。僧つねに方広経典を誦じ、俗に即きて銭を僨し、妻子を蓄養へり。ひとりの女子嫁ぎて、別に夫の家に住む。

一 天武天皇の孫。舎人親王の子。第四七代淳仁天皇の兄で、淳仁帝即位の時に親王となる。帝が廃されると親王から王に下され、七六四年藤原仲麻呂の乱に連座して隠岐に配流された。万葉歌人でもある。
二 仏縁に導かれた善い事がら。よい縁。
三 法会の準備をして供養を行っていた。
四 弁宗は「白堂」を職務とする能弁家であったのだから、祈願のことばも実に巧みで、親王をも感動させたのであろう。
五 弁宗の弟子に尋ねた。平安初期の訓読では、「人に問ふ」を「人を問ふ」という。
六 観音菩薩がすべての人に及ぼす大きな慈悲心。「観音の無縁の大悲」（三〇六頁一四行）とも。以下、下一二縁の結語とほぼ同じ。
七 僧。出家した者の総称。
八 『大通方広経』とも呼ぶ（五〇頁注二）。「――大乗」は、大乗経典であることをさし、『法華経』を「法華大乗」というのと同じ。
九 経典を声に出して唱えること。読誦。
一〇 注八に同じ。
一一 俗人の生き方に従って。在俗生活を営む、意。
＊ 本書に登場する僧の一特徴。〔俗に即きて〕
一二 利息付きで貸す。七五頁注二一参照。
一三 別居して。通い婚でないことをいう。

金貸しの僧、利息分を返さぬ娘婿に海へ投げ込まれる

帝姫阿陪の天皇のみ代の時に、聟、奥の国の掾に任けらる。すなはち舅の僧に銭を二十貫僦へて、装束をつくり、任けられし国に向ふ。歳余を歴て、僦ふる銭一倍して、わづかに本の銭を償ひ、いまだ利の銭を償はず。いよいよ年月を逕て、なほし徴り乞ふ。聟ひそかに懐に嫌みて、この念ひをなし、便りを求めて舅を殺さむとす。舅は知らず。なほし平らかなる心にして乞ふ。聟、舅に語りていはく、「奥に共せむとす」といふ。舅聞きて往き、船に乗りて奥に度る。

聟、船人と、心を同じくして悪を謀り、僧の四つの枝を縛り、海の中に擲げ陥れて、往きて妻に語りていはく、「汝が父の僧、汝の面を瞵むとおもひ、率て共に度り来りき。たちまちに荒き浪に値ひ、駅船海に沈み、大徳溺れ流れて、救ひ取らむに便なし。つひに漂ひ沈みて亡りぬ。ただしわれわづかに活けらくのみ」といふ。その女聞きて、大きに哀しび哭きていはく、「幸なくして父を亡へり。

一四 孝謙（称徳）天皇。「陪」（底本）は「倍」に通用。
一五 陸奥の国、みちのく。今の福島・宮城・岩手・青森県と秋田県の一部。
一六 国司庁の守・介に次ぐ三等官。陸奥国は大国であるから、大掾・少掾が各一人いた。
一七 衣服。訓みは『推古紀』岩崎本の訓による。
一八 借りた銭は二倍になって。元金に十割の利息がつく計算になる。当時の許容利息範囲に入る（『続紀』）。「僦」は底本「識」、来迎院本「貸」で改める。
一九 利息。訓みは中三二縁訓釈による。
二〇 心にうらやみねたむようになり。
二一 平静な心。ここでは、平常と変らない、別に含むところのない心。
二二 『三宝絵詞』『今昔』一四ノ三八の享受説話では、他国（任国）に行って借金を返すために同行を誘っている。
二三 「肢」（『和名抄』などエダ）に同じ。
二四 任地に行って。（いったん都に帰って舅を誘って同行したか）。「往きて」は、前田家本「詐りて」。
二五 顔が見たいというので。「瞵」は「見」に同じ（訓釈）。
二六 官の設置した水駅に備える公営の渡し船。
二七 僧に対する敬称。ここでは僧である父をさす。

一何に図りてか宝を失ふ。われ別に二知りぬ。能く三父の儀を見むや。寧ぞ底の玉を視むや。また父の骨を得むや（父上の遺骨も拾えないでしょう）。哀しきかな。痛き四かな」といふ。

僧、方広経読誦の功徳で救助され、婿と対面する

僧海に沈み、心を至して（真心こめて）方広経を読誦するに、海の水凹五み開き、底に踞りて溺れず。二日二夜を逕たり。後に、他の船人、奥の国に向ひて度る。見れば縄の端六泛びて、海にありて漂ひ留まる（海面を漂流してゆかずに留まっている）。船人縄を取りて牽けば、たちまちに僧上る。形色つねのごとし（顔色は普段と変らない）。

ここに、船人大きに怪しび問ひて、「汝は誰ぞ」といへば、答ふらく、「われは某七なり。われ賊盗に遭ひ、繋縛れて海に陥れられぬ」といふ。また問ふ、「師、なにの要術ありてのゆゑに（お坊さん　どんな　秘術をお持ちのために）、水に沈めども死せぬ」といふ。答ふ、「われつねに方広大乗を誦持す。その威八神の力を、なにぞさらに疑はむ（どうして疑うことができましょう）」といふ。ただし聟九の姓名は、他に向ひて顕さず、「われを具して一〇奥に泊てよ（船を着けて下さい）」といふ。船人冀ひに随ひて、奥に送る。

一 何を考えて、この大切な宝を失うようなことをしたのでしょう。「図りて」は訓釈による。「何にか図らむ」と訓読すれば、思いがけなかったという意となる。「何」は、底本「片」、来迎院本・前田家本による。「図らずも宝を失ふ」とみる「不」誤写説もある。なお、次行にかけて、突然父を失った悲痛な絶句がつづき、やや文脈不整の感があるが、原文に誤りがあろう。

二 死というものが身にしみて分りました。

三 どうして父上の姿をよく見ることができるでしょうか。どうして私に海の底の真珠が見られるでしょうか。父にもう会えないことを繰り返しいう。「玉」は上文「宝」と同じく、大切な父をさす。

四 つらいことよ。沈痛の心情をいう。

五 くぼんで凹字形に開いて。

六 父僧の両手足を縛ったままの縄の一端。

七 だれそれという者です。実際には名前を告げたが、伝承・筆録者がぼかした言い方。

八 霊妙不可思議な力。中三七縁の題詞に同じ例がある。

九 後文で、婿と対面したあとも、父僧は婿の悪事を口外していない。結語の「賛」で称えるように、「忍辱」が本話の一テーマとなるのである。

一〇 一緒に連れて行って。

一一 仏事・法要などで供養する食事。

その聟、奥の国にして、陥れし舅のために、いささかに斎食を備けて、三宝に供ふ。舅の僧、展転りて乞食し、たまさかに（たまたま）法事に値ふ。自度の例にあり、面を匿して居て、その供養を受く。聟の掾、みづから布施を捧げて、衆の僧に献る。ここに、海の中に捨てられし僧、手を申べて施行を受く。掾見て、目漂青かに、面赫然して、驚き恐りて隠る。法師咲みを含み、瞋らずして忍び（怒らずに我慢して）、つひに後までその悪事を顕さざりき。

これ、海に沈めども水汚みて溺れず、毒ある魚も呑まず。身も命も亡びず。誠に知る、大乗の威験と、諸仏の加護となることを（大乗経のあらたかな霊験と　仏たちの守護によるものであることを）。

賛にいはく（称えていう）、

美きかな、その悪を挙げず、なほし能く忍ぶること（すばらしい事よ　婿の悪行をあばかず　ずっとよくこらえ忍んだことは）。

まことにこの法師、鴻きに忍辱の高行を立つ。

といふ。

このゆゑに、長阿含経にのたまはく、「怨をもて怨に報ゆるは、

一二 仏・法・僧。三九頁注二一参照。

一三 あちこち巡り移って乞食行をして歩き。「展」は「転」に同じく、メグル（『名義抄』）。「展転」は、二四一頁三行目にもみえる。通説の訓みはコイマロブ。

一四 国の許しを得ないで、自分で僧尼の姿をしている者。私度僧ともいう。六九頁注一五参照。

一五 仲間にまじって。「例」は「類」に同じ。

一六 手を伸ばして施しの物（斎食）を受けた。

一七 目をきょろきょろさせる。目を円くする。「漂青」は、眼睛（くろめ）が定まらず、非常に驚き怪しむさま。訓みは訓釈による。『新撰字鏡』に、「盱」を目ツヅラカニスと訓み、「憂也、目を張るさま」の意とする。

一八 顔をまっかにする。訓みは訓釈による。

一九 慈悲の表情。

二〇 以下、説話末に付する結語。「これ」は、以上を総括する独立格的用法。

二一 説話中の奇異なでき事などを解説する常套句で、景戒の信心の証言。本話については、『方広経』を読誦する功徳を説いている。

二二 大いに苦痛に耐え忍ぶ気高い行いをした。「忍辱」は、二一六頁注一〇参照。

二三 小乗仏教の経典。以下の引用は『梵網経古迹記』によるという。

二四 下二縁の結語に同趣の文がある。

草をもて火を滅すがごとし。慈しび（慈悲の心で）をもて怨に報ゆるは（恨みに応えるのは）、水をもて火を滅すがごとし」とのたまへるは、それこれをいふか。

妙見菩薩、変化して異しき形を示し、盗人を顕す縁　第五

河内の国安宿の郡の部内（区域内）に、信天原の山寺あり。妙見菩薩に燃燈を献る処となす。畿内年ごとに、燃燈を奉る。帝姫阿倍の天皇のみ代に、知識、例によりて（例年のとおり）、燃燈を菩薩に献り、ならびに室主に（寺の住僧に）銭・財物を施しき（布施した）。その布施の銭のうち五貫を、師の弟子、ひそかに盗みて隠せり。後に、銭を取らむがために、往きて見れば銭なし。ただし（ただ）鹿、箭を負ひて（矢に当り）仆れ死せらくのみ（倒れ死んでいるだけだった）。すなはち（そこで）鹿を荷はむがために（担ぎ出すため）、河内の市の辺の井上の寺の里に返りて、人どもを率て至りて見れば、鹿にはあらず、ただ銭五貫なり。

一　恨みは消えず、なおも燃え移ってゆくことをたとえていう。
二　北斗七星の神格化。上三四縁にもこれが登場し、鹿の姿に変身して盗難品を露見させている。
三　身を変えて不思議な姿を見せ。
四　大阪府羽曳野市や藤井寺市の東部。
五　所在未詳。地名は幣帛と関係あるか。ただし、訓みについても未詳。
六　燈明を上げる。
七　都近辺の諸国。山城・大和・河内・和泉・摂津の五カ国。「畿」は都の意。
八　孝謙（称徳）天皇。二一一頁注一六と付録参照。
九　信者、講中をさす（九八頁注一）。この寺は、上三五縁の「平群の山寺」と同じく、知識たちにより発願され維持されたのであろう。

妙見菩薩、鹿に変じて銭盗人を露見させる

一〇　「室主」をさす。「室」は、山寺の僧房であり、そこに籠って修行する場でもあった。
一一　市場のあたり。所在未詳。市は人の動きも多く、人手もたやすく得られる。地名「市辺」説もある。
一二　未詳。諸説あるが、山寺に対して、村の中にある本拠の寺に当るか。
一三　弟子本人が盗人であることを暴露する結果になったが、それを人々に示した鹿は、上三四縁のように北の天に去ったであろう。
一四　七四頁注八参照。

よりて盗人を顕しき[一三]（こうして盗人であることが露見した）。
定めて知る[一四]、これ実の鹿にあらず（本当の鹿ではない）。菩薩の示したまひしところなることを。これ奇異しき事なり。

禅師[一五]の食はむとする魚、化して法花経となりて、俗[一六]の誹りを覆す縁　第六

吉野[一七]の山にひとつの山寺あり。名は海部[一八]の峯と号く。帝姫阿倍の天皇の御世に、ひとりの大僧ありて（高僧がいて）、その山寺に住みき。精ろ[一九]に勲めて道を修せり（仏道を修行していた）。

身疲れ力弱くして、起居すること得ず。魚を食はむとおもひて[二〇]、弟子に語りていはく、「われ魚を噉はむとおもふ（食べたい）。汝求めてわれを養へ」（病身の私を養っておくれ）といふ。弟子、師の語を受け、紀伊[二一]の国の海辺に至り、鮮けき[二二]鯔を八隻[二三]買ひて、小櫃に納れて帰り上る。

一五 修行を積んだ高僧に対する敬称で、祈禱に効験があり、除災招福・病気平癒に力のある僧。
一六 俗人（ここでは檀家の者）から受けた非難をくつがえした話。
一七 奈良県吉野郡。山林修行地の随一で、ここを舞台とする話は本書に多い（上三一・中二六・下一）。山寺はその拠点の一つ。
一八 未詳。吉野郡東吉野村麦谷の薊岳説がある。紀伊の海人部氏の聖域か。紀伊と吉野の関連で竊寺（四二頁注二）と関わるか（守屋俊彦説）。
一九 仕事や学問ひとすじにはげむこと。ここは、熱心に仏に仕えるさま。
二〇 本話を享受する『三宝絵詞』では、弟子の僧が熱心に魚食をすすめている。病僧の治療には肉食が許される上、売られている品を買うのは罪が軽いと説得する。また、同『今昔』一二ノ二七では、修行者の病気治療用の肉食は罪に当らないと、禅師自身考えて行動に移す。このように、後世になると殺生戒と関わって説話が理屈っぽくなる。

吉野の禅師、病気治療用に鮮魚を求める

二一 和歌山県。吉野は紀の川の上流であるから、川沿いの道で海と往来できる。
二二 新鮮なイナ（ボラの幼名の別称）。「鯔」の訓みは『和名抄』など。出世魚で、底本の訓釈は「名吉」。
二三 八匹。「隻」は物を数える助数詞。訓みは『書紀』の古訓などの用例による。

時に、本より知れる檀越三人[一]、道に遭ひて問ひていはく、「汝が持てる物は何物ぞ」といふ。童子[二]答へていはく、「これは法花経なり」といふ。持てる小櫃より、魚の汁垂りて、その臭きこと魚のごとし。俗[三]、「経にあらじ」とおもふ。すなはち大和[四]の国の内の市のあたりに至りて、俗らともに息む。俗人逼めていはく、「汝が持てる物は、経にあらじ。これ魚なり」といふ。童子答へていはく、「魚にあらず。まさに経なり」といふ。俗しひて開かしむ。逆ひ拒[五]むこと得ずして、櫃を開きて見れば、法花経八巻に化せり。俗ら見て、恐れ奇しびて去りぬ。

そのひとりの俗、「なほし奇し。見遂げむ[六]」とおもひて、ひそかに窺ひ往く。童子、山寺に至り、師に向ひてつぶさに俗らの事を陳ぶ。禅師聞きて、ひとたびは[七]怪しび、ひとたびは喜び、天の守護[八]なることを知りぬ。しかしてその魚を食ふ[九]。時に、窺ひ往きし俗見て、[一〇]五体を地に投げ、禅師にまうしていはく、「実の魚の体なりといへ

魚が法華経に化し、疑った俗人は禅師に懺悔する

一 施主。その寺や僧に物を施す信者のことで、寺の経済的後援者。
二 上文の「弟子」のこと。寺の雑用を勤める信心の少年。
三 上文の「檀越」のこと。下文「俗人」。信徒であるが出家はしていないので「俗」という。
四 未詳。紀伊国から大和国へと紀の川沿いに帰る道中だから、現奈良県五条市の宇智にあった市か。「内」を地名とみずに奈良県吉野郡下市町の市ともいう。衆人環視の中で使いの童子を詰問しようと、わざわざ市の所を選んだか。
五 さからいことわることができないで。「逆」は、訓みは訓釈による。反抗する意。
六 事の次第を見届けよう。
七 不思議がったり、喜んだりして。慣用的表現。
八 仏法の守護神の意。
九 『三宝絵詞』では、この禅師は結局魚を食わなかったと改変している（二二三頁注二〇と同趣旨）。本書前田家本も本文を変えている。
一〇 「五体」は、頭と両手両足。全身の意。「――投地」は仏教における最敬礼。
一一 お聖人さま。高僧の尊称。

ども、聖人[一一]の食物に就きては、法花経に化せり。われ愚癡[一二]邪見にして、因果を知らずして、犯し逼め悩まし乱りき。願はくは罪を脱したまへ。今よりのちは、わが大師[一三]として、恭敬し供養しまつらむ」とまうす。それより、俗、大檀越[一四]となり、禅師を供養しき。まさに知れ、法のために身を助けむひとは、食物に於きては、雑[一五]毒を食ふといふとも甘露[一六]となり、魚・宍[一七]を食ふといふとも罪を犯すにあらずといふことを。魚化して経となり、天感じて道を斉したまふ。これもまた奇異しき事なり。

（食物となるに当っては　愚かでよこしまであり　因果の道理を　［お弟子を］心に逆らって責め悩ましました　これで知るがよい　仏法修行のために身体を保ってゆこうとする人は　天の諸仏は感動して　仏道を加護される）

観音[一八]の木像の助けを被りて、王[一九]の難を脱るる縁　第七

正六位上丈[二〇]の直山継は、武蔵[二一]の国多磨の郡小河の郷の人なりき。その妻は、白髪部[二二]の氏の女なりき。山継征人[二三]となり、賊[二四]の地に毛人[二五]

出征した山継、妻が観音像を作り無事帰還する

一一「聖人」は、法の実践者。
一二「愚癡」は、物事に的確な判断を下せないこと。煩悩の根本で、三毒の一つ。「邪見」は、因果の道理を無視する誤った考えで、五見・十惑の一つ。
一三 偉大なる教導の師。仰ぐべき師僧。本書の他の例(中一七・二二・三九各縁)は仏菩薩の尊称。
一四 信心深い大施主。寺の有力な檀家。
一五 いろいろな毒物。
一六 天から降る甘味の液で、よく苦悩をいやし、長寿を保たせ、死者をも蘇生させるという。
一七 魚肉と獣肉。僧は殺生戒を破る行為として肉食を禁じられていたが、病気治療の場合は例外とされた。なお、聖人の食物は格別という。三九頁注二〇参照。
一八 観世音菩薩の略。四六頁注二参照。
一九 国王から受ける災難（刑罰）。『法華経』普門品によると、王難の苦は観音の力で救われるよし。
二〇「丈」は氏、丈部（来迎院本・国会本）同じ。「直」は地方豪族に多い姓、「山継」は名、伝未詳。丈氏は、武蔵国など東国に勢力を持つ。底本「大真」（後文「大直」）、他の諸本によって改める。
二一 東京都秋川市小川。多磨郡は国府所在地であり、中三・九各縁もこの郡を舞台とする。
二二 八五頁注二二参照。
二三 遠征する兵士。
二四 天皇の命令に従わない地方。ここでは奥州。
二五 蝦夷。毛深い人種の意の用字。

を打ちに遣はさる。賊の地を廻りし頃に、その妻、賊の難を脱れしめむがために、観音の木像を作り、慇ろに懃めて敬ひ供へまつる。夫、災難なくして、賊の地より還り来り、観喜の心を発し、妻と相供へまつれり。

経ること数の年、帝姫阿倍の天皇の御世の天平宝字の八年の甲辰の十二月に、山継、賊臣仲麿の乱に遭ひて、殺罪の例に羅り、十三人の類に入る。十二人の頸を誅りをはる時に、山継心迷惑ふ。その作りたてまつり敬ひ供ふる観音の木像、呵嘖してのたまはく、「咄、汝、なにぞこの穢き地に居る」とのたまひ、足を挙げ項より踰み通して、行縢とす。

すなはち、見しその頸を張り曳べ、打ち殺されむとせし時に、勅使馳せ来りていはく、「もし、丈の直山継、この類にありや」といふ。答へていはく、「あり。今し誅り殺さむとす」といふ。使諫めて、「殺すことなかれ。ただまさに信濃の国に流罪せよ」といひて、

仲麿の乱で刑死寸前の山継、観音像に救われる

一 一心に仏道に勤めはげみ、仏を敬い供養した。
二 観音の加護を喜び信心して。
三 孝謙（称徳）天皇。
四 七六四年。同年十月称徳天皇重祚。
五 反逆者藤原仲麻呂の乱。仲麻呂は、恵美押勝。武智麻呂の子で、不比等の孫。橘奈良麻呂（一九七頁注二三）の乱を鎮めたが、道鏡（三〇〇頁注三）を除こうとして反逆し、敗れて同年九月十八日処刑。『続紀』同十二月二十八日条に、仲麻呂の乱に連座した死刑囚の罪一等を減じる記事があり、本話と関係があるか。
六 殺人罪に処せられる者の仲間に入れられて。
七 心が動揺した。以下、心の混迷状態の中で、観音が現れて叱りつけられ、観音の「行縢」にされたように感じたのである。
八 これ！ おまえはなんでこんなけがらわしい所におるのか。「咄」は、呼びかけのことば。
九 山継の首の後から身体の中に足を突っ込んで通して、身体を観音の脚絆のようにして守って下さった。「行縢」は、旅行や狩猟の時に腰に着けて垂らす獣皮の覆いの類。あるいは脚を覆う脚絆・ゲートルの類。
一〇 処刑を担当する役人が、まさに山継の首を斬ろうとする状態。「見」は「現」に同じ。
一一「信濃国」は今の長野県、流刑地としては中流の国（『刑部式』）。「流罪」は死罪に次ぐ刑。

流されき。しかして後に、久しくあらずして召し上げられ、官せしめて、多磨の郡の少領に任けられき。難に逢ひて張り曳べられたるその眼なほし残れり。山継殺さるることを脱れて命を全くせしは、観音の助救けなり。そゑに、おのが作善の功徳の於に、信を発し心を至さば、すなはち大きに歓喜し、助けを被りて災故を脱れむ。

第八

弥勒菩薩、願ふ所に応へて奇しき形を示す縁

近江の国坂田の郡遠江の里に、ひとりの富人ありき。姓名詳らかならず。瑜伽論を写さむとし、願を発していまだ写さずして淹しく年を歴たり。家の財漸く衰へ、生活くるに便なし。家を離れ妻子を捨て、道を修し祐を求む。なほし願を果さむと睠みて、つねに懐に

一二 郡の役人で、大領（長官）に次ぐ、次官。
一三 古痕のあと。底本「眼」、国会本による。「眼」は「痕」に同じ（『新撰字鏡』）。「痕」の訓みにアト・キズとあるから（『名義抄』）、アトと訓む。
一四 こういう話があるのだから。
一五 人が自分で（観音像を造って礼拝するなど）善いことをした功徳に加えて。
一六 仏の救いを受けて災難を免れるであろう。

一七 遠い将来に出現して衆生を救うという未来仏。一六三頁注二〇参照。
一八 滋賀県東浅井郡湖北町のあたりという。琵琶湖の東北岸に当る。郷名「遠江」は未詳。
一九 『瑜伽師地論』の略。玄奘の漢訳、百巻。インドの無着が弥勒菩薩から授けられたという教説で、法相宗に最も重んじられた論書。『瑜伽論』百巻を写すには写経用紙二千余張（枚）、ひとりでは約一年を要するという大事業。近江国坂田郡には息長氏がいて写経所従事者が多く、本話の主人公はあるいはこれと関係があったか（魚尾孝久説）。正倉院文書によると、天平年間に瑜伽論の写経記事が多い。

瑜伽論書写の発願者、弥勒菩薩の加護を受ける

二〇 仏道を修行して福徳を求めた。

愁ふ。

帝姫阿陪の天皇の御世の天平神護の二年の丙午の秋の九月に、ひとつの山寺に至りて、日を累ねて止まり住む。その山寺の内に、ひとつの柴生ひ立てり。その柴の枝の皮の上に、忽然ちに弥勒菩薩の像化生したまふ。時にその行者、見て仰ぎ瞻り、柴を巡りて哀しび願ふ。諸人伝へ聞き、来りてその像を見まつる。あるいは俵の稲を献る。あるいは銭・衣を献る。すなはち供へ上れる一切の財物をもて、瑜伽論百巻を繕写したてまつり、よりて斎会を設く。すでにしてその像、奄然ちに現れざりき。

誠に知る、弥勒は高く兜率天の上に有して、願に応へて示したまふところなり。願主は下の苦縛の凡地に在りて、深く信けて祐を招くといふことを。なにぞさらに疑はむ。

一 孝謙（称徳）天皇。
二 七六六年。称徳天皇の三年。
三 何日も滞在した。その間、この山寺を拠点として山林修行を積んでいたであろう。
四 山野に自生する丈の低い雑木。
五 四生（生物の生れる四種の方法、卵生・胎生・湿生・化生）の一つで、母胎や卵殻によらないで無為自然に生れる。仏・菩薩・天人たちの所為。ここでは、忽然と姿を現す意。
六 柴の木の回りを歩きまわって、弥勒仏に『瑜伽論』書写の成就の加護を哀願した。
七 そこで、供養に差し出された全部の品物を費用としてあてて。
八 仏事を催して、僧や参会者に食事を供すること。
九 突然姿を消してしまった。
一〇 四五頁注一六参照。
一一 欲界の六欲天の下から第四層の天。七宝の宮殿に内外の二院があり、内院は弥勒菩薩の説法所、外院は天衆の遊楽所という。
一二 願を立てる人は、天上界に比べて下位の人間界にいても。「苦縛」は、煩悩に縛られて解脱できないこと。「凡地」は、煩悩のため悟り得ない凡夫の境地。「苦縛の凡地」で、人間界をいう。
一三 深く信心すれば、幸福を招くことができるということを。

閻羅王[一四]、奇しき表を示し、人に勧めて善を修せしむる縁　第九

藤原[一五]の朝臣広足は、帝姫阿倍の天皇の御代に、たちまちに[一六]病ひ身に嬰りき。身の病ひを差さむ（治そうとして）がために、神護景雲[一七]の二年の二月の十七日に、大和の国菟田の郡[一八]真木原[一九]の山寺に至りて住みき。八斎戒[二〇]を持し、筆を取りて書き習ひ[二一]、机に就きて暮に迄りて動かず。侍者[二二]の童男、睡眠れりと思ひて、驚かし動かして（目を覚まさせようと体を揺り動かして）まうしていはく、「日没[二三]の時に臻れり（なりました）。そゑに（ですから）仏を礼しまつるべし（礼拝して下さい）」といふ。しかれどもなほし驚かず（目を覚まさなかった）。しひて押振り動かせば（押し揺さぶると）、手に筆を取れる[二四]随に、四つ[二五]の支曲屈りながら、仰に仆れて気せず。つらつら瞪れば死せり。従者[二六]悚怖ぢ慓り、走りて家に帰り、親属[二七]に告げ知らす。親属聞きて、喪殯[二八]の物を備へつ。経ること三日、往きて見れば、蘇甦りて起き居て待つ。属ら問ふ

山寺で修行中に死んだ広足、三日後蘇生する

一四　閻魔大王。二一八頁注一三参照。
一五　伝未詳。『宇治拾遺物語』には「藤原広貴」とある。仮名書き「ひろたり（→か）」の誤伝によるか。
一六　突然病気にとりつかれた。冥界遊行の主人公は、原因不明の急病死が多い（上三〇・中五縁等）。
一七　七六八年。称徳天皇の五年。
一八　奈良県宇陀郡。
一九　宇陀郡榛原町の北、香酔峠付近という。未詳。
二〇　在俗の者が一昼夜の間に守るべき八つの戒律。一三六頁注一〇参照。
二一　後文の『法華経』書写による追善の伏線でもあろう。
二二　従者として雑用を勤める少年。
二三　夕暮れ時に勤行をする時刻。一昼夜を六つに分ける「六時」（三四頁注一・四）の一つ。
二四　手に筆を持ったまま。「随」は底本・来迎院本による。国会本などの「堕」によって改め、「手に取れる筆を堕し」とするものもある。
二五　両手両足が折れまがった状態で。
二六　従者の少年は恐れおののいて。
二七　親類。血縁関係のある人たち。二行あとの「属」に同じ。
二八　死者を埋葬するまでのある期間、棺に死体を入れ祭壇を設けて祭る古来の風習（二二七頁一四行、三七頁八行）。「殯」一字でもモガリ。

冥土に召された広足、受刑中の亡妻に会う

一　ひげが頬に逆立って生え、毛が上向きに生えのびて、撫でおろすと手に逆らうようなさま。
二　赤い衣服を着け。「緋」は冥界関係者に縁のある呪色（中七・二五縁同じ）。
三　武器を身に帯び。ここは刀を腰につける。
四　閻魔王庁。後文により、召したのは閻羅王。
五　ホコ（長い槍）を背中に突きつけて。このあたりの文については、原文を四字一句として校訂・訓読する。
六　私を立たせて前へとせきたてて連れていった。
七　先頭で見張る役は一人。
八　道が途切れて深い川があった。三途の川をさし、これを渡って彼岸に至る。上三〇・下二二縁にもこの河があるが、橋がかかっている。
九　どす黒く、淀んでひっそりと静まり返っている。
三途の川の不気味さを強調する。
一〇　細い若木を橋がわりに川の中に渡したが。
一一　足あとを踏むようにしてうしろに付いて川を渡らせた。「躅」は「蹤」に同じ（訓釈）。
一二　進んでゆく道の行く手に、屋根が幾重にも重なっている高い御殿があった。
一三　宝玉を貫き通し並べた簾。「珠」と「簾」との省画による合字か。
一四　顔は見えない。この人は、後文で「閻羅王」と知られる。
に、答へて語らく、

「有る人、鬚逆頬に生え、下に緋を着、上に鉀を着、兵を佩き桙を持つ。広足を喚びていはく、『闕にはかに汝を召す』といひて、戟をもて背を棠き、立てて前に逼め将る。先に見るは一人、後に見るは二の使なり。これが中にわれを立てて、追ひて忩ぎて走り往く。往く前の道中に、断えて深き河あり。水の色黒黛く、流れずして沖く寂し。楉をもて中に置くに、彼方此方の、二つの端及ばず。前に立てる人のいはく、『汝、この河に没り、能くわが蹤を践め』といひて、躅を踏みて度らしむ。

前む道の頭に、重なれる楼閣あり。炫り耀きて晃を放つ。四方に鏃を懸け、その中に人居り。面貌を覩ず。ひとりの使走り入りて、まうしていはく、『召して将て来れり』とまうす。告りたまはく、『召し入れよ』とのたまふ。詔をうけたまはりて召し入るれば、簾を聳けて問ひ告りたまはく、『汝が後に立てる人を知

るやいなや』とのたまふ。睠みれば広足が妻の、懐任[一五]みて児を産むこと得ずして死せしなり。すなはち答へてまうさく、『これまことにわが妻なり』といふ。

また告りたまはく、『この女の患ふる事[一六]によりて、故に[一七]汝を召さくのみ。この女の受くべき苦は、六年のうち三年受け、いまだ受けぬは三年なり。今愁へてまうさく、汝が児を孕みて、これに嬰りて死ぬ。そゑに今残れる苦を、汝とともに受けむとまうす』とのたまふ。広足まうしていはく、『われこの女のために、法華経を写し、講読[一八]し供養し、受くるところの苦を救はむ』とまうす。妻まうしていはく、『まことにまうすがごとくに修せむ[一九]とならば、急[二〇]やかに免して還したまふべし』とまうす。すなはち女のまうすに随ひて、告りてのたまはく、『速やかに還りて疾く修せよ』とのたまふ。

広足詔を受けて、闕[二一]の門に罷り至り、すなはち『われを召せる

一五 妊娠したが出産できないで死んだのであった。出産に関わる不祥事で妻が亡くなり、現世に残る夫が他界に妻を訪ねるモチーフは、伊耶那岐命の黄泉国訪問の神話に通じる。「任」は「妊」の原字、二九頁九行目など、この用字がある。

一六 冥土に堕ちた亡妻の愁訴によって、夫が現世から呼び寄せられる話は、上三〇縁に同じ。

一七 「故」は、上句につづけて「よりての故に、」ともみられるが、王の特別な召喚であるから、コトサラニと訓む（上一九縁興福寺本訓釈）。

一八 経典を読み、その意味を講義する。

一九 仏の道を修めるなら。ここでは、『法華経』を書写し、講読して追善供養をすること。「修」は底本「傭」。前田家本・国会本および底本後文で改める。

二〇 底本「怱」。前田家本・国会本および底本後文により改める（鈴木恵説）。

二一 御殿の門の所まで退出してきて。

閻羅王から印をうけて蘇生し、亡妻に回向する

人を知らむ』とおもひて、さらに還りて（再び〔御殿の中に〕戻って）まうさく、『御名を知らむとおもふ』とまうす。ここに告りたまはく、『われを知らむとおもはば、われは閻羅王、汝が国に地蔵菩薩[一]と称す、これなり』とのたまふ。すなはち（そして）右のみ手を下し、わが頂を摩でて告りたまはく、『われ、印点けたり[二]。それに災ひに逢はじ。速やかに還り往け』とのたまふ。その手の指の大きさ、十抱[三]あまりのごとし」といふ。広足の朝臣、かくのごとく語り伝へつ。

その死せる妻のために、法花経を写したてまつり、講読し供養し、福聚[四]を追贈し、その苦[五]を贖ひ救ひき。

これ奇異しき事なり。

第十

如法[六]に写したてまつる法華経、火に焼けぬ縁

一 釈迦の入滅ののち弥勒菩薩がこの世に現れるまでの無仏時代に、天上から地獄に至るまでの六道の衆生を教化し救済するという、大慈大悲の菩薩。『地蔵十王経』（唐末の偽経という）には、閻魔王の本地を地蔵菩薩とする。正倉院文書には、天平勝宝年間（八世紀中頃）に『地蔵十輪経』などの写経記事がある。地蔵信仰関係説話は、『今昔』巻一七に多数ある。

二 まじないの印をつけておいた。

三 十かかえ以上もあるほどの太さ。地獄のスケールの大きさについて、時間の場合は、二九一頁注二五参照。

四 多くの善根・功徳を修めることによって、亡き妻に回向をし。

五 妻の地獄での責め苦を償い、救ってやった。「救」は、底本「祓」、来迎院本・国会本および二九二頁一〇行の例によって改める。

六 「法の如し」の意。写経する場合に定められた方式の通りに、戒律を保ち、心身を清めて行うさま。つまり「如法経」の書写をいう。

七 伝未詳。「沙弥」は出家した者をいうが、修行不十分の僧のこと。「自度僧」には「沙弥」と称する例が多い（上一九・二七、下一七・三三各縁）。

八 国の許可を受けないで、自分で僧尼の姿をしている者。六九頁注一五参照。

九 和歌山県東・西牟婁郡と、三重県南・北牟婁郡の

牟婁沙弥の写した法華経、家屋全焼の中で損傷せず

牟婁の沙弥は、榎本の氏なり。自度にして名なし。紀伊の国牟婁の郡の人なるがゆゑに、字を牟婁の沙弥と号くといへり。安諦の郡の荒田の村に居住しき。鬢髪を剃除り、袈裟を着、俗に即きて家を収め、産業を営み造る。

如法にして清浄に法花経一部を写したてまつらむと発願し、専にみづから書写す。大小の便利ごとにも、洗浴みて身を浄む。書写の莚に就きてより以還、六箇月を逕て、すなはち繕写しをはりぬ。供養の後、漆を塗れる皮の筥に入れて、外のところに安かず。住める室の翼階に置きて、時時にこれを読みまつる。

神護景雲の三年歳の己酉に次れる夏の五月二十三日丁酉の午の時に、火発りて、惣家ことごとくに焼け滅びぬ。ただしその経を納れたる筥のみ、盛りなる熾火の中にありて、かつて焼け損ふところなし。筥を開きて見れば、経の色儼然しくして、文字菀然かにあり。八方の人、視聞きて奇異びずといふことなかりき。

四郡に分割されている。

一〇「安諦郡」は、和歌山県有田郡（上三四・下二五縁などにも）。「荒田村」は未詳。同郡清水町をさすとも、有田市宮原町とも。

一一 俗人の生活をして。付録〔俗に即きて〕参照。

一二 世渡りのため生業を営んでいた。

一三 身も心も清めて。

一四 水を浴びて身体を洗い清める。

一五『法華経』書写の座について以来。

一六 りっぱに清書する。浄書する。

一七 居室以外のところには安置しないで。

一八「家の軒」の意であろう。訓みは訓釈による。軒先き（戸外）ではなく、室内の長押の上あたりに作られた棚・天袋の類で、貴重品を収める所であろう。

一九 時を定めて。「室」は修行の場でもあり、きまった時刻ごとに読経をしていたことをいう。トキドキ（時折）の意にはとらない。

二〇 七六九年。「午の時」は、正午ごろ。

二一 家全体。「しかしながら」は、そのまますべて、すっかりの意。訓みは訓釈による。

二二 神威を感じさせるさま。厳かである。

二三 生気が咽せかえるばかりにこもっているさま（二一三頁注一四）。ここは、墨痕あざやかな状態（田中久美説）。

まことに知る、河東の練行の尼の、写せる如法経の功ここに顕れ（功徳が現に）、火の難を免れし力再び示されたりといふことを。

陳の時の王与の女の、経を読みて火の難を免れし力再び示されたりといふことを。

賛にいはく、

貴きかな、榎本の氏。深く信じ功を積み（信心して功徳を積んで）、一乗の経を写す（法華経を書写した）。護法神衛りて、火に霊験を呈す。

これ、不信の人の心を改むる能き談なり（不信心な人の心を改めさせるよい話だ）。邪見の人（よこしまな人の）の悪を輟むる穎れたる師なり。

二つの目盲ひたる女人、薬師仏の木像に帰敬して、現に眼明くこと得る縁　第十一

諾楽の京の越田の池の南の蓼原の里の中の蓼原の堂に、薬師如来

一　黄河の東、魏の国の修練苦行を積んだ尼。『冥報記』巻上に、尼が法式通りに書写した『法華経』が、他人には字が見えず、尼が修法すると再び字が現れたという話がある（『今昔』七ノ一八に引用）。

二　「如法」（二三二頁注六）に書写した経文。『法華経』の例が多い。

三　出典不明。「陳」は、六世紀の後半、中国の南北朝の南朝の国。「王与女」は、王与という女か。

四　仏法を守護する神々。護法善神とも。

五　火災に際して不思議な現象を示した。

六　悪をやめさせるすぐれた師匠となる話である。

七　両眼盲目の女。シヒは廃フ（感覚・機能を失う）の意。

八　衆生の病災を除き、解脱に導く仏。一九五頁注二〇参照。

九　帰依し、信じ敬う。

一〇・一一　所在未詳。奈良市法蓮町付近とも、同市の南部帯解あるいは神殿町付近とも。

盲目で信心深い貧女、薬師仏からの薬で眼が開く

の木像在す。帝姫阿倍の天皇〔一二〕のみ代に当りて、その村に二つの目盲ひたる女〔一三〕ありき。これが生めるひとりの女子、年は七歳なりき。寡にして夫なし。極めて窮しきこと比なし。食を索ふこと得ずして（他人から貰うこともできず）、飢ゑて死なむとす。

みづからおもへらく（〔貧乏生活の中で〕自分で思うには）、「宿業〔一四〕の招くところならむ。ただに現報のみにはあらじ（ただこの世での報いだけではあるまい）。徒に空しく飢ゑ死なむよりは、善を行ひ念ぜむにはしかじ（仏道を修め仏にお祈りしおすがりするのがよいだろう）」とおもふ。子をして手を控かしめて、その堂に迄り、薬師仏の像に向ひて、眼を願ひて（眼があくようにと）まうさく、「わが命一つを惜しむにあらず。わが子の命を惜しむなり〔一五〕。一旦に二人の命已らむ〔一六〕。願はくはわれに眼をたまへ」とまうす。檀越〔一七〕見て矜みて（哀れんで）、戸を開きて裏に入れ、像のみ面に向ひて〔一八〕、称礼しまつらしむ〔一九〕。

逕ること二日、副へる子の見れば、その像のみ臆より（胸から）、桃の脂〔二〇〕のごとき物、たちまちに出で垂る（突然したたり落ちた）。子、母に告げ知らす。母、聞きて食はむとおもふ。そゑに（そこで）子に告げていはく、「搏りて〔二一〕わが口に含め（含）

一二 孝謙（称徳）天皇。
一三 本書に登場する女性で印象に残るのは、このような、貧窮生活の中で子供をかかえながら信仰に生きる母の姿である（上一三、中四二縁も）。
一四 （この貧乏は）前の世からの因縁であろう。「宿業」は、前世に作った悪業の招いた報い。本書の主人公たちは、盲のほか聾・悪性のできものなども「宿業の招」きによると考えた。付録〔聾者と宿業〕参照。
一五 私の子供の命がいとおしく、かわいそうでならないの意。
一六 （このままですと）私と子供の二人の命が一朝にして失われるでしょう。「已」は、底本のまま、訓みは『名義抄』による。来迎院本・国会本は「亡」。
一七 寺や僧に物を施す信者。檀家の人。寺の経済的後援者で、当地の豪族が多い。
一八 仏像に対面させて。「面」は「前」の意（『新撰字鏡』）。
一九 薬師仏の御名を「南无薬師如来」と唱えながら礼拝する。『薬師本願功徳経』などに、薬師仏の名号を唱える功徳が説かれている。
二〇 桃の木から分泌する脂。桃の樹液。桃は古来呪物であり、「桃脂」は薬用にされた（『本草和名』）。ここでは、乳の呪力をも連想される。一一一頁注一五参照。
二一 それを取って。「搏」は「取」の意（訓釈）。

よ」といふ。これを食へばはなはだ甜し。[一]すなはち二つの目開きぬ。定めて知る、心を至して願を発せば、[二]願として得ずといふことなしといふことを。これ奇異しき事なり。

[三]二つの目盲ひたる男、敬みて[四]千手観音の[五]日摩尼手を称へて、現に眼明くこと得る縁　第十二

奈良の京の[六]薬師寺の東のほとりの里に、盲ひたる人ありき。二つの[七]眼精盲なりき。観音に帰敬し、日摩尼手を[八]称念して、眼の闇きを明さむとしき。昼は薬師寺の[九]正東の門に坐し、[一〇]布の巾を披き敷きて、日摩尼手のみ名を称礼す。往き来る人の、見哀れぶひと、銭・米・穀物を、巾の上に施し置く。あるいは巷陌に坐して、[一一]称礼すること上のごとし。[一二]日中の時に、鍾を打つ音を聞きて、その寺に参ゐ入りて衆の僧に就き、飯を乞ひて[一三]命活きて、数の年を経たり。

千手観音を信心する盲人、化人の治療で両眼が開く

一 ここは、それを食べると同時に、の意。
二 発願の深さ、信心の力を称える景戒の常套句。一六〇頁注九参照。
三 両眼盲目の。シフは、感覚・機能を失う意。
四 千手千眼観世音菩薩の略。観音がすべての衆生を救うため、千の手と千の目を願い誓って得た姿。中四二縁にもこれの信仰功徳譚がある。
五 千手観音の左上方の宝珠（日の玉）を持つ手。「日」は太陽、「摩尼」は珠の意。日の玉、つまり日輪・太陽と同じ意で、「日精摩尼」とも。千眼という点と、日の玉（光明）という点で、盲人の信仰する所となった。
六 南都七大寺の一つ。奈良市西の京にある。本書撰述者の景戒のいた寺。
七 目が開いていながら見えない人。
八 口に仏の御名を唱え、心に仏を念じること。
九 東正面にある門。薬師寺には七つの門があり、東門は奴婢門で、雑人が出入りした（『薬師寺縁起』）。
一〇 布（麻布など）の手ぬぐい。「巾」の訓みは訓釈による。
一一 同じように日摩尼手を唱えて礼拝した。
一二 六時の一つ（三四頁注一・四）。正午で、僧の勤

帝姫阿陪[14]の天皇のみ代に至りて、知らぬひと二人来りていはく、「汝を矜むがゆゑに、われら二人、汝の盲ひたる目を治めむ」といふ。左も右もおのおの治む。治め[15]をはりて語りていはく、「われら二日を遥て、かならずこの処に来らむ。慎待つことを忘れずあれ」といふ。その後久しくあらずして、たちまちに二つの眼明きて、平復[16]ぐこともとのごとし。期りし日に当りて待つに、つひにまた来らざりき。

賛にいはく、

善きかな、その二つの目の盲ひたるひと。
現生[17]に眼を開き、遠く太方[18]に通ず。
杖を捨て手を空しくして、能く見、能く行く。

といふ。

誠に知る、観音の徳の力と、盲ひたる人の深信[19]となることを。

行の時。寺家では午前中に食事をするので、盲人は鐘の時報を聞いて寺の中に入り、残飯の施しを受けたのであろうか。「鍾」は「鐘」に同じ。

一三 命を長らえて。

一四 孝謙（称徳）天皇。

一五 「治」字、底本なし。国会本「々」（前田家本「之」に誤写）により補う。

一六 全快して元通りになった、の意。これによると、この人は生来の精盲ではなく、中途からなったことになるか。あるいは、ここは、元来の健康な状態になった、の意か。

一七 生きているこの世で目が見えるようになり。「現生」は「現世」に同じ。

一八 遠く仏の道まで見通せるようになった。「太方」は、大道、正しい道の意で、ここでは仏の道。

一九 深い信心によるということが。

一　閉ざされて真暗な穴（坑道）の中で。「内」は、底本「肉」、国会本による。
二　岡山県英田郡。
三　官営の鉄を掘り出す鉱山。
＊　本話は、美作国の鉄山を背景とする実話に基づくものであろう。〔美作国の鉄山〕
四　孝謙（称徳）天皇。
五　人夫を十人徴集して。「役夫」は公用の労役に服する男。「召発」は兵士・人夫などの徴発。
六　斜めに穴を掘って進み、鉱脈に当るとそれに沿って掘るという犬下り方式で採鉱したか。水銀鉱山の落盤事故の類話『今昔』一七ノ一三によると、三人一組で掘る。
七　揺れ動いた。落盤によって起った震動をさす。訓みは『名義抄』『字類抄』による。
八　先を争って穴から逃げ出すにあたり。
九　国司をはじめ、上役の者も下役の者も。
一〇　落盤に押しつぶされて死んだ。
一一　それで嘆き悲しんだ。
一二　観世音菩薩の像を絵に描き。「観音」は四六頁注二参照。仏の画像の霊験譚は、上三三・三五各縁。
一三　善根・功徳を修めることによって、亡き人に回向して。冥福を祈って追善供養する意。
一四　前田家本のほか、
鉱夫、坑内に閉じこめられ、妻子は追善供養する
写経発願の鉱夫、沙弥に食事をもらい、山人に救出される
法花経を写さむとして願を建てし人、断えて暗き穴に内り、願の力によりて命を全くすること得る縁　第十三

美作の国英多の郡の部内に、官の鉄を取る山あり。帝姫阿陪の天皇の御代に、その国の司、役の夫十人を召し発げて、鉄の山に入れ、穴に入れて鉄を掘り取らしめき。

時に山の穴の口、たちまちに崩れ塞がり動る。役の夫驚き恐りて、穴より競ひ出づるに、九人わづかに出づ。一人のみ後れて出づるあり。その穴の口塞がり合ひて留まる。国の司上下、「圧はれて死にたり」と思ふ。そゑに惆へ悵しぶ。妻子哭き愁へて、観音の像を図絵し経を写し、福力を追贈して、七日を逕ることすでにをはりぬ。時に、ひとり穴の裏に居ておもはく、「『われ、先の日に法花大乗

『三宝絵詞』『今昔』一四ノ九などの享受資料は、「七々日」「四十九日」とする。

一五 留守宅では妻子が回向をしている時分に、一方の穴の中の本人は――。

一六 以下、ひとりぼっちの坑内で、長時間いろいろと思う心の内を表す。『われ……果したてまつらむ』は仏への祈念。『闇き穴に……ことなし』は孤独の悲愁。便宜上、それぞれ『　』で示す。

一七 『法華経』に同じ。大乗経の代表的経典の意。

一八 僧。ここは観音の化身とみられる。

一九 おいしいご馳走を盛って。「盛」は一〇七頁注二四参照。下文の僧のことばの通り、妻子が追善供養のため仏前に供えたもの。

二〇 鉱夫の居た頭の上のあたりに。このあたりの文については、原文を四字一句として校訂・訓読する。

二一 前田家本・『三宝絵詞』『今昔』などには、「五尺」とある。

二二 蔓性植物の総称で、山野に自生する。繊維が強く丈夫なので、いまのロープ・籠などの用途を果した。鉱山関係の作業にも当然役立ったであろう。

二三 山に住む人（木こり・炭焼きなど）。ここは山仕事（葛取り）をする村人。鉄山に徴発された経験者がいたかもしれない。

二四 かすかに蚊の鳴く声のように聞いた。

二五 葛を取ってきて、石を錘にして底におろし、人がほんとうにいるかどうかためしてみた。

を写したてまつらむと願ひて、いまだ写し断めず。わが命を全くしたまへ。われかならず果したてまつらむ』『闇き穴に居て、惆へ悵しぶ。生長りし時より今日に至るまで、この哀しびに過ぎたることなし』」とおもふ。その穴の戸の隙、指もて刺すばかり開き、日の光被び至る。ひとりの沙弥あり。隙より入り来り、鉢に饌食を盛りて、与へて語らく、「汝が妻子、われに飲食を供へ、われを雇ひて勧め救はしむ。汝もまた哭き愁ふれば、故にわれ来る」といひて、隙より出でて去りぬ。去りて後久しくあらずして、居たる頂に当りて、穴開け通り、日の光照り被ぶ。穴の開け通り広まること、方二尺あまり、高さ五丈ばかりなり。

時に、三十余人、葛を取りに山に入り、穴のほとりより往く。穴の底の人、人影を見て叫びていはく、「わが手を取れ」といふ。山人側に聞くに、蚊の音のごとし。すなはち聞きて怪しび、葛を取り石を繋ぎ、底に下して試みる。底の人取りて引く。明らかに「人なりけり」（あったのだ）と知りつ。葛を結ひて縄とし、葛を編みて籠とし（かごを作り）、四つの葛の縄をもて籠の四角に繫ぎ、機を穴の門に立てて、漸く（少しずつ）に穴の底に下す。底の人籠に乗りて、機をもて牽き上げ、持ちて親の家に送る。親属見て、哀しび喜ぶること（哀れんだり喜んだりすること）比なし（この上なかった）。

国の司問ひていはく、「汝、いかなる善をかなせる」といふ。答へていふこと上のごとし。国の司聞きて大きに悲れび（感動し）、知識を引率ゐて、相助けて法花経を造り（力を合わせて法華経を書写し）、供養することすでにをはりぬ。

これすなはち、法花経の神力にして、観音の贔屭なり。さらに疑ふことなかれ（決して疑ってはならない）。

千手の呪を憶持するひとを拍ちて、現に悪死の報を得る縁　第十四

越前の国加賀の郡に、浮浪人の長ありき。浮浪人を探りて、雑徭

一 幾本かの葛を綯い合せて縄とし。以下、取ったばかりの葛が救出作業に役立ったことになる。

二 滑車の付いた装置。古訓点に「機関」の例もあり、物をあやつり動かす装置。このあたりの記述がきわめて具体的であることに注目したい。こういう日常作業の従事者（鉱山関係者か）も、本話の形成・伝承に密接に関係していたであろう。

三 長時間暗い坑内にいたため、ひとりで歩いて帰れないような健康状態にあっただろう。

四 親兄弟など、同族の人々。

五 『法華経』を書写する願を立て、坑内でもこれを念願していた話をした。

六 信者たちを誘い集めて。ここは、『法華経』書写の供養に賛同し、その資金の浄財を出し結縁する者。

七 『法華経』の不思議な力と、観音の特別な力添えによるものである。上一八縁の結語同じ。

八 千手観音（二三六頁注四）の功徳を説いた根本的な呪。『千手経』の中の呪文で、「大悲心陀羅尼」「大悲呪」とも。「呪」とは「陀羅尼」（梵語の句を漢訳せずにそのまま読誦する文）をいう。

九 常に心に念じて読誦する。六一頁注一五参照。

一〇 石川県の中部。弘仁十四年（八二三）に同国の加賀・江沼二郡を割いて加賀国とした。これはそれ以前の呼称。

一一 本籍を離れて他郷に流浪する者をさし、厳密には調庸　**浮浪人を取締る役人、行者を迫害し使役する**

に駈ひ使ひ、調庸[14]を徴り乞ひき（強要していた）。時に、京戸[15]小野の朝臣庭麿といふひとありき。優婆塞[16]となり、つねに千手の呪を誦持する（唱え勤行していた）を業とす。

その加賀の郡の部内（区域内）の山を展転りて[17]、修行せり。

神護景雲[18]三年の歳の己酉に次れる春の三月二十七日の午の時[19]に、その長、その郡の部内の御馬河の里にあり。行者に遇ひていはく、「汝は、いづくの国の人ぞ」といふ。答ふらく（答えるには）、「われは修業者にして、俗人にあらぬなり（在俗の者ではありません）」といふ。長、瞋り嘖めて（怒り責めたてて）いはく、「汝は浮浪人なり。なにぞ調を輸さぬ（どうして納めないのか）」といふ。縛り打ちて駈ひ徭ふ。

なほし拒逆ひて[20]、愍しびて[21]譬へを引きて（たとえを引用して）いはく、「『衣の虱[22]は頭に上りて黒くなり、頭の虱は衣に下りて白くなる』といふ。かくのごとき譬へあり。頂に陀羅尼を載せ[23]、経を負へる[24]意は、俗の難に遭はじとてなり（俗世間から迫害を受けないようにとのことです）。なにのゆゑにか大乗を持するわれを（大乗経典を捧持している私を）打ち辱かしむる。まことに験徳あらむ[25]。今し威力を示さむ」といふ。〔行者は〕縄をもて千手経を〔高い所に〕繋けて[26]、地より引きて去りぬ（地上からそれを引っ張って去っていった）。

（注一四）を納める「浮浪」と、納めない「逃亡」に分けるが、これら「浮逃」者が税負担の過重から大量発生した。「長」とは、それらを取締る役人。

一三 さぐり調べて。訓みは中九縁訓釈による。

一三 定まった労役（庸）以外の雑役に追い立て使い。

一四「調」は、糸・絹・綿布など、穀物以外の土地の物産に課する税。訓みは後文ツキ。「庸」は、年十日間の労働奉仕。なお、現地で浮浪人に課役を徴する法に「土断法」があった（『続紀』霊亀元年五月一日条）。

一五「京戸」は、京に戸籍を有する者。「小野朝臣」は、伝未詳。

一六 在俗のまま仏門に入って修行する男子。

一七 あちこち巡り移って。二二一頁注一三参照。

一八 七六九年。「午の時」は、正午ごろ。

一九 金沢市三馬の付近。

二〇 なおも拒絶して。イムカフは二二四頁注五参照。

二一 ひどく悲しんで。相手の頑迷さを嘆くさま。

二二『文選』の李善注に引く『抱朴子』には見えるが、現行本に見当らない。ここは、黒衣（僧）と白衣（俗）にかけて、在俗の姿でも僧に同じだと説得する。

二三 頭の上に「千手の呪」をいただき。

二四 経典を背に負う（一九二頁注一）という意味は。

二五 本当に、大乗経の霊験があるでしょう。

二六 以下は、後文の役人の受ける悪報のさまと呼応させ、行者の呪的行為とみる。ただし、通説は、役人が経巻を縄で縛って地面を引きずって去るとする。

行者を刑ちしところと、長が家とのほど、一里ばかりなり。長、おのが家の門に至りて、馬より下りむとするに、堅くして下ること得ず。たちまちに乗れる馬と、空に騰りて往き、行者を捶ちしところに到り、空に懸かりて一日一夜を逕て、明くる日の午の時に、空より落ちて死ぬ。その身摧け損ふこと、竿の嚢に入れるがごとし。諸人見て、懼恐りずといふことなかりき。

千手経に説きたまへるがごとし。「大神呪は、乾枯れたる樹すら、なほし枝・柯・華・菓を生すこと得。もしこの呪を謗るひとあらば、すなはちその九十九億の恒河沙の諸仏を謗ることになるなり云々」とのたまへり。方広経にのたまはく、「賢しき人を誹謗るひとは、八万四千の国の塔・寺を破壊する人の罪に等し」とのたまへるは、それこれをいふなり。

暴行した役人、現場で宙吊りになり墜死する

一 上三四縁の、猛風による妙見菩薩の霊威のさまが連想される。
＊ この役人の受ける報いは、上文の行者の呪的行為に対応する。〔説話における因果の対応〕
二 硬直した身体が衝撃をうけて粉砕され、損じる。
三 算木（計算や占いに用いる細い棒状用具）が袋の中にばらばらになって入っている状態。散乱するさまを、「算を散らす」「算を乱す」ともいう。「竿」は「算」の俗字。
四『千手千眼観世音菩薩広大円満無礙大悲心陀羅尼経』（一巻）の末段からの抄出。
五 威力絶大な呪文（陀羅尼）。
六 枝や孫枝（小枝）や花や果実を、生やしたり付けたりすることができる。
七「恒河（ガンジス河）の砂」の意で、無数であることのたとえ。その意味を強調するために、万以上の単位の数字を上に置くことが多い。
八『大通方広経』（五〇頁注二）には見えず、大乗経典の意といわれる。依拠未詳。
九 賢人。ここは、仏道修行者をさす。
一〇 塔や寺の破壊はきわめて重罪にあたる。
一一 二三二頁注七参照。
一二 伝未詳。「犬養」が氏、「宿禰」が姓、「真老」が名。犬養氏は犬養部を掌り、宮廷警護にも当ったから、当人も宮廷の近くに住んでいたか。

第十五　沙弥の乞食を撃ちて、現に悪死の報を得る縁[一一]

犬養の宿禰真老[一二]は、諾楽の京の活目の陵[一三]の北の佐岐[一四]の村に居住しき。天骨邪見[一五]にして、乞者[一六]を厭ひ悪めり。帝姫阿陪の天皇[一七]のみ代に当りて、ひとりの沙弥ありき。真老が門に就きて食を乞ふ。真老乞ふ物を施さず、返りて袈裟を奪ひ、諸見り[一八]逼め悩ましていはく、「汝は曷の僧ぞ[一九]」といふ。乞者答へていはく、「われはこれ自度[二〇]なり」といふ。真老また拍ち逐ふ。沙弥大きに恨みて去りぬ。

その日の夕に、鯉を煮て寒し凝らす[二一]。明くる日の辰の時[二二]に、朝床[二三]に起き居て、その鯉を口に含み、酒を取りて飲まむとするに、口より黒き血を返吐ひつ[二四]。傾き臥して[二五]、幻のごとくに気を絶ち、寐るがごとくに命終しぬ。

まことに知る、邪見[二六]は身を切る利き剣なり。瞋の心はこれ禍を招

奈良の真老、乞食僧を迫害して頓死する

一三 垂仁天皇陵。奈良市尼が辻にあり、薬師寺の北方約一キロメートル。
一四 奈良市佐紀町。平城宮趾に近接する。
一五 生れつき心がよこしまで。悪者を性格づけるきまり文句（中三五縁など）。
一六 施しを乞う者をきらい憎んでいた。
一七 孝謙（称徳）天皇。
一八 底本・前田家本・国会本いずれも「諸見」、アヒナジリは国会本訓釈による（底本訓釈はトヒナジリ）。「諸のひとが見て責めていう」意の意訳訓とみておく。「詰り見しく」「諸問り」など改訂説もある。なお要検討。
一九 当時、自度僧（注二〇）が横行し、その対策が政治問題ともなっていたから、元来の邪見さにそれも手伝って、身分を確かめたのであろう。
二〇 「私度（僧）」とも。六九頁注一五参照。
二一 煮こごりを作らせた。魚肉などに味付けをして汁をかたまらせる。
二二 午前八時ごろ。
二三 起きがけの床に坐って。朝寝をしてゆっくり起き上がったまま、何もせずにいる状態。
二四 吐き出した。タマフは嘔吐する意。訓みは、『書紀』の「反吐」の古訓などによる。
二五 横ざまに倒れて。
二六 よこしまな心はわが身を傷つける鋭い剣である。

く疾き鬼なり。慳貪は餓鬼を受くる苦の因なり（もの惜しみは餓鬼道の苦を受ける原因）。多欲は慈施を障ふる猛き藪なりといふことを。ただ来り乞ふひとを見ば（来訪して施しを乞う人を見たなら）、憐愍れびを生し、顔を和げ色を悦びしめ、法施・財施すべし。

このゆゑに丈夫論にいへらく、「慳心多きひとは、この泥土といへども、金玉よりも重みす。悲心多きひとは（慈悲心の豊かなひとは）、金玉を施すといへども、草木よりも軽みす（軽んじる）。乞ふ人を見る時には、なしといふに忍びず（施す物がないことに堪えられず）、悲しび泣きて涙を堕す云々」といへり。

女人、濫しく嫁ぎて、子を乳に飢ゑしむるがゆゑに、現報を得る縁　第十六

授乳せず死んだ邪婬の母、病乳の痛みを寂林の夢に告げる

横江の臣成刀自女は、越前の国加賀の郡の人なりき。天骨婬泆にして（むやみに男と情交する癖が）、濫しく嫁ぐことを宗とす（あった）。いまだ丁りなる齢を尽さずして（女盛りを過ぎないうちに）、死にて淹しく年を歴たり（長い年月が過ぎた）。

一　悪鬼の総称。「足（速）疾鬼」の略。
二　欲ばりは慈悲心による施しを妨げるひどい藪である。オドロは、茨など低木の生い乱れる茂み。
三　いかにも嬉しそうな様子をして。ヨロコブは上二段活用。
四　精神的な施しも、物質的な施しもするのがよい。出家者である僧は、俗世間の生活と絶縁し生産活動に従事しないから、元来〈食物を乞う者〉であった。そういう托鉢者への施しの精神をいう。
五　以下の引用文は、『大丈夫論』巻上施慳品第八と同財物施品第九からの摘記という（岩野祐吉説）。
六　物惜しみする心の強いひとは、この泥土でさえも財宝より大切にする。コヒヂの訓みは『名義抄』による。
七　みだりに男たちと情交して。
八　伝未詳。「横江」が氏、「臣」が姓、「成刀自女」が名。「刀自」は一家の主婦を意味するが、中三縁にも「真刀自」という名の母が登場する。
九　石川県の中部。二四〇頁注一〇参照。
一〇　生れつき多淫多情で。「婬泆」は『令義解』にも見える用語。
一一　「丁」は二十一歳以上の壮年。
一二　和歌山市の北東部に当る藤田付近。下三〇縁の舞台にもなる。なお、同郡の話がとくに下巻に多いから、景戒と格別に深い関係がある郡とみられている。

紀伊[12]の国名草の郡能応の里の人、寂林法師[13]、国の家を離れ、他の国を経て、法を修し道を求めて、加賀の郡畝田の村に至る[14]。年を逕て止まり住めり。奈良の宮に宇の大八嶋国御めたまひし白壁の天皇[15]のみ世の宝亀元年の庚戌の冬の十二月二十三日の夜に、夢に見らく、

大和[16]の国鵤の聖徳の王の宮の前の路より、東を指して行く。その路鏡のごとくにして、広さ一町ばかりなり。直きこと墨縄[17]のごとし。ほとりに木草立てり。林[18]、佇きて看れば、草の中にいと快しく[19]肥えたる女あり。裸衣[20]にして踞りをり。ふたつの乳脹れたること大きにして、竈戸[21]のごとくに垂り、乳より膿流る。長跪きて手をもて膝を押し、病める乳に臨みていはく、「痛き乳かな」といひて、呻吟ひ苦しび病む。

林、問ふ、「汝はいづくの女ぞ」といふ。答ふらく、「われは、越前の国加賀の郡大野の郷の畝田の村にある横江の臣成人[22]が母なり。われ齢丁りなりし時に、濫しく嫁ぎて邪婬[23]にして、幼稚き子

一三 伝未詳。「能応寺」（二七九頁注二一）と関係のある僧か。
一四 金沢市大野町。
一五 聖代表記の類似形式は一〇七頁注一七参照。「白壁天皇」は、第四九代（奈良朝最後）光仁天皇。在位は七七〇～七八一年。「宝亀元年」は七七〇年、その年十月一日に白壁天皇即位。
一六 奈良県生駒郡斑鳩町にあった、聖徳太子の住んでいた宮殿（後の法隆寺）。下文の通り、当時の法隆寺の前面に広大な（一町＝約一〇九メートル）道路があったか。ただし、ここでは、その情景は地獄の前面とイメージが重なる（一四九頁参照）。以下、地獄が現世に現出しているさま。
一七 一四九頁注一五参照。
一八 寂林法師が、立ち止まって見ると。
一九 堂々としてむっちりと太った。「肥」は、ふくれた状態。
二〇 わずかな薄物姿。一四七頁注一四参照。
二一 土饅頭型のかまどのような、半円球状をして垂れ下がり。カマドは、一八九頁注一五参照。
二二 伝未詳。この母の名は「成刀自女」。
二三 五戒の一つ。自分の配偶者でない者と性関係を結ぶこと。

夢の話を聞いた子、供養して母の罪を償う

を棄て、壮夫とともに寐ぬ。あまたの日を逕て、子乳に飢う。ただし子の中に、成人のみはなはだ飢う。先に幼き子を乳に飢ゑしめし罪によりてのゆゑに、今し乳の脹るる病ひの報を受けたり」といふ。問ふ、「いかにしてか、この罪を脱れむ」といふ。答ふらく、「成人知らば、わが罪を免さむ」といふ。

林、夢より驚き醒めて、ひとり心に怪しび思ひ、その里を巡り訊ふ。ここに、有る人答へていはく、「まさにわれこれなり」といふ。林、夢の状を述ぶ。成人、聞きていはく、「われ稚き時に、母を離れて知らず。ただしわが姉ありて、能く事の状を知れり」といふ。姉を問ふ時に、答ふらく、「まことに語るがごとし。われらが母公、面姿姝妙しくして、男に愛欲せられ、濫しく嫁ぎて乳を惜しみ、子に乳を賜はらざりき」といふ。ここに、諸の子、悲しびていはく、「われ怨に思はず。なにぞ慈母の君、この苦の罪を受けたまふ」といふ。仏を造り経を写して、母の罪を贖ひ、法事すでにをはりぬ。

一 年盛りの男と一緒に寝ました。
二 まさに今。「し」は意味の強め。上文「ただし」の「し」も同じ。なお、「今し」は、二四一頁一三行目など、例は多い。
三 （そこで）姉に尋ねると。誰かに尋ねる場合、平安初期の訓読では、「（誰）を問ふ」とする。
四 子供たちは、慈悲の心をもって。「悲」字は、同情、あわれみ、苦しみを除いてやる意。
五 私たちは（乳がもらえなかったことを）恨みには思っていません。
六 （それなのに）どうしてやさしい母上が、こんな苦しみの罪を受けていられるのでしょう。「慈」は、仏菩薩が衆生に楽を与える意。
七 母の罪のつぐないをし。アカヒは清音。
八 追善供養もとどこおりなく終った。
九 夢の知らせがあって、成刀自女が現れ、子供たちの供養のおかげで罪が許されたことを報告した意。この夢を見たのは、寂林か、成人姉弟か。いずれともみられるが、本書の夢見は、仏教関係者にほぼ限られるから（付録〔夢の告げ〕）、前者がよい。
一〇 本書に登場する母は、「母の媚房」（上二三）・「母

後に夢に悟して[九]いひしく、「今はわが罪免れぬ」といひき。誠に知る（実によく分る）、母[一〇]のふたつの甘き乳、まことに恩は深しといへども（ほんとうに恵み深いものではあるが）、［授乳を］惜しみて哺育まずは（養育しないと）、返りて殃罪と成らむといふことを[一一]。豈（どうして）飲ましめざらむや（乳を飲ませないでよかろうか）。

信行、未完の脇士像の病む声を聞き、完成し供養する

いまだ作りをはらぬ捻摂[一二]の像、呻[一三]ふ音を生じて、奇しき表を示す縁　第十七

沙弥[一四]信行は、紀伊[一五]の国那賀の郡弥気の里の人なりき。俗姓[一六]は大伴の連の祖これなり。俗を捨てて自度し[一七]（俗人生活を捨てて）、鬢髪を剃除り、福田衣[一八]を着て、福行の因を求めき（福徳を得る善行を求めていた）。

その里にひとつの道場[一九]あり。号は弥気の山の室堂といふ。その村の人ども、私に造れる堂（自分たちで造った堂）なるがゆゑに、これをもて字とす法名[二〇]を慈氏[二一]禅定堂といへり。いまだ作りをはらぬ捻摂の像二体あり。弥勒菩薩[二二]の

の甘き乳」（中二）など、「乳」に象徴される。以下、乳は子に飲ませるべきものという景戒の主張。

一一　かえって災いや罪を得ることになるのだということが。

一二　粘土をこねて造った仏像。塑像の一種。「捻」は指でひねって造る意。「摂」は、底本「懾」、国会本および中一三縁の例による。攝仏・捻像とも。

一三　うめき声を出して、不思議な現象を示した話。

一四　伝未詳。「沙弥」は、一三二頁注七参照。

一五　和歌山県那賀郡。「弥気の里」は未詳で、和歌山市（旧那賀郡小倉村）上三毛・下三毛付近、また那賀郡桃山町付近など、諸説がある。

一六　「大伴」が氏、「連」が姓、「祖」は名か、あるいは誤写か（前田家本欠字）。本書で俗姓をあげる例は、姓だけで名をあげていないから、祖先の意で、現在する大伴連の祖先に当るという注記か。

一七　六九頁注一五参照。

一八　袈裟の別名。「福田」は、田がよく物を生ずるように、福徳を得させてくれる人の意。

一九　仏法修行の場所。付録「道場法師のこと」参照。

二〇　法式の名。俗称でなく仏式の正式な名称。

二一　「慈氏」は、弥勒菩薩の異称。「禅定」は、雑念を退けて絶対の境地に達するための瞑想。つまり、弥勒が心を鎮めて仏法の真理を求める堂の意。

二二　一六三頁注二〇参照。

脇士なり。臂・手折れ落ちて、鐘堂に居く。檀越量らひていはく、「この像、山の浄きところに隠し蔵めまつらむ」といふ。信行沙弥、つねにその堂に住み、鐘を打つを宗とす。像のいまだをはらぬを見て、なほしもて患へとす。落ちたる臂をば、糸をもて縛り嗣ぎ、像のみ頂を撫でて、つねに願ひてまうさく、「まさに聖人ありて、因縁を得しめまつらむ」とまうす。

淹しくしてあまたの年を逕て、白壁の天皇のみ代の宝亀二年の辛亥の秋の七月中旬に、夜半より呻ふ声あり。いはく、「痛きかな、痛きかな」といふ。その音細く小くして、女人の音のごとくにして、長く引き呻ふ。信行、初めは、「山を越ゆる人、頓かに病ひを得て宿れるならむ」と思ひ、すなはち起きて坊を巡り、覓むれども、病める人なし。怪しびて嘿然り。その病み呻ふ音、夜を累ねて息まず。忍ぶること得ず、起きて窺ひ見れば、呻ひは鍾堂にあり。まことに知りぬ、その像なりといふことを。信行見て、ひとたびは怪しび、

一 本尊の両側に侍立する仏。脇侍とも。下文に「左は大妙声菩薩、右は法音輪菩薩」とある。
二 肩から肘までの部分。腕。
三 鐘つき堂。
四 二二四頁注一参照。
五 主な仕事としていた。
六 それでもやっぱり（何とか修理せねばと）胸を痛めていた。信行はいつでも鐘堂で未完の仏像に対面していたから、檀家の人々の処置では気が安まらなかったのである。
七 底本をはじめ諸本の本文「副」、「縛り副へ」でも意味は通るが、底本・国会本の訓釈標出字と二七六頁注一三による。
八 きっとえらい坊さんをお迎えして。
九 第四九代光仁天皇。「宝亀二年」は七七一年。
一〇 病人の看護をしようと思ったから。山林修行して体得した呪験力で看病する例は多い（上二六・三一各縁など）。寺院はその施設ともなった。
一一 不思議に思いながらも人にも告げず黙っていた。
一二 「鍾」は「鐘」（注三）に同じ。
一三 飛鳥の元興寺（三三三頁注一六）の別院として、天平十七年（七四五）に平城京の左京に完成した寺。新元興寺。南都七大寺の一つ。
一四 伝未詳。奈良の官寺の僧が地方に下る一例。
一五 もし、大和尚さま！「咄」は、呼びかけ。「大法師」は、相手を尊敬していうことば。官寺の僧豊慶で

ひとたびは悲しぶ。

時に、左京の[一三]元興寺の沙門[一四]豊慶、つねにその堂に住めり。〔信行は〕その沙門を驚かし(目を覚まさせ)、室の戸を叩きてまうさく、「[一五]咄、大法師。起きて聞くべし」とまうして、[一六]つぶさに呻ふ状を述ぶ。ここに豊慶、信行と大きに怪しび大きに悲しぶ。[一七]知識を率引きて、捻じ造り(土をこねて像を完成させ)たてまつりをはりぬ。[一八]会を設けて供養しき。今に(今でも)弥気の堂に安置して、[一九]弥勒の脇士に居きまつる菩薩、これなり[二〇]左は大妙声菩薩、右は法音輪菩薩。

誠に知る、[二一]「願として得ぬはなく(願を立てて得られないことはなく)、願として果さぬはなし(達せられないことはない)」といへるは、それこれをいふなり。これもまた奇しき表の事なり。

法花経を写したてまつる[二二]経師、[二三]邪婬をなして、現に悪死の報を得る縁　第十八

写経師、雨宿りの女人を犯し、ともに急死する

[二四]丹治比の経師は、[二五]河内の国丹治比の郡の人なりき。姓は丹治比な

なく、自度僧の信行の方が仏像の声に気づいている点に注目したい。

一六 うめいている様子をくわしく話した。

一七 信者を誘い集めて。ここでは、仏像の完成に賛同して資財を出す人々をつのること。「檀越」に対して、「知識」は、信徒。ここは臨時的な組織、講中。

一八 法要の席を設けて。

一九 弥勒菩薩の左右に脇侍として据え申している菩薩像。

二〇『攷証』の補注および大東急記念文庫蔵同補訂は、平安・鎌倉朝の古写本をくわしく引き、弥勒三尊について、「多聞天秘軌」に記事があるとし、京都の東山霊山寺に像があって、右は法音輪菩薩(世親)、左は大妙相菩薩(無着)とする。また、山科寺北円堂の例も引く。なお、本話の仏像の名に「声」と「音」字が見えるのは、モチーフのうめき声と関わるのであろう。

二一 発願の深さ、信心の力を称える景戒の常套句。中二一・三一、下一一・二一各縁にも。本話の場合、願を立てた人も功徳も明らかでない。

二二 経巻の表具師をもいうが、ここでは写経師の意。

二三 自分の配偶者でない者と性関係を結ぶこと。五戒の一つ。

二四 伝未詳。同姓の持経者が上一八縁に登場。

二五 大阪府松原市と南河内郡美原町・狭山町を中心とする地にあった郡。

り。そゑに、これをもて字とせり。その郡の部内にひとつの道場[一]あり。号をば野中[二]の堂といふ。願[三]を発せる人ありて、宝亀の二年[四]の辛亥の夏の六月をもて、その経師をその堂に請け、法花経を写したてまつらしむ。女衆[五]まゐり集ひて、浄き水[六]をもて経の御墨の水に加ふ。

時に未申[七]のあひだに、段雲[八]り雨降る。雨を避けて堂に入るに、堂のうち狭少きがゆゑに、経師と女衆と同じところに居り。ここに、経師、婬れの心熾りに発り、嬢[九]の背に踞りをり、裳[一〇]を挙げて婚す。閛[一一]の閫に入るに随ひて、手を携へてともに死ぬ。ただ女は口より漚[一二]を噛齧み出して死にき。

晰らかに知る、護法の刑罰なりといふことを。愛欲[一三]の火は身心を焦くといへども、婬れの心によりて、穢き行[一四]をなさざれ。愚人[一五]の貪るところは、蛾の火に投るがごとし。このゆゑに律[一六]にのたまはく、「弱脊[一七]みづから面門に婬す」とのたまへり。

一 仏法修行の場。付録〔道場法師のこと〕参照。
二 大阪府羽曳野市野々上にある野中寺という。聖徳太子の開基と伝える。
三 写経供養をしようと願を立てた人。
四 七七一年。
五 ここでは、仏縁を結ぶ奉仕活動をする女人たち。
六 清浄な水を汲んで写経の墨に注ぎ加える。この浄水は、後出する経師の行為の不浄さの伏線をなし、ひびき合う表現とみられる。
七 午後二時ごろから同四時ごろまでの間。
八 一面に曇って。雲がたなびきわたって。
九 ある女人の背後にとりついてしゃがみこんで。
一〇 裳（長いスカート状の衣裳）をまくり上げて交接した。「嬢」は、既婚の女にも通用。
一一 男根が女陰の中に入るに及んで。「閫」は、シナタリとも訓む（訓釈）。
一二 きつくくいしばった歯と歯のすき間から、泡があふれ出ている苦痛の表情。
一三 愛欲の情が身も心も焦がすように燃えたっても。
一四 不浄な行為をしてはならない。
一五 『梵網経古迹記』下の第三に同文が見える。
一六 教団や僧の規定などを集めた書。ただし、以下の引用文は『梵網経古迹記』からの孫引きという。
一七 背骨の柔らかな者は自分で口を用いて自慰する。不浄の行為として教団から追放されるよし、律の諸書

また、涅槃経にのたまはく、「五欲の法を知らば、歓楽あることなからむ。暫くも停まること得じ。犬の枯れたる骨を齧るに、飽厭く期なきがごとし」とのたまへるは、それこれをいふなり。

産生める肉団のなれる女子、善を修し人を化する縁　第十九

肥後の国八代の郡豊服の郷の人、豊服の広公の妻懐任みて、宝亀の二年の辛亥の冬の十一月十五日の寅の時に、ひとつの肉団を産生みき。その姿卵のごとし。夫妻おもひて「祥にあらじ」として、笥に入れて山の石の中に蔵し置きぬ。七日を逕て往きて見れば、肉団の殻開きて、女子生れたり。父母取りて、さらに乳を哺めて養ふ。見聞く人、合国奇しびずといふことなかりき。八箇月を経て、身にはかに長大り、頭と頸と成り合ひ、人に異な

に説かれてあり、情欲のはなはだしい例（池上洵一説）。「脊」は、底本「脊」、来迎院本・『梵網経古迹記』による。「面門」は口の意。

一八『大般涅槃経』の略。以下の引用文は、その高貴徳王菩薩品に近いが、『梵網経古迹記』の引用によるらしい。

一九 色・声・香・味・触の五つの欲情の実体が、本来空虚なものであることを知ったならば。

二〇 少しの間も快楽の境に止まることはできまい。

二一 歓楽というものが、果てしなく醜悪であることのたとえ。

二二（妻の）生んだ肉の塊から生れた女の子。

二三 仏法を修め人を教化する話。

豊服広公の妻の生んだ肉塊、長じて尼となる

二四 熊本県下益城郡松橋町豊福。

二五 伝未詳。郷名を負った在地豪族であろう。

二六 午前四時頃。

二七 訓みは、訓釈・『名義抄』による。後出「殻」も同じ。この点、卵生説話に属する。卵・殻は貝と同源。

二八 竹製の容器。訓みは訓釈。異常出生と竹との関わりは、三二頁一～六行、一七三頁注二二参照。竹・卵生・小人成長のモチーフは、鶯姫（『海道記』）に同じでかぐや姫伝承にも通じる（曾田文雄説）。

二九 からだが急に大きくなり。小人成長のさま。

りて顊なし。身の長三尺五寸なり。生れながらに知り利口にして、自然に聡明なり。七歳より以前に、法華・八十花厳を転読し、状に就きて逗らず。

つひに出家を楽ひ、頭髪を剃除り、袈裟を着て、善を修し人を化す。人として信けずといふことなし。その音尊く悲しくして、聞く人哀れびをなす。その体人に異なり、閭なくして嫁ぐことなし。ただし尿を出す竇のみあり。愚俗呰りて、号をば猴聖といふ。

時に、託磨の郡の国分寺の僧、また豊前の国宇佐の郡の矢羽田の大神寺の僧ふたり、その尼を嫌みていはく、「汝はこれ外道なり」といひて、啁し呰りて嬲るに、神しき人空より降り、桙をもて僧を棠かむとす。僧恐り叫びてつひに死ぬ。

大安寺の僧戒明大徳の、その竺紫の国府の大国師に任けられし時に、宝亀の七八箇年の比頃に、肥前の国佐賀の郡の大領正七位上佐賀の君児公、安居会を設く。戒明法師を請けて、八十花厳を講ぜし

尼は仏道に通じ、仏の変化・舎利菩薩と尊崇される

一 小さ子に属する。異常出生で小さ子は、上三縁の道場法師に通じる。
二 上手にものをいうことができて。
三 天性ものの理解が早く、道理に通じていた。
四 『法華経』と八十巻の『華厳経』。『華厳経』は、『大方広華厳経』の略称、他に四十巻本・六十巻本も。
五 経文の要所をとびとびに読む。
六 （転読の）方式通りに読んで、とどまるところを知らなかった。原文「就状」は、底本「黙然」、来迎院本「就然」を改訂する。「逗」は、止・留に同じ（『新撰字鏡』）。『名義抄』の訓による。
七 たふとし・かなしは、人に深く感銘させる誦経の声のさま。諸本の原文「多出」、『三宝絵詞』の東大寺切と前田家本により、類似字体（興福寺本等の例）および草体の誤写とみて改訂。
八 シナタリとも。下一八縁訓釈による。
九 愚かな俗人たちは嘲笑して。
一〇 似非聖人。その姿の猿に似ることもいうか。
一一 熊本市出水町に肥後国の国分寺があった。「国分寺」は、天平十三年（七四一）に国ごとに造営。
一二 大分県宇佐市の宇佐神宮。「矢羽田」は「八幡」とも。「大神寺」は、宇佐八幡宮の神宮寺（『続紀』天平十三年条初見）で、後の弥勒寺という。
一三 仏道に外れた異教。律では男女根の整わない者は

むる時に、その尼闕かずして（欠かさず）、衆の中に坐て聴く。講師（戒明）見て、呵嘖していはく（叱っていうには）、「いづくの尼ぞ、[二三]濫しく交るは」といふ。

尼答へていはく、「仏は平等大悲なるがゆゑに（平等の慈悲をお持ちだから）、一切衆生のために、[二四]正教を流布したまふ。なにのゆゑにか別にわれを制むる（とくに私をのけ者にするのですか）」といふ。よりて[二五]偈を挙して（とり上げて質問すると）問ふに、講師、偈をもて通ずること得ず（偈の形式を整えて答えられなかった）。諸の高名の智者（名高い知識僧は）怪しびて、[二六]一向ひて問ひ試みる（ひたすら尼に向って質問し才智をためした）。尼つひに屈せず。すなはち[二七]聖の化なることを知りて、さらに名を立てて、舎利菩薩と号けき（称した）。道俗帰敬して化主としき（帰依し教化の指導者として仰いだ）。

付、印度の類話

昔、仏在世の時に、[二八]舎衛城の須達長者の女蘇曼が生める卵十枚（卵十個が）、開きて（割れて）十の男となり（十人の男子が生れ）、出家してみな[二九]羅漢果を得たりき。[三〇]迦毘羅衛城の長者の妻は、懐任みてひとつの肉団を生み、七日の頭に到りて、肉団開敷きて百の童子あり。一時に出家して、百人ともに阿羅漢果を得たりき。

わが聖朝の[三一]弾き圧はるる土に、この善き類あり。これもまた奇異

出家できないとする。
一四 見下げてあざ笑いからかったところが。
一五 ふしぎな人（一二五頁注一五）。仏法守護神。
一六 南都七大寺の一つ。一六四頁注七参照。
一七 讃岐の人。慶俊に師事して華厳を究め、宝亀末に入唐、帰朝後大安寺の南塔院に住む。延暦年間に没。
一八 筑紫。筑前・筑後の古称で、九州の総称にも。
一九 「国師」は、各国にあって僧尼の監督、諸寺の監査、経の講説をした。のちの講師。「大」は尊称か。
二〇 佐賀県佐賀郡および佐賀市の地域。
二一 伝未詳。郡名を負う在地豪族で、郡の長官。
二二 夏安居（五六頁注七）で経論を講説する法会。
二三 無作法にも聴衆の中に入りこんでいるのは。
二四 正しい教え（一〇三頁注七）を広めなさるのです。
二五 教説を詩句形式に要約した文。
二六 「一」の訓みは、『名義抄』など。
二七 仏菩薩の化身した聖者。
* 猴聖を舎利菩薩と改称。〔舎利菩薩の称〕
二八 以下の話は、『賢愚経』巻一三「蘇曼女十子品」に載る。「舎衛城」は、中インドの釈迦説法の地で、南に祇園精舎がある。これを「須達長者」が寄進した。
二九 仏道を成就し、人々から供養が受けられる位。
三〇 以下の話は、『撰集百縁経』巻七「百子同産縁」に載る。「迦毘羅衛城」は、北インドで釈迦生誕の地。
三一 ひと弾きで押しつぶされるほどの小さな国土。日本国全体でなく、筑紫（九州）だけをさすか。

しき事なり。

法花経を写したてまつる女人の過失を誹りて、現に口喎斜む縁　第二十

法華書写の女を非難し、口も顔もねじれゆがむ

粟の国名方の郡埴の村に、ひとりの女人ありき。忌部の首なり。字は多夜須子といふ。白壁の天皇のみ代に、この女、法花を麻殖の苑山寺にして写したてまつる（苑山寺で書写し奉っていた）。時に、麻殖の郡の人、忌部の連板屋、その女人の過失を挙げ顕して（暴露して）、もちて誹謗るがゆゑに、すなはち口喎斜み、面後に戻りて（後向きにねじれて）、つひに直らざりき。

法花経にのたまはく、「この経を受持するひとを誹らば（信心し捧持している人を非難すると）、諸根闇鈍に、矬陋・攣躄となり、盲聾・背傴にならむ」とのたまへり。また、のたまはく、「この経を受持するひとを見て、その過悪を出さば、もしは実に、もしは実ならぬも、この人は現世に白癩の

一 類似する標題が、上一九・中一八縁にある。
二 徳島県名西郡石井町付近かという。「粟」は「阿波」の古い表記。「名方郡」は寛平八年（八九六）に名東・名西の二郡に分割される。「埴」は諸本の文字が異なり、『攷証』説による。
三 「忌部」は氏。中臣氏とともに朝廷の神事を担当した。「首」は姓。阿波国は同氏の主要な所領地であり、阿波忌部（―首、―連）氏は、古代の諸書に登場する。在地の豪族。「字」は通称。「多夜須子」の「子」は、豪族の妻としての尊称か。伝未詳。
四 第四九代光仁天皇。
五 徳島県麻植郡。名方郡（注二）の西隣り。
六 未詳。同郡西境にある高越山を苑山とみて、その高越寺と推定する説もある。なお、本書に山寺が散見されるから、ソノを地名として「苑の山寺」とも。
七 伝未詳。注三参照。同郡に忌部郷（『和名抄』）・忌部神社（『神名式』）もあり、在地の豪族。板屋は熱心な神事信奉者か。ならば、隣郡から来た同族の崇仏の女人を非難し、それが本話の下敷となったか。
八 以下の引用文は、『法華経』譬喩品による。同趣旨の引用文は、六九頁一一行以下にも。
九 身体の諸器官は鈍り。「根」は一八一頁注一六参照。
一〇 「矬」は、背の低い人。「陋」は、醜いさま。
一一 手足がひきつって動かないこと。手足の不自由な

病ひを得む」とのたまへるは、それこれをいふなり。まさに慎みて〔法華経を〕信心すべし。その徳を讃むべし（その功徳を称えるべきだ）。[16]その欠を謗らざれ。大きなる災ひを蒙らむがゆゑなり（受けるからである）。

[17]沙門、[18]一つの目眼盲ひ、[19]金剛般若経を読ましめて、眼明くこと得る縁　第二十一

沙門長義[20]は、諸楽の右京の薬師寺[21]の僧なりき。宝亀三年[22]の間に、長義、眼闇く盲ひて（目が見えなくなって）、五月ばかりを逕たり。日に夜に恥ぢ悲しびて[23]、衆の僧を屈請し[24]、三日三夜、金剛般若経を読誦す。すなはち目開き明らかにして（はっきりと見えて）、本のごとくに平ぎき（平復した）。[25]般若の験力、それ大きに高きかな（まことに偉大である事よ）。[26]深く信じて願を発せば、願と（どんな願いも）して応へずといふことなきがゆゑになり（かなえられないことはないからである）。

長義、金剛般若経を読誦して盲目が治る

病気。
一二 目が見えず、耳が聞えず、背の曲がる病いになるだろう。
一三 引用は、『法華経』の普賢菩薩勧発品による。
一四 それが本当であろうと、嘘であろうと。
一五 しろなまず（皮膚病）。あるいは皮膚が白くなる癩病の一種とも。
一六 写経し受持する人の過ちを非難してはならない。
一七 僧。出家した者の総称。
一八 片方の目。「一」字は底本のみ、他の諸本にも本文中にもない。『今昔』一四ノ三三は「両目盲テ」。
一九 『金剛般若波羅蜜経』。一六七頁注九参照。
二〇 伝未詳。
二一 二一一頁注四参照。本書の撰述者景戒と同じ寺に属し、時代も近いから、本話は確実な伝聞か実見談か。
二二 七七二年。本書の原形ができたとみられる延暦六年（二〇七頁注八）、および景戒が伝燈住位を得た同十四年（三〇八頁八行目）から、比較的近い頃。
二三 現世の悪業の報いだけではなく、前世からの悪業が招いたものと考えて、懺悔滅罪を願ったものであろう（下一一・三四各縁などの類話による）。
二四 ひざを屈し、礼をもって招き迎える。
二五 『金剛般若経』の威力は。
二六 発願の深さ、信心の力を称える常套句。

[1]重き斤もて人の物を取り、また法花経を写して、[2]現に善悪の報を得る縁　第二十二

[3]他田の舎人蝦夷は、[4]信濃の国小県の郡跡目の里の人なりき。多く[5]財宝に富み、銭・稲を出挙す。蝦夷、法花経を二遍写したてまつり、遍ごとに[6]会を設けて、講読することすでにをはりぬ。後また思議すらく、なほし心に[7]足らずして、さらに敬みて[8]繕写せり。ただしいまだ供養せざりき。

[9]宝亀四年の癸丑の夏の四月下旬に、蝦夷、忽卒かに死ぬ。妻子量ひていはく、「[10]丙の年の人なり。そゑに焼き失はじ」といひて、[11]地を点めて塚を作り、[12]殯して置きき。死にて七日を経て、甦りて告げていはく、

「使四人ありき。ともに副ひて、広き野を将て往く。つぎに[13]卒し

蝦夷、不正貸付けと写経をして死に、冥界に呼ばれる

一　重い秤を用いて人の物を不当に多く徴収し、軽重の二つの秤を持っていて使い分けていたことをいう。

二　善報と悪報とをそれぞれ一身に受けるという、二重の因果応報譚を示す標題。中五縁など同じ。

三　「他田」が氏、「舎人」は令制の下級官人などをいうが、ここは姓と化す。「蝦夷」（訓みは訓釈）が名で、東国人一般の呼称を仮託したとも。信濃国には「他田舎人—」が多く（『万葉集』四四〇一作者、『続紀』神護景雲二年六月条など）、在地豪族。なお、写経所従事者の中にこの一族の名が多いから、本話もこれに関わるか。

四　長野県小県郡。上田市のあたり。「跡目」は『和名抄』同国郷名に「跡部」があるが、所在不明。

五　財産が豊かで、銭や稲を貸付けては利息をとっていた。「出挙」は、すいこ。春の耕作前に貸して秋の収穫後に利息付きで収納する、勧農・救貧のための貸付け。訓みは『字類抄』（シュツコとも）による。

六　法会を催し、書写した経巻を読誦して要文の講説を行うこと。いわゆる「書写供養」をいう。

七　満足する意。下に多く打消しを伴う。訓みは『名義抄』による。

八　浄写した。三度目の『法華経』浄書。

九　七七三年。

一〇　「丙」は十干の「火の兄」、火性だから火葬を避けるという、当時の民間信仰によるか。生年を干支でい

き坂あり（な坂があった）。坂の上に登りて、観れば大きなる観[14]あり。ここに、峙ちて前の路を視れば、多に数の人ありて、箒[15]をもて路を掃ひていはく、『法花経を写したてまつりし人、この路より往くがゆゑに、われら掃ひ浄む』といふ。すなはち至れば（そこに行くと待ちかまえていて）待ちて礼む。前に深き[16]河あり。広さ一町ばかりなり。その河に椅を度せり。あまたの人衆ありて、その椅を修理していはく、『法花を写したてまつりし人、この椅より度る。そゑに、われら修理す』といふ。到ればすなはち待ちて礼む。椅の彼方に到れば、黄金[17]の宮あり。その宮に王有せり。椅の本に三つの衢[18]あり。一つの道は広く平らかなり。一つの道は草小し生ひたり。一つの道は藪[19]をもて塞がる。〔使者は〕蝦夷をその衢に立てて（立たせて）、ひとり（使者の一人が）宮に入りてまうさく、『召しつ（呼んでまいりました）』とまうす。

王見てのたまはく、『こは法花経を写したてまつりし人なり』とのたまひて、すなはち草小し生ひたる道を示してのたまはく、

う例は、一六六頁一一行にも。なお、火葬しないことが蘇生する重要な条件である（中二五縁など）。

一二 適当な場所を選定して墓を作り。「塚」は、訓みは訓釈による。「這ひ入る屋」の意とする横穴説（増島一男）や、「灰屋」説（『攷証』）がある。

一三 死者を埋葬する前に、喪屋に安置して祭ること。

一三 訓みは訓釈による。「崪」の省略字体。この坂はいわゆる「死出の山」に当るか。

一四 物見の高い台。あるいは、もと道教の寺院の意。本書にみえる地獄は、民間信仰などとも混淆する未分化状態にあるから、その一例とも思われる。「槻」の省略字体とみる、槻の木説（来迎院本・前田家本は「槻」）もある。

一五 ほうきで路をはいて。「箒」は、元来呪具。一二六頁注三参照。

一六 いわゆる「三途の川」。一三〇頁注八参照。

一七 閻魔王庁をさす。閻魔王は、黄金の楼閣の中に居る。上三〇、中一六各縁など参照。

一八 三つの分れ道。下二三縁では「三つの大きなる道」。上・中・下の三種類の区別を設け、生前の善悪の業に応じて行く道を決められる。下文によると、蝦夷は中等の道を行くように命ぜられる。

一九 茨など低木の乱れ生えた茂み。

貸付けの悪業により、冥界で赤熱の銅鉄に焼かれる

[1]『この道より将て来む』とのたまふ。四人副ひて、熱き[2]鉄の柱のところに至りて、その柱を抱かしむ。鉄を編みて熱く焼き、背[3]に着けて押す（押しつけた）。三日夜を歴て、銅の柱を抱かしむ。銅を編みてはなはだ熱し。（それを）背に着けて押す。また三日を逕るに、きはめて熱きこと熁[4]のごとし。鉄・銅熱しといへども（熱いといっても）、熱きにあらず（耐えられない程の熱さではなく）、安き[5]にあらず。編める鉄重しといへども、重きにあらず、軽きにあらず。悪業[6]の引くところ、ただ抱き荷はむとねがふ。合ら（合計）六日を歴たり。

すなはち出づれば（こうしてその地獄から出ると）、三の僧、蝦夷を問ひて（に質問して）いはく、『汝[7]、この意を知るやいなや』といふ。答ふらく、『知らず』といふ。僧また問ひていはく、『汝、なにの善をかなせる』といふ。答ふらく、『われ法華経[8]を三部写したてまつる。ただし一部はいまだ供養せず』といふ。枕[9]を三枚出すに、二枚は金の枕なり。一枚は鉄の枕なり。また斤[10]二枝を出すに（秤を二個出してみると）、一枝は重くして稲を一把倍す。

法華経書写の善業により、冥界から生還して信心する

一 この道を通って連れて行け。
二 地獄に堕ちて、罪報として赤熱の鉄柱や銅柱を抱かされる例は、一二五～六頁などにもある。
三 熱柱を抱いているのに、さらに背中に赤熱の鉄を押しつけられ、背負わされる状態。
四 燃えさかった炭火。一三四頁注七参照。
五 （そうかといって）楽ではなかった。
六 生前の悪業に引かれて、ただひたすら鉄や銅を抱いたり背負ったりしたくなった。同様な心情は、一二六頁六行にも。
七 このようなことをするわけがお分りか、どうか。
八 二五六頁四行以下の、現世での所行をさす。「部」は助数詞、訓みは『書紀』古訓による。
九 現世での善悪の行いなどを記した札（木簡）。「枕」は、底本「札」、国会本・前田家本による。一三四頁注三参照。ここの金製の二枚は供養ずみの写経二部、鉄製の一枚は未供養の写経一部を、それぞれさすのであろう。
一〇 ここの「斤」は、物の軽重を計量する錘（分銅）

一枝は軽くして稲を一把減す。時に、僧いはく、『杫を挍ふれば（調べると）、まことに汝がいひしがごとし。敬みて三部[11]の法花大乗を写しまつれり。大乗を写したりといへども、重き罪を作れり。ゆゑはいかにとならば（その理由はなにかというと）、汝斤を二用ゐて、出挙[12]の時には（貸付ける時には）、軽き斤を用ゐ、債を徴る日には（徴収する日には）、重き斤を用ゐたり。そゑに汝を召しつらくのみ（それでおまえを呼んできたのだ）。今は急やかに還れ[13]（早く現世に帰ってゆけ）』といふ。

還り来れば、前のごとくあまたの人箒[14]をもて道を掃ひ、椅を作りていはく、『法花経を写したてまつりし人、閻羅王[15]の宮より還り来る』といふ。その椅を度りをはりて、纔見[16]れば甦還れり」といふ。しかして後に、写せる[17]経を戴きて、増信心を発し、講読[18]し供養しき。

誠[19]に知る、善をなせば福を来し、悪をなせば災ひを来すといふことを。善悪[20]の報、つひに（けっして）朽ち失せずして、ならびに二つの報を受けたり（〔蝦夷は〕同時に二つの報いを受けたのである）。ただし専に善をなせ（ひたすらに善を行え）。悪をなすべからず。

付きの棹秤であろう。二個の秤のうち、一つは、同じ量目で稲一把分だけ重くかかり、他の一つは、同じ量目で稲一把分だけ軽くかかるようにできている。「枝」は、枝状のものを数える場合の助数詞。底本「枚」、来迎院本および下文によって改める。「枝」と「枚」とは書き分けられている。

一一 大乗経典である『妙法蓮華経』。『法華経』に同じ。

一二 貸付け時と徴収時とで、ごまかしの不当利益を取っていた類例は、八九頁二～四行にも。

一三 底本「忽」、来迎院本・前田家本・国会本による（鈴木恵説）。

一四 ほうき。底本「箒」、底本の訓釈標出字および国会本などの本文による。

一五 上文の「黄金の宮」をさす。

一六 ふと見ると。七二頁注九参照。

一七 三度目に書写した法華経をおしいただいて。

一八 「書写供養」（二五六頁注六）をしたこと。

一九 （この話によって）本当によく分る。景戒の信心を証言する常套語。四五頁注一六参照。

二〇 善報と悪報とは、けっして帳消しになるものでないこと。本人自身がそれぞれを確かに受けるという、因果応報の厳正さを強調している。

寺の物を用ゐ、また大般若を写さむとして願を建てて、現に善悪の報を得る縁　第二十三

大伴の連忍勝は、信濃の国小県の郡嬢の里の人なりき。大伴の連ら、心を同じくして、その里の中に堂を作り、氏の寺とせり。忍勝、大般若経を写さむとおもひしがために、願を発して物を集め、鬢髪を剃除り、袈裟を着、戒を受けて道を修し、常にその堂に住めり。

宝亀五年の甲寅の春の三月に、たちまちに人に讒ぢられて、堂の檀越に打ち損はれて死にき檀越といふは、すなはち忍勝の同じ属なり。眷属議りていはく、「人を殺す罪に断らしめむがゆゑに、輙く焼き失はじ」といひて、地を点して冢を作り、殯し収めて置きき。しかして五日を歴て、すなはち甦りて親属に語りていはく、

「召の使五人、ともに副ひて疾く往きき。往く道の頭にはなはだ

忍勝、写経を発願し出家したが、檀家に殺される

地獄で煮え湯に入れられるが、釜が割れる

一 寺の物を私物化する例は上二〇・中九・三二各縁にもあり、未返済のまま死に、牛に転生する。本話は写経の功徳で救われる。
二 『大般若波羅蜜多経』の略。大乗の根本思想「空」を説く、六百巻の大部の経典。唐の玄奘の漢訳。
三 善悪二重の因果応報を示す標題。下二二縁同じ。
四 伝未詳。「大伴」が氏、「連」が姓、「忍勝」は名。「大伴連」は上五、下一七各縁にも登場する。
五 長野県上田市の付近という。下二二縁も同国同郡の人が主人公である。
六 本書の「堂」は、一村の在地豪族で建てられた寺という程度のものであろう。下一七縁など参照。
七 官寺に対する私寺の一つで、一族の守護として建てられた寺。
八 下八縁に『瑜伽論』百巻を写す類話がある。本話の場合は六百巻に上るから、尋常の手段では不可能。
九 七七四年。
一〇 檀家の人。その寺や僧に物を施す信者で、寺の経済的援助者。ここでは大伴氏の氏寺だから、檀家も堂守りも同族の人。後文によると忍勝が寺の物を流用したために受けた迫害。
一一 身内の者。ここで身内の相談の結果、遺体を証拠に残すために火葬しなかったのであろう。
一二 適当な所を選定して。
一三 「塚」の本字。二五七頁

一八峻しき坂あり。坂の上に登りて、一九躊躇ひて見れば、二〇三つの大きなる道あり。一つの道は平らかにして広し。一つの道は草生ひ荒れたり。一つの道は二一藪をもて塞がる。二二衢の中に王有せり。使まうしていはく、『召しつ』とまうす。王、平らかなる道を示してのたまはく、『この道より将よ』とのたまふ。二三五の使衛み往く。道の末に大きなる釜あり。釜の二四湯の気焔のごとし。涌き沸ること波のごとし。吼え鳴ること雷のごとし。すなはち生きながら忍勝を取りて、二五井とその釜に投ぐ。釜二六冷しくして破裂けて、四つとなりて破れぬ。

ここに、三の僧出で来て、忍勝を問ひていはく、『二七汝、なにの善をかなせる』といふ。答ふらく、『われ善をなさず。ただ大般若経六百巻を写さむとおもひき。そゑに先に願を発して、いまだ書き写さず』といふ。時に、二八三つの鉄の杌を出して、挍ふるにまうすがごとし。僧告げていはく、『汝まことに願を発し、家を

写経をし寺の物を弁償するため、生還が許される

注一一参照。
一四 埋葬する前に、喪屋に安置して祭ること。
一五 親族たち。上文「眷属」に同じ。
一六 私を召し連れてゆく使者。前話では「四人」。
一七 終る所。訓みは、下一九縁訓釈による。
一八 いわゆる「死出の山」か。前話に同じ。
一九 足をとめてたたずむ。ためらう。
二〇 三つの道の所在は前話に同じ。ただし、前話では中等の道を行くが、本話では上等の道を行く。
二一 茨など低い木の乱れ生えた茂み。前話に同じ。
二二 分れ道の中央に閻魔王がおられた。前話では「黄金の宮」の中にいた。
二三 五人の使いは、私をとり囲んだまま連れて行った。「五」は、底本「王」と見えるが、その原本の運筆および来迎院本・前田家本・国会本による。
二四 湯気は炎のように立ちのぼっていた。
二五 「井」は、井戸の中に物を投げ入れる音。ツハトは、訓釈による。擬声語。ツハはヅバン[duban]（今のドボンに近い音）か。
二六 釜の中は涼しくて、釜が裂けて……。「破」の意は「裂」に同じ。二字合わせて訓む。
二七 忍勝が地獄の釜の中で茹でられず、釜の方が割れたので、彼に善業があったと判断しての質問。
二八 二五八頁注九参照。「杌」は、底本「札」、前田家本・来迎院本による。

出でて道を修せり。この善ありといへども、多に住める堂の物を（住んでいたお堂の物を沢山私用に使った）用ゐたり。そゑに（だから）汝の身を摧けり。今還りて願をへ、（写経の願を果し）また堂の物を償へ』といふ。繦放されて還り来り、三つの大きなる衢を過ぎ、坂よりして下る。（坂を通って下りてきた）すなはち見れば甦返りぬ」（と思ってみると）といふ。「これすなはち、願を発し力と、物を用ゐし災ひなり。これわが招ける罪にして、地獄の咎にあらず」といひき。

大般若経にのたまはく、「おほよそに銭一文は、（数を合わせてみると）二十日に至りて倍すこと、一百七十四万三貫九百六十八文に倍すなり。そゑに一文の銭を竊みて、盗み用ゐることなかれ」とのたまへるは、それこれをいふなり。

第二十四

修行の人を妨ぐるによりて、猴の身を得る縁

一 おまえの身を滅ぼしたのだ。堂の檀越（二六〇頁注一〇）に殺されたことをさす。それゆえ、地獄の釜で煮られる罪を課した。現世の悪業の報いとして。

二 そのまますぐに。

三 冥土をめぐってきた体験談は以上で終り、他の諸話にあるような後日譚を説話末に付さない。その代りに、あと約二行分、本人の総括的な自己反省の弁を付している。その間にしばらく間があったものと判断されるから、会話文をここで区切る。

＊ 以上の話は、下二二縁との類似点がきわめて多い。相互に交渉したか。〔説話相互の交渉〕

四 この私の冥土めぐりは、つまり『大般若経』書写を発願した功徳と、お堂の物を私用した災難と（の善悪二報）によるものである。

五 地獄当局がかってに私に課した罪ではない。

六 以下の引用文は、『大般若経』には見当らず、『雑阿含経』にやや類似する譬えがある。出所不明。

七 銭一文は、翌日は二文、三日目は四文、四日目は八文となるように、日々倍にしてみた場合の数とみられるが、計算方法はよく分らない（『攷証』は、二十日目には五百二十四貫二百八十八文、三十日目には五十三万六千八百七十貫九百十二文になるとし、やはり計算を疑う）。来迎院本などの諸本は、「二十日」を「三十日」とする。

八 猿に同じ。本書の畜生への転生譚では牛が多い。猿は本話のみ。上二一・中四一縁の結語など参照。

恵勝、夢に見た白い猿（陀我大神）に読経を頼まれる

近江の国野州の郡の部内（区域内）の御上の嶺に、神の社あり。み名は陀我の大神とまうす。封六戸をよせたてまつる（封戸六戸を寄進してあった）。社のほとりに堂あり。白壁の天皇の御世の宝亀年中に、その堂に居て住まりし大安寺の僧恵勝、暫くの頃修行せし時に、夢に人語りていひしく（夢の中に人が現れて語ったことには）、「わがために経を読め」といひき。驚き覚めておもひ怪しびき（目が覚めて夢の告げを思いめぐらし不思議がった）。

明くる日に、小さき白き猴、現に来りて（現実にやって来て）いはく、「この道場に住みて、わがために法華経を読め」といふ。僧問ひていはく、「汝は誰ぞ」といふ。猴答へていはく、「われは東天竺国の大王なり。その国に修行の僧の従者数千あり〔彼等は〕。故に農業を怠りき。数千といふは千余数の数千なり。よりて（そのため）われ制めて（制限して）いはく、『従者多きことなかれ（多数であってはならない）』といひき。その時われは、従衆の多きを禁めて（禁じたが）、道を修することを妨げず（仏道修行を妨げたのではありません）。道を修することを禁めずといへども、従者を妨ぐるによりて、罪報となる。なほし（それでなお）後生にこの獼猴の身を受けて、この社の神となる。そゑにこの身を脱れむがために、この堂に居住して、わがために法華

九　滋賀県野洲郡。
一〇　三上山。野洲郡野洲町にあり、秀麗な山容で近江富士ともいう。古来水神を祭り、俵藤太の百足退治説話でも著名。
一一　三上山にあるのは御上神社。多賀神社は犬上郡多賀町にある。もと「犬上」と「三上」（御上）との混乱か、多賀大神を三上山に勧請したか、不明。
一二　封戸。ここは神社の経費をまかなうために与えられた民戸で、六戸からの租の半分と調・庸とを神社の収入にあてたことをいう。『新抄格勅符抄』には、天平神護二年（七六六）に「田鹿神六戸」と記す。「戸」は、家を数える助数詞。
一三　神仏混淆の早い例。
一四　光仁天皇の宝亀年間（七七〇〜八一）。
一五　南都七大寺の一つ。一六四頁注七参照。
一六　伝未詳。大安寺僧が地方に下る例は下一九縁も。
一七　古代の神話・伝説では、猿は神ないし神の使者。また、白色の動物は神性を帯びる例が多い。
一八　インドの東部の国。天竺を五つに分けた呼び方。
一九　故意に。底本「所」、来迎院本・前田家本による。
二〇　本文の「数千」とは、人数が千人あまりの意で、数千人の意ではないと、注記したもの。
二一　罪の報いを受けることになりました。
二二　死後の世で猿の身に転生したこと。
二三　畜生道から脱出するための読経は、中三八縁等。

経を読め」といふ。僧いはく、「しからば供養を行へ」といふ。

時に、獼猴答へていはく、「本より供ふべき物なし」といふ。僧いはく、「この村に籾あまたあり。こをわが供養の料に充てて、経を読ましめよ」といふ。獼猴答へていはく、「朝庭われに賜ふといへども、典れる主ありて、おのが物とおもひて、われに免さず。われ恣に用ゐず」といふ 典れる主といふは、すなはちその神の社の司なり。僧いはく、「供養なくは、なにすれぞ経を読みたてまつらむ」といふ。獼猴答へていはく、「しからば、浅井の郡に諸の比丘ありて、六巻抄を読まむとするがゆゑに、われその知識に入らむ」といふ 浅井の郡といふは、同じ国の内にある郡なり。六巻抄といふは、これ律の名なり。

この僧怪しとおもひ、獼猴の語に随ひて、往きて檀越に告げ、山階寺の満預大法師にいひて、猴の誂へし語を陳ぶ。その檀越・師、受けずしていはく、「こは猴の語なり。われは信とせじ。受けじ、聴さじ」といふ。すなはち抄を読まむとして、設けをなす頃、堂童

猿のことばを信じて願を果させ、難を免れる

一 底本「僧」なし。来迎院本・前田家本による。

二 読経のために布施し礼物を贈るのは、自明のこととする僧のことばである。

三 もみがらに包まれたままの米。

四 私への供物としてあらかじめ用意して。

五 役所。上文の「封六戸」をさす。本文は来迎院本・前田家本による。

六 管理する人。後出の注によれば、その神社の宮司をさす。神官が自分の神社関係の物を私的に流用していた例となる。

七 私には手をつけさせてくれません。

八 滋賀県東浅井郡を中心とする琵琶湖の東北岸にあった郡。後の注は、同郡が独立して間もない頃の伝承のため付されたのではないか、とみられている。

九 出家して具足戒を受けた男子。僧のこと。

一〇 唐の道宣の撰で、『行事抄』、六巻。正式には『四分律刪繁補闕行事鈔』。戒律の書。

一一 檀家の人(二六〇頁注一〇)。ここは、浅井郡の寺の施主で、六巻抄を読もうとする知識(講)の講師への布施もとりしきる信徒であろう。

一二 伝未詳。この僧は六巻抄を講読する師として勧請されたか。「大法師」は、僧位九階の上位をいうが、この場合の「大」は尊称か。「山階寺」は奈良の興福寺の古称とされている。四七頁注一八参照。

一三 猿が頼んだことば(三行前をさす)を伝えて、施

子[16]・優婆塞、忩々ぎ走り来りていはく、「小き白き猴、堂の上に居り。[17]纔見れば、[18]九間の大きなる堂仆るること微塵のごとし。皆悉くに折れ摧けぬ。仏像みな破れ、僧坊もみな仆れたり」といふ。見ればまことに告げしがごとくに、既にことごとくに破れ損ふ。

[19]檀越、僧にいひて、さらに七間の堂を作り、[20]その陀我の大神と名を題したる猴の語を信とし、同じく知識に入れて、願へるところの六巻抄を読む。并ら大神の願ふところを成しき。しかして後、願のをはるに至るまで、かつて障りの難なかりき。

夫れ、善道を修するを妨ぐる儻は、[21]獼猴となる報を得む。そゑに僧の[22]勧め催すことは、なほし妨ぐべからず。悪報を得むがゆゑなり。

「[23]往昔、[24]過去の羅、国王となりし時に、[25]ひとりの独覚を制めて、乞食せしめず。境に入ること得ずして、七日の頃飢ゑしめき。この罪報によりて、羅睺羅、生れずして六年、母の胎の中にありき」といへるは、それこれをいふなり。

主と講師の諒承を得ようとしたのである。
一四 満預師を講師にしていよいよ六巻抄を読もうと。
一五 僧や寺の雑役に従事する少年。
一六 在俗のまま仏門に帰依した男子。修行しながら寺の雑用などしていたか。
一七 みるみるうちに。「纔」は七二頁注九参照。
一八 柱と柱の間が九つあるもの。「間」は、建物の柱と柱の間の数を数える助数詞であり、部屋や「一間」の長さの意ではない。
一九 寺の経済的援助者である在地豪族の「檀越」が、倒れた堂を再建した上で、講師も満預から恵勝に変えたとみられる。通説では、上文の「檀越」と「満預」とを同一人物として一貫させている。
二〇 あの陀我大神だと名を明らかにした猿のことばを信じ。「題」は「顕」に同じ（『字類抄』）。
二一 連中。訓みは訓釈による。タムラ（上一七縁興福寺本訓釈）とも訓む。
二二 法のために人々に勧めて行わせること（布施とか法会や講の開催など）。
二三 以下の話は、『大智度論』釈初品第二十八、『経律異相』第七などにある。ただし、現行本は「独覚」を「五通仙人」と記す。
二四 釈迦の子の羅睺羅が、前世で国王であった時。
二五 ある独修の僧に対して乞食の行をするのを禁止した。「独覚」は、師につかず独りで修行し、孤独な生活をして人を教化しない聖者。「縁覚」ともいう。

大海に漂ひ流れて、敬みて尺迦仏のみ名を称へ、命を全くすること得る縁　第二十五

長男紀の臣馬養は、紀伊の国安諦の郡吉備の郷の人なりき。小男中臣の連祖父麿は、同じ国海部の郡浜中の郷の人なりき。紀の万侶の朝臣は、同じ国日高の郡の潮に居住し、網を結ひて魚を捕りき。馬養・祖父丸のふたり、傭賃して年の価を受け、万侶の朝臣に従ふ。昼夜を論ばず、苦しび駈ひ使はれ、網を引きて魚を捕る。白壁の天皇のみ世の宝亀六年の乙卯の夏の六月十六日に、天にはかに強き風吹き、暴き雨降り、潮に大水漲ひて、雑の木を流し出す。万侶の朝臣、駈使に遣りて、流るる木を取らしむ。長男・小男のふたり、木を取りて桴を編み、同じ桴に乗りて、拒逆ひて往く。水はなはだ荒く急やかにして、縄を絶ち桄を解き、潮を過ぎて海に

流木を拾う馬養・祖父麿、荒海に漂い釈迦仏を念じる

一 (「南無釈迦牟尼仏」などと) お釈迦さまの仏名を唱えて。
二 下文の「小男」に対して、年長の男の意で、戸令の「丁男」(二十一歳以上) かといわれる。なお、十七歳から二十歳までを「中男」という。
三 伝未詳。「紀」が氏、「臣」が姓、「馬養」は名。紀氏はその出自から紀伊国と関係が深い。
四 和歌山県有田郡吉備町。
五 十六歳以下の少年(戸令の「少」に当る)。
六 伝未詳。「中臣」が氏、「連」が姓、「祖父麿」は名。同氏は忌部氏とともに朝廷の神事を担当した。
七 和歌山県海草郡下津町。
八 伝未詳。紀氏で、「万侶」が名、「朝臣」が姓。公式の称「紀朝臣万侶」に比して、敬った言い方。
九 和歌山県日高郡。もと海部・安諦両郡の南に連なり、西南二面とも広く海洋を控え、河川の上流には深い森林地帯をもつ。「潮」は、地名でなく河口の意。
一〇 紀万侶がいわゆる網元として二人を雇い働かせ、年給を与えていた。「傭賃」の訓みは訓釈による。
一一 訓みは『名義抄』による。「論」は「択」の意。
一二 光仁天皇の御代の六年(七七五)。
一三 川の水量がすさまじい勢いで増して河口一面にあふれ、流されてきた木材(紀伊は元来「木の国」)が一帯に漂う。これは昨今でも集中豪雨の水禍情景。

入る。ふたりおのおの一つの木を得て、乗りて海に漂ひ流る。ふたり[一八]無知にして、ただ「[一九]南無、無量の災難を解脱せしめよ（どうかこの大変な 免れさせたまえ）。尺迦牟尼仏」と称誦し、哭き叫びて息まず。

その小男は、逕ること五日（五日たってから）、その日の夕の時に、[二〇]淡路の国の南西田町野の浦の、塩を焼く人の住めるところに、わづかに依り泊てぬ（やっとのことで漂い着いた）。長男馬養は、後るること六日（六日後の）の[二一]寅卯の時に、同じところに依り泊てぬ。そこの土人（土地の人たち）ども見て、来るよしを問ひて（流されてきたわけを）、[二二]状を知り愍び養ひ、そこの国の司にまうす（国司に申し上げた）。国の司、聞き見て、悲しび（深く感動し）[二三]賑みて糧を給ふ。小男歎きていはく、「殺生の人に従ひて（生き物を殺すのを生業とする漁師に仕えて）、苦を受くること量なし。われまた還り到らば、それまた駈ひ使はれて、なほし（やはり）[二四]聿に殺生の業を止めじ」といひて、[二五]淡路の国の国分寺に留まり、その寺の僧に従ふ。

長男は二月を逕て、本の土に帰り来る。妻子見れば、[二六]面目漂青かなり。驚き怪しびていはく、「[二七]海に入りて溺れ死に、七七日を逕（四十九日の法事をして）

一四 二人を仕事に追い立てて。

一五 木や竹を輸送するために、縄などでくくって組み、川を流すもの。「桴」は小さなイカダ、大きいのが「筏」（後出「栰」同じ）。本話では区別しない。

一六 水の流れに逆らって行った。イムカフの訓みは下六縁の訓釈による。

一七 底本「忽」、来迎院本などによる（鈴木恵説）。

二人それぞれ淡路に漂着し、殺生を悔い出家する

一八 釈迦仏を称名するほか何も知らない。無智なるがゆえに、二人の信心がより純粋で強靭であることが強調される。

一九 「南無」は、九二頁注八参照。「尺迦牟尼仏」は釈迦の尊称。「牟尼」は聖者。「称誦」は唱える。

二〇 兵庫県三原郡内か。ただし、「南西田町野」を、前田家本・国会本とも「南面田野」（『今昔』一二ノ一四同じ）とし、所在地未詳。

二一 午前五時ごろ。

二二 事情を知って同情して世話をし。

二三 かわいそうに思って食料を支給した。「賑」字は、施しをする意。訓みは訓釈による。

二四 いつまでも殺生する仕事をやめないでしょう。

二五 兵庫県三原郡三原町国分に所在した。「国分寺」は、天平十三年（七四一）に国ごとに建立。

二六 馬養を目のあたりに見て目を丸くしたさま。「漂青」は、二二一頁注一七参照。

二七 あなたは海に沈んで溺れ死んだというので。

て、斎食をなし、報恩することすでにをはりぬ（追善供養して仏恩に報いることは済ませました）。思はぬ外に、なにぞ活きて還り来れる。もしはこれ夢か。もしは（それとも）これ魂か」といふ。馬養、妻子に向ひて、つぶさに先の事を陳ぶ（くわしくこれまでのことを）。ここに、妻子聞きて、相悲しび相喜ぶ（互いに悲しんだり喜んだりした）。馬養、心を発し世を厭ひ、山に入り法を修しき（仏道を修行した）。見聞くひと、奇しびずといふことなかりき（不思議がらないということはなかった）。

海の中、難多しといへども（災難は多いが）、命を全くし身を存へしは、まことに尺迦如来の威徳にして（ご威光のおかげであり）、海の中に漂へる人の深信なり。現報すらなほしかくのごとし。況むや後生の報は。

非理を強ひて債を徴り、あまたの倍を取りて、現に悪死の報を得る縁　第二十六

田中の真人広虫女は、讃岐の国美貴の郡の大領、外従六位上小屋の県主宮手が妻なりき。八の子を産生み、富貴にして宝多し（財産も多かった）。馬

罪業を重ねた広虫女、地獄に堕ちた夢の話をして死ぬ

一　仏事・法要などに食事を供養すること。
二　思いもよりませんでした——あなたが生きてお帰りになられるとは。まあ、どうして？
三　霊魂。魂は死後身体から離れて浮遊するものと信じられていたから、死霊の来訪かと疑ったのである。
四　仏道信心の心を起して俗世間をきらい。発心し俗塵を厭い出家する例は、中二縁にもある。
五　妻子を捨て山に入り修行する例は、下八縁にも。
六　命を失わずに助かり、生き長らえられたのは。
七　深い信心によるものである。
八　この世で受ける報いでさえ、やはりこのようである（因果応報は確かに行われているのだ）。
九　まして来世での報いについてはいうまでもない。
一〇　道理に合わないことを押しつけて貸付けた物を徴収し。貸付けた物を不当に強引に取り立てること。
一一　多額の利息を取って。
一二　伝未詳。「田中」は氏、「真人」は姓、「広虫女」が名。讃岐国三木郡に田中郷があり（『和名抄』）、それに関係のある在地豪族の出自か。
一三　一般表記は「三木郡」。香川県木田郡の東部。
一四　郡の長官。四八頁注五参照。
一五　「外」は、政治の末端機構の職（郡司・博士等）に与えられる官位。
一六　伝未詳。「小屋」は氏、「県主」は姓、「宮手」が

牛・奴婢[一八]・稲銭[一九]・田畠等あり。天年[二〇]道心なく、慳貪[二一]にして洽し与ふることなし。酒に水を加へて多くし、沽り(売って)て多くの直(利益を)を取る。償[二二](貸す日)日は小き升にて与へ、償ふ日(取り立てる日)は大きなる升にて受く。出挙の時には小き斤を用ゐ、償ふ時には大きなる斤にて収む。息利[二三](利息を無理やり取り立てることは)を強ひて徴ること、いとはなはだし(実にひどかった)。非理にして(道理にそむいて)、あるいは(ある時は)十倍して徴り(十倍にして取り立て)、あるいは百倍して徴る。債を人より渋り取りて(強引に取って)、甘心[二四]をなさず(満足しなかった)。あまたの人まさに愁へ、家を棄て逃れ亡げ、他国に跰跰ふること(放浪する様子は)、このはなはだしきより逾ぎたるはなし(たいへんひどいもので　それに及ぶ例がないほどであった)。

広虫女、宝亀[二五]七年の六月一日に、病ひの床に臥して、あまたの日を歴たり。そゑに、七月二十日に至り、その夫とまた八の男子とを呼び集めて、夢[二六]に見し状(様子を)を語りていはく、

「閻羅王[二七]の闕に召されて、三種の罪を示さる。一つには、三宝[二八]の物を多く用ゐて報いずありし罪なり(たくさん流用してそれを返さなかった罪です)。二つには、酒を沽るにあまたの水を加へ、多くの直を取りし罪なり。三つには、斗[二九]の升と斤

名。

一七 以下の記事により、地方豪族の主婦(家室)の座の占める実権の強さが知られる。中一六縁にも類例。

一八 律令制によって賤民とされた人たちで、「奴」は男、「婢」は女。訓みは『字類抄』による。

一九 貸付け用の稲と銭を含む。

二〇 生れつき信仰心がなく。

二一 けちで欲が深く、広く人に恵み与えることがなかった。「洽」は、底本「給」、来迎院本および底本・前田家本の訓釈による。アマネハスは、形容詞「遍し」の他動詞形。自動詞はアマネハル。五〇頁注六参照。

二二 以下の記事は、八九頁二～三行、二五九頁四～五行に類例がある。イラスは利息付きで貸付ける意。「出挙」は、二五六頁注五参照。

二三 訓みは、訓釈による。

二四 訓みは、『字類抄』による。

二五 光仁天皇の七年(七七六)。

二六 本書の説話では、仏教関係者でない者が夢の告げを受けるのは異例。付録〔夢の告げ〕参照。また、冥界での自己の罪報について、夢の形式をとって人に報告するのも珍しい。

二七 閻魔王(一一八頁注一三)の王庁。

二八 寺の物。「三宝」とは仏法僧をいうが、ここは、寺(後出「三木寺」)の関係の物を私物化したこと。

二九 一斗はいる升と斤と。「斗」は、容積の単位で、一斗は、一〇升(一八リットル)に当る。

とに両種用ゐて、他に与ふる時には七目を用ゐ、乞め徴る時には十二目を用ゐて収めしことなり。『この罪によりて召す。汝、現報を得べし。今し汝に示さくのみ』とのたまひき」

といひて、夢の状を伝へ語り、即日に死に亡す。

七日を逕るまで、焼かずして置き、禅師・優婆塞三十二人を請け集め、九日のあひだ、願を発して福を修す。その七日の夕に、さらに甦還りて、棺の蓋おのづからに開く。ここに、棺を望きて見れば、はなはだ臭きこと比なし。腰より上の方は、すでに牛となり、額に角生ふること、長さ四寸ばかりなり。二つの手は牛の足となり、爪皴けて牛の足の甲に似たり。腰より下の方は、人の形をなす。飯を嫌ひて草を噉み、食みをはれば齝飼む。裸衣にして着ず、糞の土に臥す。

東西の人、忩々ぎ走り集ひ、怪しび視、隙くのあひだも息むことなし。大領と男女と、愧恥ぢ戚へ慟みて、五体を地に投げ、願を発

一　二種類のものを使って。
二　十目（十の目盛り）分であるはずなのに、実際には七目分しかない小さな升や斤を使い。
三　火葬して身体を無くすると蘇生できなくなるから、蘇生を期待しての措置。
四　四八頁注一参照。
五　在俗のまま仏門に帰依した男子。
六　七日目の夕方。七日ごとに行う没後の法事の第一回目の日。

女が半獣身に生れ変り、家族はその罪報をつぐなう

七　頭は牛で身は人間という類例は、一一八頁八行目。魚頭の人の例は、上一一縁の結語にある。
八　一三センチメートルあまり。
九　爪が割れて、牛の蹄に似ていた。「皴」の訓みは訓釈、「甲」の訓みは『名義抄』による。
一〇　反芻する。呑み込んだ食べ物をふたたび口に出してかむこと。訓みは訓釈、古辞書に牛ノニゲカミ。
一一　一四七頁注一四参照。
一二　自分の排泄した糞の上に横になっていた。
一三　郡の長官である夫も、身内の男も女も。
一四　恥ずかしく思い、心配し嘆いて、身体を地面に投げ出して、数えきれないほど願を立てた。「五体を地に投げ」は、二二四頁注一〇参照。
一五　所在地未詳。建立に大領が深く関係し、三木郡の名を俗称に用いた寺。広虫女がその寺の物を流用した罪（二六九頁注二八）を身内の者が償う。

すこと量なし。罪報を贖はむがために（つぐなうために）、三木[15]の寺に家の内の雑種の財物を進り入れ（寄進し）、東大寺[16]に牛七十頭・馬三十疋・治田[17]二十町・稲四千束を進り入れ、他人に負せたる物（貸付けていた物は）は、みな既く[18]免しつ。国の司と郡の司と見て、官[19]に送解せむとする比頃、五日[20]を経て死ぬ。国挙[21]り惣郡、見聞く人、噆然[22]き愫然へき。

因果[23]を眷みず、非理にして（道理もなければ義理もなかった）無義なり。ここをもて定めて知る（これでたしかによく分る）、非[24]理の現報、無義の悪報なることを。現報すらなほしかり（現世における報いでさえこの通りだ）。況むや[25]また後報は。経[26]に説きたまへるがごとし。「物を債りて償はぬとき（借りて返さない時には）には、馬牛となりて償ふ云々」とのたまへり。

負へる人（借りのある人は）は奴[27]のごとく、物の主は君のごとし（貸し主は主君のようなものだ）。負へる人は鴙のごとく、物の主は鷹のごとし。ただし物を負[28]すといへども、非分に徴れば、返りて[29]馬牛となりて（馬や牛に生れ変って）、さらに償ふ人（借りた人に）に役はる。そゑに、過ちて（理に反して）徴り迫むることなかれ（無理やりに取り立ててはならない）。

一六 奈良の東大寺（一五九頁注一三）であろう。各地から東大寺への献物は多かった（『東大寺要録』）。地方豪族は、その見返りに叙位を期待する例もある。

一七 新たに開墾した田。「墾田」（前田家本）とも表記する。「町」は、土地の面積を数える助数詞。

一八 全部帳消しにした。「既」の訓みは『名義抄』。

一九 朝廷に報告書を送ろうとしていた頃に。「解」は地方官から中央官庁への報告書（下三五縁など）。

二〇 罪報のつぐないをした遺族の功徳によって、本人は牛の身となった現報から解脱したのであろう。

二一 国の者も郡の者もすべて、これを見たり聞いたりした人は。「惣」は、底本になし。来迎院本・前田家本による。そのまますべて、すっかりの意。

二二 罪報の恐ろしさに溜息をつき、不安がった。

二三 広虫女は因果応報の道理をわきまえず。

二四 （本話の報いは）道理に反した行為を因とする現世での報いであり、義理を考えない者の受ける悪の報いであったことが。

二五 まして来世での報いについては推して知るべきである。

二六 出典未詳。中三二縁末に引いている『成実論』の文（一八五頁四行目以下）の要約かといわれる。

二七 奴隷のようなものであり。二六九頁注一八参照。

二八 相手に貸しがあるからといっても、理不尽に取り立てると。

二九 「返」は「変」の借字（一八六頁注一四同じ）。

髑髏の目の穴の笋を掲き脱ちて、祈ひて霊しき表を示す縁　第二十七

白壁の天皇のみ世の宝亀九年の戊午の冬の十二月下旬に、備後の国葦田の郡大山の里の人、品知の牧人は、正月の物を買はむがために、同じ国の深津の郡深津の市に向ひて往きき。中路にして（途中で）日晩れ、葦田の郡の葦田の竹原に次りき（野宿した）。

宿れるところに、呻ふ音ありて（うめき声がして）いはく、「目痛し（目が痛い）」といふ。牧人聞きて、竟夜寝ねずして踞りをり。明くる日に見れば、ひとつの髑髏あり。笋、目の穴に生ひて串かる。竹を掲きて（竹の子を抜いて）解き免し、みづから（自分）の食へる餉を饗していはく、「われに福を得しめよ（幸福を与えて下さい）」といふ。市に到り物を買ふに、買ふ毎に意のごとし。疑はくは、「その髑髏、祈ひ（願い）によりて（をかけたので）恩を報いたるか（恩返しをしたのではないか）」と。

一　髑髏の目の穴を貫いて生えていた筍を抜き取ってやり。「髑髏」は上一二・下一各縁にも登場。
二　祈願すると、不思議な現象を現した話。
三　光仁天皇の九年（七七八）。
四　広島県芦品郡の西部および府中市のあたり。「大山の里」は所在未詳。
五　伝未詳。「品知」は、葦田郡に隣接する郡とその郷に「品治」があり、その地名を負う当地出身者か。「牧人」は牧場関係者か。

苦しみを救われた髑髏、牧人に事件の真相を語る

六　広島県福山市の東北部、蔵王町・東深津町一帯という。「市」は、民衆の広く集まる所。後文によると讃岐（香川県）の人も取引きに来て、港もあったらしい（『万葉集』二四二三）。
七　広島県府中市付近。「葦田」は郷名にもあるが、「竹原」は地名ではなく、竹藪の意であろう。
八　原文「痛目」。中一〇縁の「痛足」（アナシとも、一三五頁注一二）と同じく、アナメとも訓める。後世の小野小町亡者説話の「あなめ、あなめ」に通じよう。
九　一晩じゅう眠らずに。
一〇　目が刺し貫かれていた。クスヌクは串刺しの状態。このモチーフは、昔話にも、中国古代説話にもある。
一一　髑髏を苦しみから解放してやり。
一二　自分が食べている携帯用の干飯を供えて。
一三　買おうと思う物が、その都度思い通りに買えた。

市より還り来りて、同じ竹原に次る。時に（その時）その髑髏、反り[一五]て（姿を変えて）生ける形を現して（生きた人間になって）、語りていはく、「われは葦田の郡屋穴の国[一六]の郷の穴の君の弟公[一七]なり（当の本人です）。賊[一八]の伯父の秋丸に殺されし、これなり。風吹きて動る毎に、わが目はなはだ痛し。仁者[一九]の慈しびを蒙りて、痛み苦しぶことすでに除かる（すっかりなくなりました）。今し飽くまでに慶びを得たり（今はまた十分に供え物をいただきました）。その恩を忘れじ。幸の心に勝へず[二〇]。仁者の恩みに酬いむとおもふ。わが父母の家は、屋穴の国の里にあり。今月の晦の夕[二一]に、わが家に臻れ（来て下さい）。その宵にあらずは（夜でなくては）、恩を報いむによしなし（ご恩返しをする折がないのです）」といふ。牧人聞きて、増怪しびて他人に告げず。

期りし（約束した）晦の暮に、その家に至る。霊[二二]、牧人の手を操りて、屋[二三]の内に控き入れ、具へたる[二四]饌を譲りて、饗してともに食ふ（もてなして一緒に食べた）。残れるはみな裹み、あはせて財物を授く（それに加えて品物をくれた）。良久に[二五]ありてその霊たちまちに（かなり時間がたって弟公の霊魂は急に）現れず（姿を消した）。

父母、諸の霊を拝せむがために、その屋の裏に入る。牧人を見て

髑髏の恩返しを受けた牧人、遺族に事実を伝える

一四「……」と疑った、の意。

一五 変化して。「反」は、「変」に同じ。底本「及」を来迎院本・前田家本で改める。

一六 所在地未詳。広島県深安郡・福山市の地は養老五年（七二一）以前に安那郡、『安閑紀』に「婀娜国」とも称し、「屋穴国」「穴君」に関係あるか。このアナは、本話の重要モチーフ「目の穴」とも「痛目」とも、緊密に関わって伝承されたであろう。

一七 伝未詳。「穴」が氏、「君」が姓、「弟公」は名（「公」は敬称の通称化）。

一八 盗賊。後文「賊盗」に同じ。

一九 あなたのお慈悲のおかげによって。「仁者」は、漢訳仏典に見える二人称代名詞。

二〇 幸せの気持をおさえることができません。

二一 大晦日の夜。この夜は各家で祖霊を迎えて魂祭りをした。類話の上一二縁でも同様である。

二二 弟公の霊魂。「魂」に同じ。

二三 上一二縁では、戸締まりした家に入れる。

二四 お供えしてあるご馳走を分けて。上一二縁でも、魂祭り用の自分への供え物を恩人に分け与えて、恩返しをする。

二五 上一二縁でも、亡霊は中途で退去し、恩返しを受けた当人だけ残されて、先祖の精霊を拝礼に来た遺族と対面する。

驚き、入り来れる縁を問ふ。牧人、ここに、先のごとくにつぶさに述べたり。よりて秋丸を捉へ、殺せるゆゑを問ふ。「汝が先の言のごとくは、汝、わが子とともに市に向ふ。時に汝、他の物を負ひて、いまだその債を償はず。中路に遇ひて徴り乞はれ、弟公を捨てて来つといふ。『もしは来るやいなや』といひき。われ汝に答へていはく、『いまだ来らず、視ず』といひき。今聞くところは、なにぞ先の語に違ふ」といふ。

賊盗秋丸、物　意に悖然り、事を隠すこと得ず。すなはち答へていはく、「去年の十二月下旬、元日の物を買はむがために、われ弟公と市に率て往く。持てる物は馬・布・綿・塩なり。路中にして日晩れ、竹原に宿り、ひそかに弟公を殺して、その物を攎る。深津の市に到りて、馬は讃岐の国の人に売り、自余の物等は、今に出して用ゐる」といふ。父母聞きて嗟きて言はく、「噫呼、わが愛子、汝に殺さる。他の賊にはあらずありけり」といふ。父母を同じくす

一　お前（秋丸）が以前に私たち（父母）に語った話では。
二　返済をしていなかった。
三　途中で。一〇行目「路中」も同じ。
四　どうして以前の話と違っているのか。
五　心の底から恐ろしくなって。「しかしながら」は、すっかり、そのまますべての意。訓みは訓釈による。
六　二字、底本「無日」。来迎院本「天日」、前田家本「正月元日」により改める（底本の「無」は、元→无→無と誤写を重ねた結果と推定する）。
七　弟公を一緒に深津の市に連れて行きました。
八　訓釈「取也」。奪い取る。
九　香川県。「深津」は、瀬戸内海に面して港もあり、対岸の四国からも取引きに来た。市の交易圏の広さが知られよう。
一〇　底本は「嗟呼」。来迎院本・前田家本により「嗟言噫呼」に改めて訓読する。
一一　「ああ、かわいいわが子は……」。このことばは、上一二縁の髑髏の母の嘆きと同文。
一二　兄（弟公の父）からみて、同じ父母から生れた弟（秋丸）は、非常によく似たアシとオギとが水辺でつながり合っているようなものだ。相依り相扶け合う親密な関係をいう。「㯤」は、底本「㯤」。来迎院本・類従本により改める。クサ（ル）は、底本および前田家本・来迎院本の訓釈による。

遺族に詰問された賊盗、真実を告白する

る弟は、葦蘆の穊るがごとし。そゑに[一三]匿せり。[一四]内にその過失を償はしめ、出して外に見さずありき。（世間に対して表ざたにならないようにした）

すなはち[一五]牧人を礼し、さらに飲食を饗す。牧人還り来りて、状を転へ語りき。（事の次第をいい伝えた）

[一六]夫れ、日に曝りたる（さらされた）髑髏すら、なほしかくのごとし（なおこの通りである）。食を施せば福を報い、恩を与ふれば恩を報ゆ。いかに況むや（まして）、[一七]現の人、豈恩を忘れむや。[一八]涅槃経に説きたまへるがごとし。「恩を受くれば恩を報ず」とのたまへるは、それこれをいふなり。

[一九]弥勒の丈六の仏像、その頸を蟻に嚼まれて、奇異しき表を示す縁　第二十八

[二〇]紀伊の国名草の郡貴志の里に、ひとつの道場あり。号をば[二一]貴志の寺といふ。その村の人ども、私の寺を造れるがゆゑに（自分たちで寺を建てたので）、これをもて

一三 だから、この事件は世間に隠した（肉親の間だけでひそかに処理した）。

一四 内々に秋丸に罪科のつぐないをさせて。「償」は底本はじめ諸本同じ。通説は、『攷証』の改訂に従って「擯」に改め、この上下文を「過失を匿し、擯ひ出す（秋丸を追放する）」とする。

一五 牧人に礼を尽し、あらためて飲食のもてなしをした。

一六 以下二行余は、上一二縁の結語にほぼ同じ。両話とも、報恩説話として収録されている。

一七 生きているこの世の人間が、恩を忘れてよいであろうか。

一八『大般涅槃経』（七〇頁注一五）の略。以下の引用文は、出典箇所不明。ただし、師子吼菩薩品三「恩を受けて能く報ず」など、類似句はある。

一九 遠い将来に出現して衆生を救うという未来仏。一六三頁注二〇参照。「丈六」は、一丈六尺（約四・八五メートル）。

二〇 和歌山市貴志。和泉からの街道と紀ノ川沿いの道が交差し、紀ノ川北岸に当る要津。東方約一〇キロメートルに能応村（二四五頁注一二）。

二一 地名を寺の通称につけた例。「貴志」には、在地豪族として吉士氏がいたか（黒沢幸三説）。同じ紀伊国の類話下一七縁の寺も、村人の建立した「道場」（仏教修行のお堂）で、地名をつけた通称。

貴志寺の行者、毎夜悲鳴を聞く

字とせり。白壁[一]の天皇のみ代に、ひとりの優婆塞[二]ありて、その寺に住りき。

時に、寺の内に音ありて、呻ひていはく、「痛きかな、痛きかな」といふ。その音、老大人の呻ひのごとし。[三]優婆塞、初めの夜[四]には、「路を行く人[五]、病ひを得て参り宿れるならむか」と思ひ疑へり。起きて堂の内を巡りて、見索むる[六]に人なし。その時に塔の木[七]あり。いまだ造らずして、淹しく仆れ伏して朽ちたり。疑はくは、「これ塔のみ霊ならむか」とうたがへり。

その病み呻ふ音、夜ごとに[八]息まず。行者[九]聞き忍ぶること得ず。そゑに起きて窺ひ看るに、なほし病める人なし。

しかして、最後[一〇]の夜に、常の音に倍して、大地に響きて、大きに痛み呻ふ。なほし疑はく、「塔のみ霊ならむか」とうたがふ。

明くる日に早く起きて、堂の内を見れば、その弥勒の丈六の仏像の頸、断れ落ちて土にあり。大きなる蟻[一一]千ばかり集まりて、その頸

弥勒像、蟻にかまれて声を出し、修復される

一 第四九代光仁天皇。
二 在俗のままで仏道に入り、五戒を受けた男子。
三 下一七縁では、女人の声にたとえている。
四 その寺に住むようになった初めの夜。後出「最後の夜」に対する。通説は「初夜」（六時の一。午後八時ごろで、勤行の時刻）。
五 下一七縁では「山を越ゆる人」とする。
六 二四八頁注一〇参照。「索」は、底本「堂」、来迎院本（訓釈もモトムル）による。
七 塔の用材にやどる霊魂のうめき声ではないか。
八 毎晩。通説で上文を「初夜」とすると、ここは「六時」の中の「夜ごと」（初夜・中夜・後夜）となる。下一七縁は「夜を累ねて息まず」とある。
九 上文「優婆塞」をさす。
一〇 幾晩か過ぎた夜。「初めの夜」に対する。通説は「最後夜」（終りの後夜）。
一一 中一一縁に、邪見な男の閛に蟻のかみつく例があり、本話と同じ紀伊国の話。中巻序の蟻は、黄金の砂を積んで塔を建てる。蟻に霊性があるとみられていたか。
一二 檀家の人。その寺や僧に物を施す信者たち。
一三 ふたたび（首を）造って（胴体に）お継ぎし。「嗣」は、底本「副」、来迎院本による。二四八頁四行目に同じ例がある。

を嚼み摧きつ。行者見て、檀越[一二]に告げ知らす。檀越ら、悵しびて、[一三]また造り嗣ぎたてまつり、恭敬[一四]し供養しまつりき。

夫れ聞く、「仏は肉身にあらず」[一五]。なにぞ痛み病むことあらむや。誠に知る、聖心[一六]の示現なることを。仏の滅後[一七]なりといへども、法身[一八]常に存し、常住して易らず。さらに疑ふことなかれ。

村童[一九]の戯れに木の仏像を剋み、愚かなる[二〇]夫斫き破りて、現に悪死の報を得る縁　第二十九

紀伊[二一]の国海部の郡仁嗜の浜中の村に、ひとりの愚癡の夫ありき。姓名詳らかならず。自性[二二]愚かに癡にして、因果を知らず。[二三]海部と安諦とに通ひて往き還る山に、山道あり。号をば玉坂[二四]といふ。浜中より正しき南を指して踰ゆれば、秦の里[二五]に到る。その里の小子、山に入りて薪を拾ふ。その山道の側らにして、戯れ遊びて

一四 つつしみ敬って修復の供養をした。
一五 以下の文は、中二三縁の結語(一六四頁四～五行)に類似する。
一六 (仏像に宿った)尊い仏心がお知らせになったのだということを。
一七 以下の文は、中一七縁の結語に引く『涅槃経』の句(一五二頁五行)とほぼ同じ。
一八 仏法の真理を表すものとしての仏身はいつも存在しており、いつまでも変らない。

一九 村の子供が遊び半分に木を削って仏像を作り。「村童」の訓みは、訓釈による。
二〇 愚かな男がそれを割ってこわし。
二一 和歌山県海草郡下津町。下二五縁の「中臣連祖父麿」と同郷。
二二 生れつき愚かで心がねじけていて。「愚癡」の訓みは、『東大寺諷誦文稿』による。

紀伊の愚人、子供の作った仏像を壊し急死する

二三 海部郡と安諦郡と。「安諦郡」は、和歌山県有田郡。下二五縁の「紀臣馬養」の郷里。以下、地理的説明が詳細な点、注目される。
二四 未詳。蕪坂、才坂などの説がある。
二五 有田市宮原町畑という。

木を剋みて、仏の像をつくり、石を累ねて塔とし[一]、戯れに剋める仏をもて、石の寺に居ゑ、時々に戯れ遊ぶ[二]。

白壁の天皇のみ世に[三]、その愚かなる夫、戯れに剋める仏を咲ひて（仏像を嘲り）、斧をもて殺り破りて棄てつ[四]。しかして（すると）、去くこと遠くあらずして（そんなに遠くへ行かないうちに）、身を挙げて地に躄る[五]（ようにあっけなく死んでしまった）。口と鼻より血を流し、ふたつの目抜けて（両方の眼球が飛び出して）、夢のごとくにしてたちまちに死にき[六]。

まことに知る、護法なきにあらずといふことを[七]（仏法守護神がたしかにいるということを）。なにぞ恭敬せざらむ（どうして敬わないでよかろう）。法花経に説きたまへるがごとし。「もし、童子の戯れに、木と筆と、あるいは指の爪甲をもて、仏の像を画きなさむには（描こうとする場合には）、みな仏道を成ぜむ[八]。また一つの手を挙げ（片手を上げ）、小し頭を低れ、これをもて仏像を供養せむには、無上道を成ぜむ」とのたまへり[九][一〇]。ここをもて慎み信ぜよ（こういうわけで仏法を謹しみ信じなくてはならない）。

一 石を積み重ねて塔の形とする。『三宝絵詞』下ノ九「石塔」に、人々が川原で石の塔を積む二月の行事のことを記し、『法華経』を引いて、子供が砂を集めて作る仏塔の功徳などを述べる。
二 時々そこに来て供養のまねごとをした。
三 第四九代光仁天皇。
四 斬って壊して。たたき割った意。
五 身を投げだすようにして、ばったりと地面に倒れた。上句「去くこと……」とつづく文は、悪報を受ける者が急死する慣用的表現。一五三頁五行参照。
六 迫害した者が悪報を受けて死ぬ場合には、加害した内容と殆ど同様な報いを身に受ける例が目立つ。よって、この愚夫が木像を傷つけた残忍さのほども知られよう。七二頁注一〇参照。
七 中三五縁の結語に同じ。
八 『法華経』の方便品から抄出したもの。
九 真の仏道を修得することになるであろう。
一〇 （それだけの行為でも）この上ない仏道を成就することになるであろう。
二 僧。出家した者の総称。
三 功徳となることを積み重ねて。「功徳」は、一四六頁注五参照。
三 伝未詳。「老僧」は、「老師」（四六頁注四）と同じく、長老の僧への敬称であろう。
一四 「三間名」は任那（古代朝鮮南部の国名）か。「干

沙門、功を積みて仏像を作り、命終の時に臨みて、異しき表を示す縁　第三十

老僧観規は、俗姓、三間名の干岐なり。紀伊の国名草の郡の人なりき。自性天年、雕巧を宗とせり。有智の得業にして、ならびに衆の才を統べたり。俗に着きて営農をし、妻子を蓄へ養ふ。先祖の造れる寺、名草の郡の能応の村にあり。名をば弥勒寺といひ、字を能応の寺といふ。

観規、聖武天皇のみ代に、願を発し尺迦の丈六とまた脇士とを雕り造り、白壁の天皇のみ世の宝亀十年の己未をもて、造りたてまつることすでにをはりぬ。能応の寺の金堂に居きて、会を設け供養しまつりき。また願を発して、十一面観音菩薩の木像高さ十尺ばかりなるを雕り造り、なかば造りていまだをはらず。縁小なく年を歴て、老耄して力弱りぬ。みづから彫ること得ず。

仏像作りの観規、観音像未完成のまま死ぬ

岐」は、古代朝鮮の王族の通称で、漢紀・旱岐とも。つまり、任那の王族という意の氏名であり、その血筋を引く渡来人系文化人であろう。
一五 和歌山県海草郡。下二八縁など同郡の話は多い。
一六 生れつき手先が器用で、彫刻細工をもっぱらのつとめとしていた。
一七 智恵のすぐれた学僧。
「得業」は、僧の学問上の階級。とくに南都諸大寺で所定の学業を終えた者に与えられる称号。
一八 多くの学才のある人たちを指導・統轄していた。
一九 俗人の生活をして農業をいとなみ。付録「俗に即きて」参照。
二〇 二四四頁注一二参照。
二一 未詳。地名を寺の通称とする私寺の例は多い（二七五頁注二一）。なお、「能応」は、「野」の尾母音を長めに発音したものか。五六頁注三参照。
二二 第四五代の天皇。七二四～四八年在位。
二三 一丈六尺（約四・八五メートル）の釈迦像と、その両側に侍する脇侍（文殊菩薩と普賢菩薩）。
二四 第四九代光仁天皇の十年（七七九）。
二五 伽藍の中心にあって本尊を安置するお堂。
二六 二一七頁注一六参照。
二七 手助けや出資後援などしてくれる縁故者も少ない状況で、年月がたって。
二八 老いぼれて。七十を「老」、八・九十を「耄」。

観規、蘇生して弟子と信者に後事を託す

ここに、老僧年八十あまりの歳の時に、長岡の宮に宇の大八嶋国御めたまひし山部の天皇のみ代の延暦元年の癸亥の春の二月十一日に、能応の寺に臥して命終しぬ。

巡ること二日、さらに甦還りて、弟子明規を召していはく、「われ一語を忘れ、念ひ忍ぶること得ず。そゑに還り来つ」といふ。すなはち床を立て、席を敷き、食を備けしむ。ここに、知識武蔵の村主多利丸を請け、床に居ゑて食を饗し、面を対せてともに食ふ。食ふことすでにをはりぬ。すなはち座より起ち、明規と諸の親属を引率き、長跪きて多利丸を礼みていはく、

「観規、分少く命尽きて、観音の像をへずして、忽率かに罷る。今し幸に嘉き時に逢へり。盍にしてか思ふところを申さむ。伏して願はくは、尊の芳慈を蒙り、聖像ををへむとおもふ。寸心の願ひ、わづかに望むところに当らば、このゆゑに、後生の大福は観規に被り、現報の功徳は尊主に蒙らむ。誠を至すことに勝へず、

一 長岡京で天の下の日本国をお治めになった。長岡京は、延暦三～十三年（七八四～九四）の間、京都府向日市・長岡京市の地にあった都で、後平安京に遷った。同類の聖代表記は、一〇七頁注一七参照。
二 第五〇代桓武天皇。天応元年（七八一）即位し、平城京から長岡京、さらに平安京に遷都。在位二十五年で律令政治再建に努めた。
三 七八二年。「癸亥」は延暦二年、干支に一年のずれがある（後続する下三一・三二各縁も誤る）。なお、この時の都は、まだ平城京である。
四 伝未詳。
五 思いあまる心を抑え切れなくなった。
六 台を高く作って、敷物を敷き。格別な客を丁重に迎える準備。「席」は、底本「庿」、訓釈標出字および前田家本の本文による。
七 食事を用意させた。
八 「善知識」で、信者・講中の意。ここは、後文に「仏師多利麿」とあるから、財施する信者というだけでなく、彫像技術者でもあった。「知識」二字を、底本など諸本は一字「智」。『攷証』補訂書入れによる。
九 伝未詳。武蔵国からの移住者か（虎尾俊哉説）。「村主」は姓で、渡来人系。
一〇 食事の接待をし、向い合って一緒に食べた。
一一 底本、欠字。来迎院本・前田家本によって補う。
一二 座席。底本「坐」、来迎院本・前田家本による。

さらに参ゐ還り来て、無礼[19]の状を奉る。悚ぢ慓り謹みて白す」といふ。ここに、多利麿とまた明規ら、悲しび哭き涕涙きて、答へていはく、「既[20]に請ひ語りたまひし状は、われ必ずをへたてまつらむ」といふ。沙門聞きて、起ちて拝み歓喜す。

　また二日を逕て、同じ月の十五日に至りて、明規を召していはく、「今日仏涅槃[21]の日に当り、われもまた命終せむ」といふ。明規[22]告げむとして、慈しびある儀を見て、愛を至すことに勝へず、詐りいひてまうさく、「いまだその日に及ばず」とまうす。師、暦[23]を乞ひて見ていはく、「今十五日[24]に当れり。なにぞわが子、虚に『いまだ及ばず』といふ」といふ。湯を乞ひて身を洗ひ、袈裟を易へ着け、蹲跪きて掌を合はせ、香炉[25]を擎げ持ち、香を焼き西[26]に向ひ、すなはち日の申の時に、命終しぬ。すでにして、仏師[27]多利麿、遺言を受けて、その十一面観音の像を造り、よりて開白[28]し供養しまつることすでにをはりぬ。今に能応の寺の塔の本に居けり。

一三 多くの親族たちを誘い集めて。
一四 分け与えられたもの。ここは、天運、運命。
一五 この世を去りました。
一六 いま幸いによい機会にめぐりあいました。
一七 あなたのお恵みをいただいて。「尊」は、相手への敬称。後出「尊主」も同じ。「芳―」は、相手のことに関わる美称。「芳き慈しび」とも訓める。
一八 後世での冥福は、わたくし観規がいただけるでしょうし。
一九 ぶしつけなお願いをいたしました次第です。（この無礼さに）恐れおののきながらも、以上謹んで申し上げます。

涅槃日往生の観規の遺言を受け、像を完成させる

二〇 底本「既」字なし。来迎院本・前田家本で補う。
二一 釈迦の入滅した日。二月十五日。
二二 明規は（そのとおりだと）言おうとしたが、慈愛深い師僧の姿を見ると。
二三 政府に採用されていた大衍暦が当郡にも弘布されていたか。渡来人系が当地に多いため暦が生活に入っていたのだろうが、暦の地方普及の珍しい記事。
二四 訓みは、『名義抄』による。
二五 香をたくのに用いる器具。炭火を入れてたく。
二六 西方極楽浄土を望んで。上二二縁以下例がある。
二七 仏像を作り刻む工匠。
二八 法事の初めに、法会の趣旨などを本尊に告げること。本話の成立は、その開白の記述を原にしたか。

[一]賛にいはく、（称えていう）
嗟呼、慶ぼしきかな（喜ばしいことよ）、[二]三間名の干岐の氏の大徳。
[三]内には聖心を密し、外には凡形を現す。
俗に着き色に触れて（俗世にあって世事に関わり）、[四]戒珠を染めず。

没るるに臨み（往生するにあたり）西に向ひ、[五]神を走せ異を示す。

といふ。誠に知る（本当によく分る）、これ[六]聖なり、凡にはあらずといふことを。

女人石を産生みて神として[七]斎く縁　第三十一

美濃の処女二つの石を産み、神として祭る

[八]美乃の国方県の郡水野の郷[九]楠見の村に、ひとりの女人ありき。姓は[一〇]県の氏なり。[一一]年二十あまりの歳に迄びて、嫁がず、通はずして（男との交わりもなしに）、身懐任めり。三年にして、[一二]山部の天皇のみ世の[一三]延暦の元年の癸亥の

一　四四頁注一一参照。
二　老僧観規の俗称。「大徳」は、僧に対する敬称。
三　心の中には尊い仏心を秘めながら、外には凡人の姿を現している。類例は、一二三頁注二八参照。
四　（それでもなお）仏道の戒律を破らなかった。「戒珠」は、戒律を完璧に守るさまを珠にたとえる。「染」は、上句「色」に縁のある語で、ここはいわゆる朱に交わって汚濁しないこと。
五　（生前に残してきた一事に）思いを馳せて、不思議な現象を示した。蘇生して宿志を語り、釈迦涅槃日に往生したことをさす。
六　これこそ聖人であって、凡人ではないということが。三八頁注一参照。
七　神聖なものとして祭る意。
八　岐阜県岐阜市・本巣郡のあたり。中四縁にも、同郡出身の力女が登場する。
九　岐阜市長良付近という。
一〇　伝未詳。姓が「県主」であり、元来は後出の神名と同じくイナバ氏であったか。
一一　神に奉仕する処女（巫女）の投影（一三〇頁注二）、神婚説話の面影がある。
一二　桓武天皇。二八〇頁注二参照。
一三　七八二年。干支に誤りがある。二八〇頁注三参照。

春の二月下旬に、ふたつの石を産生みき。方にして丈[一四]は五寸なり。ひとつは色、青と白との斑にして、ひとつは色、専に青し。年ごとに増長[一五]し。

比べる郡に名は淳見[一六]といふあり。この郡の部内に大神有す。み名は伊奈婆[一七]とまうす。卜者[一八]に託ひてのたまはく、「その産めるふたつの石は、これわがみ子なり」とのたまふ。よりて、その女の家の内に、忌籬[一九]を立てて斎きまつりき。

往古より今来、かつて見聞かず。これもまたわが聖朝[二〇]の奇異しき事なり。

第三十二

網を用ゐて漁夫、海の中の難に値ひ、妙見菩薩[二一]を憑み願ひて、命を全くすること得る縁

一四 高さは五寸（約一五センチ）。底本「丈」を、前田家本は「大」とする。

一五 だんだんと高くなった。「長」の訓みは、『字類抄』。タキタカシ（『名義抄』）とも訓める。ここは異常出生したものの異常成長のさまをいい、類例表記に、「長大」（上三・下一九縁）もあげられる。

一六 厚見郡。方県郡の南隣りにあって、ほぼ長良川の南の地域。明治になって方県郡などと合併して稲葉郡と称し、今は岐阜市に入る。

一七 地名をとった神名であろう。岐阜市伊奈波通一丁目に現存する伊奈婆神社との関係は未詳。

一八 神がかりの状態になって神託を伝える巫子。固有信仰の司祭者。一〇三頁四行参照。

一九 神聖なものを祭った周囲に巡らす垣。斎垣、瑞垣ともいう。県氏の家の中にこの石神を祭ったという本話は、伊奈婆大神と県氏の娘との神婚譚であり、これが県氏の始祖神話として伝承されてきたか。

二〇 本書に収める各話はあくまでも日本国の奇事によるという、上巻序文の口吻とまさに対応する。上三・下一九縁などの説話末に同じ。

二一 北斗七星信仰の対象とする菩薩。北辰菩薩ともいう。国土を守り、災いを除き福を増すという。上三四・下五各縁にも登場し、それらの説話の舞台も紀伊・河内で、比較的近接の地である。

漁夫の名妹丸、妙見菩薩を祈り海難を免れる

呉原の忌寸名妹丸[一]は、大和[二]の国高市の郡波多の里の人なりき。幼[三]きときより網を作り、魚を捕るを業としき。

延暦[四]の二年の甲子の秋の八月十九日の夜に、紀伊[五]の国海部の郡の内に到り、伊波多岐嶋[六]と淡路の国との間の海にして、網を下して魚を捕りき。漁人、三つの舟に乗りて九人あり。たちまちに大風吹きて、その三[七]つの舟を破りて、八人溺れ死ぬ。

時に名妹丸、海に漂ひ、心を至して妙見菩薩[八]を帰みまつり、願を発してまうさく、「わが命を済ひ助けたまはば、わが身を量べて、妙見の像[九]を作りまつらむ」とまうす。海に漂ひ波を拒み[一〇]、身疲れ心惑ひ、寐るがごとくにして覚むることなし。皎天[一一]に覚きて[一二]眷みれば、身はその部内の蚊田[一三]の浦の浜の草の上にありき。ただ済はれて、おのが身を量べ、像を作りて敬ひき。

嗚呼異しきかな。風に遇ひて舟を破り、波に撃たれて人を亡ふ。単唯ひとりのみあり、身を恕りて[一四]像を作る。定めて知る、妙見の大

一 伝未詳。「呉原」は氏(『攷証』は『推古紀』を引いて渡来人の移住地名を負うと推定)、「忌寸」は姓(渡来人に多い)、「名妹丸」は名。渡来人系の人であろう。
二 奈良県高市郡明日香村畑の地という。
三 悪報漁夫の場合(五六頁五〜六行)と同文。
四 七八三年。干支に誤りがある。二八〇頁注三参照。
五 和歌山県海草郡。大和国から紀の川沿いに下る。漁期にはこの郡の漁場に拠点を作っていたのだろう。
六 後出「蚊田の浦」(和歌山市加太)の沖の、紀淡海峡にある友ヶ島のことかという。
七 同僚八人が、殺生戒を破った罪による悪報(注三)を受けたことを意味するか。なお、この場合、三人乗りの小舟三隻で、海中に網を下ろしている点、手繰網漁法であったとみられる(羽原又吉説)。
八 とくに夜の漁であったから、星の菩薩(北斗七星の神格化)である妙見菩薩を祈念したのであろう。「帰」の訓みは、タノム・ヨル(『名義抄』)。
九 等身大の妙見菩薩像をお作り申しましょう。
一〇 波に逆らい、体は疲れ気も遠くなり。
一一 しらじらと明けてゆく空。または、明るい月夜。
一二 ふと目が覚めて我にかえると。
一三 注六参照。
一四「恕」は、自分にひき比べて他人を思いやる意。ここは計量の意に転用される。訓みは訓釈による。

きなる助けと、漂へるひとの信力となることを。

賤[一五]しき沙弥の乞食するを刑罰ちて、現に頓かに悪死の報を得る縁　第三十三

紀[一六]の直吉足は、紀伊[一七]の国日高の郡別の里の椅[一八]の家長の公なりき。天骨悪性[一九]にして、因果を信けず。

延暦[二〇]の四年の乙丑の夏の五月に、国の司、部内を巡行して、正税[二一]を給ふ。その郡に至り、正税を下ひて百姓に班[二二]はりき。

ひとりの自度[二三]ありき。字は伊勢[二四]の沙弥といふ。薬師経[二五]の十二[二六]薬叉神のみ名を誦持し、里を歴りて食を乞ふ。正税を給ふ人に就きて稲を乞ひ、その凶しき人の門に臻りて乞ふ。その乞ふひとを見て、乞ふ物を施さず。その荷へる稲を散らし、また袈裟を剝[二七]りて拍ち逼す。沙弥、その別[二八]の寺の僧坊に逃げ隠る。凶しき人遂に捕へて、さらに

紀吉足、乞食の自度僧を迫害して頓死する

一五　物乞いをするみすぼらしい僧を打ちこらして…。類話の中一縁の標題にほぼ同じ。

一六　伝未詳。「紀」は氏（二六六頁注三）、「直」は姓で地方豪族に多い。「吉足」は名。

一七　和歌山県日高郡。「別の里」は、所在未詳だが、新開地であったのだろう。

一八　椅という一家の主人。「椅」は当地での通称か。「公」は尊称。上一〇・中五各縁の主人公に同じ。

一九　生れつき性格のよくない人物で。

二〇　七八五年。

二一　国が収納する田租（田に課する税）で、予め籾を人民に貸付ける（収穫後これに利息をつけて返済させる）。この出挙説に対して、政府が農民を救うため籾を無料で配給するとする賑給説（志田諄一）もある。

二二　あまねくゆきわたる。訓みは訓釈による。

二三　国の許可を受けないで、自分で僧尼の姿をしている者。「私度僧」ともいう。当時自度僧は横行した。

二四　伝未詳。自度僧には正式の僧名がなく、通称に出身地名をつける例が多い。ここもそれか。

二五　『薬師瑠璃光如来本願功徳経』（一巻）の略称。

二六　十二神将（薬師経の読誦者を守護する十二の神）の神名を唱えて。「薬叉」は「夜叉」に同じ。

二七　剝ぎ取って、なぐりおどした。

二八　「別の里」にあった寺。地名をつけた私寺の通称であろう。

おのが門に将て、大石を挙げ持ち、沙弥の頭に当てて迫めていはく、（責めたてて）「その十二薬叉神のみ名を読みて、われを呪縛せよ」といふ。沙弥なほし辞ぶ。凶しき人なほし強ふ。強ひて逼むるに勝へず、一遍読みて逃ぐ。しかして後に、久しくあらずして、地に蹶れて死にき。（〔吉足は〕いくらもたたないうちに）

さらに疑ふべからず、護法の罰を加ふることを。（決して 仏法守護神が罰を加えるということを）自度の師なりといへども、なほし忍の心もて闚よ。隠身の聖人、凡の中に交りたまふがゆゑになり。灼然く過なきを慇ろに探り、毛を吹きて疵をば求むべからず。（吹き分けて 傷を捜し だしてはならない）失を求むれば、三賢十聖にも、失の誹るべきあり。（過失を捜し出すなら 非難されるものはある）徳を求むれば、法を謗り善を断てるものにも、徳の美むべきあり。（仏法を 非難し善を妨げる者にでも）

このゆゑに十輪経にのたまはく、「薝蔔の花は萎るといへども、なほし諸の花に勝る。破戒の諸の比丘は、なほし諸の外道に勝る。出家の人の過を説くは、もしは破戒もしは持戒も、もしは有戒もしは無戒も、もしは過あり、もしは過なきも、説く者は万億の仏身の血を出すに過ぎたり」とのたまへり。（たとえ戒を破っていようと守っていようと 戒が あろうとなかろうと たとえ過失があろうと 過失がなかろうと その論者は 出す以上の罪を犯したことになる）

付、自度僧への畏敬と布施の効用

一 自分の家の門の所に連れてきて。
二 呪文を唱えて、その法力で相手の自由を奪う。
三 依然として断わった。
四 しつこく責めたてるのに堪えられなくなって。
五 相手が自度僧であっても、やはり忍耐の心をもって接しなければならない。この点、景戒の自度僧擁護主張がはっきり打ち出されている。
六 本当の姿を隠して身をやつした聖人。一〇九頁四〜五行に同文がある。本書の主要テーマの一つ。付録「隠身の聖」参照。
七 目立った過失もないのに細かにあら捜しして。
八 好んで人の欠点をあばきたてる場合のたとえ。『漢書』『後漢書』などに典拠が見える。
九 菩薩の修行過程にある者。さとりの段階により賢聖を区別する。「三賢」は、十住・十行・十回向の三位にある者。「十聖」は、十地にある者。
一〇『大方広十輪経』十巻。ただし、引用文は『梵網経古迹記』による。
一一「瞻蔔花」とも記し、香気の高い黄色の花を開くちなしに似る（『新訳華厳経音義私記』）。熱帯産の木蘭科植物で、チャンパカの音写。金色花樹・黄色樹などと漢訳される。
一二 戒律を破った僧でも、なお仏教を信じない者たちよりすぐれている。「比丘」は、一二〇九頁注二一参照。
一三 仏道に入った人の過失を論じることは。

今この[15]義解にいはく、「血を出すも、仏道を障ふること能はず。僧の過を説く時は、多くの人の[16]信を破壊し、その煩悩を生じ、聖道を障へむ。このゆゑに菩薩は、その徳を求むることを楽ひて、その失を求むることを楽はず」といへり。

[17]像法決疑経にのたまはく、「[18]未来世の中に、俗官、比丘をして税を輸さしむることなかれ。もし税を奪ふものは、罪を得ること無量ならむ。一切の俗人は、[19]三宝の牛馬に乗騎ること得じ。[20]三宝の奴婢と[21]また六畜を撾打つこと得じ。その三宝の奴婢の礼拝を受くること得じ。もし犯す者あらば、みな殃咎を得む云々」とのたまへり。

[22]また経論に説くがごとし。「[23]慳心多きひとは、この泥土といへども、金玉よりも重みす。[24]悋貪の人は、[25]糞の土を乞ふを聞くも、なほし悋惜を懐く。財を惜しみて布施せず、[26]蔵し積みて人の知らむことを恐る。身を捨て手を[27]空しくして、[28]餓鬼の中に去き、飢ゑを受けて[29]寒心す」といへり。

一四 無数の仏身から血を出させる。仏身を傷つけることは五逆罪の一つで、最も重い罪悪。
一五 この『十輪経』の注釈書。ただし、以下の引用文も『梵網経古迹記』による。
一六 信仰をこわし、迷いの心を生み、仏道を妨げることになるであろう。
一七 以下の引用文は、現存本（大正大蔵経）と比べると異同がある。中国で作られた偽経ともいう。
一八 これから後、世俗の役人は、僧に税を出させてはならない。
一九 三宝（仏法僧）のものである、寺院所属の牛馬。
二〇 寺院の召使い。「奴婢」は二六九頁注一八参照。
二一 六種の家畜で、馬・牛・羊・犬・豚・鶏。
二二 これらのことを犯す者がいたら、皆咎め（罪報）を受けるであろう……。
二三 下一五縁に、冒頭がこれと同一の引用文があり、その出典を「丈夫論」と記す。
二四 二四四頁注六参照。
二五 欲の深くけちな人は、糞の土がほしいという声を聞いてさえ、なおも物惜しみの心を抱く。
二六 ひそかに蓄え重ねて、人に知られるのを恐れる。
二七 無一物となって。「手」は底本「平」、来迎院本・前田家本による。
二八 餓鬼の仲間に生れ変り。「餓鬼」は、六道の一つ。地獄に次いで苦痛の多い所で、つねに飢渇に苦しむ。
二九 心も恐れおののく。訓みは、『字類抄』による。

一 そもそも金銭財宝は、（ひとり占めにしようとしても）五つの（悪の）仲間と共有しているような（はかない）ものなのだ。
二 本書では、県官・盗賊・水難・火難・悪子の五つとするが、『攷証』には、水火・盗賊・怨家債主・県官・悪子をあげる（『大宝積経密跡金剛力士会』による）。
三 焼けるのを免れない。焼失してしまうこと。
四 道理にはずれて支出する。無茶な浪費のこと。
五 金銭財宝はこのような共有物だから、菩薩はこれに執着しないで、むしろ喜んで施しをするのである。

悪病の呰女、出家して長年の誦経の呪力で全快する

六 いつまでも執念深く身につきまとう病気に急にかかり。後出の「宿業」による病いをさす。
七 戒律を受け仏道を修行して。
八 伝未詳。「巨勢」は氏、「呰女」は名。
九 和歌山県海草郡。「埴生の里」は所在未詳。
一〇 淳仁天皇の御代。七六一年。
一一 首のまわりにできるこぶ。
一二 悪性のはれもの。化膿して根が深く、直りにくい。「瘻肉」を言いかえたもの。
一三 前の世からの因縁であろう。二三五頁注一四参照。
一四 （だから祈禱によって）過去の罪を消して病気を直すよりも。
夫れ銭財は、五家ともに有つ。なにをか五家といふとならば、一つには県官にして非理に来り向ふ、二つには盗賊にして来りて劫み奪ふ、三つにはたちまちに水のために漂ひ流さるる、四つにはたちまちに火起りて焚焼くることを免れぬ、五つには悪しき子理なく費し用ゐるをいふ。そのゆゑに菩薩は歓喜びて布施したまふなり。

怨の病ひたちまちに身に嬰り、よりて戒を受け善を行ひて、現に病ひを愈すこと得る縁　第三十四

巨勢の呰女は、紀伊の国名草の郡埴生の里の女なりき。天平宝字の五年の辛丑をもて、怨の病ひ身に嬰りき。頸に瘻肉を生じ、疽は大きなる瓜のごとし。痛み苦しぶこと切るがごとくにして、年を歴て愈えず。みづからおもへらく、「宿業の招くところならむ。ただ

に現報のみにはあらじ。罪[14]を滅し病ひを差すよりは、善を行はむにはしかじ」とおもへり。髪を剃り戒を受け、袈裟を着て、その里の大谷[15]の堂に住む。心経[16]を誦持し、道を行ふを宗とす。

十五年を逕て、行者忠仙[17]、来りてともに堂に住む。忠仙、この病相を見て、相憫れびて看病し、呪護[18]して願を発していはく、「この病ひを愈さむがために、薬師経[19]・金剛般若経[20]各三千巻、観世音経[21]一万巻、観音三昧経[22]一百巻を読みたてまつらむ」といふ。十四年を歴て、薬師経二千五百巻、金剛般若経一千巻、観世音経二百巻を読みたてまつる。ただし千手陀羅尼[23]は、間[24]なく誦ず。いまだ巻の数に満たぬに、病ひを受けし歳より以来、逕ること二十八年、延暦[25]の六年の丁卯の冬の十一月二十七日の辰の時[26]に至り、瘻腮[27]の癰疽、おのづからに口開き、膿血を流し出し、平復ぐこと願のごとくなりき。

まことに知る、大乗[28]の神呪の奇異しき力にして、病む人と行者との功を積める徳なることを。「無縁[29]の大悲は、至感のひとに、異形[30]

一五 未詳。地名を用いた私寺の俗称であろう。
一六『般若心経』(一五四頁注一)を常に唱えて心にたもち。
一七 修行者である忠仙。伝未詳。修行者が、その行を積んで体得した呪験力を用いて看病する例は、上二六・三一各縁などにある。
一八 呪文(陀羅尼)を唱えて、その威力によって病人の身を守ること。
一九『薬師瑠璃光如来本願功徳経』(一巻)の略称。
二〇 一六七頁注九参照。
二一『法華経』の観世音菩薩普門品だけを一巻としたもの。『観音経』ともいう。
二二 天平年間の正倉院文書にこの経の名が記されているが、現在は未詳。後出の「千手陀羅尼」と同じではないかとする『攷証』説もある。
二三 二四〇頁注八参照。
二四 絶え間なく唱えていた。
二五 桓武天皇の御代、七八七年。
二六 午前八時ごろ。
二七 上文にある「瘻肉」の「疽」に同じ。首のまわりにこぶのようになった悪性のはれもの。
二八 大乗経典のあらたかな呪文(陀羅尼)。
二九 仏がすべての衆生に施す平等で広大な慈悲心。「無縁」とは、ここでは、有縁無縁を問わず、無条件である意。
三〇 不思議な現象をもたらす。奇跡を与える。

を播す。無相の妙智は、深信のひとに、明色を呈す」といへるは、それこれをいふなり。

官の勢を仮りて、非理に政をなし、悪報を得る縁　第三十五

白壁の天皇のみ世に、筑紫の肥前の国松浦の郡の人、火の君の氏、たちまちに死して琰魔の国に至りき。時に王挍ふるに、死の期に合はず。そゑに更にあへて返しき。還る時に見れば、大海の中に、釜のごとき地獄ありき。その中に黒き桴のごとき物ありて、涌き返り沈み、浮き出づ。火の君に告げていはく、「待て。物まうさむ」といひて、すなはちまた涌き返り沈み、ひとたびふたたび浮きていはく、「待て。物まうさむ」といふ。かくのごときこと三遍なり。四つの遍にいはく、

一 差別対立のすがたを超えていること。ここは、そういう絶対無差別の理を悟った釈迦の智恵をいう。
二 はっきりとした現象を示す。ここは、異形の姿を平癒させて衆生の迷いの眼を覚まさせる意であろう。
三 出典未詳。典拠を示さないで引用する例は、下二四縁の文末にもある。
四 公の権力を借りて。役人の職権を濫用したこと。
五 道理にはずれた政治をし。政治の末端の悪事。
六 第四九代光仁天皇。在位は七七〇～七八一年。
七 「筑紫」は、九州。「松浦郡」は、いま佐賀県東・西松浦郡、長崎県南・北松浦郡に四分され、玄海灘に面する。
八 「火」は氏、「肥」と同音でヒの国の在地豪族。「君」は主に地方官の家系の姓。名を欠く。

火君、古丸の地獄での罪状を上申し、朝廷に届く

九 閻魔王の国。エンマは本話のみ、他は「閻羅」（一一八頁注一三）。「国」は来迎院本・前田家本「闕」（下三六・三七各縁その他も「閻羅王の闕」）。
一〇 死の時期に至っていなかった。閻魔王庁には各人の罪状を記す「札」があり、王はそれで確かめている（下二二縁など）。死期も書いてあるのだろう。
一一 熱湯の煮えたぎる地獄の釜（二六一頁六行）を、海中に想定したもの。
一二 「桴」は、イカダ（二六七頁注一五）。ここのクヒゼは木の切り株・杭の意。訓みは訓釈によるが、熱湯の中に漂う黒い杭状のものにあてた意訳訓とみる。

一三 静岡県榛原郡。
一四 伝未詳。『万葉集』四三二七防人歌の作者は同国長下郡の同名の人。これと同一人か疑わしいが、同じく防人として筑紫に派遣された人か。
一五 租税として納められた精米を、諸国から都へ運送する責任者。
一六 冥土。八八頁注七参照。
一七 上申書に書き。「解」は、所管の上級官庁に提出する公文書。後出「解状」同じ。
一八 西海道（九州）を管轄する、筑紫にあった官庁。
一九 中央の朝廷へさらに伝えて上申した。
二〇 太政官の判官の一つ、左右二つの弁官局の長官。従四位上に相当する。
二一 代々引き継いで。
二二 『続日本紀』の編者で、学識高い能吏。天平十三～弘仁五年（七四一～八一四）。
＊『続日本紀』編修のため史料の調査中に、この解状を見つけたか。
〔説話の人物と史実〕
二三 桓武天皇。二八〇頁注二参照。
二四 施暁か。施暁は延暦十六年に少僧都となる（『日本後紀』）。「僧頭」は「僧都」で、僧正の次位。
二五 人間界と冥界とでは時間が相違すること。上五縁では、人間界の一年が冥界の一日（四五頁注二〇）。『丹後国風土記』の浦島伝説の仙境なども類例。

真道、上申書を奏上し、古丸の写経供養が行われる

「われは、これ遠江[一三]の国榛原の郡の人、物部[一四]の古丸なり。われ世にありし時に、白米[一五]の綱丁としてあまたの年を経、佰姓の物、非理に打ち徴りき。その罪報によりて、今この苦を受く。願はくはわがために、法花経を写したてまつらば、わが罪を脱されむ」といひき。

火の君見聞きて、黄泉[一六]より甦還り来て、つぶさに解[一七]し、大宰府[一八]に送る。府、解の状を得て、転[一九]へて朝庭に解す。朝庭信としたまはず。そゑに大弁[二〇]の官、その黄泉の事の状を取りて、継[二一]ぎ累ねて二十年を経たり。

従四位上菅野[二二]の朝臣真道、その官の上に任じ、その状を見て、山部[二三]の天皇に奏す。天皇聞しめして、施皎僧頭[二四]を請けて、詔してのたまはく、「世間の衆生、地獄に至りて苦を受くること、二十余年を経て、免されむやいなや」とのたまふ。僧頭答へてまうさく、人間[二五]「苦を受くる始なり。なにをもて爾あることを知るとならば、人間の百年をもて、地獄の一日一夜となす。そゑに免されずといふなり」とまうす。天皇聞しめして弾指し[一]、勅して使を遠江の国に遣はし、古丸の行ひし[二]事を訪はしめたまふ。まさに得て[三]問ふに、解の状のごとし。異ならずして実あり[四]。

天皇信け悲しびたまひ（信じてお憐れみになり）、延暦の十五年[五]の三月の朔の七日をもて、始めて経師[六]を四人召して、古麿がために、法花経を一部写したてまつらしめたまふ。経の六万九千三百八十四文字[七]に宛てて、知識[八]を勧め率き、皇太子・大臣・百官を挙げて、皆悉くにその知識に加へ入る。天皇、善珠大徳[九]を勧請して（招いて）、講師[一〇]とし、施皎僧頭を請けて、読師[一一]とし、平城[一二]の宮の野寺[一三]に、大法会を備け、件の経（法花経を）を講読することをなし、その（古丸の）霊の苦を贖ひ[一四]救ひたまひき（償いをしてお救いになった）。

鳴呼、鄙[一五]なるかな（いやしいことだ）、古丸（古丸は）。狐の虎の皮[一六]を借る勢をもて、非理に政をなし、悪報を受くといへり。因果を睠みぬ賤しき心の、太はなはだしきなり。因果なきにはあらぬなり（因果の道理のないわけはない［確かにあるのだ］）。

一 指をはじいて音を出すこと。後悔などのしぐさ。
二 生前にしたことを調べさせられた。
三 ちょうどうまく（古丸を知っている者を）捜し出して、尋ねてみると。
四 その事実があった。原文は、底本「不実」、前田家本「実」。来迎院本「有実」により訓読する。
五 七九六年。「朔の七日」は、上旬の七日。
六 経典を書写したり、製本・表装をする人。ここは写経所に勤める写経生であろう。
七 『法華経』の全字数。『法華釈文』（仲算撰、九七六年）によると、『曇捷字釈』がこれと同数。ただし六万九千七百五十四字を正とする。
八 信者を誘い集めて。ここは、写経の趣旨に賛同して布施する人を募ること。
九 奈良の秋篠寺の開基。興福寺の玄昉に師事して法相宗を学び、学徳すぐれて著述も多い。延暦十六年（七九七）没。下三九縁に転生譚を載せる。
一〇 法会において、経典を講説する僧。
一一 法会で講師と高座に上り、経文を読みあげる僧。
一二 平城旧都（延暦十三年に平安京に遷都）。
一三 官寺に対して、民間の管理する寺で、特定の寺院名ではないとされるが、疑問が残る。あるいは俗称か。
一四 底本「贈」。来迎院本・一三二頁注五などによる。
一五 訓釈による。トヒは上巻序の訓釈ではトヒト。
一六 虎の威を借る狐のような、役人の職権濫用。『戦国策』などに見える。前田家本は「皮」を「威」。

第三十六

塔[一七]の階を減し、寺の幢[一八]を仆して、悪報を得る縁

正[一九]一位藤原の朝臣永手は、諾楽[二〇]の宮に宇御めたまひし白壁の天皇の御時の太政大臣なりき。延暦[二一]の元年の頃に、大臣の子従四位上[二二]家依、父のために〔父に関しての〕悪しき夢を見て、父にまうしていひしく〔言ったことには〕、「知らぬ[二三]兵士三十余人、来りて父の尊[二四]を召しつ〔父上を連れに来ました〕。こは悪しき表相[二五]なり。そゑに〔それゆえに〕謝み[二六]除したまふべし」とまうしき。然まうし驚かす〔そのように申して注意を促したが〕といへども、父応へず〔応じなかった〕。しかして後に父卒りぬ〔死去した〕。

時に子家依、久しき病ひを得るがゆゑに〔長い間病気にかかっていたので〕、禅師[二七]・優婆塞を請け召して〔招いて〕、呪護[二八]せしむるに、なほし愈差まず〔それでもなお回復しなかった〕。時に、看病の衆の中に、ひとりの禅師ありき。誓願[二九]を発していはく、「おほよそに仏法によりて〔一般に仏法に信心帰依して〕、修行する大意は〔根本精神は〕、他を救ひ命を活くるにあり〔人を救ってその命を生かすことです〕。今しわが寿を施し〔さし上げて〕、病めるひとの身に代らむ。仏法まことにあらば、病める人の

永手が死に、子家依は病んで僧に呪護される

一七 塔の階数を減らす。七重を五重にしたこと。
一八 幡桙（旗をつけた矛）。寺院の荘厳具の一つ。
一九 藤原不比等の子房前の二男。聖武から光仁までの五代の天皇に仕え、左大臣となる。宝亀二年（七七一）没、五十八歳。「正一位」は位階の第一で、太政大臣相当位。ただし、これは没後の追贈。
二〇 光仁天皇。二四五頁注一五参照。永手はこの天皇に格別親任された。
二一 七八二年。正史にいう永手の没年から十一年後に当り、史実に反する。そこで、「延暦」はもと「宝亀」とみる説もある。「宝亀元年」とすれば永手の逝去した前年となる。
二二 永手の長男。延暦四年（七八五）没。同元年の頃は従三位であり、宝亀初年とすれば従四位下。
二三 一三四頁注二に同じ例がある。
二四 相手への敬称。ここは、「父の尊」で、父の敬称。
二五 悪い前兆。中二〇縁に母親が娘の身上に悪夢を見る類例があり、「瑞相」「相」と記すのと同意（一五七頁）。なお、一九七頁注一三参照。
二六 祈禱をして災いを払い除いて下さい。
二七 九二頁注一二参照。「優婆塞」は、三四頁注一〇参照。
二八 呪文（陀羅尼）を唱えて、その威力によって病人の身を守ること。
二九 仏に決意を誓って願をかけること。

命活きよ」といひて、命を棄てて（捨て身になって）睠みず[一]。手の於[二]に熁を置き、（その火で）香を焼きて行道[三]し、陀羅尼[四]を読みて、たちまちに走り転ぶ（突然走りころがった）。

時に、病めるひと（病人家依に）託ひて[五]（霊がのり移って）いはく、「われは永手なり。われ法花寺[六]の幢を仆さしめき。後に西大寺[七]の八角の塔を四角に成し、七層を五層に減しき。この罪によりて、われを閻羅王[八]の闕に召し、火の柱[九]を抱かしめて、挫釘[一〇]（折れ曲った釘を）をもてわが手のうへに打ち立てて、問ひ打ち迫む[一一]。いま閻羅王の宮の内に煙満つ。王問ひたまはく、『なぞの煙ぞ（いったい何の煙か）』とのたまふ。答へてまうさく、『永手が子家依、病ひを受けて痛み、呪する（呪文を唱える）禅師、手のうへに香を焼く、その煙なり』とまうす。すなはち閻羅王、われを免し擯ひ返したまふ（地獄から追い返された）。しかれどもわが体滅びて[一二]、寄宿るところなし（魂の落着く所がない）。そゑに道中に漂ふ（宙に迷っているのだ）」といふ。ここに（すると）、食はずして（今まで食事をとらなかった家依が）病めるひと、飯を乞ひて食ひ、病ひ差みて起ち居りき（直って起き上がった）。

夫れ、幢はこれ転輪王[一三]の報を招く善因なり。塔はこれ三世[一四]の仏舎利を収むる宝蔵なり。そゑに幢を仆すによりて罪を得、塔の高さを

永手の霊、冥土での罪報を告げ、家依は全快する

一 わが身をふり返らず（一心に祈禱した）。
二 手の上に赤くおこった火を置き。「熁」は、たいまつのように燃えさかる火の意。訓みは訓釈による。
三 歩きながら読経すること。ここは、本尊の回りをめぐる行法。
四 呪文を唱えて。一四五頁注一八参照。
五 霊などにとり憑かれること。下二縁にも、病人相手に禅師の呪願する例がある。
六 奈良市法華寺町。光明皇后が父不比等邸をもとにして天平十七年に宮寺とし、これに同十三年金鐘寺に隣接建立されていた法華寺を吸収拡充したもの（林陸朗説）。その後この藤原氏ゆかりの寺に、称徳・道鏡政権の力の波及がみられる。
七 奈良市西大寺町。南都七大寺の一つ。造営は、称徳女帝と道鏡により天平宝字八年（七六四）決意され、翌年着工された。聖武・光明皇后政権下の東大寺の塔に対抗し、大規模な造塔計画があった。
＊ 本話にいう法華寺・西大寺の両事件は、称徳・道鏡政権への反撥か。〔藤原永手の悪行〕
八 閻魔王（一一八頁注一三）の王庁。
九 灼熱の柱を抱かせる地獄の罰（下二二縁など）。
一〇 釘を身に打ち立てる地獄の罰（上三〇縁）。
一一 罪を問うて打ち込んでは責めたてた。「迫」は、底本「拍」、来迎院本・前田家本および八八頁一二行などの例による。

減すによりて罪を被らむ。恐りずはあるべからず（恐れなければならない）。これ近き現報なり（すぐにこの世で報いが現れた話である）。

因果を顧みずして悪をなし、罪報を受くる縁　第三十七

一五 従四位上佐伯の宿禰伊太知は、一六 平城の宮に宇御めたまひし天皇のみ世の人なりき。時に、京の中の人（奈良の都に住む人）、一七 筑前に下り、病ひを得てたちまちに死にて、閻羅王の闕に至りき。目には見えずして（目には見えないが）、聞くに（耳を傾けると）、一八 太地を響かして打たるる人の音あり。叫びていはく（叫んでいうには）、「痛きかな、痛きかな」と打つ遍ごと（打たれるたび）にいふ。一九 政の史を問ひてのたまはく、「もしこの人世にありし時に（いったいこの者は人間界にいた時に）、なにの二〇 功徳・善をかなせる（よい行いをしたのか）」とのたまふ。諸の史（多くの書記が）答へてまうさく、「ただ法花経を一部写したてまつれり」とまうす。王ののたまはく、

京の人、地獄で佐伯伊太知が苦を受けるのに会う

一二 魂の宿る所を求めて迷う例は、中二五縁にもある。
一三 転輪王の利益を招く善い原因である。「転輪王」は、輪宝（戦車のようなもの）を転じて敵対するものを降伏させ、世界を仏法で統治する聖王。ハタを供養する功徳は、『大灌頂神呪経』（『攷証』）など。
一四 過去・現在・未来の三世にわたって現れる仏の遺骨を収めておく宝庫である。仏舎利を安置して塔を建てる話は、中三一縁。
一五 佐伯氏は武門の家柄。「宿禰」は姓、「伊太知」が名。天平宝字八年藤原仲麻呂の乱の平定に功をたてて諸官を歴任する。四年後に従四位上、宝亀二年（七七一）に中衛中将で下野守を兼任。生没年未詳。
一六 平城京で天下を治められた天皇。伊太知が史書に見えるのは、聖武～光仁の五代。この治世をいうか。
一七 いま福岡県の北部。
一八 大地。「太」は「大」に同じ。
一九 公の記録を司る書記官。「史」は、底本「火」、来迎院本による。訓みは、『書紀』の古訓などによる。ここは、死者の生前の功罪を記す帳簿を扱う冥界の事務官。「を問ふ」は、「に問ふ」の意の平安初期頃の訓読法。
二〇 現在または将来に善報をもたらすような善い行為で、一般に祈禱・写経・喜捨などをいう。

「その罪をもて経の巻に宛てよ」とのたまふ。巻に宛つといへども、罪の数倍勝れること無量無数なり。また経の六万九千三百八十四文[一]字に宛つとも、なほし罪の数倍りて、救ふ因なし。時に、王、手を[二]拍ちてのたまはく、「如許[三]は、世間の衆生、罪をなし苦を受くることを見しか。いまだこの人のごとく、太はなはだしく罪をなせるを見ず」とのたまふ。ひそかに傍らの人を問ふ、「この打たるる人は誰そ」といふ。答へていはく、「佐伯の宿禰伊太知なり」といふ。

蘇生して伊太知の妻子に知らせ、追善供養する

その死人、能く聞き持して、纔[四]黄泉[五]より還り来り見れば、すなはち甦る。しかして後に、黄泉の状をもて、大宰府[六]に解[七]す。府、その事を信とせず。その人、便りによりて、船に乗りて京に上り、京の中に還り来て、伊太知の卿の、閻羅王の闕に役はれて、苦を受くる状を陳ぶ。

時に、妻子ども聞きて、懇しび哀しびていはく、「卒[八]りて七々日を経るまで、その恩霊[九]のために、善を修し福を贈ることすでにをは

一 『法華経』の全字数。下三五縁にも同じ数があててあり、伝承上に本話と深い関連のあることが知られる。二九二頁注七参照。

二 罪の数があまりにも多いのにびっくりして、思わず手をたたいたのであろう。

三 ずいぶんとたくさん、世間の人々が罪を犯して苦を受けるのを見てきた。「如許」は、もと数量を問う俗語的な疑問語（「どれだけあるか」の意）。訓みは訓釈による。

＊ この悪報譚には、犯した罪が無数であることを示すだけで、その内容が全くあげられていない。一考を要する。〔佐伯伊太知の悪行〕

四 そのまま。七二頁注九参照。

五 冥土。八八頁注七参照。

六 西海道（九州）を統轄した官庁。

七 申告書を提出した。「解」は、二九一頁注一七参照。なお、この解状を上申した京の人は、あるいは官吏か。筑前の国司の役所から解したのであろう。

八 （伊太知が）亡くなって四十九日がたつまでに。

九 み霊。恩愛の深い御霊の意であろう。

一〇 どうして思いつきましょうか。全く思いもよらないことだ、との意。

一一 現世で悪事を行った者が死後堕ちてゆく所。三悪道・四悪道がある。ここは、地獄をさす。

りぬ。[一〇]いかにか図らむ、悪道[一一]に堕ちて劇[一二]しき苦を受くといふことを」といふ。さらに法花経を一部写したてまつり、恭敬し供養して、その霊の苦を追ひ救ひき。

これもまた奇異しき事なり。

災[一三]と善との表相まづ現れて、後にその災と善との答[一四]を被る縁　第三十八

夫れ、善と悪との表相の現れむとする時には、その善と厲[一五]との表相、まづ兼ねて物の形をなし、天の下の国を周[一六]り行きて、歌詠ひてこれを示す。時に、天の下の国人、その歌音を聞き、出で詠ひて伝[一七]へ通く云々といへり。

諾楽[一八]の宮に二十五年天の下治めたまひし勝宝応真聖武太上天皇、大納言藤原[一九]の朝臣仲麿を召して、御前に居ゑて詔したまひしく、

一二 ひどい苦しみ。「劇」は、「甚」の意（『新撰字鏡』）、訓みは『名義抄』『字類抄』による。

一三 災難と吉事との前兆。凶事と吉事、つまり吉凶の前兆をいう。「表相」の意は、漢語では外貌、仏教語ではシルシ。本書で前兆の意に用いたのは『記紀』の用字法の流れという。術語として定着しないためか、「瑞相」「相」（一五七頁）・「表」（一九八頁）、その他本話後文に「表答」「表相の答」とも記されている。

一四 応報。前兆ともいうべき〈表相〉がまず出現し、その必然の結果として〈答〉が到来するという、いわゆる表相思想が本話のテーマ。

一五 悪。凶。訓釈に「天下の災ひ」の意とする。

一六 訓みは訓釈による。アルクは移動する意。以下、擬人的な表現。

一七 伝え広めてゆく。「通」の訓みは、『名義抄』『字類抄』による。

天下に流行する歌謡、吉凶の前兆をなす——帝権推移と歌謡

一八 奈良の都で二十五年間天下を統治された第四五代聖武天皇。この聖代表記は、一〇七頁注一七参照。

一九 武智麻呂の第二子。光明皇后の信任を得て勢力を伸張、橘奈良麻呂（一九七頁注二三）の乱を押え、淳仁天皇を即位させ、恵美押勝の名を受ける。道鏡を除こうとしたが、逆に天平宝字八年（七六四）九月十八日斬罪に処せられる。

㈠仲麻呂・道祖王の運命と歌謡一首

「朕が子阿陪[一]の内親王と道祖[二]の親王との二人もて、天の下を治めしめむと欲ほす。云何。この語受くべしやいなや」とのたまひき。仲丸答へてまうししく、「はなはだ勝れて能し」と、御語を受けまうしき。時に天皇、祈[三]の御酒を飲ましめて、誓はしめて詔したまひしく、「もし朕が遺す勅を失はば、天地相[四]憾み、大きなる厲ひを被らむ。汝いま誓ふべし」とのたまひき。時に仲丸、誓ひまうししく、「もしわれ、後の世に勅詔に違はば、天つ神も地つ祇も憾み嗔りたまひて、太きなる災ひを被り、身を破り命を殲[五]さむ」とまうしき。かくのごとくに誓はしめて、酒を飲ましめて、禱すでにをはりぬ。しかして後に、天皇崩[六]りましし後に、その遺したまひし勅語のごとくに、道祖の親王をもて儲の君としたまひき。

その天皇の大[七]后と同じく諾楽の宮に坐しましし時に、天の下の国挙りて、歌詠ひていはく、

年少[八]く　失する王　最も　失する王

一 聖武天皇の皇女。母は光明皇后。後の孝謙・称徳女帝。二一一頁注一六と付録［帝姫阿倍天皇］参照。

二 天武天皇の孫で、新田部親王の皇子の道祖王。聖武天皇の遺詔により一時皇太子となったので（注六）、「親王」としたのであろう。

三 神前で誓約するために飲む神酒。ウケヒは、訓みは訓釈。後出「禱」も同じ。ここは、誓約を真実なものにするため、神前で神酒を飲んだ。これに背くと体内の酒が熱湯と化し命を失うと信じられていたという。

四 天地の神々（後出「天つ神地つ祇」に同じ）が、おまえを憎み。「憾」の訓みは、訓釈による。

五 底本「殲」、意によって改める。訓みは、『名義抄』『字類抄』による。「滅」に同じ。

六 天平勝宝八年（七五六）五月二日に聖武天皇は亡くなり、中務卿従四位上の道祖王を皇太子にするとの遺詔がある（『続紀』）。こうして孝謙女帝の治世八年目になって、ようやく皇太子が決った。

七 聖武天皇の皇后（光明皇后）と一緒に、阿倍内親王（孝謙女帝）が奈良の宮にいらっしゃった時。

八 この歌謡は、校訂も訓読もとくに困難。諸説の中の一案（遠藤嘉基説）をあげておく。初句の、年若くて亡くなる王とは、道祖王をさす。

九 「破認」（露骨な表現の意）の誤写で、その前句を批判した後人の書入れの錯入か。なお疑問が残る。

一〇 「非綾」は、本文脱字のための後人の書入れか。アヤ（文）の関連で、後文の黄文王をさすか。シジロ

破注[九]　非綾[一〇]止々呂支はよ　其が幾何か[一一]　命売られむ
衰也[一二]　魮[魚+目]等[一三]はよ（かれいたちよ）　其が幾何か　命売られむ

かくのごとくに歌詠ふ。しかしてその帝姫阿倍[一四]の天皇、また大后の御世の天平勝宝[一五]の九年の八月十八日に、改めて天平宝字の元年とす。その年に儲の君道祖[一六]の親王を、大宮の□[一七]殿より出し、獄に投れ居き殺死しつ。また黄文[一八]の王、塩焼[一九]の王、また氏々の人ども（その他各氏に属する人たち）、ともに殺死しつ。また宝字の八年十月に、大炊[二〇]の天皇、皇后に賊たれ、天皇の位を輟めて（退いて）、淡路の国に退きたまふ（ひきこもられた）。□また仲丸ら、また氏々の人、ともに殺死しつ。その先に天の下を挙りて歌詠ひしは、（これより先に天下の人々が口をそろえて歌ったのは）この親皇の□滅びたまふ（皇族達が命を亡ぼされる）表相なり。

また、同じ大后の坐しましし時に、天の下の国挙りて、歌詠ひていはく、

法師らを　裙[二一]着きたりと　な侮りそ（ばかにするな）　之が中に　腰帯[二二]・薦槌
懸れるぞ（下がっているぞ）　弥発[二三]つ時々　畏き卿や

キは、シジラキ（「纈」）、絹の縮んだ文。『和名抄』等）の交替形で、もと訓注のための小字。
一一　おまえは、いつの間にか命を失うであろうよ。
一二　元気がないよ。「哀」（囃子詞）の誤写説もある。
一三　「魮目」に同じ。『本草和名』は「魮目」を「一名、鰈」などと記す。後文の塩焼王たちをさす。
一四　孝謙天皇の治世で、光明皇太后の在世（七六〇年崩）の御代。
一五　七五七年。「天下太平」の四文字顕現の瑞祥のため改元するよし、『続紀』に当日の記事がある。
一六　道祖王は、同年三月不謹慎な行為で皇太子位を離れていたが、同七月橘奈良麻呂の変に連座し、後出の王たちとともに殺された（『続紀』）。
一七　底本破損のため不明。後文二箇所同じ。
一八　天武天皇の孫で、長屋王（中一縁）の子。
一九　新田部親王の子で、道祖王の兄。
二〇　第四七代淳仁天皇が、先代孝謙上皇（「皇后」は誤り）に位を追われ、翌年淡路島で逝去。これは上皇と親密になった道鏡への非難が原因となる。仲麻呂の死因は、二九七頁注一九参照。

㈡称徳女帝・道鏡の台頭と歌謡三首

二一　裳（僧の腰につける衣）をはいているといって。
二二　「腰帯」は、石帯ともいう一種の革帯。「薦槌」は、薦を編む時に用いる錘。ともに陽物の暗喩。
二三　それがいきり立つ時には、恐れ多いことをなさるお方だぞ。道鏡の強力な性的魅力を強調した歌。

また詠ひていはく、

一わが黒みにそひ　股に宿たまへ　人と成るまで（一人前になるまで）

かくのごとくに歌詠ふ。二帝姫阿倍の天皇の御世の、天平神護の元年の歳の乙巳に次れる年の始に、三弓削の氏の僧道鏡法師、皇后と同じ枕に交通し（女帝と同じ枕に情交し）、天の下の政を相摂りて（政治の実権を握って）、天の下を治む。その詠歌は、これ道鏡法師が皇后と同じ枕に交通し、天の下の政を摂りし表答なり（四前兆である）。

また、同じ大后の時に、詠ひていはく、

五正に　木の本を相れば　大徳　食し肥れてぞ　立ち来る（これでまさしく知るがよい）

かくのごとくに詠ひいふ。これまさに知れ、同じ時に道鏡法師をもて六法皇とし、七鴨の氏の僧韻興法師をもて法臣参議として、天の下の政を摂りし表答なることを。

また、八諾楽の宮に二十五年天の下治めたまひし勝宝応真大上天皇のみ代に、天の下挙りて歌詠ひていはく、

一　私の黒ずんだ所（陰部）に寄りそって、股の間でおやすみなさい、の意か。

二　称徳女帝治世二年目。七六五年。

三「弓削」は、河内国若江郡弓削の出身地名を氏とする。系譜未詳。法相宗の僧。孝謙上皇の看病僧として寵を得て急速に政界に進出。重祚称徳女帝の下で、太政大臣禅師、法皇となり、皇位をうかがうが失敗する。宝亀元年（七七〇）看護も空しく女帝崩御の後、下野国薬師寺別当に配流されて同三年没する。本書の道鏡説話は本話だけであるが、下三六・三七両縁にもこれが隠されている。付録下三六・三七縁解説参照。

四　二九七頁注一三参照。

五　前掲歌謡「法師らを」と関連づけて解すると――まさしく木槌のような雄根を見ると、大徳（道鏡）のは、飽食して眠れているように活力に満ちて、（女帝のもとに）やって来る。一方、後文と関連させて解すると――山林修行した木の根元から立ち上がり、充分な学識を養い大人物に成長して、政権をとりにやって来る。これら両方の意をかけるとみる説に従う。

六　天平神護二年（七六六）十月二十日の宣命で、女帝から与えられた政権担当の称号。

七『続紀』では「円興」。姓は賀茂朝臣。道鏡の一味。注六の宣命には、円興に法臣の位、基真に法参議大律師の位を授けるとあり、本書は後者を略する。「法臣」「法参議」は、僧籍にあってそれぞれ大納言・参議に

㈢光仁天皇の即位と歌謡一首

朝日さす[九]　豊浦の寺の　西なるや　おしてや[一〇]
桜井[一一]に　おしてや　おしてや　桜井に　白玉[一二]沈くや　吉き玉沈くや　おしてや　おしてや
しかしては[一三]　国ぞ栄えむ　我家ぞ栄えむや　おしてや

かくのごとくに詠ふ。後に帝姫阿陪の天皇のみ代の、神護景雲[一四]の四年の歳の庚戌に次れる年の八月四日に、白壁[一五]の天皇、位に即きたまふ。同じ年の冬の十月一日に、筑紫[一六]の国、亀を進り、改めて（年号を改めて）宝亀の元年として、天の下を治めたまふ。ここをもてまさに知れ（これによってまさしく知るがよい）、先の歌詠は、これ白壁の天皇の、天の下を治めたまふ表相の答なることを。

また、諸楽の宮に国食し[一七]（国を治められた）し帝姫阿倍の天皇のみ代に、国挙りて歌詠ひていはく、

大宮[一八]に　直に（まっすぐに）向へる　山部[一九]の坂　いたくな（ひどく）践みそ（踏むなよ）　土にはありとも（土の坂であっても）

かくのごとくに詠ふ。しかして後に、白壁の天皇のみ代の、天応[二〇]の

準じる格別の地位。
八 二九七頁注一八参照。
九 『続紀』光仁即位前紀・「催馬楽」にも類歌がある。「朝日さす」は、朝日が美しく照る意で豊浦寺を讃美する枕詞。「豊浦寺」は、二七頁注一三参照。
一〇 囃子詞。『続紀』では「おしとど　としとど」。
一一 井戸の名。「催馬楽」では「榎の葉井」。
一二 白い玉が沈んでいる。「白玉」も「吉玉」も、玉のような方（白壁王、のちの光仁天皇）をさす。『続紀』諸本では「白壁しづくや　好き璧……」（「白壁」はもと「白璧」で「白壁王」に引かれた誤写か）。
一三 その玉が世に出られれば、の意。
一四 七七〇年。称徳天皇治世七年。ただし、『続紀』では、同八月四日は天皇崩御、白壁王立太子の日。
一五 第四九代光仁天皇。『続紀』では、十月一日が即位の日で、改元の宣命が下っている。
一六 九州のこと。『続紀』には、肥後国の人から同年八月五日と同十七日に、瑞祥の白亀を献上とある。

(四) 桓武天皇の即位と歌謡一首

一七 二九頁注七参照。
一八 『日本後紀』大同元年（八〇六）四月七日条に同じ歌がある。「大宮」は皇居。ここは藤原宮という。
一九 香具山の東部にあった坂というが、諸説がある。
二〇 七八一年。「山部坂」に後出「山部天皇」の意を含める。

元年の歳の辛酉に次れる四月十五日に、山部[一]の天皇、位に即きて天の下を治めたまふ。ここをもてまさに知れ、先の詠歌は、これ山部の天皇の天の下を治めたまふ、先の表相の答なることを。

[二]山部の天皇のみ代の、延暦[三]の三年の歳の甲子に次れる冬の十一月八日乙巳の日の夜に、戌[四]の時より寅の時に至るまで、天の星ことごとくに動き、繽紛ひ飛び遷りき（入り乱れ飛びかった）。同じ月の十一日戊申に、天皇と幷せて（共に）早良[五]の皇太子、諾楽[六]の宮より長岡の宮に移り坐しき（遷都された）。天の星の飛び遷りしは、これ天皇の宮を移したまふ表[七]なり。

次の年乙丑の年の秋の九月十五日の夜に、竟夜[八]月の面黒く、光消え失せて空闇し。同じ月の二十三日の亥[九]の時に、式部卿正三位藤[一〇]原の朝臣種継、長岡の宮の嶋町[一一]にして、近衛[一二]の舎人雄鹿[一三]の宿禰木積、波々岐の将丸に射死されき。その月の光の失せしは、これ種継の卿の死に亡する表相なり。

天体の異変、事件の前兆となる

一 第五〇代桓武天皇（二八〇頁注二）。『続紀』では、同年四月三日に光仁天皇から譲位、同十五日は大極殿で宣命を下された日とする。

二 以下、後半部。対校本として来迎院本・前田家本が存する（前半部は底本のみで、対校本はない）。

三 七八四年。この流星雨らしい記録は『続紀』にない。『水鏡』には同日戌時～丑時の間と記す。

四 午後八時頃から午前四時頃。

五 早良親王。光仁天皇の皇子、桓武天皇の弟。桓武天皇即位に際し皇太子となり、後出の藤原種継事件に連座し、流刑の途上で自殺。後に皇室に不祥事が頻発したため、崇道天皇と追尊してその霊を慰める。

六 平城京から長岡京（二八〇頁注一）に。

七 前兆。二九七頁注一三参照。

八 一晩中、月の表面が黒く。この月食らしい記録は『続紀』になく、『日本天文史料』にある。前兆としての天文の扱いは、大陸渡来の陰陽道による。

九 午後十時頃。

一〇 藤原宇合の孫で、清成の子。中納言。桓武天皇の信任が厚く、長岡京の造営・遷都に活躍したが、反対派によって暗殺された。

一一 嶋院とも。朝堂院の西側にあった住宅街という。

一二 天皇を護衛する近衛府の兵士。

一三 『日本紀略』は、「雄鹿宿禰木積」を「牡鹿木積麿」、「波々岐将丸」を「伯耆桴麿」とする。両人は直

景戒、慚愧した夜に鏡日の夢を見る——第一の夢

同じ天皇の御世の、延暦[一四]の六年丁卯の秋の九月の朔の四日甲寅の酉の時に、僧景戒、慚愧[一五]の心を発し、憂愁へ嗟きていはく、「嗚呼、恥しきかな、羞しきかな。世に生れて命活き、身を存へむに便なし。等流果[一六]に引かるるがゆゑに、愛網[一七]の業を結び、煩悩に纏はれて、生死[一八]を継ぐ。八方[一九]に馳せて、生ける身を炬し[二〇]、俗家に居て、妻子を蓄ふ。養ふ物なく、菜食なく、塩なく、衣なく、薪なし。つねに万の物なくして、思ひ愁へて、わが心安くあらず。昼もまた飢ゑ寒い、夜もまた飢ゑ寒ゆ。われ先の世[二一]に、布施の行を修せずありき。鄙なるかな、わが心。微しきかな、わが行」といふ。

しかして、寝てある子[二二]の時に、夢に見る。乞食する者、景戒が家に来りて、経を誦じ教化していはく、「上品[二三]の善功徳を修すれば、一丈の身を得む。下品の善功徳を修すれば、一丈[二四]七尺の長き身を得む」といふ。ここに、景戒聞きて、頭を廻して、乞ふ人を眷みれば、紀伊[二五]の国名草の郡の部内楠見の粟の村にありし沙弥[二六]鏡日なり。徐く

接の下手人。本書が主犯の大伴継人ら大伴氏の人名をあげないのは、景戒が大伴氏出身者ゆえともいう（志田諄一説）。

一四 七八七年。九月四日の午後六時頃。この転機の年は下巻序文の執筆時などと同じ。二〇七頁注八参照。

一五 自分の行いを反省して恥じ入り、悲しみ嘆いて。種継事件で受けたショックも一機縁であろう。

一六 原因から流れ出た結果が、原因と同じ性質をもつ時、後者を「等流果」（前者を「同類因」）という。

一七 貪欲という、のがれがたい宿命の網にかかり。

一八 生れては死ぬ六道輪廻の境涯を繰り返している。

一九 生活のためあちこちに走り回って。

二〇 僧となっても俗生活を営む。景戒が自度僧であったとみる論拠になる。付録［俗に即きて］参照。

二一 現世の貧窮の果に対し、前世の因を見いだす所。

二二 夜の十二時ごろ。

二三 善行を上・中・下に三分類した場合の、上級位。後出する「下品の—」は、下級位の善行。

二四 約五メートル。「丈六」（九四頁注一三）よりも高い。後出「一丈」は、約三メートル。

二五 和歌山県海草郡。「粟」はいま和歌山市粟で紀ノ川北岸。その北隣りが楠見（寺川真知夫説）。本書に、紀伊国は大和国に次いで多く、中でも名草郡が最も多く重要な説話に登場し、景戒との関わりが深い。

二六 伝未詳。「沙弥」は僧、自度僧の称に多い。

就きて見れば、その沙弥の前に、長さ二丈ばかり、広さ一尺ばかりの板の札あり。その札に、一丈七尺と一丈との印を着く。景戒見て問ふ、「こはこれ、上品と下品との善功徳を修する人の身の印なりや」といふ。答ふらく、「唯然り」といふ。ここに景戒、慚愧の心を発して、弾指していはく、「上品・下品の善を修すれば、身の長を得ること、かくのごとくにあり。われ先にただ下品の善功徳をだにも修せずありき。そゑにわれ、身を受くることただ五尺あまりあるのみ。鄙なるかな」といひて、弾指して悔い愁ふ。側らにある人、聞きてみないはく、「嗚呼、当れるかな」といふ。

すなはち景戒、白米を炊かむとするに、半升ばかりを擎げ、その乞者に施す。その乞者呪願して受け、立ちどころに書巻を出し、景戒に授けていはく、「この書を写し取れ。人を度するに勝れたる書ぞ」といふ。景戒これを見れば、言のごとく能き書の諸教要集なり。ここに、景戒愁へて、「紙なきをいかにせむ」といふ。乞者の

一　前世での善悪の行いなどを記した札（木簡）。フミタ（訓みは訓釈）は文板（文字を書いた板）の約音。フムダともいう。「札」は、底本「扎」。来迎院本「犯」を意によって改める。一三四頁注三参照。
二　一二五頁注一六参照。
三　後悔したり、残念がったりする時のしぐさ。
四　わが短身は前世での行いの結果によるものだと認識し、その卑小さを嘆く。これは、数時間前に発した慚愧の心を、夢の中でふたたび持ったことを示す（中村生雄説）。なお、本書の短身のモチーフは、上一縁の小子部、上三縁等の道場法師関係説話の人物に通じるものであり、そういう冒頭部とも対応しよう。
五　飯を炊こうとする時に。カシクは清音。
六　容積の単位。五合（約〇・九リットル）。
七　乞食僧鏡日に布施した。前世ではしたことがなかった景戒の、初めての布施行。なお、当時の景戒の生活は、菜食や塩なども欠く極貧であったというから、白米は羨望の的。たとい夢の中であっても、これを施す決断は回心への象徴的行為といえよう。
八　呪文を唱えて、施主の幸福などを祈願する。
九　写経は仏教修行者の重要な勤め。これを命じた。
一〇『諸経要集』のことか。同書は、唐の道世が、各種仏教要目に関する類文を諸経律論から集め分類した書。二十巻。これを原にした集成が『法苑珠林』。
一一　書きふるしの紙。反古・反故に同じ。ホゴとも。
一二「札」は、景戒自身の前世の行いを記し、因果の

理が実証されるものであり、「書」（『諸経要集』）は因果の理を論証するもの。
一三 以上の夢の内容が表相（前兆）となって、どんな結果がわが身にもたらされるかという問題。仏から贈られた夢とみて、景戒は以下で夢判断をする。
一四 仏の尊いおさとし。夢を他界からの啓示とみるのは古来の考え方。付録〔夢の告げ〕参照。
一五 観世音菩薩（四六頁注二）が、かりに姿を変えてこの世に現れたものをいうのであろう。
一六 具足戒。僧尼の守るべき戒で、これを受けてはじめて正式の僧尼となる。
一七 仏としてのさとり。「無上正等正覚」の略。
一八 「無情」に対する語で、煩悩を持っている迷界の衆生をいう。「饒益」は、慈悲の心をもって衆生に利益を与え、あまねく救済する意。
一九 成仏のための修行の過程。仏となる前の求道者である菩薩の段階をいう。「果位」に対する語。
二〇 『法華経』の観世音菩薩普門品に説いている、観音が衆生を済度するため三十三種の身に変現するという相の一つを示すものである。
二一 人間界と天上界と。いわゆる迷界六道の中の上位にある二つ。
二二 煩悩に執着する苦悩の現れである。「漏」は煩悩・迷いの意。「有漏」は「無漏」に対する語。
二三 「慚愧」（三〇三頁注一五）に同じ。
沙弥、また本垢[11]を出し、景戒に授けていはく、「これに写さむかな。われ他処に往き、乞食して還り来らむ」といふ。しかして、枇[12]と并せて書を置きて去る。ここに景戒いはく、「この沙弥、常は乞食する人にあらず。なにのゆゑにか乞食する」といふ。ある人答へていはく、「子数多あり。養はむに物なく、乞食して養ふなり」といふ。

第一の夢の解明を試みる

夢の答[13]いまだ詳らかならず。ただし聖示[14]ならむかと疑へり。「沙弥」とは、観音[15]の変化ならむ。なにをもてのゆゑにとならば、いまだ具戒[16]を受けぬを、名けて沙弥とす。観音もまた爾なり。正覚[17]を成ずといへども、有情[18]を饒益せむがゆゑに、因位[19]に居たまふ。「乞食す」とは、普門[20]の三十三身を示すなり。

「上品の一丈七尺」とは、浄土の万徳の因果なり。一丈をば果数とす。円満するがゆゑになり。七尺をば因数とす。満たぬがゆゑになり。「下品の一丈」とは、人天[21]の有漏[22]の苦果なり。「慙愧[23]の心を発して弾指し恥ぢ愁ふ」とは、本有の種子[一]、智行[二]を加へ行へば、遠く前[三]の罪を滅し、長に後の善を得るなり。慙愧するひとは、鬢髪を剃除り、袈裟を披着る[四]。弾指するひとは、罪を滅し福を得るなり。「われ身を受くることただ五尺余あらくのみ」とは、五尺とは五趣[五]の因果なり。余とは不定性[六]にして、心を廻して（心次第で）大に向ふなり（上界に生れることをいうのである）。なにをもてのゆゑにとならば、尺にあらず（尺でもなく）、丈にあらず（丈でもなく）、数定まらぬ（〔端数が出て〕）がゆゑに、また、五道の因となるなり（五種の迷界をめぐる因になるのである）。「白米を擎げて乞者に献る」とは、大白牛車[七]を得むがために、願を発し仏を造り、大乗を写し改め（大乗経典を浄写し）、懃ろに善因を修するなり（心をこめて善行を積むということである）。「乞者呪願して受く」とは、観音の願ふところに応へたまふなり（観音菩薩が願いを聞きとどけて下さることである）。「書を授く」とは、新薫種子[八]、加行の空智なり。「本垢を授く」とは、過去の時に、本有の善種子[九]の菩提、覆はれて久しく形を現さずして（〔それが〕久しく表面に現れないでいて）、善法を修するによりて（仏法に従って善を積むことによって）、後に得べきがゆゑになり[一〇]。「われ他処に往き、乞食して還り来らむ」とは、他処に往き乞食すとは、観音の無[一一]

一 一切の衆生の中に先天的に存在している力で、物心すべての現象を生じさせる素因・因種。「本有」は本来的な存在で、四有の一つ。「本有種子」は、後出する「新薫種子」（注八）に対する語。

二 （その因種に）智恵と修行を加えてゆくと。

三 はるか前世の罪を亡ぼし、永く来世の善を得ることができるのを意味する。

四 「披」は、「被」と同じ。『名義抄』にキル。二字合わせて訓む。

五 死後に生れ変る五種の迷いの世界の現れである。「五趣」は、五悪趣とも。後出「五道」同じ。地獄・餓鬼・畜生・人間・天上をいう。

六 五尺余の「余」（端数）とは、上界（人間・天上）・下界（地獄・餓鬼・畜生）のいずれに行くか定まらない性質のことであり。「不定性」は「不定種性」（前田家本）ともいう。五性の一つ。

七 大きな白い牛の引く立派な車。これに乗って迷いの世界を離れることのたとえ（『法華経』譬喩品）。

八 後天的に善の因種が薫じつけられて、正位に入る準備の修行のために、空の理をさとる智が授かることをいうのである。「新薫種子」は「本有種子」に対する（菊池良一説）。「薫」は底本「重」、前田家本による。「空」は底本「宗」、来迎院本・前田家本による。

九 先天的に持っている善の因種のほとけ心。「本有善種子」は、「本有種子」（注一）の善なるもの。

一〇 「菩提」（仏心・さとり）が現れることをいう。

縁の大悲、法界[一二]に馳せて有情を救ひたまふなり。還り来らむとは、景戒が願ふところをはらむときには、福徳・智恵[一三]を得しめむとなり。「常は乞食する人にあらず」とは、景戒の願を発さぬ時は、感ずるところなきなり。「なにのゆゑにか乞食する」とは、今し願ふところに応じて、漸くに始めて福来るなり。「子多数あり」とは、化[一四]するところの衆生なり。「養はむに物なし」とは、無種性[一五]の衆生は、成仏せしむる因なきなり。「乞食して養ふ」とは、人天[一六]の種子を得るなり。

景戒、自身を火葬する夢を見る——第二の夢

また、僧景戒が夢に見る事、延暦[一七]の七年の戊辰の春の三月十七日乙丑の夜に夢に見る。景戒が身死ぬる時に、薪[一八]を積みて死ぬる身を焼く。ここに、景戒が魂神[一九]、身を焼くほとりに立ちて見れば、意[二〇]のごとく焼けぬなり。すなはちみづから楉を取り、焼かるるおのが身を筞棠き、挽に串き、之を返し焼く。先に焼く他人に教へていはく、「わがごとく能く焼け」といふ。おのが身の脚膝節[二一]の骨、

一一 二八九頁注二九参照。
一二 仏法の行われる世界に行きわたって。
一三 「福徳」は、他に恵みを与え徳を積む善行。「智恵」は、煩悩の闇路を照らしさとる智。この両者が体得されて、仏道の極地に達する。一〇六頁一一行参照。
一四 教え導く多くの人々のことをいうのである。
一五 仏法と縁を結ぶべき因子を全く持たない衆生。
一六 （仏縁のない衆生に対して）人間界や天上界という上界に生れて、仏縁の糸口がつかめるようにさせるのである。以上、第一の夢の解明をみると、景戒が、僧の修行や仏性に目覚め、正式の得度も近いことを感じさせる。薬師寺僧への道を踏み出したようだ。
一七 七八八年。第一の夢から半年後のこと。
一八 火葬（荼毘）は、仏教の導入した葬送法。本書の火葬例は、蘇生にとって必要な身体の有無を問題とする話に多い。一方、身体を焼いても聖者として復活する例（三九頁の願覚など）がある。本話の関心は後者とみられる。
一九 肉体から離れた景戒の霊魂。魂も一人格として扱うのは、中二五縁をはじめ本書の通例。
二〇 自分の死体を突き刺し、串刺しにして。「筞棠」は、各字ツク、訓釈による。「挽」は、訓釈にカナ。「欃」の字崩れで、正字は「鑱」（『和名抄』カナフクシ、鉄製の掘串）であろう（『攷証』）。
二一 足やひざや関節の骨。

臂・頭、みな焼かれて断れ落つ。ここに、景戒が神識、声を出して叫ぶ。側らにある人の耳に、口を当てて叫ぶ。遺言を教へ語るに、その語り言ふ音、空しくして聞かれずあれば、その人答へず。ここに、景戒惟ひ忖らく、「死にし人の神は音なきがゆゑに、わが叫び語る音も聞えぬなりけり」とおもふ。

第二の夢を解明する

夢の答いまだ来らず。ただ惟ふには、「もし長き命を得むか。また官位を得むか。今よりのち、夢に見し答を待ちて知らまくのみ」とおもふ。しかして、延暦の十四年乙亥の冬の十二月三十日に、景戒伝燈住位を得たり。

狐・蟓、凶兆となり 息子・馬二頭死ぬ

同じ天皇の、平城の宮に天の下治めたまひし延暦の十六年丁丑の夏の四五両月の頃に、景戒が室に、毎夜々に狐鳴く。幷せて景戒が私に造れる堂の壁を、狐堀りて内に入り、仏坐の上に屎矢まり穢す。あるときには昼屋戸に向ひて鳴く。しかして、経ること二百二十余箇日にして、十二月の十七日をもて、景戒が男死ぬ。

一 霊魂。上文「魂神」と同じ。神・識ともにタマシヒ（『名義抄』）、二字合わせて訓む。
二 あれこれと考えめぐらすことには。
三 この火葬の夢について、これを表相（前兆）とみて、その結果を判断する。死・火葬は凶事だから、逆夢と解する説もある。しかし、景戒の心の深層に、願覚・道照（上二二縁）・行基（中七縁）の火葬された聖者たちがいて、その世界を希求した正夢と解したい。なお、この長命と官位とは極めて現実的な判断であるが、第一の夢の鏡日と同郷の大部屋栖野古（上五縁）こそそれを具現した象徴的人物。彼は霊界で、後に行基に化身した文殊菩薩に遇って蘇生し、そこにもこの夢判断と同形式の解説を付する。本話はそれと呼応し、行基・屋栖野古にあやかりたい景戒の心をまさに見る。
四 七九五年。第二の夢から七年目の大晦日に当る。
五 僧位の第四位。「伝燈」は、二一〇頁注九参照。
六 延暦十六年（七九七）は平安京遷都後だから、「平城」は「平安」の誤りか。
七 薬師寺の僧房か。後出の「私に造れる堂」は郷里の屋敷内の仏堂、同「景戒が家」はその郷里の俗家で、当時都と郷里の二重生活をしていたか。
八 陰陽道で、「狐鳴」「狐屎下」は、人や馬牛の死などの凶兆とされていた（『二中歴』第九怪異歴）。
九 「蟓」は、蟬に似た小虫、また蟬の一種。訓釈ナ

また、十八年の己卯の十一・十二箇月の頃に、景戒が家に狐鳴き、また時々蟓九鳴く。次に来し（翌年の）十九年庚辰の正月十二日に、景戒が馬死ぬ。また、同じ月二十五日に馬死ぬ。ここをもてまさに知れ、（これによってほんとうに知るがよい）一〇災の相まづ兼ねて表れて、（災いの前兆が前もって現れて）後にその実の災来らむといふことを。

しかるに、景戒、いまだ一一軒轅黄帝の一二陰陽の術を推ねず。（研究していない）いまだ一三天台智者の甚深の解を得ず。そゑに（そのために）災を免るる由を知らずして、（避ける術を知らないで）その災を受く。災を除く術を推ねずして、一四滅び愁ふることを蒙る。勤め一五仏道を修行しなければならない（勤めずあるべからず。）恐りずはあるべからず。（因果の理を恐れなければならない）

一六智行ならびに具はれる禅師、重ねて人身を得て、国皇のみ子に生るる縁　第三十九

一七尺善珠禅師は、俗姓跡一八の連なりき。母の姓を負ひて（母方の姓を受けて）跡の氏となりき。幼き時に母に随ひて、一九大和の国山辺の郡磯城嶋の村に居住せ

ツムシ。ナツムシは、蟬・螢・蛾の各異名など夏の虫の称。これが冬に鳴くのは異常。なお、前田家本の訓釈はシシナツムシで、「シシ虫」と併記とみる。『口遊』『二中歴』に「志々虫鳴時誦」などと題し除災の歌があり、死災の前兆を示す恐怖の虫らしい。

一〇　本話のテーマ。標題・冒頭部と呼応する。

一一　中国の伝説的帝王で、三皇の一人。「軒轅」は出生地名による氏。家・服・文字などを作り、医術も教えたという。

一二　五行説に基づき、吉凶を定め、天文・暦法・占いなどを極める術。

一三　天台智者（二一〇頁注六）の深遠な仏法窮極の奥理を理解できないでいる。

一四　（凶兆のなすままに）滅亡し、それを心配することを一身で受けている。

一五　現れる〈表相〉を察知し、到来する〈答〉の災害を除くのは、陰陽道の領域でなく、仏道修行と因果応報の確認という仏教本来の世界に徹する決意の表明。

一六　智恵と徳行とを揃え持っていた僧が、再び人間の身に生れて。「禅師」は、霊験を得た僧への敬称。

一七　「尺」は、「釈」（来迎院本など）に同じ。六一頁注一六参照。「善珠」は、二九二頁注九参照。

一八　「跡」は氏、「阿刀」とも。「連」は姓。

一九　奈良県桜井市城島。当時は城上郡に属し、「山辺郡」とあるのは誤り。

景戒、さらに仏道精進を決する

善珠禅師、遺言して大徳親王に転生する

り。得度[一]して精ろに勲めて修学し、智行雙にありき。皇臣に敬せられ、道俗に貴びらる。法を弘め人を導きて、行業[二]とせり。ここをもて、天皇その行徳[三]を貴びたまひ、僧正に拝任す。

ここに、その禅師の頤の右の方に、大きなる黶[四]ありき。平城[五]の宮に天の下治めたまひし山部の天皇の御世の、延暦[六]の十七年の比頃に、禅師善珠、命終の時に臨みて、世俗の法によりて、飯占[七]を問ひき。時に、神霊、卜者[八]に託ひていはく、「われ、かならず日本の国王の夫人[九]丹治比[一〇]の嬢女の胎に宿りて、王子に生れむ。わが面の黶着きて生れむをもて、虚実を知らまくのみ」といふ。

命終の後、延暦の十八年の比頃に、丹治比の夫人、ひとりの王子を誕生す。その頤の右の方に黶着くこと、先の善珠禅師の面の黶のごとし。失せずして着きて生る。そゑに、み名を大徳[一一]の親王とまうす。しかして三年ばかりを経、世に存して薨りぬ。向[一二]に飯占を問ひし時に、大徳の親王のみ霊、卜者に託ひていひしく、「われはこれ

一 仏門に入ってひとすじに仏に仕え、学を修め。「得度」は、一五九頁注二〇参照。
二 それを自分のなすべき勤めとして、精進し実行する意。
三 仏道修行によってそなわった徳。
四 ほくろ。訓みは訓釈。フスベは元来いぼで、その転用とも、いぼ・ほくろの区別がなかったともみられる。
五 第五〇代桓武天皇。「平城」は「平安」の誤りか（三〇八頁注六に同じ）。
六 七九八年。『日本紀略』は、善珠の死を延暦十六年とする。後出する大徳親王の生・没年においても、本書との間に一年ずつのずれがある。
七 飯占をして占ってみた。「飯占」は、飯の炊け具合によって占う呪術らしいが、方法未詳。
八 巫子。固有信仰の司祭者（一〇三頁注五）。以下、「卜者」の託言は仏教的転生の内容で、神仏習合。
九 天皇のそばに仕える後宮の女官で、皇后・妃に次ぐ位。三位以上の女から選ばれた。
一〇 従三位多治比真人真宗のことで、参議長野の女。延暦十六年に夫人となる（『一代要記』）。
一一 桓武天皇の第十一皇子。延暦二十二年（八〇三）六歳で薨去（『日本紀略』）。「大徳」は、僧に対する敬称。ここは「善珠大徳」の称による名づけ。
一二 大徳親王が亡くなられた、その時に。
一三 人皇。神代と区別して、人代の天皇をいう。ここ

善珠法師なり。暫くのあひだ、国王のみ子に生るらくのみ（生れただけなのだ）。わがために香を焼きて供養せよ」といひき。

このゆゑにまさに知れ（これによってほんとうに知るがよい）、善珠大徳、重ねて人身を得て、人王[一三]のみ子に生れしことを。内教[一四]にいはく、「人家々なり[一五]」といへるは、それこれをいふなり。これもまた奇異しき事なり。

寂仙禅師、遺言して神野親王（嵯峨天皇）に転生する

また[一六]、伊与[一七]の国神野の郡の部内に（区域内に）山あり。名をば石鎚[一八]の山といふ。これすなはち、その山に有す石槌[一九]の神のみ名なり。その山高く崍しくして（わしくて）、凡夫は登り到ること得ず（普通の者は登りつくことができない）。ただし浄行[二〇]の人のみ、登り到りて居住れり。昔、諾楽[二一]の宮に二十五年天の下治めたまひし勝宝応真聖武太上天皇の御世に、また同じ宮[二二]に九年天の下治めたまひし帝姫阿陪の天皇の御世に、その山に浄行の禅師ありて修行しき。その名は寂仙[二三]菩薩といへり。その時の世の人道俗（その当時の人は僧も俗人もみな）、その浄行を貴びしがゆゑに、美めて菩薩[二四]と称ひき。

は、桓武天皇のこと。

一四 仏の教え。内典、仏典の意。ここでは、『倶舎論』をさす（『攷証』）。

一五 人は、めいめいの分に応じて、それぞれに異なった家柄に生れる。

一六 以下、独立した類話。同一縁に複数の話を載せるのは、他に上四、下一・三八各縁も。

一七 大同四年（八〇九）に新居郡と改称する（『類聚国史』）。いま愛媛県西条市・新居浜市。

一八 加賀の白山以西で最高峰の一九八二メートル。讃岐生れの空海自著『聾瞽指帰』（七九七年）に「石峰（伊志都知能太気）」で修行すると記し、イシヅチの仮名書き最古の資料。

一九 山即神で、古代山岳信仰のお山の神。中近世に仏教と習合して石鈇権現となる。幕末頃に土佐から石土毘古神を勧請、明治に石鎚神社が発足し今に至る。

二〇 上二六縁には、「浄行」の禅師がみえる。

二一 第四五代聖武天皇。中巻序など参照。

二二 第四六代孝謙（重祚第四八代称徳）天皇。

二三 『文徳実録』嘉祥三年（八五〇）五月の橘嘉智子伝に同じ伝承が載り、高僧灼然の弟子上仙の所行とする。近世の地誌には石仙とも。中近世に盛行して今に至るいわゆる石鎚修験道では、始祖を役行者と伝えるが、本話の寂仙がそれに擬せられよう。

二四 仏の次の位。ここは勧進教化の聖への尊称。

帝姫の天皇の御世の九年一の宝字の二年の歳の戊戌に次れる年に、寂仙禅師、命終の日に臨みて、文に留め録し、弟子に授け告げていはく、「わが命終よりのち、二十八年のあひだを歴て、国王のみ子に生れて、名を神野といはむ。ここをもてまさに知れ、われ寂仙なることを云々」といふ。

しかして、二十八年を歴て、平安の宮二に天の下治めたまひし山部の天皇の御世の、延暦の五年の歳の丙寅に次れる年に、すなはち山部の天皇の皇子に生れ、そのみ名を神野三の親王とまうす。今、平安の宮に十四四季疏して、天の下治めたまふ賀美能の天皇これなり。ここをもて定めて知る、こは聖君五なることを。

また、なにをもてか聖君なることを知るとならば、世俗のまうさく、「国皇の法は、人を殺す罪人はかならず法に随ひて殺さむ。しかれどもこの天皇は、弘仁六の年号を出して世に伝へ、殺すべき人を流罪七となし、その命を活けて人を治めたまふ。ここをもて、胐八らか

一 天平宝字二年(七五八)。孝謙天皇在位十年目に当り、「九年」は「天平」の誤りか(虎尾俊哉説)。

二 第五〇代桓武天皇。平安京遷都は延暦十三年だから、同五年(七八六)は平安遷都以前。なお、遷都以後の三〇八頁注六・三一〇頁注五の二例を「平城宮」とするなど、表記に不統一がある。

三 桓武天皇の第二皇子。大同四年(八〇九)即位して第五二代嵯峨(後文「賀美能」)天皇。『日本紀略』は、延暦五年に長岡宮に生れると記す。『文徳実録』は、故老の伝承で誕生年次を欠き、「神野」の名づけは乳母の姓によるとし、後に同じ名を忌み伊予国の郡名を改める(三一一頁注一七)と記す。郡名「神野」は、「石鎚神の坐す山の裾野」の意か。

四 十四カ年を通して(伴信友説)。底本原文「疏十四介了」、「十」以下小字のため訓釈誤入説・後人補記説もある。本文として「介了」を「秊(「年」の異体字)」とみる説に従うが、なお疑問。即位十四年目は弘仁十三年(八二二)。これが本書の年代記事の最下限に当り、本書の成立年時を推定する上に重要。訓釈誤入説の上、「疏」を「統」の誤写、原文を「今平安宮統治天下賀美能天皇」とする出雲路修説によれば、成立は後文の「弘仁」年間(八一〇〜二四)となるか。

嵯峨天皇は聖君である

五 嵯峨天皇は聖天子であるということが。寂仙菩薩という生き菩薩(聖者)の転生と確認されたから。

六 「仁を弘める」意の年号。「仁」は、思いやりの心。

に聖君なることを知るなり」とまうす。或る人は誹謗る、「聖君にあらず。なにをもての故にとならば（どうしてかというと）、この天皇の時に、天の下旱厲[九]あり。また天の災ひ[一〇]、地の妖ひ、飢饉[一一]の難、繁く多くあり。また鷹[一二]と犬とを養ひ、鳥・猪・鹿を取る。これ慈悲の心にあらず」といふ。この儀しからず（このことばは正しくない）。食す国の内の物は（お治めになる国土にある物は）、みな国皇の物にして、針を指すばかりの末だに（針で突きさすほどのわずかな物でさえ）、私の物かつてなし（個人の物はまったくない）[一三]。国皇の自在の随の儀なり。百姓[一四]といへども、あへて誹らむや（進んで非難することがあろうか）。また、聖君堯舜[一五]の世すら、なほし旱厲あるがゆゑに、誹るべからぬことなり（非難することはできないのである）。

後文「慈悲心」と同意。

七 死刑に次ぐ刑で、罪人を遠隔の地に流す。『日本後紀』弘仁元年九月の阿倍清継らのことをさすか（以下注九～一二とも、史書の記事は『攷証』に引用）。

八 「明」と同意。訓釈・『新撰字鏡』による。

九 日照りや疫病（「厲」は凶。二九七頁注一五）。

一〇 『日本紀略』『類聚国史』などに、大同四年から弘仁年間にかけて六例の関係記事がみえる。

一一 同右史料の同年代に飢饉の記事が多い。以上、天災地変や疫病を天子の不徳に帰するのは儒教思想に由来し、奈良時代の詔勅にもみえる（『続紀』）。

一二 『類聚国史』によると、弘仁年間の遊猟は七十二回に及ぶ。「鳥・猪・鹿」は鷹狩りの獲物。狩猟は殺生行為。殺生すると悪報を受け、「無慈悲」「不仁」と評される（上一六縁）。

一三 国王の思うがままというわけである。「自在」には仏・菩薩に具わる力の意もあり、仏を自在人ともいう。本話の場合、智恵・徳行を兼備する生き菩薩の転生した嵯峨天皇ゆえに、その〈自在〉の力を本来的に持つとみるのであろう。なお、本書において、天皇の権威を称揚する文言が、冒頭話（二七頁注一四）と終末話とで呼応する点、注目される。

一四 国民。もろもろの姓氏をもつ者の意。

一五 堯・舜は、七九頁注二〇参照。

跋　——共に西方安楽国へ

われ、聞くところに従ひて口伝を選び、善悪に儻ひて霊しく奇しきことを録せり。願はくは、この福をもて群迷に施し、共に西方の安楽国に生れむことを。

迷える人々に広く施し

大日本国現報善悪霊異記　巻下

諾楽の右京の薬師寺の伝燈住位僧景戒録す。但し三巻に注す。

一　以下三行、底本は下三九縁の本文につづけて記すが、内容は本書全体の跋文（あとがき）に当り、序文と呼応するから、前条から切り離す。他の諸本に欠く。「われ」は、景戒自身をさす。

二　人々の口伝えの伝承を選び。上巻序「側聞」（二四頁一三行）・中巻序「口伝」（一〇六頁六行）などと呼応する。口承資料に基づいたと記すが、実際はかなり書写資料にもよったものとみられる。

三　善悪に関心を持って。書名の「現報善悪」とも関わる。

四　不思議なことを書き留めた。上巻序「奇事」（二四頁九行）・下巻序「奇異事」（二一〇頁一二行）などと呼応し、書名の「霊異記」とも関わる。

五　この霊異の書を撰述した功徳を……。「群迷」云云は、中巻序「群生」云々（一〇六頁一二行）に同じ。

六　西方極楽浄土。西方浄土志向は、下巻序（二一〇頁注一二）とも呼応し、説話では上二二・中二・下三〇各縁などにみられる。

七　書名に「大」のつくのは、本書の中ではこの尾題の底本のみ。また、底本により「巻下」とした。

八　以下、撰述者景戒の自署。各巻首の自署に対応する。「伝燈住位」は、三〇八頁注五参照。「録す」・「注す」とも書き記す意。

解説

小泉道

一　『日本霊異記』の説話
――序章――

雷鳴がとどろき稲妻が走る真っ只中、赤い呪色の鬘を額につけ、赤旗の翻る桙を高くさし上げた一騎の男が、大音声をあげて、「天の鳴電神！……」と雷神を呼ばわりながら、飛鳥を東西に走る街道を疾駆する――。まさに劇的な場をもって、『日本霊異記』の説話はその幕をあける。

男は、小子部栖軽という第二十一代雄略天皇の側近の侍者。白昼に帝と后の同衾される御殿の中に入ったために、折からの雷鳴を聞いて帝の課された難題に応える、悲壮な姿であった。

こうして彼は雷神を落とし、み輿に入れて宮中に届けて勅命を果したが、稲妻をこわがる帝は雷神を岡に還させる。彼の死後、帝はその忠誠をしのび、かつて彼が雷神を招き落した岡に墓標を立てられる。雷は怨んでそれに鳴り落ちて暴れ、みずから作った裂け目に挟まってしまう。再び帝は墓標を立てられる――「生之死之捕電栖軽之墓」と。よってそこを今に「電岡」という。

『日本霊異記』の冒頭話の梗概はおおよそ右の通りである。これはいわゆる雷岡の地名由来譚の形をとってはいるが、本来は、二度までも立てられた岡の上の墓標に象徴される栖軽の功績を称えたものであって、小子部氏が伝承した祖先功績顕彰譚であったであろう。

『雄略紀』七年七月条は右と同類の伝承を載せ、同六年三月条にも同氏の氏姓由来譚がある（付録上一縁解説）。従って、本話は、同家の伝承譚の一つを原にしたものと知られ、それらの異伝との比較も興味深い検討問題である。

なお、『古事記』『日本書紀』によると、雄略天皇には皇子時代から粗暴な行動が多く、女性関係でも無造作なふるまいの目立つ伝承が歌謡を伴なって載っている。とかく話題にこと欠かない古代帝王の典型と称せられ、埼玉県行田市稲荷山古墳出土鉄剣銘に「獲加多支鹵大王」（タキルはタケルの古形か）とあるのに擬せられもしている。『万葉集』も、まさにこの帝から始まり、御製「籠もよ　み籠持ち……」が冒頭に据えられている。

そういう登場人物像とともに注目すべきは、雷岡という地名である。この岡は、

　天皇、雷岳に幸す時に、柿本朝臣人麻呂が作る歌一首

　大君は神にしませば天雲の雷の上に廬らせるかも　（万葉集三―二三五）

の「雷岳」と同一であるという。この万葉歌は、現人神にまします天皇（持統天皇か）への絶対的な鑽仰の意を表したものとされており、人麻呂流の雄渾なしらべをもって巻三の巻頭を飾るにふさわしい。ジャンルは異なるとはいえ、同じく雷神に優越する存在者を主とするものを冒頭に据えた『日本霊異記』の、本話の〈雷岡の墓標〉からも、われわれは強い感銘を受ける。

この冒頭話からでも察せられるように、古代伝承を原にしながらも、『古事記』『日本書紀』『万葉集』『風土記』などの、わが上代の作品世界とは一味も二味も違う世界を、この『日本霊異記』は確かに持っている。そういう魅力の解明を少々試みることにしたい。

右の冒頭話は、導入話としての役割りを持たせているためもあろうか、いわゆる仏教的な臭さもその用語も全く存しない。しかし、順次読み進んでゆくと、説話条の大多数は、仏教的因果応報譚を教説するために集められたものと知られるであろう。ここで、それらの中から、便宜上もっとも短い二説話（悪因悪果譚と善因善果譚）を抜き出して、若干の解説や着眼点などを付しておく。

慈しびの心なく、生ける兎の皮を剝りて、現に悪報を得る縁　第十六

大和の国にひとりの壮夫ありき。郷里と姓名と詳らかならず。天骨仁しびせず、生けるものの命を殺すことを喜ぶ。その人、兎を捕へ皮を剝りて野に放つ。しかして後に久しからぬ頃に、毒しき瘡身に遍はり、肥えたる膚爛れ敗はる。苦しび病むこと比なく、つひに愈ゆること得ず。叫び号びて死にき。ああ、現報はなはだ近し。おのれを恕りて仁あるべし。慈悲なくはあらざれ。

（上一六縁）

沙門、一つの目眼盲ひ、金剛般若経を読ましめて、眼明くこと得る縁　第二十一

沙門長義は、諾楽の右京の薬師寺の僧なりき。宝亀三年の間に、長義、眼闇く盲ひて、五月ばかりを逕たり。日に夜に恥ぢ悲しびて、衆の僧を屈請し、三日三夜、金剛般若経を読誦す。すなはち目開き明らかにして、本のごとくに平ぎき。般若の験力、それ大きに高きかな。深く信じて願を発せば、願として応へずといふことなきがゆゑになり。

（下二一縁）

前者は、生れつき殺生を好む大和の男が、兎の皮をはぎ取って放したところ、全身毒瘡で悶死した

という悪報譚。後者は、薬師寺僧長義が盲目になったので、懺悔(ざんげ)して僧に読経してもらったところ、目が開いたという善報霊験譚である。各説話条とも、まずその説話要旨の大体をまとめた標題を掲げ、その末尾を「…縁(えに)」で結ぶ。本文は、説話と、その説話についての撰述者の主張（以下「結語」という）とから成っている。前者では「ああ、現報…」、後者では「般若の験力…」の各末尾が、それぞれ結語に当る。なお、標題と結語とは、明らかに撰述者景戒の筆録と認められ、相(あい)呼応させてみることによって、その説話を採録した意図などが察知できる。標題・結語とも、それぞれにかなり類型的な文言(もんごん)を多用する点にも着目したい。

さらに説話本文についてみると、まず主人公の紹介がある。その際、順序不同ながら、年代・場所・職業・性行などをかなり具体的に記すのが通例であり、とくに前者の「天骨仁しびせず」のように、善悪の性格づけをしておく場合が多い（付録〔悪者の性格づけ〕）。つづいて出来ごとを叙述するが、ある行為をして、その結果必然的に事態が展開してゆく過程を骨格とするような文章、これが『日本霊異記』の典型的な文章といえよう。つまり、前者は悪因―悪果に即した文章、後者は善因―善果に即した文章、といってよいであろう。そういう諸点にも注意しながら、本文を読みとってみたい。

二　『日本霊異記』の概略

『日本霊異記』は、前章に例示したような古代説話を集録した、わが国最古の説話集であり、艀載されてきた仏教を柱とする仏教説話集の始祖に当る。ここで、その概略を述べておく。

説話数と配列

本書によって知られる通り、上巻は三十五縁、中巻は四十二縁、下巻は三十九縁、合計一一六縁から成る。ただし、上四、下一・三八・三九各縁は二話ずつ収めるから、説話実数は一二〇話を数える。本書では漢字平仮名交じり文に和らげているが、原は漢文（多くは変則的な和化漢文）で書かれている。冒頭は上述した第二十一代雄略天皇（五世紀後半）の話であり、終末の下三九縁は第五十二代嵯峨天皇（九世紀前半）の話であって、その間の説話条は年代順を旨として配列されている。その大多数は奈良時代の話であり、とりわけ第四十五代聖武天皇朝の話が多くて、上巻末あたりから中巻末近くにわたっており、仏徒聖武天皇を格別に重視した編纂と知られる。

撰述者

撰述は、各巻の巻頭に署名のある、奈良の右京（「西の京」に現存）の薬師寺の僧景戒（キョウガイ・ケイカイとも）であり、その僧位は下巻末に自署する「伝燈住位」であった。景戒の経歴や年譜的な資料は『日本霊異記』以外に殆ど現存せず（後述）、これの内部徴証から推測せざるをえない。少なくとも、奈良後期から平安初期にかけての人で、『日本霊異記』の最終年号に当る弘仁年間までは在世したことになる。下三八縁の後半部に彼自らの体験譚が吐露され、それをも資料として一書全体の構想中に繰り込ませているが、これらについては次章で述べよう。

書名

『日本霊異記』には各巻ごとに序文があり、下巻末には跋文を付して首尾照応させ、その点整然とした編纂と見える。序・跋の文を味読すれば、撰述意図は明らかに知られるであろう。要約すると、景戒は、人間の善・悪の行為について、これは即現世の身の上に善・悪の結果をもたらすものだという、〈現報善悪〉の因果の理の実在を確信している。そこで、それを例証する話として、唐土の『冥報記』『般若験記（金剛般若経集験記）』（二四頁八行）からではなく、「自土」すなわち〈日本国〉の「奇事」を集録した。それを人々に示し、これを規範にして善行を勧め、共に極楽往生しようと繰り返し呼びかけている。そうした「奇記」すなわち〈霊異の記〉を内容とする、唱導教化のための実例集である。

書名の原題は、以上述べた内容そのままに、「日本国現報善悪霊異記」と命名されている（二四頁一三行）。この書名を各巻の首尾に記しており、下巻末の尾題に「大――」を冠する伝本もあるが、異例に属する。近世の流布本では、外題に「日本霊異記」あるいは「霊異記」と略称を記すものが多い。国学者たちもそれを通称に用いており、今日に至っている。この略称は平安時代に遡る。すなわち、『三宝絵詞』の享受条には「霊異記に見えたり」などと付記し、また、『和名類聚抄』は「日本霊異記云」と冠して短文を引く。なお、『三宝絵詞』保安元年（一一二〇）書写の東大寺切れによると、右記「霊異記」にレイイキともリヤウイキとも傍記しているから、古来両方の訓みがあって今日に至ったらしい。仏教用語には呉音よみが多い点からいうと、後者が本来であったか。また、右書入れの中に「霊異記」ともあるから、「の」を介して呼ばれてもいたようである。その他、享受資料には「日本国霊異記」「異記」「景戒記」などの略称も見える。

藤原佐世撰『日本国見在書目録』によると、「冥報記十巻」とともに「霊異記十巻」とあり、これは中国撰述書と知られる。すると、平安初期の『東大寺諷誦文稿』に記されている「又冥報記霊異記云々」についても、景戒撰述書でない可能性が高いとみられている。後世にも同名別本の「（日本）霊異記」が存するから、とくに資料を調査する折など、本文検証を要することもある。

説話の標題

ところで、各説話条についてみると、標題の類型的文言がまず目につく。これについて、出雲路修氏の分類（「《日本国現報善悪霊異記》の編纂意識」国語国文、昭和四八・一～二）を原に補筆して示す。

㈠――得二現報一縁

㈡――而現得二善悪報一縁

㈢――而現□得二悪□報一縁

㈣――示二アヤシキ（異・奇・霊）表一縁

㈠は、上五・六・七各縁以下多数ある。㈡は、中五・一六各縁など少数。㈢は、上一一・一五・一六各縁など多い。㈣は、上四・一〇・二〇各縁など多い。中には、㈠と㈣と兼用する例もある（上一二・一八、中二一各縁など）。右の各文言はいずれも正式の書名と緊密に関わるものであり、この四種の標題をもつ説話条を『日本霊異記』の原撰部分と推論する出雲路論文は、編纂をめぐって種々の示唆を与える。

ついでながら、標題末の「―縁」の依拠にも問題がある。舶載資料についてみると、上巻序文にあげる『冥報記』『般若験記（金剛般若経集験記）』の現行本は、各条に格別な標題を持たないが、下三八縁の自伝に記す『諸教要集』を『諸経要集』と同一と見なせば（三〇四頁注一〇）、『諸経要集』現行本は標題「―縁」を持っている。興福寺本『日本霊異記』の紙背文書でもある『衆経要集金蔵論』（北周末頃）、その他『集神州三宝感通録』（唐道宣、六六四年）も、これを持つ。だから、おそらくこれらの資料に依拠した様式であり、その中に「―因縁」様式の標題もみえる点から、「―縁」とは、因縁譚・由来譚を意味するように思われる。

一方、わが国固有の命名起源などを記す『日本書紀』『風土記』などの伝承においても、「―の縁なり」と結ぶ例が目立つ。これはコトノモトと訓まれており、上一縁末の「語本（ことのもと）」がまさに該当し、上二縁末の「根本（ことのよし）」も類例となる。冒頭部にはこのように明らかにその様式が導入されているから、

「縁」の影響も否定できない。こちらに重点を置いてみると、『今昔物語集』の標題

「―語」や、『宇治拾遺物語』の「―事」など、後世の標題様式「―コト」へとつながる途も開けるであろう。つまり、「―縁」様式は、以上の舶載・固有双方からの依拠・影響を受けているとみられる。

三 『日本霊異記』における〈時間〉
―〈時〉の記述・歴史意識をめぐって―

〈時〉の記述

『日本霊異記』の説話を読んでゆくと、〈時〉を示す具体的なことばについて、その数の多さと効果的な使用の点で注目される。例えば、序章に引いた短編では、下二一縁において、「宝亀三年の間」「五月ばかり」「日に夜に」「三日三夜」「すなはち」の多きを数える。また、上一六縁において、年代・人名・地名も未詳な古伝承のためか〈時〉の用語はないが、悪因行為と悪果との叙述の間に「しかして後に（然後）」とある。これこそ「因果の理」の実例を示すのに効果的な接続語といえよう。

この用語例「後」については、継時的事態を表す、『古事記』などに多用される例も見えるが、舶載された資料からの影響が大きいであろう。例えば、上一一縁末に引く『顔氏家訓』や、中五縁末に引く『鼻奈耶経』の各引用文中には、「後」が効果的に使われ、〈昔―今〉の対照も記されている（五七頁・二二一頁）。『日本霊異記』では、わが古代作品の中で、〈昔―今〉・〈先―今〉・〈先―後〉など、時間的前後を示す用語の対比的使用がとりわけ目立つ。上一〇縁では〈先―今〉を柱とする〈時〉の

記述を多用し、結語を「因果の理」で締め括っている（五四〜五頁）。この様式が、「因果の理」を力説する『日本霊異記』の典型的文章様式といえよう。これを図示すれば、〈因―果〉の関係を〈先―後〉に当てはめた、〈(因)―後―(果)〉様式の文章と称することができよう。

この類の「後」の使用頻度は、比較的上巻に高く、巻が下がるほど具体的時間経過の記述にとって代るようである。例えば、経典や仏像に帰依したため、長年の病気が治った霊験利益譚のうち、主人公が「宿業の招くところならむ」云々と決意する類型句をもつ類話、上八、下一一・三四の三縁を比較してみられたい。

景戒の日常

景戒自身、天文や吉凶を卜う陰陽道について識見を持っており、自分の生活を述べるのに詳細な日時をもってしている（下三八縁後半）。次章で述べる通り、紀伊の国の関係説話が下巻後半部に目立つから、紀伊は景戒にとって格別な所であったようだが、その名草郡の私寺の一僧が暦を日常使っている（下三〇縁）。だから、彼も日常おそらく暦を用い、蒐集資料中の日時注記にも特に関心を払って扱ったものと思われる。『日本霊異記』に存する年月日や経過期間の明記は、そうした原資料を生かしたものであり、巻末になるほど景戒の見聞時代に入るだろうから、説話の日時記述の詳細もそれを反映するものであろう。

説話の年代的配列

各説話条は、上一縁が雄略、上二縁が欽明、上三縁が敏達の各天皇代というように、ほぼ年代順に配列され、上三一縁から聖武天皇代に入る。ただし、上巻には多数の古伝承を収めたためか、年代不明記条や「昔」を冠する条も目立ち、説話内容を勘案したらしい配列もある。例えば、上一七・一八縁は伊予の国関係説話、上三二縁につづく年代不明記の三条を民間伝承譚でまとめるなど（付録〔民衆的縁起譚〕）している。

中巻は、上巻を受けた聖武天皇朝の話が中三八縁までつづき、巻末四条を淳仁天皇代とする。中巻には年号なしに「聖武天皇御世」とだけ記す条も多く、その配列において、類話を並べる例（中一二と二三、中二四と二五縁など）や、短編を一括する例（中三六～八縁）など、配慮のあともみられる。ただ、それらの中に孝謙天皇代の二条（中九・一〇縁）が混入しているのは不審である。

下巻は、称徳天皇代から始まり（付録〔帝姫阿倍天皇〕）、下一六縁から光仁天皇代、下三〇縁から平安時代の桓武天皇代に入り、下三九縁の嵯峨天皇代で終る。

このように、編年体の編纂を旨としながら、中に細かな考慮が払われているようであり、とくに各巻の冒頭部の説話群はかなり厳選のうえ配列されたもののごとくである。総じて年次不明条の配列方針の綿密な究明など、今後にまだ問題が残っている。

以上の通り、『日本霊異記』においては、小は説話条個々の叙述から、大は作品全体の構想に至るまで、〈時間（歴史）〉の問題が深く関わっていると言ってよい。そこで、序文にみえる史的記述を顧みておこう。

序文の史的記述

上巻では、外典（げてん）につづく欽明天皇代の内典の渡来から説き起し、仁徳天皇・聖徳太子・聖武天皇の各事蹟をあげて、「今時（いま）」に及ぶ。中巻では、欽明天皇代以後が正教の世であると言い、仏徒聖武天皇代こそ仏験の霊異の生起する聖代であるとして、筆を尽してこれを讃嘆する。下巻は延暦六年（七八七）を基準にして記したもので、正法・像法を過ぎて今や末法の世であると、その不安を述べている。以上、各巻序文とも仏教史の叙述から始めており、編年体を旨とする説話条の配列と相俟（あいま）って、わが国の仏教史の展開を跡づけようとする歴史意識の介在が察知される。こういう歴史意識は、過去・現在・未来の三世を貫く仏教的な時間意識に根ざしたものとみられる。「六道四生」（七二頁注一二）や「五趣」（三〇六頁注五）を例示しながら「因果の理」を熱っぽく説く、景戒の信条と表裏するものであろう。

景戒の時代

景戒は、そうした醒めた眼で世の中を熟視し、人々の鄙しい行いなどを序文で述べ（二三頁～）、個々の説話にその実状を列挙している。景戒の時代は、班田収授法による公民が、徭役・出挙・兵役などに追われ、飢饉・疫病も流行し、ついには貧窮して逃亡する者が続出する等々、律令政治の破綻が暴れる、まさに末世的な世情であった。また、下三八縁に彼自身が記している、天下周行の歌詠や天体異変に象徴される通り、政情も不安を極めた。乞食僧や正式に受戒しない自度（私度）僧の横行・活動も目立つ時代である（付録〔俗に即きて〕、上一五縁解説）。崇仏政策に熱心であった聖武・孝謙両朝では、僧の得度も大幅に認められていたが、道鏡事件を起した称徳（孝謙重祚）朝への反省もあって、光仁・桓武両朝では、自度僧の取り締りなどの政治刷新をはかるに至ったようだ。そういう時代に景戒は生きていた。

景戒の伝記資料

その景戒は、『日本霊異記』の巻末近くになって、自己の伝記まで登場させている（下三八縁後半）。――妻子を抱える貧困生活の中で、延暦六年（七八七）九月四日の夕方に突然慚愧し、紀州名草郡の旧知の乞食僧鏡日との対談を夢に見る。これは彼に回心をもたらし、離俗の道を本格的に志すことになった。翌年さらに自らの焼身を夢に見たところ、七年後（七九五）の年末に待望の僧位（伝燈住位）を得る。その二年後に息子の死、また三年後に馬が次々と死ぬ――。この最終日付は延暦十九年（八〇〇）一月二十五日である。こうして本人まで作中に繰り入れ、苦悩を吐露して求道一途を誓っているが、ここにはからずも彼の本音が顕れ出ているといえよう。

なお、『日本霊異記』以外の資料に見える景戒の生涯の記録としては、近世の師蛮撰『本朝高僧伝』

巻六の「和州薬師寺沙門景戒伝」がある。これに、「釈景戒その許産を詳かにせず。薬師寺に住す。唯識を以て宗とし、梵学の外に霊異記を著す」（原漢文）と記すが、以下『日本霊異記』の上巻序を引くだけで、新しい記事は結局右の唯識の件だけである。また、奈良の薬師寺に現蔵する『日本霊異記』一冊本（延宝八年奥書の流布本）の巻末には、右の景戒伝を引用した後に、「其外景戒大僧都…等、多く旧記に在りと雖も、委旨知らず云々」（原漢文）と付記するが、信ずるに足りない。

撰述年次

右記した景戒の自伝的記述に載る回心の延暦六年が、下巻序文に記す年数算定基準年と一致する点に注目したい（二〇七頁注八）。これは、『日本霊異記』の原撰本出来の年を表すとの推定もあり、確証は得られないものの、編纂途上における重要な意味をもつ年といえよう。なお、自伝の記事はその十三年後の延暦十九年で終り、彼に関する爾後の資料はない。ところで、さらにその二十二年後に当る弘仁十三年（八二二）かとみられる記事が、『日本霊異記』の本文中の最下限となる。ただし、それは真福寺本だけにしか存せず、しかもその本文には問題がある（三二二頁注四）。となると、成立年次については、本文校訂一説によって弘仁十三年後間もない頃とするのが通説であるが、それも含めて、弘仁年間（八一〇～二四）としておくのが無難であろう。

四　『日本霊異記』における〈空間〉
―説話分布をめぐって―

『日本霊異記』一一六縁の説話の年代は、雄略天皇代から嵯峨天皇代まで約三世紀半にわたる一方、その説話の地域分布についてみると、東は陸奥・上総から西は肥前・肥後まで、三十数か国に及ぶ。その分布一覧は、本書の付録「説話分布表（図）」について見られたい。

東国の類話と西国の類話

同一または近隣の地域を舞台にする説話同士を比較してみると、中に類話と認められるものもあるが、さらにそれら相互の関係の究明には、かなり綿密な検討を要する。ここに、比較的顕著な事象が指摘される例を挙げ、類話の発生と伝承・伝播の問題をめぐって考えてみよう。

東国の例。信濃の国を舞台とする下二二・二三両縁を比べてみると、どちらも善悪の二重因果を扱う冥界遊行譚であり、さらに、構想も梗概も、主役の性格も居所も、その年代も、中の部分的章句に至るまで、類似度がきわめて高い。これについていずれが先行かは断じがたい。結局両話が現地で影響し合いながら伝承された後、それぞれ文字化され、それが景戒の手許に運ばれたとみられるであろう（付録〔説話相互の交渉〕）。

西国の例。下三五・三七両縁も、類似度の高い冥界遊行譚である。どちらも、筑紫（九州）に関係する人が冥界で罪人に出会った見聞譚である。これを大宰府に上申し、さらに朝廷へと送られる大筋も等しく、のみならず、法華経の全文字数の登場、写経により主人公の罪の免れる点まで、共通する。しかし、その罪人は体制者側に属する人物でありながら、両話全く異なる職権濫用罪で咎めを受けている。そして、それぞれネームバリューのある人が登場し、両話とも独立する方向に展開していっているから、信濃の両話ほど類似度が高くはない。内容からみて、こちらの伝承者は体制者を批判する立場の人で、民衆相手に法華経の功徳などを唱導する僧たちではなかろうか。それに景戒の加筆もあろうか。なお、右両話と同じく、九州関係の人が冥界遊行をした見聞を文書にして流布する話が上三〇縁にある。これも類話に入るであろう。

以上、便宜上東西の例を一つずつあげてみたが、こういう類話と地域と密接に関わる例は、他にいくつか見いだされるであろう。

唱導と説話の伝播

こんな類話においては、同じグループの唱導僧たちが民衆の中で語り運んだものも多かったであろう。上一〇縁（大和）と中一五縁（伊賀）の化牛償債譚もそれに属する。これについては付録〔類話の比較〕を、また、中八縁（大和）と中一二縁（山城）の蟹報恩譚については、同〔説話の伝播〕を参照願いたい。なお、妙見信仰譚である上三四縁（紀伊）と下五縁（河内）の舞台も近接地であること、その河内の国には盗難の話が多いこと（付録下五縁解説）、四父母に孝養する上一八縁と中二五縁は北四国（伊予・讃岐）であること等々、説話の伝播・伝承ルートなどをめぐって種々推測をめぐらす資料に事欠かない。

各地の特色

「説話分布表」を眺めながら、各地の特色などを考えてみるのも一興であろう。まず越前の国。下一四縁によると、加賀郡（後の加賀国）は律令体制の桎梏（しっこく）によって本貫（ほんがん）から逃れた浮浪人の集まる地ともなり、中央の僧の修行地（下一六縁同じ）でもあった。また、中二四縁には、都の官寺の銭を増やすために、奈良―近江―敦賀の交易ルートに出向いた人のことが記される（付録〔敦賀ルートの説話背景〕）。これらは、仏教史だけでなく、政治史・経済史などの資料にもなる。はるかなる陸奥の国は、国司の任地に関わる話として登場（下四縁）。武蔵の国は、防人（さきもり）（中三縁）や毛人（えみし）征伐（下七縁）の載る唯一の国であり、郡司の私物化した寺（中九縁）や郡司となった人の伝記（下七縁）もある。郡司層の造寺譚は、上七・一七縁など各地に存する。そうした地方豪族や寺の管理した伝承説話も、『日本霊異記』の重要な資料となっているようだ。

遠江の国では、榛原郡鵜田の里の鵜田堂の薬師仏(中三九縁)や、磐田郡の磐田寺の塔(中三一縁)について、各縁起譚を原にした伝承を載せる。こんな私寺が各地に登場し、地名を用いた俗称で呼ばれている。これは仏教の地方普及を反映するものである。右の俗称「―寺」「―堂」のほか、「―山寺」も目立つ(上二六・三五、中八・一三縁など)。対して、中央の官寺においては、縁起譚は東大寺(中二一縁)ぐらいで比較的少ない。地方の国分寺の登場も二例のみ(下一九・二五縁)。こうして寺の分布をいろいろ調べてもおもしろい。

説話のルート

山寺は修行僧の拠点でもあった。山林修行地として、遠隔地では前掲加賀(白山修験道の前身か)や、伊予の石鎚山(石鎚修験道の前身、下三九縁)もあるが、やはり、大和の吉野(上二八・三二、中二六縁など)・葛城(上四・一八・二八縁)や紀伊の熊野(下一縁)が本場のようだ。その山林で鍛え体得した呪験の力を用いて、民衆の病気をも治した僧たちは、唱導しながら説話を運んだにちがいない。一方には、都の官寺僧が地方に出向いて講説する例もある(上一一、中一一、下一九各縁、付録〔僧の出講〕)。これら種々のルートを通じて、景戒の手許に多くの資料が各地から集まってきたのであろう。

それらの説話の中に、下一四縁の「御馬河の里」とウマ(付録〔説話における因果の対応〕)など、地名が話中のキーワードと結びついている例も登場する。その類例として、中一〇縁の「下の痛脚村」とアシ(足)、下二七縁の「屋穴の国」とアナ(穴)があげられよう。こんな趣向は、おそらく唱導僧たちの仕業であろう。

その他、市の記述を拾い出してみると、各地の民衆の日常生活や物資の交流・売買状況の一面も知られよう。そこがまた唱導効果をあげる地点ともなったであろう。奈良の東の市(中一九)、難波の市

（上三五）のほか、大和―紀伊ルートの市（下六）、紀伊（上三四）・河内（下五各縁）など。尾張―美濃の川沿いの市（中四・二七各縁）や、備後の深津市（下二七縁）など、かなり交易圏の広い市の例もあるようだ。人の流れにつれて話も伝播していったとみられる。

紀伊説話と景戒

大和の国を舞台とする説話の数が格段に多いのは当然として、これに次ぐ国が畿内にないなくて紀伊であり、十八話を数えることは注目される。その内訳は、上巻に二話、中巻に三話、残り十三話が下巻で、景戒の在世時と重なる同巻後半部に集中しており、また、紀伊七郡のうちでも名草郡のみ、七話の多きに上る。

この名草郡の話には、『日本霊異記』の中核的説話としてあげられる上五縁（大伴氏祖先譚、付録〔屋栖古伝の成立〕）もあり、また、景戒の回心に影響を与えたと思われる老僧観規（下三〇縁）・乞食僧鏡日（下二八縁後半）の出自の郡でもあるなど、指摘される。これらは作品の構想面からも、撰述者自身の仏道信奉上からみても、きわめて重要な位置を占めるものである。

そこで、景戒の出自については、上五縁のほか広く大伴氏関係記述（三〇三頁注一三など）を検討して、名草郡の郡司層に属する大伴氏関係者説がうち出されている（志田諄一氏『日本霊異記とその社会』・原田行造氏『日本霊異記の新研究』）。一方、同郡に蟠踞する渡来系氏族の後裔説（黒沢幸三氏『日本古代の伝承文学の研究』）もあり、つとに小子部氏関係者説（柳田国男氏『妹の力』）もある。いずれも仮説の域を出ないものの、景戒と紀伊の国とくに名草郡との関わりの深さは、やはり特筆される。

五 『日本霊異記』の人物たち

『日本霊異記』に登場する人物は二〇〇余人、さして重要でない者も加えると四〇〇人を超えよう。主人公たちは、貴賤・職業・男女を問わず因果の理に厳しく律せられ、僧侶も景戒自身さえその例外とはならない。

天　皇　序章で紹介した冒頭話の雄略帝は、仏教渡来前の時とて因果応報に関係せずに帝王ぶりを発揮する。日本仏教を切り開いた聖徳太子は天皇に準じて扱われ、聖者として飢人にも鑚仰され（上四縁）、聖武天皇への転生も予告される（上五縁）。その聖武帝は、中巻序その他で仏徒天皇ぶりを示され、当代の奇異譚は中巻の殆どを占める。下巻の終末話に寂仙禅師の転生した嵯峨帝が登場し、「自在」の力をもつ聖君と称える（三一三頁注一三）。以上、天皇は総じて奇事の生起する「自土」（日本国）の絶対的統治者として、別格扱いされている。なお、雄略帝には栖軽、聖徳太子には屋栖古という側近が大活躍しているが、『日本霊異記』の構想上、それを聖武天皇と行基との関係（後述）へと展開させている感が深い。

皇族・貴族　皇族・貴族についての扱いは、中一縁の長屋王の悪報譚に象徴される（付録〔長屋王謀反説話の成立〕）。中三五縁の宇遅王、中四〇縁の橘奈良麻呂も同様に悪報を受け、下三六・三七縁の藤原永手や佐伯伊太知も、地獄に堕ちて苦罪を受ける。また、藤原仲麻呂・道祖王らの内乱刑死者も、表相信仰の事象例にあげられる（下三八縁後半）。以上、ネームバリューのある高位高官者で、内乱の主謀ないし関係者が好んで採り上げられ、それを主人公とする因果譚に仕立て上げている例が多い。内容からみて、その多くは自度僧たちの唱導材料ではなかったかと推測される。この点についてはさらに後述しよう。

郡　司

『日本霊異記』の俗人の中でとりわけ活躍している階層が郡司である。彼らは在地の豪族として支配権の正当性を因果の理で裏づけ、仏教を受容し私寺を建てて、仏教の地方普及の原をなした。上一七縁の越智氏の建郡造寺はその典型であり、上七縁もその類話である。彼らは、寺の財政維持や僧への布施を旨とする、いわゆる檀越でもあった。中には郡司の出家譚もあり（中二縁）、あるいは寺を私物化する悪報譚もある（中九縁）。郡司の妻の活躍（中二七、下二六縁）や、郡司の冥界遊行譚（上三〇縁）も、民間で伝承された話であろう。これについては、付録〔郡司と仏教〕を参照願いたい。なお、景戒自身も郡司階層の出自ではないか（前章）といわれている。

無名人

上一二縁に髑髏報恩譚があり、その初めに宇治橋を架けた僧道登が登場するが、話の主役は無名の従者万侶である。道登のネームバリューで話に関心を持たせ、万侶のような多くの無名の聴衆への唱導効果をねらったものであろう（付録〔道登の役割〕）。『日本霊異記』にはそんな庶民が多数登場する。便宜上、上八縁のあと若干条から拾ってみる。――悪質のできもの・聾に悩む人、鷲にさらわれた子を捜す父親、子の稲を盗用した父、魚網を使う漁夫、七子を抱える貧窮の母、乞食僧を迫害する男、生きた兎の皮を剝ぐ男――等々。悪報を受ける者や、仏を信じ救われて喜ぶ者の話をそれぞれ叙しながら、因果応報の理が説かれる。

女人・母親像

女性が主役となる話は約二十五話。うち奇異譚九話を除くと善報譚が十二話あり、これは悪報譚三話に比してかなり高率である。その十三善女の八人までが貧窮女だから、唱導の聴衆の層も知られよう。仏を信奉して財福を授かる女（中一四・二八・三四・四二縁）、病苦を除かれる女（下一一・三四縁）、災難から免れる女（中八・一二・二〇縁）等々の登場。不信心の女は厳しく悪報を受ける（上二四、下一六・二六縁）。なお、奇異譚としては、力女譚（中四・二七縁）、異常出生譚（中三一、下一九・三一縁）、怪異譚（中三三縁）などがある。

脇役も入れて母親像を調べてみると、善きにつけ悪しきにつけ、わが子との別離に当って母は裸の「乳房」を露に出す（上二三、中二・三縁）。乳は、まさに母子を結ぶ絆であり、慈母の象徴である（下一六縁など）。総じて『日本霊異記』の女性の中では、子を抱えた貧母の姿が感動的である。彼女らは殆ど出家せず、子のために必死で生活しながら仏を祈念する。それは、後世の現実生活から逃避し出家する女や、女性を罪深いものとする仏教観とは大いに異なり、まさに古代的といえるであろう（守屋俊彦氏『日本霊異記の研究』）。なお、中三縁には、成人し妻帯した後にも母親に乳離れできない息子が登場し、これの起す家庭悲劇が描かれている。

僧侶・自度僧

さて、『日本霊異記』で中心的役割りをなす階層といえば、やはり僧侶である。僧形は約七〇名、うち官僧約二九名、自度僧約二七名、他は資格不明で、僧尼の関わる話は六割強という（入部正純氏「仏教文学研究」一〇集論文）。僧たちは民衆の信仰世界と密に交渉しており、私寺の居住僧も多い。官寺大寺も門を開き、官僧さえ各地で布教に当る（下一縁など、付録〔僧の出講〕）。僧は死者の霊と生者とを呪力で結ぶ仲介役でもあるが、各地の「山寺」を拠点に修行して得た呪験力で民衆を看護し、除災招福をもたらす僧（禅師）の活躍の目立つことは前章で述べた。

景戒は、僧たちの中でも「自度の沙弥」を重視している。「沙弥」とは本来受戒のための修行中の僧をいうが、僧形の乞食や俗人同様の生活者も含めている。「自度」は一般に「私度」といい、官許を得ないで私に僧尼の体をなすものをさすが、景戒は、自主的に得度したという意をこめて「自度」を用いる。下一〇・一七・三三各縁など、在俗のまま求道一途の自度僧を熱っぽく叙し、下三八縁後半の自伝記事に符合する点があるから（付録〔俗に即きて〕）、景戒自身同じ生活体験があったとみられる。だから、同志から唱導譚・民間伝承などを次々と採集する途も開けていたであろう。もちろん自度僧でも悪行は悪報に罰せられ（上一九・二七縁）、応報に差別はない。結局、自度僧の世界は広く、流浪の乞食僧、俗生活の沙弥、私寺などで修行する沙弥、その背後に前述の郡司層、さらに周辺で信心生活をする優婆塞・優婆夷たちがいる（原田行造氏『日本霊異記の新研究』）。たしかに、『日本霊異記』について、「私（自）度僧の文学」（益田勝実氏『説話文学と絵巻』）と称されるのは至言である。

景戒は、それらの自度僧・賤形沙弥の中に「隠身の聖」を見る（中一、下三三縁）。

隠身の聖、行基

彼のこの信条は、夢に現れた乞食（自度）僧鏡日を観音の変化と解く事実を勘案すると（三〇五頁七行）、観音の化身信仰によるものであろう。また、仏・菩薩が仮に僧形に変化する霊威譚に、「聖」を讃える結語を付する例もあるが、実は、その典型が行基であり、彼こそ日本国における「化身の聖」「隠身の聖」であると絶讃する（中二九縁）。行基は、上五縁末で文殊菩薩の変化と注され、その前条の聖徳太子伝承（付録〔隠身の聖〕）と関わり合う。他方、『日本霊異記』の各縁の標題に人名を記すのはこの両人だけで、行基は一見太子と同列、いやむしろ、上五縁の冥界の場では文殊の化身として太子より上位の処遇を受けている。しかも行基説話は格段に多い（中二・七・八・一二・二九・三〇縁）。

それらに記すように、行基は各地で橋を架け船津を掘るなど社会事業を興し、また、随処で教説しながら、超人的眼力で民衆を驚嘆心服させる。彼は沙弥の出ではあったが、聖武帝に重用されて初の大僧正位を授かった（中七縁）。これは行基集団が東大寺の造営に貢献したためといわれている（付録〔行基への誹謗〕）。このいわば自度僧グループの指導者行基は、唯識を奉じ、かつて薬師寺に住み、元興寺の道昭（上二二縁）に学んだ法相を薬師寺に定着させるのに力を尽した。その先輩僧行基こそ、景戒の最も私淑傾倒する人物と言ってよかろう。行基の生き方が、景戒をして民衆教化の説話集『日本霊異記』を撰述させる大きな指標にもなったであろう。ともあれ、行基大徳は、この書における最も重要な人物として待遇されている。

六　説話内容・編纂意識

以上、『日本霊異記』の時間・空間・人物をめぐって特記事項を適宜あげてきたが、ここで内容的なまとめに移ろう。景戒は上巻の序で、世人の善悪行為を並べて、「善悪の状」「因果の報」を示す決意を述べている。各話についてこれをみると、やはり仏教的善悪にそれぞれ該当する筋書の話が目立つが、奇事そのものの話、善悪が相互に関わる話、善悪以前の表相譚、善悪を超えた霊威譚などもあって、多彩である。

自土の奇事　上一・二・三縁を読み進めてゆくと、上三縁末で「これ日本国の奇しき事なり」と結んでいる。これはまさに序文の「自土の奇事」（二四頁九行）を受けるもので、この冒頭三縁は奇事そのものの話である。子が鷲にさらわれる上九縁も同類に属し、同じく「これ奇異しき事なり」と結ぶ。これら「奇」「奇異」などアヤシ（奇・異・霊）の語を用いる条は多く、標題も加えると四十数話に達する。『日本霊異記』の編纂意識について考える場合、この〈奇事意識〉は、その重要な一つに入るであろう。

右冒頭三縁は中四・二七縁とともに道場法師系説話群と称せられ、いずれも主人公の強力の因は前世の功徳にあると結ぶ。上九縁についても、父子の再会を仏縁によると解するなど、やはり仏教の色付けを忘れてはいない。また、上一三縁の仙女譚も右と同類で、「誠に知る、仏法を修せずとも…」と結ぶが、これは上二八縁の役行者譚と同じく仏法の広大を説く意図を持っている。

この「誠に知る」という語についてみると、右上九縁末にも「――、天の哀れびて資くるところ」云々とあり、「諒に委る」「当に知れ」などとともに結語に多用される。これを冠して景戒が自己の信仰の確かさを証する文言を叙したものといえる。また、上一三縁では、この確認文の次に『精進女問経』を引いて、「其れ斯れを謂ふなり」と結んでいる。これは経典などを引用する結びに付する常套句であり、説話に対する自分の解釈の正当さをこれで裏づけるとともに、経典等の所説が日本国でも確かに存することを表すために付した用語とみられる。以上、単なる奇異譚とみられる説話条においても、結語にこれらの語句を用いて、「自土の奇事」を種にした所信を披瀝しているのである。

現報を得る

上六縁は、僧行善が彼地で橋を断たれ、観音に祈って現れた翁に渡してもらった話で、『日本霊異記』の諸仏信仰の中で最も多い、観音譚の初出である。二十話以上あるこの観音信仰譚を、善報譚の例としてとりあげる。これには、仏像自体の霊験譚のほか、「誠に知る」として仏の常住不滅を説く条もあるが（中二六・三七縁）、変化して信心の人を救う例が目立つ。老翁のほかに妹・乳母・沙弥・鷺などに化身し、まさに三十三変身（三〇五頁注二〇）が実証されるようだ。これがまた前章で述べた「隠身の聖」の信条の原にもなっている。観音信仰者は、感応されて難を免れ、あるいは福を授かる。前者には上六・一七・一八縁などがあり、上三一、中三四縁などは後者に当る（付録〔観音信仰譚〕）。

上六縁の結語をみると、やはり「誠に知る」として観音の威力を称え、「讃」を置いて主人公の美徳を称える。「讃（賛）」の形式は、中国の先行文献に倣った定型文で十五例を数え、これを付する話は善報譚の典型ともいえよう。この形式は上一八縁にもある。この上六・一八縁の標題には、第二章にあげた類型句「得二現報一」がある。応報には三種があって、現世で報いを受けるのが現報であり、来世で報いを受けるのを生報、その次の第三生以後に受けるのを後報という。

『日本霊異記』の説話の中には、死後の転生譚・冥界譚や、幾代かにわたる怨報譚もあるが、書名に「現報」二字がある通り、現世における霊異譚が中心をなす。この「現報」は、標題では善報の場合に用いられ（下一六縁のみ例外）、本文では悪報例が多いものの両用する。なお、標題の悪報例には、「現悪報」「現悪死報」など「悪」の字を入れる。総じて、標題・説話文・結語を問わず、「現」字が多用されていることと相俟って、現に目に見える形で現れる応報や霊験を旨とする〈現報意識〉こそ、重要な編纂意識にあげられよう。

悪報を得る

悪報譚の例として地獄説話をとり上げよう。現世での悪業の報いを地獄で受ける者を見て蘇生して語る、冥界遊行譚については、付録〔冥界伝承の習合〕・八木毅氏『日本霊異記の研究』を参照願う。ここでは、現世の地獄について述べる。中一〇縁は、麦畠の中で村人に囲まれて焼け死ぬ男の殺生応報譚である。これに「誠に知る、地獄の現にあるなり」云々と結語があり、さらに「灰河地獄」に堕ちる旨の経文を引き、現世の地獄を証している。類話の上二七縁の盗賊も、衆人環視の中で「地獄の火、来りてわが身を焼く！」と叫んで狂死するさまを描き、同じく経文でこれを裏づける。上一一・二一・二四、中三・三五、下一四各縁なども同類である。上二一縁の殺生譚では、「現報甚だ近し。因果を信くべし」と結んだ上、「六道四生」の輪廻の思想もあげて「慈悲」を説いている。これらは説法用の話を原にしたとみられ、聴衆は生々しい悪報譚に恐れ戦いたであろう。なお、善悪両方に関わる二重因果譚もある（中五・一六、下二二・二三縁）。これの主人公は地獄で厳しく裁かれ、犯した罪は善行によって相殺されることはけっしてないのである。

表相の答

善悪の応報譚の枠外にあるのが表相譚で、下三八縁がそうである。表相思想は、まず前兆〈表〉が現れ、後日その必然的な結果〈答〉が到来するという考えで、〈表〉は当事者の善悪に関わる倫理的行為外の場から生起し、業を因とする因果応報の理では解せない（原田行造氏『日本霊異記の新研究』）。景戒は、その例として、歌謡、天体異変、自己の夢と身辺怪異を列挙し、表相を確認する。終には息子の死と馬二頭の死が相次ぎ、〈表〉を予知できず、かつ〈答〉を無害化することもできない自分を嘆き、仏道精進に徹する他にないと自戒する（付録下三八縁解説）。中三三縁の歌謡を〈表〉とする〈答〉（新婚初夜の怪死）においても、景戒は結局過去の怨報と解している。この〈表相意識〉も、彼の念頭から離れないものであったであろう。

なお、景戒の息子と馬の死については、子をもつ僧を還俗させ、僧の生業を中止させるという仏教統制を、桓武朝が延暦十七年に発したため、それから逃れる虚構かと推定する説もある（中村恭子氏『霊異の世界―日本霊異記』、池上洵一氏「対訳日本古典新書『日本霊異記』」解説）。

諸悪莫作 諸善奉行

所収説話すべてが上巻序文にいう「自土の奇事」に当るが、この〈自土意識〉も重要な編纂意識にあげられる。結語で唐土の奇事と対照させる例（中二四縁）のほか、「日本国」「聖朝」「本朝」の用語も、やはり唐土を意識したものであろう（上三・五・六、中二九、下一九・

三一縁など）。この「自土」は、大和を中心として地域を超え、かつ聖武帝・行基の聖代を中心に前後の時代に及ぶ、普遍的な意識であり、官度も自度も、宗教も俗も含み、律令体制・反体制にわたる世界を、広く包括するものといえるであろう。

その「自土」の説話を配列するのに年代順をもってした。その〈歴史意識〉が底流にあることは第三章で述べた。そこで『日本霊異記』の構想をめぐって、景戒の配慮ぶりを検討してみよう。例えば、上巻の序文末で「邪を却けて正に入れ」と読者に呼びかけている。これとほぼ同文が、同じ間を隔てた上一五と上三〇両縁の各文末にみえる。これは明らかに意識的な配慮とみてよい。その他、各巻の冒頭部にはかなり厳選した内容の説話を置いたと推測されること、とくに導入部には神話的世界から仏教的世界への見事な包摂がみられること（第二章末のコトノモト、付録〔落雷の木で造った仏像〕）、さらに導入部上一縁と終末部下三九縁との首尾の呼応（イカヅチとイシヅチ、天皇の権威称揚〈三一三頁注一三〉）など、適宜読みとることができるであろう。

ともあれ、『日本霊異記』の撰述については、序文と跋文と呼応させて読んでみれば、容易に窺い知られる。その目的は、上巻序文末の「奇記を覧むひと、邪を却けて正に入れ」、「諸悪莫作、諸善奉行」（原文）に尽きる。この偈は、『舒明即位前紀』『万葉集（巻五）』『東大寺諷誦文稿』にもあり、上代に珍重された句らしい。

景戒の法統は、道昭―行基流の法相宗の唯識教学という（第五章）。下三八縁後半の自伝中に用いている術語は、その種子説によって裏づけられる（菊池良一氏「国文学」昭和四三・八論文）。ただし、その教学の説く観念的因果論で、『日本霊異記』全体が蔽われているわけではない。景戒に必要なのは、深遠な思想・宗教論ではなくて、むしろ当世の人間一般の倫理・道徳的な生き方に主眼を置いた、通俗的因果論であった。

こういう説得はいわゆる唱導そのままの方法といってよいであろう。唱導は耳から聞くものであるから、序文・跋文に記す「口伝」「側聞」などの語は、まさにそれを裏づけるもの（小島瓔礼氏「国学院雑誌」昭和三三・六論文）である。こうして、『日本霊異記』は、〈私度僧の文学〉とも、〈涉婆の文学〉とも、〈説教・唱導の文学〉とも称せられる、日本仏教若かりし日の一大金字塔であったのである。

七　『日本霊異記』説話の先蹤と後世への影響

『日本霊異記』の一一六縁一二〇の説話において、それぞれの先蹤も後世への影響もとりどりである。その個々については、巻末の付録「古代説話の流れ」にあげておいたので、ここでは問題点の整理程度にとどめておきたい。

先蹤資料の書承と口承

各先蹤についての確証は殆ど得られず、推測の域を出ない。例えば、上七縁について景戒の手許に届いたのは、三谷寺の縁起譚か弘済伝などの書承資料であったのか、それとも放生譚または報恩譚として唱導僧の運んだ口承資料であったのか。さらに、この説話中のモチーフは『捜神後記』などの舶載資料に遡源するとみられるが、それが説話の成長の過程でいかに関わったものか、等々。

書承資料として確実なものといえば、上五縁の「本記」（四〇頁注六）・上二五縁の「記」（七八頁注八）・上三〇縁の「顕録流布」（九一頁注二〇）・中九縁の「録（楷模）」（一三三頁注一三）などがあげられる。また、「解状(げじょう)」(下三五・三七縁など)も資料になったであろう。これらの引用文をみると、年時・場所・人名の記述が明細であるから、その記述の整備度の高低をもって、書承か口承かを推定する説もある(原田行造氏『日本霊異記の新研究』)。これに従うと、第一章にあげた説話例では、上一六縁が口承的、下二一縁が書承的といえるだろう。景戒は、「口伝」「側聞」に依拠したよしを序文などに記すが、実際はかなり書承資料に拠(よ)ったものとみられる。里人の口承と明記する上三三縁のような例は珍しい。民間伝承の縁起譚とみられる上三二〜三五縁は、整備度の上で概して口承的といえようが、縁によって差違も存するから、この問題は個々に検証を要するであろう。

ところで、中国からの舶載資料として、上巻序文にあげる唐代の『冥報記』と『般若験記(金剛般若経集験記)』からは、直接間接に影響を受けたものとみられる。書物としての構想とか説話内容についての影響程度以上に、後者については、中二四縁末に「徳玄」の話を引いている(一六七頁注一五)。前者とは、中一〇、下一〇・一三縁などが類話関係にあり、上七・一〇・一八縁などには同じモチーフが指摘されている。ただし、モチーフの点については、別に漢訳仏典からの影響も考えられよう。例えば、中三〇・三二縁末に引く経文は化牛償債を説き、下二九縁末には児戯供養の経文を引く。唱導僧たちがこれらのモチーフを核にして話をふくらませ、説教用の説話に仕立てることもあり得たであろう。

類話・異伝

例えば、上一八縁は、大和の法華持経者が読誦できない経文の一字についての原因を夢で知る。それは前世でこの経の一字を焼いたのであって、その前世の両親を伊予に訪ねて経の補修をし、かつ孝養した話である。これと全く同じ構想の話が『法華験記』巻上ノ三一にあり、主人公が醍醐(だいご)寺僧で前世の地が播磨(はりま)となっている。このモチーフは『冥報記』巻中など舶載説話にあるから、右両話ともそれを核にしたものとみられる。畿内↓瀬戸内方面の説教僧たちがこのモチーフの話を採りあげ、唱導地に応じて地名・人名などを適宜加えたものではないかと推察される。さらに、四父母への孝養という内容と他界へ遊行する外来モチーフとの点からみて、中二五縁の讃岐の説話もこの集団に属するものとみてよかろう。

『日本霊異記』の依拠した書承資料かと思われるものの中には、現存する他文献の別伝と見なされる例もある。上一縁の栖軽や上二五縁の高市万侶などは『日本書紀』の異伝、上六縁の行善、上二八縁の役行者、中一縁の長屋王などは『続日本紀』の異伝、下三九縁の寂仙は『文徳実録』の異伝に、それぞれ当るであろう。また、上三縁の道場法師伝は『本朝文粋』の異伝で、かなり複雑な説話成長をしており、上四縁も太子伝の異伝の一つである（付録上四縁解説）。なお、上巻序文の仁徳天皇の故事は『日本書紀』よりも『古事記』に近い（二二頁注六）。上二・四、中二・三三、下三八各縁の歌謡についても、『万葉集』などの古代歌謡に類歌のある例もある。

説話の重層的成立

説話の下地に神話的世界を透視し、昔話や民話との関わりなどを探ってみるのも興味深い。例えば、上九、中八・一二・四一、下三一各縁などにそれぞれ神婚譚の残影を見いだし、上二縁の妻求ぎ・異類婚姻譚をめぐって禁室型説話のパターンを発見するなど。この方法については、守屋俊彦氏『日本霊異記の研究』と同続編を参照願いたい（付録の各縁に紹介）。

この方法によって『日本霊異記』の説話の重層的成長過程を検討してみるにつけ、とくに口承資料の先蹤追跡研究が一筋縄でいかないことを痛感する。例えば、上二縁を最終的に恋愛譚としてまとめたのも、中二縁を同じく出家譚としてまとめ上げたのも、撰述者景戒にちがいない（付録〔説話の重層的成立〕）。ただし、原資料の部分と景戒の潤色・加筆部分との識別については、ある程度の予想はできるにしても、結局困難という他はない。これは、構想や筋書の点ばかりでなく、語句においても同然である〔付録〔類型的会話文〕〕。

後世への影響

『日本霊異記』は後世の説話集などに大きな影響を与えている。各説話の享受資料は、巻末の付録の各話の解説の中に列挙しておいたから、ここでは、ほぼジャンル別に総括して示すにとどめる。

説話集関係では、まず『日本感霊録』（義昭撰、八四七年以後）がある。これは標題を「―縁」と結んで霊異譚を載せ、「賛」も訓釈も付するなど、直接の影響を蒙っている。『三宝絵詞』（源為憲撰、九八四年）は、その中巻の十八話のうち十七話まで霊異記出典を明記する。これを和らげて享受するに当り、下六縁の魚を食う病気の禅師の話について、これを食べない筋書に変えるなど、古代的色彩を失っている面がある。『本朝法華験記』（鎮源撰、一〇四〇年以後）は、やはりその五話に霊異記出典を記すが、実は『三宝絵詞』の孫引と認められる。『今昔物語集』（一二世紀）では七十五話を享受し、直接の依拠が殆どを占める。詳細な比較研究には八木毅氏『日本霊異記の研究』がある。下二六縁以下の諸縁がこれに享受されないのは、金剛三昧院本系統本（第八章参照）に依拠したためと推定される。他には、金沢文庫本『観音利益集』にも八話享受され、さらに、『宝物集』『言泉集』『閑居友』『古今著聞集』にも、それぞれ若干話の享受が見える。

僧伝関係では、『元亨釈書』（虎関師錬撰、一三二二年）に二〇名以上の伝が簡略化されて享受され、近世の『本朝高僧伝』（師蛮撰、一七〇二年）もほぼ同数の伝を載せるほか、上述した景戒伝を新たに収める。霊異記出典を明記して引くものに、『拾遺往生伝』のほか、『太子伝古今目録抄』『上宮太子拾遺記』などの太子伝もある。史書では、『扶桑略記』（皇円撰、院政期）に出典を明記して十四話を、また『水鏡』は若干話を引いている。古辞書では、『新撰字鏡』（昌住撰、九〇〇年頃）の巻一二に訓釈六例をまとめて載せ、『和名類聚抄』（源順撰、九三四年頃）は出典を明記して訓釈のある短文二例を引く。その他、出典を明記して若干例をあげる資料に、『東大寺要録』や歌学書『袖中抄』もある。なお、近世には、説話順を大幅に入れ替えた上、仮名に和らげて改編した、怪異雑集ともいえる「仮名本日本霊異記」（一七一四年刊）も刊行された。これは、金剛三昧院本系統の流布本である延宝本（奥書一六八〇年、第八章参照）に拠った写本を原にしたものと認められる。

讃岐の衣女の話

後世の説話享受例として、構想・叙述などに種々翻案の手が入りながらも、各時代に命脈を保ってきた、中二五縁の場合をあげておく。聖武天皇代に讃岐の衣女という娘を迎えに来た閻魔王の使の鬼が、饗応された恩返しに同姓同名の身代りを連行したのが発覚し、結局魂の入れ替った新衣女となって甦り、二家の財宝を得たという話。この奇異なモチーフは、船載資料から得たものと認められ、結語は饗応の功徳を説くのみである。

これを享受した『今昔物語集』二〇ノ一八は、筋書は変えないものの、女の名や時代を省き、逆に情景描写や心理描写などを添加して物語化している。また、火葬を急ぐなという日常的教訓を新たに加えている。中世の七巻本『宝物集』巻六では、これをすっかり梗概化し、娘の名を依女とする。注目すべきは、地獄も王も登場させず、鬼神のなすがままに構想して、中世的な「諸法の空寂」を引証する説法用資料に改変している。

右記した「仮名本日本霊異記」にも、流布本を原にこれを和らげて載せるが、それを幕末の「通俗仏教百科全書」が翻案を加えて収録し、明治二十六年の刊行本がある。標題を「邪神の事」と改めたのを始め、鬼の代りに疫病神を悪玉として登場させ、閻魔王を善玉として対峙させるなど、構想を一変させている。これは説教用に仕立て直したためとみられる。ところが、それをラフカディオ・ハーンが採りあげた。それは“A Japanese Miscellany”(『日本雑録』、一九〇一年、ボストン・ロンドン刊)の中の“Strange Stories”(奇談)の一つ、“Before the Supreme Court”(閻魔の庁にて)となり、英文綴りのメルヘンとして脱皮させられた。こうして霊異記説話は、はるかなる欧米人たちの眼に触れるに至った(「国語国文」昭和四四・二小泉論文)。以上のように、各時代に生かされている説話の種々相について、一わたり比較しながら眺めてみるのもおもしろい。

八　『日本霊異記』の諸本と本文校訂

『日本霊異記』の古写本には、興福寺本・真福寺本・来迎院本・前田家本・金剛三昧院本の五本がある。いずれにも欠逸があって完本でなく、全面的に信頼できる良質本にこと欠くため、本文校訂が甚だ困難である。本書では、興福寺本を上巻、真福寺本を中下巻の、それぞれ底本とし、他は対校本として用いた。

興福寺本

奈良市興福寺国宝館所蔵。国宝。上巻のみの巻子本(かんすぼん)で、天地などに若干破損があるが、首尾完備している。奥書は次の通り。

延喜四年五月十九日午時許写已畢曾□上安□

書写は延喜四年(九〇四)よりやや後とみられるものの、現存最古の善本。大正十一年に興福寺東金堂で発見され、昭和九年に複製刊行された。訓釈は各説話末に一括する後注形式をとり、内容からそのまま平安初期の国語資料として扱える。本文は不用意の誤字や脱字がある程度で概して良質である。

真福寺本

名古屋市宝生院所蔵。重要文化財。中下二巻の巻子本で、各巻頭が序文の中途まで破損するが、以後巻末まで完備する美本である。奥書はない。両巻は別筆で書かれ、訓釈は中巻になくて下巻に後注形式で存する。この体裁の違いは、両巻が元来別系統本であったことを示すと推定されるが、筆跡や訓釈内容などから、いずれも鎌倉初期頃の書写とみられる。江戸の考証家狩谷棭斎（一七七五—一八三五年）は、これの摸本の不忍文庫本を原にして「校本日本霊異記」（「群書類従」所収）を完成した。複製本はまだなく、「訓点語と訓点資料」別刊第二の摸写本（小泉校注、昭和三七）が行われている。

原本を調査してみると、両巻に数十例の補筆があって、中巻末に「一交了」と付記する。また、下巻の訓釈には別本による増補もある。本文は再三の転写を経ているようだが、摺り消し訂正などもされ、総じて厳密な書写と認められる。従って、体裁の完備していることと相俟って、中下巻の底本にふさわしい。

来迎院本

京都市大原来迎院所蔵。国宝。中下巻の冊子本で、損傷が著しく、中巻は後半を逸し、下巻は中途と末尾とを少々欠く。末尾がないため原の奥書の存否は未詳であるが、筆跡から十二世紀初頭頃の書写とみられる。昭和四十八年の文化庁の調査で発見された新出本で、原本の補修、国宝指定を経て、昭和五十二年に影印複製された。

本文には誤写・脱文などが多く、書写の厳密性が疑われ、書写年代は古いものの、損傷の甚だしさと相俟って、底本とはなしがたい。訓釈も傍注形式専用で、誤写や新加点もあり、目録にも筆の省略があるなど、かなり利用された伝本と推定される。中下巻とも、ほぼ完全な姿で序文を残す点はとくに貴重である。

前田家本　東京都駒場尊経閣文庫所蔵。重要文化財。下巻のみの冊子本で、末尾を逸する極美本。巻末の奥書に、

嘉禎二年丙申三月三日書写畢　右筆禅恵

とあり、嘉禎二年（一二三六）の筆とみられる。明治十六年に発見、昭和六年影印複製された。下二三縁と二四縁とを境にして体裁が相違する（訓釈の形式は前半が割注で後半が後注、前半は各条末の本文を省略するなど）。また、当本では真福寺本の下二四縁に当る説話が巻末に補され、説話番号が繰り上がっているなど、成立の点でも問題がある。結局、当本は、もと前半部のみの略本を別本によって増補したものかと思われ、再三手を加えてよく利用されていた伝本のようである。

金剛三昧院本（高野本）　和歌山県高野山金剛三昧院旧蔵。祖本は三巻の巻子本であったらしいが、昭和初年以降所在不明。前記群書類従本の上巻は、これの摸本を原にする。近世の書写本が各地に存し、三十八本確認され、いわゆる流布本である。国立国会図書館本（国会本）がとりわけ良質の摸本と認められ、昭和四十四年にこれを複製公刊した。奥書は次の通り。

建保弐季甲戌六月　日酉尅計書写了（国会本による）

祖本の書写は建保二年（一二一四）。国会本は江戸中期頃の書写。同じ摸本系統本に、京都府立総合資料館本・奈良薬師寺蔵三冊本などもある。大多数の流布本は、次の第二奥書、

延宝八年歳次庚申閏八月奉我／相公之命登金剛峯借出金剛三昧院所蔵之／本写之者
彰考館識（彰考館本は「佐宗清」と付記）

を持つ。これが、水戸の彰考館で『大日本史』編纂用史料として延宝八年（一六八〇）に写した、いわゆる延宝本である。同館では副本を再三作るなど校訂を重ねたらしいから、それに応じて転写されて各地に残る延宝本について、第一期改訂系統本と第二期改訂系統本に分けられよう。上賀茂神社三手文庫所蔵元禄十二年（一六九九）奥書の契沖自筆校本は前者の系統に属する。

金剛三昧院本系統諸本は三巻揃いであるが、上巻は未整理本、中下巻は省略条のある反面に補筆も加わる整理本を、それぞれ原にしたらしい。総じて各巻に欠脱や省略が多く、書入れの多い写本もあって研究史の資料に欠かせないが、本文校訂においては対校本として利用できる域を出ない。

本文校訂史

ここで、『日本霊異記』の本文校訂の歴史を一瞥（いちべつ）する。彰考館における校訂は、改訂を重ねるほど原本の本文から遠ざかる異同が現に存するように、恣意（しい）性の強いものであった。文献学的方法で校訂と考証を手がけた先達は、やはり契沖といってよい。惜しむらくは、金剛三昧院本系統本同士で対校したため、成果が上がらなかった。そういう中にあって、当時としてとりわけ良質の金剛三昧院本と真福寺本の各摸本を入手し、それを底本にして厳密な考証を重ねて校訂したのが、前述した狩谷棭斎であった。その類従本（一八一六年刊）と『日本霊異記攷証』（一八二一年刊）とは、今に顧みるに値する。

明治以降、前田家本や興福寺本が発見され、これらを対校に利用しながらも、類従本を底本とする校訂がつづく。「国訳一切経本」（高瀬承厳氏、昭和一三）・「続日本古典読本本」（松浦貞俊氏、昭和一九。

昭和四八年刊遺著『日本国現報善悪霊異記註釈』も戦前執筆で同じ校訂）がそうである。その長い類従本継承の殻を破ったのが、武田祐吉氏校注「日本古典全書本」（昭和二五）である。興福寺本が初めて上巻の底本に登場、中下巻には不忍文庫本を用い、原文と訓読文とを併載して、戦後のテキストがここに出発した。その後十数年の研究成果を踏まえたのが、遠藤嘉基・春日和男両氏校注「日本古典文学大系本」（昭和四二）。これは中下巻の底本に真福寺本原本を用いた。さらに中田祝夫氏校注「日本古典文学全集本」（昭和五〇）が刊行され、新出早々の来迎院本が中巻序文に用いられる。こうして、校訂を積み重ねた良質のテキストに恵まれる時代になってきた。

本書の校訂の試み

今後もより良質のテキストを目指して校訂研究がつづけられるであろうが、この日本古典集成本の本文作成におけるその試みについて、若干例を示しておこう。

第一は、複製本のある伝本においても、その原本を直接調査し、これに依拠したことである（「訓点語と訓点資料」六〇輯、小泉論文）。例えば、興福寺本の現行複製本は、未修理の原本を撮影した事情もあって破損部付近に不明の箇所がある他、天地に写真裁断ミスもあるため、それらを原本で訂した。「其の像」（九九頁注二〇）、「熟然に持すること」（六八頁注三）など、その例であり、従来、前者は「尊像」「仏—」「画—」など、後者は「状に就きて…」「就に然…」などとされてきた。また、原本の運筆や類似異体字を検討して訂した例もある。「土椋」（五三頁注二五、従来は「云—」）・「終に」（九七頁注二四、従来は「修（得）」）や、「五の使」（二六一頁注二三、従来は「王—」）など。対校本の前田家本についても同様の措置をしたが、総じて複製本と原本の別までは頭注せず（例、二七四頁注一〇）、「凡例」に示す程度にとどめた。

第二は、来迎院本を中下巻の対校本として本格的に採用したことである。その際に、当本は損傷が著しく複製本には判読不能箇所があるため、原本の調査メモを原(もと)にした。とくに中巻で従来対校本のなかった条では、積極的に活用した（二二四頁注七・一一、二二六〜七頁注六・一六、二二八頁注二・三・七など）。二五二頁注六、二六九頁注二二、二七四頁注一二、二九五頁注一九など、当本の本文によって従来の疑義が氷解される例も少なくない。

第三は、底本を尊重しながらも、その扱いには極力慎重を期したことである。これは当然の校訂姿勢であるが、例えば、付録〔火麻呂か大麻呂か〕、「杝」（一三四頁注三）などを参照していただきたい。底本を改めるに当ってはこれに近い字体・字数などの対校資料を重んじた。例えば、「眼」を「服」に（二二七頁注一三）、「無日」を「元日」に（「無→无→元」、二七四頁注六）など。中には、諸伝本によらないで後世の享受資料に従った例もある（二五二頁注七）。こういう校訂研究の試みは、今後も営々と積み重ねられてゆくことであろう。

なお、本書では、諸本の異同の詳細についての注記は省略し、とくに本文を問題とする箇所についてだけ、これを頭注するにとどめた。

九　『日本霊異記』の文体と訓読

文　体

『日本霊異記』の原文はすべて漢字表記である。その文体は、四字句を基調とする正格的漢文と、国語的口承的文脈の表れた変体漢文とが混在している。それに応じて本文校訂や訓読の研究がなされているのである。例えば、第一章に例示した上一六縁の原文は、

…天骨不仁、喜殺生命。其人、捕兎剝皮、放之於野。然後、不久之頃、毒瘡遍身、肥膚爛敗。苦病无比、終不得愈。叫号而死。嗚呼、現報甚近。恕己可仁。不无慈悲矣。

の通り、前者の文体に属する。こんな四字句文から成る説話条が多数を占める。後者の典型的な文例は次の通りである。

王追、少子逃。王追、少子通墻而逃。少子亦返、王踰墻上而追、自通亦通、而外走。力王終不得捉。(三三頁六〜九行、同頁注一五参照)

*

蛤主不答。亦問。不答。重四遍問。乃答之言、「来方不知」。狐念无礼、打起依、即二手待捉、葛鞬以一遍打、打鞬着肉。…狐白之言、「服也。犯也。惶也」。(一一六頁五〜一一行、同頁注五参照)

右のような各説話の文体の特徴を見きわめて校訂し、句読や訓読の方法を検討するを要する。本書の訓読文の作成に当っては、この点をかなり重視したつもりである(例、二三〇頁注五、二三九頁注二〇など)。とくに、定型文である「賛」においては、対校本のみならず、意による補訂も試みた(上二二、中四二縁など)。

訓釈

『日本霊異記』の原文には、本文中の文字の音・意味・訓(くん)を適宜示した、いわゆる「訓釈」(「訓注」ともいう)が付してある。訓釈の種類でいえば、訓(やまとことば)が大多数であり、その表記は、興福寺本では万葉仮名、書写年代の下る他の伝本では片仮名書きが多く交じる。ここに、右記した上一六縁の興福寺本の訓釈をあげておく(注文はもと二行書き、小字一行に改める。国会本の訓釈を括弧で補する)。

剝波□利天(波ツリテ)　膚可波ヘ　愈伊由る己止、又云ヤ須牟己止　(恕ハカリテ)

本書の本文の訓読には、まずその条の訓釈を用いた。次いで、他の条の訓釈でこれを補った。例えば、「天骨二合比止々那利」(中一一縁国会本)・「肥コエ」(下一六縁真福寺本)・「叫サケヒ」(中一二縁国会本) はそのまま用い、同義の訓として、「遍」に「班阿万祢皮利」(下三三縁前田家本)・「敗」に「傷曾去奈不尓」(上序興福寺本) などを援用した。

訓釈の形式は、各条末に一括する後注形式をとる伝本が殆どであり、中に傍注あるいは割注、これらを併用する伝本もある。訓の注文内容から推して、訓釈はもと本文に密着していた加点であったとみられる。ただ、『古事記』『日本書紀』には訓注があって割注形式をとる一方、舶載資料には巻末に釈義をまとめ、音義物としてこれが独立するものがある。それらの影響下にあるとすれば、訓釈の遡源問題も一筋縄ではいきかねる。いずれにしろ、一〇世紀初頭には興福寺本のように後注が付されているのであり、これの内容検討の結果、平安初期の加点として積極的に訓読に利用できる。

ところで、訓釈においては、例えば、「菀然」にムセカニ(下一縁真福寺本)・「儼然」にイツクシクシテ(下一〇縁同)と加点し、熟語の本文「柔儒」について、「柔」をニコヤカニ、「儒」をヤハラカニと訓む(中二七縁国会本)例があるなど、訓よみが目立つ。これが後世になると、「厳然・菀然」(下一〇縁前田家本)・「柔耎ナル」(『今昔』二三ノ一八、中二七縁を享受)の通り字音よみが多くなる。また、「肉団」にシ、ムラ、「祥」にヨキシルシ、「笥」にヲケの加点例がある(下一九縁真福寺本)など、古辞書類に同一の訓がないような意訳訓も目立つ。「太」「大」をイトと訓む(下一六・二六・三五縁)など、いわゆる漢文訓読語でなく和文語に当る語も交じっている。これらは平安初期頃の古訓点の特徴といえるであろう。ただし、訓釈の中には後人の誤解に基づく加点も交じっているから、全面的な信用までは置きかねる。だから、本文の訓読に当っては、訓釈のほか、古辞書類・古訓点資料を広く調査検討しながら、文脈に適切なよみを選び出さなければならないであろう。

古訓法

訓読語や訓点資料の調査研究の進展に伴なって、昭和三十年代頃から、その筋の研究者が『日本霊異記』の訓釈や訓読をも対象にとり上げるようになり、その成果が、日本古典文学大系本と日本古典文学全集本とに結実されたといえよう。平安初期頃の訓点資料の研究を通じて、『日本霊異記』の古訓法もいよいよ明らかにされてきた。後者の解説では、対句形式の文の訓法、数詞の訓法、敬語法、年号・年月日の訓法、時制の添加、特殊な漢字の訓法など、これらの用例を具体的にあげて訓読文に生かしている。

本書の訓読文においても、これから多大の裨益（ひえき）を受けるとともに、新たに多少の訓法を試みた。例えば、西大寺本『金光明最勝王経』古点などにより、受身を表す文「為A所B」の訓読について、従来の「AノタメニBセラル」に従わないで、「為」を不読として「AニBセラル」とした（五〇頁七行「人に厭はれむ」など）。また、動詞の取る格助詞において、誰かに質問する場合で問う事柄を欠く時は、「人ニ問フ」でなく、「人ヲ問フ」とした（八八頁注一など。以上は小林芳規氏『文学』昭57・1所載論文による）。また、古訓点などに「経論等（ラ）」「松丼薪等（ラ）」の例があって、ラは訓読語とみられるから（築島裕氏『平安時代の漢文訓読語につきての研究』）、接尾語「等」の訓みについては、上接語の待遇を考慮しながらタチ・ドモを訓み分けるとともに、ラも多く用いた（四〇頁五行など）。

上代語法

一方、『日本霊異記』には、わが固有の古伝承を下地とする説話がある上、国語的口承的文脈も交じる点なども考慮して、上代語法も若干生かしてみた。例えば、地名を冠した寺の俗称には、「豊浦の寺」（上一縁）・「三谷の寺」（上七縁）のように「の」を入れた。また、干支（えと）を示す例の訓みには、「甲申（きのえさる）」「辛巳（かのとのみ）」（上五縁）のように、弟（と）の方にだけ「の」を入れた。その他、助数詞の訓法をはじめとする上代語の導入に当り、『日本書紀』の古訓も検討してこれに加えてみた(「凡例」一二頁一八行の例など)。以上の通り、『日本霊異記』の訓読研究は、訓点資料の古訓法と上代語法との両面からの追究を要するであろう。これの個々のよみも、今後の大きな課題であろう。

『日本霊異記』の原文の漢字について、その総字数は四四三〇八字、異なり字数は二四五三字という(田島一夫氏「解釈」二八四号論文)。それの用語・用字の研究、語彙(ごい)の研究など、まだ問題は残っているが、ここらで問題提起の筆を止めることにし、最後に、本書の本文の読みとりの指針ともなりそうな例や新訓読例を、冒頭部から少々あげておく。

上一・二縁の読みとり　上一縁の用語で気づくのは、前段(二七頁一三行まで)ではナルカミ、後段ではイカヅチのことばでは(雷・電)を、それぞれ専用する点である。そのナルカミの表記において、地の文と帝のことばでは「鳴電(雷)」であるが、栖軽のことばでは「鳴電神」「雷神」のように「―神」を付して使い分けている。しかも、前段ではナルカミを「請け奉(う)る」と待遇して「請」字を用いるが、後段では「取」「捕」とし、標題もこれと呼応させて「捉」と記す。『日本霊異記』における「請」字の用法をみると、その殆どが供養・懺悔(ざんげ)のために僧を迎える場合であり、仏像や経典にも用いられている。従って、前段の雷神は、僧・仏・経と同等の待遇を受けているといってよい。対して、後段では雷が戯画化されている。これらの用語・用字によって、前段と後段との雷神観の相違を明らかに読みとることができる。

なお、「随身」(二六頁三行)のよみについて。平安時代のいわゆるズイジンのイメージとは全く異なる。そのため、北野本『孝徳紀』の訓によってトモヒトとルビをつけておいたが、『雄略紀』の例で「身に随ふる」とも訓める。本書の訓読文の作成に当り、できるだけ多くのルビをつけるように努めたから、なお今後検討されることを期待したい。

次に、狐女房譚である上二縁を覗(のぞ)いてみよう。キツネについて。本文の初めからは「狐」の表記を出していない。美女が妻となった後の正体を露(あらわ)す所になって、中国風な「野干」表記を初出させている。やまとことば「支都禰(きつね)」の命名起源譚を織り込ませてから、やっと「狐」字を登場させ、標題と対応させている。ここにも景戒の配慮がありそうに思われる。

なお、「曠野」(二九頁四行)のよみについて。現行テキストではヒロノと訓まれているが、古辞書類にアラノラとある(『和名抄』『名義抄』『字類抄』)。しかも『万葉集』にもこの用例があり(巻六―九二九)、アラノラの方がよい。その直前の「路に乗りて行きき」(原文「乗路而行」)についても、従来「路を乗り…」と訓んで、馬に乗って出かける意味にとられてきた。しかし、『万葉集』(巻一七―三九七八)や『金剛般若経集験記』平安初期点にも用例があって、「路に乗り…」と訓み、路に出る、路上を通る、の意味に解する方がよい。

以上を参考にして、本書からいろいろと読みとっていただけたらありがたい。なお、従来のテキストの本文や訓読文との相違をめぐって問題提起した考証的論文として、上巻については『小島憲之博士古稀記念論文集 古典学藻』(塙書房、昭和五七)、中巻については「訓点語と訓点資料」(六七輯、昭和五七)、下巻については「愛媛大学法文学部論集」(一七号、昭和五九)がある。

付録

説話事項目次

頭注欄＊印の文末に〔　〕で示される見出しを、ここにまとめて掲げた。なお、各段の和数字は、付録中での頁数を示す。

栖軽の忠信　三六一
雷を捕える　三六二
狐と犬　三六三
恋の類歌　三六三
説話の重層的成立　三六四
先行伝承の推測　三六四
道場法師のこと　三六五
太子の称号　三六六
太子伝承と歌　三六六
隠身の聖　三六六
落雷の木で造った仏像　三六七
屋栖古伝の成立　三六八
観音信仰譚　三六九
異類報恩譚　三六九
聾者と宿業　三七〇
鷲と女児　三七〇
僧の出講　三七一
道登の役割　三七二
僧の迫害　三七三
越智氏の外征　三七四
夢の告げ　三七五
道照の往生　三七六
大神氏と降雨　三七八
役と一言主　三七九
冥界伝承の習合　三八〇
現世的利益　三八一
民衆的縁起譚　三八一
長屋王謀反説話の成立　三八三
倭麻呂の出家　三八四
行基の歌　三八五
火麻呂か大麻呂か　三八五
殺牛信仰　三八六
行基への誹謗　三八八
郡司と仏教　三八九
悪者の性格づけ　三九〇
説話の伝播　三九一
類話の比較　三九二
類型的会話文　三九三
夢への対処　三九五
敦賀ルートの説話背景　三九七
子を淵に投げる話の下敷　三九九
歌謡の伝承　四〇一
桑摘み女と蛇　四〇四
帝姫阿倍天皇　四〇五
熊野の行道信仰　四〇五
俗に即きて　四〇七
美作国の鉄山　四一〇
説話における因果の対応　四一一
舎利菩薩の称　四一三
説話相互の交渉　四一四
説話の人物と史実　四一八
藤原永手の悪行　四一九
佐伯伊太知の悪行　四二〇

古代説話の流れ

上　巻

電を捉ふる縁　第一

古代帝王の典型雄略天皇の側近者小子部栖軽が、二度も雷を捕えた話である。前段は、天皇と后と同衾中に入室した栖軽が勅命を受け雷神を落して届けるが、天皇はこわがって返した話。後段は、逝去した栖軽を葬った墓標に雷が落ちて挟まれた後日譚である。両段とも明日香の雷岡の地名由来譚の形をとっている。

本説話を簡略化した後世の資料として、『源平盛衰記』巻一七の「栖軽雷を取る事」、『本朝神社考』下五の「雷岡」があり、『万葉集』の注釈書にも、『万葉集管見』の「いかづちの岡」(二三五)などに引かれている。『雄略紀』七年七月に同類の伝承がのる。蜾蠃は勅命を受けて三諸岳の神を膂力で捕えるが、天皇はその雷鳴光りとどろく大蛇の姿に畏れ、もとの岳に放させ、雷という名を賜ったという。なお、本説話は本書の冒頭話としての種々の役割も担っている。

＊栖軽の忠信　(二八頁)

天皇は、七日七夜の殯をして栖軽の忠信を追慕し、その後二度にわたって墓標を建てて顕彰した。これの同文が上五縁の大部屋栖野古について、「天皇（推古）、勅して七日留めしめ、その忠を詠はしむ」（四三頁）とあり、その賛に「仏を貴び法に儻ひ、情を澄まし忠を効す」（四五頁）と称える。右両人にのみ「肺脯の侍者」（二六頁注六）という特別な語を用いる点も注目される。本話は、雷岡の地名由来譚の形をとっているが、元来小子部氏が祖先の功績を顕彰した伝承であっただろう。

その栖軽は、生前にも死後にも雷を捕えた忠信の侍者。同様に現世と冥界とを通して聖徳太子の侍者であったのが、ほかならぬ屋栖野古。上五縁は、そういう屋栖野古の忠誠を記した大伴氏の祖先功績顕彰譚である。つまり、古来の呪的信奉者栖軽を、熱烈な仏教信奉者にひきうつしたような人物こそ屋栖野古といえる。このように、本書の説話には、後続する諸話と密接に関わるものがある。

上二五縁の大神の高市万侶は、持統天皇の「忠臣」であり、諸天・龍神を感応させた行為を記し、「諒にこれ忠信の至り」「忠にして仁あり」（七九頁）と称える。彼も栖軽と同じく仏教信奉者ではない。「忠」「忠信」はいわゆる仏典語でなく漢籍語であり、そういう語で性格づけられる人物も、本書の世界の中に包摂されている。

なお、小子部氏の職掌については、『雄略紀』六年三月に、養蚕に関わりのあったこと、蚕を嬰児と聞き違えて多くの嬰児を養うに至った氏姓の由来を載せる。養蚕と雷神信仰とは関連性があり、呪的司祭者説のほか、侏儒説や少年説など、さらに細説も多い。その祖先は神武天皇の皇子、神八井耳命とされる。

＊雷を捕える（二八頁）

本説話の前段と後段とは、雷に対する処遇にも、待遇表現にも、きわだった差違がある。それは雷神観の相違によるものであって、同時に成立した伝承ではあるまい。また、前段と、『雄略紀』七年七月条の類話との成立時の前後関係についても問題になる。例えば、『常陸風土記』行方郡の「夜刀の神」の話はやはり二段から成っていて、人間の自然神待遇の変遷をみる好例であるが、その前段には固有の呪的信仰が生きており、後段には力による自然征服を叙する。そういう観点からみると、本話の前段のほうがより古い。しかし、『雄略紀』のほうが伝承が素朴とて逆の説もあり、にわかには決しかねる。

なお、本話に類似する雷神捕獲説話として、『推古紀』二十六年の河辺臣の話があり、皇威を後楯にして剣の呪力で制圧し、雷は小魚となって樹の枝に挟まれる。また、中国の志怪書にも類話がある（『捜神記』巻一二、『北斉書』巻一九、『神仙感遇伝』太平広記巻三九三）。ただし、これらが本話に影響を与えたかは不明。

ところで、雷神はわが国古来の在地神の典型である。だから、仏教が渡来するに及んで、両者の間に争いがおこった（例、『法華験記』巻下ノ八一、『今昔』一二ノ一）。本書において、雷は本話のほか上三・上五縁にも登場し、結局いずれも仏法に奉仕しそれに包摂される形となる。本話の雷はその伏線ともなっている。その上三縁は、雷の申し子である道場法師伝であって、それと上二・中四・中二七縁とは一連の強力譚の説話群を形成している。本話をふくめて、これらを世に道場法師系説話ともいう。

狐を妻として子を生ましむる縁　第二

美濃の国の男が求婚の旅に出て美女に逢い、合意で結婚して男の子が生れる。彼女は米を舂くため臼小屋に入って犬に吠えつかれ、狐の正体を顕して去る。彼は妻を恋う歌を詠み、子を岐都禰と名づけ、これが力持ちで狐直の先祖になったという。『扶桑略記』第三欽明天皇条に「已上霊異記」と注記して本話を引く。『水鏡』巻上欽明天皇条はこの『扶桑略記』によったものであり、『神明鏡』巻上欽明天皇条はそれをさらに簡略化したもの。本話は狐直の始祖伝承で、その子孫が中四縁に登場する。同縁に上三縁の道場法師の孫も登場し、それとの関連で、上一・上二・上三・中四・中二七各縁を道場法師系説話群という。なお、本話は異類婚姻譚（人間と人間以外のものとの結婚をテーマとする話）であり、そのうち狐女房譚としてはわが国最古の例、後の中世説話集・お伽草子『木幡狐』や民話などに類似内容が見いだせる。

＊狐と犬（三〇頁）

異類婚姻の民話においては、鶴女房ならば機屋で、蛤女房ならば台所で、それぞれ元の姿になって働く。記紀神話では豊玉毘売命が産殿で鮫の姿にかえる。これは禁室型神話といわれるもので、女が見るなというのを男が覗いてタブーを犯す。そのため夫婦の縁が切れるというパターンが通例。狐は、稲荷信仰や民話から、稲を豊かに稔らせる呪力をもつとみられる。そこで、本話の底に、狐妻が「碓屋」という禁室に入り、狐の正体にかえって仕事をするという伝承があったか（守屋俊彦氏『続日本霊異記の研究』）。狐の正体露見、それに初めて気づいた親犬が猛然と襲いかかった――。そういう伝承が本話の下敷になっているものとみたい。

犬が狐の正体をあばくというモチーフは、『捜神記』『幽明録』・唐代小説『任氏伝』にもそれぞれ見いだせるから、中国から流入したのであろう。なお、『捜神記』の動物の中で、人間に格別に忠実なのは犬であり、また、女に化けて男を誘惑する動物（狸・亀・猪も）についてみると、色気を漂わせるのは狐だけのようだ。美女に化けた狐が紅の裳を引いてゆく発想も中国渡来であろう。

狐と犬の話は、本書の下二縁にもある。これは、殺された狐が殺した人にとりついてこれを殺し、こんどはその人が犬に生れ変って狐を食い殺すという、狐と犬との凄絶な報怨譚。両者はまさに仇敵の関係にあったことが分る。本話の「この犬は打ち殺せ」（二九頁）という狐妻の訴えの裏面にはこれがひそんでいるであろう。狐の執念ぶかい話は中四〇縁にもあり、また、下三八縁には狐が災いの前兆を示すという例がある。

＊恋の類歌（三一頁）

朝影に我が身はなりぬ玉かぎるほのかに見えて去にし子故に
（万葉集一二三九四、三〇八五）

玉かぎるほのかに見えて別れなばもとなや恋ひむ逢ふ時までは
（同一五二六）

はだすすき穂には咲き出ぬ恋を我がする玉かぎるただ一目のみ見し人故に　（同二三一一）

なお、「紅の襴染の裳」を引いて去ってゆく女を描写した歌に、

立ちて思ひ居てもそ思ふ紅の赤裳裾引き去にし姿を　（同二五五〇）

があり、「紅の赤裳裾引き」（同一七四二、八〇四或云）、「紅の玉裳裾引き」（同一六七二）など、上代人好みの類型的表現のようだ。

＊説話の重層的成立（三一二頁）

上一縁が雷丘のコトノモト伝承として結ばれたのと同じく、本話も狐直のコトノヨシ伝承で結ぶが、本話を構成する事項をあげてみるとかなり複雑である――⑴妻覓ぎに始まる狐女房譚、⑵狐と犬との宿命的因縁譚、⑶碓屋（禁室型？）事件譚、⑷キツネ語源譚、⑸恋物語別離譚、⑹狐直始祖譚。この点は、本話が、伝承の重層的ふくらみの上に成立していることを示すものとみられる。それの最終的なまとめは、もちろん撰述者景戒の手であろう。

電の憙を得て生ましめし子の強き力ある縁　第三

本説話は元興寺の道場法師の伝記で、次の四段から成る。①雷神の報恩による誕生のこと。②王との力くらべのこと（小子の時代）。③元興寺の鬼退治のこと（童子の時代）。④寺田に水を引き（優婆塞の時代）、出家して道場と命名のこと。

都良香は「相伝云」として「道場法師伝」を著すが、これは①と③のみであり、②は小文で力くらべまでは記さず、④は全くない。『本朝文粋』巻一二、『日本高僧伝要文抄』第一にこの「伝」を引く。『扶桑略記』第三敏達天皇条は、「已上本伝」としてこの「伝」を引き、④を加えて「已上出霊異記」と注する。『水鏡』巻中敏達天皇条は、『扶桑略記』を基にする。『神明鏡』第三一敏達天皇条は、『水鏡』を簡略化したもので、「或大駄法師トモ云ヘリ」と付する。『太子伝古今目録抄』には「伝」の断片を載せる。また、『打聞集』第一四「道丈法師事」は、説話を構成する要素は「伝」と同じであるが、民間伝承的潤色も加わって叙述はかなり異なる。『仁寿鏡』敏達天皇条は断片であり、「道端法師」と記す。

前述したように本書の中四・中二七縁は、道場法師の孫娘にあたる力女が活躍し、上一・上二縁も含めて、道場法師系説話群と称せられ、本話がその中核をなす。なお、右記の通り本話は四段から成る。各段の話の舞台は、①尾張、②都、③④飛鳥元興寺、であり、それぞれ異なった民間伝承的要素をもつ話を原にするうえ、各段が「然後」という接続語で連結されている。以上により、本説話は諸伝承をつぎ足してできたものであるとみられる。さて、本書冒頭のいわゆる世俗説話的導入部は本話で終る。固有の雷神信仰に発したその申し子が法師となって仏法を守る伝記である本話は、次の聖徳太子伝（上四縁）へとつづき、いよいよ本格的な仏教説話群へと展開してゆく。

＊先行伝承の推測（三一二頁）

雷が農夫にいうことば、「汝に寄りて、子を胎ましめて報いむ」は、一見奇異である。これには先行伝承が推測される。つまり、農業神としての雷神を迎えて巫女と神婚し、農の豊穣を期待する儀礼が下地にあったか。これを含む第一段の原話は、尾張元興寺の縁起譚と関わり、さらにその底に、近くの熱田神宮に関わる雷神祭祀の神社縁起譚が透視される（守屋俊彦氏『続日本霊異記の研究』）。なお、報恩の点には仏教的潤色があり、雷神を金の杖で撞こうとする点には固有信仰からの脱却がある。また、尾張のガンゴウ寺は願興寺であり、これを飛鳥元興寺の末寺とするのは後世の好事家ともいう（寺川真知夫氏「万葉」九七号論文）。

本話の各段は、このような重層的伝承から成っているようだ。以下の各段についても、それぞれの下地が推測される。第二段では、石投げ・力くらべ・走りくらべとも、農作の豊凶を占う年占行事である儀礼や習俗。第三段では、鬼の原像を神とし、三輪山型神婚神話を原話とみる。飛鳥元興寺の斎田に迎える雷神が、新宗教の仏に敗れて荒ぶる神に転落、さらに祟って鬼と化して仏に復讐したもの。第四段では、鋤や杖立ての呪力、水口祭・雨乞石など、水や雨乞いについての農耕儀礼や民俗をその基盤とする（守屋俊彦氏、同上書）。

＊道場法師のこと（三五五頁）

本話は、道場法師の伝記とはいえ、誕生から得度までを四段階に記した道場法師得度由来譚である。雷岡の地名の由来（上一縁）、狐直の姓の由来（上二縁）という、古来の由来譚（コトノモト・コトノヨシ伝承）の様式を活用させながら、ここに初めて僧を登場させ、仏教説話の世界への一歩を印した。ところで、その主人公は、雷神の報恩に浴するはずの農夫のもとには留まらず、上京して飛鳥元興寺で活躍する。仏法を妨害するもの（霊鬼・諸王）に対し、雷神奇胎の子ゆえに授かった怪力で次々とこれを排除して寺を守護し、寺田に豊穣をもたらすのである。このように、雷神信仰に発した力をもって仏教に奉仕させるという形をとる点、本話の重層的なまとめは、結局飛鳥元興寺の僧たちの手によるものであろう。

道場法師という名については、『華厳経』などによると、道場を守護する道場神という神があり、仏によって荘厳せられた道場（寺院）の中で、これと修行者（僧）をも守るという。そういう道場守護法師の意味を持たせたのであろう（寺川真知夫氏、同上論文）。なお、本書に見える「道場」とは、仏教が初めて伝来した時期の寺院（四一頁注一九）や在地の私寺（二四七頁注一九）などをさし、総じて草創期の仏道修行場を意味するようである。

聖徳の皇太子、異しき表を示したまふ縁　第四

本説話は三段から成る。①聖徳太子の称号に関する部分、②聖徳太子が片岡で乞食に会い奇異の言動を示した部分、③聖僧願覚の変化の話の部分、である。③は聖徳太子自身とは無関係な話であり、前田家本（下巻のみ現存）では下巻末に付する。内容上③は②の類話とみられるから、太子説話にこれを後補したものと認められる。

①については、『用明紀』元年一月、『推古紀』元年四月、『帝

説』にも、それぞれ異称をあげる。『三宝絵詞』中ノ一は、霊異記依拠を明記してこれを引く。『法華験記』巻上ノ一、『今昔』一一ノ一なども、各話末に異称を付する。②については異伝が多い。『推古紀』二十一年十二月一日条の片岡遊行譚、『万葉集』四一五の龍田山悲傷歌、『七代記』(『寧楽遺文』所収)など。この『七代記』の話は、光定撰『伝述一心戒文』に引く「上宮厩戸豊聰耳皇太子伝」によったとみられ、この系統の話は、『三宝絵詞』『今昔』のほか、『太子伝補闕記』『太子伝暦』下、『日本往生極楽記』『拾遺集』巻二〇、『古来風躰抄』上など、最も広く後世に伝わる。『上宮太子拾遺記』巻五、『平氏伝雑勘文』下二は、本書の説話も引く。③については、『本朝高僧伝』巻七五に、「和州高宮寺沙門願覚伝」としてこれをあげるのみである。

なお、①は、上巻序文の「代々の天皇」の仏教受容の中に特筆している内容(一二頁七行目以下の本文)に通じる。本説話から、いよいよ本格的な仏教説話が始まるのである。

＊太子の称号(三六頁)

『書紀』は、厩戸の皇子と記し、小字で「または名けて豊耳聰聖徳といふ。あるいは豊聰耳の法大王と名く。あるいは法主王とまうす」と注する(用明元年一月)。また、称号を「その名を称へて上宮の厩戸の豊聰耳の太子とまうす」の通り一括し、その命名の理由についても個々には挙げていない(推古元年四月)。それらの点は本書と異なる。『帝説』は、厩戸の豊聰八耳の命、上宮の王、以上の二つの称号について理由を付して述べ、末尾に「上宮の聖徳の法王、又は法主王とまうす」云々と付する。

＊太子伝承と歌(三七頁)

『帝説』には、この片岡説話もその類話もないが、「いかるがの」の歌はあって、太子の薨去の時に巨勢三杖のよんだ三首の短歌の第一首である。『七代記』には片岡説話がある。太子が片岡遊行の時、飢者が路傍に臥していたので、飲食を与え、衣服を脱ぎ覆い、「安く臥せ」と慰めて次の歌をよまれた。

しなてるや　片岡山に　飯に飢ゑて　臥せる旅人あはれ　親無しに　汝生りけめや　さす竹の　君はや無きも　飯に飢ゑて　臥せる　その旅人あはれ

すると飢者がこれに歌で和えた。それが「いかるがの」の歌である。数日後に飢者が死に、そこに墓を作って埋葬するが、その後、衣服を棺の上に畳んだまま、墓穴は空しくなっていたという。『推古紀』二十一年十二月条の片岡説話は、これとほぼ同じである。ただし、飢者の和歌「いかるがの」がない。その他の太子伝には、『七代記』と同じく、「しなてるや」と「いかるがの」の唱和を載せるものが多い。

なお、『万葉集』巻三の挽歌の最初(四一五)に、太子が竹原井に出遊して龍田山で死人を見て悲傷した歌をのせる。

家ならば　妹が手枕かむ　草枕　旅に臥せる　この旅人あはれ

＊隠身の聖(三八頁)

本書の原撰本について、現在の上四縁を冒頭話、下三三縁を終末話とみる場合、まさに首尾が「隠身の聖」の話で呼応するから、それを旨とした説話集と称することもできるであろう（出雲路修氏「国語国文」四二巻一・二号論文）。なお、『東征伝』に、倭国王子つまり聖徳太子が慧思禅師（中国天台宗の第二祖南岳大師）の生れ変りとあり、この説は古くから行われていたであろう。一方、『七代記』などの片岡説話に、路傍の「飢者」は達磨大師（中国禅宗の第一祖）と注する。その達磨自身死後ふたたび生きていたといういわゆる尸解説話があり、また別に、慧思が達磨と唐の衡山で会い、それぞれ東に向って去ったという説話もある。片岡説話はこれらの先行説話を原にして成ったものとみられる（蔵中進氏「万葉」六一号論文）。さらに、歌学書についてみると、『倭歌作式』などは飢者を文殊菩薩の化身とし、『俊頼髄脳』では救世観音の化身である太子と文殊の歌の唱和、『袋草紙』では救世観音・文殊の各化身である太子と達磨の歌の唱和とするなど、後世における受容はとりどりである。

三宝を信敬しまつりて現報を得る縁　第五

本説話は、紀伊の国名草郡の大伴氏の祖先に当る大部屋栖古の伝記、その功績をたたえる顕彰譚である。その内容は、主人公の簡単な紹介のあと、①その造仏に関わる吉野比蘇寺の仏像縁起、②その功績年代記、③冥界遊行と大往生、を記している。以上①②③の一代記は、「本記」という先行文献に依拠したことを明記する。末尾に、④賛辞ならびに右冥界遊行記事の解説を付する。なお、①②については、『書紀』（欽明十四年、推古三十二年）・『聖徳太子伝暦』上巻・『元興寺伽藍縁起』に、それぞれ異伝がある。『今昔』一一ノ二三は本書の①によったもの。『太子伝古今目録抄』は「霊異記意」などとして①から適宜引く。また、『東大寺要録』巻二と『上宮太子拾遺記』巻五は、いずれも③④を収める。

本書では、ここに至って仏・法・僧がそろう――上三縁の僧（道場法師）・上四縁の法（聖徳太子）・本話①の仏（比蘇寺の本尊）。そこで「三宝」の語が標題に初出し、「現報」の語も初登場する。上四縁の聖徳太子伝に対して、太子の「肺脯の侍者」（四二頁注八）としての屋栖古伝は、まさにそれを受けた条といえよう。それとともに、本話の末尾には、重要人物である聖武天皇も行基大徳もそろって登場し、爾後の諸条の展開を暗示する。なお、冒頭上一縁ともひびき合う内容ももつ。その他、景戒と紀伊の国名草郡との関係、また大伴氏との関係の問題なども蔵し、種々の観点からして本書における本話の役割は大きい。

＊落雷の木で造った仏像（四二頁）

光を放つ仏像の由来譚は中三九縁にもあって、霊験あらたかで人々が信心し尊崇したと記す。本話の放光仏もその点同様であっただろうが、そういう信仰は、一般に仏像の光背などによって生れたものであろう。が、本話においては、雷鳴・電光をともなって海上を流れ寄ってきた落雷霊木なるがゆえの放光と読みとれる。ここで注目したいのは、本書の導入部における雷の役割である。本書の雷は、上一・上三・上五各縁に登場し、冒頭部にのみ集中する。上一縁の雷は岡に降るが、結局皇威を後楯にした忠臣の力に屈してしまう。上三縁の雷は田地に降り、助命嘆願して農夫に報恩の子を授けるが、その子は僧となって寺院に奉仕し仏道を守護する。上五縁の雷は楠に宿って海上を漂った後、霊木として仏像に刻まれ人々に信心帰依される。以上、固有の在地神としての雷神の霊威は失墜するが、別に仏神の霊威の形として復活させている。その移行はいかにも自然であって、雷神と仏神の融合、つまり神仏混淆的な信仰を目ざしている観がある。

なお、本話では仏神を「客神」と称している。この語は、遠路訪れてきて福徳をもたらすという、固有のいわゆる「まれひと」信仰と無縁ではあるまい。海に漂い着いた霊木を刻んだ仏神は、固有の海上を寄り来る神の信仰を下敷にしたものとみられる。以上、本書における仏教の紹介方法は、全くの新宗教としてそれのみを読者に示すのではなく、固有の信仰と密接に関わらせなどしながら紹介してきている。この第五縁までできて、導入部は完結しているとみられる。

＊屋栖古伝の成立（四三頁）

本説話と『書紀』とに共通する伝承について、その内容を検討してみると、最も大きな違いは『書紀』の方に屋栖古が全く登場しない点である。例えば、比蘇寺の仏像縁起で、海中の霊木を奏上したのは「河内国（の人）」、詔命をうけて霊木を見に行き献上したのは「溝辺直」、そして天皇自身が「画工」に命じて造らせた像である。僧尼検校の経緯においても、殴打事件を見つけて奏上した人の名は記さず、また、観勒僧を「僧正」（本書は「大僧正」）、鞍部の徳積を「僧都」とするほかは、「阿曇連」を「法頭」に任命したとある。以上、いずれにも屋栖古の名は見えない。よって、屋栖古伝は、『書紀』に収録された伝承を原に改変したものではないかともみられ、その場合、溝辺氏・阿曇氏は、それぞれ大伴氏と同一あるいは隣接の地に居るなど、深い関係にあったことが推定されている。

要は、霊木の漂着、さらに客神（仏像）の流却というわが国仏教創始期の大事件をめぐって、あくまでも三宝を守り通した人物の典型として、この伝は編まれたとみる。その屋栖古を聖徳太子の「肺脯の侍者」としたこと（四二頁注八）、また、その伝が最高最善の現報譚であること（四四頁注一〇）、これらはいかにも景戒の好みに合っている。さらに、本話を太子伝（上四縁）の次に置いたことも、本話の末尾の解説文の内容も（とくに聖武天皇・行基の登場。この形式は下三八縁の自伝の夢判断にもある）、本書の構想上適切といえよう。ともあれ、本書における大伴氏の問題、また紀伊の国の問題（大和の国の次に格別に多出し、とくに名草郡は重要）、それらと景戒との関わりなども含めて、本伝の成立については多くの問題を蔵している。

観音菩薩を憑み念じまつりて現報を得る縁　第六

本書の諸仏信仰譚の中で最も多い観音信仰譚の第一話で、前話につづきわが国仏教創始期に、留学僧行善が体験した異国での観音霊験譚。本話は、『扶桑略記』第六元正天皇養老二年九月の条、『今昔』一六ノ一の出典となっており、『元亨釈書』巻一六、『本朝高僧伝』巻六七、『東国高僧伝』巻二にも、それぞれ行善伝を載せる。

＊観音信仰譚（四六頁）

留学僧が彼地で途方に暮れていた時、祈念した観音に助けられる本話のように、観音を信仰して災難を免れる話が、上一七・下七・下一三各縁にもある。また、同様に観音信仰によって現実に願いのかなった話が、上三一・中三四・中四二・下三・下一二各縁にもあり、それらの信者は、金銭・ご馳走・好女・眼目などを得ている。本書の観音信仰譚は、こんな現世利益的な話が実に多い。これは、白鳳期末頃から密教的現世利益的観音信仰が入ってきて、従前の追善的信仰にとって代り、わが古来のシャーマニズムと結合した招福除災的信仰の時流に乗ったもの（速水侑氏『観音信仰』）であろう。なお、本話に登場する救助者の老翁は、観音の化身である。本書には、僧への化身（上二〇縁など）・妹への化身（中四二縁）・乳母への化身（中三四縁）などの例もみえる。実は、景戒自身も、下三八縁の自伝において、観音の大慈悲を信じており、それをもって夢判断を加えている。夢の中に現れた乞食僧を観音の化身と判断し、観音の三十三変化を説いている（三〇五頁）。そういう景戒の観音信仰が、本書の諸仏信仰の基調をなしているように思われ、それはまた「隠身の聖」の思想にも通じるものであろう。

亀の命を贖ひて放生し、現報を得て亀に助けらるる縁　第七

備後の国の郡司の先祖が、百済の禅師弘済を招請して建立したという三谷寺の縁起譚であり、その弘済伝として伝承されたものであろう。本書では、弘済が本尊仏を造るために上京した帰途に亀を助け、海賊の危難に際してその亀に一命を救われるという亀報恩譚をテーマとしている。前話につづきわが国仏教創始期の説話。『今昔』一九ノ三〇は本話を出典とするものであり、『本朝高僧伝』巻七五に放済伝（「放済」は本書の流布本によったもの）をのせる。

なお、助けられた亀が放生者を背に乗せてその危難を救うという同型の先行類話は中国にある。『晋書』第八一ノ五一「毛宝伝」が早くから指摘されているが、この「毛宝白亀」譚は、『捜神記』『幽明録』『捜神後記』にものり、『捜神後記』所収話が本説話にもっとも近いから、本話に影響を与えたか（寺川真知夫氏「花園大学国文学論究」九号論文）。広い意味の類話としては、『冥報記』巻上の厳恭説話（『今昔』九ノ一三などに享受）などが知られている。浦島説話に亀の報恩という要素が入ったのは後世である。『古事記』中巻神武東征の途上で、亀の甲に乗って釣をしていた国つ神が水先案内したのは本話と同じ瀬戸内海。瀬戸内周辺にはそういう伝承の下地があったか。

＊異類報恩譚（四九頁）

本書に「四恩」をめぐる話はある（上三五縁など）。四恩とは人間がたえず受けている四つの恩恵——父母・国王・衆生・三宝の恩——をいう。父母夫婦の恩愛をめぐる話も本書にあるが、ここでは人間以外の異類の報恩例をあげる。蟹の恩返し（中八・中一二縁）は、本話

と同じく放生譚であり、中一二縁末には同趣の結語を付する。髑髏の恩返し（上一二・下二七縁）もこれに類する話であり、両話とも本話と同様の結語をつける。雷の報恩（上三縁）・鬼の報恩（中二四・中二五縁）もあり、多彩である。詳細は各説話について見られたい。

聾ひたるひと、方広経典に帰敬しまつり、現報を得て両つの耳聞ゆる縁　第八

重病のために聾者となった人が『方広経』に帰依信仰して全治したという、経典霊威譚の第一話。『三宝絵詞』中ノ五、『扶桑略記』第四推古天皇条に、それぞれ依拠を明記して本話を引き、『今昔』一四ノ三六も本話を出典とする。

＊聾者と宿業（五〇頁）

過去・現在・未来の三世にわたる因果を説き、それを「宿業」とする仏教思想による善悪応報譚。例えば、『法華経』に、持経者を非難するだけで盲・聾になると説き（下二〇縁）、本話の聾者は、「宿業の招くところならむ」云々と思って善行を決意する。下一一縁の盲者も、同様に決心して薬師仏に帰依する。本書に聾者の話は本話だけであるが、盲者の話は、右のほか下一二・下二一縁にもある。なお、下三四縁にも、瘻肉（大きなでき物）に苦しむ婦人がやはり「宿業の招くところ」云々と善行を決意する話がある。これは、信心による病気治癒譚において病人の発心する場合の常套句である。いずれも、医薬未発達の時代の衆庶の生老病死に対する不安を基盤に、はじめて成立し得た説話群であるが、同時に本書の、あるいは（当時の）仏教思想の問われるべき根幹に関わる説話でもある。

嬰児の鷲に擒はれて、他国にして父に逢ふこと得る縁　第九

鷲にさらわれて隣の国につれ去られた幼女を、八年後に父が見つけた話。特定の仏・法・僧など登場せず、仏教色のきわめて薄い奇異譚で、とくに父と子の縁の深さを説く。『扶桑略記』第四皇極天皇条に依拠を明示して本話を引き、『今昔』二六ノ一・『水鏡』巻中皇極天皇条も、本話を出典とする。なお、「鷲の育て子」は昔話として各地に残り、東大寺の良弁（『東大寺要録』一など）・三島大明神（『神道集』六など）の各話は著名である。

＊鷲と女児（五三頁）

「鷲の育て子」あるいは「鷲の捨子」といわれる昔話には、いくつかの類型がある。親の農作業の時にさらわれる話、鷲の巣から救い出された子の立身出世の話（名僧になる話も）、親の子探しの苦労話、鉱山―鍛冶の伝承との関わりなど。ともあれ、鷲にさらわれる子は男子である。女児は、「南方熊楠全集」三にインドやギリシャの例があげられている程度で、婚姻―神婚、ないし愛と結びつくものとの関わりがあるか（本集成『今昔物語集』二、二七七～九頁参照）。これについては、その他の問題点―井の辺、樹木、「鷲の啣ひ残し」―にも着目し、古代の諸伝承を援用して本話の原像を透視した守屋俊彦氏の推

論がある。氏は、神としての鷲が聖木に天降り、その影を巫女が木のほとりの井の面に認めて聖婚するという、鷲と巫女との聖婚儀礼譚であって、鳥取部の伝承であったとみる（『続日本霊異記の研究』）。

子の物を偸み用ゐ、牛となりて役はれて異しき表を示す縁　第十

前世で他人の物を盗むなど悪事をはたらいた人が、牛に生れ変って労役に服してつぐないをするという説話は、本書に目立つが、その初出話である。『扶桑略記』第四斉明天皇条に、本書上一四縁の引用につづけて「又同御時」云々として本話を引き、末尾に「已上出景戒記」と記す。『今昔』一四ノ三七も本話を出典とする。なお、牛に転生する話は『冥報記』巻下にも、本書に引く経典にも見える。例えば、『出曜経』に「他の一銭の塩の債を負ふがゆゑに、牛に堕ち塩を負ひ駈はれ」云々や、『成実論』にもある。このようにこの系統の説話は大陸から舶載された説話に由来する。本書では、上巻序の典型的な悪報例の中に「犢に生れて債を償ふ」（二三頁）とあげており、本話の類話としては、上二〇・中九・中一五・中三二・下二六各縁を収める。

幼き時より網を用ゐて魚を捕りて、現に悪報を得る縁　第十一

殺生を重ねた結果生きながら地獄の業火に責められる話で、主人公の漁夫は慈応という行者にかろうじて救われる。『三宝絵詞』中ノ六は本話を出典とし、『本朝高僧伝』巻七五は慈応伝としてこれを引く。なお、本話の類話として、兎の皮をはいで野に放った上一六縁、鳥の卵を食べた中一〇縁があり、殺生譚ではないが仏塔をこわして焼いた上二七縁もある。

＊僧の出講（五六頁）

本話では、本元興寺僧が播磨の国の寺から招かれ、夏安居中に『法華経』を講じている。下一九縁にも、奈良大安寺僧が肥後の国の大領から招かれて安居会をし、『八十華厳経』を講じる例をのせる。このように、中央の官寺僧が地方からの要請をうけて出講することがあった。中一一縁では、奈良薬師寺僧が紀伊の国の寺から呼ばれて本尊仏の前で法要の奉仕をしている。これらの説話は、その僧たちの直接関与した内容でもあり、現地からかれらがそれぞれ持ち帰ったものとみられる。本書の説話収集ルートの一つがそこにもある。

人・畜に履まるる髑髏の救ひ収められ、霊しき表を示して現に報ずる縁　第十二

元興寺の道登が、路辺に放置されていた髑髏を従者に安置させたところ、その亡霊が従者に恩返しをする。また、生前の話をして事件の真相が露見する話。本書では〔異類報恩譚〕の一つとして収録されており、下二七縁と説話の構成が酷似している。

下一縁には、修行者が髑髏となってなおも読経をつづける二話を収める。『扶桑略記』第四孝徳天皇条に「已上異記」と付記して本話を引き、『今昔』一九ノ三一は本話を出典とする。『本朝高僧伝』巻七二に道登伝を収める。なお、本話のテーマは、〝髑髏報恩〟型の昔話として広く流布され、また同様に〝唄う骸骨〟型の昔話とも関わる。古くは敦煌出土の句道興撰『捜神記』に所収する侯光・侯周兄弟説話以下、後世にわたって類話は多い。

＊道登の役割（五八頁）

道登は従者の万侶に命じて髑髏を樹上に置かせた。この行為は、往来する人馬に踏まれる苦しみからのがれさせるようにとの霊の救済を意味する。髑髏の霊は「平安らかなる慶び」を得て、「大徳の慈しびを蒙」ったとお礼のことばを述べている。ところが、以下恩返しの対象は、当の道登でなくて万侶であり、道登は説話末で万侶の報告を聞くだけに終っている。道登は、十師の一人として衆僧を教導し、白雉元年（六五〇）に白い雉が献上された時には高句麗の故事をあげて瑞祥と説き、改元の端緒となった（『孝徳紀』）。また道登は、宇治橋をかけた。宇治は大和から北方へ行く交通の要衝に当るが、宇治川の急流に阻まれた難所。そこに架橋して人々を救った功績は大きく、「宇治橋断碑」も現存する。行基もあちこちに架橋した。民衆の中に入ってかれらを教化する僧たちが、彼岸に架橋する土木工事をする効果は絶大である。本話における道登は、テーマの報恩からは浮いているが、これを登場させたのは、おそらくそのネームバリューによって聞き手に関心を抱かせ、話に信憑性を持たせる点にあるだろう。また、聞き手の中に万侶のような無名者が多く、それへの配慮もあっただろう。

女人、風声なる行を好みて仙草を食ひて、現身に天に飛ぶ縁　第十三

心身を清め、野草を摘んでは調理し、貧しい中にも家事に団らんに心がけた女人が、神仙の感応を受けて飛行自在の身となったという神仙譚。元来飛仙となるのは道教思想のものであるが、上二八縁にも飛天の術を得た役の行者の話があって、仏法の広大さを説いている。本話の神仙譚も、結局同じ意図で採録されたものであろう。『今昔』二〇ノ四二は本話を出典とする。なお、『懐風藻』にのる藤原不比等の「吉野に遊ぶ」と題する五言詩の中の一句、「漆姫鶴を控きて挙り」の漆姫は、本話の漆部の妾をさすといわれている。こういう仙女飛天の神仙譚が享受されたのは、古来の白鳥処女伝説・天人女房譚が下地にあったからであろう。

僧、心経を憶持し、現報を得て奇しき事を示す縁　第十四

百済の亡命僧義覚の、『般若心経』の霊験譚である。『三宝絵詞』中ノ七に「霊異記に見えたり」、『扶桑略記』第四斉明天皇条に「已上異記」とそれぞれ注して、本話を引く。『今昔』一四ノ三二、『水鏡』巻中斉明天皇条も本話を出典とし、『元亨釈書』巻

九と『本朝高僧伝』巻四六には、それぞれ本話を簡略化した義覚伝をのせる。なお、本話の奇異は心経を読誦する口から光明が発せられるところにあるが、心経を読誦する功徳譚は中一九縁にあり、また、体から光明を発する類話は、上四・上二二各縁にある。この発想は中国の高僧伝や感応譚に見られる。

悪人、乞食の僧を逼して、現に悪報を得る縁　第十五

乞食僧をしばりつけようとした男が、逆に呪縛されて苦しむという、僧迫害による悪報譚であって、この類の話は本書に多い。『今昔』二〇ノ二五は本話を出典とし、金沢文庫本『観音利益集』四二話も本話に基づくとみられる。なお、本話の主人公は、子の要請をうけた僧の読経により呪縛を解かれ改心するに至る。景戒は珍しく説話のあとに結語を付記せず、末尾を「しかして後に、……邪を廻らして正に入りき」という主人公の後日譚で結んだままでいる。これは、本話がほぼ上巻の中ほどにさしかかっており、序文末に記した「邪を却けて正に入れ」の一句を、読者に再認識させたいという意図に発したものと思われる。

＊僧の迫害（六三頁）
仏教関係者を迫害して悪報をうけるのは、本書の主要なテーマの一つである。その説話には、本話のように自衛手段として呪法を使う例もあり、中三五・下一四・下三三各縁などそうである。中三五縁では貴族が迫害した路行き僧の呪術によって悶死するが、これを聞かれた仏徒の聖武天皇はその僧の罪ではないと勅を下され、また、同結語も仏法守護神の加護によるものと説いている。ところで、迫害をうける僧の中に乞食僧が目立つ。上二九縁では托鉢用の鉢まで割られる。下一五・下三三縁ではいわゆる自度（私度）の僧が迫害され、中一縁の乞食僧もそれらしく思われる。下三三縁の結語には、その自度僧たちの中に「隠身の聖」が交じっていると記す。その他、僧をののしり嘲ったため悪報をうける例として、中一一縁や上一九縁など一連の類話もある。

慈しびの心なく、生ける兎の皮を剝りて、現に悪報を得る縁　第十六

生れながらに殺生を好んだ男が、兎の生の皮をはいで放した後、全身毒瘡で悶死する。殺生悪報譚として、上一一縁をひきつぎ、さらに上二一縁とつづいてゆく。結語で「現報甚だ近し」云々と説くあたり、悪報譚の典型と言ってよかろう。『今昔』二〇ノ二八は本話を出典とする。なお、兎の皮はぎをモチーフとする話に、『古事記』の因幡の白兎説話がある。

兵の災ひに遭ひて観音菩薩の像を信敬しまつり、現報を得る縁　第十七

百済に遠征して唐の捕虜となった越智直らが、観音の加護により脱出して無事帰国し、郡の設立が勅許され、寺も建てて件の

像を安置し信心した話。『今昔』一六ノ二は本話を出典とし、金沢文庫本『観音利益集』四三話（前半欠）も同話である。『予章記』の玉興説話も本話を下敷にしたのではないか。本話は、上六・上七各縁とモチーフの点でそれぞれ通じるものをもつ。観音霊験譚であるが、越智郡の創設および氏寺の縁起譚として、越智氏が先祖の功績を顕彰して伝承したものであろう。

＊越智氏の外征（六四頁）

越智氏はかつて小市国造であった（『旧事本紀』）。国造は元来在地の軍事的統率権をもち、外征軍も国造がその一族や農民を国ごとに組織したとみられている。越智氏はこうして来島海峡を中心とする瀬戸内海交通の要地を掌握していただろう。『伊予国風土記』逸文の「熊野の岑」にいう熊野船は、紀伊の紀氏と緊密な仲にあった越智氏が、本場紀州の造船技術を導入して造ったものと推測される（岸俊男氏『日本古代政治史研究』）。越智氏も紀氏と同じく外征可能の水軍勢力を持っていたとみられる。大和朝廷の朝鮮半島遠征では難波津から瀬戸内を西航した。例えば、斉明七年（六六一）一月六日に出航した天皇たち一行の船は、同十四日に伊予の熟田津の石湯の行宮に着いた。滞在中におそらく水軍の戦力を整え、いよいよ出航する時の詠歌が『万葉集』八の熟田津の歌であろう。『備中国風土記』逸文には、同国下道郡邇磨の郷で二万の兵士が応召したとある。本書上七縁の備後の国三谷郡の大領たちも、同様に参加しただろう。越智氏の外征をめぐって、本説話にこんな背景がいろいろ考えられる。

さて、天智二年（六六三）の白村江での敗退で遠征は中断され、唐軍に捕えられた者も少なくなかった。『攷証』に注する通り、正史に数例見える。帰国者は、天武十三年（六八四）・持統四年（六九〇）をはじめ、同十年（六九六）に伊予の風速郡の人、慶雲四年（七〇七）には讃岐の人など。かれらの忠誠行為が上聞に達して格別の恩典に浴した例もある――位階をうけ、各種の品や水田の下賜、課役の免除など。本話の越智直の場合もその一例であった。それを観音信仰による現報と説く所に本書の生命がある。

法花経を憶持し、現報を得て奇しき表を示す縁　第十八

大和の国の法華の持経者が観音の夢の告げによって前世の過ちを知り、伊予の国に居る前世の父母に逢って過去のわが行為を確認し、懺悔して覚えかねていた経文の一字を修得した。こうして、前世と現世にわたって持経を重ね、二世の親に孝養した主人公は、聖人と称えられ、これも『法華経』と観音菩薩の威光によるものだとして結ばれている。本話は後世の文献に享受されていないが、『法華験記』巻上ノ三二（『今昔』一四ノ一二）の「醍醐僧恵増法師」は、本話と全く同一構想の類話である。これは、『法華経』の二字が誦持できない恵増が、長谷寺の観音の夢の告げによって前世の播磨の国の両親を訪れ、燈火で焼けていた経の二字を修復して四父母に孝養したという。この話の畿内→播磨と、本話の畿内→伊予とをダブらせてみるにつけ、説話の伝播の問題や説教僧の唱導ルートの問題など関わることが分る。

なお、二世にわたって『法華経』を誦持または書写して宿願を果し、法華の威力を示すという程度の類話ならば、『法華験記』巻下ノ一二六（『今昔』一四ノ六）などに散見される。また、前世に経典の文字がしみに食われていたために読誦できないという例は『今昔』七ノ二〇（出典『弘賛法華伝』巻六）、同じく経典が一枚火に焼けていた同例は『今昔』七ノ二六（出典『冥報記』巻中）にある。こんなモチーフは中国の仏教説話に溯源するようである。

＊夢の告げ（六六頁）

本書に夢の話が十例ある。景戒の自伝（下三八縁）の中にこれが二例あって自己の夢について夢判断を試みているから、彼は夢を深く信じていたらしい。その第一の夢（三〇三頁）では、乞食僧が現れて景戒が教化されるが、この僧こそ観音の化身と信じている。本話の夢も観音に懺悔したあとであるから、その夢知らせとみてよい。ところで、右概説で述べた通り、法華持経者の夢に人が現れて前世で経の一部を焼いた罪を告げるというモチーフは、中国の仏教説話に由来するであろう。ただしそのモチーフを享受する下地はすでにあった。『記紀』の夢十数例についてみると、夢に現れるのは殆ど神、夢を見るのは天皇など為政者や司祭者である。夢の内容は、難事を打開する方法を夢で告げられた人が、神託通り実行して事が解決するというパターンである。本話の場合は、そういう古来の神が仏に代ったともいえよう。ただ大きな相違は、『記紀』の夢がおおむね公的な政事に関わっているのに対し、本書の夢はあくまでも個人的な因果応報の理にかなっている点である。夢を見る人は仏教関係者にほぼ限られ、夢の内容は、他者の前世ないし生前の悪業を知らせるもの（中一五・中三二・下一六・下二四各縁）、来るべき前兆を知らせるもの（中二〇・下三六・下三八各縁）、が主である。中にはフロイト的な感応譚（中一三縁）もある。その点、本書の夢は、『記紀』のみならず『風土記』『万葉集』とも異なった特色をもっている。

法花経品を読む人を呰りて、現に口喎斜みて悪報を得る縁　第十九

前話につづいて『法華経』の威力を述べる話で、法華持経者が登場する。ただし、本話は、乞食の持経僧を嘲り、しつこく口まねをした者（自度僧）の口がゆがんで直らなかったという、僧迫害による悪報譚（上一五縁参照）の一つである。類話が中一八・下二〇縁にある。『三宝絵詞』中ノ九、『法華験記』巻下ノ九六に、それぞれ霊異記出典を明記して本話を引く。『今昔』一四ノ二八は、本話を出典としてその構想に拠るが、『三宝絵詞』をも参照しており、さらに、類話に当る中一八縁からも寺名・僧名などを借用している。

僧、湯を涌かす分の薪をもちて他に与へ、牛となりて役はれ、奇しき表を示す縁　第二十

ある僧が、寺で使われている牛の前生について、寺の薪を他人

に与えた恵勝であることを明らかにし、その牛は死んだ。そこで、絵師たちにその僧の肖像を画かせたところ、みな観音像となったという。『今昔』二〇ノ二〇は本話を出典とする。金沢文庫本『観音利益集』二二話、『元亨釈書』巻二九、『本朝高僧伝』巻七五には、それぞれ本話を簡略化した恵勝伝をのせる。悪報により牛に転生した説話は本書に多い（付録上一〇縁解説参照）。とくに寺の物は薪一束の貸与すら許されないことを本話は教え、この類話は中九・中三二縁にもある。なお、本話は観音菩薩の変化の相をも示している——牛使いの目には牛を殺した呪僧とうつり、宮には高貴な僧に見え、絵師には観音に見えた。絵師に肖像を画かせて僧を観音の化身と知ったとするモチーフは、『宇治拾遺物語』巻九ノ二の宝志和尚の話（『高僧伝』一〇、『打聞集』一〇など）に通じる。

慈しびの心なくして、馬に重き駄を負せて、現に悪報を得る縁　第二十一

馬を過重な労役に使い果しては次々と殺していた瓜売りが、釜の熱湯に臨んで両眼が抜け落ちて煮られてしまう。動物を虐待して現に悪報を受ける殺生悪報譚として、上一六縁をひきつぐ。標題や結語の中に上一六縁と同じ文言も見え、同様な意図で本書に収録したものであろう。『今昔』二〇ノ二九は本話を出典とする。なお、『今昔』の編者も本話を上一六縁の享受話の次に配列している。

勤ろに仏教を求学し、法を弘め物を利し、命終の時に臨みて異しき表を示す縁　第二十二

日本古代仏教史で特筆される僧のひとり道照について、その高徳・霊異をのべた説話で、彼が入唐して玄奘に師事求学、帰朝して法を弘め種々活動した話と、臨終の奇異譚とが中心になっている。『拾遺往生伝』下ノ一〇は、本話を簡略化したもので「見霊異記」と注する。『今昔』一一ノ四については、その最末尾の話が本話を出典としているようだが、他の部分の話は本話と関連はあるものの別資料を想定すべきか。道照の資料は、『続紀』文武四年三月条に詳しい。『扶桑略記』第四孝徳・第五文武天皇条にもあり、『水鏡』巻中文武天皇条は『扶桑略記』第五をうける。また、『元亨釈書』巻一・『本朝高僧伝』巻一にも、詳細な元興寺道昭伝をのせる（『拾遺往生伝』『扶桑略記』以下、「道照」を「道昭」とする資料が多い）。なお、道照は、本書上二八縁の末尾の話にも登場する。

＊道照の往生（七四頁）

正史の道照伝は、『続紀』文武四年（七〇〇）三月十日条に載る。それと本話と関わり合う記事は多い。しかし、例えば、山背の宇治橋を彼の創造とする（本書上一二縁では道登）など、先行資料を異にしたらしい。『続紀』では、彼が玄奘から禅を学んで帰りこれを広めたこと、禅院で坐禅をしたことも記し、往生にあたっては、縄床に端坐し

たままで香気が房から出たとあるだけである。これらは本話と大きく異なる。景戒は西方極楽浄土への往生を欣求しており（下序、下跋など）、道照がそれを実践した大先輩だとして位置づけようとした、その説話が本話ともみられよう。なお、『続紀』をはじめ『扶桑略記』『元亨釈書』などの諸書に、日本の火葬は道照に始まると記す。景戒がそれを承知していたか不明。上四縁の願覚はやはり身体から光明を放ち、火葬の後も他国で生きていた聖者であり、道照説話に通じる。火葬は本書で重要な一問題でもある（とくに下三八縁後半の第二の夢参照）。

凶しき人、嬭房の母を敬養せずして、現に悪死の報を得る縁　第二十三

不孝養の学生が、貸した籾の返済を母に強要したので、その不孝を忠告しても聞き入れられない友人が代りに弁償した。母が悲嘆のあまり乳の代金を請求すると、彼は発狂し、家財も業火で焼失して餓死したという話。親不孝が因となった悪報譚であり、次の上二四縁にひき継がれ、中三縁もそうである。孝養は仏教に説く重要な倫理の一つであるが、本書に孝養をテーマとする善報譚は見えない。なお、『今昔』二〇ノ三一は本話を出典とする。

凶しき女、生める母に孝養せずして、現に悪死の報を得る縁　第二十四

前話につづく親不孝による悪報譚。同様に母親が相手であるが、主人公は他家に嫁いだ娘。母が斎食を求めて訪れてくれたのに、娘は無情につき返した。それがもとで夜、胸に釘がささって急死した話。飢えた母子は帰路で食を拾って救われる。なお、『今昔』二〇ノ三二は本話を出典とする。

忠臣、欲小なくして足るを知り、諸天に感ぜられて報を得て、奇しき事を示す縁　第二十五

中納言大神高市万侶が、私心を持たず百姓を哀れんで天の感応を得た話で、説話は二段から成る。前段は、持統天皇の伊勢行幸について、百姓の農作の妨げになることを憂え、再度諫めて中止を上申した話。後段は、日照りの際に、彼が自分の田の水を百姓たちに分け注いだので、龍神が彼の田にのみ慈雨を降らせた話である。前段の高市万侶の行幸諫止の記事は、『持統紀』六年二月・三月の条に詳しく、『懐風藻』の藤原朝臣万里の五言詩にもみえる。『書紀』と同様の先行資料に拠ったものと推定され、本話冒頭部の「記ありて」云々はそれを示す。後段の話は他の古代資料に見当らないが、冒頭の「或るは」は、やはり某資料に拠ったことを示したものとみる。前段と後段とは文体も内容的にもかなり相違し、資料源は別であったとみたい。

その中に、高市万侶の忠信と仁徳を称えて子孫に伝える神(三輪)氏の家伝の文もあったかもしれない。景戒は、それらの資料を奇異な感応譚として並べ、「賛」などの結語を付した。なお、『今昔』二〇ノ四一は本話を出典とする。

＊大神氏と降雨（七九頁）

私欲私心を持たず、ひたすら農民の生活を守ろうとする中納言大神卿。その誠実な心が諸天に通じて瑞雨を降らせた。ただ、慈悲の雨ならばすべての農民の田に降った方がよさそうなものを、彼の田にだけとはいかにも奇異である。これにはわけがありそうだ（守屋俊彦氏『日本霊異記の研究』）。つまり、大神氏の祖神は三輪山の神である大物主神であり、『記紀』の神話によると、この神は蛇体であり雷でもあった。蛇・雷は田の神、水を司る神であるから（上三縁参照）、大物主神にはそういう神格もあったとみてよい。すると、これを祭っていた氏は、雨を降らせることを職掌の一つとしていたと推考されよう。こんな伝承が本話の下地になっており、また、大神氏がかつてその伝承を管理していたとみることもできよう。

持戒の比丘、浄行を修めて、現に奇しき験力を得る縁　第二十六

百済からの渡来僧多羅常が、修行を重ねて不思議な霊験を発揮した話である。修行者が、体得した呪術によって病人を看る話は、上三一・下三四縁にもあり、史書にも、例えば、『続紀』天平勝宝八年五月条に看病の禅師が登場する。本話の主人公もそういう看病を第一とする禅師であるが、本話には、呪術というよりもむしろ超能力的な奇術（曲技）の方が紹介されている。『本朝高僧伝』巻四六に、多常伝（「多常」は本書の流布本によったもの）をのせる。

邪見なる仮名の沙弥、塔の木を斫きて、悪報を得る縁　第二十七

いかに外見が僧であっても、心が盗賊そのものであれば、きびしい悪報をうける。石川沙弥は、仏塔を建てる名目で集めた浄財を私用に使い、またある仏塔の材をも燃料にした。そのため、群衆の眼前で地獄の業火によって悶死するという話である。現実に地獄の業火で身を焼かれる話としては、上一一縁に播磨の漁夫、中一〇縁に和泉の若者も同様であり、本話の舞台は摂津である。これらの類話は地域が近くであり、話が伝播してゆくに当り関わりがあったかもしれない。『今昔』二〇ノ三八は、本話を出典とする。

孔雀王の呪法を修持し、異しき験力を得て、現に仙となりて天に飛ぶ縁　第二十八

わが国修験道の祖とされる、通称役の行者（役小角）の事蹟を伝記的にしるしたもの。本書では役優婆塞という（『三宝絵詞』

『今昔』など同じ)。役優婆塞は、『三宝絵詞』中巻でも、『今昔』本朝部においても、聖徳太子・行基とともに冒頭に説話を並べている通り、わが国仏教の創始に関わる重要な人物のひとりである。本話は三段から成る。第一段は、彼の生い立ちと神仙的な修行による奇異な験術の体得とを記しており、とくに用語・用字に文飾を加えた荘重な文体は注目される。第二段は、後世の諸資料に享受されている、金峰山と葛城山への架橋にまつわる話である。彼は讒言にあって伊豆に流され、その島や富士山でさらに修行を重ね、終には仙人となって天に飛ぶ。第三段は余話として付されたもので、主人公は道照(上二二縁参照)で、仙人となった彼に道照が渡唐の途中で出会った話である。

役優婆塞の資料として、史書では『続紀』文武天皇三年五月二十四日条にあるが、それは第二段とほぼ同じ内容の短文で、彼を単なる妖術者程度に扱っているにすぎない。それに比して本書では、道教の思想を仏教の中に取り入れ、仏法の験術の広大さを説くを旨とする。『三宝絵詞』中ノ二は、本書のほか『続紀』『日本国名僧伝』(佚書)などの出典を明記する。『扶桑略記』は、本書のほか「為憲記」(『三宝絵詞』)・「役公伝」(「本伝」)などを引いており、第四孝徳天皇条には本話の第三段を、第五文武天皇条には第一・二段を載せるが、異同が多い。『今昔』では、一一ノ三には第一・二段、一一ノ四(道照の話)の中には第三段の、それぞれの話を記す。その他、『本朝神仙伝』『諸山縁起』『私聚百因縁集』巻八ノ一、『源平盛衰記』巻二八、『水鏡』巻中文武天皇条、『元亨釈書』巻一五、『三国伝記』巻二ノ九、『帝王編年記』巻一〇文武天皇条、『一代要記』文武天皇条、『真言伝』巻四ノ一、『袖中抄』第六「くめちのはし」(『三宝絵詞』による)、『本朝高僧伝』巻六九など、後世に類話を収める資料は枚挙にいとまがない。

＊役と一言主(八五頁)

一言主神は豪族葛城氏の奉ずる神であり、役の行者は高賀茂朝臣つまり鴨氏の一族である。この両氏には、葛城地方において勢力の抗争があったであろう。鴨氏の主流は山城国へと移って行き(『山城国風土記』逸文)、残留者は宗教的なものを守って修行することを旨としたのではなかろうか。役の行者の執念の底にそれが流れているようだ。ところで、雄略天皇が葛城山で一言主神に出会った話にいう通り(『古事記』下巻)、本書上一縁で雷神を捉えさせた古代の典型的帝王である雄略帝でさえ、一言主神には頭が上がらなかった。その一言主神の力も、本話では、役の行者の仙術の霊力に及ばず、呪縛されたままで終っているのである。その役の行者が、道照の講話の聴衆の中に列している。つまり、本話の主旨は、いわゆる因果応報を説くものではなく、仏法の広大無辺を称揚するところにある。帝王の権力、固有の在地信仰、また仙術、それらよりも仏法は偉大であるというのである。

邪見にして乞食の沙弥の鉢を打ち破りて、現に悪死の報を得る縁　第二十九

仏教を信じない猪丸が、托鉢の僧を迫害した報いにより、外出の途上で風雨を避けて立寄った蔵が倒れて圧死するという、僧迫害による悪報譚である。『今昔』二〇ノ二六は本話を出典とする。僧迫害譚は本書の主要なテーマの一つである（「僧の迫害」参照）。

非理に他の物を奪ひ、悪行をなし、報を受けて奇しき事を示す縁　第三十

豊前の国の郡司である広国が冥土に召喚され、三日後に生還するまでの体験談の記録である。彼は亡妻の愁訴によって冥土の王（閻羅王）に召され、妻の悲惨な姿を見るが、無罪放免となる。王のついでの計らいで悪報を受ける亡父の姿を見、面接してその前罪や冥界における罪の償いぶりなどの詳細を聴いた後、幼い時に書写した観音経の助けによって蘇生する。その後、彼は、この不思議な体験談を記録して世間に広めるとともに、父のためにも仏道に則した生活に入った。こういう長い話である。『扶桑略記』第五文武天皇条には「霊異記云」として本話を抄録し、『今昔』二〇ノ一六は本話を出典とする。また、『観音利益集』三四「豊前広国」に観音経の利益を説いた本話の要約が見られる。なお、冥界の金宮を訪れて還った蘇生譚として、さきに上五縁の屋栖古譚があったが、本話のあと、中・下両巻にわたって地獄説話が多く登場してくる。

懃ろに勤めて観音に帰信し、福分を願ひて、現に大福徳を得る縁　第三十一

＊冥界伝承の習合（八七頁）

本書の地獄説話は、上三〇縁のほかに次の各縁にある――中五・中七・中一六・中一九・中二五・下九・下二二・下二三・下二六・下三五・下三六・下三七。右の諸話はそれぞれにいくつかの共通点をもっており、種々の問題を提供してくれる。

例えば、上三〇・下三五・下三七の三縁には、きわだった共通点がみられる。主人公が九州に関係のある人であり、彼は死んで冥界に行くが、自分は刑罰を受けずに他人の受刑のさまを見聞し、蘇生し生還する。そこで冥界での見聞を文書に記録して公表し、後で故人を追善する写経を行うのである。右の中で注目すべきは、右三話とも「黄泉」から「還」ったと後文では記してあるのに、説話中ではそれぞれの冥界を別の名で称していることである――上三〇縁では「度南の国」、下三五縁では「琰魔の国」、下三七縁では「閻羅王の闕」。この事実は、わが国に冥界伝承が成長してゆく一過程を如実に示してくれる。つまり、固有の「よみ」に漢語表記「黄泉」があてられたあと、やはり大陸から渡来した種々の冥界をそれに習合させる試みがなされていた痕跡がそこにある。〈蘇生〉を述べた共通祖話があって、それに〈冥界遊行〉を述べた部分をそれぞれ注入して形成していったのであろう（出雲路修氏「国語国文」四九巻一二号論文）。本書の地獄説話は、まだ後世のように固まっていないのである。

東人という吉野山の修行僧が、観音に帰依して〈銭と米と女〉を祈願した。折しも病に苦しむ豪族粟田氏の娘を呪力で治したところ、娘に恋い慕われて結婚、家財・位階までころがり込む。娘の死後も、その姪（兄の娘）をさらに後妻に迎え、大いに富み栄えたという話。物欲や色欲までからまり、後世の民話「わらしべ長者」を連想させる観音霊験譚である。『今昔』一六ノ一四は本話を出典とする。なお、本書の説話年代で格別に多い聖武天皇の代の話が本話から始まる。

＊現世的利益（九二頁）

この修行僧の観音への願い〈銭と米と女〉は、まさに俗人的であり、いかにも現世本位の色と欲に満ちている。半僧半俗的な古代の修行者の裸の一面がここにのぞかれる。類話は、中三四・中四二・下三・下一二各縁にもあり、当時の観音信仰を基調とするものである（〔観音信仰譚〕参照）。本書の観音信仰説話は、そういう願望の実現（善報）を感応の霊異という形で語るのである。なお、本書の説話は、世人教化のためのものであり、〈善悪の現報〉を語って、〈因果応報〉が速やかに確かに訪れることを強調するわけだから、この類の話は収録上まさに恰好のものであった。

本文の祈願文の訓読について、ここに付記しておく。現行は「好女」以下の訓みを、「好き女多、徳施せよ」「好しき女とを多に徳施したまへ」とする。ここは、「南无」以下を四字句文として呪文調で音読したとみる。――「南无、銅銭万貫、白米万石、好女多徳」と。そして改めて息をついで、「施したまへ」と言って願った。類話の中三四・下三各縁にある観音への各願文も、その末尾を「施したまへ」と結んでいるのである。

第三十二

三宝に帰信し、衆僧を欽仰し、誦経せしめて、現報を得る縁

聖武天皇一行の狩りで追われた鹿が百姓の家に逃げ込み、それと知らずに家人は殺して食べてしまった。その罪で逮捕された人々は、大安寺の丈六仏にすがり、誦経も頼んだ結果、寺僧たちの協力もあり、皇子誕生の大赦を受けたという話。この丈六の釈迦仏の霊験譚は中二八縁にもあり、当地の民衆に広く信仰されていたようだ。『今昔』一二ノ一六は本話を出典とする。

＊民衆的縁起譚（九五頁）

中二八縁にも、大安寺の近辺に住む貧女が、「大安寺の丈六の仏、衆生の願ふところを、すみやかに施し賜ふ」と「流へ聞」き、丈六仏を信心して願った財宝が授けられるという、本話と同じ丈六仏の霊験譚がある。この像の霊験あらたかなことを、当地の民衆は周知していたにちがいない。両話とも当時の庶民信仰の一面を如実に表すものとして興味深い。ところで、大安寺には、天平十九年（七四七）に編まれた『大安寺伽藍縁起幷流記資財帳』がある。これに丈六像が二例見えて、いずれかが本話に登場する仏像かと思われるが、それはさておき、右資財帳が同寺の公的な縁起資料である。対して本話や中二八縁こそ民衆的縁起譚と言えよう。本話において、百姓が鹿を殺して食べ

たことも、天皇一行の狩猟も、仏法で罪となる殺生行為である。一見無神経にそれらが記される点にも庶民性があり、そういう伝承を収める容量の広さにも本書の魅力がある。

妻、死にし夫のために願を建て、像を図絵し、験ありて火に焼けず、異しき表を示す縁　第三十三

信心深い貧しい賢婦が、亡夫の供養のためにと絵師に頼んで画像を完成させた。その絵を安置して日々礼拝に行っていた本堂が、盗人の放火で全焼したが、画像だけは焼けなかったという話。村人の語る八多寺の阿弥陀画像の縁起譚である。特定の寺院の仏像の民衆的縁起譚という点では、上三二縁に同じ。『今昔』一二ノ一八は、本話を出典とする。仏画が盗難に遭う話は上三五縁にもあり、木像・経典が火難に遭う話は中三七・下一〇縁にもあって、いずれも霊験によって災いを免れている。そういう霊験譚・縁起譚は本書に多いが、本話のように、村人の口承という形式で記述される話は珍しい。

絹の衣を盗ましめて、妙現菩薩に帰願しまつり、終にその絹の衣を得る縁　第三十四

紀伊の国の私部寺の門前の家の人が、絹を盗まれて妙見菩薩に帰依信心したところ、強風がその絹を吹き上げて鹿の角にひっかかり、鹿はそれをもとの家に届けて天に去ったという、妙見菩薩の霊験譚である。『今昔』一七ノ四八は、本話を出典とする。本書下五縁にも妙見菩薩の霊験譚があり、盗みを顕し鹿も登場する点で本話に通じる。さらにその舞台が河内の国で、本話の紀伊と比較的近く、同一ルートの可能性もあって関連が深い。なお、本話において、地名は明記されているものの、時代は単に「昔」とあり、人名も不明。それらの点で前話（上三三縁）と同じく村人の口承譚であっただろうと推定する。その村の私部寺の本尊妙見菩薩の〔民衆的縁起譚〕であっただろう。

知識を締び、四恩のために絵の仏像を作り、験ありて奇しき表を示す縁　第三十五

精進修行を重ねた尼が、四恩に報いるために仏画を画いて供養し、平群の山寺に安置した。これが盗まれたので尼は放生を思い立って市場に行くと、箱の中から画像が生き物の声を出して見つかり、再び山寺にもどったという話。尼の精進と放生の功徳、さらにそれに感応する仏画の霊験譚である。『今昔』一二ノ一七は、本話を出典とする。なお、市場と盗難と関わる点で前話と共通し、また、盗まれた仏画の霊験譚として前々話に通じる。本話も、平群の山寺の仏画の〔民衆的縁起譚〕であろう。以上の上巻末三話は、いずれも時代・人名とも不明記であり、上述通り村人の口承譚であったと推定する。景戒は、そういう三話を付して上巻を結んだのであろう。

中巻

おのが高き徳を恃み、賤しき形の沙弥を刑ちて、現に悪死を得る縁　第一

正二位長屋王が、元興寺の大法会に際し勅命により僧たちに食事を捧げる役についた時に、乞食僧を笏で打った。僧は頭から血を流して姿を消す。その直後、王は謀反を企てていると密告され、勅勘をこうむり自害した。死後、王の遺骨を土佐に流したところ、当地に祟りの疫病が流行したため紀伊に骨を移したという話。『今昔』二〇ノ二七は本話を出典とする。『扶桑略記』第六聖武天皇上（神亀六年二月六日条）には、「已上異記」と注して本話の前半（王の誅殺まで）を載せる。また、『元亨釈書』巻二二聖武皇帝（天平元年二月条）、『仁寿鏡』天平元年条に、本話の前半をごく簡略化してあげる。ところで、正史である『続紀』天平元年二月条にも長屋王の事件は記されている。しかし本書の記事と合う所は、謀反計画を密告されたという点だけで、自害および一族の誅殺の具体的記事には差違もあり、注目すべきは、大法会の記事など全く無いことである。よって、本話の素材や成立について問題がありそうだ。本書では、僧を迫害した者の悪報譚として本話を扱っており（「僧の迫害」参照）、それはいかに高位高官者でも例外にならないということを強調している。

*長屋王謀反説話の成立（一〇九頁）

長屋王は、天武天皇の第一子に当る高市皇子の子、その妃は帝の姉妹であったから、親王と同様の待遇を受けていたようだ。藤原不比等が死に（七二〇年）、右大臣さらに左大臣へと昇進し（七二四）、政界の中心人物となった。天平元年（七二九）二月、聖武天皇が藤原宇合らに命じて王の私宅を囲ませて自殺に追いやったのは、結局藤原氏の陰謀によるものらしい。『続紀』の記事はその域を出ず、政治的謀反事件の次元で終始する。それは宮廷圏の資料に基づいたものであっただろう。

長屋王は、政治家であるとともに、『万葉集』『懐風藻』にも登場する文人でもあった。また、写経も行い、『東征伝』にも、鑑真が彼地で知っていた日本の仏教者として、聖徳太子とともにその名が見える。だから、けっして反仏教徒ではなかった。それにつけても、僧迫害の悪報譚である本書の長屋王説話の成立は、まさに問題をはらむものと言えよう。

王の活躍当時は、公地公民制の行きづまり、浮浪民や自（私）度僧の取り締りなど、律令政治の弊害が表面化している。自度僧の中には乞食する者が多い。となると、本話の乞食僧は自度僧であった。ここ

に本話の背景を見る。王は自度僧にとってはまさに当面の敵。本話は、政治的次元でなく宗教的（とくに自度僧的）次元で終始しており、自度僧たちの伝承によるものであろう。とくに本話の前半はそうであり、後半は地方（とくに紀伊）に伝承されていたものであろう。正史のそれと違い、本書に収める説話材料の注目すべき一面をここに見る。当時の民衆は、長屋王の反逆死というニュースは熟知していながら、死因の真相までは知りえなかったのだろう。だから自度僧たちは、乞食僧を擁護するこの話を民衆相手の唱導の好材料に用いたとみられる。景戒がこれを本書中巻の冒頭話に据えた理由の一面も、そこらにあるのではなかろうか。

烏の邪淫を見て世を厭ひ、善を修する縁　第二

和泉の国の大領倭麻呂の家の大樹に巣作りをした烏一家がいた。母烏が浮気をし子を残して去ったので、父烏は子を抱いたまま死ぬ。これを見た大領は、すべてを捨てて行基の許に走り、出家して信厳と号した。一方、残された妻は、臨終に乳を飲ませた病児にも死なれ、追慕して出家する。信厳は行基よりも早世し、行基は悲しみの歌を詠んだ。以上、説話が連鎖的につながっている複雑な構成をもつ出家譚である。恐らく、倭麻呂の出家譚を原にし、これに妻の出家譚が加わり、さらに末尾の行基の詠歌が本話の伝承される過程で付加されたのであろう。

後世の歌学書『袖中抄』は、第八「おほおそとり」の条に、「日本霊異記云」として行基の歌を中心に本話を要約して引く。さらに『壒嚢抄』などもそれを引く。

なお、行基関係説話が本話から始まり、以下、中七・中八・中一二・中二九・中三〇各縁がこれに当る。行基は、文殊菩薩の化身と信じられており、仏徒天皇である聖武帝に信任されていた（上五、中七縁）。本書の中巻は、聖武天皇と行基とを主軸として展開しているともいえよう。

＊倭麻呂の出家（一一〇頁）

血沼県主倭麻呂は、天平九年（七三七）「和泉監正税帳」の中に、「郡司少領外従七位下珍県主倭麻呂」と署名のある実在の郡司であった。同年に少領であったのだから、大領とある本話はそれ以後の成立であり、行基よりも早く逝去したのだから、その没年（天平二十一年）までの間の話と知られる。ところで、行基と和泉の国との関係は深い。まず、母は同国大鳥郡の人（中七縁）。その為でもあろうか、『行基年譜』を見ると、彼は再三同郡に寺院を建立したり池を掘るなどしている。さらに、天平六年と同十三年には、本話の舞台（泉郡）でも次々と池や溝を掘っている。その大土木工事に倭麻呂のような在地豪族の協力があったにちがいない。そういう活動中に、倭麻呂は行基の宗教運動に深く感銘され、終に出家した。本話は、そんな実話を踏まえたものとみたい（黒沢幸三氏「同志社国文学」一一号論文）。なお、血沼氏について、もと常世国の使者である烏を管理し、他界と交通する伝承をもつものとし、それが新宗教の導入により出家という形に変容、とくに西方往生を欣求するという説話になった。このような説話基盤を推定する説（守屋俊彦氏『続日本霊異記の研究』）もある。

＊**行基の歌**（一一一頁）

この歌は、内容からして純粋な信厳の死の追悼歌とはみられない。本話の冒頭の烏の話と首尾呼応させるべく、話のおちとして伝承の過程で付されたものであろう。「烏とふ大をそ鳥のまさでにも来まさぬ君をころくとそ鳴く」（『万葉集』三五二一）の援用。説話に即した行基の歌の意味は、「共に」と契ったはずの妻烏が、夫烏を残して他の烏と飛び去った。そのように、「大徳と共に」と契った信厳が私を残して先立って行った——。なお、薬師寺の仏足石歌に、「ますらをの進み先立ち踏める足跡を見つつしのはむ……」とある。仏足石歌は行基の死の少し後の成立のようだが、行基・景戒とも同じ薬師寺の僧である。本話を伝承した人たち（行基集団の継承者）はこの歌も知っていて、先立っていった信厳に「ますらを（仏陀）」の姿をダブらせた歌を仕立てたのかもしれない。

縁　第三

悪逆の子、妻を愛して母を殺さむと謀り、現報に悪死を被る

防人として徴集され筑紫に赴任した武蔵の国の吉志の火麻呂が、故郷に残してきた妻への愛情をおさえきれず、同行の母を殺害して服喪休暇で帰国しようとはかる。信仰のあつい母を法会があると偽って山中で殺そうとするが、大地が裂けて自らが墜落死する。それでも母は子を救うべく努めるがままならず、結局子の追善供養をしたという話。慈母の愛とまさに対照的に描かれている子の悪行の応報譚である。親不孝の悪報譚は上二三・上二四縁にもある。しかし本話は、防人という古代徴兵制の生んだ家族別離の社会的悲話であるとともに、成人妻帯後も夫が母に乳離れしていない所から起きた家庭的悲劇としてもとくに注目されよう。『今昔』二〇ノ三三は、本話を出典とする。『言泉集』亡母「悲母不捨逆子事」の条（金沢文庫本・龍谷大学付属図書館本・叡山文庫本）は本話を引き、また、『宝物集』（二巻本・三巻本・七巻本）や真字本『曾我物語』四にも、本話を踏まえた記事が載る。なお、不孝の子が大地に呑まれるモチーフは、仏教説話に見られる（『法苑珠林』二一、入道篇引証部所引『雑宝蔵経』）。

＊**火麻呂か大麻呂か**（一一二頁）

底本（真福寺本）は「大」とも読め、正倉院文書の人名に「大麻呂」が数例あって「火麻呂」はないため、「大麻呂」とするテキストもある。ただし、底本の下文も、対校本（来迎院本・国会本）も「火」であり、しかも、本話を引く『言泉集』諸本も、また、本話を出典とする『今昔』も『宝物集』諸本も、すべて「火」であるから、以上の諸資料により「火麻呂」に従う。「火麻呂」という珍しい名の由来として、この男の悪逆を憎んでつけた悪名とみる説もあるが、この主人公の兵としての階級は〈火長〉とみられるので（益田勝実氏「日本文学史研究」二〇論文）、その縁による説話的人名ではないかと推測する。火長は、古代の兵制で兵士十人（一火）の長で、下士官に当るようだ。『令義解』の「軍防令」によると、父母の喪に際して、普通の

防人は帰国できないが、火頭（火長）は例外とされている。その特権あるがゆえに企てて犯した罪悪であったとみられる。

力ある女、捔力し試みる縁　第四

上二縁末にあった美濃の狐氏の四代目の子孫に当る大女と、上三縁の主人公道場法師の子孫に当る尾張の小女との力比べの話。美濃の大女が百人力をほこって人の物を強奪することを聞いた尾張の小女は、大女に智恵と力で挑戦し、これを完全に屈伏させるのである。『今昔』二三ノ一七は、本話を出典とする。美濃の大女は、狐と婚姻を結んだという異類の血が入った力女。一方の尾張の小女は、雷神の申し子の子孫という力女。この世紀の対決は後者に軍配があがり、後者の後日譚がさらに中二七縁へとひきつがれる。すでに本書の冒頭部各縁で述べた通り、本話は上一・上二・上三・中二七各縁とともに道場法師系説話群を形成する。それらは仏教臭のないいわゆる世俗説話に属するが、大力も因果の理にかなうものとして本書に収めている。なお、本話は、上一・上三各縁とともに小子の優越を語る民譚でもあり、聞く人々は拍手喝采したであろう。

漢神の祟りにより牛を殺して祭り、また放生の善を修して、現に善悪の報を得る縁　第五

摂津の国のある富豪が、外来の漢神を信仰して毎年牛を殺して祭り、重病になった。そのため種々試みたが治らず、結局殺生の報いによると考えて放生を志すうちに逝去した。九日後に蘇生し、閻羅王庁で裁判を受けた話をする——七人の牛鬼に訴えられたが、放生した生き物に弁護されて罪を免れたと——。生還後は熱心に仏教を信仰し、長寿を全うしたという話である。上七・上三五縁と同じく放生の功徳を説く現報譚であり、また、上三〇縁のような冥界体験譚であるが、善悪両様の応報の軽重を裁定するなど、注目されるモチーフもあり、同様な構想が中一六縁へとつながる。とくに、外来の漢神を祭る邪神教の信仰と、わが国固有の神道的行事と、仏教信仰とが混在する民間信仰譚は珍しい。当時の民間信仰の実状を窺うに足る話である。『今昔』二〇ノ一五は、本話を出典とする。

＊殺牛信仰（一一七頁）

本書に登場する牛の話は、前世で悪事を犯した人が牛身に生れ変って労役に服し、罪のつぐないをするという筋書をもつものが殆どを占める（上一〇縁など）。牛を殺すというモチーフは本話と中二四縁とに見られ、後者は、牛を殺す肉好きの閻羅王の使の鬼の要求をかなえてやる話で、越前の敦賀から奈良へのルート上の近江を舞台とする。ところで、皇極紀元年には雨乞いのために牛馬を殺して祭る記事があり、これは広く農耕諸民族に見られるものという。また、『続紀』の延暦十年には、伊勢・尾張・近江・美濃・若狭・越前・紀伊などで、牛を殺して漢神を祭るのを禁じた記事がある。本話の舞台である摂津も入れてみると、奈良時代から平安初期にかけて、近畿の周辺におい

て、かなり広範囲に牛を殺して漢神を祭る信仰が行われていたと知られる。右の分布地域は、古来の敦賀→奈良ルートを基盤とするとみられるから、渡来人のもたらしたものであろう。なお、この神については、項羽神的な怨霊神ともいわれる（佐伯有清氏「歴史学研究」二二四論文）。仏教は、固有の神道と争いつつも後には融合するが、他の外来宗教とは相容れなかったようである。

誠の心を至して法華経を写したてまつり、験ありて異しき事を示す縁　第六

山城の信心家が、自分の写した『法華経』を入れる箱を作らせたところ、寸法が足りなくて入らなかった。そこで、誠を尽して供養を重ねた結果、終に箱に納まったという話。至心の信仰に感応した『法華経』の霊験譚である。『法華経』そのものの霊験を示す類話としては、魚がお経に変化する下六縁、火事の折にお経だけ焼け残っていた下一〇縁がある。『三宝絵詞』中ノ一〇に「霊異記にしるせり」、『法華験記』巻下ノ一〇五に「出霊異記」とそれぞれ末尾に注して本話を引くが、『法華験記』は『三宝絵詞』の孫引と認められる。また、『今昔』一二ノ二六は、本話を出典とする。

智者、変化の聖人を誹り妬みて、現に閻羅の闕に至り、地獄の苦を受くる縁　第七

本書中巻の説話年代の殆どを占める聖武天皇代において、天皇の信任厚くわが国初の大僧正位をも賜った行基。彼は中二縁に脇役として登場したが、本話では智恵第一と称された学識の智光と対比される形で、聖人として確かに位置づけられる。各地の民衆から菩薩として崇められる行基の姿は、本話以後、中八・中一二・中二九・中三〇各縁で見られ、本話は本書の行基説話の中核となり、中巻で最も長い話である。経典を注釈し学生に仏法を教授する聡明な学匠智光に対し、行基は教化修行僧として諸国の民衆の中に入りこんでゆき、生き菩薩と称せられる。天皇が行基を大僧正に任じるに及んで、智光はこれを嫉妬し急病にかかる。そこから上三〇縁と同様な冥界譚が展開され、智光は三つの地獄をめぐって次々と苦しんだあと、行基を誹謗した罪報と知らされ、行基が往生後に住む金の宮殿まで見学して蘇生する。そこでさっそく行基の許を訪れ、謝罪をし冥界の報告をして、行基こそ聖人であるとさとるなど、両人の後日譚まで付する。以上の通り、本話は智光を主人公として聖人行基を称揚する説話である。

本話は広く流布したもので類話が多い。『三宝絵詞』中ノ三は、出典の中に本書もあげて本話や中二九縁などを要約して収める。『日本往生極楽記』二、『法華験記』巻上ノ二、『今昔』一一ノ二なども、その系統の内容をもつ。後世の『本朝高僧伝』巻六四には、行基伝と智光伝を別々に載せ、後者に本書依拠を注する。『扶桑略記』聖武天皇下条も、「已上異記」と注して本話を部分的に引く。なお、行基の伝記としては、『行基大僧正墓誌』、

『続紀』天平勝宝元年二月二日条、『行基年譜』など多い。

＊行基への誹謗（一二四頁）
『続紀』の行基伝に、「都鄙に周遊して衆生を教化す。道俗、化を慕ひて追従する者、動もすれば千をもて数ふ」とある通り、行基は民衆教化に効果をあげ、また、「橋を造り陂を築くに、聞見の及ぶ所は、咸く来りて功を加へ、不日にして成る」とある通り、人々を動員して社会事業に尽力した。そういう活動に対し、有名な養老元年（七一七）四月に出された詔は、彼を「小僧」とけなし、その活動を僧尼令に基づいて禁止しようとするものであった。しかし、政府の弾圧政策は効を奏さず、彼はついに、厳然たる僧綱制の位階をこえて大僧正に任ぜられることになった。このことは、政府が、結局彼の社会事業の成果と民衆への教化力を認めざるをえなくなり、そのエネルギーを大仏建立事業に利用しようとしたものとみられている。ともあれ、かつて「小僧」と言われていた沙弥行基が大僧正に特任されたのは、当時の宗教界の大事件。だから、本話にある智光の対行基誹謗には、行基を首長とする僧侶群に対する他の大僧たち僧侶群の意識が集約されているであろう。この優婆塞的実践形態に対する大僧的学智形態という対照、さらに、行基は法相宗を奉じ薬師寺に属し、智光は三論宗を奉じ元興寺に属していたという学統の問題、それらとの関連もあって、本話は、宗教史の根本的な問題をもひそめているであろう（堀一郎氏『民間信仰史』）。

蟹と蝦との命を贖ひて放生し、現報を得る縁　第八

前話をうけた行基関係説話。ひたすら行基に仕えていた奈良の鯛女という娘が、大蛇に飲まれる蛙を見て、身代りに大蛇に婚約して救ってやる。そのことを行基に打明け、その教えのままに信心している時に、老人の売る大蟹を見つけてこれを放してやる。その蟹が、求婚に来た大蛇を切りきざんで報恩してくれたという放生譚である。民話の蟹報恩譚に通じる。本話に三匹の動物が登場するが、蟹以外の二匹の役割については問題がありそうだ。すなわち、蛙は娘に一命を救われたのに恩返しもせず、その後全く姿を見せない点、元来は蛙の報恩も話の中にあったであろう。次に、蛇は悪役になっているが、蛇と処女との婚姻については、固有の神話の残影が窺われよう。そういう間をぬうようにして行基が顔を出している。以上の諸点をみるにつけ、本話は伝承の間にかなり成長改変されているものとみてよい。中一二縁にもこれの類話があって、伝播のあとを裏づけてくれる（付録中一二縁解説参照）。なお、『三宝絵詞』中ノ一三は本話を出典としており、「霊異記に見えたり」と注する。

おのれ寺を作りて、その寺の物を用ゐ、牛となりて役はるる縁　第九

武蔵の国の郡司大伴の赤麻呂が、自分の建てた寺の物を濫用して返さなかったため、役牛に転生して負債を返すという話。と

くに、黒斑の牛で、その斑が罪状の文字になっているという発想がおもしろい。そしてこの事実を後世の戒めとして記録に残したという。この点は上三〇縁に通じる。役牛に転生して生前の債務を果すことは、上巻序で典型的な悪報例にあげられ、類話は上一〇縁以下に幾例か存する。中でも本話のような寺院の物を私物化した例は、上二〇・中三二縁にも見える。当時の寺院経済の一面ものぞかれよう。それを固く禁じさせようとしたのがこれら一連の話であろう。なお、『今昔』二〇ノ二一は、本話を出典とする。

＊郡司と仏教（一三二頁）

主人公を郡司とし、その仏教信仰に関わる説話が本書に数話ある。中二縁の信厳はもと和泉の国の大領（正倉院文書に少領とある実在の人物）、行基の土木事業に協力などするうちに教化されて発心したらしい出家譚。〔倭麻呂の出家〕参照。また、上七縁は備後の国の大領が百済遠征し、彼地の禅師を請じて帰り、郡寺を建てた話。上一七縁も、伊予の国の大領が同様に遠征して仏像を奉じて帰国し、郡寺を建てた話である。郡司の造寺については、『出雲風土記』に数郡にわたって記事が見える通り、かなり実例がある。郡司の仏教信仰は、右中二縁のような純粋なものもなくはないが、過去の神話に拠ってきた地方豪族が、在地に新しい支配権を確立するために、三世にわたる因果応報を説く仏教理念によってその地位の正当性を主張し、自らも納得すべく進んでこれを受容したとみられている。郡司には、在地の豪族が任ぜられて世襲される例が多かったようだ。

下二六縁の主人公は、「富貴にして宝多し。馬牛・奴婢・稲銭・田畠等あり」という大領の家の妻で、他人の物を盗用して役牛になるが、夫の大領らは、高額の物量などを郡寺にも東大寺にも寄進している。本話の背景として、こういう古代の郡司たちの動きを据えてみるとよい。上三〇縁にも、豊後の国の少領の冥界からの蘇生譚がある。このような各地の郡司層の現報善悪にわたる関係説話は、各地で適宜郡司や庶民の間に教説されたにちがいない。それらが本書の世界を生む基盤の一つになっているのである。

つねに鳥の卵を煮て食ひて、現に悪死の報を得る縁　第十

和泉の国の下痛脚村の邪見な男が、鶏卵を煮て食うのを常としていた。その報いで冥界の兵士に麦畠に連行され、焦熱の中で脚が焼けただれて死ぬという話。地名のアナシ（「痛脚」と表記）と関わらせる点もおもしろい。こういう殺生譚は、上一一（魚）・上一六（兎）・上二一（馬）各縁にあり、中巻では本話が初出である。これは放生譚（中五・中八縁など）と対照的で、厳しい悪報を受ける。本話のように生きながら地獄の業火に責められる報いは、上一一・上二七各縁にも見える。『今昔』二〇ノ三〇は、本話を出典とするが、『今昔』における本話は、類話である上一六・上二一各縁の享受話の次に配列されている。『冥報記』下ノ八の冀州の小児の話（『今昔』九ノ二四に享受）は、構想・内容とも同一で、本話と深い関わりがあろう。外来説話の翻案・国風化がなされ、説教材料として利用されていた

ことを窺わせる。

僧を罵ると邪婬するとにより、悪しき病ひを得て死ぬる縁　第十一

紀伊の国の狭屋寺の尼たちが奈良薬師寺の僧を招いて、観音を本尊とする悔過の法要を行った。その里の男が、参会中の妻と導師との不義を邪推して導師を罵倒した上、妻を連れもどして同衾するうち、陽物を蟻にかまれて急死するという話。上一九・中七各縁と同様、上巻序に「法僧を誹りて現身に災ひを被る」と記す例話である。法会を妨害し、斎戒中の妻を淫したことも、さらに厳しい悪報の因になったのであろう。本話の舞台は、本書で大和に次いで多く登場する紀伊であり、そこに出講したのが薬師寺僧。後に景戒が入った薬師寺と紀伊の国との関連をもつ話という点でも興味深い。『今昔』一六ノ三八は、本話を出典とする。また、『和名抄』茎垂類の玉茎の項に、「日本霊異記云」として、「（上略）死ヌル時ニ蟻其ノ閉ニ着ク」と引く。後世の『本朝高僧伝』巻七五の「顕恵伝」も本話による。

＊悪者の性格づけ（一三六頁）

仏教を正道とする本書の説話における登場人物について、その行為ないし性格の善悪を判断する決め手は、三宝・因果の理を信じるか否かにあると言えよう。そして、それを信じないで、殺生する者は「天年邪見」（中一〇縁）、殺盗者は「天年心曲」（下二二縁）、乞食僧迫害者

は「愚人」（上一五縁）・「天年邪見」（上二九縁）等々と、厳しく決めつけられる。本話の文忌寸も、三宝を信じないとして「天骨邪見」「凶人」とされるが、実態は如何。『紀伊続風土記』や『住吉大社神代記』の記事によると、本話の舞台である紀伊の伊都郡の辺は、在地神である丹生津姫の信仰圏に入り、しかも、平安初期頃に当の文忌寸がこの神を祭っていた。在地神の深い信仰者であったからこそ、排仏に徹していたと見なされるのである（丸山顕徳氏「日本文学」二四巻六号論文）。邪見とは、殺盗・慳貪などの道徳的悪人をいうばかりではなかった。むしろ、法会に招かれて教説する僧たちには、排仏行為こそ重大であったのである。本話の下地にこれをかいま見る。

蟹と蝦との命を贖ひて放生し、現報に蟹に助けらるる縁　第十二

中八縁と同じ素材による放生・動物報恩譚である。仏教を信心する山城の国の女人が、村童に焼いて食われようとする八匹の蟹を放生してやる。次いで、大蛇に呑まれようとする蛙を見て、結局身代りを約束して助けてやる。父母もこれを心配する。女人は、行基に教えられるまま三宝信心を固めるところに、大蛇が来るが、蟹がこれを切りきざんでしまう。この話が山城の国の山川での大蟹の放生会の起源だというのである。

『法華験記』巻下ノ一二三「山城国久世郡女人」の典拠は、中八縁よりも本話に近いが、全般的にかなり改変潤色され、蟹満多寺（紙幡寺）の縁起譚に仕立てられている。『今昔』一六ノ

一六、『古今著聞集』巻二〇魚虫禽獣六八二話、金沢文庫本『観音利益集』三九話（前半欠）、『元亨釈書』巻二八寺像志「蟹満寺」は、いずれも『法華験記』を出典とするものであり、後世の『見聞談叢』巻二所収話など、広く享受されたようだ。

＊説話の伝播（一三九頁）

中八縁と中一二縁とは、同一素材から成る蟹報恩譚。信心深い女が、大蛇に呑まれる蛙を身代りになって助けてやる点、行基大徳の教示通りに女がひたすら仏道に帰依する点、女をわが物にしようと侵入した大蛇を、女に放生してもらった蟹が切りきざんで報恩する点など、全く同一である。この話は、昔話の動物報恩譚と共通する所が多い。本書の報恩譚には、亀（上七縁）、髑髏（上一二・下二七縁）もあるが、蟹の両話が行基と深く関わっている点、注目される。この両話は、おそらく行基以後に、その教えを奉じた関係者たちが布教に用いたものであろう。本書の行基関係説話は、中二縁の和泉の大領倭麻呂の出家をめぐって考えたように、行基の活動した地域を舞台としており、それは『行基年譜』などによって裏づけられる（黒沢幸三氏「同志社国文学」二号論文）。

中八縁は生駒山寺（竹林寺）を拠点に大和の国で、中一二縁は深長寺（法禅院）を拠点に山城の国で、実際に民衆たちに語られたものに基づくとみられる。そして、元来は同じ種子から発したもので、伝播する間に、徐々に異同が生じていったのであろう。前者では、蛙が初めに現れて蟹は後、行基が再三登場する上に、聖の化に相当する老翁まで現れる。後者では、牧牛の村童、女の父母、義禅師など多数登場し、その分行基の影が薄れるほか、蛇と女に神婚的な関係が残るなど、それぞれに特徴がある。景戒も、両話をひとしなみに単なる報恩譚として採録したのではない。結語末に記すように、前者は「隠身の聖」、後者は「放生の起源」、それぞれの興味も加わって収めたようだ。なお、『三宝絵詞』の編者為憲は、うら若い皇女への教材に前者を採り、一方、『法華験記』以下の諸書は、山城の国の蟹報恩譚である後者の享受発展したものを採り、それぞれ伝播の輪を拡げたのである。

愛欲を生じて吉祥天女の像に恋ひ、感応して奇しき表を示す縁　第十三

和泉の国の山寺に信濃の国から来ていた修行者が、吉祥天女像に日夜恋慕し、夢の中で結ばれる。その汚れが天女の裳裾についていて、村人の話題になったという話。行者は深く恥じ入るが、無礼な弟子の告げ口でこの情事が村人に知れて、その面前で行者は真相を語るという所で終る。つまり本話は、在俗の行者の生々しい愛欲譚ではあるが、真摯な信仰心が天女に通じるという感応譚となっている。上八縁にも感応譚があり、経典に帰依する利益譚であって、「感応の道」の効験の大をたたえて結んでいる。吉祥天女は福徳を授ける偉大な女神と称せられ、本書では本話と次話とにその感応譚が並んでいる。『今昔』一七ノ四五は、本話を出典とする。後世の『本朝怪談故事』神社門巻三ノ八も本話を引く。なお、『古本説話集』巻下六二話に類話がある。

窮しき女王、吉祥天女の像に帰敬しまつり、現報を得る縁
第十四

　順番に饗応しあっていた王族たちの中にいた貧乏な女王が、番がまわってきたのに準備ができないまま、奈良服部堂の吉祥天女像に祈願した。すると、幼時に育てられた乳母がたくさんのご馳走を運んで来た。食器類も歌舞音曲もまたすばらしかったので、お礼に衣裳を脱ぎ乳母に着せた。後でお堂に参詣すると、その衣裳が天女像に掛っていたという話。前話につづく吉祥天女像の感応譚であり、福徳を授ける女神の霊験譚である。なお、貧窮の女人が諸仏に信心して富財を得る話は、中二八・中三四・中四二諸縁にもある。『今昔』一七ノ四六は、本話を出典とする。また、『和名抄』の金器類の「鋺」の項に、「日本霊異記云」として「其器皆鋺」と引くのは、金剛三昧院本系統本によったものではないかと推定される。

法華経を写したてまつりて供養することによりて、母の女牛となりし因を顕す縁　第十五

　伊賀の国の富豪高橋東人が、亡母のために写経の供養をするにあたり、路傍の乞食僧を有縁の師に招く。陀羅尼を唱えて乞食生活する僧は、講師に呼ばれたことを聞いて逃げようとするが、夢に赤牛が現れる。母が子の物を盗んだために死んで牛に転生し、労役に服しているのだという。翌朝、僧はこの夢の話を一同にし、事実確認のあと、法事を終えて死んだ牛のために追善供養をしたという話。盗用により死後牛に転生して苦役を果す話は本書に多く、すでに上一〇・上二〇・中九諸縁にあったが、中でも本話はとくに上一〇縁に酷似している。『三宝絵詞』中ノ一一は、末尾に「霊異記に見えたり」と注して本話を引き、『法華験記』巻下ノ一〇六も、末尾に「見霊異記」と注するが、これは『三宝絵詞』によっている。また、『宝物集』（七巻本）巻七に、本話を要約した短文を載せ、「委クハ法華経ノ験記ヲ見給フベシ」と注する。なお、『今昔』一二ノ二五は、本話を出典とするもので、直接本書に即いたもののようである。

＊類話の比較（一四六頁）

　本話と上一〇縁とは、主題をはじめ構想・梗概など酷似している。家長の公と称せられる主人が、仏事を営むために最初に出会う僧を師とする。僧は低劣な面をもつが、願主（主人）は彼を信じる。夜、僧は主人の親が存命中に子の物を盗んで牛に転生したことを知り、翌日それを願主に告げる。願主がその罪を許すと牛は死に、追善供養する。以上は両話に全く同じである。こんな類話の関係は中八縁と中一二縁とにもあって、〔説話の伝播〕という問題をもつ点は、この両話についても言える。

　本話と上一〇縁を比べて気づく相違点の第一は、本話の僧における様子や行動が活写されていることである。路傍に酔臥し、いたずら者に剃髪され縄の袈裟をかけられた乞食僧。まさに狂言「悪太郎」の古

代版である。般若陀羅尼しか覚えていず、願主に勧請のことを聞いてエスケープを試みる。……しかし、見事に夢の告げをキャッチし、法会の大衆に事実を説明して終る。一方、上一〇縁の路行僧については、これほどダイナミックではない。夜、掛けぶとんを盗み出そうとして、家長の亡父の転生した牛にたしなめられ、生前の盗罪を聞かされる。翌朝親族にだけ事実説明した後に、例のふとんなどを施してもらうのである。本話の方がはるかにスケールが大きく、人間が活きている。そこに庶民の中で語られた教説の吐息さえ感じる。なお、景戒としては、読者に、この乞食僧のもつ〔隠身の聖〕的な性格をも察知させようと意図しているように思われる。

布施せぬと放生するとによりて、現に善悪の報を得る縁　第十六

讃岐の国の富豪綾君夫妻は、妻の発議で隣の貧しい老爺と老婆に食事を恵み、そのために一家の食料を割いた。これを不満として拒否する召使が、たまたま海に釣に行き、蠣を放生してやるが、のち薪を取りに行った山で墜死する。死体を焼かずにいると、蘇生して冥土のさまを語る――女主人の来世に生れる宮殿のこと、自分が老人たちへの食料を惜しんだための苦報を受け、放生してやった蠣たちがそれを救ってくれたことなど――。蘇生後、その召使は布施・放生を旨としたという話。本話は、貧者への布施を惜しむ罪と、放生の善功とを対比させて、善悪の現報の厳しさを強調している。冥界体験譚は、上三〇・中五・中七諸縁にあったが、中でも、冥界で善悪の二報を受けた上、放生の報いによって蘇生する本話の構想は、中五縁と同一である。『今昔』二〇ノ一七は、本話を出典とする。

観音の銅像、鷺の形に反りて、奇しき表を示す縁　第十七

大和の国の岡本尼寺の観音像六体が盗難で行方知れずになったが、後日池の鷺に化して所在を知らせた。私鋳銭を造ろうと盗んだ者が池に像を捨てたためとみられ、像は結局もとの寺に安置されたという話。像が発見された池を菩薩池という地名由来譚の役割も持っている。血肉の身でない仏像が、みずから霊力を顕示する霊験譚の一つ。厄難に遭った仏画の霊験譚は上三三・上三五各縁にあったが、中巻には、銅像・木像（未完の像も）の被災霊威譚が、本話をはじめ中二二・中二三・中二六・中三七・中三九各縁など多い。『今昔』一六ノ一三は、本話を出典とする。なお、『太子伝古今目録抄』の「八伽藍建立事」の条に、本話の冒頭部を引く。

＊類型的会話文（一五一頁）

本書の諸説話の会話文の中には、類型的表現をとる文がある。災難に遭った仏像にやっと再会した場面のことばは、その一典型例となろう。この文の前半「われ尊像を失ひ……いま邂逅に逢ひまつる」の部分は、上三五縁の同様な場面に、「われ先にこの像を失ひ……いま邂逅に遇ひたてまつる」云々とある。その話の像は仏画であり、発見の

次第も異なるものの、舞台は同じ平群郡内の寺であり、しかも主人公は尼僧とする点も共通する。両話の伝承の間に何らかの関係があったかもしれない。ともあれ一方、本話のこの会話の後半部、「わが諸の大師、なにの罪過ありてか、この賊の難を蒙りたまふ」は、やはり同様な場面の、「わが大師、聊かになにの過失ありてか、この賊の難を蒙りたまふ」（中一二縁）・「わが大師や、なにの過失ありてか、この水の難に遇ひたまふ」（中三九縁）とほぼ一致する。こういう類型的叙述を見るにつけて、本書の諸話の文章には、撰述者景戒の筆が少なからず加えられていることも認められよう。ただし、それと識別するのはかなり困難ではあるだろう。

法花経を読む僧を呰りて、現に口喎斜みて、悪死の報を得る縁　第十八

山城の国の高麗寺僧で、法華誦経を旨とした栄常師と碁を打っていた俗人が、師の碁の手の口まねを重ねるうちに、口がゆがんだまま死んだという話。娯楽の際の戯れ言ながら、法華誦経者をそしって口がゆがむ点で、上一九・下二〇縁に同じ。僧迫害による悪報譚に属する中でも、本話は僧と俗人とに歴然たる秩序・優劣のあることを説く話として収めている。類話では、上一九縁と構想が酷似している。相違点といえば、本話の方が時代・場所・僧名とも明確なこと、上一九縁の方が、第三者の乞食僧の登場でその誦経をまねた沙弥が悪報を受ける点で、変化に富んでいること、くらいである。両話ともに山城が舞台であり、伝承の関わりがあったであろう。『今昔』一四ノ二八は、この両話を折衷したものである。構想は上一九縁によりながら、僧名と地名とは本話からとっている。その点、『元亨釈書』巻二九の栄常伝は直接本話を簡略化したものであり、『本朝高僧伝』巻七五の同伝は、さらにこれを引いている。

心経を憶持する女、現に閻羅王の闕に至り、奇しき表を示す縁　第十九

常に心経を読誦し、その美声で評判だった河内の国の優婆夷が、突然死んで閻魔王庁に召された。王はまのあたりに聞いたその声に感銘して帰す。その帰途に黄の衣の三人が待ちうけていて、再会を約して蘇生する。指定されたその日に、優婆夷が約束の場である奈良の東の市に行くと、経典売りがいて、その三巻を買って見たところ、昔の自筆の写経であった。そこで、冥土で会った三人が写経の化身であったと知り、いよいよ信心を深め、誦経をつづけたという話。経典の読経と写経との功徳を説いた説話である。ところで、閻魔の庁に招かれて王の前で経典を講じて蘇生するという種の冥界譚は、本書では本話だけであるが、これの類話について、中国では『冥報記』巻中ノ一八話に李山龍という人が法華経を講じ、わが後世では『古今著聞集』巻二ノ五六に慈心房尊恵がやはり法華経を講じるなどある。『今昔』一三ノ一三もこれに類似する。なお、『今昔』一四ノ三一は、本話を出典とする。

悪しき夢により、誠の心を至して経を誦ぜしめ、奇しき表を示して、命を全くすること得る縁　第二十

地方に赴任した、二子のある娘家族に同行せず、大和の国の家を守っていた貧しい老母が、娘について悪夢を見たので、着物をお布施に読経に専念する。一方、任地の娘たちの住む官舎の屋根に、七人の僧が現れて読経する。庭にいた子がこれを見て母を呼び出すやいなや、壁が倒壊して危難を救われた。老母からの便りで真相を知った娘は、信心を深めたという話。母の慈愛を主としながら、前話につづいて誦経の功徳を説いている。夢の前兆譚としてみても興味深い。『三宝絵詞』中ノ一二は、末尾に「霊異記に見えたり」と注して本話を引く。

＊夢への対処（一五八頁）

古代の夢の内容は、その殆どが夢知らせであり、本書にもその例が多い（「夢の告げ」参照）。そのうち、中二〇・下三六・下三八各縁の夢は、前兆が示された例である。中二〇縁では、母が娘の身上の悪夢を見る。それへの母の対処は、真心を尽した読経の繰り返しであり、悪事の到来が未然に防がれたのである。ところが下三六縁では、息子が父の身上に危難の迫る悪夢を見る。父にそれへの対処を警告する。しかしそれを無視した父は悪死するのである。悪夢と知ったなら、それへの対処（仏教への信心）の重要なことを右の二話は物語っている。ところで、景戒は、下三八縁の後半に、吉事と凶事の前兆が現れた後で必ずその結果が訪れるという、表相信仰に則した体験譚を記している。そこに自分の夢を二つあげてそれぞれ夢判断を下すのである。その末尾で、前兆を予知して危難を予防できない自己の非力を恥じている。景戒が本書を書いた時点で、なおも大きな課題として残ったものに、この問題があったとみてよかろう。

摂の神王の蹲の光を放ち、奇しき表を示して現報を得る縁　第二十一

奈良の金鷲山寺の金鷲行者が、信心していた神像の脚に縄をかけ、これを引いて祈願するうち、像から光を放って皇居まで届いた。聖武天皇は使者を遣わして事情を知り、出家得度が勅許されたという話。当時世人から菩薩と称えられた金鷲行者の信心深い祈願を主題とするが、東大寺創建の前史的説話としても著名であり、羂索堂（三月堂）の由来譚、と同時に、そこに現存する執金剛神像にまつわる霊験譚でもある。『東大寺要録』巻二は、「霊異記中巻云」としてこれを引き、『扶桑略記』聖武天皇下条も本話に同じ。『今昔』一七ノ四九は、本話を出典とする。『元亨釈書』巻二八東大寺条なども同じ話を収める。ほかに、『元亨釈書』巻二、『三国仏法伝通縁起』巻中華厳宗条など、主人公良弁とする類話を載せる資料も多い。

仏の銅像、盗人に捕られて、霊しき表を示して盗人を顕す縁　第二十二

寺の銅製品を盗んでは帯状にして売っていた和泉の国の盗人が、尽恵寺の銅像を盗み出して鐟で切断していた。折から、通行人がうめき痛がる声を聞いて近づき、鍛冶の音がするので、ついに現場が見つかる。僧と檀越はそれを聞いて駆けつけ、損傷した仏像を寺に迎えて葬式をした。一方、盗人は牢獄に入れられたという話。本話は、災難に遭った仏像がみずからの所在を知らせるという霊験譚であり、それに属する仏像盗難の話の一つである（上三五・中一七・中二三・下五各縁も）。また、仏像が「痛い、痛い」と叫びうめくモチーフの一つでもある（中二三・中二六・下一七・下二八各縁も）。なお、『今昔』一二ノ一三は、本話を出典とする。

弥勒菩薩の銅像、盗人に捕られて、霊しき表を示して盗人を顕す縁　第二十三

奈良の都を夜警パトロールしていた官吏が、泣き叫ぶ声をつきとめてみると、葛城の尼寺の弥勒の銅像が盗み出されて壊されていた。そこで仏像は寺に、犯人は牢獄にとそれぞれ送った話。前話を簡略にしたような、きわめて文飾に乏しい仏像霊験譚である。標題も、盗人を逮捕した結末の語句なども、前話と同一であり、景戒が類話をセットにして配置したものとみてよい。『今昔』一七ノ三五は、本話を出典とする。『元亨釈書』巻二八寺像志「葛木像」に、本話を簡略化して載せている。

閻羅王の使の鬼、召さるる人の賂を得て免す縁　第二十四

楢の磐嶋は、大安寺から銭を借りて敦賀で商取引をした。その帰途急病にかかり、身一つで宇治橋まで戻ると、閻魔王の使の鬼につかまる。鬼が空腹を訴えるので、家でご馳走をし、さらに好物の牛をほしがるので、牛を与える代りにわが身の放免を頼む。こうして鬼の言うままに、身代りを立て、また『金剛般若経』を読誦した結果、鬼も収賄罪から救われ、磐嶋も冥土への連行を免れて長寿を全うしたという話。本書において、種々の問題資料を提供するもっともおもしろい説話の一つである。例えば、寺院の金貸し、敦賀への出張商売、贈収賄的な交渉などの、経済史関係の問題。八卦見の易者、干支による年齢計算などの、民俗学関係の問題。その他、一見閻魔大王の使者らしくない鬼の性格づけなど、興味は尽きない。

磐嶋が冥土に呼ばれる理由や、磐嶋の身代りの結末も記されず、ストーリーに不備がある。が、結局本話の意図は、経典の読誦による霊験と、寺の銭を行使する功徳とを主眼にしている。『三宝絵詞』中ノ一四は、末尾に「霊異記に見えたり」と付して本話を載せる。『今昔』二〇ノ一九は、本文を検討してみると、右『三宝絵詞』を直接の出典としているらしい。『元亨釈書』巻二九拾異志「賈盤島」は、本話を簡略にしたもの。なお、

本話の結語に引く「大唐の徳玄」の話は、『金剛般若経集験記』（二四頁注八参照）の巻上に収める竇徳玄の話をさし、本話と内容的に類似する。本話の成立は、こういう中国古代仏教説話を下地とするものと認められる。

＊敦賀ルートの説話背景（一六四頁）

『古事記』中巻にある応神天皇の妻問いの歌、「この蟹やいづくの蟹、百伝ふ角鹿の蟹」云々の中に、地名がいくつか出てくる。それは、いまの敦賀―琵琶湖西岸―宇治木幡―天理櫟本、に当り、まさに本話の楢の磐嶋の商用ルートと重なり合う。右の歌謡は、越前の丸邇部の海人が、大和の丸邇氏の祝い事のために越前蟹を素材にして奉った詞章を、婚姻祝歌にとり入れたものとみられ、同氏の伝承。同氏は、木津川水系から琵琶湖を経て敦賀へと行く交通上の要衝を占め、海産物の貢上などもしていた大豪族。天理市櫟本付近に本拠もあった。黒沢幸三氏（『日本古代の伝承文学の研究』）は、その本拠地内から発掘された墓誌に「大楢君」とあるのに着眼、新羅系帰化人で、丸邇氏の支配下にあったと推定し、同氏の勢力の北上につれて楢君氏一派が大安寺近辺に居住した可能性が高いとみる。すると、磐嶋が同寺から金銭を借出し、同族の勢力圏を利して敦賀ルートで交易することは、まさに生業の事実に即したものであったとみられる。

第二十五
閻羅王の使の鬼、召さるる人の饗を受けて、恩を報ずる縁

讃岐の国の布敷の臣衣女が急病にかかり、疫病神に供物をした。そのご馳走を冥土から衣女を召しに来た鬼が食べ、恩返しに同姓同名の別の女を連行したところ閻魔王に見破られ、再びもとの衣女を召した。そこで身代りの衣女の魂を現世に帰らせると、火葬して身体がないので、王のはからいで、もとの衣女の身体を借りて蘇生させる。つまり、同名異人の魂と体とを組み合せた衣女。その新衣女が、双方の世帯の父母（四父母）と両財産とを相続したという話。供物・ご馳走の功徳譚として本書に入っているが、むしろ、まことに奇異な読み物として興味が尽きない（解説第七章参照）。

『今昔』二〇ノ一八は、本話を出典とする。七巻本『宝物集』巻六には、「諸法の空寂」を説くためかなり内容を変え簡略化して載せており、近世末の「通俗仏教百科全書」（明治翻刻）中巻九五「邪神の事」では、善悪をよりきわだたせて説教引証説話に仕立てている。この百科全書をもとにして、ラフカディオ・ハーンが、『日本雑録』(A Japanese Miscellany) の「奇談」(Strange Stories) の一つに、「閻魔の庁にて」(Before the Supreme Court) と題して、二〇世紀のメルヘンとして英文で甦らせ、彼地の某夫人に贈っている。本書の説話の中で、これほど後世各時代に享受されている話を知らない。

なお、本話の重要なモチーフは、『冥報記』など、中国古代の仏教説話を原にしたものと認められる。その点のみならず、閻魔王の使の鬼の登場、それが飢えて食を得たため格別な便宜をはかり、身代りを立てた点など、前話（中二四縁）と全く同一

であり、中二二・中二三両縁の場合と同様、やはり一セットとしての配列とみてよい。

いまだ仏像を作りをへずして棄てたる木、異霊しき表を示す縁　第二十六

吉野の金峰山で修行中の広達が、橋を渡る時に、下から痛がる声を聞いた。見ると、仏像未完成の木が橋材となっていたので、これを彫像して安置したという話。これを安置する吉野の岡堂の弥陀三尊の造像縁起譚という形をとっている。血肉の身でない仏像がみずから霊威を示す霊験譚は、中一七・中二二・中二三諸縁など多い。これをうけ、未完の造仏料木ですら蔵している神異を説いたもので、下一七縁にも類例がある。『今昔』一二ノ一一は、本話を出典とする。『扶桑略記』聖武天皇下、天平感宝元年閏五月二十一日条にも本話を引き、『元亨釈書』巻二八寺像志「村崗(ママ)寺像」は簡略化する。『本朝高僧伝』巻七五には、本話による広達伝を載せる。

力ある女、強き力を示す縁　第二十七

中四縁で活躍した道場法師の孫娘が主人公で、やはり強い力を発揮して暴悪をこらしめる痛快な話である。二段から成る。前段は、尾張の国中島郡の郡長の妻としての話。夫のために織って着せた手作りのすばらしい衣服を国司が強奪したのを聞き、国府に出向いて談判し、怪力でこれを取り返した話。この件で、国司の後難を恐れた夫の父母から、彼女は離縁されてしまう。後段は、その彼女が、郷里の草津川で洗濯中に、通りかかった大船の船長に嘲笑されたので、五百人力で船を陸に引き上げて無礼をたしなめた話である。結語では、中四縁と同じく、前世における大力の因の応報であるとし、大力も因果の理にかなうものだと説く。

すでに当該諸縁に記した通り、本話は、上一・上二・上三・中四各縁とともに道場法師系説話群を形成し、仏教臭のないいわゆる世俗説話をちりばめて、本書の説話的興趣を高めているが、その一連の説話群は本話をもってしめくくられる。『今昔』二三ノ一八は、本話を出典とする。なお、本話は、昔話・民話との関連で読んでみるのもおもしろい。例えば、「屁ひり嫁」、ならびに「鶴女房」「天人女房」との比較など——。また、前段には国司対大領、つまり大和朝廷と在地豪族との勢力の政治的歴史的さらに神話的な背景の問題、後段には「水辺の女」の一例としてなどの諸問題をも蔵している。

極めて窮しき女、尺迦の丈六の仏に福分を願ひ、奇しき表を示して、現に大きなる福を得る縁　第二十八

貧窮で生活のてだてのない女人が、大安寺の丈六仏に日参して幸福を祈願しつづけるうち、短冊に寺のものと明記された銭四貫を門先で拾って、寺に届ける。次は庭で拾ってまた届け、三

度目は戸口で拾って届けた。そこで寺僧たちが女人から事情を聞いて相談した結果、仏の賜ったものとして女人に返し、彼女はそれをもとに富裕・長命で暮したという話。上三二縁に同じ丈六仏の慈悲に救われる話があり、本話も同様に民衆たちの伝えた縁起譚であろう。〔民衆的縁起譚〕参照。また本話は、中一四・中三四・中四二各縁と同じく、貧窮の女人の諸仏信仰による感応霊験譚であるが、そのうち中四二縁に最も類似する。『今昔』一二ノ一五は、本話を出典とする。また、『元亨釈書』巻二九拾異志に、本話を簡略化して収める。

行基大徳、天眼を放ち、女人の頭に猪の油を塗れるを視て、呵嘖する縁　第二十九

行基が飛鳥の元興寺の村で法会に招かれて説法中、髪に獣油を塗った女人を見つけ、咎めて追い出したという短編。行基については、上五縁の末尾に文殊菩薩の化身として登場。中巻になって、二・七・八・一二各縁で重要な脇役として化身の教化僧ぶりなど発揮してきたが、本話と次話では主役。その神通力をまざまざと見せつけ、まさに〔隠身の聖〕と称えられている。『三宝絵詞』中ノ三は行基伝であるが、それに本話や本書中七縁の要約などを入れて、末尾に「景戒造霊異記等に見えたり」と付する。『今昔』一七ノ三六は、本話を出典とする。『行基年譜』には、行年三十七歳・文武天皇八年（慶雲元年七〇四）条にこれを載せる。

行基大徳、子を携ふる女人に過去の怨を視て、淵に投げしめ、異しき表を示す縁　第三十

前話にひきつづき、行基の聖者ぶりを如実に表した霊験譚である。行基が難波で土木工事をして説法していた時に、子づれの女人が中にいた。その十余歳の子が泣きわめいて、説法を妨害するので、行基は子を淵に捨てよという。聴衆の不審がる中を、母は結局それに従い、行基のことばの真実さが分った。行基は、その子が前世の債権者であって、債務者である女人の子として転生していたという正体を見抜いていたのである。日本における「化身の聖」などと称される行基について、前話とともにその神通力の例を示し、これで一連の行基説話をしめくくる。ただ景戒は、前話と同様な結語の繰り返しになることを避け、負債を返済することの重大さを説く。なお、『今昔』も、前話につづけて本話を載せ、その一七ノ三七は、本話を出典とする。

＊子を淵に投げる話の下敷（一八〇頁）

本書には貸借をめぐる因果応報の説話は多いが、死後に負債者の子に生れ変ってなおも取り立てる話は珍しい。本話のその取り立て方も特異であるが、債権者を淵に捨てる行基の措置こそとりわけ異常である。従って、本話の下敷を検討する問題がある。川派の里は、玉串川と長瀬川の合流点で、古くは草香江の水も合していた（『大日本地名辞書』）という。幾筋もの川が合流し、水神も祭られ、また、古代か

ら治水土木事業も行われていた地点とみてよい。

　すると、黒沢幸三氏説（『日本古代論集』所収論文）のように、治水工事の人柱という事実が子を淵に投じるという発想を生んだともみられよう。が、河村全二氏（「岡山大安寺高校紀要」一二論文）・守屋俊彦氏（「甲南国文」一九号論文）各説のように、水神祭祀にまつわる伝承を下敷にみる方がよりよさそうだ。つまり、子の泣きわめく点（一七九頁七〜九行）については、雷神的、蛇神・水神的性格とみる。子の水上でのしぐさ（一八〇頁六行）は、河童の生態を前身とみる（河童は母子神信仰に基づく伝承に関係）。淵に捨てる行為の下敷に、荒ぶる祟り神としての水神を鎮めて淵に返す祭りを透視する等々。行基は、架橋・灌漑などの土木工事を推進しながら仏教の布教に努めていた聖僧であり、それはいわば水神的な世界を克服するものであった。それを象徴的に表すのが、まさに子を淵に捨てるという行為といえよう。

塔を建てむとして願を発しし時に生める女子、舎利を捲りて産るる縁　第三十一

遠江の国磐田郡の丹生弟上は、塔を建てる願を発していたが、老齢に達したその夫妻に娘が生れ、左手を固く握ったまま成長した。七歳になって手を開き、舎利二粒を示した。これに随喜した人々や国司・郡司まで集まって寄進があり、七重塔が建立された。その直後娘は死ぬ。こういう話で、磐田寺の塔の縁起譚であるが、その中心部は舎利感得説話となっている。塔の建立には仏舎利が必要だから、仏が老夫妻に対して異常出生という形をとってこの娘に舎利を託され、念願を果させたので、娘は仏の化身。だから塔が建てられるやいなや死去したのである。異常出生には、神能をうけついだり、不思議な力をさずかったりしていることが、日本の説話では多い。景戒は念願成就譚としてこれを収めている。『今昔』一二ノ二は、本話を出典とする。

　なお、本話の下地に『竹取物語』を想定する説（守屋俊彦氏『日本霊異記の研究』）もあり、また本話は、遠江の国磐田郡の在地豪族丹生一族が、磐田寺の塔の由来を同寺の僧に命じて作らせたものとみられている。

寺の息利の酒を債へ用ゐて償はずして死に、牛となりて役はれ、債を償ふ縁　第三十二

紀伊の国の薬王寺では、施薬の資金を増やすために薬用酒を貸出していたが、一頭の子牛が住みついて働くようになった。その寺の檀越の夢に子牛が現れて語る――私は物部の麿だ。お寺から酒を二斗借りたまま返さずに死んだため、役牛に転生して債務を償っているのだ――と。その牛は、所定の労役をつとめ終えて行方知れずになった、という話である。死後牛に生れ変って返済する話は、上一〇縁以下に幾例かあって、悪報譚の一典型である。そのうち寺院の物が借用されている話は、上二〇・中九各縁にもあり、これによって当時の寺院経済の一端も

知られる。『今昔』二〇ノ三二は、本話を出典とする。

女人、悪鬼に点められて食噉はるる縁　第三十三

聖武天皇の時代、「汝をぞ嫁に……菴知のこむちの万の子」云々という俗謡が流行した時に、大和の菴知村の富豪に、万の子という名の娘がいて、男の求婚をことわりつづけていた。それが財宝を山と積んだ結納の男と結ばれたが、その初夜に、頭と指一本だけ残して食い殺されてしまった。結納の品々も獣骨やら木の枝に変じたという、本書では珍しい怪異譚である。鬼一口の話は、『伊勢物語』六段や、後世の『雨月物語』の「吉備津の釜」に通じるであろう。

本話は、たしかに明らかな因果応報譚ではない。しかし景戒は結語において、俗世間でいう神怪や鬼怪では解決できないとして、やはり〈過去の怨〉の報いとみている。もう一つ注目されるのは、物事の前兆を諷刺する歌謡の登場である。いわゆる〈童謡〉と称して『書紀』の歌謡に見えるが、本書でも下三八縁に数例あり、〈表相信仰〉の問題に関わる。付録下三八縁解説参照。『今昔』二〇ノ三七は、本話を出典とし、貪欲による悪報譚として扱っている。なお、守屋俊彦氏（『日本霊異記の研究』）に、三輪山伝説の崩れた鏡作氏の神婚説話伝承を背景とする推定説もある。

＊歌謡の伝承（一八五頁）

第一句と第二句とは、七五調の繰り返しであり、曾田文雄氏説（「訓点語と訓点資料」三四輯論文）の通り、元来第三句以下と切り離した独立歌謡で、「おまえを嫁に欲しいというのは誰？」「あの衆　この衆　万の衆」というかけ合いであったか（「なむち」はもと「汝貴き者」の意）。それが、同音語との関わりで、「菴知」という村の「万の子」を問題とするいわゆる物語歌として生かされたもの。ところで、第三句の「南无」は、例えば、上三一縁の吉野の山林修行者がいつも唱えた「南无、……好女多徳、施したまへ」が連想される。「南无南无や」はそういう「仙」の修飾語。「さかも」は、「然（である）かも」（そうよ）の意を蔵するか。古代歌謡「催馬楽」の歌謡中の囃子詞「さむ」「さ」「何しかも」など参考になる。第四句の「もちすすり」の「もち」は接頭語的用法とみる。末尾の「あましにましに」は原本による。「汝」も「汝」とともに古代歌謡にあることば。

以上、第一句の「汝」をうけるのが第二句。同じく「誰」をうけるのが第三句と第四句である。人々が、それぞれの句をかけ合い風にでもして歌い合いながら、サカモ・サカモ、マシニ・マシニの繰り返しの囃子詞を入れて、歌いつがれていた俗謡であったのであろう。ただし、変遷するうちに不明の所も生じたもので、現に諸説があり、以上も一私案である。

孤の嬢女、観音の銅像を憑み敬ひ、奇しき表を示して、現報を得る縁　第三十四

奈良の殖槻寺の辺に孤児の娘がいた。裕福だった彼女の家は、

父母の死後零落し、持仏堂に残った観音像に財福を祈るばかり。妻を亡くした富豪の男から求婚され、良縁に結ばれるが、食事を欠いて観音に祈ると、隣から乳母を使にご馳走が届く。それは結局観音の感応による所であると分り、以後幸福な家庭生活を送ったという話。貧窮の女人が諸仏に信心して財福を得る話としては、中一四・中二八・中四二諸縁にも類話がある。そのうち中一四縁と説話要素も構成もきわめて類似する。本話は、描写・叙述が精細であり、人名を欠くなど、かなり伝承の過程を経て潤色されている感がある。なお、『今昔』一六の八は殖槻寺の観音の霊験譚であり、本話が中核的典拠になっているようだ。金沢文庫本『観音利益集』四〇話、『元亨釈書』巻二九拾異志「諾楽京女」は、それぞれ本話が簡略化されている。

法師を打ちて、現に悪しき病ひを得て死ぬる縁　第三十五

奈良の下毛野の寺の僧諦鏡が、宇遅王から通行中に無用の迫害を受けた。その直後王は急病に苦しみ、従者が諦鏡に救いを求めるが、呪文を唱えるうちに王は仏罰を受けて悪死する。従者がこれを聖武天皇に訴えたところ、天皇は諦鏡を庇護されたという話。本書に幾話か見られる僧迫害譚である。〔僧の迫害〕参照。それは皇族貴族でも例外にならないのであり、中一縁の長屋王事件の結末と同一の立場をとっている。『元亨釈書』巻二九拾異志「諦鏡」は、本話を簡略化したものであり、後世の『本朝高僧伝』巻七五にも、同様な諦鏡伝を載せる。

なお、とくに注目されるのは、聖武天皇を高く称揚している点であり、その叙述は中巻序文と呼応させながら、聖武時代の数多くの奇異譚について一応の締めくくりを果すものと私考する。同時代の話は、あと中三六・中三七・中三八の三縁つづいているが、いずれもごく短編であり、補遺的な付載とみられる。

観音の木像、神力を示す縁　第三十六

奈良の下毛野の寺の観音像の頭部がなぜか欠けて落ちたが、翌日修復しようとすると、元通りになって光を放っていたという観音霊験譚である。観音像がみずから霊威を示す話は、中一七縁にあったが、次の中三七縁などにもある。『今昔』一六ノ一一は、本話を出典とする。なお、本話は下毛野寺関係説話として前話を受け、本話から短編が三話つづく。

観音の木像、火の難に焼けずして、威神の力を示す縁　第三十七

これも前話につづいて短編の観音霊験譚である。和泉の国の珍努の上の山寺が火事になった時に、観音像がみずから堂外に出て焼失を免れたという話。火難を免れる霊験譚には、上三三縁(阿弥陀画像)、下一〇縁(法華経)もある。『今昔』一六ノ一二は、本話を出典とする。

慳貪によりて、大きなる蛇となる縁　第三十八

奈良の馬庭の山寺の僧が、三年間坊に立ち入るなと遺言して死んだが、四十九日後に見ると、大蛇になって銭を守っていた。その銭で追善供養をしたという話で、貪欲戒を主題とする説話である。本書の転生譚は、役牛に生れ変って負債を返す例が大多数であり、本話は金銭に執着する人間の結末を示す。〈蛇〉と〈銭〉とのモチーフは類型的なもので、無空律師説話（『日本往生極楽記』五、『今昔』一四ノ一）などがある。源流は大陸にあるようで、『撰集百縁経』『経律異相』『諸経要集』などに見える。『今昔』二〇ノ二四は、本話を出典とする。なお、短編三話の末尾に当る本話をもって、中巻巻頭以来つづいた聖武天皇の時代の説話が終る。

薬師仏の木像、水に流れ沙に埋りて、霊しき表を示す縁　第三十九

遠江の国の鵜田の里の大井川の川辺で、修行僧が、砂の中から救いを求める叫び声がするのを聞きつけた。掘り出してみると、左右の耳の欠けた薬師仏の木像であった。修理を加え、これを本尊として堂を建立したところ、像は光を放ち、人々が深く信心したという話。鵜田堂の縁起譚として伝承されたものであろう。中二六縁その他に類例の多い、災難に遭って自己を顕示する仏像の霊験譚の一つである。火難については中三七縁にあったが、これは水難である。『今昔』一二ノ一二は、本話を出典とする。『元亨釈書』巻二八寺像志「鵜田寺」は、本話を簡略化したものである。なお、本書の説話配列において、本話から聖武天皇以後の年代の話になる。

悪事を好むひと、以て現に利き鋭に誅られ、悪死の報を得る縁　第四十

橘の奈良麻呂は、謀反を企て、また僧の瞳を射る術を練習するなど、ひどく悪事を好んだ。鷹狩りの時に狐の子を串ざしにしたので、母狐が彼の子に同様な報復をしたこともあった。こうして彼は天皇に嫌われて誅殺されたという話である。謀反のことは、『続紀』天平宝字元年（七五七）六～七月に記す、いわゆる奈良麻呂の乱をさすとみられるが、その他の記事は一致していない。彼の乱は、専制的権力者藤原仲麻呂に対する貴族層内部のクーデター計画の発覚であったのだが、本話では、彼の刑死は自己の犯した悪事を前兆とする必然的な報いによるものとする。当時の政治上の事件を因果の理で厳しく律する点は、中一縁の長屋王説話と同然である。いかに高位高官者でも、仏罰の厳しさに変りのないことを示している。

女人、大きなる蛇に婚せられ、薬の力によりて、命を全くすること得る縁　第四十一

河内の国讃良郡の裕福な家の娘が桑の木に登って葉を摘んでいた時、大蛇に犯された。娘は蛇の子を身ごもり、医師の治療で助かるが、三年後に再び犯されて死ぬという話。説話そのものに仏教臭はないが、娘の遺言に「来世必ず蛇の妻になりたい」とあり、結語で六道四生の輪廻を説く点で収録されたのであろう。『今昔』二四ノ九は、本話を出典とする。なお、本話の後に、経典に載る愛欲と転生にまつわる宿縁の話を二つ引用するが、『今昔』はこれを省略する。ところで、本書における蛇の登場は上三・中八・中一二・中三八諸縁にある。その前三者には神婚説話の残影をとどめ、とくに中八・中一二両縁は本話と同じく、女性との婚合である。本話もやはり三輪山型神婚説話の崩れたもので、口承文芸では、昔話の「蛇聟入」につながる。

＊桑摘み女と蛇（一九九頁）

本話が蛇と女性の神婚譚を下地とすることは諸氏の指摘する通り。とくに養蚕用の桑の木が、古代の中国や日本で聖樹とされていた点は、石田英一郎氏（『桃太郎の母』）の説く所である。その桑と雷神とは古来密接な関係があり（三一頁注二三など）、また雷神は水神であり蛇と緊密に関わっていた（上一・上三各縁など）。同氏はさらに、桑樹の下で婚合する神妻のモチーフも想定した。それをうけて黒沢幸三氏（『日本古代の伝承文学の研究』）は、本話の娘に神衣を整える織姫の姿を透視し、本話の源流は、桑樹を媒介とした蛇神（雷神）と巫女との交わる聖婚譚であったとみる。しかも、河内の国讃良郡の馬甘の里を、養蚕技術をもたらした渡来人の一拠点としている。一方、藤森賢一氏（「谷山茂教授退職記念国語国文学論集」論文）は、桑樹にまつわる古来の異類婚姻譚に蚕神と馬と娘との関わる例が多く、それが蚕の起源説話の中心モチーフであると指摘し、馬甘里の地名が偶然でないとみる。以上のように、本話は追究される問題を多く蔵している。

極めて窮しき女、千手観音の像を憑み敬ひ、福分を願ひて、大きなる富を得る縁　第四十二

奈良の左京の海使蓑女は、九人の子をかかえて窮困し、向穂（ママ）寺の観音像に幸福を祈願したところ、妹が皮櫃を預けに来た。妹は取りに来ないし、聞きに行っても知らぬというので、開けると銭があった。結局お寺の銭で、観音の取りはからいと分ったという話。貧窮の女人が諸仏に信心して財福を得る話は中巻に多く（中一四・中二八・中三四各縁）、モチーフや構想に類似点が多い。本書の女性には、貧しい中にも子供をかかえて必死に生きるイメージがあり、本話はその典型。こういう女性も、本書のような諸説話を種とする説教の席に加わっていたのであろう。『今昔』一六ノ一〇は、本話を出典とし、同じ話は金沢文庫本『観音利益集』四一話にもみえるが、両書とも寺の名を穂積寺とする。

下巻

法華経を憶持するひとの舌、曝りたる髑髏の中に着きて朽ちぬ縁　第一

二話から成る。第一話は、称徳天皇代の高僧永興が紀伊の国熊野で布教中の出来ごと。暫く永興の許にいたある法華持経者が、捨身覚悟で山林苦行に出て、山中で白骨化してなお、幾年かの後も舌を動かして誦経していた話。第二話に、吉野の金峰山における同様な読経する髑髏の話を付する。髑髏の法華経読誦の話は、中国でも『弘賛法華伝』はじめ『三宝感応要略録』『法苑珠林』など（『今昔』七ノ一四にも享受）に見られる。わが国では本話が初出で、『法華験記』巻上ノ一三（『今昔』一三ノ一一などに享受）にも熊野での類話がある。本書に髑髏の登場するのは上一二・下二七各縁の「枯骨報恩」譚であり、「唄う骸骨」型の昔話にも関わり、本話と関連する要素をもつ。『今昔』一二ノ三一は、本話の第一話を出典とし、『元亨釈書』巻二九拾異志「熊野村比丘」や『本朝高僧伝』巻七五の永興伝は、第一話を簡略化する。なお、『古今著聞集』巻一五ノ四八四話では、類話をのせて「霊異記にも熊野山及金峰山に誦経の髑髏あるよし見えたり」と付する。ともあれ、十禅師のひとりとして著名な永興禅師と厳しい捨身修行僧との取り合せは、下巻の巻頭を飾るにふさわしい話である。

＊**帝姫阿倍天皇**（二一一頁）

本書に見える女帝の称は、「小墾田宮御宇天皇」（推古）と「後岡本宮御宇天皇」（斉明）のほか、天武天皇の皇后であった持統天皇を「大后（また大皇后）天皇」と記すぐらいで、「帝姫」は格別な称である。景戒は、孝謙天皇とその重祚称徳天皇とを区別せず、ともに「帝姫阿倍天皇」とする（二九八～九頁）。それは、聖武天皇の皇后であった光明皇太后を「大后」と称するのと同じ文脈中にある。しかも、その上文に、聖武天皇のことば「朕が子阿陪内親王」云々（二九八頁）がある。そこで、「帝姫」は、単に女帝の意でなく聖武天皇の皇女の意とみる。下巻の冒頭に当るこの聖代表記は、中巻の冒頭話の荘重な聖代表記「諾楽宮御宇大八嶋国勝宝応真聖武太上天皇」と響き合って、仏徒天皇であった父天皇の威光が、その皇女の代にもなおも及ぶ意を寓するものであろう。

＊**熊野の行道信仰**（二一三頁）

わが身を投げ出して他の生物を救ったり仏に供養することは、布施の中で最上の行為とされ、『法華経』巻七の薬王菩薩の焼身供養など、捨身が説かれている。国分寺創建の詔（『続紀』天平十三年三月）に

は、国ごとに『金光明最勝王経』とともに『法華経』を写させ、尼寺を法華滅罪の寺と名づけさせた。このことから、奈良時代の法華信仰は滅罪信仰であったと知られる。だからこそ、滅罪のためにこれを誦持し、あえて厳しい山林苦行をする捨身行者もいたのだろう。熊野という土地については、山中浄土の信仰だけでなく、とくに常世国への通路という古代信仰が下地にある。本話に船作りが見えるから、熊野と捨身と船と三要素を並べてみると、ただちに補陀落渡海信仰が連想されよう。南海の彼方の島にあるという観音の浄土フダラク、そこへの道の萌芽のような話の舞台として、熊野こそ最適地といえる。まさに本話にこれを見る。

生ける物の命を殺して怨を結び、狐と狗とになりて、たがひに相報ゆる縁　第二

第一縁につづき、永興禅師が紀伊の国熊野村で布教していた時の出来ごと。ある病人を呪力で看護中、病気の怨霊が狐とわかり、その狐は、この病人に前世で殺された報復のためとり憑いていることと、この人が死ぬと犬に転生して食い殺されることを禅師に訴えて、終に病人を殺してしまう。ところが一年後、同じ病室に入っていた弟子にとり憑いていた狐を、犬が食い殺してしまったという話である。転生・報怨・呪術などの登場する怪異な応報譚であり、とりわけ日本の民間信仰「きつねつき」の話として興味深い。これは、平安文学に見られる「もののけ」・生霊・死霊の呪咀などにつながってゆく。本話の享受資料は見当らず、第一縁を享受した『今昔』一二ノ三一の冒頭部に、本話の永興の出自だけを引く程度である。

沙門、十一面観世音の像を憑み願ひて、現報を得る縁　第三

寺の公金を借りていた大安寺の僧弁宗が、返済の督促を重ねて受けて窮し、長谷観音に祈念した。すると来合せた船親王が事情を知って布施し、弁済したという話。観音の大悲と信仰の功徳を説いた感応霊験譚である。寺の公金借用例は中二四縁にもあり、当時の寺院経済の一端が知られる。仏像に縄をかけて祈願する方法は、中二一・三四各縁にもある。古来の官寺である大安寺の僧が、わざわざ他の寺の観音に救いを求める点も興味深い。長谷観音の信仰の隆盛を物語るものであろうか。長谷観音信仰の早期の例であろう。『今昔』一六ノ二七は、本話を出典とする。後世の『本朝高僧伝』巻七五の弁宗伝は本話を引く。なお、『長谷寺霊験記』巻下ノ二では、本話がかなり潤色されている。

沙門、方広大乗を誦持し、海に沈めども溺れぬ縁　第四

金貸しをして妻子を養っていた奈良の僧が、借金を完済できないまま陸奥の地方官となった娘婿のため、海路同行中に海に投げ込まれる。僧は海中で『方広経』を読誦し、その功徳で救助され、奥州に渡って乞食行をする。こうして僧は婿が仏事を営

む所にたどり着いて顔を合わせるが、婿の悪行については黙していたという話。本話は、『方広経』の功徳を称える霊験譚であるとともに、怨を返さなかった僧の「忍辱」をもテーマとしている。金品と関わって僧が海難に遭い、奇蹟的に救われた後で犯人と対面し、これを許す。こういうモチーフは上七縁と同様である。『三宝絵詞』中ノ一五は、本話を出典とする。『扶桑略記』第六元明天皇条にも本話が要約され、末尾に「出霊異記」と記す（時代を元明天皇代に誤ったのは、天皇の御名が同じアベによる）。『今昔』一四ノ三八にも本話をのせるが、語句を検討すると、『今昔』の直接の典拠は、本書よりも『三宝絵詞』の方らしい。

＊俗に即きて（二一八頁）

本話の主人公である奈良の高僧は、「俗に即きて」金貸しをし、その利息で妻子を扶養していた。下一〇縁の自度僧牟婁沙弥も、「俗に即きて」家計を立て、生業を営み、また、下三〇縁の観規も、同じく「俗に着きて」農業で妻子を養っていた。本書の下巻では、このように在俗生活を営みながら信仰心を燃やす修行者の姿に強く印象づけられる。実は、景戒自身が、「俗家に居て、妻子を蓄」（三〇三頁）えていながら、やはり熱烈に信仰の証を求めていたのである。だから、これらの主人公の生き方に自己の生活をダブらせてみていただろう。彼自身、俗に即いていて、ひたむきな修行に徹しきれないジレンマを抱いていたのであろう。

妙見菩薩、変化して異しき形を示し、盗人を顕す縁　第五

妙見菩薩に献燈する河内の国の山寺で、僧の弟子が布施の銭を盗み隠したところ、菩薩の霊力でこれが鹿の屍体と化し、銭をとりに来た盗人を発覚させた話。上三四縁と同様妙見菩薩の霊験譚であり、盗人・鹿・市など同一の素材をもつばかりでなく、舞台も近隣の河内と紀伊である点、関連が極めて深い。「妙見」は文字通り隠匿物発見の霊力ありとみられていたか。また、鹿は妙見菩薩の使であったか。下三二縁にも紀伊の妙見信仰譚があり、漁夫が海難救助される。なお、河内の国には盗難の話がとりわけ多い（上二七・三三・三五・中一九各縁と本話）。

禅師の食はむとする魚、化して法花経となりて、俗の誹りを覆す縁　第六

吉野の山寺の高僧が、病気治療のため弟子に紀州の魚を買いに行かせる。鮮魚八匹入りの櫃に疑惑をもった俗人が途中で開かせると、法華経八巻に化し、弟子は無事に持帰って師に食べさせる。これを見た俗人は懺悔帰信して大檀越になったという話。中六・下一〇縁と同様に法華経霊験譚である。魚が経典に変化するモチーフは、東大寺の花厳会の由来譚の中に、老翁の荷った容器の中の鯖が華厳経八十巻に化したとある（『今昔』一二ノ七、『東大寺要録』二ノ二）。『三宝絵詞』中ノ一六には「霊異記に見えたり」として本話を引く。『法華験記』巻上ノ一〇

も同様にして本話を引くが、僧の名を「広恩」とし、『元亨釈書』巻一二も、『本朝高僧伝』巻五三も、広恩伝としてこれを載せる。しかし、『今昔』一二ノ二七は、直接本書を出典とするようであり、『宝物集』（七巻本）巻七ノ一一は、本話を簡略化している。

観音の木像の助けを被りて、王の難を脱るる縁　第七

武蔵の国の丈直山継は、蝦夷遠征に遣わされたが、妻が観音木像を作って祈願した甲斐もあって、無事帰還した。その後、藤原仲麻呂の乱に遭って処刑される寸前、奇蹟的に観音像に救われて流罪に減じられ、やがて郡司に任官したという話。観音木像の霊験譚である。観音を信仰して災難を免れる話は、上六・一七・下一三各縁などにあるほか、現世利益譚はきわめて多い。〔観音信仰譚〕参照。なお、本話は、仲麻呂（恵美押勝）の乱を取り入れているが、その点、奈良時代の乱の主人公の悪報を巧みに扱った説話（中一縁長屋王、中四〇縁橘奈良麻呂）に共通する。『続紀』を見ると、本話と同年月の天平宝字八年十二月の二十八日の記事に、仲麻呂の乱に連座した死刑囚に大赦があって罪一等を減じられたとある。そういう事実を原に説話化されたものであろう。

弥勒菩薩、願ふ所に応へて奇しき形を示す縁　第八

瑜伽論百巻書写を発願し、家財を尽し妻子を捨てた近江の国の富者が、山寺で修行中に木の上に弥勒菩薩が出現したので初志完遂を哀願した。これを聞いた人々は金品を喜捨し、やっと浄書を終えた。供養のあと弥勒は消えたという話。弥勒菩薩の霊験利益譚である。『今昔』一七ノ三四は、本話を出典とする。本書の弥勒菩薩譚は、中二三・下二八各縁などみずから霊異を示すもの。この信仰は、法相および真言宗系を主とし、奈良～平安時代に盛んであったらしく、また、瑜伽論は法相宗で重んじられたというから、本話の主人公は法相系信仰の修行者であっただろう。

閻羅王、奇しき表を示し、人に勧めて善を修せしむる縁　第九

藤原広足が、急病の身を治そうと山寺で修行中に死に、三日後に蘇生して冥土のことを語った記録である。彼は亡妻の愁訴によって冥土に召される。妻は彼の子を妊娠して死んで受刑中であり、残る刑期を共同で受けたいと申し出たのだった。そこで、彼は写経と講読の追善供養をしたいと言い、妻もそれを承認した後、彼を召した閻羅王（地蔵菩薩）に会い、まじないの印をつけてもらって蘇生する。その後、亡妻のために法華経を写し講読して回向したという話。本書に多い地獄説話の一つであり（〔冥界伝承の習合〕参照）、閻羅王と地蔵菩薩とが一体になるなど注目すべき内容をもつが、本話の意図は写経と講読の功徳

を説くにある。

『宇治拾遺物語』八三（巻六ノ一）の「広貴炎魔王宮へ召さる事」は、本話と同じ内容であり、話末に「日本の法華験記に見えたるとなん」と記す。ただし現存『法華験記』にこれを見ない。東寺観智院蔵『地蔵菩薩霊験絵詞』上三には、本話を簡略化して収める。また、『三国因縁地蔵菩薩霊験記』にも、巻六ノ二〇「藤原広足事」に本話が敷衍されており、話末に「此事日本記にも見え侍るなり。人口にあることなれば子細を述ぶるにおよばず」と記すから、本話は後世かなり広く行われていたとみられる。

如法に写したてまつる法華経、火に焼けぬ縁　第十

紀伊の国の自度僧牟婁沙弥は、法式通りに心をこめて半年かけて法華経を書写し、これを供養し誦経していたが、火事で一家全焼した中にあってこの経文だけ全く損傷しなかったという話。法華経の霊験譚、写経の功徳譚である。『今昔』一二ノ二九は、本話を出典とする。なお、画像や木像が火難に遭いながら被災を免れる話は、上三三・中三七各縁にあり、法華経に関わる霊験譚は中六・下六各縁にもあるが、景戒は本話の結語に河東練行尼などの話を引く。これは『冥報記』巻上（『今昔』七ノ一八所載）に収める話であり、その他、『法苑珠林』巻一八などにも類話が多い。

二つの目盲ひたる女人、薬師仏の木像に帰敬して、現に眼明くこと得る縁　第十一

奈良の蓼原の堂の薬師木像に、幼児に手を引かれた盲目の貧女が開眼を祈念するのを、ある信徒が同情してお堂に入れて礼拝させた。二日目に像の胸から霊薬が出ているのを子供が見つけ、それをなめると両眼が開いたという話。女人の信心と仏の感応をテーマとする。『今昔』一二ノ一九は、本話を出典としており、『元亨釈書』巻二九拾異志「蓼原村盲女」は、本話を簡略化している。諸仏の霊験によって目の開く話は、下一二（観音像）・下二一（金剛般若経）両縁にもあり、盲目に悩む人々に対する仏教の救済活動もしのばれる。類話として、聾者の話が上八縁に、ひどいできものに苦しむ話が下三四縁にある。

二つの目盲ひたる男、敬みて千手観音の日摩尼手を称へて、現に眼明くこと得る縁　第十二

薬師寺の近くに住む盲人が、寺の門前に坐って千手観音の日摩尼手を称名していたところ、見知らぬ二人が現れて目を治療してくれ、去っていったという話。『今昔』一六ノ二三は、本話を出典とする。本話は、前話と同じく盲目の人の感応をテーマとするものであり、本書に多い観音の化身が信心の人を救う観音霊験譚の一つである。なお、景戒の居た薬師寺周辺に取材した話としても興味深く、同寺の観音像の民間における縁起譚で

もあったであろう。後世の『大和国添下郡右京薬師寺縁起』にもこれを引く。

法華経を写さむとして願を建てし人、断えて暗き穴に内り、願の力によりて命を全くすること得る縁　第十三

美作の国の鉱山で、徴用された信心深い採鉱夫が坑内に閉じこめられる。家族は死んだものと思い、観音像を画いたり写経して、供養して七日過ぎた。坑内で写経の続きを祈念していた鉱夫の所に、観音の化身の僧が食物を持って現れ、坑内の上部に穴が開く。そこを通りかかった人に発見され救出された後、人々の援助で法華経の書写供養を果したという話。鉱山の落盤事故の実話を原にしたと思われる法華写経の霊験譚である。『三宝絵詞』中ノ一七は本話を出典とし、「霊異記に見えたり」と注する。『法華験記』巻下ノ一〇八「美作国採鉄男」はこれを原にし、『今昔』一四ノ九は、さらにそれを書承したものである。また、『扶桑略記』第六元明天皇条も、本書下四縁を要約した後に本話を同様に載せ、末尾に「出霊異記」と付する。なお、『冥報記』上ノ八は、本話の祖形的なものとして注目されており(寺川真知夫氏「花園大学国文学論究」一一号に比較研究あり)、類話に『今昔』一七ノ一三などがある。

＊美作国の鉄山（二三八頁）
美作の国の鉄については、『続紀』神亀五年（七二八）四月十五日条に同国大庭・真島二郡から庸鉄を産出する記事や、『主計式』上に鍬・鉄を貢納することが見える。中国山地にこれを多く産出した点は、『播磨国風土記』『出雲国風土記』のほか、『主計式』上の備中・備後・伯耆各国の貢納品に鍬・鉄があり、ヤマタノオロチ神話の宝剣出現の土地柄でも知られよう。ところで、当地の製鉄については、発掘された月の輪古墳や福本遺跡が知られ、地元の砂鉄を、やはり地元の鉄鉱石にまぜて生産していたといわれている。本話に登場する「機」(滑車の付いた装置)も、それらの作業に使われていただろう。なお、この鉄山の官営の問題は、大豪族吉備氏の制圧下にあった美作の国を大和朝廷の統治下に置いて、鉄を奪い取ろうとの意図の表れともいわれる。本話は、そういう背景をもつ実話を原にする説話であろう(『古代の日本4中国四国』所収岡本明郎氏「山部と製鉄」参照)。

千手の呪を憶持するひとを拍ちて、現に悪死の報を得る縁　第十四

越前の国で浮浪人を取締って労役を強要する役人が、都からの修行者を俗人と誤認して迫害した。そこで、行者は千手経の呪法をやむをえず行使する。すると役人は、馬上のまま空高く上り、暴行現場で宙吊りから墜落死したという話。僧を迫害して悪死をうける話であるとともに、千手経の霊威譚である。『三宝絵詞』中ノ八は本話を出典とし、「霊異記に見えたり」と付記する。金沢文庫本『観音利益集』三七話「千手多羅尼事」(後半欠）も、『真言伝』巻二ノ五「千手陀羅尼」も、本話を簡

略化している。なお、迫害を受けた僧が呪法を行う例は上一五・中三五各縁などにあり、こういう僧迫害による悪報譚は本書に多い。〔僧の迫害〕参照。本話の年時は神護景雲三年（七六九）であるが、『続紀』によると、同年条に浮浪一千人に陸奥の国桃生柵を築造させる記事があり、その十年ほど前の天平宝字年間にも、陸奥・東国・北陸方面で防衛工事に動員したよしある。これは本話の背景に通じる。

＊説話における因果の対応（二四二頁）

本話の語句を調べてみると、前文と後文とで顕著に対応している例がある。とくにウマ。事件の現場が「御馬河の里」、その時刻が三月二十七日の「午の時」、一昼夜後の再び「午の時」に墜死する。おまけに当事者は「馬」上のままの悪死である。これらは本話の形成および伝承中に加えられたのであろう。悪死の場所を迫害現場にわざわざ連れもどさせたのも、明らかに対応する。すると、当事者が馬に乗ったまま（恐らく手綱を執って）空中に宙吊りになった状態も、明らかな対応があったはずである。そこで、前文について、役人の動作ともみられるが、行者が縄で千手経を何かにかけ吊すようにして地上から引っぱった呪的行為とする稲田浩二氏説（「女子大国文」71号論文）に賛したい。『三宝絵詞』の享受条も、三伝本ともに動作主を行者としており、同前田家本では、経典を縄で木の枝に懸けて去っている。

沙弥の乞食を撃ちて、現に悪死の報を得る縁　第十五

奈良の犬養真老は、家に来た乞食僧に施しをしないばかりか、ひどい迫害を加えた。すると、翌朝食事の時に吐血して急死したという話。前話にひきつづいて僧迫害の悪死譚であり、乞食僧が迫害を受ける話として上二九・中一・下三三各縁に通じ、とくにそれが自度（私度）僧である点は注目される。〔僧の迫害〕参照。

女人、濫しく嫁ぎて、子を乳に飢ゑしむるがゆゑに、現報を得る縁　第十六

邪淫乱交の生活で死んだ越前の国の成刀自女が、同国に修行に来た紀伊の国の寂林法師の夢に現れ、窮状を訴える——男たちと情交して子に授乳せずに飢えさせたので、乳が脹れ痛む悪報を受けているから、助けてほしいと——。そこで僧は、その子たちを捜して夢の事を告げ、子は亡母のために追善供養をしたという話。育児を怠った邪淫の女の珍しい悪報譚である。本書に母に対する子の不孝養の悪報譚はある（上二三・二四・中三縁）。しかし逆の立場の、子を養育しない親の話はここだけ。本話は中二縁の烏の邪淫を思いおこさせる。なお、僧の夢に、子への罪ゆえに悪報を受けている母が現れ、僧からそれを聞いた子が亡母の回向をするという筋は、中一五縁に通じる。

いまだ作りをはらぬ捻摂の像、呻ふ音を生じて、奇しき表を示す縁　第十七

紀伊の国の自度僧信行が弥気堂で修行中、弥勒菩薩の脇士で未完の二像があった。これの完成を祈念していたところ、連夜苦痛の声を発するのに気付き、信者たちを集めて完成し供養したという話。仏像の霊験を物語る弥気堂の脇士像の縁起譚である。血肉の身でない仏像の霊威を示す話は、中一七・二二各縁などにあり、とくに未完の像の霊験譚は中二六縁にも見える。

法花経を写したてまつる経師、邪婬をなして、現に悪死の報を得る縁　第十八

河内の国の丹治比の経師が、野中堂に呼ばれて法華経を書写していた時、堂内に雨宿りに入った女人に不浄な行為をして、ともに急死したという話。写経する清浄な場における淫事に対するきびしい仏罰を示したもの。『今昔』一四ノ二六は、本話を出典とする。本書に法華経をめぐる話は多く、本話は、上一九縁など不信の徒の悪報譚、また、下九縁など写経の登場する話とも関わる。一方、下一六縁などの邪淫例とも関わる。

産生める肉団のなれる女子、善を修し人を化する縁　第十九

肥後の国の豊服広公の妻が卵形の肉塊を生み、中から女の子が出生して、八カ月で成人した。奇形の小子であったが、賢明で経巻を転読し、尼となって人々を教化した。しかし、女陰がなく猴聖といわれた。彼女をねたみ嘲る僧は仏罰をうけて死に、また、仏道の問答などでも講師や知識僧を負かしたので、人々は彼女に帰依し舎利菩薩とたたえたという話。『三宝絵詞』中ノ四は本話を出典とし、「霊異記に見えたり」と付記する。『法華験記』巻下ノ九八「比丘尼舎利」は、『三宝絵詞』によったものとみられ、とりわけ東寺観智院本の本文との影響関係が目立つ。『元亨釈書』巻一八尼女「舎利尼」は『法華験記』によっており、後世の『本朝神社考』下ノ六「舎利尼」は『元亨釈書』と同文である。

なお、本話のような卵生説話は仏典に所載があり、景戒は本話のあとにその類話の梗概を付した上で、本話こそ狭い日本に存する奇事だと強調している。異常生誕ないし異常婚姻の話として、上二縁の狐妻、上三縁の雷の申し子、中三一縁の舎利を握った子、下三一縁の石神生誕に、それぞれ通じる面があり、また、「聖」の変化した生き菩薩として、行基（中七・二九縁）譚などにも通じる。

＊舎利菩薩の称（二五三頁）

本話の主人公の尼の通称は、〈猴聖〉から〈舎利菩薩〉に変った。不具者を蔑視したサル聖という名づけには、彼女の頭と頸が癒着して下あごのない姿に猿を連想した点もあったであろう。ところが、サル聖に対しては、地方の官寺である国分寺僧も、全国八幡宮の総本宮で

霊験あらたかな宇佐八幡の神宮寺僧も、ともに仏罰をうけてしまう。のみならず、中央の官寺僧や知識僧まで、その才智は彼女に太刀打ちできない。すべての権威はつぶされた。その結果、聖の変化であると尊崇帰依されて改称されたのである。そのシャリ菩薩のシャリとは、仏の十大弟子の中で智恵第一の舎利弗にちなんだ命名といわれる。また、中三一縁の異常出生譚にあるように、仏舎利の尊いものであることはいうまでもないが、その形と彼女の出生した卵の形との印象の通じる点もあろう。ともあれ、この伝承の底に、サル→シャリという類似音（わが古代音ではとくに両音は近かったともいう）の洒落も、あったであろう。説話の主人公の通称には種々の問題がひそんでいる。

法花経を写したてまつる女人の過失を誹りて、現に口喎斜む縁　第二十

阿波の国名方郡の女人が、麻殖郡の寺で法華経を書写したところ、当郡の男が彼女を誹謗した。すると、彼の口はゆがみ、顔はねじれ曲ったという短編。『今昔』一四ノ二七は、本話を出典とする。本話は、本書に多い法華経不信者が仏罰を受ける現報譚の一つ。類話として、読経の人を嘲笑し口がゆがむ悪報譚上一九・中一八縁がある。

沙門、一つの目眼盲ひ、金剛般若経を読ましめて、眼明くこと得る縁　第二十一

薬師寺の僧長義が、盲目になったので、僧を招き金剛般若経を読んでもらい、目が開いたという短編。金剛般若経の信心功徳をのべた霊験譚である。『今昔』一四ノ三三は、本話を出典とする。後世の『本朝高僧伝』巻七五には「長義伝」が載り、『大和国添下郡右京薬師寺縁起』にも本話が引かれている。信心によって目の開く感応霊験譚には、下一一（薬師像）・下一二（観音像）各縁があり、類話に上八・下三四各縁もある。右の下一二縁は、本話と同じく薬師寺関係の話。

重き斤もて人の物を取り、また法花経を写して、現に善悪の報を得る縁　第二十二

信濃の国の他田舎人蝦夷は、富豪で銭や稲を出挙する一方、法華経を二度書写し、三度目を供養しないままで死亡した。ところが、仮葬した七日後に蘇生し、閻羅王庁で裁かれた体験を語る——彼は、生前に不正な秤を用いて出挙した悪業により、赤熱の銅鉄の柱や板で焼かれた。しかし、法華経書写の善業によって生還が許された——と。蘇生後は、ますます信心供養したという話。冥土の体験譚は、すでに上三〇・中五・七・一六各縁などにあったが、うち善悪二業によって主人公が裁かれるモチーフをとるのは、中五・一六両縁であった。なお、本話は次の下二三縁と構想その他を同じくし、類話の関係にある。

寺の物を用ゐ、また大般若を写さむとして願を建てて、現に善悪の報を得る縁　第二十三

信濃の国の大伴の連忍勝は、同族と氏寺を造り、大般若経の書写を発願して出家したが、檀家に殺されて五日後に蘇生し、冥土の話をする。——煮え湯に漬けられたものの、釜が割れて放免される。それは寺の物を私用した罪と写経発願の功徳とによる旨の説明をうけ、弁償し願を果すために蘇生が許された——。『今昔』一四ノ三〇は、本話を出典とする。本話は、前話にきわめて類似する——主人公の所在地（説話の伝承地）が同国同郡であること、冥土の状態、とくに三道のさまなど、善悪の報をうけて写経の功徳で蘇生すること——。類話の関係にあるといってよい。

＊説話相互の交渉（二六二頁）

下二二・二三両縁は、善悪二重因果譚としてともに類似した内容をもち、場所も近接し、互いにその成立に強い影響を与えあったものと思われる（原田行造氏『日本霊異記の新研究』）。場所は信濃の国小県郡、時は宝亀四年と同五年の一年ちがい、主人公はともに在地豪族で経典書写を志して善業を積みながら、日常生活で若干の悪業をおかす。詳細にみてゆくと、大同の中に微妙な小異がある——使者の数（四人と五人）、冥土で通る三段階の道（中等の道と上等の道）、現世での所行を記した三枚の札（金札と鉄札）、熱さを感じないで受ける苦報（銅鉄の熱柱等と熱湯の釜）など。これらの諸点は、おそらく景戒の手になる以前に、現地でそれぞれ影響し合いながら伝承されていたものであろう。

修行の人を妨ぐるによりて、猴の身を得る縁　第二十四

大安寺の恵勝が、近江の国の陀我大神の社の辺にある堂で修行していた時、夢に見た白い猿が現れて身上を告白する——前世は東天竺国の王で、僧の従者を制限した罪により猿に転生し、この社の神になった——と。この猿の身を免れたいと法華経の読経を願う。しかし、供養料がないため、六巻抄を読む仲間に入りたいと頼む。寺側がそのことばを信じないでいると大堂が倒されたので、猿の大神の願いを叶えてやったという話。『扶桑略記』光仁天皇条に、「霊異記云、……已上異記」として本話を引く。『元亨釈書』巻九「大安寺恵勝伝」はこれを簡略化する。後世の『東国高僧伝』巻三・『本朝高僧伝』巻四六にも同伝を引き、『本朝神社考』中ノ三「多賀」も『釈書』を引く。本話は、修行者の尊重すべきことや、輪廻転生を説くが、わが固有神の仏教的解釈、本地垂迹のはしりの資料としても貴重であろう。猿は元来神ないし神の使者であり、同じ近江の国の日吉神社の猿、その他神の使の動物たちとの関係、当地の民間信仰、一方、経典にも猿が神性を持つものとして語られることなど、追究を要する問題は多い。

大海に漂ひ流れて、敬みて尺迦仏のみ名を称へ、命を全くすること得る縁　第二十五

紀伊で網元に酷使されていた馬養と祖父麿が、暴風雨後の流木拾いを命じられて漂流し、釈迦仏の名号を念じて救いを求めた。その甲斐あって二人はそれぞれ淡路島に漂着し、未成年の祖父麿はそこの国分寺に入り、馬養は帰国して妻子に会った後に出家したという話。釈迦仏を祈念して水難を免れた信心功徳譚であり、釈迦仏の感応霊験譚である。『今昔』一二ノ一四は、本話を出典とする。漁夫の殺生悪報譚は上一一縁にあるが、本話は、下三二縁と同様に、信心により海難から救われた善報譚に属する。

非理を強ひて債を徴り、あまたの倍を取りて、現に悪死の報を得る縁　第二十六

讃岐の国三木郡の長官の妻、田中真人広虫女は、欲深い極悪非道の権化で、施しをせず、酒に水を混ぜて売り、升目をごまかし、不正な出挙や高利貸をするなど、人々を苦しめていた。長く病臥した時に、見た夢を家族に話す――閻魔王庁に呼ばれて罪状三件を示された――と。すると、その日に死んだので、火葬せずに大勢の僧を呼び連日供養したところ、牛頭人となって蘇生する。そこで郡寺と東大寺に莫大な寄進をし、人々への貸付けも帳消しにした後、再び死んだという話。他の物を盗用し、死後牛になって労役に服する話は、上一〇縁以下に多いが、半獣身で草を食って糞の上に坐る女の描写など、他の話に見られない凄さがある。また、本書の地獄からの蘇生譚には、主人公に何らかの救いが与えられる例が多いが、強欲の限りをつくした女のなれの果てとて、救済が無い。遺族の総力をあげた寄進喜捨の功徳により、牛身の女は死に至る。これまで本書にあった牛身転生譚や地獄からの蘇生譚に比し、実に手のこんだ悪報譚で、聴衆はその因果応報のさまに戦慄を覚えたであろう。

髑髏の目の穴の笋を掲き脱ちて、祈ひて霊しき表を示す縁　第二十七

備後の国の品知牧人が、正月用品を買いに市に行く途中野宿した竹藪で、笋が目の穴を貫いて伸びているために苦吟する髑髏を救ってやった。供物をして福を祈ると、市でうまく取引きができ、帰途もふたたびその霊に会い、霊は殺された真相を話す。その牧人は、大晦日に霊の生家に案内されて供物や財物の恩返しを受け、そこで出会った霊の父母に事の次第を話す。こうして結局真犯人が発覚したという話。本書で髑髏の登場する話は、下一縁に舌だけ動いてなおも読経する修行者の二話を収めるが、本話は上一二縁に酷似し、ともに〔異類報恩譚〕として採録されている。殺人事件を悪報の側から取り上げず、犯人は認知されるにとどまる。この類の話は、いわゆる〝枯骨報恩〟型の昔話として世界的に流布し、〝唄う骸骨〟型の昔話とも関わる。

本話の原流は大陸であろう。付録上一二縁解説参照。なお、髑髏の目の穴の一件は、『和歌童蒙抄』『古事談』など、後世の歌学書・説話集に広く見られる小野小町亡者説話の、「あなめあなめ髑髏のすすき」のモチーフに通じるものである。

弥勒の丈六の仏像、その頸を蟻に嚙まれて、奇異しき表を示す縁　第二十八

紀伊の国名草郡の貴志寺に住んでいた修行者が、毎夜「痛い、痛い」とうめく悲鳴を聞き、捜したが人影がなかった。捨ててあった塔の木の霊ではないかと疑いながらも、大声を聞いた翌朝、弥勒の仏像が蟻の大群にかまれているのを見つけ、寺の檀家に修復してもらったという話。貴志寺の弥勒像の縁起譚として伝承されたとみられる霊験譚である。災難に遭った仏像が、みずから霊威を示す話は本書に多い。本話は、その中でも、うめき声をあげて発見されるモチーフをとる中二二縁などに通じ、とりわけ下一七縁との共通点が多い（所は紀伊、時代は光仁天皇代、私造の寺の弥勒像であるなど）。紀伊の国の話が以下につづく。なお、蟻は、中序・中一一縁にも登場する。

村童の戯れに木の仏像を剋み、愚かなる夫斫き破りて、現に悪死の報を得る縁　第二十九

紀伊の国の山道で、村の子供が木の仏像を作って石の寺に置いたり、石を積んで塔にしたりして遊んでいた所に、因果の道理を知らない愚か者が通りかかった。男がその木の像をあざけり迫害すると、急死してしまったという話。標題と説話からみて、上五縁の弓削守屋、上二七縁の石川沙弥などと同じく、仏教迫害による悪報譚である。結語には、児戯に属する供養の功徳の大を述べているが、その類話としては『三宝絵詞』下ノ九「石塔」などがあげられよう。なお、本話で事件の起った山道の記述が詳細であり、背景の地理の詳しさの点も注目される。

沙門、功を積みて仏像を作り、命終の時に臨みて、異しき表を示す縁　第三十

紀伊の国名草郡の老僧観規は、当地の能応寺に自分で造った仏像三尊を奉った後、未完成の観音像を残して死ぬ。しかし、二日後に蘇生して弟子たちに後事を託するが、さらに二日生き、釈迦入滅の二月十五日を待って大往生をとげる。その遺言を受けた仏師が観音像を完成させ、能応寺の塔に今でも安置されているという話。その観音像の縁起譚という形をとっているが、本話の中心は造像の功徳という点にある。奈良仏教は、造像起塔の仏教という面が強いといわれているが、観規の所行はまさにその一典型であろう。彼は、その功徳によって蘇生もし、仏涅槃の当日に西方極楽浄土を志向しながら見事に往生する。本話の末尾に賛辞を付し、聖者と称えられるゆえんである。

仏を祈念して助かった下二五縁に類似するが、本話は仏像作りの功徳（付録下三〇縁解説参照）を示している。上一一縁では、若年から網で魚を捕えた人物が、殺生戒を破る罪による悪報をうける。本話における同僚の溺死は、そのことを意味しているのかもしれない。なお、妙見菩薩の話は上三四・下五各縁にもあり、紀伊と河内で三話とも地域が近接するから、あるいは妙見信仰伝播の上で関係があるだろうか。

賤しき沙弥の乞食するを刑罰ちて、現に頓かに悪死の報を得る縁　第三十三

因果を信じない紀伊の国の紀吉足は、正税用の稲を人々に分け与えていたが、乞食に来た自度僧には、布施しないばかりか種々の迫害を加えた。呪文で縛ってみろと脅迫された僧が、自衛のため十二薬叉の名号を唱えるや、吉足は頓死したという話。本書に僧迫害による悪報譚は多い。そのうち、僧が呪法を行使する例に上一五・中三五・下一四各縁があり、本話は十二薬叉名号の霊威譚でもある。また、本話は乞食僧迫害譚として上二九・中一・下一五各縁に通じ、とくに自度僧が主役となっている点は重要である。〔僧の迫害〕参照。

なお、本話で注目すべきは、景戒の付記する説話末の結語が二ページ分以上に及んでいることである。これは他の諸話の場合に比べて格段に長い。さらに、結語中のテーマ「隠身の聖人」が、本書冒頭部上四縁のそれと首尾呼応すること（付録「隠身

女人、石を産生みて神として斎く縁　第三十一

美濃の国の県氏という二十余歳の処女が、三年間懐妊して二つの青い石を生んだ。ところが当地の伊奈婆という大神から、その石はわが子だと託宣が下ったので、その女の家に祭ったという話。因果応報など仏教臭の全然ない奇異譚であり、県氏の家の祭壇の由来を物語っている。守屋俊彦氏の推論では、県氏はもとイナバ氏であったが、県主のためにそれが姓になったのではないか、また、本話はイナバ大神の神婚を核とする神社縁起譚を下敷としたのではないかという（『続日本霊異記の研究』）。石に神霊が宿る石神信仰譚は、古来多い。ところで、本話は、『古事記』応神・『書紀』垂仁二年などに見える、赤玉や白石を生む石胎説話と同じであり、そういう古来からある異常出生譚を、類似する仏教説話の卵生譚（下一九縁）と相対峙させるように、本書に収めたものともみられよう。

網を用ゐて漁夫、海の中の難に値ひ、妙見菩薩を憑み願ひて、命を全くすること得る縁　第三十二

長年漁業に従事していた大和の国の名妹丸が、紀伊の海に出漁中に強風で舟が難破し、同僚はみな溺死した。ひとり漂流した彼は妙見菩薩を念じて等身像を作る誓いを立てたところ、漂着して助かり、誓願を果したという話。妙見菩薩への信心と、その感応霊験譚である。同じ紀伊水道での海難事故に遭って釈迦

の聖」参照）、また、本話の年代は延暦四年であり、次の下三四縁になると下巻序（二〇七頁注七）と同年代になること、これらを勘案すると、本話は原撰本の終末話で、そのために長文の結語を付して、自度僧の畏敬すべきことを強調したかったとみる説は、説得力がある。

怨の病ひたちまちに身に嬰り、よりて戒を受け善を行ひて、現に病ひを愈すこと得る縁　第三十四

悪病にかかった紀伊の国の巨勢呰女は、頑固な腫瘍に長年苦しんだので、前世の宿命と観じて出家し、心経を唱えて仏に帰依していた。十五年して行者が訪れ、薬師経など大乗経を次々読誦し千手陀羅尼を唱えつづけると、二十八年後にやっと傷口が開き平癒したという話。経典や仏像を信奉して病気を治す話は、上八縁以下いくつかある。その中に、主人公が「宿業の招くところならむ」云々と決意して善道を修めるという、本話の類話（上八・下一一各縁）もあるが、本話の業はとりわけ長期にわたり、誦経の種類も量も格段に多きを要する。なお、下二八縁からの主たる説話舞台となっていた紀伊の国（下三一縁だけ除く）が本話で終り、次から別趣の話がつづく。また、本話の最終年代が、下巻序で問題としている延暦六年（二〇七頁注七）である点も、注目されるであろう。

官の勢を仮りて、非理に政をなし、悪報を得る縁　第三十五

急死して閻魔王庁に行った肥前の国の火君は、まだ死期ではないとして帰される途中、海中の釜の地獄で責め苦を受けている人に呼び止められる。遠江の国の物部古丸といい、生前に役人として人民に過酷であったため罪報を受けているから、滅罪の写経をしてほしいと懇願される。火君はこれを大宰府に上告し、これがさらに朝廷に達した。二十年もたって菅野真道がその解状を見て奏上した結果、勅命による現地調査で確認された後、写経供養の大法会がなされたという話。『元亨釈書』巻二九拾異志「大君氏（ママ）」は、本話をやや簡略にしている。本話の特色として、説話の舞台が九州・都・東国と広域にわたる点、解状という実務上の資料を種とする点、菅野真道・善珠など実在人物の活躍、下級一役人を救うための国をあげての大法会など、多多指摘される。なお、本話から下三七縁までは、いずれも同様な政治的・社会的人物が閻魔の庁に呼ばれる悪報を主とする、類話である。

＊説話の人物と史実（二九一頁）

菅野真道は、『続紀』の編者として知られる。『日本後紀』延暦十六年（七九七）二月十三日条に、その功による従四位下から正四位下への二階級特進の記事がある。また、同年三月十一日条では、左大弁に任命されている。それらの記事は、本話では、延暦十五年三月以前に「従四位上」「大弁官上（左大弁）」とし、史書と異なる。ただし、こ

の日付の部分が来迎院本・前田家本ともになく、底本だけである事情は不明。ともあれ、その真道が二十年来放置されていた文書を点検し処理したのは、史書編纂者としていわば当然の行為とみてよかろう。

なお、本話に後出する大法会は史書に見当らないが、講師をつとめたという善珠は当時の名僧（下三九縁にも登場）であり、読師をつとめた施皎も、やはり当時史書にある施暁（同音異表記）とみられる。従って、事実何らかの法会があったとしておかしくない。その他、本話に登場する肥前の松浦郡の火君氏は、同国の風土記などによっても当地の豪族とあり、本人が解状を上申する地位にいたとみてよい。また、遠江の国の物部古丸についても、『万葉集』防人歌（四三二七）に同じ氏名があり（郡名は異なる）、これと同人物かは別にして、はるか東国である遠江の人物の九州登場という点は、防人派遣とすれば可能性が高い（中三縁にも）。これらの人物の縦横の活躍をもとにして組立てられている説話においては、やはりそれ相応の史実があったにちがいない。この点については、寺川真知夫氏の論文がある（「同志社国文学」九号）。

塔の階を減し、寺の幢を仆して、悪報を得る縁　第三十六

藤原永手は、子の家依が父の悪夢を見て忠告したのに、それを聞き流して急逝した。その後家依の病気が直らないので看護の僧が命がけで呪願すると、家依にのりうつった永手の霊が罪業を物語る――生前に寺の幢や塔に加えた罪のため地獄に堕ちて苦報を受けて、いま許されたが身体がなく宙に迷っている――


と。家依はこれで全快したという話。前話につづいて地獄に堕ちた人の悪報譚である。後世の説話集に要約されて享受されている――『元亨釈書』巻二九拾異志「大傅藤永手」、『古事談』第五神社仏寺事、『続古事談』第二、『東斎随筆』仏法類四四話。

本話は、本書に多い寺院の施設や経済に損害を与えたための悪報譚の一つで、仏塔の材を燃料にして地獄の業火で悶死する上二七縁などに通じる。また、高級官人の悪報譚として、中一縁の長屋王、中四〇縁の橘奈良麻呂の各話にも通じよう。

＊藤原永手の悪行（二九四頁）
永手は名門藤原氏、不比等の子房前の二男。光仁天皇の信任がとくに厚く、公人としての経歴上とりわけ排仏的行為は見いだせない。悪報譚の成立については、称徳天皇と道鏡の政権下における藤原氏の中心人物として、道鏡の野望を制圧する功績を上げた。その点で一部僧徒側から排仏者と目されるなど、政治がらみの問題を背景とするとみられている。ここで、本話の「法華寺の幢」と「西大寺の塔」の事件をめぐる原田行造氏の考証（『日本霊異記の新研究』）を紹介する。前者については、天平神護二年（七六六）に隅寺（海龍王寺）の仏像から仏舎利が出現し大々的に宣伝され、隣りの法華寺に移すに当り、種々の幡（「幢」もふくむ）や蓋を捧持する行列など盛儀が行われた（『続紀』）。これは一挙に実権を握ろうとする道鏡たちの演出であり、対する藤原氏代表永手の矜恃の心情を背景として成立したもの。後者の塔縮小についても、称徳天皇の病勢が悪化した宝亀元年（七七〇）六月に永手が決意し、八月に崩御のあと設計を変更させた。これは道

鏡の失脚を企図した所為であるが、いざ実施に移したその翌年に当の本人永手が急逝したので、それを種にした応報譚が、反藤原氏一派によって作られることになったのではないかとみられよう。

因果を顧みずして悪をなし、罪報を受くる縁　第三十七

京の人が筑前の国で急死して冥土に行くと、佐伯伊太知が悪報を受けて身体をひどく打たれていた。彼には写経の善業もあるが、罪業は無数に犯したという。蘇生してこの世に帰った京の人は、大宰府にそれを上申したが受付けられず、都に帰って遺族に知らせたので、妻子は写経の追善供養をしたという話。本話は、下三五縁以来つづく地獄に堕ちる人の悪報譚に属し、各話に共通点をもつ。前話と本話とは、主人公が内政事件の功労者（永手は道鏡事件、伊太知は仲麻呂の乱）、それが三宝破壊などの罪により地獄で罰を受けるが、仏の験力で救われるのである。また、前々話と本話とは、舞台が九州―地獄―大宰府―都と移動すること、「解状」の内容を種とすること、『法華経』の全文字数が関係すること、写経で罪が免れることなど、共通点が多い。これら三話を下巻末近くに並べた点、景戒に何か意図するところがあったのではなかろうか。

＊佐伯伊太知の悪行（二九六頁）

本書の悪報譚は、その人物の悪因も挙げて因果応報の理を説くのが例であるのに、本話は、写経の善業の方を記しながら、罪の方は無数とするだけで内容を示していない。標題も「因果を顧みずして悪をなし」とするのみ。だから悪報譚としての説得力が弱い。この伊太知なる人物は、右衛士督従四位上の時に油・花・米を仏事に供えているから（『大日本古文書』巻五「仏事捧物歴名」）、とりわけ不信心な悪者であったとは思えない。武門の家佐伯氏の一員であり、『続紀』によると、天平宝字八年（七六四）に藤原仲麻呂の乱で功績をあげ、以後昇進する。宝亀元年（七七〇）孝謙女帝が崩御、法王道鏡が下野国薬師寺別当に左遷されるや、約半年後に下野守として下り、道鏡はその翌年（七七二）に没している。志田諄一氏は、伊太知がこの折に道鏡に圧力を加えて死に追い込んだのではないか、それで罪悪人にされたと推定（「古代文化」二四巻一〇号）、原田行造氏も、これをさらに追補発展させている（『日本霊異記の新研究』）。本話は、道鏡の側に立つ仏徒圏の伝承とみられ、九州を舞台としたのは、一族の任地が当地方に多い点から伊太知の転任説も出ている。ともあれ、下三八縁の自伝の中に、童謡を伴なった道鏡説話を登場させるに当り、それとの関連から下三六・三七両縁にいわば〝隠れた道鏡説話〟を置いたともみられよう。景戒は、道鏡に対して好意を抱いていたようだ。

災と善との表相まづ現れて、後にその災と善との答を被る縁　第三十八

本話は、標題の示す通り、吉凶の前兆ともいうべき〈表〉がまず出現し、後にその必然の結果として〈答〉が到来するという、いわゆる〈表相信仰〉に即して、多くの事象をあげて説いた条

である。本書の諸縁の中で最も長い条であり、二部に分れる。前半には、六首の歌謡が表相となって変転した政治的事件をあげる。後半は、天文の表相のあと、景戒自身の体験譚として夢と身辺に起った怪異との表相を説く。その末尾に、表相思想の対処方法として、仏道修行に専念する決意と因果応報の理への畏怖とを説いて自戒している。

前半部についてみると、最初の事件は、聖武天皇が藤原仲麻呂に対して阿陪親王と道祖王とに政権をまかせるよう誓約させたものの、不吉な歌謡の通り、道祖王はじめ仲麻呂たちも殺されたという例。第二は、称徳女帝と道鏡の密通に関わる二首と、その道鏡一派の台頭に関わる一首とを列挙した例。第三と第四とは、それぞれ歌謡を前兆とする光仁・桓武両天皇の即位の例。以上、帝権の推移を中心とする諸例である。この類の歌謡は、いわゆる〈童謡〉と称されて『書紀』に見えるが、本書にも中三三縁にあり、そこで景戒は〈過去の怨〉の報いによると解している。しかし、本話では、因果応報とは別に〈表相信仰〉の次元で説いている。また、「天の下（の国）を挙りて歌詠ふ」という形をとるのも特徴的である。その六首の歌謡のうち、光仁天皇即位の予兆歌「朝日刺す」云々は『続紀』に載り、「催馬楽」にも類歌がある。桓武天皇即位の予兆歌「大宮に」云々も『日本後紀』に載る。また、史的叙述の中には『続紀』などに通じる点もあるが、独自のものや相違点もあり、総じて資料としても貴重である。ただし、来迎院本も前田家本も前半部の本文を欠き（国会本など流布本は下二六縁以下逸する）、存するのは底本（真福寺本）一本だけであるから、校訂は困難である。

後半部においては、底本のほか来迎院本・前田家本とも本文が存する。内容としては、まず長岡京遷都と藤原種継暗殺事件とを予兆する天体異変の〈表〉を記す。前者は延暦三年（七八四）十一月八日の流星群、後者は同四年九月十五日の皆既月食であり、これらは他の資料で裏づけが可能である。ところで、後者の下手人として史書には記される大伴一族の名があげられていない点、景戒と大伴氏とを結びつける例として注目されている。次いで、同六年九月四日、景戒が生活を反省し慚愧したことから始めて、身辺の予兆や出来事を次々述べているが、これが景戒に関する唯一の現存資料として貴重である。ここで彼は夢を二つ見る。第一は、慚愧した当夜、紀伊の国名草郡の乞食僧鏡日に教化され、布施して『諸教要集』を授かる夢で、観音の変化、聖示かと思う。第二は、同七年三月十七日に見た、自身を火葬する凄惨な夢である。彼みずから夢解きを試みてはいるが、これらの夢の意味する所については、現在も論が多い。彼はその七年後に「伝燈住位」を得るが、その後身辺に怪異の表相が次々と現れる。狐や蝗の凶兆がつづいて、息子が死に、二頭の馬も死んで、自叙伝は幕を閉じる。

この自叙伝の最終日付は延暦十九年（八〇〇）正月二十五日であり、それ以後に自分の手でまとめたものと思われる。本話に見られる表相思想は、陰陽道世界の方に深く関わるものであって、当時彼は、自らの身辺に因果応報とか現報善悪という一般公式だけでは律し切れない事象を、種々体験したのであった。その最たるものが息子の死であったのだろう。このようにして、終に表相を予知できなかったわが身のもどかしさを嘆きながらも、やはり仏道精進に徹する以外にないと、自戒する彼であったのである。

智行（ちぎやう）ならびに具（そな）はれる禅師（ぜんじ）、重ねて人身（にんしん）を得て、国皇（こくわう）のみ子に生るる縁　第三十九

二話から成る。第一話は、下三五縁にも登場した名僧善珠（ぜんじゆ）が、臨終に際して霊が巫子（みこ）にのり移って遺言した通り、桓武天皇の皇子大徳親王となって転生したという話。第二話は、伊予の国の石鎚山（いしづちやま）の修行僧寂仙禅師が、やはり臨終の日に書き残した通り、桓武天皇の皇子神野親王つまり現嵯峨天皇として転生したという話である。この第一の話は、『閑居友』上巻「玄賓僧都門をさして善珠僧都をいれぬ事」の条に、左記のように引かれている――「霊異記といふふみには、し（死）にて国王となりたりとぞ侍れど、まことはとそつの内院にむまれたまへる人也」（流布本により「霊異記といふふみに、はし（波斯）にて国王となりたりとぞ侍れど」云々とする通説は誤り）。一方、第二話は、正史である『文徳実録』嘉祥三年（八五〇）五月五日の皇太后橘嘉智子伝に、「故老相伝」として同じ伝承がある。ただし、主人公を灼然の弟子上仙とし、皇后橘夫人の前生譚も付するなど、多少の相違がある。

智恵・徳行とも兼ね備えた高僧ゆえに、いわば人間として最高の位である天皇の御子に転生したという善報譚であり、前世で十善を行った果報として、この世で天子の位を受けるという、いわゆる「十善の天子」の仏説に相応する。そういう両話の共通点を考えて同一条とした上、本書最高の善報譚として巻末を飾らせたのであろう。ところで、来迎院本は第一話の中途以下巻末まで逸しており、前田家本も、第二話を第一話から切り離して下二四・上四後半部と合わせた別条に入れたまま、やはり中途以下逸している。従って、本書の成立と関わる重大な問題を持ちながらも、巻末を完備するのは底本（真福寺本）だけであり、これをもって本書末尾の体裁とみざるをえない現状である。

なお、第二話には、寂仙禅師の転生譚のあとに、嵯峨天皇は聖君であるとの論述を付する。それには一応反論もあげながらこれを激しく論駁（ろんばく）しているが、景戒のその熱っぽい天皇絶対の擁護論も注目される。これは新しい仏教的な神話を目指したものとも思われ、景戒は、理想の天子として仏徒天皇を希求していたようである。

説話分布表

一、『日本霊異記』にみえる地名をあげるに当り、国・郡別に表にまとめた。各段の上から順に、国・郡・登場説話である。ただし、平城京においては、郡に替えて寺院周辺によって分類した。なお、表中の上1・中1等は、それぞれ上巻一縁・中巻一縁を表す。

一、国名・郡名の表記、及び表の配列順序は、『和名抄』のそれによった。なお、『日本霊異記』の主な本文表記を〈　〉でかこんで注した。

一、本文に郡名がなくとも、推定可能なものはこれに所属させ、国・郡の新設・改称の場合は新旧とも注した。なお、所属を誤る例は〔　〕でかこみ、修正を示した。

一、奈良京・大和国は、とくに冒頭に掲げた。

一、説話分布についての問題点を解説の第四章にあげておいた。参照されたい。

〔平城京〕

奈良京〈諸楽京〉		中6・23・35・42・下4・37・38、中19(東市)、下11(越田池、蓼原里、蓼原堂)、下15(活目陵、佐岐村)
	興福寺	上6・下2、下24(〈山階寺〉)
	大安寺	上32・中24・28・下3・19・24、中24・28(―西里)、中24(―南塔院、率川社)
	元興寺	中1・下17
	薬師寺	中11・下12・21、下12(―東辺里)
	服部堂	中14
	東大寺	中21(〈金鷲寺〉、―羂索堂)、下26

	殖槻寺	中34(―辺里)
	下毛野寺	中35・中36
	馬庭山寺	中38
	葛木尼寺	中23
	野寺	下35
	西大寺	下36
	法花寺	下36

〔畿内〕

大和		上16・下6(大和国内市辺)
	添上	上23、中20(山村里)、上10(山村中里)、上32(山村山)
	添下	上12・中40(奈良山)、中8(〔奈良京〕富尼寺)

平群	上4(鵤岡本宮、法林寺、守部山、富小川)、上5(斑鳩宮)、上35(平群山寺)、中7(生馬山)、中8(生馬山寺)、中17(鵤村岡本尼寺、平群駅、菩薩池)、下16(鵈鵤聖徳王宮)
広瀬	上31
葛上〈葛木上〉	上4(葛木高宮寺)、上18、28(茅原村、葛木峰)
葛下	上4(片岡村)
吉野	上5(竊寺)、上28・中26・下1(金峰)、上31(吉野山)、中26(桃花里、秋河、越部村岡堂)、下6(海部峰)
宇陀	上13(〈宇太郡〉漆部里)、下

		9（〈菟田郡〉真木原山寺）
	城上	下3〈泊瀬上山寺〉、下39（〔山辺郡〕磯城嶋村）
	高市	上1（雷岡、飯岡、軽諸越）、上1・5・下38（豊浦寺）、上1・5（小墾田宮）、上3・11・12・中4・27・29（元興寺）、上22（禅院寺）、上26（法器山寺）、下32（波多里）、上7（京）、上15・24・中14（故京）
	十市	上1（磐余宮、阿倍・山田）、中33（菴知村）、上12・19・中35
山城〈山背〉	乙訓	下38（長岡宮嶋町）
	紀伊	中12（深長寺）
	宇治	上12・中24（宇治椅）
	綴喜	中35
	相楽	中6、中18（高麗寺）
河内		上21・22・中19、下5（河内市辺井上寺）
	石川	上27、上33（八多寺）
	安宿	中7（鋤田寺）、下5（信天原山寺）
	讃良〈更荒〉	中41（馬甘里）
	若江	上35（遊宜村）、中30（川派村）
	丹比〈丹治比〉	下18（野中堂）
和泉		上5
	大鳥	中7、上5（高脚浜）
	和泉〈泉〉	中2、中10（下痛脚村、山直里）、中13（血渟山寺）、中37（珍努上山寺）
	日根	中22（尽恵寺）
摂津	百済	上14（百済寺）
	東生	中5（撫凹村、那天堂）
	島下	上27（味木里、春米寺）
	豊島〈手嶋〉	下2
	兎原	中8
	難波〈難破〉	上5（—堀江）、上7（—津）、上35・中7・8、中30（—江）
〔東海道〕		
伊賀	山田	中15（暾代里、御谷里）
伊勢		上25・下1
尾張	中島	中27
	愛智	上3（〈阿育知郡〉片蕝里）・中4（〈愛智郡〉片輪里）・中27（〈愛知郡〉片蕝里、草津川河津）
遠江		中39（大井河）
	磐田	中31（磐田寺）
	蓁原〈榛原〉	中39（鵜田里、鵜田堂）、下35
駿河		上28（〈富岻嶺〉）
伊豆		上28（伊図嶋）
武蔵	多磨	中3（多麻郡鴨里）、中9、下7（小河郷）
上総	畔蒜	中26
	武射	中26
〔東山道〕		
近江		上4
	滋賀	中24（〔高嶋郡〕磯鹿辛前）
	野洲〈野州〉	下24（御上嶺、陀我大神）
	坂田	下8（遠江里）
	浅井	下24
美濃〈三乃・三野〉	大野〈大乃〉	上2
	方県〈片県〉	中4（少川市）、下31（水野郷楠見村）
	厚見〈淳見〉	下31
信濃		中13、下7
	小県	下22（跡目里）、下23（嬢里）

陸奥〈奥国〉		下4
〔北陸道〕		
越前	敦賀	中24（都魯鹿津）
（加賀）	石川〈越前国加賀郡〉	下14（御馬河里）、下16（大野郷畝田村）
越後	頸城	中7
〔山陰道〕		
丹後	加佐	上9
〈丹波後国〉	〈加作〉	
但馬	七美	上9
〔山陽道〕		
播磨	餝磨	上11（濃於寺）
〈幡磨〉	揖保	上5
美作	英多	下13
備前		上7（骨嶋）
備中		上7
	小田	上29
	〈少田〉	
備後	深津	下27（―市）
	葦田	下27（大山里、屋穴国郷）
	三谿	上7（三谷寺）
	〈三谷〉	
〔南海道〕		
紀伊		下6
	伊都	中11（桑原狭屋寺）
	〈伊刀〉	
	那賀	下17（弥気里、弥気山室堂）
	名草	上5（宇治）、中32（三上村、薬王寺、桜村）、下16（能応里）、下28（貴志里、貴志寺）、下30（能応村、能応寺）、下34（埴生里、大谷堂）、下38（楠見粟村）
	海部	中1（椒抄奥嶋）、下25（浜中郷）、下29（仁嗜浜中村）、下32（伊波多岐嶋、蚊田浦）
	在田	上34（私部寺）、下10（荒田村）、下25（吉備郷）、下29（玉坂、秦里）
	〈安諦〉	
	日高	下25、下33（別里、別寺）
	牟婁	下1（熊野村、熊野河上山）、下2（熊野村）、下10
淡路		下25（南西田町野浦）、下32・下38
	三原	下25（国分寺）
阿波	麻殖	下20（苑山寺）
〈粟〉	名西	下20（埴村）
	〈名方〉	
讃岐		下27
	三木	下26（―寺）
	〈美貴〉	
	山田	中25
	香川	中16（坂田里）
	鵜足	中25
	〈鵜垂〉	
伊予	新居	下39（石鎚山）
	〈神野〉	
	越智	上17
	〈越知〉	
	和気	上18
	〈別〉	
土佐		中1
〔西海道〕		
筑前		下19（笠紫国府）、下37
	御笠	下35・37（太宰府）
肥前	佐嘉	下19
	〈佐賀〉	
	松浦	下35
肥後	託磨	下19（国分寺）
	八代	下19（豊服郷）
豊前	京都	上30
	〈宮子〉	
	宇佐	下19（矢羽田大神寺）
（筑紫）		上17・中3・下19・35・38

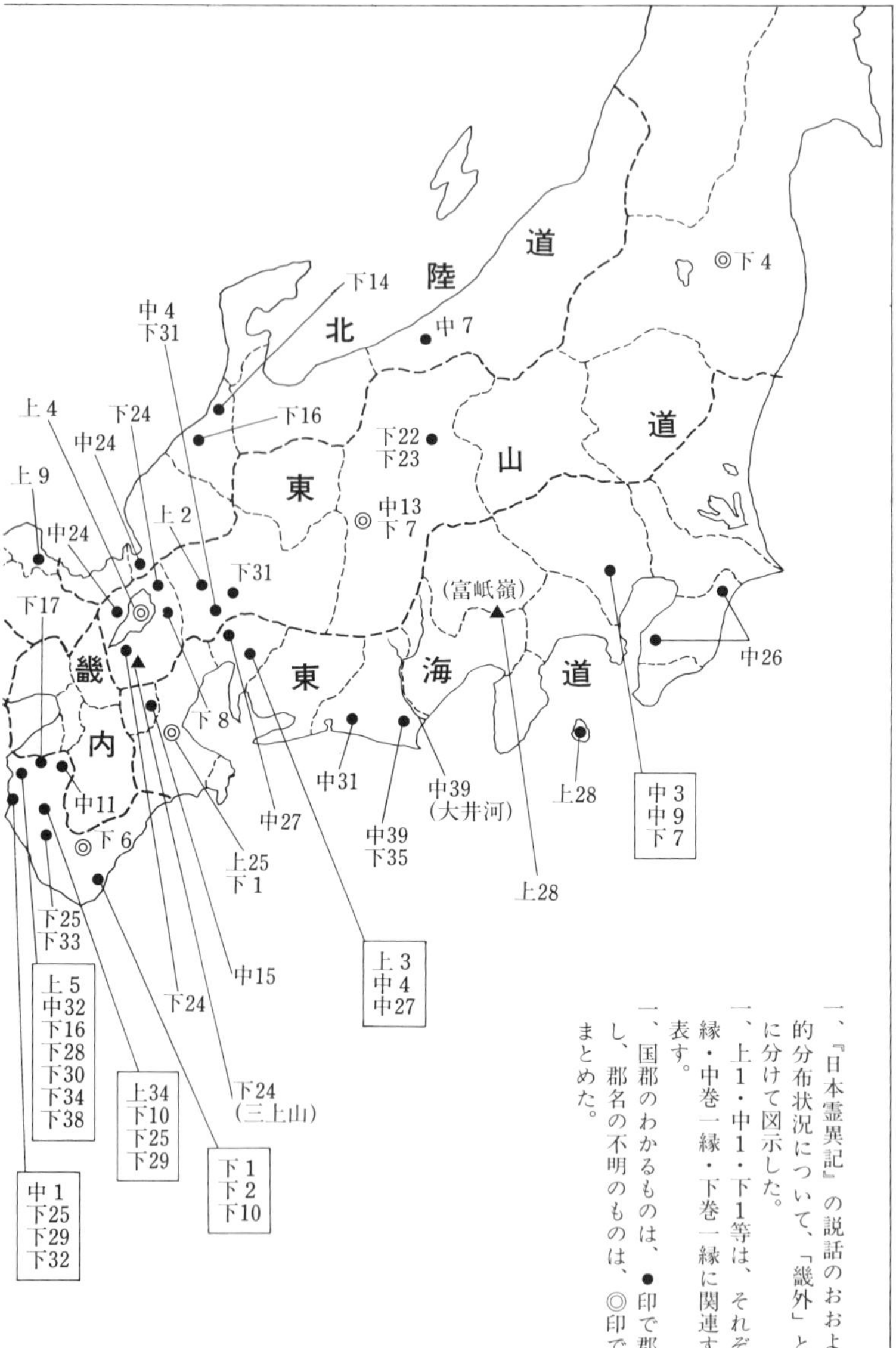

一、『日本霊異記』の説話のおおよその全国的分布状況について、「畿外」と「畿内」に分けて図示した。

一、上1・中1・下1等は、それぞれ上巻一縁・中巻一縁・下巻一縁に関連することを表す。

一、国郡のわかるものは、●印で郡単位に示し、郡名の不明のものは、◎印で国単位にまとめた。

説話分布図（畿外）

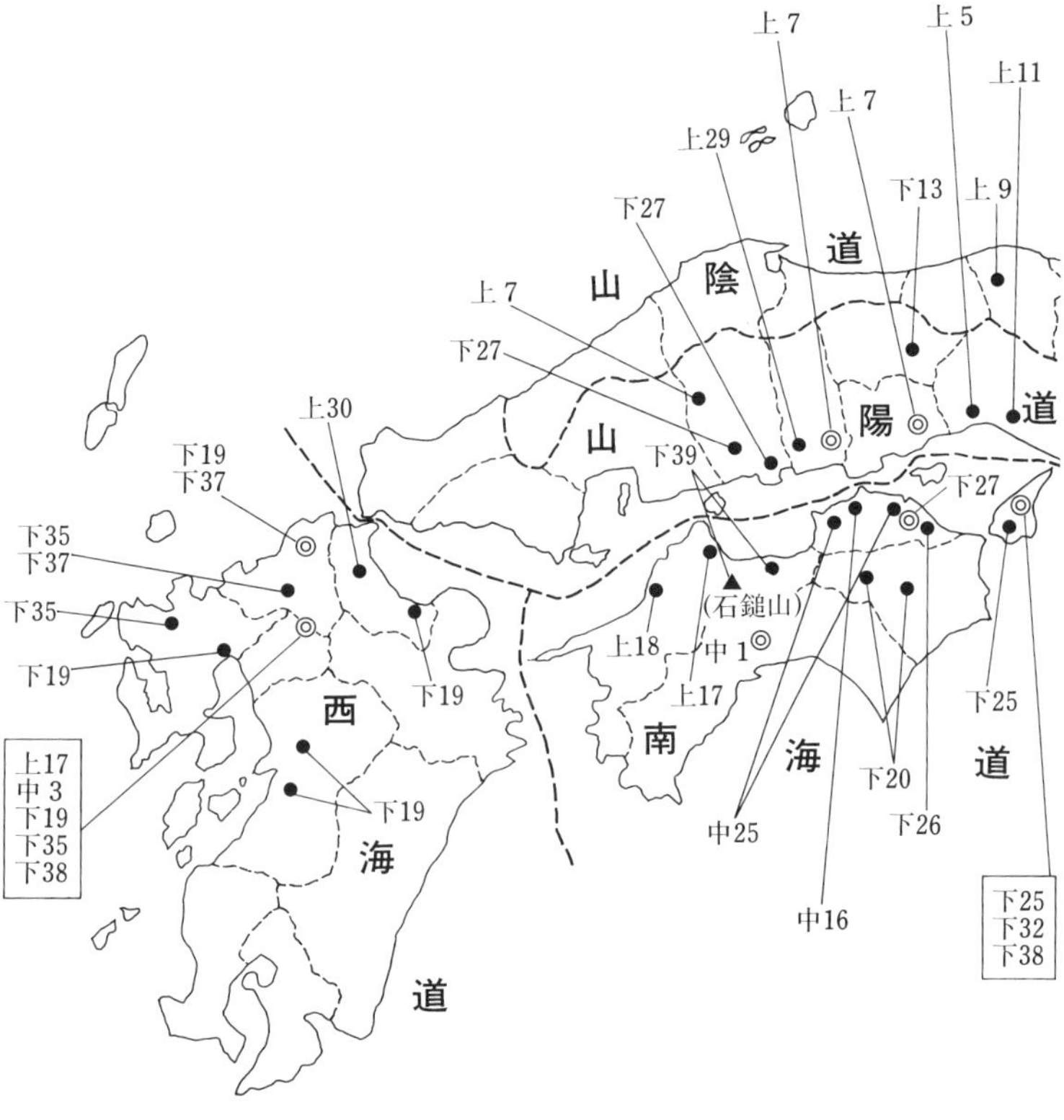
上7
上5
上11
上7
上29
下13
上9
下27
道
山
陰
上7
下27
陽
道
上30
山
下39
下27
下19
下37
下35
下37
下35
(石鎚山)
中1
上18
下19
上17
下19
西
南
海
下25
道
下20
上17
中3
下19
下35
下38
下19
海
中25
下26
中16
下25
下32
下38
道

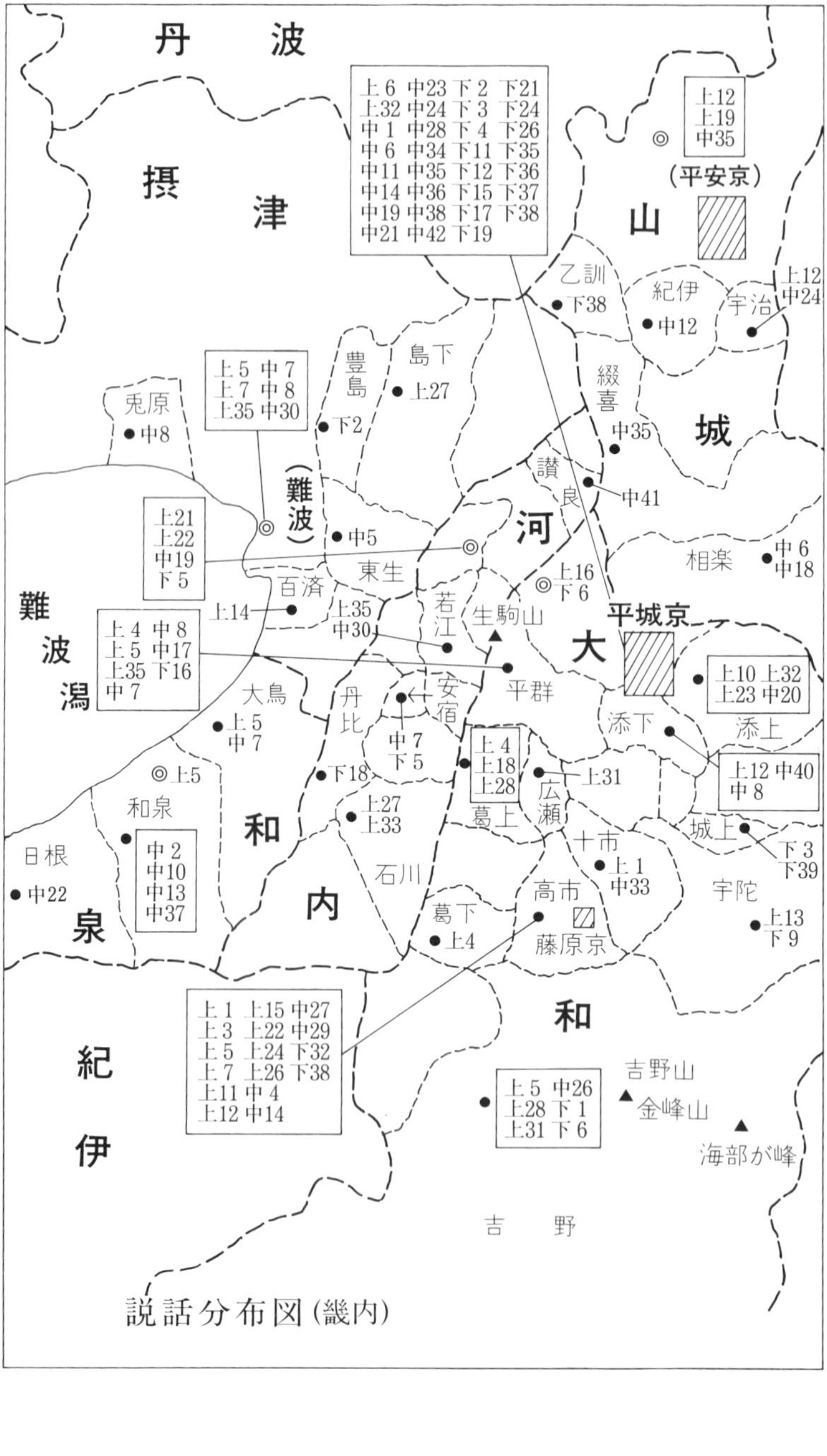
丹波
摂津
山城
(平安京)
上12 上19 中35
上6 中23 下2 下21 上32 中24 下3 下24 中1 中28 下4 下26 中6 中34 下11 下35 中11 中35 下12 下36 中14 中36 下15 下37 中19 中38 下17 下38 中21 中42 下19
乙訓 下38
紀伊 中12
宇治 上12 中24
島下 上27
豊島 下2
兎原 中8
上5 中7 上7 中8 上35 中30
綴喜 中35
讃良 中41
(難波)
中5
上21 上22 中19 下5
東生
河内
相楽 中6 中18
上16 下6
百済
上14
上35 中30
若江
生駒山
平城京
大和
難波潟
上4 中8 上5 中17 上35 下16 中7
平群
上10 上32 上23 中20
大鳥 上5 中7
丹比
安宿
中7 下5
添下
添上
上12 中40 中8
上5
下18
上4 上18 上28
広瀬 上31
葛上
和泉
上27 上33
城上 下3 下39
日根 中22
中2 中10 中13 中37
石川
十市 上1 中33
高市
宇陀 上13 下9
泉
葛下 上4
藤原京
上1 上15 中27 上3 上22 中29 上5 上24 下32 上7 上26 下38 上11 中4 上12 中14
紀伊
吉野山
金峰山
上5 中26 上28 下1 上31 下6
海部が峰
吉野
説話分布図(畿内)

新潮日本古典集成〈新装版〉

日本霊異記（にほんりょういき）

平成三十年十二月二十五日　発行

校注者　小泉道（こいずみおさむ）

発行者　佐藤隆信

発行所　株式会社新潮社

〒一六二―八七一一　東京都新宿区矢来町七一

電話　〇三―三二六六―五四一一（編集部）

　　　〇三―三二六六―五一一一（読者係）

https://www.shinchosha.co.jp

印刷所　大日本印刷株式会社

製本所　加藤製本株式会社

装画　佐多芳郎／装幀　新潮社装幀室

組版　株式会社ＤＮＰメディア・アート

乱丁・落丁本は、ご面倒ですが小社読者係宛お送り下さい。
送料小社負担にてお取替えいたします。
価格はカバーに表示してあります。

ISBN978-4-10-620807-2　C0393

新潮日本古典集成

古事記	西宮一民
萬葉集 一〜五	青木生子 井手至 伊藤博 清水克彦 橋本四郎
日本霊異記	小泉道
竹取物語	野口元大
伊勢物語	渡辺実
古今和歌集	奥村恆哉
土佐日記 貫之集	木村正中
蜻蛉日記	犬養廉
落窪物語	稲賀敬二
枕草子 上・下	萩谷朴
和泉式部日記 和泉式部集	野村精一
紫式部日記 紫式部集	山本利達
源氏物語 一〜八	石田穣二 清水好子
和漢朗詠集	大曽根章介 堀内秀晃
更級日記	秋山虔
狭衣物語 上・下	鈴木一雄
堤中納言物語	塚原鉄雄
大鏡	石川徹
今昔物語集 本朝世俗部 一〜四	阪倉篤義 本田義憲 川端善明
梁塵秘抄	榎克朗
山家集	後藤重郎
無名草子	桑原博史
宇治拾遺物語	大島建彦
新古今和歌集 上・下	久保田淳
方丈記 発心集	三木紀人
平家物語 上・中・下	水原一
金槐和歌集	樋口芳麻呂
建礼門院右京大夫集	糸賀きみ江
古今著聞集 上・下	西尾光一 小林保治
歎異抄 三帖和讃	伊藤博之
とはずがたり	福田秀一
徒然草	木藤才蔵
太平記 一〜五	山下宏明
謡曲集 上・中・下	伊藤正義
世阿弥芸術論集	田中裕
連歌集	島津忠夫
竹馬狂吟集 新撰犬筑波集	木村三四吾 井口壽
閑吟集 宗安小歌集	北川忠彦
御伽草子集	松本隆信
説経集	室木弥太郎
好色一代男	松田修
好色一代女	村田穆
日本永代蔵	村田穆
世間胸算用	金井寅之助 松原秀江
芭蕉句集	今栄蔵
芭蕉文集	富山奏
近松門左衛門集	信多純一
浄瑠璃集	土田衞
雨月物語 癇癖談	浅野三平
春雨物語 書初機嫌海	美山靖
與謝蕪村集	清水孝之
本居宣長集	日野龍夫
誹風柳多留	宮田正信
浮世床 四十八癖	本田康雄
東海道四谷怪談	郡司正勝
三人吉三廓初買	今尾哲也